Edgar von Glinka
Geisteskrank

Für

Walter in alter

Verbundenheit

November 2007

Edgar von Glinka

Geisteskrank

Roman

edition fischer

Bibliografische Information Der Deutschen Bibliothek
Die Deutsche Bibliothek verzeichnet diese Publikation in der
Deutschen Nationalbibliografie; detaillierte bibliografische
Daten sind im Internet über http://dnb.ddb.de abrufbar

© 2007 by edition fischer GmbH
Orber Str. 30, D-60386 Frankfurt/Main
Alle Rechte vorbehalten
Schriftart: Times 11°
Herstellung: Satz*Atelier* Cavlar / NL
Printed in Germany
ISBN 978-3-89950-220-6

»… der Verzicht auf die Wahrheit (löst) nichts, sondern (führt) im Gegenteil zur Diktatur der Beliebigkeit. Alles, was dann bleiben kann, ist eigentlich nur von uns entschieden und austauschbar. Der Mensch entwürdigt sich selbst, wenn er nicht Wahrheit erkennen kann; wenn alles eigentlich nur Produkt einer einzelnen oder kollektiven Entscheidung ist. Auf diesem Weg ist mir klargeworden, wie wichtig es ist, daß der Begriff Wahrheit ungeachtet der Bedrohungen, der Gefährdungen, die er zweifellos einschließt, uns nicht verlorengeht, sondern als zentrale Kategorie bestehen bleibt.« *

Benedikt der XVI.

* Joseph Ratzinger/Papst Benedikt XVI., Salz der Erde. Christentum und katholische Kirche im 21. Jahrhundert. Ein Gespräch mit Peter Seewald
© 1996 Deutsche Verlags-Anstalt, München
In der Verlagsgruppe Random House GmbH

Einer der beiden Männer räusperte sich, tastete mit der rechten Hand zur Schachtel mit den Streichhölzern und ergriff sie, ohne die Figuren auf dem Schachbrett aus den Augen zu lassen. Er riß ein Holz an, dann zog er mit zwei, drei Zügen das Feuer auf den Tabak in der Pfeife und blies den Rauch in einer feinen Fahne gegen das Kerzenlicht im Kandelaber, von dort züngelten die Rauchschwaden träge in Richtung des Kaminfeuers. Der überaus angenehm fruchtig-milde Duft des verglühenden Tabaks gewann rasch die Oberhand gegenüber dem der Cohiba-Zigarre.

Das Kaminfeuer und der Schein einiger Kerzen ließen nur andeutungsweise die Kunstgegenstände und die Einrichtung des großen, ja repräsentativen Raumes erkennen. Nur das Schachbrett wurde durch eine winzige, aber sehr effiziente Lampe hell ausgeleuchtet. Trotz der insgesamt spärlichen Beleuchtung konnte man die charismatischen Gesichtszüge des Pfeifenrauchers recht gut erkennen.

Er hatte wieder die wie angespannt wirkende Körperhaltung eingenommen und fixierte die großen Elfenbeinfiguren. Sein Gegenüber, ein auch etwa vierzig- bis fünfzigjähriger Mann mit Stirnglatze und sehr pfiffiger Brille, die seinen angenehmen Gesichtszügen keinen Abbruch tat, hatte sich in dem ausladenden und dadurch sehr bequemen Ledersessel lässig zurückgelehnt. Er hielt den großen Bordeauxkelch mit beiden Händen gegen das Kaminfeuer und ließ den Wein durch leichte Kreisbewegungen rubinrot funkelnd an der hauchdünnen Wand des Glases vorbeigleiten.

Beide waren so in ihrem Tun vertieft, daß sie durch das plötzliche lautstarke Auflodern der Flammen und die aufstiebenden Funken im Kamin aufgeschreckt wurden.

7

»Nicht einfach …«, er nahm die Pfeife, die er abgelegt hatte, wieder in die Hand und sah auf die Stellung der Figuren. Er nahm jetzt die Pfeife in die linke Hand, spitzte die Lippen, öffnete sie ein wenig, so als ob er einen Fisch imitieren wollte, und ließ nacheinander zwei Rauchringe, die gemeinsam fast eine Acht bildeten, über die Figuren schweben.

Sein Spielgegner nahm genüßlich einen Schluck des 89er, nickte ihm beifällig zu und ein befriedigtes Lächeln umspielte seinen beinahe zu schmal ausgefallenen Mund.

Die Stellung der Figuren war auf dem ersten Blick für die Schwarzen kompliziert. Weiß hatte einen geschickten Angriff auf den Damenflügel initiiert, um damit die eigentliche Attacke auf den König zu verschleiern. Schwarz mußte nun sehr weit nach vorn denken, um nicht nur zu reagieren. Deshalb überlegte der mit der Pfeife so lange. Er konnte abtauschen, würde dann aber eine sehr schwache Stellung in Kauf nehmen müssen, von der er sich kaum hätte erholen können.

In seinen Gesichtszügen spiegelte sich Konzentration und aber auch eine gewisse Gelassenheit wider. Zum wiederholten Male legte er die Pfeife in die Ablage, um sie aber gleich wieder aufzunehmen, zwei-dreimal am Mundstück zu ziehen, bis die Glut neue Kraft erhielt.

Jetzt mußte er etwas entdeckt haben, denn um seine Augenpartie zeigten sich plötzlich, den gesamten Gesichtsausdruck nachhaltig beeinflussend, einige Falten, die darauf schließen ließen, wie attraktiv er erst aussehen mußte, wenn dieser Mann lachte.

Er sah mit wachen Augen hinüber zu seinem eher etwas korpulent wirkenden Gegenspieler und sagte: »Ich denke, ich hab's, es gibt«, jetzt lachten seine Augen, » eine fesche Variante.«

Noch einmal konzentrierte er sich, dann streckte er seinen Rücken und wies mit der Pfeife, das Mundstück wie einen Zeigestock benutzend, auf das Brett: »Beinahe hätte ich übersehen, daß du mir mit dem im ersten Augenblick sehr giftigen Springerzug einen Gegenschlag eröffnet hast.«

Mit skeptischer Miene beugte sich, den Weinkelch nicht

loslassend, sein Spielpartner nach vorn und schüttelte fast bedächtig den Kopf: »Mein lieber Ed, ich weiß nicht so recht, was du da siehst …«

Er antwortete erst mit einem gewinnenden Lächeln und sagte dann: »Auf geht's ich bin am Zug, stimmt's?« Der andere nickte. Nach drei gespielten Zügen nickte er erneut und sagte: »Jetzt seh' ich das Dilemma.«

Dr. Georg Ulrich, Ed Paulsens langjähriger Freund, hatte bei seinem furiosen Angriff nicht weit genug die mögliche Entwicklung durchdacht, nun konnte er aber erkennen, wie seine Stellung zerbröseln und er dazu noch einen Turm und damit alsbald das Spiel verlieren würde. Er schob mit dem Zeigefinger der linken Hand seine nach vorn gerutschte Schildpattbrille wieder auf die Nasenwurzel, nahm einen weiteren Schluck des Weines und lächelte seinem Freund zu.

»Weißt du, was ich äußerst beruhigend finde?«

Die Augen des anderen fragten.

»Ich muß mein Geld nicht mit Schachspielen verdienen. Zum Wohl, mein Lieber.«

»Sehr zum Wohl, mein Alter.« Die Kelche bestätigten den sanften Zusammenstoß mit einem vollen, glockenähnlichen Klang.

Noch war das Spiel nicht beendet, aber da Ed Paulsen kein Fehler mehr unterlief, konnte er seine Vorteile rasch ausbauen.

»Das war's dann mal wieder.«

Sie prosteten sich erneut zu. Paulsen war der Gastgeber, er stand nun auf, reckte sich und legte zwei Birkenkloben auf das weit heruntergebrannte Feuer im Kamin. Funken sprangen, sich gegenseitig überholend, auf und fegten in die Esse. Die Flammen labten sich sofort an der trockenen Borke; das Zimmer erschien jetzt in einem anderen, helleren Licht.

»Sag mal«, fragte Dr. Ulrich, der auch aufgestanden war und nun vor einem Bild von Adalbert Wex stand und es so betrachtete, als würde er es zum ersten Mal sehen, »fährst du nun wirklich morgen in die Berge, oder kommt wieder was dazwischen …?«

Die Frage hatte einen leicht spöttischen Unterton.

»Uli, mein Lieber«, Dr. Paulsen sprach seinen Freund fast immer mit seinem Spitznamen an, »natürlich haue ich ab, jetzt kann nichts mehr passieren, es ist heute spät, und morgen früh«, er machte eine Lenkbewegung mit den Armen, »geht's endlich los.« Er legte seinen Arm um die Schultern seines Freundes und sah ihn an: »Es wird auch Zeit, ich merke es hier und da schon.«

»Mich wundert's sowieso, wie du das durchhältst. Wüßte ich nicht, daß du es nicht nötig hast und auch nicht so bist, müßte ich denken, du bist geil und nochmals geil auf die Kohle.«

Sie setzten sich. Über Eck. Paulsen nahm mit der Dochtschere den fünf Kerzen das Feuer, denn sie waren fast bis zur Tülle heruntergebrannt. Dann dimmte er das Licht des Kandelabers hoch, so daß sie sich gut sehen konnten und die Helligkeit nicht aufdringlich wurde. Dr. Ulrich ließ nun die Zigarre nicht ausgehen, er beäugte die Asche, strich sie vorsichtig ab und gab der Cohiba neues Feuer.

»Ich hab' nun mal A gesagt zu meinem Beruf und sage deshalb aus Überzeugung auch B. Wenn ich ihn mache, dann mach' ich ihn zu einhundert Prozent.«

»Du meinst einhundertfünfzig Prozent«, unterbrach ihn Georg und lachte gewinnend.

»Nicht übertreiben, mein Lieber, aber wir haben doch beide eine Einstellung zu dem, was wir tun, und außerdem würden wir sowieso das Gleiche noch einmal anpacken, oder?«

Ulrich nickte: »Und zum Glück macht es bei allen Problemen noch immer Freude.«

»Apropos Probleme«, wieder beschäftigte ihn die Pfeife, er lockerte den Tabak mit dem speziellen Werkzeug und murmelte: »Die will nicht so richtig, sicherlich zu fest gestopft.« Dann nahm er den ursprünglichen Gedanken wieder auf: »Wie steht es mit dem Objekt, kommt ihr weiter so gut vorwärts wie bisher?«

Dr. Ulrich winkte mit den Händen, so als wollte er jemanden aufhalten: »Es geht wirklich nur, wenn man wie ein Wadlbeißer dranbleibt. Ich brauche dir nicht viel über Bürokratie und Sesselfurzerei zu erzählen. Dann kommen aber noch inkompetente

Schreibstubenhengste dazu, die leider meinen, von der Enthospitalisierung, ach was sag ich, von allem etwas zu verstehen«, er warf beide Arme in die Höhe; ihm entging, daß sich Asche von der Zigarre löste und herunterrieselte. Dann sagte er noch mit fast resignierender Stimme: » Ein Konglomerat, an dem man zerbrechen kann.«

Jetzt bemerkte er die Ascheflocken auf dem rechten Revers seines Kaschmirjacketts; er strich sie vorsichtig mit dem Handrücken ab und sagte: »Es ist schon ein Fortschritt, was wir jetzt machen, aber eine Komplettlösung ist es natürlich noch längst nicht.«

»Du meinst wegen der Abstriche am Konzept, da ging es wohl um die spezielle Ausrichtung der Häuser.«

»Richtig, mein Lieber, ich freu' mich, du hast doch aufgepasst«, er legte die Zigarre ab und lehnte sich zurück, »Spaß beiseite, aber es wird in der Zukunft mehr als haarig werden, denn wir bekommen neben den steigenden Zahlen bei Behinderten und Mehrfachbehinderten eine Armee von Demente und für die müssen, wem sag' ich das!, ganz spezielle Konzepte her.«

»Wobei wir nun bei unserem Thema wären…«

»Nein, nein, lassen wir das, darüber hatten wir ja erst eine Runde.«

Ed drückte auf die Fernbedienung, in der modernen Hi-Fi-Anlage sprangen ein paar grüne und rote Lämpchen an, und B.B. King gesellte sich mit seiner rauhen Stimme zu den beiden. Sie lauschten.

Dann fragte Uli: »Und es bleibt bei Flims?«

Paulsen nickte, nahm die Pfeife aus dem Mund und sagte: »Dort ist toller Schnee, alles ringsum vom Feinsten, und ganz allgemein, wie du weißt, liebe ich das Schweizer Ambiente.«

»Und Rambazamba so wie neulich in Ischgl?«

»Davon hab' ich hier genug. Und jeden Tag trallala ist nichts für mich. Ich will in erste Linie fünf, sechs Stunden Skifahren und dann schau ich mal.«

»Und, schon alles gepackt?«

Ed Paulsen sagte ihm, er müsse nur noch die Sachen ins Auto werfen, und ab gehe es dann.

Uli sah auf die kostbare Präzisionswanduhr, deren Pendel sich in betörender Gleichmäßigkeit in exakt einer Sekunde hin- und herbewegte:»Geht sie noch immer so genau?«

»Und ob. Mit dem Zeitzeichen im Duett.«

»Dann ist es also wirklich schon so spät!«

»Leider, es läßt sich nicht ändern, aber was ist los, schwächelst du?«

»Davon kann keine Rede sein, aber für uns beide ist morgen«, er sah nochmals zur Uhr,»äh, heute, ein wichtiger Tag: Du kannst urlauben, endlich mal und ich kämpfe um Kohle für unsere Häuser.«

Ulrich straffte sich, atmete beim Aufstehen laut aus und sagte: »Also, ich pack's jetzt.«

Auch Ed war aufgestanden. Beide gingen durch den großen Raum in Richtung der sich anschließenden Garderobe.

Paulsen reichte seinem Gast den Lodenmantel erst, als dieser sich etwas umständlich seinen überlangen Schal umgelegt hatte. »Also«, er hatte den Mantel nur über die Schultern geworfen und umarmte seinen Freund,»laß es dir gutgehen und bis Sonntag.«

Ed Paulsen hielt ihn mit beiden Händen an den Schultern und sagte:»Ich dank' dir, und halt die Fahne hoch.«

Georg Ulrich öffnete die schwere, mit Butzenscheiben verzierte Haustür, als Paulsen noch scherzend ergänzte:»Und benimm dich ohne mich …«

Er drehte sich, die frische Luft tief ein- und als weißen Schwall ausatmend, zu ihm um und erwiderte:»Ich werde mir so viel Blödsinn einfallen lassen, aber warten, bis du wieder da bist, und dann kannst du alles mit mir auslöffeln.«

Sie lachten und er verschwand in der Dunkelheit. Paulsen hörte den Motor des Sportwagens anspringen, man konnte dieses typische Geräusch nicht überhören, dann sah er noch das gleißende Licht der Scheinwerfer, und weg war er.

Das Kaminfeuer quälte sich; es war dicht davor, sein noch spärlich züngelndes Leben auszuhauchen. Paulsen öffnete die Fensterflügel zum Garten hin und sah hinaus in die sternklare Nacht.

Er verschränkte die Arme hinter dem Nacken, atmete tief ein und aus und sagte zu sich selbst: »Zeit wird's, mein Lieber, daß du mal wieder losläßt«, und er freute sich auf die bevorstehenden Urlaubstage. Er drehte sich um und schätzte die Arbeit ab, die er noch zum Aufräumen bewältigen mußte.

Schnell verwarf er den Gedanken, der sich ihm aufdrängte: »Eigentlich könnte es dieses Mal ja die Theresa erledigen, sie kommt ja morgen.«

Ihm fiel aber ein, daß er noch nie seine Wohnung in einem so unaufgeräumten Zustand verlassen hatte, also pfiff er die Melodie von Brayn Ferry mit und begann mit dem Aufräumen. Rasch hatte er die Gläser und das übrige Geschirr gespült und alles auf der Ablage zum Abtropfen aufgebaut. Er drehte das Licht auf und ließ seinen Blick prüfend durch das Zimmer gleiten: »In Ordnung, so geht's«, dachte er und löschte das Licht, um danach das in der Bibliothek anzudrehen. Dort hatte er sein Gepäck zusammengestellt. »Fehlt nichts«, stellte er fest; die Vorfreude ließ ihn lächeln.

Ed ging in Richtung des Bades und öffnete die Tür, über dem komfortablen Spiegeleinbau sprang automatisch das Licht an. Er sah sich an: »Und, mein Alter, hauen wir jetzt ab, man welche Freude!« Kritisch betrachtete er sein Gesicht. In seinem vollen, dunklen Haar entdeckte er seit einiger Zeit erste silbergraue Fäden, und die graue Strähne vorn am rechten Scheitel, so schien es ihm, wurde wohl auch etwas größer. Die breiten, kräftigen Augenbrauen schwangen sich über eine imposante, anziehende Augenpartie. Und im Mittelpunkt dann diese Augen … Über die wohlgeformten und nicht zu breiten, eher sinnlichen Lippen wachte eine, man würde sie wohl eine römische nennen, repräsentative Nase. Das insgesamt wohlgeformte Gesicht wurde von einer klaren Stirn und einem die Harmonie abrundenden Kinn komplettiert. In dem Gesicht war Wille wie eingemeißelt. Eine gewisse Asymmetrie und eine ausgeprägte Lebhaftigkeit in den Zügen vollendeten ein interessantes, anziehendes Portrait mit geheimnisvoller Ausstrahlung.

Für all das hatte Eduard Paulsen kein Auge. Er kannte sich. Ihm ging es vielmehr darum, ob er sich jetzt oder am Morgen rasieren sollte. Er entschied sich für den Morgen.

Paulsen freute sich besonders auf den Tapetenwechsel.

Der Herbst war für ihn in diesem Jahr besonders anstrengend verlaufen. Neben den Lehrveranstaltungen an der Uni, den Symposien, Kolloquien, den Publikationen und der freiwilligen, unendgeldlichen Mitarbeit an verschiedenen Konzepten und Projekten zur Enthospitalisierung und im Bereich der Sportlerbetreuung hatte er auch noch einen enormen Zulauf in seiner Praxis gehabt.

Er blies die Wangen auf und pustete sein Spiegelbild an und begann das Hemd aufzuknöpfen. Ed streckte die Arme über den Kopf und überflog kurz seinen Oberkörper. Er schien zufrieden.

Nach der Dusche, im Bett, schlief er sofort ein.

Eigentlich wollte er erst nach acht Uhr aufstehen, aber draußen im Garten stritten zwei wohl hier überwinternde Amseln so heftig miteinander, daß er davon schon um sieben Uhr dreißig wach wurde.

Nach dem Blick auf die Uhr, sah er in der unfreiwilligen Weckaktion das Positive: »Da komme ich noch eher weg, um so besser«, flüsterte er.

Im Wohnzimmer war es kalt. Er hatte in der Nacht vergessen, das Fenster zu schließen. Der Kamin hatte längst seine Wärme opfern müssen. Er schaltete die Radioanlage ein und konnte nun in allen Räumen den von ihm bevorzugten Sender hören. Wie jeden Tag absolvierte er sein morgendliches Programm: Gymnastik und einige Kraftübungen und anschließend ein paar Yogaübungen und das mindestens fünfzehn Minuten. Nach der erfrischenden Dusche fühlte er sich an diesem Morgen besonders wohl. Er frottierte sich ab und sagte laut zu seinem Spiegelbild: »Mein Alter, jetzt nichts wie weg!« Er warf sich den Bademantel über und entfernte ohne jegliche Hast, jedoch mit einer gewissen Großzügigkeit die in seinem Gesicht deutlich erkennbar gewachsenen Haarstoppeln. Dann schlüpfte er in die Unterwäsche, stieg in die bereitliegenden Trussardi-Jeans und entschied sich für das gemusterte Flanellhemd.

In der Küche bereitete er sich das Frühstück. Das Zeitzeichen im Radio kündigte die Nachrichten an; Grund für ihn, den Sender sofort zu wechseln: Klassikradio.

Gut gelaunt wie immer, nur heute noch unbeschwerter, zündete er die Kerze im Leuchter und im Stövchen an. Der Darjeeling-Flugtee tat ihm gut. Seine Gedanken gingen noch einmal all die Dinge, die er vor der Abfahrt noch erledigt wissen wollte. Dienstlich ging dabei vor Privat. Er stellte befriedigt fest, nichts vergessen zu haben, und ließ sich seine Brote schmecken.

»Oha, Theresa hätte ich beinahe vergessen«, erinnerte er sich, denn ihr wollte er einige Nachrichten hinterlassen und Geld hinterlegen. Dann fiel ihm unvermittelt noch der letzte Mittwoch ein. Susanne hatte sich von einem regional sehr bekannten Politiker überreden lassen, »doch gleich mal vorbeizukommen«.

Ed hatte sie daraufhin mit einem unverständlichen Blick gemustert. Susanne war sich auch ihrer Schuld bewußt und nickte sofort: »Doc, ich weiß, bei uns kommt nicht jemand ›vorbei‹…« Er unterbrach sie: »Aber doch, gerade hast du es mir doch erzählt …!« Sie bekam Farbe in die Wangen: »Er war nicht abzuwimmeln, vor allem deshalb, weil er sehr, sehr nett war und ich ihm«, sie zog ratlos die Schulter hoch, »ihm, sagen wir mal, erlegen bin, ja doch«, sie senkte den Blick »und ich wußte ja, daß Frau von Dürrmann krankheitsbedingt abgesagt hatte, na ja und da hab ich ihn eingeschrieben.«

Er hatte ihr noch einmal erläutert, daß er rigoros an seiner Linie festhält:

»Wir bleiben konsequent dabei: Keiner kommt am gleichen Tag! Es sei denn, es ist eine Krisenintervention bei bedrohlicher Symptomatik!«

Susanne versprach, selbst dem Papst keinen Termin am gleichen Tag zu geben.

Der Politiker kam also. Er wirkte als erstes arrogant, wurde nach wenigen Minuten sympathisch und nach einer halben Stunde konziliant und humorvoll.

Anfangs wollte er eigentlich nur einen Termin für eine gute Bekannte von ihm. Als ihn Paulsen etwas überrascht ansah und sagte:»So viel Aufwand, Herr Zaller, das hätte man doch über«, er deutete mit dem Daumen zur Tür,»meine Assistentin oder das Sekretariat machen können.«

Der etwas schwergewichtige und recht große Mann lächelte mit tiefbraunen Augen und entgegnete:»Man ist schon etwas neugierig, Sie sollen doch *der* Mann schlechthin in dieser Branche sein. Meine Quelle«, das Lächeln breitete sich jetzt auf seinem ganzen Gesicht aus,»war so von ihrem Tip überzeugt, daß mir keine andere Wahl blieb, Sie mal kennenzulernen.«

Dr. Paulsen klärte Herrn Zaller dann darüber auf, daß er lediglich seine Pflicht erfülle und ganz allgemein die Menschen zu Übertreibungen neigen.

Nachdem sie sich im Refugium, so nannte Dr. Paulsen seinen persönlichen Arbeitsbereich, niedergelassen hatten und Zaller artig fragte, ob er denn rauchen dürfe, und sich dann ein Davidoff-Zigarillo anzündete, erfuhr Paulsen sehr rasch, worum es wirklich ging: Zaller hatte eine Geliebte, die offensichtlich das Doppelleben nicht mehr ausbalancieren konnte und mit der es nun ›allerhand Probleme gebe‹.

Er stand auf, spülte das Geschirr ab und räumte die Küche auf. Als er die Kerze und das Teelicht ausblies, mußte er verschmitzt lächelnd daran denken, wie der Politiker sich verbogen hatte, bis er endlich die Brust freimachte und Ed den wahren Grund seines Kommens offenlegte. Von da an konnten sie besonders gut miteinander.

»Oha«, sagte er laut und ging ins Arbeitszimmer, denn ihm waren die Gebote für die Auktion eingefallen. Er legte auch diese Unterlage zu den Dingen, die für Theresa bereitlagen, und er sie in einem kurzen Schreiben bat, diese zu erledigen. Dann legte er noch einige größere Geldscheine dazu. Prüfend sah er sich um, ergriff eine der ledernen Reisetaschen und trug sie von der Bibliothek in die Diele. Eigentlich wollte er als nächstes in die Garage, um den Wagen vorzufahren, aber das Telefon klingelte. Er blieb unschlüssig stehen und sah auf die Anlage. Wieder, quasi als Untermalung des Klingeltons, leuchtete die rote Lampe mit dem Klingeln auf.

»Ich bin doch eigentlich schon weg«, dachte er, aber eben nur eigentlich.

»Ja hallo, Gott zum Gruße.«

»Sind Sie es, Dr. Paulsen?«, die Stimme war fast tonlos.

»Ja.«

»Schön, ich bitte um Entschuldigung, daß ich Sie so früh störe, aber ich konnte nicht länger warten …«, fast nur noch Flüstern. Ed mußte sich anstrengen, um alles zu verstehen. Er überlegte, er schloß sofort aus, daß es einer von seinen Klienten sein könnte. Natürlich kannte er all diese unterschiedlichen Stimmen sehr genau, aber dort sprach ein Mann, dessen Stimme er nicht zuordnen konnte und schon gar nicht im Zusammenhang mit seiner geschützten, privaten Telefonnummer. Diese kannten nur sehr, sehr wenige seiner Klienten. Er erkannte sofort: Dem Mann geht es unüberhörbar nicht gut, eher recht schlecht.

Er sagte höflich: »Vorerst kein Problem, aber klären Sie mich doch bitte auf, mit wem ich es tun habe …«

Am anderen Ende wurde vernehmlich durchgeatmet: »Oh, ich bitte nochmals um Entschuldigung, ich vergaß mich vorzustellen: Mein Name ist Reinhard Gut.« Die Stimme hatte schlagartig an Festigkeit gewonnen und klang gepflegt und gut artikuliert.

»Danke sehr, es tut mir leid«, Dr. Paulsen war nach wie vor höflich, »aber ich kann mit Ihrem werten Namen nichts anfangen.« Ed lehnte sich gegen das Polster des Dreisitzers der Polstergarnitur, die frei, fast mittig im Wohnzimmer stand.

»Das habe ich auch nicht erwartet«, er machte eine kleine Pause und fuhr dann fort, »aber ich glaube, jetzt sollte ich mich erst einmal auf Mike Sauters berufen. Er sagte mir wörtlich, ich hoffe er hat nicht übertrieben«, es klang, als würde er verhalten lächeln, »wenn ich mich auf ihn berufe, ginge Ihre Türe auf …«

Paulsen fuhr sich mit der rechten Hand durch die Haare, eine Bewegung, die er immer dann machte, wenn ihm etwas absolut nicht paßte.

»Typisch diese Fuzzis vom Fernsehen«, dachte er, als dieser Herr Gut Sauters Namen nannte.

Dann laut: »Ja, Herr Sauters ist mir bekannt«, seine Stimme verriet nichts von seiner momentanen Stimmung, »nun müssen Sie mir nur noch sagen, welches der Grund für Ihren Anruf ist.«

Ein leichtes Räuspern; offensichtlich tat sich der Mann schwer, die Frage kurz und prägnant zu beantworten.

»Mir schwant nichts Gutes«, dachte Dr. Paulsen.

Der Atem kam plötzlich wie ein Stoß und mit ihm die Worte, hastig in einem Schwall, so als wolle der Mann sie so schnell wie nur möglich loswerden: »IchbinamEndeZusammengefallenWeißnichtmehrmitmirumzugehenHabkeinenMutBinVerunsichertAlles erscheintmirnutz-undreizlos.«

Was Paulsen befürchtete, zeichnete sich immer deutlicher ab: »Der Mann steht beträchtlich und daher bedrohlich neben sich«, konstatierte er mit nach wie vor unverhohlenen innerem Abstand zu dieser Person; schließlich will er in den Skiurlaub!

Behutsam ließ er sich auf das Lederpolster gleiten. »Also, lieber Herr Gut, ich verstehe, Sie sind in einer Situation, die Sie zur Zeit nicht so recht beherrschen …«

»Nicht nur zur Zeit, Doktor«, unterbrach er ihn, »schon länger, immer mal mehr, immer mal länger und so …«

Ed Paulsen wäre nicht Paulsen, wenn er sich nicht bereits darüber Gedanken machen würde, wie er dem Mann jetzt helfen könnte. Ihm mußte geholfen werden, das stand für ihn außer Frage. Er sagte es ihm: »Ich überlege gerade, wie ich Ihnen helfen oder Ihnen behilflich sein kann.«

»Das ist sehr nett«, die Stimme gewann an Festigkeit, »Gott sei gelobt.«

»Aber im Augenblick nicht persönlich, denn ich stehe quasi schon auf den Skiern und wäre jetzt schon auf der Autobahn. Gern gebe ich Ihnen deshalb eine Tele…«

Gut unterbrach ihn mit bebender Stimme: »Nein, nein, Dr. Paulsen, Mike sagte mir, Sie sind der absolut Beste und nur Sie können mir helfen.«

Ed hob wie beschwichtigend die freie Hand und verschluckte seine spontane Erwiderung: »Was für ein Unsinn«. Auf seiner Stirn bildete sich eine steile Unmutsfalte und er sagte: »Das ist von Mike sehr, sehr nett aber ich bin mir sicher, meine Kollegen sind kein Deut schlechter als ich, glauben Sie es mir, wir kochen, wenn ich es einmal so sagen darf, alle nur mit Wasser«, es klang wie ein Gebet. Würde Gut es auch erhören?

Kurze Pause.

»Dr. Paulsen, Mike sagte mir: Viele von uns waren schon bei einigen, ich bitte um Entschuldigung, aber so sagte er es, Seelenklempnern, aber der, also Sie, der ist keiner, der ist was anderes. Der kann wirklich helfen.«

Pause, etwas länger. Räuspern.

Ed öffnete den Mund, und bevor er selbst sprechen konnte, hörte er wieder Gut: »Und deshalb: Helfen *Sie* mir!« Und so wie er das »Sie« aussprach, war allein Paulsen seine Hoffnung, so jedenfalls klang es.

Ed sah auf die Wanduhr und zerknirschte noch im Hirn einen saftigen Fluch, der Mike Sauters galt, denn ihm wurde immer bewußter: Hier handelt es sich um einen solchen Ausnahmefall, den er mit Susanne besprochen hatte: Wenn es um Krisenintervention geht, muß »für jeden unsere Tür offen stehen«, hatte er doziert und deshalb wußte er eigentlich schon: Er würde nicht nein sagen, wenn er den Mann nicht doch noch umstimmen konnte. Und er versuchte es. Paulsen sprach mit ruhiger, sachlicher Stimme und erklärte dem Mann, wie schnell selbst gutgemeinte Übertreibungen entstehen und daß er, Paulsen, von Dr. Zügel und Dr. Anton gelernt habe, sie also so etwas wie seine Lehrer waren. Die Wirkung war gleich Null. Auch der Hinweis auf das Miteinanderkönnen oder Nichtkönnen und die gewaltigen Erwartungshaltungen, die er, Gut, hatte, »...mein Gott, wer frag' ich Sie, soll sie erfüllen können? Eher niemand oder jeder Spezialist, also sind solche Lobpreisungen realitätsfern, ja kontraproduktiv, was bei einem so toll ankommt, kann bei einem anderen, entschuldigen Sie, in die Hosen gehen, solche Blumen vorher sind schädlich für beide Partner und dann noch die unendlich vielen interpersonellen Variablen, also nichts garantiert uns, daß wir miteinander auskommen...« Er sprach ruhig, aber eindringlich.

Der Mann hörte offensichtlich genauso ruhig wie eine Wand zu, und genau deshalb ließ er sich von seiner vorgefaßten Meinung nicht abbringen: »Ich spüre es aber, daß Sie genau der sind, den man mir empfohlen hat.«

Dr. Paulsen schüttelte langsam den Kopf und fuhr sich mit der rechten Hand durch die Haare. Dann hörte er die wieder fast tonlose Stimme: »Im übrigen bestärkten mich auch Frau Ganzo und Frau Braun, sie werden Ihnen ja bekannt sein.«

Ed Paulsen war verwundert, denn gerade diese zwei TV-Moderatorinnen legten immer größten Wert darauf, anonym durch den VIP-Eingang in die Praxis zu gelangen. Er überlegte: »Gut, wer mag das sein, er muß auch aus diesem Laden kommen ...« Und plötzlich sah er ihn vor sich. Er schlug sich mit der Hand vor die Stirn: »Wirst du schon trottelig«, dachte er, »das da ist also *der* Gut, hm, ein anderer kann es ja gar nicht sein ...« Für ihn wurden nun die Zusammenhänge nachvollziehbar, und er wußte, daß für den Mann Paulsens Erfahrungen im Umgang mit Personen des öffentlichen Lebens eine große Rolle spielen mußten, denn einige hatten geplappert, obwohl sie immer auf strengste Diskretion Wert legten.

Wie schon vorher befürchtet, gelang es ihm nicht, den Mann, der bisher nicht gesagt hatte, daß er der Gut vom Fernsehen war, von seinem Wollen abzubringen.

Dann sah Paulsen zur Uhr und überlegte: »Wenn ich jetzt noch weitere zehn Minuten mit ihm rumdiskutiere, wird er wie ein Papagei immer das gleiche sagen. Also ...« Dr. Paulsen holte tief

Luft und sagte in seiner für ihn typischen und unnachahmlichen Art und Weise dem Fernsehmoderator und Nachrichtensprecher:

»Wir verlieren viel Zeit, wenn wir noch länger unsere Argumente in die Schlacht führen. Nutzen wir sie lieber, um uns kennenzulernen.«

Kurze Pause, dann eine völlig neue Stimme: »Ich danke Ihnen, Sie wissen nicht, was Sie für mich tun und was es für mich bedeutet.«

Ed Paulsen wollte den Zeitverlust so gering wie nur möglich halten und machte einen bei ihm überaus seltenen Vorschlag: »Herr Gut, bevor ich in mein Refugium, Entschuldigung in die Praxis fahre und dann wieder zurück, verliere ich, und Sie natürlich auch, viel Zeit. Wie ich Ihnen schon sagte: Ich will heut' noch in den Skiurlaub fahren. Was halten Sie davon, wenn Sie mich hier privat besuchen?«

»Sehr gut, ich danke Ihnen ganz besonders für das Vertrauen, bis später dann.«

»Halt«, rief Dr. Paulsen, »Sie kennen doch gar nicht meine Adresse!«

Zum ersten Mal hörte Ed sein angenehmes Lachen: »Doktor, Sie müßten doch wissen, wie schwatzhaft Frauen sein können.«

»Oha, also doch eine Verschwörung.«

Beide hörten das Lachen des anderen.

»Ich werde in fünfzehn Minuten da sein.«

Ed sah auf sein Reisgepäck; schüttelte leicht, wie gedankenverloren, den Kopf und ging in die Küche, wo er aus dem aufgetürmten Geschirr zwei Meißner Gedecke und Besteck herauszog. Dann begann er, Kaffee zu kochen.

Er ging in sein Arbeitszimmer, holte einen Notizblock, den Montblanc-Schreiber und das hochmoderne transportable Aufnahme- und Wiedergabegerät. Er prüfte die Funktion, und als er feststellte, daß die Technik in Takt war, ging er wieder in die Küche, um das Geschirr auf dem flachen Tisch vor dem Kamin abzustellen. Gut würde mit dem Gesicht zum Fenster sitzen, so wollte es Ed. Für ihn war die Einladung Guts zu sich privat eine herausragende Besonderheit, die er ansonsten grundsätzlich zu vermeiden suchte. Er wollte aber heute unbedingt Zeit sparen, um noch auf den Berg zu kommen.

Nur einige wenige Persönlichkeiten kannten seine private Telefonnummer und seine Adresse. Diese ehemaligen Klienten benötigten hin und wieder seine Dienste, die sich dann im Zusammenhang mit einem Tee, Kaffee oder am Abend mit einem Glas Wein mit positivem Effekt koppeln ließen. Es handelte sich hier nicht mehr um ein Therapeuten-Klienten-Verhältnis, sondern um sehr gute Bekanntschaften oder gar Freundschaften.

Die Kaffeemaschine piepte. Alsbald war der Tisch hergerichtet; selbst eine Kerze hatte er angezündet.

Er sah von der Küche aus dem Fenster. Er konnte über die gestutzten Hecken in die Straße schauen. Paulsen sah auf die Uhr: »Schon gleich halb zehn, komm' schon, es wird Zeit!«, murmelte er. »Zum Abendessen möchte ich in Flims sein«, kalkulierte er, »ich hoffe, jedenfalls.«

Er schaltete den CD-Spieler ein und hörte noch einmal die konzertante Klassik, die er mit Uli am Vorabend genossen hatte. »Oha, na endlich!« Es hatte geläutet.

Er ging zur Tür und öffnete. Vor ihm stand Reinhard Gut, wie er ihn schon oft gesehen hatte. Guts Lächeln gelang nicht so richtig, die Augen, tief umringt, wichen Eds sanftem Blick aus.

»Herzlich willkommen«, Paulsen streckte ihm seine Hand entgegen, er ergriff sie mit erstaunlichem Zugriff, so als würde ihn ein ihm zugeworfenes Seil vor dem Ertrinken retten. Seine Hand war kühl und feucht. Ed hielt die Hand fest und legte zur Bekräftigung seiner herzlichen Begrüßung seine Linke zusätzlich auf das schmächtige Handgelenk und zog den Fernsehmann behutsam in die Diele.

Gut hatte »Danke« geflüstert.

Er sah katastrophal aus; war aber tadellos gekleidet, Armani-Anzug und Schuhe von Hand; und er war frisch frisiert.

Ed hatte ihm aus seinem eleganten Ledermantel, der innen mit Nerz gefüttert war, geholfen und ging mit der Bemerkung, daß er sich wohl hier besser auskenne, vor Gut in den Wohnraum. Gleich hinter dem Durchgang blieb Ed stehen. Gut neben ihm. Er schaute sich interessiert um. »Gestatten Sie ein wenig Neugierde?«

»Selbstverständlich, falls es etwas gibt, was Sie neugierig macht.«

»Und ob, Kompliment, Doktor, sehr, sehr schön haben Sie es hier!«, er drehte sich um die eigene Achse, »darf ich mich, sozusagen zur Eingewöhnung, etwas aufdringlicher umsehen?« Er lächelte und sah Paulsen verlegen an.

»Gern, nur zu«, Eduard Paulsen machte mit den Armen eine einladende Bewegung.

Man hatte den Eindruck, als wollte Gut die Atmosphäre des Raumes auf sich wirken lassen. Er stand da und tastete mit seinen grauen Augen die vielen antiken Gegenstände, das Mobiliar aus dem 18. und frühen 19. Jahrhundert, die Gemälde, Teppiche, also jedes Detail der Einrichtung ab.

Dann ging er geradewegs auf das zwar etwas düstere, aber ungemein imposante Seestück von Alquist zu. Er setzte eine schmale Brille auf, und Ed schaltete die Bildbeleuchtung ein. »Gigantisch«, er sah Paulsen mit lebhaften Augen an, »ich hatte mal die Gelegenheit, in Hamburg eins von ihm ersteigern zu können«, er machte eine wegwerfende Handbewegung, »keine Chance, ein amerikanischer Jude hatte soviel Geld wie ich und noch viel, viel mehr. Ich konnte dann ab fünfzigtausend nicht mehr mithalten.« Er ging zwei Schritte zurück, nahm die Brille ab und sagte: »Eines von den ganz tollen«, er ließ kein Auge von dem Bild, auch dann nicht, als er fragte: »Und, darf ich neugierig sein? Haben Sie viel dafür hinlegen müssen?«

Erst als Paulsen antwortete: »Kaum der Rede wert«, sah er ihn, jetzt fast schelmisch lächelnd an: »Sie sind also ein Glückspilz oder so was ähnliches.«

Ed lächelte zurück und sagte: »Ich bin zwar an einem Sonntag geboren, aber mehr auch nicht«, er sah Gut freundlich an und fuhr fort, »auf jeden Fall haben wir schon eine Gemeinsamkeit, wir sind wohl beide Kunstliebhaber und ein bisserl auch Kenner.«

Für Dr. Paulsen hatte die Arbeit bereits mit dem Händedruck zur Begrüßung begonnen, wie alle anderen auch konnte Gut dies aber am Verhalten von Ed Paulsen nicht bemerken. Sein Blick war unaufdringlich, die Stimme wie immer ruhig, ja beruhigend und geprägt von einer weichen Klarheit.

»Wie recht Sie haben! Ich sammle schon seit meiner Studienzeit in München, und dann in London und selbst in den USA versuchte ich etwas aufzuspüren«, erste farbige Markierungen veränderten sein Gesicht, »meine Mutter war eine fast fanatische, oder man sagt treffender: zwanghafte Sammlerin, und ich glaube, sie hat mir da was vererbt.«

Er blieb vor einem Porzellanbild stehen: »Das kann nur KPM sein, diese Qualität gab es im neunzehnten nur in Berlin, stimmt's?«

»Und wie! Eine Beute aus der DDR.« Ed erzählte ihm, daß er als Student in Berlin sehr viel im Osten war und dort einen regelrechten Handel »Westkonsumgüter gegen Antiquitäten« gepflegt hatte. Er hob die Augenbrauen: »Und alles illegal, es war so etwas von Grenzgängerabenteuer, was uns allen viel Freude machte. Ich besorgte die bei mir bestellten Konsumgüter, schmuggelte sie über die Grenze und bekam im Tausch das alte Zeug. Alle waren wir zufrieden. Nach der Wiedervereinigung trafen wir uns schon öfter und freuten uns noch nachträglich über unsere Schacherei.«

»Ja, ich kenne auch so etwas, es wurde sogar recht professionell über die damalige ständige Vertretung abgewickelt. Einer der Fahrer der Vertretung hatte in Westberlin einen Antiquitätenexperten und dann wurde im großen Stile geschoben was das Zeug hält.«

Dr. Paulsen bot Gut den ausgesuchten Ledersessel an. Gut dankte und setzte sich ein wenig umständlich, weil er noch immer seine Augen auf das Gemälde von Narzis Dias gerichtet hatte.

»Etwas Kaffee?«, fragte Paulsen.

»Gern.«

Paulsen schenkte ein. Der Blick Guts schwebte noch immer durch den Raum.

»Er hält sich an der Kunst fest, er spürt, jetzt wird es unweigerlich ernst«, stellte Paulsen fest und fragte Gut, ob er Sahne wolle. Er wollte. Der Duft des Kaffees verbreitete sich rasch. Sie tranken synchron, so als hätten sie die Bewegungen aufeinander abgestimmt.

Paulsen wollte keine längere Pause entstehen lassen und nahm seinen beabsichtigten Skiurlaub zum Vorwand, um Gut zu fragen, ob er auch Skifahrer sei. Der Moderator lächelte in die Tasse und sagte: »Mehr schlecht als recht, aber dafür mit Begeisterung.«

»Dann hätten wir uns also zum Skifahren verabreden können.«

Gut hob den Kopf und seine Augen suchten Paulsens, als er sagte: »Vielleicht mal später, bestimmt und gern.« Dann schwieg er und senkte den Blick.

»Fein, ich werd' Sie daran erinnern.«

Gut probierte das Gebäck; ein Herz mit Zuckerguß. Sein Lob kam postwendend: »Vorzüglich, selbstgemacht«, er lächelte wieder, nach wie vor etwas unsicher, »aber bestimmt nicht von Ihnen, oder?«

»I wo, dafür habe ich keinerlei Talente.« Ed erzählte ihm, daß seine Mutter eine vorzügliche Köchin sei und sie auch vorzüglich backen könne: »Wir knabbern also Kekse von meiner Mutter, und sie würde sich sehr darüber freuen, uns so zu sehen.«

Paulsen war dabei, dem Mann eine begehbare Brücke zu bauen. Gut gehörte nicht zu denen, die sich ohne Wenn und Aber sofort dem Psychiater auslieferten. Das war Dr. Paulsen, trotz aller Vorschußlorbeeren, längst klargeworden, und es wäre für ihn keine Überraschung, wenn Gut plötzlich ausweichen und eventuell sogar wieder gehen würde. Wie oft in solchen Fällen fühlte sich auch Gut durch die momentane Ablenkung besser, und dieses Gefühl überdeckte erst einmal den eigentlichen Grund seines Hierseins. Nur erfahrene und besonders sensible Therapeuten erkannten das Muß einer solchen sehr aufwendigen, jedoch wirkungsvollen, sich später auszahlenden Vorgehensweise. Erst über diesen scheinbaren Umweg würde es möglich sein, leichter und behutsam »die Schatulle«, wie Paulsen es schon öfter den Studenten erklärt hatte, zu öffnen.

»Am Telefon hatte er es leichter«, dachte er nach, »er war mit seinem momentanen Leidensdruck allein, aber hier kann er sich hinter einem atmosphärischen Vorhang verkriechen, er wagt es noch nicht, hervorzulugen.« Seine Erfahrung und die Einschätzung der Situation rieten zur Vorsicht; übertriebene Empathie war genauso fehl am Platze, wie der Sturm der Festung im Handstreich.

»Ich habe, zum Glück tat ich das sehr, sehr selten«, er löste seinen Blick von der Skulptur von Willy Geiger und sah Paulsen freundlich an, und so als wären sie bei einem ganz normalen Kaffeeplausch, »wenn ich an Vertreter Ihres Berufes ein paar Gedanken verschwendete oder verschwenden mußte, immer geglaubt, es handele sich um ausgefuchste, aasgeierhafte Typen oder guruähnliche Schamanen. Aber einen solchen Kunstliebhaber zu treffen, damit hab' ich nun gar nicht gerechnet!«

Er hatte so gesprochen, als würden »diese Typen« von ihm keines Blickes gewürdigt werden.

Paulsen lächelte ihn an und sagte: »Na, da kann ich ja froh sein, daß ich keine Schmetterlinge sammle.«

Beide lachten völlig ungezwungen, und Gut fragte: »Wie kamen Sie auf die Kunst? Zufall oder wie bei mir über die Familie oder Freunde oder so?«

Paulsen freute sich über die Entwicklung des Gespräches, und er bereitete gedanklich bereits die Wendung vor. »Nein, bei mir war es wohl eine Ventilfunktion.«

Gut sah ihn gespannt an und forderte ihn zum Weitererzählen auf.

Dr. Paulsen verstand es wie kaum ein anderer, die gezielten therapeutischen Konstrukten durch den Einsatz seiner Stimme besonders wirksam zu gestalten. Er begann zu erzählen. Man hatte den Eindruck, als würde Gut jedes Wort förmlich aufsaugen. Gut lauschte fast andächtig.

Ed Paulsen schilderte ihm mit bildhaften Worten die Auseinandersetzung mit seinem Vater, als es darum ging, sich für ein Kunststudium, und zwar Malerei, einzuschreiben. »Mein Vater stellte mit die Frage, ob ich mir sicher sei, so wie Rubens, Monet, oder Kirchner zu werden. Ich konnte natürlich darauf nicht schlüssig und schon gar nicht ihn zufriedenstellend antworten.«

»Und haben sich offensichtlich gebeugt«, stellte Gut mit leicht enttäuschtem Klang in der Stimme fest.

Ed nickte und lächelte Gut ins Gesicht, als er sagte: »Mein Vater meinte es natürlich gut, als er quasi entschied: Studier was Vernünftiges, etwas, wovon du gut leben kannst, malen, mein Lieber, kannst du dann später; auch Autodidakten wurden im späteren Anlauf gute Maler.«

Ed machte eine Pause, um Kaffee nachzuschenken.

»Na ja«, sagte er dann, »und er ließ mich wissen: Ein Kunststudium werde ich nicht unterstützen. Und das war dann doch ein deutlicher Wink mit dem Zaunpfahl.«

Gut hatte die Handflächen zusammengelegt, die Finger gespreizt und bewegte die Hände vor und zurück: »Wer weiß, was aus Ihnen geworden wäre?«

»Sie sehen es, mehr nicht«, Ed hob wie entschuldigend die Schultern und ließ sie wieder sinken.

»Um Gottes willen, so war es natürlich nicht gemeint. Ich bezog es auf Ihre mögliche Karriere als Maler.«

Paulsen lachte ansteckend: »Ich bitte Sie, ich habe doch verstanden. Aber unter dieser Maßgabe bahnte sich mein Interesse für die Kunst seinen Weg: Museen, Kirchen und andere Baudenkmäler, Volkskunst und so weiter, und schließlich wollte ich dann selbst Kunst besitzen. So war es.«

»Und denken Sie manchmal darüber nach, ob Sie vielleicht doch ein toller, gefragter Maler hätten werden können?«

Paulsen sah in dieser Frage die Möglichkeit, den Anfang des Knäuels in die Finger zu bekommen. Der Gehalt seiner Worte mußten nun sitzen: »Wissen Sie, ein Blick zurück, also in die Vergangenheit, um das Jetzt zum Beispiel zu hinterfragen, um richtige Entscheidungen zu fällen, halte ich für richtig und legitim; problematischer wird die Situation, wenn ich mich von einem »Was-wäre-wenn-gewesen« in meinem derzeitigen Leben beeinflussen ließe. Nein, lieber Herr Gut, daran habe ich noch keinen Gedanken verschwendet und werde es auch nicht tun.«

Jetzt war eine Situation entstanden, auf die Paulsen hingearbeitet hatte. Gut hatte den Kopf gesenkt und rührte mit dem Teelöffel, die Verwirbelung der Sahne betrachtend, den Kaffee sehr langsam um. Fast ruckartig hob er den Kopf und sah Ed mit einem deutlich veränderten Blick an, der kaum noch Ausdruck hatte, und sagte: »Aber lieber Doktor, die Vergangenheit, all das, was man erlebt hat, gehört doch zu mir, also sagen wir: zu den Menschen. Wir sind doch erst im Vergangenen zu dem geworden, was wir sind!«

Die Schlacht war eröffnet.

»Sehr richtig«, Paulsen nickte ihm zu und fing seinen Blick mit seinen graugrünen Pupillen weich auf, »aber wir müssen den entscheidenden Unterschied erkennen, daß ich bewußt aus dem Vergangenen lerne und Folgerungen für heute und morgen ableite, aber nicht in der Vergangenheit lebe.« Er hatte »lebe« betont langgezogen; suchte immer wieder Guts Augen und hielt sie fest, als er sprach: »Dann produziere ich mir Probleme. Jetzt und heute so leben zu wollen, wie man meint es vor Jahren hätte so tun müssen, das ist schlichtweg nicht möglich, denn das Damals ist vorbei und letztendlich stellt ein solches Ansinnen eine Flucht aus dem Jetzt dar.« Er provozierte gezielt und wollte noch anfügen: »Damit haben viele immer wieder Probleme, und nicht wenige sind daran zerbrochen.«. Vermied es aber, um dem Gespräch nicht Nahrung zu entziehen.

Gut dachte nach, die Hände wieder aneinandergepreßt, dann, so als müsse er sich von etwas losreißen, zog er den Kopf in den Nacken und sah zur Decke und fragte: »Und wenn man gezwungen ist, in der Vergangenheit zu leben?«

»Ich würde sagen: Niemand ist dazu gezwungen, doch«, Paulsen hob den Finger, »wer sich natürlich zwingen und sich den Rucksack mit der Vergangenheit aufladen läßt, begibt sich in die Gefahr, daß ihm das Jetzt abhanden kommt.«

Gut führte die Finger beider Hände nun so zusammen, als wollte er beten: »Wenn aber das jetzige Leben nichts mehr hergibt, alles so leer ist, warum soll man sich da nicht in die bessere Vergangenheit begeben, wenn man sich dadurch wenigstens für ein paar Stunden besser fühlt?«

Die filigrane Arbeit begann.

»Herr Gut, das Problem aber ist, es handelt sich um eine bewußte Abkopplung vom realen Leben, denn«, sein Blick hielt ihn eisern fest, »diese Realität holt sie unweigerlich ein, und nur in der Vergangenheit kann tatsächlich nur ein«, er wollte »Kranker« sagen, sagte aber, »vom täglichen Sein Verunsicherter leben.«

»Genau das ist es doch!«, seine Stimme war lauter geworden, »ja, genau das ist es doch! Ich falle dann in ein riesiges Loch und spüre nur noch eines«, er unterbrach sich und senkte den Kopf, »Angst, blanke Angst vor fast allem!«

»Er hat den Bock umgestoßen«, sagte sich Ed und laut: »Wir haben quasi gemeinsam den Teufelskreis illustriert«, er streckte sich und machte zu seinen Worten eine ermutigende Miene: »Da sieht man, wie gut wir doch sind.«

Ed wußte, daß dieses wenige für diesen Mann sehr, sehr viel war. Dr. Paulsen verfügte, trotz seiner vielleicht bisher gelebten vierzig bis bestenfalls fünfzig Jahre, nicht nur über einen gewaltigen therapeutischen Erfahrungsschatz und das fundamentale Wissen, sondern hatte das, was einen erfolgreichen Therapeuten erst ausmachte: Talent und Kreativität und ein unbeschreibliches Gefühl für Menschen. Und auch jetzt entschied er sich intuitiv, die personenzentrierte Ausrichtung seiner Vorgehensweise zu verlassen, da er spürte, wie Gut noch an seinen ersten Eingeständnissen zu beißen hatte. Er ließ absichtlich die Leine locker. Paulsen gelang es, Gut mit einigen Fallbeispielen zu fesseln. Nach wenigen Minuten hing der Moderator förmlich an Eds Lippen, er fragte hier und da nach, und seine Wangen nahmen wieder eine leichte rötliche Färbung an. Paulsens Plan, durch diese gezielt für Gut ausgesuchten Geschichten, ihn ins Schlepptau zu bekommen, ging auf.

Die Fragen, die Gut hier und da stellte, waren immer so formuliert, daß ein Bezug zu ihm für einen Außenstehenden nicht zu erkennen war. Paulsen war längst kein Außenstehender mehr. Er war überaus konzentriert, obwohl er so wirkte, als führe er ein nettes privates Gespräch.

Paulsen war sich seiner Verantwortung und auch dessen bewußt, daß er mit diesem Mann noch einen längeren Weg zu bewältigen hatte. »Heute kann es natürlich nur darum gehen, ihn erst einmal wieder für ein paar Tage auf die Beine zu stellen«, legte er das Ziel des laufenden Gespräches fest. Er hatte, wie üblich bei solchen Interventionssitzungen, seine spezielle Bewertungs- und Beurteilungsskala aktiviert, um die von ihm jeweils definierte Zielfunktion auf seinen Realitätsbezug hin zu prüfen. Sollte er nämlich feststellen, daß die Stabilisierung der konkreten Verhaltens- und Handlungsregulative der Person kaum oder nicht gesichert werden können, müßte er andere Maßnahmen ergreifen.

Gut hatte nun hastig, fast ohne Punkt und Komma gesprochen. Man spürte es: Er hatte bemerkt, wie ihn das Sprechen erleichterte, und nun konnte er nicht ausgiebig genug das angenehme Gefühl der Entlastung genießen.

Dabei schlug er sich auch Wunden, fast masochistisch kümmerte er sich nicht um das fließende Blut. Es war die Aufgabe von Paulsen, diese Wunden zu versorgen.

Gut hatte ihn endgültig angenommen. Die grundsätzlichen Bedingungen für eine erfolgreiche Therapie waren hergestellt.

Dr. Paulsen hatte die Fähigkeit, alle für ihn relevanten Informationen aus den Gesprächen mit seinen Klienten, in einer Art operativen Register nach einer internen Bedeutungsskala zu speichern. Als Gut gelöst zu sprechen begann, hatte er jedoch den Knopf für das Aufnahmegerät betätigt. Er wollte später auf ganz bestimmte Details zurückgreifen können und sich dabei nicht nur auf sein Gedächtnis verlassen, denn hier erwartete ihn ein komplizierter Therapieverlauf; das stand für ihn bereits fest.

Paulsen gab dem Gespräch jetzt bewußt eine andere Richtung. Er wollte den Übertragungseffekt vertiefen und begann, sehr geschickt über sich und seine Probleme im täglichen Leben zu sprechen. Die konkrete Wahrheit konnte dabei hier und da dem aktuellen Therapieziel untergeordnet werden. Eine Methode, die er immer dann wählte, wenn er es mit einer besonders starken »Panzerung« bei einem Klienten zu tun hatte. Diese Methode hatte er verfeinert, ausgefeilt und sehr oft darüber publiziert. Eher durch Zufall war er auf die Wirkung dieser Methode gestoßen.

Vor Jahren war eine prominente Opernsängerin in seiner ersten Praxis. Die Arbeit war eine Quälerei, denn sie kamen kaum weiter. Fast resignierend und sich selbst ablenken wollend, hatte Dr. Paulsen dann angefangen, von sich selbst und seinen, teilweise natürlich auch erfundenen Problem zu erzählen. Die Diva hatte nicht nur aufmerksam und anteilnehmend zugehört, sondern begann, Reflexionen über das ihr Anvertraute und dann, sich selbst vorzunehmen und zwar, nach dem Motto »wenn du mir vertraust, vertraue ich dir auch«. Und sie warf ihre »Rüstung« ab. Völlig überrascht, jedoch sofort die sich zufällig bietende Chance ergreifend, fand Paulsen den Zugang zu ihr, den er unbedingt angestrebt, aber fast schon aufgegeben hatte.

Der sich nahezu »von allein« einstellende Erfolg war für beide ein Erlebnis, denn sie erfuhr in den überaus geistvollen, aber komplizierten Sitzungen Dinge über sich, die sich ihr niemals erschlossen hätten, und Ed Paulsen war auf eine weitere, effiziente Variante gestoßen, die ihm in seiner Arbeit auch danach immer wieder half, scheinbar unüberwindliche Hindernisse aus dem Therapieweg zu räumen.

Er dokumentierte diese Methode und stellte die Ergebnisse seiner Arbeit den Kollegen auf den Fachtagungen und seinen Studenten vor. Paulsen verwies darauf, daß vor allem Klienten mit der Meinung von sich, selbstbewußt und selbstsicher zu sein, und die diese Selbsteinschätzung in ihrem Auftreten unmißverständlich zu untermauern versuchen, sich sehr gut mit dieser Methode »fangen ließen«.

»Wer meint, bitte denken Sie an Orwells »Farm der Tiere«, er wäre gleicher als gleich, fühlt sich bestätigt, wenn der Therapeut sich vor ihm (natürlich für uns scheinbar) auch ein wenig entblättert. Eine Eröffnungsvariante für die Klienten-Therapeuten-Interaktion, aber Vorsicht: Sie dürfen auf keinen Fall schwach oder unsicher erscheinen. Ein schmaler Grat, so daß wir uns also vorher genau überlegen müssen, ob und wie wir vorzugehen haben. Stellen Sie sich zum Beispiel vor, der Klient zieht aus der Anwendung der Exhi-Methode«, er hatte diese Bezeichnung für sich selbst gewählt, »also aus dieser scheinbaren Exhibition des Therapeuten, Schlüsse, die da lauten könnten: Mein Gott, der arme Kerl, dem muß *ich* ja helfen, wie soll *der* mir dann helfen können; die Erfolglosigkeit der Therapie wäre das logische Ergebnis.«

Übrigens bekam Paulsen noch heute Gratiskarten von der Sängerin und war auch kürzlich ihr Gast bei ihrem riesigen und hochgelobten Konzert in New York.

Gut spürte nicht, wie er bereits aktiv an seiner eigenen Therapie arbeitete.

Paulsen hatte sich entschieden; ging jetzt direkt auf Gut zu, indem er ihn durch die Schilderung seiner eigenen vermeintlichen Schwächen ins Vertrauen zog und somit sich mit Gut quasi auf Augenhöhe traf. Der Fernsehmann war bald kaum noch wiederzuerkennen; er begann sogar Ed Paulsen Ratschläge zu geben, die dieser mit besonderer Befriedigung (»er macht mit, er hat angebissen«) registrierte.

Als Gut über die Bedeutung von Verdrängung einige durchaus sinnvolle Anmerkungen machte, lächelte ihn Paulsen mit einem Blick, absichtlich gemischt aus Überraschung und Hochachtung, an und sagte: »Oha, jetzt können wir ja ein ausgiebiges Fachgespräch führen oder gar die Positionen tauschen.«

Gut winkte mit nichtssagender Geste und lachenden Augen ab: »Das ist Wissensschnee von vorgestern, ich glaube«, er unterbrach sich und kniff beim Nachdenken die Augenlider zusammen, »ach ja, jetzt erinnere ich mich«, er legte wieder seine Handflächen aneinander, »es war ein Weiterbildungskurs für angehende Journalisten und da habe ich so ein bißchen was aufgeschnappt und«, er grinste mit stolzer Miene, »wie Sie sehen, sogar etwas behalten.«

Das Kalkül von Dr. Paulsen schien aufzugehen. Ihm fiel plötzlich auf, daß sich Guts Gesicht, wie von einem Chirurgen zusammengebastelt, in zwei, sich deutlich unterscheidende Hälften präsentierte:»Das ist mir im Fernsehen so noch gar nicht aufgefallen«, dachte Paulsen flüchtig.

Gut sah Ed Paulsen nun neugierig an:»Ist es vermessen, Sie über Ihr Leben zu befragen?«. Seine linke Gesichtshälfte lächelte, die andere beteiligte sich nur schüchtern daran.

Paulsen war deshalb überrascht, weil er gerade darüber nachgedacht hatte, wie er Gut dahin bringen konnte, mehr von sich abzurücken und sich noch interessierter ihm zuzuwenden. Sein Plan war es, durch eine geschickte Themenauswahl Gut an seinem eigenen Leben teilhaben zu lassen und somit zu sensibilisieren. Dr. Paulsen wollte damit so etwas wie eine emotionelle Brücke von seinem Erleben zur aktuellen Situation des Moderators bauen und ihm dadurch Rückschlüsse auf sich selbst und seinen derzeitigen Zustand ermöglichen. »Besser konnte es ja nicht kommen«, stellte er erfreut fest.

Für den Einstieg wählte Dr. Paulsen seine Kindheit. Ed formulierte für sein Konstrukt sein Ziel:»Sein Leid darf sich für ihn nicht mehr so singulär und auch nicht mehr als unüberwindlich und bedrohlich darstellen.« Und, so hoffte Ed Paulsen, er würde dann unbefangener und direkter die Zusammenarbeit gestalten können. Die große Variable bestand aber nach wie vor darin: Dr. Paulsen wußte noch zu wenig über die Hintergründe des offensichtlichen psychischen Absturzes und damit natürlich auch über die Ursachen für seinen desolaten Gesamtzustand.

Paulsen wollte, bevor er mit dem Einstieg begann, noch ein wenig Zeit für ein paar Gedanken gewinnen. Er sah Gut kurz an, erhob sich mit einem Wort der Entschuldigung, ging durch den Raum zum Fenster und kippte es an. Dann drehte er sich um sagte:»Selbstverständlich, ich habe damit kein Problem.«

Die frische Winterluft sog er durch die Nase tief in die Lungen und überlegte:»Was läuft bei ihm ab, was ist aktuell und seit längerem, höchstwahrscheinlich einschleichend, passiert? Oder will er sich neu orientieren, weil irgend etwas kaputtgegangen ist, steckt er in einem Rollenkonflikt, sind seine Rückwendungen in die für ihn bessere Vergangenheit eine Flucht vor aktuellen Herausforderungen oder Niederlagen oder schleppt er unterschwellig schon länger eine Persönlichkeitsstörung mit sich herum, deren Symptome jetzt so richtig »reif geworden« sind.?«

Er setzte sich Gut gegenüber.

»Ein echter Winter, mal wieder.«

Gut setzte die Tasse ab und sagte: »Wenn es nach mir ginge, könnte schon wieder alles grün sein.«

Ed hob beschwichtigend die Hände und antwortete: »Lassen Sie mich aber erst mal den Skiurlaub über die Runden bringen.«

»Aber selbstverständlich«, er lachte Ed ins Gesicht, »ich möchte es mir doch nicht mit Ihnen verderben und halt«, er hob die Hand tat so, als denke er angestrengt nach, »nein, leider, ich hab' die Telefonnummer von Petrus vergessen, sonst hätte ich gleich für tolles Winterwetter gesorgt.«

»Schade, aber ich hoffe, daß trotzdem nichts mehr schiefgehen wird, und andernfalls können Sie ja dann immer noch mit dem Herren telefonieren.«

Sie waren an der Stelle angekommen, die von Paulsen noch mehr Konzentration verlangte. Er konstruierte eine personenbezogene Fabel, die aber so von seinem Klienten nicht erkannt werden durfte. Gleichzeitig mußte Dr. Paulsen die momentanen Regungen Guts genau erkennen, analysieren und auf diese mehr oder weniger improvisierend eingehen können. Die Befindlichkeits- und sonstigen Äußerungen sowie Regungen seines Besuchers mußte Ed für die spätere Nacharbeit im szenischen Kontext abspeichern. Er benötigte jede relevante Information, um dann analytische Folgerungen ableiten zu können.

Gut verfolgte mit gespannter Miene und einer fast unbequemen Körperhaltung Paulsens Erzählung. Er führte Gut nach Ostpreußen. Vor den geistigen Augen des Moderators erschien ein Mann mit buschigen Augenbrauen, gutmütigen, aber dennoch ausgeprägten Gesichtszügen und ausdrucksstarken graugrünen Augen. Der

Mann war breit in den Schultern; er paßte gerade noch durch die Tür, ohne sich seitlich drehen zu müssen. Gut erfuhr sehr bald, daß dieser Mann der Großvater von Paulsen und wohl bis heute sein größtes Vorbild war.

»Er war nicht nur körperlich ein Riese, als handelnder Mensch war er noch viel riesiger. Seine Hände, groß wie Bratpfannen, konnten so viel Wärme und Zärtlichkeit spenden, wie man es von diesen Schwielen und kräftigen Adern nicht erwarten konnte.«

Die »Bildübertragung«, wie Dr. Paulsen zu sagen pflegte, klappte ausgezeichnet und diese Bilder nahmen Guts Gefühle ins Schlepptau.

»Gut so, mein Lieber, du siehst die Bilder, und ich spüre, wie die Gefühle diese drapieren«, dachte Dr. Paulsen und zeichnete das Familienbild zum Ende des letzten Weltkrieges emotionsbetont und farbig weiter.

Gut erfuhr über die Aktivitäten des Großvaters. Er erfuhr, daß dieser Mann dem neuen Regime skeptisch gegenüberstand und sich sogar politisch eher links-national orientierte. Und dann war es ausgerechnet der Kaufmann Wilko Wolff, der ihn als »Kommunisten« denunzierte, um sich wohl dadurch unproblematisch eine Fahrkarte in die Schweiz besorgen zu können. Der Riese überstand die Gestapoverhöre, und man mußte ihn mit Auflagen (jeden Monat einmal in der Wache melden) zum Glück wieder entlassen. Die Mitglieder dieser unorganisierten Gruppe waren zu keinem Zeitpunkt in Gefahr; Großvater Berger war nichts nachzuweisen und er hätte geschwiegen. »Ein Nationallinker ohne wirkliche Aktivitäten«, hielt man im Protokoll fest.

Dann kamen die Russen. Mit ihnen die Hoffnung. Doch dann die bittere Enttäuschung. Der Geschundene und optimistisch Hoffende wurde bitter enttäuscht, denn wieder mußte er kämpfen und zwar vor allem darum, die körperliche Unversehrtheit, das Leben seiner Familie zu sichern und zu erhalten.

Die marodierenden Kampftruppen hatten einen offiziellen Freibrief, man sagt vom Schlächter Stalin persönlich erhalten, der ihnen alles erlaubte. Natürlich waren die deutschen Frauen das

Begehrteste. Vom Kind bis zur alten Frau, jede wurde von ganzen Gruppen von Soldaten der Roten Armee brutal vergewaltigt. Oft bis zum Tod. Berger beerdigte selbst eine junge schwangere Frau, der man nach unzähligen Schändungen ein Bajonett in die Brust gestoßen hatte.

Als Ed Paulsen dann die Episode erzählte, wo es um Leben und Tod dieses Mannes und seiner Familienmitglieder ging, hatte Gut sich mit wie zum Beten verschränkten Händen nach vorn gebeugt und hing förmlich an den Lippen des Erzählers.

»Meine Mutter, gerade mal 18 Jahre, und die Frau meines Großvaters hatten sich verkleidet, um alt zu wirken. Sie gingen kaum aus dem Haus, wenn, dann nur in der Dunkelheit. Aber irgendwann muß es einem der Kalmücken aufgefallen sein, daß sich in dem Haus wohl doch Frauen befinden.«

Er machte eine Pause und fragte Gut, ob er noch Kaffe wünsche. Dieser sah ihn überrascht und mit Ungeduld in den Augen und der Stimme an, als er sagte: »Wie bitte, ach ja, ja, noch ein wenig«, er hob seine Tasse rasch Paulsen entgegen.

Paulsen erzählte weiter: »Am nächsten Tag, es wurde bereits schummrig, sah meine Oma beim Zuziehen der Vorhänge drei Soldaten geradewegs auf das Haus zukommen.

Mein Großvater hatte die Nachricht äußerlich ganz ruhig hingenommen, er schaute noch nicht einmal nach draußen. Er hatte dann gesagt: ›Du, Ruthi, gehst ins Schlafzimmer, kriechst unters Bett, und du‹, er nickte seine Frau an, ›setzt dich auf das Bett.‹ Seine Augen hatten, so erzählte mir später meine Oma, einen seltsamen Glanz, und seine Gesichtszüge wirkten hart, wie gemeißelt. Er stand auf und ging mit festen Schritten, wie immer wegen seiner Fußverletzung aus dem Ersten Weltkrieg leicht hinkend, in den Korridor und blieb vor der Haustür stehen.« Paulsen mußte niesen: »Entschuldigung.«

Gut sah ihn an, ohne zu reagieren. Dann bemerkte er sein Versäumnis: »Oh ja, Doktor, sehr zum Wohle.«

»Danke, … also er blieb unmittelbar vor dieser eichenen Tür stehen«, erzählte Ed zur vollen Zufriedenheit seines Gastes weiter,

»sie schlugen die Tür nicht ein, als einer von ihnen die Klinke herunterdrückte, und die Tür sich nicht öffnen ließ. Der kleinere Rotarmist mit den asiatischen Gesichtszügen und der wohl erbeuteten deutschen Maschinenpistole vor der Brust rief: ›Aufmachen, sofort, wir sonst schießen!‹ Mein Großvater drehte den Schlüssel herum.

Sofort riß der in der Mitte Stehende die Tür auf, offensichtlich ein Offizier, denn er trug eine Schirmmütze und Reiterhosen, und am Koppel baumelte eine Pistole. Alle drei schraken sichtlich zusammen, als sie meinem Großvater, der den Türrahmen fast ausfüllte, von Angesicht zu Angesicht gegenüberstanden. Der Offizier war sogar einen Schritt zurückgewichen.«

Der Fernsehmann erfuhr von der riesigen Axt, die Paulsens Großvater schon immer hinter der Haustür im Korridor stehen hatte. Oft ging der Riese mit dieser Axt, die er immer selbst bis zur höchstmöglichen Schärfe schliff, in den naheliegenden Forst oder den Garten, um Holz zu schlagen. Diese Axt, noch deutlich größer und deutlich schwerer als die eines Henkers, konnte nur ein Mann handhaben, der über enorme Kräfte verfügte. Karl Berger hatte sie.

»Mein Großvater«, so Paulsen weiter, »hatte hinter der Tür mit der linken Hand den langen Stiel der Axt ergriffen. Noch sahen die Rotarmisten nur eine riesige Gestalt und in ein Gesicht, in welchem sie nicht die geringste Angst entdecken konnten. Er sah nacheinander jeden an und heftete dann seine Augen in die des Offiziers. Der Asiat herrschte meinen Großvater an: ›Hier Frau, wo Frau, dawei!‹

Da mein Großvater beruflich und auch privat oft in Polen und in Rußland unterwegs war und er interessiert daran war, sich mit den Menschen aus diesen Regionen um Ostpreußen auch in deren Sprachen zu verständigen, beherrschte er das Vokabular und auch die Grammatik für eine einfache Konversation. Mein Großvater, so berichtete später meine Mutter und meine Großmutter, soll mit fester, klarer Stimme geantwortet haben: ›Wir haben uns gefreut, daß das Sterben nun endlich vorbei ist. Wir sind hier geblieben, weil wir große Hoffnungen hatten. Leider wohl eine falsche

Entscheidung. Sag, Offizier, sind alle Kommunisten so? Es wäre eine Schande!‹ Er packte die Axt mit dem langen Stil mit einer Leichtigkeit, die die Russen offensichtlich verblüffte, hob sie langsam in eine leicht schräge Position vor seinen Körper. Der geschliffene Stahl blinkte kalt. Der Kalmücke riß das Schloß der Maschinenpistole durch. Der Offizier hob leicht die Hand und sah wie gebannt auf diesen halbwegs gut Russisch sprechenden Hünen. Der Russe war etwas blasser geworden, als er folgendes hörte: ›Ja, hier sind Frauen, aber wenn ihr meine Tochter und meine Frau haben wollt, dann müßt ihr hier an mir vorbei‹, mit seiner rechten Hand beschrieb er den Weg, mit der linken bewegte er fast spielerisch die gewaltige Axt und löste seinen Blick vom Offizier und sah in das pockennarbige des Kalmücken, der die Maschinenpistole auf ihn gerichtet hatte, und soll dann mit nach wie vor ruhiger und fester Stimme gesagt haben: ›Bevor du mich erschießt‹, jetzt suchte er wieder die Pupillen des Offiziers, faßte sie ohne die geringste Angst und vollendete den Satz, ›werde ich ihm den Schädel spalten.‹ Der Blick des Offiziers, der leicht zurückgewichen war, flakkerte ein wenig.«

Ed schenkte den Rest des Kaffees ein. ›Die Pause gefällt ihm überhaupt nicht‹, konstatierte Dr. Paulsen befriedigt. Denn Gut sah ihn flehentlich an. Mit der rechten Hand hatte er das Kaschmir seines Sakkos so fest ergriffen, daß seine Knöchel hell hervortraten. Dr. Paulsen ließ ihn noch ein wenig zappeln; alles das gehörte zu seinem geplanten Vorgehen. Er war kurz aufgestanden, um das Fenster zu schließen. Er setzte sich, avisierte, dann noch etwas Kaffee zu kochen. Aber Gut wirkte wie abwesend.

»Wo war ich …«

»… wo Ihr Großvater sein Leben riskierte. Dem Offizier eröffnete, ihn wenn nötig zu erschlagen!«

Paulsen lächelte verhalten: »Also, er pokerte natürlich hoch. In der Zeit damals war ein deutsches Leben nichts wert. Da mein Großvater eigentlich nie selbst über das Gewesene erzählte, fragten wir ihn einmal, ob er meinte, der Offizier hätte plötzlich Angst bekommen. Er hatte geantwortet: Der nicht. Er war sicherlich in dem Krieg zigmal durch die Hölle gegangen, aber vielleicht besann er sich plötzlich darauf, trotz des Krieges ein kultivierter Mensch unter Menschen zu sein. Und die Russen sind ein Volk mit Kultur. Der Offizier sah nämlich meinen Großvater, der die Axt noch immer vor ihm in seiner riesigen Faust hielt, nun gerade in die Augen und zog dabei die Lider leicht zusammen, so als wollte er sagen: Nun gut, wir sind uns einig, und gab ein kurzes Kommando. Fast wie auf dem Exerzierplatz machten sie kehrt und verschwanden in der nun schnell einsetzenden Dunkelheit.«

Gut lehnte sich zurück, atmete hörbar aus und sagte: »Mein lieber Herr Paulsen, wenn Sie mal in ihrem Job kein Geld verdienen, dann sollten Sie Drehbücher oder so was ähnliches schreiben. Aber im Ernst: Eine atemberaubende Geschichte und hoffentlich mit einem guten Ausgang, oder?« Er sah Paulsen mit einer gewissen Herausforderung an und bekräftigte seinen Blick mit den Worten: »Nun will ich natürlich alles wissen!«

Und Gut sah, als Paulsen weitererzählte, am nächsten Tag den Offizier in der Mittagszeit auf das Haus zugehen. Er klopfte an die Tür und hielt dem Großvater, der wieder dastand wie ein Prellbock, ein in ein Leinentuch, oder war es ein sauberer Fußlappen?, gewikkeltes Paket entgegen. Der Hüne zögerte. Der Russe lächelte ihn an. Fragte, als Karl Berger das Paket angenommen hatte, ob er mal wiederkommen dürfe, er würde gern mit ihm reden. Der Großvater soll nur genickt haben, und der Russe ging.

»Grobes Brot, Speck und Zucker und Machorka-Tabak, so in etwa soll das Zeug geheißen haben, lagen auf dem Küchentisch«, Paulsen lehnte sich zurück und sagte, die Hände locker zusammenführend: »Und damit war die Familie gerettet. Der Offizier wurde ein ständiger Besucher und rettete meinem Onkel, der schwer an Typhus erkrankte, durch die von ihm betriebene Unterbringung und Behandlung in einem russischen Lazarett wohl das Leben.«

Gut sah offensichtlich entrückt aus dem Fenster, die Spannung war gewichen. Seine Gedanken, gefolgt von seinem Blick, pendelten zurück in die Gegenwart: »Ein Beispiel dafür, was die

Menschen doch so alles durchgemacht und erlebt haben. Ich glaube, all das hat sie auch stark gemacht, wenn sie denn überlebten, oder?« fragte er Dr. Paulsen.

»Grundsätzlich schon. Aber ich sehe es, vor allem natürlich aufgrund meines Lebens in dieser Familie, differenzierter. Sicherlich gab es kaum etwas, was meinen Großvater hätte umhauen können. Andererseits haben diese Jahre, beginnend bei den Massenvergewaltigungen und gekrönt durch die Vertreibung und damit die Aufgabe der geliebten Heimat, körperliche und auch seelische Wunden hinterlassen, die nur sehr langsam vernarbten. Ich glaube die innere, psychische Stärke eines Karl Berger, war schon da; aber alle die, die so etwas erlebt hatten, und daran nicht zugrunde gegangen sind, konnte wohl nichts mehr in ihrem Leben erschüttern.«

»Haben Sie den Eindruck gehabt, daß Ihre Familie unglücklich war, oder so?« »Nein, das nicht, ich glaube, nein, ich weiß es: Sie blickten immer nach vorn, ohne das Vergangene zu vergessen.«

»Kann man denn unter diesen Umständen, dem Erlebten überhaupt noch glücklich sein?« fragte Gut mit leicht bebender Stimme.

Paulsen war sich jetzt absolut sicher: Er hatte den richtigen Einstieg gewählt und freute sich.

»Man kann, mein Lieber, man kann, in dem Augenblick, wo widrige, bedrohliche Lebensverhältnisse zu überwinden sind, zeigt sich die Stärke und Größe charakterlicher und psychischer Qualitäten, und dann empfindet man jeden, auch kleinsten gemeinsamen Erfolg als Teil eines gemeinsamen Glücks.«

Gut nickte bedächtig. Eine Haarsträhne fiel ihm in die hohe Stirn. Er ließ sie, und auf Paulsen wirkte sie wie eine Narbe als das Ergebnis sich kreuzender Klingen einer schlagenden Verbindung.

Paulsen setzte nach: »Wir sind letztendlich nicht fertige Produkte einer Liebesnacht unserer Eltern, wir werden durch all das, was uns in den ersten Lebensjahren umgibt, am stärksten geformt. Zwar lernt der Mensch, bis man ihn begräbt, seine Eigenschaften, und das, was jeden individuell ausmacht, installiert er, ich drücke es etwas trivialisiert aus, aber in seinen jungen Jahren.«

»Eine allgemeine Weisheit, über die fast jeder Bescheid weiß, aber trotzdem«, er lächelte fast gequält, »haben Sie und Ihre Kollegen immer mehr Arbeit. Erst neulich habe ich es Millionen verkündet. Was also ist hier los? Weshalb sitze ich bei Ihnen und quäle mich mit mir selbst?«

»Eine gute Frage, sehr geehrter Herr Gut«, Ed Paulsen setzte sich so, daß er das rechte Bein über das andere schlagen konnte, »ich betrachte diese Entwicklung natürlich mit fachlicher Besorgnis. Mich interessiert, sicher sind Sie jetzt als Nachrichtenmann und Moderator etwas enttäuscht, all das was man »Politik« nennt, nicht die Bohne. Anders sieht es aus mit den gesellschaftlichen Verhältnissen und Veränderungen des uns umgebenden Seins, in ihnen wuchern förmlich die Keime.« Gut war sichtlich überrascht und fragte: »Politik und gesellschaftliche Veränderungen tangieren sich doch! Wie geht das also bei Ihnen, in Ihrem Beruf, wenn Sie das trennen?«

»Bis heute glaube ich, daß es geht. Und ob! Natürlich weiß ich darüber sehr gut Bescheid, wie das tägliche Sein auf das Bewußtsein einzelner wirkt, und somit habe ich«, er sah Gut mit leicht spöttischem Blick an, »mehr als mir recht ist, Politik pur, nur in der Gestalt von Problemen einzelner Menschen.«

»Sie sind also doch nicht der, der Politik nicht als wichtiges Instrument der Gesellschaft anerkennt?«

»Sagen wir es mal so: Ich nehme zur Kenntnis: Es gibt Politik und Menschen, die sich damit mehr oder minder gern beschäftigen. Ich gehöre aber nicht zu denen. Und konnte Sie daher«, die Bitte um Verständnis schwang in seiner Stimme, »anfangs auch nicht zuordnen, obwohl man Sie ja fast täglich im Zusammenhang mit Berichterstattungen über Gott und die Welt sehen kann, wenn man denn will.«

Gut schmunzelte verständnisvoll. Dann fragte er: »Wollen Sie damit sagen, Sie leben im gesellschaftlich luftleeren Raum?« Nun war es Dr. Paulsen, der schmunzelte, als er sagte: »Wohl kaum. Eher umgekehrt. Ich bewege mich in allen Bereichen dieser heutigen Gesellschaft. Vielleicht sogar mehr, als ich eigentlich sollte.

Ich schaffe mir jedoch eine, sagen wir mal, entpolitisierte Umwelt. Für mich hat Politik *keinen* Stellenwert, weil ich zu erkennen glaube und mir dessen völlig sicher bin, daß durch die Spezies Politiker wichtige und vor allem Orientierung schaffende Regularien, denken Sie nur an so etwas wie Zuverlässigkeit, Ehrlichkeit, Werteorientierung, Moral und Ethik, regelrecht vernichtet werden.«

»Harter Tobak, Herr Doktor.«

»Aber alles in allem wohl doch die Wahrheit. Oder wissen Sie ein besseres Beispiel für Lüge, Geld- und Machtgier, Unzuverlässigkeit, Egoismus, fehlende Integrität, Selbstdarstellung«, er warf den Rest der Aufzählung mit einer Handbewegung weg, »und auf alles weitere will ich verzichten.«

Gut hatte die Hände auf die Oberschenkel gelegt und betrachtete sie so, als wolle er feststellen, ob noch alle fünf Finger an jeder Hand wiederzufinden seien. Dann sah er, den Rücken kerzengrade haltend, Paulsen an und sagte: »Komisch, ich hab' täglich damit zu tun und habe natürlich eine andere Peilung, wenn Sie mich verstehen«, Paulsen bestätigte sein Verständnis, »und wenn ich Ihnen nun so zuhöre, fällt es mir überraschend schwer, Ihnen rundum zu widersprechen.«

»Oha«, Paulsen lachte, »jetzt muß ich mich zurückhalten, nicht daß man mich lyncht, wenn Sie durch meine Äußerungen plötzlich Ihren Nachrichten eine andere Nuance geben.«

»Keine Sorge, ich funktioniere jetzt selbst im volltrunkenen Zustand!« Sarkasmus war es, kein Lachen. »Ja, lieber Doktor, es ist so: Irgendwann begann ich zu funktionieren. Aber genau das, nehme ich mal an, muß mir geschadet haben, denn ich spürte immer wieder, daß mir Dinge fehlten, die andere offensichtlich hatten.« Er strich sich fast bedächtig durch das Haar und sagte: »Ich rannte den anderen anbiedernd hinterher, hatte immer Geld und immer etwas zum Hergeben, nichts ging schief bei mir, denn ich funktionierte ja so, wie alle es von mir erwarteten, und je besser ich wohl funktionierte, um so leerer wurde ich wohl.«

›Sehr richtig analysiert: Dein Ich, deine Persönlichkeit blieb in wichtigen Bereichen quasi auf der Strecke‹, gab Paulsen ihm gedanklich recht und hörte hochkonzentriert Gut zu.

Er schilderte seine Jugend, berichtete, welchen Auflauf es gab, wenn er einmal eine Schramme am Knie hatte: »So etwas war ja so selten! Ich spielte in gesicherten Gärten und mit ausgewählten Spielpartnern. Alles war organisiert. Oft schielte ich zu den frechen Kindern aus der normalen Schule. Sie rannten, stürzten, kloppten sich und vor allem aber: Sie lachten und machten allerlei Späße«, man merkte ihm jetzt noch an, wie gern er damals auch irgendeinen Schabernack ausgeheckt hätte, »also fiel ich einmal hin, und mein Knie blutete. Glauben Sie mir Doktor«, er sah ihn so an, als befürchtete er, Paulsen würde das gleich Folgende nicht glauben, »ich schrie natürlich, denn ich wollte ja auf das schier Unmögliche gebührend hinweisen, und dann geschah ein Gerenne, Gezeter und Geschrei, daß ich erschrak, denn ich stellte wohl intuitiv fest, was für ein Brimborium um eine Schramme gemacht wurde.«

Wieder wiegte er das Gewicht seines Kopfes, um dann fortzufahren: »Das Schrammenszenarium als exemplarisches Beispiel, wies mir quasi den Weg zu meiner Macht, die ich dann wohl, wohl muß man heute sagen, »leider« unterstützt von allen um mich herum, weidlich ausnutzte. Irgendwann begann ich mich zu wundern. Ja, ich begann mich über mich zu wundern, als ich feststellte, daß ich die Dinge wohl mit anderen Augen und Gefühlen sah als all die anderen. Ich war irgendwie verkorkst und schaffte es nie, das hinzubekommen. Im Gegenteil, es wurde immer schlimmer. Nach meiner Bilderbuchkarriere und dem Einstieg in die Medienbranche sagte mir dann eine der damals ersten Bettgefährtinnen vom Sender, als ich sie offensichtlich, nur auf mein Gefühl bedacht unbefriedigt liegen ließ, am nächsten Tage, ich sag' Ihnen, ich werde es nie vergessen«, er sah Paulsen mutig in dessen sanfte, immer noch unverräterische graugrüne Augen, »sie sah mich mit einem strahlenden Lächeln, aber eiskalten Augen an und sagte: ›Daß du in diesen Laffenstall paßt, weiß ich nach dieser Nacht nun mit Bestimmtheit, du solltest dir lieber einen runterholen, als Frauen zu kränken‹ und ich reagierte wie ein blasierter Torero.« Er lächelte leicht verkrampft und faltete die Hände, sah an Ed vorbei hinaus in den Garten und sagte leise, fast flüsternd: »Die Talfahrt, damals merkte ich natürlich nicht, daß es eine war, ging dann weiter, und ich merkte gar nicht, in welcher Welt, mit welchen Menschen ich verkehrte, und erst vor ein paar Wochen, als ich wieder einmal ganz unten war, wurde mir auf einmal klar: Du warst und bist tatsächlich ein Laffe unter den Laffen.« Dr. Paulsen lehnte sich innerlich zurück, denn er erkannte zu seiner Zufriedenheit, daß Gut ihn nun endgültig an ihn rangelassen hatte. Seiner sicherlich ungerechtfertigten Pauschalisierung widersprach er absichtlich nicht. Für den erfahrenen Therapeuten zeigten sich erste Hinweise auf die Ursachen des sich deutlich darstellenden psychischen Circulus vitiosus, in dem sich Gut seit längerem befand. Da er zum Glück zu den gescheiten Leuten zählt, erkannte er seine Defizite und hinterfragte seine Handlungen und sein Verhalten und zog eine für ihn vernichtende Bilanz; keine so schlechten Voraussetzungen für das Kommende.

Dr. Paulsen war sich in diesem Moment schon sicher, diesem Mann wirksam helfen zu können. Diese Sicherheit ging von Gut aus, denn Ed Paulsen wußte nun, daß er in ihm schon jetzt einen Mitstreiter hatte, er mußte nicht mehr, wie in den meisten Fällen, sich den Weg zur Öffnung der Person erkämpfen. Hier war ein Mann, der selbst erkannt hatte wohin das Boot seines Lebens getrieben war. Er versuchte auch den Ausbruch, aber das gelang ihn nicht, und aufgrund dieser Erkenntnis schlugen über ihm die Wellen zusammen. Er war ein Teil dieser Scheingesellschaft geworden und in ihr auch durch seine in der kindlichen Erziehung entstandenen Wertorientierungen und Persönlichkeitsdispositionen bereits tief in diesem System der Oberflächlichkeiten verwurzelt. Er suchte zwar nach neuen Horizonten, aber diese vernebelten immer dann, wenn er ihnen konkret entgegengehen wollte.

»Viel Arbeit«, dachte Paulsen, »aber alles in allem durchaus reparabel.«

Für den Therapeuten war die von Gut eingangs geschilderte Angstsymptomatik und gleichzeitig seine unübersehbare depressive Grundstimmung, die ihn bezüglich der Diagnose in Richtung F 41.2 des ICD-10 Schlüssels denken ließ, nicht mehr so rätselhaft. Die Vermischung von Angst und depressiver Störung ist unübersehbar.

Mit einem gewissen Vergnügen verfolgte Paulsen die Schilderung der Szenerie, in der Gut arbeitete, und nicht so recht glücklich lebte. Für Dr. Paulsen war dieser sehr offene Bericht nichts Neues. Seit er nicht wenige Klienten aus diesem Bereich betreute, und er oft zu den unterschiedlichsten Zusammenkünften eingeladen wurde, war er durch nichts mehr zu überraschen.

»Doktor Paulsen, ich sage Ihnen, das ist ein Laden, der von Selbstdarstellern nur so strotzt und alle baden sich in Oberflächlichkeiten, die sie tatsächlich ernstnehmen«, er machte wiederholt eine für ihn wohl typische Bewegung: Er hob etwas ungeschickt den linken Arm und streckte aus der Faust den kleinen Finger heraus, »beinahe hätte ich es vergessen: Aber mit der Einschränkung, daß es *tatsächlich* auch solche gibt, die man ernstnehmen und auf die man sich verlassen kann. Die meisten, lieber Dr. Paulsen, sind multiplizierbar oder besser gesagt austauschbar. Sie sind in ihrer, vor allem menschlichen Nutzlosigkeit alle gleich. Wie *ich* eben, ja, so ist es!«

Plötzlich fiepte es aus seinem Sakko. »Entschuldigung, es tut ...«

Paulsen winkte gutmütig lächelnd mit der Hand ab, und Gut fischte sein Telefon aus der Innentasche und stand behende auf. »Ja, Gut ...« Der Anrufer hatte ihm wohl einiges mitzuteilen, denn Gut antwortete nur mit wenigen Silben, wie: »... ja, ja ... gut so ... mach' es ... nein, Himm, ja ...« Er drehte sich nach der Präzisionsuhr um, sah dann auf seine Rolex und sagte: »Ich merk' gerade wie spät es ist. Ich hatte Dringendes zu tun«, es klang jetzt leicht gereizt, »gut, ich werde aber da sein.« Der Anrufer mußte ihn unterbrochen haben, denn er unterlegte seine vorherige Zusage mit nun deutlichem Ärger in der Stimme: »Wenn ich sage, ich bin da, dann bin ich da, also bis später.«

Er sah Ed mit hochgezogenen Schultern und erneuter Entschuldigung in Blick und Stimme an: »Ich hatte den Anruf schon viel früher erwartet und dann vergessen, das Ding hier auszumachen.«

»Gar kein Problem.«

Gut setzte sich jetzt in den Sessel und erzählte Ed den Grund des Anrufs; der Redakteur hatte vor, in der Stadt etwas abzudrehen, und dazu sollte Gut unbedingt als Moderator mitwirken.

Paulsen sah nun demonstrativ auf seinen IWC-Chronographen und sagte: »Also: Wann müssen Sie los?«

»Vorhin«, lächelte er, »ich glaube, ich bin leicht überfällig.«

Paulsen lehnte sich zurück und sah Gut ins Gesicht, als er sagte: »Dann beenden wir unseren Spaziergang für heute, ich hoffe nur, Sie sind nicht müde geworden?«

Gut sah Paulsen mit einem Blick voller Dankbarkeit an: »Ich danke Ihnen! Ich fühle mich erst einmal recht gut. Und im übrigen: Ihre, wenn ich es mal so sagen darf, Fürsprecher, hatten weit untertrieben.«

»Oha, nun übertreiben *Sie* allerdings gewaltig! Trotzdem, besten Dank.«

Sie gingen gemeinsam zur Diele, dort drehte sich Gut zu Paulsen, ergriff mit beiden Händen seine Rechte und sagte: »Ich bin nicht so vermessen zu glauben, daß ich nun alles hinter mir habe. Wir werden uns also wiedersehen?«

Ed nickte: »Wenn ich jetzt sage »müssen«, dann weiß ich, was ich sage.«

Gut wurde ernst: »Ich dachte es mir, denn wenn man einmal so weit ist und sogar sterben will, muß es ja recht schlimm und für Sie kompliziert sein.«

Ed hob die Hand und schüttelte den Zeigefinger vor seinem Gesicht: »Für uns beide!«

»Gut, alles verstanden. Ich rufe Sie an, wenn Sie zurück sind«, er langte nach seinem Mantel. Reinhard Gut ließ sich in den Mantel helfen und ergriff erneut die Hand Paulsens, sein Blick wurde sehr weich, feucht: »Ich werde es Ihnen nie vergessen!«

Paulsen fiel noch etwas ein: »Haben Sie Lust, unser nächstes

Treffen ein wenig vorzubereiten?« Gut war erfreut: »Gern, was kann oder soll ich tun, das ist ja richtig spannend!«

»Wie man es nimmt«, und Paulsen definierte ihm, wie er immer zu sagen pflegte, einige »Hausaufgaben«. Es ging Ed vor allem um Selbstreflexionen, Orientierungs- und Zustandsbetrachtungen, die Gut zu unterschiedlichen Zeiten schriftlich niederlegen sollte. Eine Methode, die er gern, vor allem bei längeren Sitzungspausen anwandte.

Dann verabschiedeten sie sich nochmals, und wie beiläufig sagte Gut: »Sie als Freund zu haben, muß etwas Besonderes sein.«, und schon war er an der schmiedeeisernen Pforte.

Ed hob den Arm und schluckte seine Emotion herunter.

Gut machte zwei, drei Schritte und blieb dann, so als wäre ihm eingefallen, daß er etwas vergessen hätte, stehen; drehte sich um und sah zu Paulsen. Dann hob er den linken Arm und streckte aus der Faust den Daumen nach oben. Um seine Augen und seinen Mund spielte ein sympathisches Lächeln. Ed winkte zurück und murmelte: »Auf bald mein Lieber, mal sehen wie du durch die Woche kommst.«

Er hörte, wie der schwere Motor der S-Klasse ansprang und schloß die Tür.

Paulsen ging zum Eßtisch und stützte beide Arme wie Säulen auf die Tischplatte.

Er überflog in rascher Folge die wichtigsten Passagen der letzten drei Stunden.

Fast ruckartig, so als wolle er sich von etwas ihn Festhaltendes lösen, richtete er sich auf und ging zum Aufzeichnungsgerät. Er betätigte die Knöpfe, und das Band wurde leise surrend zurückgespult.

Er ging in sein Arbeitszimmer, setzte sich in den antiken, aber dennoch sehr bequemen Scherenstuhl, nahm sich ein jungfräuliches Blatt Papier, seinen Füllfederhalter und schrieb: Gedächtnisprotokoll, Gut, Reinhard, 25. Februar.

Dann teilte er das Blatt durch sehr gerade gezogene Linien in verschiedene Segmente, die er dann unterschiedlich bezeichnete, und begann nun damit, in diese Bereiche Notizen zu schreiben. Dies geschah ohne erkennbaren Algorithmus, denn er schrieb einiges in das eine und dann andere Bemerkungen in ein anderes Feld. Dr. Paulsen ordnete quasi die »frischen« Ergebnisse seines ersten Verarbeitungsprozesses den Bereichen dieser Matrix zu. Ab und zu machte er eine kurze Pause, sah hinaus in den angrenzenden Garten, um dann weiterzuschreiben. Ergänzend zu den wenigen Notizen sprach er wesentliche Anmerkungen auf das Diktiergerät.

Als er fertig war, ordnete er die Seiten der Reihe nach, verschloß sie in dem Geheimfach des sehr frühen, noch mit klassizistischen Merkmalen versehenen Biedermeiersekretärs. »So, das war's dann«, er summte eine Beatlesmelodie und räumte das Geschirr in die Küche. Er sah sich nochmals prüfend in der Wohnung um und sagte laut: »Ab geht's!«

Endlich stand er draußen vor der Tür, was er sichtlich genoß, und schloß sie ab. Tief atmete er die frische Winterluft ein und spürte, wie eine freudvolle Stimmung in ihm aufstieg. Passend zu dieser Stimmung, sang er mit eher schräger Tonlage vor sich hin: »Skifahrn ist das Laibelste, was man sich nur vorstellen kooo …«

Das Klapptor der Garage ächzte hoch, und wie schon so oft dachte er wieder einmal daran, daß er die Scharniere und Gelenke längst einmal hätte schmieren wollen. »Wenn ich zurück bin, bist du dran«, versprach er.

Den Wagen fuhr er auf die Einfahrt. Schnell, so als hätte er Sorge, man könnte ihn nochmals aufhalten, warf er das Gepäck in den Fond des geräumigen Fahrzeugs und sah, obwohl er die Skisachen schon am Vorabend, bevor Ulrich gekommen war, verstaut hatte, noch einmal prüfend in den Kofferraum, stellte leicht lächelnd fest: »Alles an Deck«, und setzte sich hinter das hölzerne Lenkrad. Mit der Fernbedienung schloß er die Garagentür und öffnete die zur Straße. Der starke Motor zog an, und Paulsen sah noch im Rückspiegel, wie sich die Grundstückstür langsam schloß.

Verhalten rollte er aus der noch immer verschlafen wirkenden Umgebung, erreichte die nächste Straße, die ihn direkt auf den Ring brachte. Er schaltete das Autotelefon aus und rief: »Ab in die

Unerreichbarkeit! Ist das nicht schön, mein Alter?« Er reckte sich, um sich von der Fröhlichkeit in seinem Gesicht im Rückspiegel zu überzeugen. Paulsen konnte nun dem Motor mehr Freiheit lassen und war in wenigen Minuten auf der Autobahn. Nun gab er noch mehr Gas und erreichte schnell 230 km in der Stunde, mit der er gern über lange Strecken fuhr, wenn es möglich war.

Erstmals lugte die Sonne zwischen zwei riesigen Wolkengebilden hervor und gab der wie mit Puderzucker bestreuten Landschaft eine noch freundlichere Ausstrahlung. Paulsen hörte das Zeitzeichen: »Oha, doch schon zwei«, murmelte er, »eigentlich wollte ich jetzt schon auf den Hölzern stehen.« Wie üblich schaltete er die Nachrichten des Tages ab.

Und ihm fiel, aber ohne jeglichen Groll, der Grund für seine verspätete Abfahrt ein: Reinhard Gut. Er ließ es zu, daß sein Hirn wie in einem Zeitraffer einige der wesentlichen Inhalte aus dem Gespräch mit Gut in klaren Bildfolgen projizierte. Diese »zweite, spätere Bearbeitungsstufe«, wie sie Dr. Paulsen oft auch seinen Studenten erklärte, führte dazu, eine weitere Materialselektion und die Bewertung derselben, vorzunehmen. Dazu bediente er sich ansonsten seiner Notizen und/oder den Bandaufzeichnungen. Hier im Wagen, bei zügiger Fahrt und angenehmer, kaum seine Aufmerksamkeit fordernder Verkehrsdichte, reproduzierte er aus dem Gedächtnis. Nachdem er das Puzzle immer wieder hinterfragt hatte, entschloß er sich, es als »definitiv nicht psychotisch« endgültig wieder zusammenzusetzen.

»Das bedeutet aber nicht, mein Freund, wir gehen mal so spazieren, es wird eher ein Gang über Täler, Geröll und auf Gipfel.« Paulsen vergegenwärtigte sich noch einmal: Hier wartete mal wieder eine Zeit harter Arbeit auf ihn.

Schlagartig half ihm sein Gedächtnis, sich auf das Kommende vorzubereiten.

»Ja, doch«, er sah ein Porträt und überlegte, wie das Gesicht denn hieß, »ja, ich weiß, Burmeister , Ralf Burmeister.« Burmeister war Topmanager eines riesigen, international bekannten Konzerns. Ed lächelte in die Windschutzscheibe und sagte, die Melodie im

Radio übertönend: »So was, ja, das erlebt man sehr, sehr selten.« Denn Ed Paulsen war es damals gelungen, innerhalb von zwei Gesprächen den Boß von zig hundert Mitarbeitern so auseinanderzunehmen und wieder zusammenzusetzen, daß er eine gesicherte Differentialdiagnose, sie fiel ihm auch sofort wieder ein: Erotodromomanie, fällen konnte.

Solche »Blitzerfolge« in der Analysetätigkeit registriert ein Therapeut natürlich mit besonderer Genugtuung, weil ansonsten doch der mühselige, mit diversen Hindernissen gespickte und überaus zeitaufwendige Weg zu den passenden Schlüsseln für die massiv versperrten Schlösser der Klienten überwiegt.

Sein Film wechselte wieder zum Fernsehmann. »Ein Burmeister«, und das war für Ed Paulsen absolut klar, »der wie wild und ohne Zeitlimit in seinem Büro ackert und alle Leute um ihn herum regelrecht gezwungen sind, dort mitzuziehen und das nur deshalb, weil er für seine unerfüllten bizarren sexuellen Wünsche und Vorstellungen ein Ventil benötigt, so einer, nein, so einer ist Gut nun wirklich nicht!«

Er setzte, nachdem er mit Hilfe der Spiegel hinter und neben sich geschaut hatte, den Blinker und überholte einen Omnibus. »Wo kommt der her?«, fragte er sich laut, da er das Kennzeichen OVL nicht zuordnen konnte. »Sicherlich ein Ossi«, beantwortete er sich unsicher die Frage selbst.

Er überfuhr eine kleine Anhöhe und bemerkte dabei, daß sich der angekündigte Föhn hier bereits aufzubauen begann; die schweren Wolkenbänke zeigten schon erste typische Schlieren und die Sonne lugte verstärkt durch die sich ihr bietenden Lücken. Dabei verbesserte sich sofort die Fernsicht, und er konnte erstmals die tiefverschneiten Alpengipfel deutlich erkennen. Dr. Paulsen liebte die Spiele der Natur. Egal, wo er sich aufhielt, für die naturgeschaffenen Bilder hatte er einen genauso geschulten Blick wie für die von Künstlerhand. Es freute ihn, daß er jetzt die Entwicklung dieser Föhnwetterlage während der Fahrt parallel zu den Alpen sehr gut verfolgen konnte. Dazu trug auch die Verkehrssituation bei, denn zum Glück waren kaum Fahrzeuge unterwegs. Wieder nahm er die nächste Veränderung wahr: Waren ihm noch vor wenigen Minuten die Alpen wie eine weit entfernte, dunkle Wand mit einer bizarren Kronenlinie erschienen, waren sie auf einmal nicht nur zum Greifen nahe, sondern man konnte auch Farbnuancen und Details der Felsmassive ausmachen.

Das Naturschauspiel hatte ihn so sehr gebannt, daß er die Annäherung an einen Lkw etwas spät bemerkte und leicht erschrocken, aber ohne Hektik reagierte.

Er konnte noch moderat abbremsen und überholte zügig auf der langen Steigung.

Als er den Scheitelpunkt derselben erreicht hatte, war sein Blick in die Berge frei:»Sagenhaft«, er jubelte förmlich,»ich weiß gar nicht, wann ich das mal so eindrucksvoll erlebt habe.«

Er hatte den sehr realistischen Eindruck, jemand hatte in wenigen Minuten die Alpen plötzlich neben die Autobahn gerückt. Das gleißende Weiß der verschneiten Gipfel bildete einen extremen Kontrast zu dem fast unwirklichen Türkis und Dunkelblau des Himmels. Vereinzelte Wolkenfetzen, die sich untereinander verloren hatten, rundeten den kaum glaubwürdigen Postkarteneindruck eindrucksvoll ab.

Er lächelte in die Ferne und murmelte, wie öfter in ähnlichen euphorisierenden Situationen:»Das Leben ist so schön, man muß es nur verstehen.«

Er ließ den Wagen laufen, nahm eine noch bequemere, fast lässige Sitzhaltung ein und entspannte sich trotz der hohen Geschwindigkeit. Seine vorherigen Gedanken waren in der betörenden Schönheit des Naturschauspiels hängengeblieben. Paulsen drehte das Radio lauter und der Refrain von Pink Floyds»Another brick in the wall« katapultierte ihn förmlich in die Vergangenheit.

Eigentlich wollten sie nach Hause, aber dann kam Erich auf die Idee, doch noch ein wenig in die »Live-Musik-Stuben« zu gehen. Also gingen sie. Aber nicht lange. Dann wollten sie fahren. Das erste Taxi rauschte trotz des beleuchteten Schildes auf dem Dach vorbei; das nächste hielt.

»Schönen Abend och, erst mal Richtung Kudamm, und dann sag' ich Ihnen noch Bescheid«, Erich setzte sich neben den Fahrer. Ein Inder oder Pakistani.

Erich, der Riese, drehte sich um und fragte seinen Freund: »Weißt du eigentlich, wann wir zum letzten Mal bei Benno waren?« Sie stellten fest: Es war schon eine Weile her. Mindestens drei Wochen.

Erich dirigierte das Taxi bis vor die Tür. Ed bezahlte, der pakistanische Inder oder der indische Pakistani freute sich über das üppige Trinkgeld.

Vor der schweren Tür standen wie üblich einige Nimmermüde und hofften, irgendwann vor Sonnenaufgang noch eingelassen zu werden. Der große Spiegel an der Tür war wie üblich vor dem Einlaß poliert gewesen, aber jetzt um diese Zeit von den vielen Händen, die dort um Einlaß geklopft hatten, verschmiert. Erich bahnte sich, sich immer wieder entschuldigend, den Weg zum Spiegel. Benno oder einer seiner Türsteher mußte ihn gesehen haben, denn bevor Erich die riesige Faust hob, um anzuklopfen, öffnete sich die Tür.

Benno strahlte und begrüßte sie liebevoll: »Hallo, ihr Flizpiepen, ich dachte schon ihr mögt uns nicht mehr!« Er legte Ed die Hand auf den Rücken und sagte: »Herein mit euch.«

Denen draußen machte er wenig Hoffnungen, nachdem er gefragt hatte, ob noch jemand reserviert hätte. Niemand. Die schwere Tür fiel ins Schloß.

»Das könnt ihr mit mir nicht so oft machen!« Benno spielte den Entrüsteten.

Ed lächelte ihn schelmisch fragend an. »Glotz und grins nicht so, du Schlawiner, aber wenn ihr drei Wochen nicht kommt, dann hab' ich, wie ihr wohl nicht zu wissen scheint, Entzugserscheinungen und zermartere mir mein Hirn mit Gewissensbissen.« Ed tätschelte ihm die Wange und sagte: »Oh du Ärmster. Gut, daß du es uns sagst, jetzt wissen wir Bescheid und werden uns bessern.«

Benno machte ein verächtliches Gesicht: »Jetzt weiß ich auch, du Seelenklempner, daß du nie ein Großer deines Faches wirst.« Ed sah ihn mit gespieltem Entsetzen an und hörte gespannt zu.

»Wenn du schon nicht weißt, wie deine Freunde ticken, was willst du dann bei so'n Verschrobenen erreichen.«

Sie umarmten sich, und Beobachtern der Szene konnte nicht entgangen sein, daß sich hier echte Freunde gegenüberstanden.

Benno, dem man selbst in seiner gepflegten Arbeitskleidung ansah, daß er für diesen Körper immer wieder tonnenweise Eisen bewegt haben mußte, spitzte auf die Frage von Erich die Lippen: »Jungs, es ist nicht zum Aushalten. Ihr müßt es gerochen haben! Miezen vom Feinsten.«

Sie blieben im großen Türrahmen stehen; die beiden Jugendstilflügeltüren waren aufgeschoben.

Benno hatte beiden seine Arme um die Taillen gelegt und nickte nach rechts.

»Die dort, die ganze Truppe«, er nickte nach rechts in Richtung des riesigen Aquariums, »ist so'n Sportverein oder so wat ähnliches.«

Jetzt winkte er eine Bedienung heran: »Sie ist seit zwei Wochen hier, Studentin, macht aber einen guten Job.« Jetzt stand sie vor den dreien.

»Ein Mädchen wie aus dem Bilderbuch«, dachte Paulsen und beherrschte den Weg seiner neugierigen Augen, für die es sehr viel Schönes zu sehen gab.

»Sei nett zu den zwei Herren, die sind von der Kontrollbehörde, lies ihnen jeden Wunsch von den Lippen ab.« Da Benno ernst gesprochen hatte, war Karla, wie er sie nannte, leicht verunsichert, doch als sie in Erichs Gesicht mit der übertriebenen Mimik sah, lächelte sie und sagte zu Benno: »Beinahe hätte ich es geglaubt, Sie sind mir schon einer.«

Dann wandte sie sich süß lächelnd an Erich und Paulsen und sagte: »Meine Herren Beamte, bitte folgen Sie mir.«

Ed ließ jetzt seinen Augen freien Lauf. Karla war groß schlank, hatte eher schmale Hüften, das schwarze Haar war zu einem Zopf zusammengebunden. Der einfache schwarze Pulli saß nicht zu eng und hatte einen Ausschnitt, der wenig sehen, aber enorm viel vermuten ließ.

Benno hatte um diese Zeit immer zwei, drei Tische für besondere Gäste in Reserve. Erst nach zwei Uhr gab er sie frei. Der Tisch war der beste in der Bar.

Sie bestellten erst einmal etwas gegen den Durst, und Karla versprach, es rasch zu bringen. Und wenig später stießen sie mit den Gläsern an und genossen das Bier.

Ed Paulsen sah ihr nach, und als sie an dem nächsten Tisch stehenblieb, erfaßte er das Körperprofil des Mädchens in seinen Details. »Oha«, er murmelte es mehr zu sich, so daß Erich nachfragte. Ed nickte mit dem Kopf zu Karla und sagte etwas lauter: »Sie ist nicht nur reizend, hübsch und wahrscheinlich auch nicht dumm, aber dann auch noch einen solch außergewöhnlich schönen Busen zu haben, da kann man nur gratulieren.«

»Und alles ohne BH«, stellte Erich mit Kennerblick bewundernd fest.

Karla ging zum Ausschank.

Sie begannen sich umzuschauen. Die Gelegenheit war gut, denn die Musiker pausierten gerade.

»Was meinst du?«, Erich lehnte sich zurück und streckte seinen breiten Brustkorb nach vorn. »Ich glaube, es lohnt sich, noch ein bisserl zu bleiben.«

Ed nickte: »Bin ganz deiner Meinung.«

Karla brachte die alkoholfreien Getränke und war geschwind wieder unterwegs, nach dem sie gesagt hatte, daß nur der kleine Finger reiche, und sie würde kommen.

Die Band spielte Blues, sehr guten Blues, und Soul. Die Tanzfläche war binnen weniger Augenblicke gefüllt. Das sich ständig ändernde, aber immer unaufdringliche und nicht zu helle Licht animierte die Tänzer zusätzlich, sich näherzukommen.

Erich hatte Karla ein Zeichen geben können. Wie sie versprochen hatte, war sie augenblicklich am Tisch der zwei.

»Du bist ein Engel«, sagte Erich. Sie lächelte und zeigte eine Reihe blendend weißer Zähne, das forsche Du von Erich schien ihr nichts auszumachen, und sie erwiderte: »Und das soll ich wohl glauben?«

»Wir gehen mal davon aus, aber am besten mußt du das ja wohl selbst wissen, oder?« Sie sah die beiden bezaubernd an und meinte: »Ein Geheimnis muß ich ja auch haben … also«, sie hatte die Karten bereits in der Hand, »ich vermute mal, die Herren möchte noch speisen, stimmt's?«

Wie synchron antworteten sie: »Stimmt.«

Sie überreichte jedem eine in Naturleder gebundene Karte.

»Herzlichen Dank«, bemerkte Erich mit aufgesetzter Würde in der Stimme und fragte dann noch, ob sie auch an die Weinkarte gedacht habe. Sie drehte sich zu dem kleinen Beistelltisch an der Säule mit den korinthischen Kapitellen, und gab beiden die Weinkarte.

Dann fragte sie: »Kann ich noch etwas für Sie tun?«

Erich sah sie fast ein wenig zu eindringlich an, lächelte dann das tollste Lächeln und sagte: »Darf ich ehrlich sein?« Sie nickte mit lachenden Augen.

»Mir fällt da so viel ein, so daß ich gar nicht weiß, womit ich beginnen soll.«

Karla sah ihm gerade in die Augen und sagte, so als ob sie die Zweideutigkeit in Erichs Worten nicht bemerkt hätte: »Nur zu, was darf es denn noch sein?«

Ed hatte selbst bei dem fast diffusen Licht erkennen können, wie sich Karlas Wangen mit einem zarten Rot überzogen. Er wollte ihr zu Hilfe kommen und sagte: »Mein Freund Erich bedient sich immer etwas versteckter Komplimente, nehmen Sie es ihm nicht übel.« Sie lächelte wie verwundert: »Was für ein Kompliment denn, habe ich da etwas nicht mitbekommen?«

Plötzlich stand Erich auf, ergriff die linke Hand von Karla, küßte sie und sagte: »Sie sind ein reizendes Mädchen und klug obendrein.«

Sie mußte lachen und deutete einen höfischen Knicks an. Dann versprach sie gleich wieder zu kommen: »Ich bin gleich wieder für Sie da.« Sie war auch gleich wieder da und Ed fragte: »Können Sie sich das erlauben, uns so übermäßig zu bevorzugen?« Sie sah auf Paulsen herunter und antwortete mit Schalk in den bernsteinfarbenen Augen: »Was meinen Sie, natürlich! Schließlich hat Herr

Benno mich vergattert, und dann muß ich ja sehen, wie ich mein Trinkgeld zusammenbekomme.«

Erich schüttelte bedächtig den Kopf und sagte mit gespielter Trauer in der Stimme: »Oh wie schade, auch das Mädchen scheint nur auf Befehl und nur für Kohle besonders nett zu sein.« Karla sah Erich ins Gesicht, um sich zu vergewissern, ob er es ernst gemeint hatte. Als sie seine gutmütige, leicht ironische Miene erfaßte, lächelte sie ihn an und meinte: »Nun ja, aber es gibt ja auch Ausnahmen.«

Jetzt verhakten sich die Blicke von Ed und Karla. Dieses Mal spürte sie, wie ihre Wangen warm wurden. Schnell drehte sie sich zur Bar und kam einige Augenblicke später mit dem Wein zurück. Paulsen sah ihr auf die gepflegten Hände, als sie den fünfzehn Jahre alten Wein dekantierte. Paulsen ließ den Probeschluck einschenken; schwang das Glas so, um den Wein kreisen zu lassen.

Dann prüfte er den Geruch, nickte beifällig und nahm einen kleinen Schluck. Mit fast verklärtem Blick lobte er die hohe Qualität des Weines. Ed Paulsen konnte die Augen nicht von dem Mädchen lassen. »Verdammt anziehend, mehr noch«, dachte er, »sie ist etwas Besonderes.« Sein Blick blieb an ihren üppigen Brüsten hängen; just in dem Augenblick, als sie ihn fragen wollte, ob sie bereits einschenken dürfe. Sie bemerkte den tastenden Blick. Ed Paulsen riß sich los, doch wieder trafen sie sich, ihre Augen. Ed fühlte sich erwischt und sah ausweichend auf die Weinflasche. Er wußte, daß Karla seinen visuellen Erkundungs- und Spaziergang über ihren Körper mitbekommen hatte. Es war ihm peinlich.

»Darf ich?«, fragte sie unbefangen und so, als hätte sie es nicht bemerkt, oder aber so, als wäre es für sie etwas ganz Normales; das Bernstein saugte dabei seinen Blick auf. Etwas verspätet kam sein: »Ja, natürlich.«

In der Karaffe hatte der Wein fast schwarz ausgesehen, aber jetzt, in den riesigen Kelchen, funkelte er im tiefsten Rubinrot. Sie sah beide Männer an und wünschte ihnen besten Genuß und ging. Sie prosteten sich zu, dann ließen sie den Wein im Kelch kreisen und schnüffelten nach den Aromen.

Erich: »Wenn er so schmeckt, wie er riecht, dann …«, er schnipste mit Daumen und Zeigefinger.

Ed: »Also dann, mein Lieber, auf uns und alles Schöne!«

Nochmals stießen sie an; der dunkle Klang ähnelte der einer Glocke.

»Oha«, Paulsen hatte den Wein länger in seinem Mund verweilen lassen und dann betont langsam geschluckt, er spitzte die Lippen und sagte: »Dieser Genuß allein ist schon das Hiersein wert.« Erich grinste: »Denk dran, das Sprichwort bezieht sich auf »alte Knaben« und so weit ist es noch nicht!« Er hob das Glas gegen die hellste Lichtquelle und erfreute sich an dem Funkeln des Rots, dann beugte sich Erich vor, sah ihn mit seinen graublauen Augen an und fragte unvermittelt: »Sie gefällt dir, stimmt's?« Paulsen sah Erich fast erschrocken an, doch dann lächelte er und sagte: »Man merkt, mein Alter, daß wir uns schon eine Ewigkeit kennen«, er nahm noch einen kleinen Schluck des Weines und nickte vor sich hin: »Zugegeben, ausnehmend gut.« Erich konnte sich nun aussuchen, ob dies die Antwort auf seine Feststellung und Frage zugleich war oder die erneute Qualitätsbestätigung für den Wein sein sollte.

Ihm war nicht nach Deuten zumute, er war sich sicher: »Du Lorbas«, er wußte, daß Paulsens ostpreußische Großmutter ihn oft so gerufen hatte, »es würde auch fast jeder hier bemerken, du frißt sie ja fast auf!«

Ed sah ihn ungläubig an und fragte: »Führ' ich mich wirklich so auf?«

»Du führst dich nicht auf, aber du gierst mit deinen Augen nach ihr, mehr nicht und nicht weniger.« Erich nahm den Kelch in beide Hände und sagte: »Ja, doch, eine tolle Person, das muß ich schon zugeben.«

»Und?«, der Freund sah ihn interessiert an.

»Was, ›und‹, ich weiß doch gar nicht, was so los ist bei ihr und so.«

Erich lachte laut: »Seit wann machst du dir über derartige Dinge eine solche Rübe?! Das ist ja ein ganz neuer Zug an dir. Kenn ich gar nicht.«

Paulsen winkte mit der linken Hand ab und wandte sich mit einem: »Papperlapapp, denk nicht so viel und iß lieber« der Hauptspeise zu. Für Ed Paulsen hatte Karla Lammkoteletts und für Erich Kaninchenkeulen serviert. Die Speisen mundeten ihnen vorzüglich und paßten hervorragend zu dem exzellenten Wein. Sie verzichteten auf eine Nachspeise und nahmen sich die Zeit, sich etwas genauer in der Tanzbar umzuschauen. Erich hatte seinen Armlehnenstuhl etwas verrückt, um so besser den Blick zu dem Tisch mit den Sportlerinnen freizubekommen. Lässig hatte er die Beine übereinandergeschlagen und betrachtete ziemlich unverhohlen die heftig schwatzenden Mädchen. Die Band spielte Soul. Einen bekannten Titel von James Brown. Die vermeintlichen Sportlerinnen standen auf und zelebrierten eine Art Gemeinschaftstanz, sie mimten intime Tanzszenen, und an dem Grad ihrer Ausgelassenheit konnte man unschwer erkennen, wie viel Mixgetränke sie schon probiert hatten. Paulsen und sein Freund sahen schmunzelnd dem Treiben zu, ohne zu vergessen, sich die jungen Frauen etwas näher anzusehen.

Karla räumte inzwischen das Geschirr ab und erkundigte sich nach weiteren Wünschen. »Danke, schönes Mädchen, aber vielleicht öffnen Sie schon mal die nächste Flasche«, Ed tippte an die Karaffe, »alles war und ist bestens, herzlichen Dank!« Sie strahlte Paulsen an, als sie sagte: »Na, da bin ich ja froh, denn ich hätte überhaupt keinen Appetit auf ein Restessen gehabt. Das mit dem Wein mach' ich dann sofort.«

»Glück gehabt, mein Schatz«, Erich hatte sich von den tanzenden Sportlerinnen losgerissen, »aber«, er hob wie belehrend den Zeigefinger, »du weißt noch nicht, was wir uns noch einfallen lassen.«

Sie tat erschrocken: »Nur das nicht! Ich bin ja schließlich froh, als Amateur hier arbeiten zu dürfen. Und über die Stränge darf ich schon gar nicht hauen. Also ich bitte um Mitleid und Rücksichtnahme.«

»Amateur?« fragten beide wieder wie verabredet und taten so, als hätte sie Benno nicht schon über Karla und ihr Studium eingeweiht.

Sie lächelte verschmitzt und nickte bejahend mit dem Kopf, als sie sagte: »Tja, da hab' ich Glück gehabt. In diesem Promitreff arbeiten ja eigentlich nur absolute Profis, aber ich darf an den Wochenenden immer kommen, wenn ich kann. Ist das nicht toll?«

Ed hob das Glas, sah sie und dann Erich an, dann Karla in die Augen: »Natürlich ist das toll. Und deshalb haben wir einen Grund, auf alles Schöne«, sie machte einen leichten Knicks und strich mit beiden Händen, so als wüßte sie nicht, wohin mit ihnen, über die lange Schürze, als er dann noch nachsetzte »und somit auf Sie zu trinken.« Auch mit ihrem Blick wußte sie nun nicht so recht, wohin, doch zum Glück wurde sie vom Nebentisch angesprochen. Sie entschuldigte sich, fast wie befreit, und wandte ihnen den Rücken zu.

»So«, Erich lehnte sich wieder zurück, nahm das Weinglas in die linke Hand, sah seinen Freund an und sagte: »Jetzt gehen wir so langsam zum gemütlichen Teil des Abends über. Das Essen war hervorragend, der Wein ist es noch, und nun setzen wir das Sahnehäubchen mit einem tollen Abend drauf, oder was meinst du, alter Kämpe?« Ed Paulsen tupfte sich mit der Serviette die Lippen ab, ergriff nun auch seinen Weinkelch und stieß mit Erich an: »Zum Wohle, mein Lieber, jetzt schauen wir mal, was denn überhaupt hier heute los ist.«

Erich sah in Richtung Bar und von dort zum Service. Dann stützte er sein Kinn auf seine riesige Faust und klärte seinen Freund über seine Gedanken auf: »Aber wirklich, unsere Bedienung«, er sah Ed mit leichtem Grinsen an, »ist wirklich eine Klasse für sich, da muß ich dir beipflichten.«

»Was heißt beipflichten, ich habe doch gar nichts gesagt, du Penner«, er hatte es liebvoll gesagt. In ihrem Übermut machte es ihnen immer wieder mal Freude, sich gegenseitig im Straßenjargon anzureden. Erich lachte und legte Ed seinen muskulösen Arm um die Schulter: »Du hast zwar nichts dergleichen gesagt, aber ich sehe dir förmlich an, wie dir die Hose zu eng wird, wenn sie neben dir steht.«

Ed tippte sich mit dem Finger an die Stirn: »Wenn ich nicht

wüßte, daß du ein wenig neben dir stehst, würde ich denken, du bist besoffen.«

Karla kam auf den Tisch zu. Sie wechselte den Aschenbecher und sah dann zu den Tanzenden und dann auf Ed und Erich. Sie fragte: »Haben Sie keine Lust, oder haben Sie noch nicht das Objekt Ihrer Begierde ausgemacht?«

Ed sah auf und sagte: »Oha, »Objekt der Begierde«, was für eine Formulierung.«

Er sah Erich forschend an, bevor er ihn fragte: »Sehe ich nach Begierde aus? Unsere nette Bedienung hat gerade von so etwas gesprochen, ich weiß nicht, hast du es gehört?« Erich verneinte. »Also«, er sah Karla wieder an und sprach zu Erich: »Diese überaus charmante Dame hält es für möglich, daß wir auf der Suche nach Objekten sind, um unsere Begierden zu stillen.«

Erich mimte den Entrüsteten: »Wirklich? Nein, ich muß schon sagen, wir haben keine, absolut keine, zumindest nicht solche, an die Sie vielleicht denken«, er winkte mit dem Zeigefinger, »ich verrate dir, aber nur dir, schönes Kind, ein Geheimnis: Wir leben ohne jegliche Begierden, stimmt doch, oder?« Er sah erst Ed, der kräftig nickte, und dann fast herausfordernd auf den Busen von Karla.

Sie lachte, seinen Blick offensichtlich nicht registrierend, und meinte: »Das, meine Herren, können sie jemandem erzählen, der sich die Schuhe mit der Kneifzange anzieht.«

Sie wechselte dann an den Nebentischen die Ascher aus und räumte einiges an Geschirr in den Servicebereich. Kurz danach war sie wieder bei den zwei Männern und schenkte, nachdem sie höflich gefragt hatte, etwas Wein nach.

Dr. Paulsen nutzte die Gelegenheit und fragte: »Hier also sind Sie Amateur, was machen Sie als Profi, wenn ich fragen darf?«

»Sie dürfen. Ich versuche es mit der Studiererei.«

Er nickte wissend: «Welches Fach?«

»Publizistik und Journalismus, glaube ich«, sie lächelte ein grandioses Lächeln und sah sich um, um festzustellen, ob sie noch bleiben konnte. Auch Benno nickte leicht mit dem Kopf, als er ihren fragenden Blick erfaßt hatte.

»Und wie läuft es so?«

»Ich glaube, ganz gut. Nur montags, wenn ich hier um vier rauskomme, ist der Tag immer hart. Aber was mich nicht umbringt, macht mich stark, stimmt doch, nicht?«

Er nickte und lächelte sie mit einem tiefen Blick in die Bernsteine an. Sie hielt stand. Doch dann hörte sie ihr Signal. Sie rissen sich los, und schon war sie unterwegs.

Die Kapelle machte eine Pause. Ed bemerkte, daß Erich verschwunden war und sah in die Runde. Jetzt sah er ihn. Er stand mit einer äußerst Schlanken am Tresen, und sie unterhielten sich. Dann sahen beide zu ihm herüber. Ed nickte. Sie nickte und hob zur Begrüßung lässig Arm und Hand.

Erich verabschiedete sich von ihr in seiner typischen lieben, fast aber tolpatschig wirkenden Art und kam, über die Tanzfläche stakend, zu ihm. Er setzte sich, hob das Weinglas, grinste verschmitzt und sagte: »Mein Lieber, mal auf uns!« »Auf uns«, wiederholte Ed.

»Die heißt Karin, ist Volleyballerin und studiert an der FU irgendeinen Kram, ich glaub Medienwirtschaft oder so.«

Der Blick zurück in die Gegenwart kam etwas zu spät, an den Hinweisschildern war er schon vorbei. Er hielt den Fluch auf seinem Weg zu seinen Lippen auf und fuhr langsamer, um dann auf der anderen Fahrbahn die Schilder erfassen zu können. Er drehte sich um: »Dacht' ich es mir doch«, er stellte beim Zurückschauen fest, daß er die Abfahrt verpaßt hatte. Dann fiel ihm aber die Möglichkeit ein, nach zirka zehn Kilometern eine andere Ausfahrt zu nehmen, um über die Landstraße nach Flims zu gelangen. Er sah auf die Uhr und stellte zufrieden fest, wie zügig er doch vorangekommen war. Er gab dem Motor mehr Benzin, lümmelte sich in den Sportsitz und nahm mit der Bemerkung: »Das war der Beginn eines realen Traums und gleichzeitig der Anfang von einem furchtbaren Ende« den Gedanken an Berlin wieder auf.

Die Stimmung war immer ausgelassener geworden. Dann brachte Erich Karin mit an den Tisch. Ed hatte hier und da einmal getanzt, sich nett unterhalten.

Gut erinnerte er sich an die Beziehung zwischen Karin und Erich, die an diesem Abend begonnen hatte. Er grinste vor sich hin, als er daran dachte, wie ihm Erich nach ein paar Wochen erzählte, Karin gehe für ihn »erschreckenderweise« ziemlich gestalterisch mit ihrer Beziehung um.

»Was heißt gestalterisch?« hatte Paulsen gefragt.

»Stell dir vor, die denkt an Heiraten und ähnliche Unsinnigkeiten.« Erich hatte echte Furcht in den Augen, als er ergänzte: »Als ich dann nicht vor Begeisterung auf den Tisch gesprungen war, war sie plötzlich stocksauer und machte mir doch echt eine Szene!« Er hob seine breiten Schultern und die Arme und drehte die Handflächen nach oben, so daß er wie ein indischer Yogi beim Meditieren aussah: »Und da hab' ich natürlich gleich die Notbremse gezogen!«

Ed hatte ihn ungläubig angesehen: »Aus, echt aus?«

Erich nickte damals nur.

Den Bus aus Ingolstadt überholte er und preschte die lange Steigung hinauf.

Oben angekommen, genoß er noch einmal das herrliche, faszinierende Spiel der Farben am Himmel, obwohl der Föhn bereits an Kraft zu verlieren schien. Er wählte eine Jazz-CD. Armstrong sang.

»Nach sechs oder acht Wochen hatte Erich Karin wieder laufen lassen«, erinnerte er sich und dachte dann aber wieder an den ersten Abend.

Das Flirten machte Karla auch Spaß. Es war nach ein Uhr geworden; sie hatte nicht mehr so viel zu tun. Kaum jemand wollte noch ausgiebig essen; dafür mehr trinken. Damals in der »W-W-Zeit« waren eben Wodka und Whisky die Standardgetränke. Die Wirkung entsprechend. Auch bei den zwei Freunden, denn nach dem Wein hatten sie sich eine Flasche russischen Wodka bestellt.

Sie tranken sie ziemlich rasch aus, und wohl unter der Wirkung des Wodkas stand dann Paulsen auf, um Benno einen Vorschlag zu unterbreiten. Er legte ihm den Arm um die Schulter und sagte: »Schau, mein Freund, hier läuft alles wie am Schnürchen, oder?« Benno sah ihn verdutzt an: »Seit wann beurteilst du meinen Laden? Hast du schon mal was anderes erlebt?« »Eben nicht, also machen wir heute vielleicht mal was anderes?« Benno merkte, daß sein Freund in bester Stimmung war, und ihm schwante etwas, denn die zunehmenden Gespräche und die Blicke zwischen Karla und Paulsen waren ihm natürlich nicht entgangen.

Paulsen stellte sich, beide Hände seinem Freund auf die Schulter legend, gegenüber, sah ihn quasi hilfesuchend an und machte ihm seinen Vorschlag, den er in eine fragende Bitte oder bittende Frage gekleidet hatte.

Benno begann zu grinsen. Er versuchte erst gar nicht, ernsthaft mit Ed über dessen recht ungewöhnliches Ansinnen zu diskutieren. Er kannte den Doktor schon recht lange und wußte, wie angenehm verrückt dieser Mann sein konnte.

»Also gut, dann hab' ich mal wieder was bei dir gut«, er hob die schwere Faust und streckte den Zeigefinger in die Höhe, »aber nur, wenn *sie* will, ich werde sie nicht überreden, ist dir das klar?« Paulsen nickte und gab Benno etwas in die Hand. Es knisterte. Papier.

»Spinnst du, sag mal!« Benno war echt entrüstet, als er den 100-DM-Schein sah.

Ed drückte seine Hand zu einer Faust zusammen und murmelte: »Sollte für sie sein, denn sie hat ja, falls sie annimmt, Verdienstausfall.«

Benno steckte ihm den Schein in die Innentasche seines Sakkos und sagte: »Das zieht bei ihr nicht, das hättest du längst merken müssen.« Er sah ihn gutmütig an und stellte dann fest: »Sei vorsichtig, du Wahnsinniger, der Wodka scheint dir heut' nicht so zu bekommen. Sie ist kein Flittchen für den Rest der Nacht.«

Ed Paulsen ging noch ziemlich sicheren Schrittes zurück zum Tisch, an dem Erich und Karin heftig miteinander beschäftigt waren. Sie nahmen ihn kaum wahr. Abgesehen von einem kurzen, leicht spöttischen Blick von Erich zwischen zwei Kußtiraden.

Dann stand Karla da. Paulsen stand auf, nahm ihre Hand, deutete einen Handkuß an und erzählte ihr, daß Benno ihm erzählt hätte, er würde Karla so mir nichts, dir nichts für den Rest des Abends freigegeben. Sie sah ihn ungläubig an, lächelte dann aber verschmitzt, sah sich nach Benno um, der grinsend nickte, und sagte dann: »Tolle Idee, nein, das ist einfach die tollste Idee, die ich erlebt habe. Kompliment«, sie machte einen Knicks, »mein Herr.«

»Das hört man gerne.«

Sie entschuldigte sich mit den Worte: »Die Garderobe ruft« und verschwand.

Wenig später war sie wieder da. Und wie! Sie trug einen kurzen, eigentlich ja sehr kurzen Lederrock und präsentierte ihre bewundernswerten Brüste in einer einfachen, für diesen Zweck sehr entgegenkommenden weißen Bluse.

Der Film lief in der Windschutzscheibe ab, und Ed sah jedes Detail dieses überaus amüsanten Morgens.

»Mein Gott«, dachte er, »Ich werde das alles wohl nie vergessen.«

Er spürte fast wie damals, wie sie sich näherkamen. Immer wieder, eher wie zufällig berührten sie sich mit den Händen, stießen leicht mit den Schultern oder den Knien zusammen. Es begann zu knistern. Und dann der erste Tanz.

Er wechselte die Spur und grübelte darüber nach, nach welcher Musik sie getanzt hatten.

»Es war genau die richtige Ballade, so was Langsames … wie hieß sie bloß … ach ja, ja, jetzt weiß ich es wieder: Lonely Boy war's, ja.«

Der junge Dr. Paulsen hatte sich, wie er es eigentlich immer tat, vorgenommen, mit Karla aber noch aufmerksamer und vorsichtiger umzugehen, denn er hatte sehr schnell erkannt, daß dieses Mädchen zwar recht keß fabulierte und daher auch so wirkte, aber

64

genau damit ihre Schüchternheit und wohl auch ihre Unerfahrenheit kaschierte.

Er hatte sich bereits, obwohl noch sehr jung, einen ausgezeichneten Namen gemacht und war immer bemüht jede Möglichkeit wahrzunehmen, sein Wissen und Können zu erweitern. Wofür er nichts konnte, war seine einzigartige Ausstrahlung, gepaart mit einem unbeschreiblichen Talent, mit Menschen jeglicher Couleur umgehen zu können. Und er konnte vor allem eines: analytisch beobachten, ohne daß er sich bewußt irgendwelcher Instrumentarien bediente.

Und so hatte er gleich vom ersten Augenblick an, als er Karla sah und ihn später Erich verwundert in etwa fragte, weshalb er denn noch nicht aus den Startlöchern gestiefelt sei, das richtige Gefühl für das Mädchen gehabt: »Die fällt nicht gleich und nicht so bald um, aber einen Versuch sollte man ja nicht gleich ausschließen.«

Sie tanzten und erzählten allerlei und zwar erzählten sie sich Dinge, die wahrscheinlich nur dazu dienen sollten, sich nicht auf sich selbst zu besinnen.

Und plötzlich schwiegen sie, so als hätten sie beide bemerkt, wie aufgepfropft ihre belanglose Unterhaltung eigentlich war.

Ed Paulsen stieg ein betörender Duft, aus einer Mischung von Parfüm und dem Atem ihres Körpers in die Nase. Sie waren sich nun sehr nahe und Ed griff noch etwas weiter um ihre Taille. Er spürte den sanften Druck ihrer Brüste und den Atem an seinem Hals. Sie löste vorsichtig ihre rechte Hand aus seiner linken und legte sie auf seine Schulter und rückte noch näher an ihn, um ihren Kopf wie zufällig ab und an an seiner Schulter anzulehnen. Ed wünschte sich, der Tanz möge unendlich weitergehen. Doch er war schon zu Ende. Sie standen sich gegenüber, hielten sich an den Händen und sahen sich in Augen.

»Es war ein wirklich schöner Tanz, wirklich schön«, flüsterte sie.

Ed beugte sich zu ihr. Sie wich nicht aus. Wie flüchtig streifte er diese ja so sinnlichen, im natürlichen Rot schimmernden Lippen. Dann hob er die Hand und ließ seine Finger, so als wolle er etwas

Zerbrechliches berühren, über ihre Wangen, die Augenbrauen und den Hals gleiten. Karla spürte, wie ihr ein Schauer über den Rücken lief, und lächelte ihn an. Als sich ihre Lippen erneut trafen, jubelten sie in ihrer Vereinigung so nachhaltig, daß sie dazu ihre Zungen benötigten.

Dr. Paulsen feuchtete seine Lippen mit der Zungenspitze an und wechselte den schwächer werdenden Sender, den er nach dem Ende der CD gewählt hatte.

»Na ja«, nahm er seine Erinnerungen wieder auf, »dann war offiziell Schluß.«

Ed, Erich und seine Sportlerin hatten noch ein wenig beim Abräumen mitgeholfen. Sie verabschiedeten sich wie immer herzlich von Benno.

Draußen wankte bereits die Nacht. Sie waren in allerbester Stimmung und wanderten durch die menschenleere Stadt. Hin und wieder fuhr ein Taxi vorbei, und auf Höhe des Friedhofs lauschten sie den ersten Morgengesprächen der Vögel.

»Oh ja, ich hätte sonst was dafür gegeben, sie mit nach Hause nehmen zu können, aber ich wußte intuitiv, sie würde niemals mitgehen. Sie war einfach kein Typ von Mädchen, das in diesen Dingen übereilt handelte … und so hinterließ ich wahrscheinlich den größten Eindruck bei ihr. Ich versuchte nicht einmal zu fragen«, erinnerte er sich.

Sie hatte, nur sehr zögerlich, erste Zärtlichkeiten zugelassen, und als er einmal direkter, also nicht »zufällig«, ihre Brust mit der ganzen Handfläche berührte, zuckte sie zurück, und tiefe Röte stieg ihr ins Gesicht. Ihr Blick war nicht zornig, vielmehr glaubte er, in ihm eine Bitte nach Rücksichtnahme auszumachen.

Gemeinsam fuhren sie dann mit einem Taxi, der Fahrer eine urberlinerische Frohnatur, erst bei Erich vorbei, dann rüber nach Frohnau zu Karla, sie sagte: »Ich danke dir, auch dafür, daß du jetzt alleine sein mußt.«

Hinter dem Grenzübergang zur Schweiz fuhr er gleich hart links. Sein Radio suchte automatisch erneut den nächsten stärkeren Sender.

»Auch nicht übel«, dachte er, als er Schweizerdeutsch hörte, »da kann ich mich gleich wieder reinhören.«

Flims erreichte er eher, als er kalkuliert hatte. Die Sonne schien mit gedämpfter Kraft und tauchte die Landschaft in ein ungewöhnliches, fast unwirkliches Farbbad. Er hielt vor »seinem« Hotel. Der Portier, der von innen den Wagen hatte kommen sehen, erkannte ihn sofort und kam mit strahlendem Gesicht auf den Wagen zu. Bevor Ed die Türe öffnen konnte, tat es Burger.

Ed stieg aus, und beide begrüßten sich wie zwei alte Kumpels, wobei Burger scheinbar Mühe hatte, die lockere Art von Dr. Paulsen, dem in diesem Haus die größten Privilegien eingeräumt wurden, zu erwidern. Paulsen gab ihm den Wagenschlüssel, nahm den riesigen Blumenstrauß, den er beim letzten Tanken gekauft hatte, entfernte das Papier und ging die vier Stufen zum Eingang hinauf.

Burger fuhr den Wagen in die Tiefgarage und kümmerte sich, wie immer, um das Gepäck.

Auch die Eglis begrüßten ihn mit ungewöhnlicher, für schweizerische Verhältnisse sicherlich exorbitanter Herzlichkeit und ungezwungener Freundlichkeit.

»Grüezi, lieber Doktor!« Egli streckte ihm die fleischige Hand mit den etwas zu kurz geratenen Fingern entgegen und zog ihn mit der anderen an seine Brust »schön, daß sie es wirklich geschafft haben, um ehrlich zu sein«, er sah zu seiner Frau, »wir hatten ja schon Sehnsucht.« Und alles klang nicht aufgesetzt.

Frau Egli freute sich über den riesigen Blumenstrauß, stellte sich auf die Zehenspitzen und küßte Paulsen auf die Wange und sah ihn freudestrahlend an: »Aber Doktor, Sie sehen ja aus, als kämen Sie aus dem Urlaub. Sie werden«, sie sah ihn kokett an, »uns doch nicht untreu geworden sein?«

»Wie könnte ich, liebe Frau Egli, warten Sie mal ab, wie ich nach drei Tagen aussehe, dann werden Sie feststellen, daß ich den

Urlaub bei Ihnen«, das Wort betonte er ohne Übertreibung, »gebraucht habe.«

In ihm kam die fast infantile Euphorie hoch, die er immer wieder erlebte, wenn er spürte weit weg von allem zu sein und ganz nahe dort zu sein, wo er weit weg sein konnte. Ja, er hätte eigentlich jubeln mögen.

Für ihn war selbstverständlich alles hergerichtet. Die Suite, in der er immer wohnte, wenn er hier war, war liebevoll vorbereitet. Neu war der riesige, flache Fernseher, obwohl die Eglis wußten, daß Paulsen ein Fernsehgerät kaum einschalten würde. Die Blumen und das üppige Obstangebot in der echt silbernen Schale auf dem Tisch waren frisch.

Sein Gepäck war bereits von Burger abgestellt worden.

Er ging ans Fenster, zog die Vorhänge zur Seite und sah nach draußen. »Endlich«, sagte er so laut, daß er selbst erschrak, und genoß den Blick über die nun schon im diffusen Licht der untergehenden Sonne liegende Landschaft.

In wenigen Augenblicken hatte er seine Sachen ausgepackt und recht großzügig, aber doch in einer gewissen Ordnung, in den Schränken verstaut. Nach einem Blick auf seine Uhr, stellte er fest, daß er bis zum Abendbrot noch zirka zwei Stunden Zeit hatte.

»Da fang ich doch gleich mit dem Urlaub in der Sauna an«, entschied er.

Sein Bademantel lag in dem großzügigen Bad. Er war neu. Ed lächelte, als er seine handgestickten, in sich verschlungenen Initialen, typisch schweizerisch mit »Dr.« E.P., auf der rechten Tasche entdeckte.

»Sie sind nicht nur lieb, sie sind einfach einmalig.« Er schlüpfte in die Schlappen, auf denen ebenfalls die Buchstaben gestickt waren und begab sich in die exklusive Saunalandschaft. Niemand war da. Nirgends hingen Bademäntel oder andere Kleidungsstücke. Er pfiff die Melodie eines wohl indianischen Liedes mit, das dezent im Hintergrund zu hören war, hängte den Bademantel an die geschmackvolle Bronzegarderobe und nahm aus dem hölzernen Regal zwei große und sehr flauschige Saunatücher. Der riesige Holzkübel in der Grotte, der durch einen Strick so gekippt werden konnte, daß das eisgekühlte Wasser aus zirka drei Metern Höhe auf einen herabstürzte, war erneuert worden. Sonst fand er alles so vor, wie vor einigen Monaten. Die Dusche tat schon gut. Die Wanderung durch das Kiesbett, heiß-kalt, kalt-heiß, tat ihr übriges.

Er suchte sich eine Aufgußessenz aus, mischte sich einen Aufguß und ging in die Sauna. Er streckte sich genußvoll auf der obersten Etage aus und sagte laut:»Oha, das tut schon jetzt gut.« Und er bedauerte, daß er zu Hause die Sauna nicht hat reparieren lassen. Schon seit einigen Wochen funktionierte der Ofen nicht mehr.»Paulsen«, konstatierte er,»du bist wohl manchmal doch eine kleine Schlampe.« Er mußte lachen und sagte:»Na ja, nicht ganz« und schloß die Augen.

Und dachte nur noch daran, daß seine Sauna schon ab und an ein sehr begehrter Teil mancher Party bei ihm gewesen war.

Nachdem er begonnen hatte, ruhig und gleichmäßig als Vorbereitung für seine Entspannungsrituale durchzuatmen, schreckte er auf, als die Türe ziemlich abrupt geöffnet wurde. Er blinzelte, hob den Oberkörper an und erwiderte den Gruß, dann richtete er sich auf und sagte:»Falls sie hier oben … «

»Nee, nee, bleiben Se ruhich liejen, hier is doch Platz für 'ne janze Fußballmannschaft.«

Er streckte sich wieder aus.

Die drei Männer, unterschiedlicher hätten sie von ihrer körperlichen Konstitution her nicht sein können, begannen über ihre Fortschritte in der Skischule zu reden. Sie plauderten über die Abfahrten des Tages und die besonderen Schwierigkeiten in bestimmten Passagen. Dann begannen sie ihre Vorstellungen darüber auszutauschen, was sie denn noch mit dem beginnenden Abend machen wollten.

Ed Paulsen entspannte sich und hing seinen streunenden Gedanken nach.

Er schreckte erneut ein wenig auf und stellte mit Verblüffung fest, daß er beinahe eingeschlafen war. Er sah zum Thermometer:

»Nanu, bin ich so erledigt? Es sind ja fünfundneunzig Grad, und da penn' ich fast ein!«

Dann sah er auf die Kolben der Sanduhr:»Hm, schon über zehn Minuten.«

Die drei Männer verließen die Sauna und tobten unter der Schwalldusche. Dann wurde es wieder ruhig. Nach fünfzehn Minuten verließ auch Paulsen die Sauna, ging durch die Tür nach draußen und rieb sich den Körper mit Schnee ein. Er dampfte. Wieder drinnen, ging er in die Grotte und zog am Seil: Das eiskalte Wasser fiel aus drei, vier Metern auf ihn herab. Dann trocknete er sich ab, zog den Bademantel über, stülpte die Kapuze über den Kopf und streckte sich auf der Liege aus, die unter dem Fenster stand. Er atmete bewußt in den drei Stufen, die ihm vom Yoga her geläufig waren.

Zwischen Wachsein und beinahe Einschlafen holte ihn der Gedanke an Irene in den Wachzustand zurück. Er lächelte unmerklich vor sich hin:»Oha, das war auch so ein Ding mit dem Fauxpas in der VIP-Lounge.«

Ed Paulsen hatte, wie immer bei herausragenden Veranstaltungen, egal ob für die Oper, für alle Arten von Konzerten oder für Sportereignisse, Ehrenkarten erhalten und sich sogar die Zeit für drei Spieltage organisieren können. Als passabler Tennisspieler besuchte er, wenn er es einrichten konnte, dieses Turnier immer sehr gerne. Natürlich traf man dort so manch einen Bekannten und »Bekannte«, die,»um Himmels willen«, nicht wollten, daß man sie mit Paulsen in Verbindung brachte. Für Dr. Paulsen längst kein Problem; er hatte ein sehr feines Gespür für solche Situationen entwickelt und ging grundsätzlich nur dann auf einen seiner Patienten zu, wenn er über dessen Haltung zu öffentlichen Kontakten zu ihm wußte. Der bei einigen Eingeweihten bekannte Volksmusiksänger begrüßte ihn in der Bavarialounge so spontan, ausgelassen und vor allem laut, daß einigen anderen Besuchern nichts anderes übrigblieb, als an diesem Begrüßungsüberschwang teilzunehmen.

»Er braucht es eben, er meint, man muß ihn einfach kennen, da hätte ich mit ihm noch Jahre arbeiten können, um auch dieses vergleichsweise geringe Defizit, noch zu beseitigen.« Hatte er damals schon, und jetzt wieder gedacht.

Ed Paulsen konnte gar nicht anders. Hendric, wie er sich nannte, hatte ihn untergehakt und schleppte ihn an seinen Tisch. Und dort saß sie, die bildhübsche Modeschöpferin. Ihr Blick sagte ihm sofort: Wir kennen uns nicht. Er wurde den anderen bekannt gemacht, und Hendric fand es wahrscheinlich sehr aufregend, indirekt Ed Paulsen von seiner Schweigepflicht zu entbinden. Er plapperte drauflos und machte sich gar nichts daraus zu erklären; daß »das da der geniale Doc ist, der es schaffte, mich, ich hoffe, ihr versteht mich, ich spreche bildhaft … ha, ha, ha … vom Strick zu schneiden.«

Er klopfte Ed auf die Schulter. Ed fühlte sich nicht so recht wohl, denn unübersehbar war für jeden: Hendric lebte zwar noch, aber ansonsten hatte er schon noch seine Probleme und Ed konnte keinem erzählen, wie es um Hendric seinerzeit gestanden hatte; ein Toter, der noch lebte. Der Modefrau stieg ein leichtes Rot in das eigentlich sehr blasse Gesicht. Als sich kurz ihre Blicke trafen, erkannte Ed nur eines: Dankbarkeit. Doch dann der unerwartete Zwischenfall.

Der Lebensgefährte der Designerin, der seinerzeit bei Paulsen aufgetaucht war, um sich davon zu überzeugen – »ich hab da ein bisserl Ahnung von, denn ich bin Vorstand und muß auch mit Menschen arbeiten« – ob denn Dr. Paulsen wirklich der Beste für seine Frau wäre, kam mit einem vollgestellten Tablett und rief erfreut, bevor sie ihm irgend etwas hätte signalisieren können: »Was für eine Überraschung, schau mein Schatz, ich hab dir doch gesagt, vielleicht treffen wir den Doc hier« Er war sichtlich erfreut, stellte das Tablett ab und schüttelte Paulsens Hand. Irene war erst rot und dann noch blasser als blaß geworden.

Der steinreiche Unternehmer, der sich immer gern in Prominentenkreisen zeigte und dafür schon eine Menge Geld ausgegeben hatte, hatte von der peinlichen Situation, die er unbewußt heraufbeschworen hatte, nichts mitbekommen und überbrückte mit seiner Jovialität und dem folgenden Redeschwall die für seine Frau und Ed etwas pikante Situation.

Paulsen mußte lächeln, so wie damals, als Irene, die nicht nur attraktiv, sondern auch sehr intelligent war, dann wieder einmal bei ihm war und sie sich über den Vorfall köstlich amüsierten. Zu diesem Zeitpunkt war Ed Paulsen schon ein hochgeschätzter Freund des Hauses geworden.

Und das hatte sich bis heute nicht geändert. Übrigens auch nicht die Liebesbeziehung von Irene zu einem ihm auch sehr gut bekannten Politiker.

Neben sich hörte Ed ein behagliches Schnaufen, fast so, als hätte man einen Blasebalg angestochen. Auf den übrigen Liegen hatten sich die drei Skifahrer ausgestreckt. Dann wurde es ruhig. Man hörte nur die unaufdringliche konzertante Musik und ab und zu ein Räuspern oder tiefes Atmen der Ruhenden.

Als die zwei Frauen hereinkamen, hoben alle, fast wie auf ein Kommando, den Kopf.

Ed erwiderte fast tonlos die Begrüßung. Er war wohl kurz vor dem Einschlafen gewesen. Die drei Männer und die Frauen kannten sich, so wie sie sich begrüßten, offensichtlich vom gemeinsamen Skikurs. Er sah auf die Uhr und stellte fest, daß er schon zwanzig Minuten geruht hatte und entschloß sich, noch ein wenig liegenzubleiben. Die jungen Frauen, die eine mittelblond, schlank und recht ansehnlich, die andere rothaarig – er stellte fest, daß es nicht gefärbte Haare waren, »denn dort färbt man sich ja nun wirklich nicht« – etwas kleiner und außerordentlich reizvoll proportioniert, hatten sich inzwischen die Tücher um die Hüften gewickelt und gingen als erstes wohl in die Biosauna.

Wohl von den vollen und ästhetisch geformten Brüsten der Rothaarigen inspiriert, sinnierte Paulsen: »Komisch, wie oft habe ich schon tolle Frauen in der Sauna gesehen, aber noch nie mußte ich mich mit einer ungewollten Erektion herumschlagen, das hat sicherlich mit der mentalen Einstellung zu tun, fast wie beim FKK.«

Er stand auf. Die drei Skischüler waren eingeschlafen.

Der kleine Blonde grunste ein wenig, die zwei anderen atmeten tief und gleichmäßig. Für den zweiten Durchgang hatte er sich auch die Biosauna vorgenommen, um dann abschließend noch in die Aromadampfsauna zu gehen.

Die zwei Frauen hatten sich auf der mittleren Etage ausgestreckt und sahen ihn an, als er hereinkam.

»Ich steige mal auf, mal sehen, ob Sie mich dann wiederbeleben müssen.«

Die Rothaarige lachte mit einer überraschend tiefen Stimme und sprach auch in dieser Tonlage: »Keine Sorge, da können Sie sich voll auf uns verlassen.«

Er streckte sich aus und sagte: »Fein, dann kann ja nichts mehr passieren.«

Leise, fast flüsternd unterhielten sich die zwei Frauen über ihre Lernerfolge auf der Skipiste und freuten sich schon auf den weiteren Abend.

Paulsen räusperte sich leicht und fragte: »Wie ist es denn da oben?«

Sie sahen beide zu ihm hoch, fast ein wenig erschrocken und plapperten gemeinsam los.

Dann lachten sie, und die Blonde erzählte, »wie traumhaft schön es da oben ist.«

»Also sind Sie wohl erst angekommen?« folgerte die Rothaarige, die sich aufgesetzt hatte.

»Ja, ich bin gerade eben gekommen. Direkt aus dem Auto gleich in die Sauna.« Sie lachten.

Die Blonde strich sich eine feuchte Haarsträhne aus dem Gesicht und sagte: »Dann kann man Sie ja beneiden. Für uns geht's übermorgen wieder zurück.«

Sie verständigten sich und verließen gemeinsam die Sauna und wünschten Paulsen einen schönen Abend. »Danke vielmals, Ihnen natürlich auch.«

In ihm machte sich wieder die Freude auf den morgigen Tag breit. Er zog die Beine an und richtete sich auf, legte die Stirn auf die Knie und atmete langsam und tief ein und aus. Vor der Tür hörte er ein paar Geräusche und sah einen grauen Haarschopf, der seinen Bademantel aufgehängt hatte und nun die Tür öffnete.

»Grüezi«, sagte er und lächelte Paulsen mit blaßblauen Augen liebenswürdig an.

Ed erwiderte den Gruß. Der Grauhaarige breitete das Handtuch aus und streckte sich, die Luft aus den Lungen schiebend, aus. Beide schwiegen.

Dann fragte der Graue, der sich unzweideutig durch seine Sprache als Schweizer auswies: »Sie sind noch nicht länger hier, oder?«

»Vor gut einer Stunde bin ich angekommen«, Paulsen hüstelte ein wenig, »Sie erkennen das ja sofort an den fehlenden Farbkontrasten.«

»Auch, und dann habe ich Sie in den letzten Tagen hier noch nicht gesehen«, seine Stimme war sehr angenehm; ruhig, voller Klang und Melodik. Er hatte jetzt in lupenreinem Hochdeutsch gesprochen.

Ed sah zu ihm hinüber und sagte: »Na ja, das wird sich jetzt ändern, denn wenn ich zum Skifahren gehe, lasse ich die Sauna keinen Tag aus.«

»Dann sollten wir uns wohl gleich bekannt machen, denn unter diesen Umständen werden wir uns noch öfter hier oder auch im Berg begegnen«, er lachte sehr anziehend und stellte sich vor: »Uri, wie der beliebte Kreuzworträtselkanton, Christof.« Ed streckte die Hand aus, er ergriff sie: »Sehr angenehm: Paulsen, Eduard, ich komme aus München.«

Für Uri war München der Aufhänger, um ein Gespräch über deutsche Städte anzufangen: »Ich kenne wohl inzwischen alle deutschen Großstädte und viele der besonderen. Aber eines kann ich aus Überzeugung sagen: Alles in allem ist München schon die attraktivste«, er hob Arm und Hand, »das sage ich Ihnen wirklich nicht, weil Sie von dort kommen.«

»Ich glaube es Ihnen und teile Ihre Meinung, denn ich bin auch nur ein Zugereister. Die Stadt und das Umfeld sind wirklich einmalig.«

»Darf ich fragen, woher Sie zugereist sind?«

Ed lächelte und sagte auf berlinerisch: »Ick wees nich, ob Se dett nich von alleene …« Uri amüsierte sich offenbar köstlich: »Das ist nicht zu überhören: also aus der alten Reichshauptstadt Berlin.« Ed nickte.

Uri erzählte ihm, daß er sehr oft in Berlin sei und es ihm immer wieder auffalle, daß sich die Stadt, trotz der vielen Jahre nach der Wiedervereinigung, noch immer so geteilt darstellte: »Und vor allem wohl und leider in den Köpfen.«

Ed erzählte ihm über seine Zeit in der geteilten Stadt und seine Erlebnisse im Osten. Er schwärmte so über die ostdeutschen Mädchen, daß Uri sichtlich interessiert, mehr über sie erfahren wollte.

»Ich war während dieser Zeit nur sehr, sehr selten im Ostblock und hatte nie die Gelegenheit, das eigentliche Leben dort kennen zu lernen.«

Zu seiner Überraschung erzählte ihm Paulsen keine düsteren Geschichten über das Leben in einer kommunistischen Diktatur, sondern von Menschen, die unter diesen Umständen zu leben verstanden: »Sie können sich nicht vorstellen, wie es mich in den Osten zog! Sooft ich konnte, war ich dort. Die Grenzsoldaten grüßten mich fast schon wie einen alten Kumpel. Es war eine tolle Zeit: unkomplizierte, aufgeschlossene Menschen, die gaben, was sie hatten. Kaum Spinnerte. Sie konnten feiern, lachen und glücklich sein.«

Ed sah Uris verwunderte, beinahe ungläubige Mine.

»Doch, doch, es war so. Ich habe mich später oft darüber gewundert, wie wenig wir doch von den Ossis und ihrem ganz normalen Leben eigentlich wußten.«

Paulsen erkannte, daß der Sand durchgelaufen war, und streckte sich: »Ich werd's wohl packen müssen.«

Er verließ den Raum, kühlte sich unter der Schwalldusche ausgiebig ab und trank in dem kleinen Nebenraum etwas grünen Tee. Dann ging er draußen ein paar Runden durch den Schnee und ruhte später, wie auch der Schweizer, im vorzüglich belüfteten Ruheraum. Sie trafen sich dann wieder in der Sauna. Die Themen schienen ihnen nicht auszugehen. Uri wußte sehr gut über den Fußballsport Bescheid, und beide tauschten ihre Meinung darüber aus, wer denn wohl die besten Chancen hätte, Meister in Deutschland zu werden.

Ed fragte Uri, ob er etwas gegen einen Aufguß habe.

»Ganz im Gegenteil, nur zu!«

Der Duft breitete sich schlagartig aus, und Ed wedelte mit dem Handtuch die feuchte Hitze durch die Sauna. Ein neuer Schweißschub war die Folge. Rinnsale suchten sich einen Weg durch das Gesicht von Uri. Der obere Kolben war schon wieder fast leer. Ed blieb aber noch und drehte den Kolben herum und sagte: »Weg ist sie, die Zeit« und konstatierte damit die Unwiederbringlichkeit. Der Schweizer nahm die Anmerkung auf, und sie begannen ein anregendes, schon fast philosophische Züge annehmendes Gespräch über die Zeit.

»Nun, der gute, alte Marc Aurel hat seinerzeit schon die Formulierung kritisiert ›Ich habe keine Zeit‹, ich glaube, er sagte, dies sei ein unlauterer Weg, sich seiner Pflichten zu entziehen, die sich aus unseren Beziehungen zu unseren Mitmenschen ergeben.«

Ed nickte langsam: »Manche Leute haben ja angeblich nicht einmal die Zeit, ein Telefonat zu führen, um ihre Verspätung anzukündigen, aber endlos viel Zeit nichts, gar nichts zu tun!«

Uri lachte und sagte: »Da fällt mir in dem Zusammenhang das Unwort »Streß« ein. Die Menschen rennen herum, jagen den verschiedensten Dingen hinterher, oft völlig sinnlosen«, er hatte Ed mit seinen hellblauen Pupillen fixiert, »und dann klagen sie, wie sehr sie im Streß stehen.«

»Mein lieber Herr Uri, wenn jemand erkennt, wie wertvoll Zeit ist und was man mit ihr wirklich anfangen kann, dann wird er sich eben nicht gestreßt fühlen – im übrigen glaube ich, von mir behaupten zu können, daß ich das Wort für mich noch nie benutzt habe –, sondern die sinnvoll verbrachte Zeit zu würdigen wußte.«

»Sehr richtig!« pflichtete ihm der Schweizer bei, »man kann die Zeit bis auf die letzte Sekunde ausnutzen und trotzdem nicht unter ihr zusammenbrechen. Aber seien wir ehrlich«, er streifte den

Schweiß von den Armen, »dazu gehört schon mehr als nur eine oberflächliche Betrachtungsweise, oder?«

Ed raffte schon das Saunahandtuch zusammen und sagte: »Gleich muß ich flüchten, ich will vermeiden, daß Sie mich hier noch rausschleppen müssen.«

Uri sagte lachend: »Das würd ich gerade noch schaffen, wenn ich mich anstrengen würde.«

Und Paulsen, schon aufgestanden und in gebückter Haltung, um nicht mit dem Kopf anzustoßen, verharrend, brachte seinen Gedanken zu Ende: »Nur noch das: Man hat sich einfangen lassen, einfangen lassen von pfiffigen Strategen, die über die Medien bis zum Erbrechen immer wieder neue Konstrukte als vermeintlichen Lebensstil oder gar als Lebensinhalt verkaufen, und die breite Masse trabt *tatsächlich* in die vorgegebene Richtung.« Er sah Uri mit leicht spöttischem Blick an und ging zur Tür. »Und sind wir mal ehrlich, sind wir, Sie und ich, nicht auch schon manipuliert?«

Ed warf sich das Handtuch über die Schulter und sagte pustend: »Jetzt muß ich aber raus, ich bitte um Entschuldigung, wie es aussieht, werden wir uns ja noch sehen, oder?« Er hob die Hand und hörte noch, wie Uri »aber mit Sicherheit« sagte. Nun war es draußen völlig dunkel. Die Sterne leuchteten aber mit auffälliger Klarheit. Er spürte, wie der Frost seine Füße attackierte, und machte einige leichte Schlußsprünge, ging zurück in die Räumlichkeiten, duschte erst heiß, dann ging er in die Grotte und legte sich auf die gleiche Liege wie vorhin. Wenig später kam auch Uri aus der Sauna, ging nach draußen, duschte sich dann mit der Schwalldusche ab und legte sich neben Ed auf die Liege.

Er schnaufte hörbar und sagte, das Thema aus der Sauna wieder aufnehmend: »Ich hab über das vorhin Gesagte nachgedacht, natürlich ist »sinnvolle Zeit verbringen« keine konstante, definierte Größe, meine ich, denn der eine sortiert Briefmarken, und der andere ist im Garten. Aber was sie tun, hat einen Sinn, entweder für sie selbst oder auch andere, oder?«

»Da kann man Ihnen nur vorbehaltlos zustimmen. Der Sinn im Tun ist gleichzeitig das Beurteilungskriterium für vergangene Zeit.

Und eine ausschweifende Party kann ohne weiteres für die meisten der Beteiligten an dem Abend sehr sinnvoll gewesen sein. Man hat sich zum Beispiel amüsiert, sich entspannt und dem Leben«, er lächelte hin zur eierschalenfarbenen Decke, »hoffentlich, freudvolle Seiten abgewinnen können.«

Uri klappte die Lehne höher, um Paulsen besser sehen zu können, und meinte:

»Somit wissen wir nun, daß Zeitvertreib ohne Sinn unwiederbringlich Zeitverlust ist. Haben wir da was Neues definiert?« Er lachte Ed an.

»Mit Sicherheit nicht, es wird eher die Frage sein, was ist eigentlich »Sinn« in diesem Kontext?«

»Nun wird's eine abendfüllende Diskussion.«

»Nur das nicht ...«

»Wenn Sie gestatten, noch eine letzte Anmerkung«, er sah Ed mit entschuldigender Miene an, »die Sinnhaftigkeit unterliegt leider einer, Sie sprachen vorher schon davon, enormen Manipulation. Es beginnt im Trivialen und endet tatsächlich in moralischen, ethischen und anderen wesentlichen Werten, ist das nicht so?«

Ed richtete sich auf, zog die Knie unter das Kinn und sagte: »Leider muß ich Ihnen wohl recht geben, denn was sinnvoll ist, wird medial vorgegeben, und viele begnügen sich mit Papageientum. Der Verfall selbst von ganz einfachen Wertorientierungen ist augenscheinlich. Belanglosigkeit und viele andere, dabei sehr bequeme, aber künstlich hochstilisierte Nutzlosigkeiten werden plötzlich zu realen Inhalten des Lebens, und je einfacher die Manipulation, um so wirkungsvoller!«

Der Schweizer nickte und sagte: »Auch da kein Widerspruch, schauen Sie nur dort hin, wo angeblich die Freiheit grenzenlos ist, da kommt einem das Grauen.«

Ed erinnerte sich sofort an seinen Aufenthalt in Los Angeles und San Francisco: »Und ob! Mir überkam, neben dem Grauen die beißende Angst. Denn, so dachte ich schon nach ein paar Tagen Aufenthalt, wenn diese gesellschaftlichen Verhältnisse und diese Maßstäbe die zukünftigen bei uns in Europa sein sollen, dann kann man nur sagen: Auf Wiedersehen, schönes Abendland, und rette sich, wer kann.«

Uri sah Paulsen ernst an und fragte unvermittelt: »Haben Sie beruflich mit Politik zu tun?«

»Wie kommen Sie darauf? Ich weiß gerade mal das Notwendigste und würde eher als Sozialarbeiter nach Afrika gehen, als Politiker werden. Ich habe vor denen keinen Respekt, mehr noch, ich habe vor diesem, ich sage mal ›Berufsbild‹, nicht die Spur von Achtung.«

Uri lächelte vor sich hin: »Und wie steht es mit Ausnahmen?«

»Sicherlich, die gibt es, wie in allen anderen Berufsgruppen auch, bloß im umgekehrten Verhältnis.«

»Wär ich so eine Ausnahme?«

Ed sah ihn mit sichtlichem Interesse an und sagte, seine Vermutung charmant verpackend: »Nun, das kann ich nach so kurzer Zeit für mich nicht einschätzen. Aber ich sag es mal so«, er lächelte gewinnend, »Schweizer Politiker sind für mich grundsätzlich eine Ausnahme.«

Uri lachte schallend und bekam sogar feuchte Augen, er zwinkerte und wischte sich mit dem Handrücken der rechten Hand über die Wangen: »Also, eines muß ich schon sagen, Sie sind wirklich, gestatten Sie mir die laxe Ausdrucksweise, ein echter Typ, oder …«

»Besser als ein unechter, oder?« Wieder lachten sie, sich gegenseitig ansteckend.

Dann fragte Ed Paulsen mit wieder ernsterer, forschender Miene: »Und Sie sind also wirklich Politiker?«

»Sagen wir es mal so: Ich habe mit Politikern sehr viel zu tun.«

»Na, Gott sei Dank, ich dachte schon, Sie würden in mir das Bild, das ich von Politikern habe, leicht, aber nur ganz leicht, retuschieren.«

»Aber das wäre doch wenigstens schon etwas.« Uri zog den Gürtel seines Bademantels etwas enger über seinen noch vertretbaren Bauchansatz und meinte dann: »Sie haben jetzt einen Informationsvorlauf, und da ich im Raten nicht gerade glänze«, er warf sich das Handtuch über die Schulter, »und mit Sicherheit weiß, daß sie allem Anschein nach kein Politiker sind«, er grinste und kommentierte seinen sich ein wenig widersprechenden Satz, »werde ich Sie einfach fragen: Was tun sie so den ganzen Tag über?«

Dr. Paulsen machte aus seiner Antwort eine humorvoll verpackte Anekdote. Er erzählte ihm, was er eigentlich hätte werden wollen, was er alles probierte, und als »ich dann merkte, daß ich für all das wohl nicht das rechte Zeug hatte, entschied ich mich für das Einfachste. Na ja, so wurde ich Psychiater.«

Uri zog die Augenbrauen ehrfürchtig in die Höhe und Ehrfurcht sprach auch aus seinen Worten: »Das ist der Bereich der Medizin, dem ich schon immer mit riesigem Respekt gegenüberstehe.«

Ed beantwortete ihm viele Fragen, und man konnte feststellen, daß der Mann über ein herausragendes Allgemeinwissen verfügte. Nun war es Dr. Paulsen, der auf den von Uri genannten Informationsvorlauf verwies.

Daraufhin eröffnete ihm Uri: »Ich habe mit den Weltwirtschaftsgipfeln, zum Beispiel in Davos, zu tun. Wir koordinieren und organisieren die Veranstaltungen mit den zuständigen Ministerien der Teilnehmerstaaten. Daher«, er erinnerte an seine vorherige Aussage, »habe ich sehr, sehr viel mit den Politikern dieser und anderer Länder zu tun.«

Ed pfiff anerkennend: »Somit gehören Sie ja zu denen, die mit Personenschutz herumlaufen, oder?«

Uri lächelte fast ein wenig nachdenklich: »Na ja, ich verzichte gern darauf, aber es gibt so manche, die sich beschweren, wenn kein Revolvermann in ihrer Nähe ist, obwohl sie völlig unbekannte Mitarbeiter sind« er zog die Schultern leicht nach oben und sagte: »Die Profilneurose läßt grüßen, womit wir wieder bei Ihrer Profession wären.«

Ed Paulsen interessierte sich für Uris Arbeit, und bereitwillig beantwortete er dessen Fragen. Dann stellte Paulsen fest: »Es riecht nach einer sehr interessanten Aufgabe.«

Uri nickte: »Ich möchte nichts anderes tun. Sie haben recht.« Er nippte am Tee und sagte dann wie zu sich selbst: »Eine recht beachtenswerte Konstellation.«

»Welche Konstellation?«

»Na, unsere Bekanntschaft: Recht interessant. Ihre Arbeit ermöglicht Ihnen ja, die Auswirkungen beim einzelnen zu erkennen, was in meinem, ich nenne es einmal Arbeitsumfeld, also der sogenannten großen Politik, ausgeheckt wird, oder?«

»Um ehrlich zu sein, so weit will ich wirklich nicht gehen, für mich hat das Erscheinungsbild, die individuelle Verfassung meiner Klienten, die ja in der Regel durcheinandergeraten ist, oberste Priorität. Die Auswirkungen des gesellschaftlichen Seins auf das Individuum spielen da schon eine nicht zu unterschätzende Rolle, aber darauf habe ich nun wirklich keinen Einfluß.«

»Aber Sie sind doch damit konfrontiert, oder?«

Ed lehnte sich zurück, atmete tief ein und aus: »Sie sind mir schon einer! Aber noch mal: Ich muß und will die mir vertrauenden Klienten wieder befähigen, ihr Leben in die eigenen Hände zu nehme, und das tue ich ohne Bezug auf zum Beispiel die politischen Umstände, obwohl ich das aktuelle Sein, in dem die Menschen agieren oder auf das sie reagieren müssen, schon beachte, mehr noch, beachten muß. Bezüge zur, wie sagten Sie doch, großen Politik, stelle ich in der Regel nicht her, soll ich etwa meine Klienten ans Lügen, Täuschen, Versprechen und nicht halten, Narzismus und was weiß ich noch alles, heranführen?«

»Das natürlich nicht«, er hob beschwichtigend die Hände, »aber funktioniert denn eine Therapie so ohne reale Bezüge zum täglichen Leben, das ja auch von der Politik mit beeinfußt wird?«

»Wenn Sie es so formulieren, bekommt die Sache eine andere Gewichtung, denn »reales Leben« kann man nicht mit »politischen Gegebenheiten« gleichsetzen. Sonst könnten wir alles hinschmeißen und den Menschen sagen: Es wird bald eine andere Regierung kommen, und dann wird es ihnen wieder besser gehen. Gleichwohl kann man nicht unbeachtet lassen, daß politische Entscheidungen oder Entwicklungen direkt auf das aktuelle Sein und die Befindlichkeiten eines Menschen wirken können. Da ich aber das«, er suchte offensichtlich das richtige Wort, »ja, also, da ich das gesellschaftlich-politische Sein als reale Größe nicht verändern kann, muß ich in erster Linie die Persönlichkeit des Menschen und seine individuelle Lebenssituation, quasi sein individuelles Sein sehen, und hoffen, ihm helfen zu können.«

Uri überlegte und dann sagte er: »Wissen Sie, ich glaube, für Sie wäre es äußerst interessant, einmal das Geschäft der Politik direkt mitzuerleben.«

»Gott behüte mich davor!«

»Nein, wirklich, denn ich als ein absoluter Laie auf Ihrem Gebiet bin, bei aller Bescheidenheit, so was wie ein Profi in diesem Geschäft. Sie sollten wirklich einmal erleben, was dort für ein Theater gespielt wird. Ich glaube manchmal, meinen Augen und Ohren nicht zu trauen!« Er sah Paulsen forschend an und ergänzte: »Mir fällt gerade ein, daß Sie ja der Schweigepflicht unterliegen.«

»Aber nur bezüglich meiner Klienten, also Vorsicht, ich werde beim Abendessen jedes Wort von Ihnen lauthals repetieren.«

»So war es nicht gemeint, es sollte nur ein Hinweis darauf sein, daß ich Ihnen vertraue, aber ich auch weiß, daß Sie schweigen können. Ich selbst weiß, was ich wem sage. Und«, er sah Ed wieder in die Augen, »man sagt ja nicht umsonst: Vertrauen verpflichtet, oder?«

»Korrekt.«

»Also«, er nahm den Gedanken wieder auf und setzte ihn in Worte um, »diese Leute, geprägt von Machtbesessenheit, affektiven Eitelkeiten, verwahrheitlichter Verlogenheit und schlichtem, Sie werden es kaum glauben, Gaunertum ...«

»Und ob ich es glaube!«

»... regieren die Welt und bestimmen, wo, wann und warum geschossen wird, oder bestimmen so einfach, ob man einen Hebel so herumlegt und in einem gleichen Fall genau in die andere Richtung, ohne sich über die Folgen im klaren zu sein, zum Beispiel Mord und Totschlag ins Kalkül zu ziehen. Für den angeblichen Kampf für die Demokratie, egal wo auf der Welt, wird Krieg und Mord hoffähig gemacht und berechtigtes Streben nach Freiheit und Selbstbestimmung als Terror stigmatisiert. Das, lieber Doktor Paulsen, ist die Lage.«

Paulsen sah ihn mit ernster, fast trauriger Miene an:»Selbst ich als politischer Blindgänger, hab' mir so etwa die Sache auch vorgestellt, aber von Ihnen das nun so ungeschminkt, aus erster Hand, vermittelt zu bekommen, erschreckt. Wie es so oft bei Wahrheiten ist.«

»Ein Teil der Wahrheit.«

»Oha, doch ein Hoffnungsschimmer oder ist es noch schlimmer?«

Der Schweizer reckte sich und antwortete:»Nun, ich habe mal etwas stark verallgemeinert, denn wie überall gibt es auch bei den Politikern gerade, überzeugende Charaktere.«

»Sooo?« Ed sah ihn mit gespielter Ungläubigkeit an.

»Doch, schon.«

Er sah auf die Wanduhr und meinte dann:»Wir haben noch genügend Gesprächsthemen, stimmt's? Aber jetzt wird die Zeit knapp, und um ehrlich zu sein«, er strich sich über den Bauch,»mir knurrt der Magen.«

Sie standen auf und gingen in den Vorraum, wo sie ihre Bekleidung abgelegt hatten.

»Ich hatte schon Hunger, als ich hier hereinkam«, Paulsen zog den Gurt des Bademantels straffer, so als wollte er prüfen, wie viel er abgenommen hatte, und sagte:»Wissen Sie, der Mensch schließt oft von sich auf andere. Ich zum Beispiel rede über mich nur dann, wenn es nicht anders geht und selten. Ich komme noch einmal auf die Politiker zurück: Ich glaube, sie verstehen sich nicht als gewählte Vertrauenspersonen, sondern sehen sich eher in eitler Verzückung und vergessen, was sie eigentlich sein sollten: die ersten Diener des Volkes, des Staates. Und davon sind sie meilenweit entfernt; auf jeden Fall die meisten von ihnen. Ich für mich hasse es förmlich, abhängig zu sein, und setze all meine Kraft in solche Dinge, die ich selbst beeinflussen kann. Politik der heutigen Zeit, oder vielleicht war es auch schon immer so?«, er hob, die Frage unterstreichend beide Arme,»ist für mich fast unwirklich und deshalb, ja, ich glaube imaginär.«

»Schade um Sie«, Uri legte echtes Bedauern in seine Stimme,

»Sie hätten schon das Zeug, einiges zu bewegen. Ich bin mir da sicher!«

Paulsen schlüpfte in sein Hemd, begann die Knöpfe zuzuknöpfen und antwortete:»Mir reicht es allemal, was ich so bewege und bisher bewegt habe, und vor allem, ich mußte und muß mich nicht verbiegen. Und das hat für mich eine überragende Bedeutung!«, dann grinste er verschmitzt,»im übrigen tue ich auch einiges für die Politik, denn ein paar Damen und Herren dieser Kaste gehören zu meinen Klienten.«

Uri hatte seinen Unterarm ergriffen und sah ihm in die Augen:»Nicht das Sie mich falsch verstanden haben, ich meinte mit ›Einiges-bewegen‹ natürlich den Bereich Politik. Sie …«

Ed winkte ab:»Nein, nein, ich habe Sie schon verstanden.«

Der Schweizer streckte die Hand aus und sagte:»Unsere Wege werden sich hier im schönen Flims bestimmt noch kreuzen. Ich würde mich jedenfalls darüber freuen, einen schönen Abend.«

Sie gaben sich die Hand, Ed ging die Treppe hinauf, Uri in Richtung Restaurant.

Keiner von beiden konnte damals wissen, daß sie sich unter ganz anderen, dramatischen Umständen an dieses Gespräch erinnern würden.

In der Suite angekommen, trocknete er sich rasch die Haare, salbte sich ein und verließ mit einem Lied auf den Lippen die Räumlichkeiten. Er begrüßte den Restaurantleiter, mit dem er hinter der Tür beinahe zusammengestoßen wäre, mit Handschlag. Berner freute sich fast überschwänglich, Dr. Paulsen begrüßen zu können, und begleitete ihn mit den Worten»Herr Doktor, wie üblich ihr Stammplatz …« in die gemütliche Ecke, des feinen, mit viel Geschmack für das Detail ausgestatteten Restaurants. Ed setzte sich und mußte schmunzeln:»Sie vergessen auch gar nichts«, dachte er, als er die auf ihn abgestimmte Eindeckung des Tisches betrachtete.

Er lehnte sich zurück und sah sich um. Da das Restaurant sehr geschickt in kleine, separate Bereiche aufgeteilt war, konnte man sich, egal, wo man saß, nie einen Gesamtüberblick verschaffen.

Man hatte hier als Gast immer das Gefühl, in einer überaus gepflegten, urigen, überschaubaren und dennoch sehr exklusiven Berghütte angekommen zu sein. An der hölzernen, mit Kassetten versehenen Holzdecke hingen alte Holzski, Schneeschuhe und andere Gegenstände, die ehemals ausgiebig benutzt worden waren.

Dr. Paulsen streckte behaglich den Rücken und erwiderte das freundliche Lächeln einer jungen rotblonden Frau. Dann machte er eine Geste, die wohl sagen sollte: Oha, ich hab sie gar nicht wiedererkannt. Sie hob die Arme, und er konnte von ihren Lippen ablesen: Kein Problem. Am übernächsten Tisch saßen nämlich die Teilnehmer der Skigruppe, von denen er ja einige in der Sauna getroffen hatte.

»Guten Abend, verehrter Doktor Paulsen«, hörte er neben sich eine angenehme Stimme. Er wandte sich der Stimme zu und stand, so als hätte ihm jemand einen Stromstoß verpaßt auf, denn er sah nicht nur in ein Gesicht, das er nicht kannte, ihn aber sofort in den Bann zog. Die Bedienung hatte mit seinem ruckartigen Aufstehen nicht gerechnet und trat einen Schritt zurück. Dabei lächelte sie und zeigte in den Wangen zwei vorwitzige Grübchen.

Auch Paulsen lächelte und sagte: »Jetzt hätte ich Sie beinahe noch angerempelt, Entschuldigung.« Zu den Grübchen gesellten sich nun zwei blendendweiße und makellose Zahnreihen: »Nichts passiert«, sie hielt sich wie ein kleines Mädchen, dem irgendein Malheur passiert ist, die Hand vor den Mund »Oh weh, ich wollte Sie nicht erschrecken.«

Ed Paulsen winkte lächelnd ihre Sorge ab.

Sie strich, noch immer ein wenig verlegen, mit ihrer Hand über den Rock und sagte dann: »Ich bin von Herrn Egli Ihnen persönlich zugeteilt worden und wollte mich gern vorstellen.«

Ed mußte ihre großen Augen nicht suchen und verfing sich sofort in den sattgrünen Pupillen. Er reichte ihr die Hand und lobte Herrn Egli für seine überaus gute Auswahl.

»Ich bin Corinna«, sie hatte das Kompliment an Herrn Egli, das indirekt natürlich auf sie gemünzt war, so auch verstanden, denn unübersehbar stieg eine reizvolle Röte in ihre Wangen.

Ed blieb stehen und stellte dann fest: »Da Sie mich ja schon mit meinem Namen angesprochen haben, wissen wir beide nun, wer wir namentlich sind, fein, Corinna, ein schöner Name.«

Sie machte einen leichten Knicks: »Danke Ihnen, daran sind allerdings meine Eltern schuld.«

Ed setzte sich, ohne den Blick von ihr zu lassen, und kommentierte ihre Aussage:

»Nun, ich glaube mal, Ihre Eltern sind an noch viel mehr schuld, und das ist wahrlich gut gelungen.«

Als Ed die Verlegenheit des Mädchens bemerkte, ärgerte er sich über seine wohl doch überstürzten Komplimente: »Rindvieh, sie ist darauf gar nicht eingestellt.«

Dann laut: »Corinna, entschuldigen Sie meine Direktheit, aber ich hatte mit einer Bedienung wie Ihnen, überhaupt nicht gerechnet. Nun mußte ich erst einmal meine Überraschung«, er sah sie mit seinen gutmütigen und freundlichen Augen an, »und auch Freude bewältigen.«

Sie hatte sich offensichtlich gefangen: »Sehr angenehm für mich, ich hoffe nur, ich kann Sie auch durch meinen Service überzeugen.«

Ed rieb sich die Hände und sagte: »Ich bin äußerst pflegeleicht, ich denke mal, darüber wird Sie Herr oder Frau Egli schon informiert haben, oder?«

Sie nickte: »Schon ein bisserl was, aber ich hätte gern viel mehr erfahren. Sie sind aber sehr wortkarg, wenn es um Gäste wie Sie geht. Also, ich kenne auf jeden Fall nicht Ihren Lebenslauf.« Dr. Paulsen dämpfte sein Lachen, denn am liebsten hätte er seine Reaktion auf diese pfiffige Antwort lauthals kundgetan.

Corinna fragte ihn dann, was er gern als Aperitif hätte und ob er schon wisse, worauf er Appetit habe. Sie erfuhr von ihm von seinen Saunagängen, und deshalb bestellte er eine Apfelschorle und danach einen roten Portwein.

Dann sah er sie liebenswürdig an und sagte: »Da wir uns eben erst kennengelernt haben, kann ich ja schlecht sagen: Suchen Sie für mich etwas aus.« Er schlug dabei die Karte auf und las als erstes ein persönliches Begrüßungswort des Chefkochs, der der Neffe von Herrn Egli war. Er überflog die Gerichte und dann nickte er mit dem Kopf, hob den rechten Arm und streckte den Zeigefinger so in die Höhe, wie man es in der Schule machen würde, wenn man etwas sagen wollte.

Fast gleichzeitig hörte er Corinna sagen: »Es käme ja auf einen Versuch an …«

Er sah sie fragend an, und sie lächelte eher etwas schüchtern als keß, als sie sagte: »Es könnte ja ein sein, ich treffe gleich Ihren Geschmack?«

»Oha, eine risikovolle Dame«, er sah sie mit übertriebener Überraschung an und akzeptierte ihr Angebot mit den Worten: »Topp, die Wette gilt.«

Corinna war jetzt die echt Überraschte, denn sie stutzte und sagte: »Von einer Wette hatten wir aber nicht gesprochen, ich müßte ja dann wissen, was mir blüht, wenn es Ihnen nicht so recht schmeckt; ich also die Wette verliere.«

Sie hatte sich offensichtlich an die lockere Umgangsform von Paulsen gewöhnt und ließ ihrem natürlichen Charme freien Lauf.

»Doch, doch, ich war ja gerade dabei, die Bedingungen der Wette zu sortieren, Sie waren einfach zu forsch, um es mal so zu formulieren.«

Sie mußte lachen und zeigte wieder das Weiß ihrer Zähne, dann wurde sie ernst, nur die Grübchen verrieten ihr Bemühen, das Lachen zu unterdrücken: »Aber das dürfen Sie doch nicht allein festlegen, das ist ja unfair, oder?«

Er tat enttäuscht: »Ich dacht immer, hier ist der Gast König und dazu kommt noch, daß ich ja der Leidtragende sein werde, wenn mir Ihr Vorschlag nicht munden sollte?«

Sie versuchte, und das sah sehr lustig aus, ihrem Gesicht einen bedeutungsvollen Ausdruck zu verleihen, und erklärte Paulsen, daß in diesem Haus schon der Kunde König sei, er aber auf die von ihm angestrebte Anwendung der Patrimonialgerichtsbarkeit in diesem Fall verzichten müsse.

Sie einigten sich dann, über den Wetteinsatz noch nachdenken zu wollen. Nur noch wenig protestierend, begab er sich bezüglich des Abendessens in die Hand der jungen Frau.

Corinna machte einen artigen Knicks und wollte schon gehen, doch dann griff sie sich an die Stirn und sagte: »Aber beim Wein«, sie sah in Richtung des rustikalen Tresens, wo sie bereits von zwei Kollegen belustigt beobachtet wurden, und drehte sich dann wieder zu Ed um, »halte ich mich lieber heraus.«

»Wie so das?«

»Man soll zu sich selbst ehrlich sein: Da habe ich nur rudimentäre Kenntnisse, und unser Chef sagte uns schon gestern, daß Sie so ein echter Weinkenner sind. Also, da hole ich mir lieber Hilfe bei Herrn Egli, einverstanden?«

Er sah ins Grün und sagte: »Was könnte ich anderes sein?!«

Corinna ging in Richtung des Service, und Paulsen konnte nicht umhin, ihr so unauffällig wie möglich hinterherzuschauen. Sein Urteil rundete den positiven Gesamteindruck der jungen Frau eindrucksvoll ab.

Dann sah er Inas Mutter bei Egli stehen, beide sahen sie jetzt zu ihm, und sie kam auf seinen Tisch zu. Sie winkte, so als könne sie es nicht erwarten, bei ihm zu sein, und diese Freude spiegelte sich in ihrer Miene nachhaltig wider.

Ed stand auf.

»Grüezi, Herr Doktor.«

Ed sah in ihr nach wie vor gepflegtes, für seinen Geschmack heute vielleicht ein wenig zu stark geschminktes Gesicht. Er ergriff ihre Hand, deutete einen Handkuß an; sein natürliches überaus offenes Lächeln überzog sein Gesicht: »Ich grüße Sie, ich freue mich, Sie zu sehen.«

»Oh, danke, danke, aber das Vergnügen liegt ganz auf meiner Seite.« Sie hatte mit beiden Händen Ed Paulsens Rechte gefaßt und ihre leuchtendblauen, lebhaften Augen strahlten ihn an. Er bot ihr einen Stuhl an, schob ihn zurecht und setzte sich dann ihr gegenüber.

»Oh, danke, sehr liebenswürdig«, entgegnete sie, als er sie bat, ihm doch ein wenig Gesellschaft zu leisten.

»Sehr gern natürlich, aber wirklich nur ein paar Minuten, denn meine Damen warten auf mich zum Bridgespielen.«

Sie tauschten einige Neuigkeiten und Nettigkeiten aus. Corinna hatte sehr diskret das Getränk der Dame und seine Apfelschorle serviert. Paulsen war natürlich ein wenig gespannt, von ihr zu Erfahren, wie es denn Ina ginge.

Sie nahm das schwere Fabergézigarettenetui, er kannte es schon seit dem ersten Tag ihres Kennenlernens, in die linke Hand, öffnete es, und ihr erster Gedanke war es wohl, Ed eine Zigarette anzubieten. Doch sie hielt plötzlich inne und griff sich flüchtig und von einem Kieksen begleitet an die Stirn: »Sehen Sie, ich hab nun schon so lange nicht mit Ihnen zusammengesessen, daß ich vergessen habe, daß Sie ja keine Zigaretten rauchen. Oder hat sich da etwas geändert?«

»Wie gehabt, nur ein Pfeifchen.«

Er klappte das goldene Dupont-Feuerzeug auf, das mit ihren verschlungenen Initialien verziert war, und sie hielt die Zigarette in die Flamme.

»Danke sehr.« Sie inhalierte sichtlich genußvoll den Rauch und blies ihn in einer feinen Fahne aus dem Mundwinkel zur Seite.

Ed Paulsen baute ihr die Brücke, denn sie wollte mit Sicherheit mit ihm über ihre Tochter reden, fand aber wohl den Einstieg noch nicht. Er nahm es Ihr ab. »Und Ina, wie geht es ihr?«

Sie strahlte ihn an und begann so zu reden, als ließe man einen angebundenen Hund, der eine Katze gesehen hatte, nun endlich von der Leine.

Dr. Paulsen freute sich sichtlich, was er in den wenigen Minuten erfuhr. Er unterbrach sie nur selten, und das nur dann, wenn er ein Detail zu diesem oder jenem wissen wollte. Er sah Ina vor sich, und zwar so, wie er sie vor einigen Jahren hier kennengelernt hatte.

Damals hatte ihn Herr Egli in seiner fast schwerfälligen Art angesprochen, ob er , »aber nur, lieber Doktor Paulsen, wenn es Ihnen auch wirklich nichts ausmacht, schließlich sind Sie ja hier zum Ausspannen«, sich Ina, die Tochter einer mit Egli befreundeten Familie, »im Vertrauen, Herr Doktor, die sind hoch angesehen und schwer reich«, einmal ansehen könne. Er machte ein besorgtes Gesicht: »Wissen Sie, sie haben mit dem Mädchen solche Sorgen, da hilft alles Geld der Welt nicht, Sie wissen schon, nur noch Sorgen über Sorgen, und sie, die Tochter, ist die einzige …« Dann hielt er inne.

»Ja, lieber Herr Egli, grundsätzlich kein Problem für mich, aber Sie wissen hoffentlich noch, daß ich kein Allgemeinmediziner bin, oder?«

Egli sah ihn schon jetzt dankbar an: »Gerade weil ich das weiß, lieber Doktor, spreche ich Sie ja an.« Er senkte dann seinen Kopf, sah auf seine fleischigen Hände mit Fingern, die an Würste erinnerten, zuckte kaum wahrnehmbar mit den Schultern und murmelte: »Was mit der Ina los ist, darüber weiß ich nichts Näheres, aber sie war schon öfter«, seine Stimme wurde leise, »im Irrenhaus.«

Dr. Paulsen sagte nur: »Ich verstehe« und hielt sein Wort.

Egli regelte die Terminfragen.

Der Bentley kam und mit ihm der livrierte Fahrer. Das Anwesen ähnelte einem schottischen Landsitz. Das Hauptgebäude hatte so gut wie nichts von der typischen alpenländischen Architektur. Hier hatte jemand im neunzehnten Jahrhundert weit über die Grenzen des Kantons geschaut, um einen solchen Prunkbau in Angriff zu nehmen.

Der Fahrer begleitete ihn die Stufen hinauf. Dann wurde die schwere, mit schmiedeeisernen Verzierungen versehene Flügeltür von innen geöffnet.

Vor Dr. Paulsen stand das Ehepaar. Ein Ehepaar in den mittleren Jahren. Überaus gepflegt, mit aristokratischen Manieren und einer dennoch einfach-herzlichen Art, die Paulsen bereits bei der Begrüßung angenehm auffiel. Der Hausherr ging einen Schritt voraus, die Frau hielt sich neben ihm. Sie gingen in den Salon. Sie setzten sich in eine cremefarbene Ledergarnitur. Ed erkannte sofort die auserlesene Qualität des Leders und die handwerkliche Verarbeitung. Den vielen Kunstgegenständen konnte er nicht die

Aufmerksamkeit entgegenbringen, wie er es gern getan hätte. Auf einem Couchtisch mit geschliffener Kristallplatte und feuervergoldetem Gestell, war das KPM-Geschirr für den Kaffee bereitgestellt. Ein sehr nettes Mädchen bediente. Man trank einen Kaffe und Ed und das Ehepaar führten eine etwas zähe Konversation, denn alle wußten eigentlich sehr genau über die Belanglosigkeit dieses Wortgeplänkels, ging es doch für die Familie um viel, viel wichtigere Dinge.

So war es dann auch Dr. Paulsen, der endlich die Erlösung herbeiführte:»Ich glaube, verehrte Frau und Herr von Strasser, wir haben uns ein wenig beschnüffelt und können uns nun um den Grund meines Kommens kümmern, oder?«

Beide atmeten fast synchron tief durch.

Der Baron sah Ed mit einer gewissen Ehrfurcht an, als er sagte:»Man merkt schon, was Sie so tun. Ich danke Ihnen für die Direktheit.«

Als die Mutter beginnen wollte, von Ina zu erzählen, hob Ed höflich lächelnd die Hand und sagte:»Bitte entschuldigen Sie, ich möchte das Mädchen erst einmal ohne jegliche Vorkenntnisse kennenlernen, geht das?« Beide sahen sich etwas überrascht an, waren aber wohl auch erleichtert; sie beauftragten das gerufene Mädchen, Ina zu verständigen. Ina kam die Treppe herunter. Sah provokativ an allen vorbei, sagte kein einziges Wort, lümmelte sich in einen der großen Sessel und sah wie abwesend, auf jeden Fall aber mit zur Schau gestellter Langeweile, starr vor sich hin. Dr. Paulsen brauchte nicht einmal mit ihr zu reden, das, was er sah, ließ nur eine Diagnose zu: Sie war suchtkrank. Ina sah weiter an Paulsen vorbei. Nicht ein einziges Mal trafen sich ihre Blicke.

Die Eltern wirkten, seitdem das Mädchen anwesend war, wie zwei Marionetten. Man konnte quasi augenblicklich ihre enorme Anspannung erkennen, und es wäre selbst für einen Laien nicht allzu schwierig, auf schwere Verwerfungen in der Familie zu folgern. Für Dr. Paulsen eine Situation, die ihm nicht fremd, aber dennoch ungewöhnlich war. Er war privat bei einer Familie, deren Tochter offensichtlich dringender Hilfe bedurfte, die aber nicht wußte, darauf hatte Ed vorher bestanden, daß der Gast ein Psychiater war.

Der Vater räusperte sich und stellte Paulsen vor. Ina nickte und sah ihm zum ersten Mal ins Gesicht. Ed lächelte ein wenig und nahm sich eine Praline. Er überlegte, wie er sich zu dem Mädchen einen ersten Zugang schaffen konnte.

»Ich muß irgendwie versuchen, ihr Interesse auf mich zu lenken. Wenn ich erst einmal mit ihr ins Reden käme, wäre das Gröbste geschafft.«

Ina nippte am Kaffee und zelebrierte förmlich ihr aufgesetztes Desinteresse.

Die lange Zeit, die Dr. Paulsen, auch schon als Student, im Drogenbereich tätig gewesen war, und die dort gewonnenen Erfahrungen gaben ihm auch in dieser sehr zugespitzten und ungewöhnlichen Situation Sicherheit und Souveränität. Er plauderte mit den Eltern scheinbar belanglos, dabei sah er hin und wieder Ina an, so als spreche er selbstverständlich auch mit ihr. Paulsen verstand es, seinen Humor sehr gezielt einzusetzen und alsbald spürte er, wie Ina mit der Veränderung ihre Körperhaltung auch ihre Aufmerksamkeit langsam und zögerlich, ja fast widerwillig ihm zuwandte. Genau das war sein Ziel. Wer Dr. Paulsen privat sehr gut kannte, wäre etwas verwundert gewesen, denn er exponierte sich in einer Form, die man bei ihm so nicht kannte. Er wollte und mußte sich aber bei dem Mädchen interessant machen.

Ina zündete sich eine Zigarette an, dann sah sie Paulsen erstmals direkt an und fragte: »Sie auch?« Er nickte. Ina lächelte kaum wahrnehmbar, hielt die Schachtel hin und gab ihm dann Feuer.

»Danke, lieb von Ihnen.«

Sie lehnte sich wieder zurück und zog die Beine nach. Dr. Paulsen durchstreifte gemeinsam mit Inas Eltern, die, wie sie ihm später dann anvertrauten, völlig verwirrt und skeptisch dieser Unterhaltung gefolgt waren, die unterschiedlichsten Themen.

Beim Sport endlich reagierte Ina. Alsbald führten sie beide fast einen Dialog und noch um einiges später hörte man das erste Lachen in dem Haus seit längerer Zeit.

»Gut«, rief Ina in leicht manischer Stimmung, »wir fahren zusammen Ski, und ich werde versuchen, Ihnen zu erklären, wie Sie ihre Schwäche im Tiefschnee beseitigen können«, sie sah ihn erstmals mit lebhaften Augen entschlossen an, »abgemacht?«

Ed hob zum Entsetzen der Eltern die Hände, denn sie dachten, er würde Ina nun brüskieren: »Ein toller Vorschlag«, die Eltern sahen sich sichtlich erleichtert an, »aber wir müssen erst mal über das Honorar reden, denn Skilehrer sind hier nicht gerade billig.«

Ina blies den Rauch zur Decke und rief: »Ich bitte Sie, was reden Sie für einen Stuß«, Mama und Papa zuckten zusammen, »ich will doch von Ihnen keinen Franken, mir würde es einfach Spaß machen, verstehen Sie?«

»Oha, da bekomme ich also eine attraktive Skilehrerin und dazu noch umsonst!«, er sah sie dankbar an, »das, das lasse ich mir allerdings gefallen.«

Ina freute sich: »Gut, wann geht's los?«

Ed überbot ihre Freude: »Na ja, wenn es ginge: gestern.« Alle lachten und die Stimmung war fast ausgelassen.

Von da an waren sie jeden Tag im Berg. Ed konnte sie nun sehr genau beobachten und stellte fest, daß ihre Stimmung sehr stark schwankte. Das hatte er auch so erwartet. Sie wurde gegen Mittag leicht depressiv, verschwand dann für einige Zeit, um, wie sie sagte, mal »für kleine Mädchen zu gehen«, und war dann, nachdem sie zurückgekommen war, nach wenigen Minuten in einer leicht manischen Gemütsverfassung.

Dr. Paulsen hatte sich vorgenommen, Ina mit seinen Beobachtungen zu konfrontieren. Er wollte jedoch den Zeitpunkt von der weiteren Entwicklung abhängig machen. Und genau das war richtig! Denn Ina war es, die ihn überraschte. Mehr noch, er hätte, wenn ihn jemand über seine Prognosen über Ina befragt hätte, wohl ausgeschlossen, daß sie es sein würde, die sich offenbaren würde. Dr. Paulsen konnte sich an diese beinahe dramatische Szene noch sehr genau erinnern.

Es war nach dem Skifahren. Sie saßen noch in einer urigen Skihütte. Die Stimmung war ausgelassen, sie hatten nur zwei Jagertee getrunken und eine Brotzeit gegessen. Paulsen stellte plötzlich eine Veränderung in Inas Verhalten fest. Sie sah sich mit ernstem Gesicht um, und zwar so, als wollte sie sich an etwas erinnern oder sich das Um-sie-herum erklären. Sie wurde ernst, senkte den Kopf und murmelte etwas. Dr. Paulsen war hochkonzentriert, vermutete er doch das Auftreten von möglichen Entzugserscheinungen oder andere drogenbedingte Reaktionen.

»Wie bitte, Ina, was sagten Sie?«

Sie nahm zögerlich seine Hand in ihre beiden. Sie hob den Kopf, sie weinte.

Dann sagte sie: »Wie gern würde ich dabei sein wollen! Ach, was verstehen Sie schon davon.« Ed sagte kein Wort, er sah sie nur empathisch, aber ohne jegliche Aufdringlichkeit an. Sie drückte seine Hand stärker und flüsterte: »Wissen Sie was ich bin?«, sie wartete nicht auf seine Antwort, »ich bin drogenabhängig. Ich nehme Heroin!« Impulsiv, so als hätte man ihr eine Fessel durchgeschnitten, umarmte sie Paulsen und legte ihren Kopf an seine Schulter und schluchzte. Am Nebentisch amüsierte man sich über die offensichtlichen Auswirkungen des hausgemachten Jagertees. Ed hielt sie fest und ließ sie weinen. Dann, er hatte ja ihr Ohr nahe bei seinen Lippen, begann er zu sprechen. Er erzählte ihr, wie toll er es finde, daß sie ihm das anvertraut habe. Er würde natürlich mit ihr das Geheimnis teilen.

»Ich bin das nämlich gewöhnt von meinem Beruf, wissen Sie?«

Sie löste ihre Umklammerung und sah ihn neugierig an.

»Ich bin nämlich Psychiater und Psychotherapeut«. Ihr Blick verfing sich zwar in den Tränen, dennoch erkannte Paulsen die Enttäuschung. Er lächelte sie an: »Ich kann nichts dafür und bin auch jetzt kein anderer als vor einer Minute, oder?«

Sie forschte in seinem Gesicht: »Das, das hätte ich nie, *nie* im Leben gedacht, so ein verdammter Scheiß, von den Typen hab' ich die Nase gestrichen voll!«

»Was ist an denen denn so schlimm?«

»Die Typen sind alle gleich, ich erkenne sie auf zwanzig Meter. Aber Sie! Auch Sie so einer! Nein, das ist die größte Enttäuschung«, sie forschte immer noch, dann lächelte sie, unmerklich, »oder aber die«, sie zog das »i« sehr, sehr lang, »Überraschung.«

Vor Ed hatten dann noch vier Tage Urlaub gelegen.

Nach zwei Tagen hatte er es geschafft: Sie bat ihn, ihr behilflich zu sein »von dem Zeug vielleicht doch noch wegzukommen, denn es macht mich kaputt, wenn ich es nicht schon bin.«

Es begann eine lange Zeit harter Arbeit. Dr. Paulsen hatte diese Therapie später dann in einer vielbeachteten Publikation dokumentiert.

Er fuhr mit Ina Achter- und Geisterbahn, Topspin und Riesenrad gleichzeitig. Er ließ die sich ablösenden übelsten Beschimpfungen und die abgöttische Verehrung über sich ergehen und führte sich selbst an Grenzen, die er eigentlich nicht zu haben glaubte. Anfangs wurde er mit dem privaten Hubschrauber zweimal die Woche nach Zürich geholt; oft auch nach Hilferufen von Inas Eltern und von ihr selbst. Dann, als sie sich schon für die Weiterführung des Studiums entschieden hatte, kam sie zwei Mal die Woche nach München.

»Und wir siegten«, hatte Paulsen seine Publikation beendet.

Und so freute er sich über den kurzen Bericht der glücklichen Mutter, die dann aufstand, ihm die Hand reichte und sich verabschiedete. Doch dann blieb sie mit den Worten »Mein Gott, bin ich denn deppert« stehen und drehte sich wieder zu Ed um. Dieser stand wieder auf und schmunzelte sie fragend an.

»Also, lieber Doc, Ina hat von den Eglis, wie sollte es auch anders sein?, erfahren, daß Sie kommen und nun ist sie ganz wild darauf, mit Ihnen Ski zu fahren. Sie wird am Sonntag kommen.«

Er hob wie beschwörend die Hände und sagte weiter lachend: »Oha, auch das noch«, er kleidete seine Freude in gespieltes Erschrecken, »die Wilde brettert mir dann wieder davon, und ich hetze hinterher mit raushängender Zunge.« Inas Mutter ging auf seine gespielte Furcht ein: »Wenn ich Sie so erlebe, mein lieber Freund, werde ich Ina bitten, mit Ihnen am Berg nachsichtig umzugehen…aber seit wann schwächeln Sie denn auf den Brettern?«

»Sind *Sie* schon mal mit Ina gefahren???«

»Schon sehr lange nicht mehr.«

»Nun, dann wissen Sie auch nicht, was ich leiden werde.« Er hatte aber schon Lachen und Schalk im Gesicht: »Also im Ernst: Ich glaube, recht fit zu sein und freue mich natürlich riesig auf sie!«

Sie legte ihm ihre mit zwei schweren Ringen dekorierte Hand auf den Unterarm, sah ihn ermutigend an und sagte: »Ina erzählte uns jedenfalls immer, wie sie kaum mit Ihnen mithalten konnte und wie toll sie auf den Brettern stehen.«

Er stöhnte: »Sie ist eben ein sehr liebes Mädchen und sie sagte es ja auch: Wie ich auf den Brettern *stehe.*« Er betonte das Wort nachhaltig.

»Sie sind schon ein Schelm. Sie drückte die Zigarette im Ascher aus und erwiderte das freundliche Lächeln von Corinna, die bereits die Vorspeise auf dem Beistelltisch abgestellt hatte. Nochmals reichte sie Paulsen mit einem herzlichen Lächeln die Hand, stellte sich unvermittelt auf die Schuhspitzen, und küßte ihn auf die Wange und ging zu ihren Spielpartnerinnen in den Salon.

Corinna stand jetzt dicht neben Ed, so daß er den angenehmen Duft ihres Parfüms rasch in der Nase hatte. Sie machte, einen halben Schritt zurücktretend, erneut einen höfischen Knicks und sagte: »Sehr geehrter Herr, wir erlauben uns, Ihnen eine Vorspeise aus dem Wallis und das dazu passende Getränk servieren zu dürfen. Wir wünschen einen guten Appetit.«

Paulsen setzte sich, nahm eine absichtlich steife Haltung ein, so als hätte er einen Besenstiel verschluckt, und setzte eine aristokratische Miene auf, steckte sich die Damastserviette in den Kragen und sah zu, was Corinna ihm auftischte.

Das Mädchen, man sah es an den Grübchen, mußte um ihre Haltung kämpfen, zumal die Szene schon am Nachbartisch für Belustigung sorgte.

»Ich danke Ihnen«, schnarrte er nicht ohne schauspielerisches Talent, die Rolle immer noch weiterspielend, griff zur silbernen Gabel und sagte: »Jetzt wird es ernst.«

»Ich hoffe, meine Wahl ist gut und … ach«, ihr fiel der Wein ein, »der Wein ist bereits geöffnet und ich werde ihn hier dekantieren.«

Sie drehte sich um und ging den Wein holen. Paulsen genoß jeden Gang, den Weiß- und später auch den Rotwein. Der hervorragende Bordeaux Château Margaux, Jahrgang 89, paßte ideal zur Hauptspeise. Wie üblich waren die Portionen auf Paulsen zugeschnitten, er liebte eher die kleinen und davon verschiedene.

Corinna beobachtete ihn mit sichtlichem Vergnügen, zumal Paulsen hier und da schon eine Bemerkung gemacht hatte, mit welchem Genuß er die Speisen verzehrte. Als er dann von der leichten Nachspeise nur noch kosten konnte und dann kapitulierend die Hände hob, kam sie an den Tisch und sah ihn etwas verunsichert an.

»Alles kann einem ja doch nicht …«

Er ließ sie nicht weitersprechen und sagte: »Ich weiß, es ist unhöflich, jemanden zu unterbrechen, aber bevor Sie völlig zu unrecht wegen der Nachspeise zu weinen anfangen, mein Urteil: »Sie haben einen Wunsch frei, Fräulein, nehme ich mal an«, sie nickte lächelnd, »auch die Nachspeise war genausogut wie alles andere, ich schaffe aber leider nicht mehr den kleinsten Bissen; Sie sind übrigens ein Talent!«

Ihre Wangen glühten, und sie sagte: »Da freu ich mich aber. Über den Wunsch werde ich nachdenken«, und bekräftigte ihre Nicken mit den Worten, »und Fräulein bin ich auch.«

Er hob den schweren Rotweinkelch und sah ihr unvermittelt gerade und tief in die Augen: »Auf Sie!«

Sie machte einen kleinen Knicks, senkte langsam den Kopf, ohne jedoch dem Blick von Paulsen sofort auszuweichen, sie verfingen sich kurzzeitig.

Sie räumte dann sehr geschickt und behende den Tisch ab und fragte dann, ob Paulsen noch Wünsche habe.

»Viele, aber hier und zur Zeit keine, danke vielmals.«

Er lehnte sich zurück und ließ den Blick durch das Restaurant gleiten. Wie so oft, wenn er irgendwo Zeit hatte und allein war, machte er eine Art Beobachtungstraining. Dazu gehörte es, einer beliebigen Person kurz ins Gesicht zu schauen, dann den Blick abzuwenden und zu versuchen, das Gesicht bis ins Detail zu beschreiben. Danach wurde dann das im Gehirn gezeichnete Porträt mit dem realen verglichen und die Mängel und Fehler ausgewertet.

Corinna hatte aufmerksam etwas Wein nachgeschenkt und sagte wie beiläufig:

»Übrigens habe ich schon nachgedacht.«

»Über Ihren Wunsch? Na also, raus damit!«

»Es ist mehr eine Idee. Da Sie ja noch einige Tage hier sind, möchte ich meinen gewonnenen Wunsch noch aufheben«, sie hatte jetzt viel Lachen im Grün, »es kann ja sein, daß ich noch mehr Wetten gewinne, und dann kann ich mir ja was ganz Großes oder so wünschen.«

Paulsen stieß einen leisen Pfiff aus und meinte: »Ziemlich pfiffig, aber denken Sie daran, man soll das Glück nicht überstrapazieren.«

»Das war aber nicht nur Glück!«

»Sondern?«

»Sagen wir mal, halb und halb«, sie unterstrich ihre Meinung mit einer wiegenden Kopfbewegung.

»Und die andere Hälfte?«

Sie sah ihm ohne Scheu ins Gesicht: »Ich denke mal, so was wie Gefühl für andere Menschen oder so was ähnliches.«

»Oha, hier erwächst mir doch nicht etwa fachliche Konkurrenz?«

Sie hob beide Arme wie zur Abwehr: »Oh nein, das könnte ich nie, mich den ganzen Tag mit Problemen anderer herumschlagen. Ich glaube, da würde ich selbst verrückt.«

»Also wofür sonst?«

Sie sah ihn mit einem Blick zwischen Skepsis und Neugierde an: »Sollten Sie sich wirklich für die, ich sag' mal: Hirngespinste einer Kellnerin interessieren?«

Jetzt wurde sein Blick »typisch Paulsen«. Sie hielt ihm stand, und er sagte: »Mein Mädchen, ich nehme grundsätzlich, auch in meiner Freizeit, jeden Menschen ernst, sei es ein Bettler oder ein Millionär.«

Ihre schlagartig glühenden Wangen und ein fast kindlich erschrockener Blick begleiteten ihre Worte: »Oh, Verzeihung, ich glaube, da war ich wohl …«

Er berührte sie leicht an der Hand, lächelte zu ihr hinauf und sagte: »Nur zu, besser ist zu sagen, was man denkt, als loszuplappern, ohne zu denken, stimmt's?« Sie nickte und kämpfte mit dem hartnäckigen Rot ihrer Wangen und sagte: »Ich danke Ihnen für die Brücke, vielleicht habe ich ja drauflosgeplappert und dann erst nachgedacht.«

»Papperlapapp«, die entsprechende Handbewegung begleitete seine Worte »es ist so oder so nicht mehr der Rede wert.«

Sichtlich erleichtert atmete sie durch und ging mit entschuldigendem Blick an den Nebentisch.

»Zum Wohl, mein Alter«, er hob das Glas, nahm einen Schluck und ließ den Wein wirken.

Die Skigruppe war inzwischen aufgetaut, denn die erste Lachsalve war nicht zu überhören. Es wurden offensichtlich Witze erzählt.

Ed nahm einen Zehnfrankenschein, faltete ihn zusammen und behielt ihn in der Hand. Als sich ihre Blicke trafen, kam Corinna an den Tisch und sagte: »Ihr Wunsch ist mir Befehl«, dabei imitierte sie eine soldatische Haltung.

Dr. Paulsen mußte lächeln: »Sie kommen wohl aus einer Offiziersfamilie? Es sieht ja richtig echt aus!« Sie schüttelte den Kopf mit den naturblonden Haaren: »Nein, überhaupt nicht, aber vielleicht steckt da so was in mir drin.«

Ed bedankte sich für den Service, denn Corinna hatte ihm auf seine Frage hin erzählt, daß sie jetzt den Abend frei habe und nur noch abräumen müsse. Er steckte ihr den Schein zu. Sie wollte, begleitet vom Rot in den Wagen, Widerspruch einlegen. Aber Dr. Paulsen hielt sich den hochgestellten Zeigefinger über die Lippen und sagte: »Kein Wort bitte.«

Sie sah ihm gerade in die Augen: »Ich bedanke mich vielmals«, dann fragte sie noch, ob er noch einen Wunsch habe, sie würde diesen dann Doris, die sie ablösen würde, gleich weitergeben. Ed sah auf die Uhr, schüttelte den Kopf, bedankte sich und fragte sie: »Und Sie, was tun Sie noch mit dem frühen Abend?«

Sie antwortete: »Ich werde mich ein bißchen runtersetzen und dann bald im Bett verschwinden.«

»Das ist ja prima!«

Sie sah ihn verwundert an: »Wieso?«

»Na dann sehen wir uns ja noch, oder?«

Man merkte ihr ihre Verlegenheit deutlich an: »Ich weiß nicht, na ja, es könnte schon sein.«

»Gut, also dann bis später.«

Sie erwiderte ein wenig zögernd sein Lächeln und ging. Paulsen stopfte sich nun in aller Ruhe eine Pfeife. Nach zehn oder ein paar mehr Minuten sah er Corinna am Service stehen, sie plauderte mit dem Barkeeper. Paulsen war überwältigt, denn zum ersten Mal konnte er Corinna aus einer sicheren Distanz ausgiebig betrachten. Jetzt sah sie zu ihm und er forderte sie mit einer Kopf- und Handbewegung und einem aufmunternden Lächeln auf, doch zu ihm zu kommen.

Sie kam auf den Tisch zu. Dann stand sie neben ihm.

Er starrte sie noch immer an, es entstand eine kleine Pause: »Oh, Entschuldigung«, er stand auf und zog einen Stuhl zurück, »bitte, tun Sie mir den Gefallen und leisten Sie mir ein bißchen Gesellschaft?«

»Gern«, sie setzte sich.

Corinna hatte sich in gut sitzende Jeans, einen ebenso gut sitzenden dunkelblauen Pulli und eine legere Weste gekleidet. Ihre Haar trug sie offen.

Sein wandernden Blick mußte ihr aufgefallen sein, denn sie zog, so als wäre es rein zufällig, die Weste über ihre auffallend prallen Brüste, die von keinem Büstenhalter gehalten wurden und sich fast provozierend unter dem Pulli abzeichneten.

»Ich bin immer froh, wenn ich mich nach Feierabend locker anziehen kann«, gab sie ihm eine Erklärung für die Auswahl ihrer Kleidung.

Er fragte sie, ob sie den vorzüglichen Wein probieren wolle, oder ob er ihr etwas anderes bestellen solle. Sie wollte eigentlich gar nichts mehr, doch dann, als er ihr sein gutes Gedächtnis dadurch bewies, daß er sich an ihre Aussage, sie sei ein Laie, was die Kenntnis von Wein betrifft, erinnern konnte und sie nun die Möglichkeit hätte, quasi eine erste Weinerkundung zu unternehmen, willigte sie ein. Sie stand auf, Egli lächelte sie an, sie zurück, und holte sich einen weiteren Kelch.

Paulsen schenkte behutsam ein, er hob das Glas und sagte: »Sehr zum Wohle.«

Die Gläser tönten wie zwei Stimmgabeln.

Ed sah sie erwartungsvoll an und sagte: »Nicht gleich herunterschlucken, der Mund, besser wohl der Gaumen und alles andere drum herum, muß sich den Wein erschließen. Sie werden sehen, oder besser spüren, wie spannend das sein kann.«

Corinna nahm einen zweiten Schluck, der erste war getrunken, bevor Paulsen seinen Hinweis gab. Sie konzentrierte sich auf den Wein in ihrem Mund, und in der Tat, sie erfuhr nun viel mehr von dem Geschmack dieses Weines. Vor allem an der Zungenspitze, in der Mundhöhle und am Gaumen nahm sie Veränderungen wahr.

Dann sagte sie: »Ich hatte nach dem Duschen eigentlich doch gleich ins Bett gehen wollen, aber da wir uns nett unterhalten hatten, dachte ich, noch ein wenig plaudern zu können« es klang ein wenig wie eine Entschuldigung, sie sah auf den Kelch, den sie mit beiden Händen festhielt, man merkte ihr eine gewisse Verlegenheit an.

Ed sagte nichts.

»So etwas passiert so selten, normalerweise erlaubt Herr Egli das ja nicht, aber bei Ihnen ist ja sowieso alles ein bisserl anders. Er hat gelacht als ich ihn fragte, und gesagt, nur zu, von dem kannst du soviel lernen wie in keiner Schule nicht.«

»Oha, was für ein Vorschußlorbeer, da muß ich mich ja ins Zeug legen. Aber schön ist, daß er eine Ausnahme gemacht hat.« Sie lachte fast wie ein Kind: »Aber Sie sagen mir schon, wenn Sie allein sein wollen, versprochen?«

Er beugte sich vor und sagte: »Erstens will ich nicht allein sein und wenn ich es gewollt hätte, würde ich es jetzt nicht mehr wollen, denn Ihre Gesellschaft möchte ich nicht missen und zweitens«, er unterbrach sich und sah ihr nun gerade in die Augen, »und zweitens fühle ich mich sauwohl, wenn ich Sie in der Nähe weiß.«

Das Grün hinter den schwarzen Wimpern schien zu leuchten. Er löste den Blick als erster und brachte den Tabak, nach dem er ihn mit einem Stopfer leicht nachgedrückt hatte, in der Pfeife erneut zum Glühen. Sie verfolgte die Rauchringe, die langsam zur Kerze hin trieben, mit Interesse und fragte: »Hat Sie jemand diese Kunst da«, sie zeigte auf die sich langsam auflösenden Ringe, »gelehrt, oder war es eine Eingebung?«

»Ausgangspunkt war mein Großvater.«

Sie sah ihn verschmitzt an und meinte: »Sie haben doch nicht etwa als Kind schon Pfeife geraucht?« Er prustete und bewunderte den intelligenten Humor Corinnas: »Natürlich nicht, Sie Schelm.«

Und er erzählte ihr, wie er mit dreißig, oder waren es zweiunddreißig Jahre, begonnen hatte, Pfeife zu rauchen. »Vorher hatte ich noch nicht einmal zu rauchen versucht, da aber mein Großvater bis heute mein größtes persönliches Vorbild ist und er ein Pfeifenraucher war und mir immer den Wunsch nach Rauchringen erfüllte, denke ich mal, schlug hier die Verehrung in Nachahmung um und so rauche ich in gemütlicher, guter Atmosphäre am Abend mal ein Pfeifchen.«

Dr. Paulsen bemerkte, wie Corinna mit ihren wachen Augen sein Gesicht abtastete, er hatte das Gefühl, als suche sie nach etwas. Er wollte ihr entgegenkommen und sagte leicht lächelnd: »Jede der Falten ist ein Stück Leben, ich hab' es schon mit dem Bügeleisen probiert«, er strich sich über die wohlgeformte, von einigen schräg verlaufenden Falten durchzogene Stirn, so als wollte er sie wegwischen, »aber es hatte keinen Sinn.«

Sie beugte sich ein wenig nach vorn und sah ihm mit übertriebenem Interesse, ja fast begutachtend ins Gesicht: »Wenn ich nicht so gut erzogen wäre, würde ich sagen…«, sie sah ihm in die gutmütig lächelnden graugrünen Augen und nach seiner Aufforderung: »Na dann lassen Sie mal die gute Erziehung in der Besenklammer«

102

faßte sie Mut und sagte, ihn liebenswürdig ansehend: »Nicht böse sein, ja?«

Er nickte belustigt.

»Also ich würde sagen: Sie haben dann aber schon so allerhand erlebt.«

Sie biß sich auf die Unterlippe und machte ein verschüchtertes Gesicht, so als erwarte sie eine deftige Zurechtweisung. Ed konnte nicht anders als lachen und bestätigte ihr, daß sie eigentlich so unrecht nicht hatte.

»Aber nun kommt die Kehrseite der Medaille«, wieder sah sie ihn aufmerksam an, »das schlimmste sind, so denke ich jedenfalls, glatte, oder besser: aalglatte Gesichter, denn ich glaube, es sind dann auch glatte Männer, die meisten bestimmt Typen ohne oder mit wenig Charisma, oder?«

»Da bin ich aber froh, über meine Furchen«, sagte er mit übertriebener Erleichterung und fügte an: »Aber Vorsicht, jede vorschnelle Verallgemeinerung birgt die Gefahr des Irrtums.«

»Sicher haben Sie da recht, aber ist es denn nicht wirklich so«, sie rückte wieder nach vorn, »daß man es dem, der sein Leben reichhaltig ausfüllt, also intensiv und interessant lebt, unter anderem auch aus dem Gesicht ablesen kann?«

Ed sah ihr geradewegs in die Augen: »Sie sind wirklich eine überaus beachtenswerte junge Frau und was das Lesen in Gesichtern angeht: Da spielen natürlich auch rein physiologische Dinge eine Rolle. Manch einer hat ein Gesicht wie ein Kinderpoppo, weil alle Vorfahren das auch schon hatten, und er kann ein überaus bewegtes und interessantes Leben leben bzw. gelebt haben. Trotzdem ist dies eher die Ausnahme, wage ich mal zu behaupten. Wir haben so einen Spruch, der lautet: Charakter prägt, auch die Gesichter.«

Er hob das Glas, ohne von ihren Augen zu lassen: »Auf Sie und den schönen Abend.« Sie schlug die Augen nieder, um ihr Glas richtig fassen zu können.

Wieder ertönte der volle Klang. »Wirklich, ein Genuß«, er atmete tief ein und ergriff die Pfeife. Corinna hielt den Kelch wie ihn beschützend mit beiden Händen umschlossen und sah auf das Etikett der Flasche: »Hm, ich meine, mich langsam an *den* Genuß heranzutasten, für mich war es ja eine Premiere«, sie sah seinen fragenden Blick und beantwortete ihn, »solch einen Wein können sich selbst hier nicht all zuviele leisten, und ich habe bisher ab und zu schon mal Weine getrunken, die haben aber vielleicht ein Zehntel von dem hier gekostet.«

Er stopfte die Glut nach und sagte wie beiläufig: »Ach Gott, ich denke, es läßt sich auch ohne solch einen Wein leben, und ich glaube, auch gar nicht so schlecht.« Sie schmunzelte ihn an: »Da gebe ich Ihnen recht, was mich betrifft.«

»Oha, wie soll ich das verstehen?«, voll Scherz vertiefte er die vertikale Falte über dem Ansatz seiner Nase und zog die kräftigen schwarzen Augenbrauen zusammen.

»Denken Sie, *Sie* könnten auch anders leben, ich meine so ganz einfach und so?«

Er sah sie ernst an: »Meine junge Dame, ich lebte und lebe so ganz einfach und so«, als er ihren zweifelnden, fast ironischen Blick sah, erzählte er ihr eine Episode aus seiner Studienzeit und ließ sie für Augenblicke an seinen Problemen mit seinem geizigen Vater und seinen nächtlichen Arbeitseinsätzen teilhaben. Sie hatte ihm mit großer Aufmerksamkeit zugehört.

Er nippte, nachdem er noch einmal eine »Nase« genommen hatte, an dem Wein, konzentrierte sich auf die Entfaltung des vielfältigen Aromas und verfolgte abschließend den intensiven Abgang.

»Das soll natürlich nicht heißen«, er mußte erneut den Tabak in der Pfeife zum Glühen bringen, und als er den Rauch in dicken Schwaden aufsteigen lassen konnte, fuhr er fort, »daß ich nun das Schöne, wenn ich es mir leisten kann, nicht in vollen Zügen genieße. Ich habe mir alles, aber auch alles selbst erarbeitet, und ich lebe nur ein einziges Mal.«

Am Nebentisch wurde wahrscheinlich die Pointe eines neuen Witzes wieder mit Lachen und Beifall quittiert. Corinna drehte sich ein wenig nach der Rothaarigen um, denn diese lachte in einer so ansteckenden Art und Weise, daß sie unwillkürlich ein wenig mitlachen mußte. Sie griff das Gesagte von ihm auf: »Birgt eine, sagen wir mal: solche Lebensphilosophie nicht die Gefahr, am Drauflosleben Gefallen zu finden und nur noch erlebnisorientiert zu leben?« Dann fügte sie noch fast entschuldigend an: »Ich meine, ganz allgemein, ich will damit nicht sagen, daß Sie so leben.«

»Die Gefahr, wenn man es so formulieren will, liegt in der Prägung der jeweiligen Person. Es ist eine Frage der Wertorientierungen, und es sind ganz persönliche Überzeugungen, die eine Persönlichkeit quasi steuern, wie sie erfülltes Leben, also auch Genießen, für sich definiert.«

Sie nickte und unterbrach ihn nicht.

»Drauflosleben, wie Sie es grade sagten, hat zu Recht eine«, er lächelte vielsagend, »negative Nuance, wenn man es als Lebensgrundeinstellung betrachtet. Lebt man in einer begrenzten Situation einmal drauflos, kann es natürlich eine bereichernde Erfahrung sein.« Er setzte sich noch etwas bequemer und drückte mit dem silbernen Stopfer die Glut wieder etwas tiefer und sagte: »Ich glaube, es ist wichtig, sich Schritt für Schritt ein, ich nenne es mal im unreinen gesprochen: ›ideelles Wertegerüst‹ zu erstellen, ohne sich an diesem allerdings anzuketten. Und es sollte immer am realen Leben angelehnt und innerhalb bestimmter Grenzen, man könnte auch sagen innerhalb von Normativen, flexibel sein. Wem das erst einmal gelingt, der wird alle Chancen haben, das Leben auch mit beiden Händen packen zu können.«

Jetzt lachte er sie an, denn er erkannte, wie intensiv Corinna ihm zugehört hatte.

»Warum lachen Sie?«

»Nun, die Situation erinnerte mich an meine Arbeit an der Uni.« Corinna entschuldigte sich: »Ich würde mich sehr freuen, wenn Sie mir mein Interesse an unserem Gespräch nicht verübeln«, sie sah ihn fragend an und sprach weiter: »Aber ich kann Sie schon verstehen. Wer so einen aufreibenden Beruf macht, der will bestimmt ein paar Tage mal von ihm und irgendwelchen Diskussionen mit mehr oder weniger Tiefgang, Ruhe haben.«

Paulsen sah sie aufmerksam an: »Nun, Fräulein Corinna, so wild ist es ja auch nicht, und es macht mir viel Freude mit Ihnen zu plauschen. Wir reden ja zum Glück nicht über eine Therapie für Sie«, er sah sie mit einem aufgesetzten, man könnte sagen diagnostischen Blick an, »so etwas, da bin ich mir sicher, benötigen Sie nicht. Und wie gesagt, ein bißchen aus dem Nähkästchen plaudern macht mir keine Probleme.«

»Da bin ich aber froh«, sie lächelte wieder ein wenig spitzbübisch, »es hätte ja doch sein können, daß Sie etwas entdeckt haben.«

»Eine ganze Menge! Und ob. Aber es reicht nicht für eine Therapie.«

Sie lachten sich an. Corinna hatte sicherlich die ihr anfangs noch aufgefallenen Blicke von Ed Paulsen vergessen, denn sie setzte sich auf, hob die Arme und strich sich durch die Haare. Dr. Paulsen konnte sich dabei beherrschen, nur sehr kurz einen Blick über ihren einzigartig schönen Busen gleiten zu lassen.

»Dann traue ich mich einfach, noch was zu fragen«, sagte sie und sah ihn regelrecht entschlossen an.

»Drauflos«, ermutigte er sie.

»Man erzählte mir schon vor einer Woche, als Sie sich angekündigt hatten, wahre Wunderdinge von Ihnen. Ich weiß nun nicht, ob es inzwischen schon eine Art Verklärung ist. Aber das ist kaum möglich, sie Sind ja noch kein Methusalem.«

»Oha, danke für das zweischneidige Kompliment.«

Sie lachte wieder wie ein Kind: »So war es ja nicht gemeint, ich meine …«

Er berührte sie am Unterarm und sagte: »Schon gut, kein Problem, ich weiß, wie Sie es meinten.«

»Also«, sie schob den Faden wieder durch das Nadelöhr, »dann ist es tatsächlich so, wie es erzählt wird?«

Ed fragte: »Was wird denn erzählt, ich bin da unwissend.«

Corinna beugte sich weit über die Tischplatte, so daß sie unbeabsichtigt den Blick auf den harmonischen Ansatz ihrer Brüste freigab. Paulsen spürte die Auswirkungen seines Blickes.

»Man erzählt davon, daß es Ihnen als einzigem gelungen ist,

eine junge Frau, die heroinabhängig war, davon abzubringen.« Sie berichtete ihm über alles mögliche, und er stellte fest, daß tatsächlich einige freie Interpretationen weit über das damals Gewesene hinausgingen. Paulsen relativierte so manche glorifizierende Aussage und stellte dem die Tatsachen gegenüber.

»Und dabei sollen Sie sogar auf finanzielle Interessen keinen Wert gelegt haben. Für Schweizer ist ein solches Verhalten ja fast unseriös.«

Er hatte die linke Hand leicht angehoben und mit der rechten den Kelch ergriffen. Sie hielt inne und sah ihn fragend an.

»Was das betrifft, kann ich nur sagen, es ist zwar alles in allem nicht unrichtig, aber die Familie hat sich später sehr, sehr großzügig bedankt.«

Er wollte nun gern von sich und diesem Thema ablenken, denn selbst vor dieser jungen Kellnerin war das Reden über sich und seine Taten ihm sichtlich unangenehm, und so meinte er wie beiläufig: »Und sonst wissen Sie ja, wie schnell aus einer Mücke ein Elefant gemacht wird.«

Paulsen rutschte ein wenig auf seinem Kissen hin und her und hob das Glas:

»Sehr zum Wohle, ich freue mich sehr über den schönen ersten Abend hier.«

Ihre Blicke versanken ineinander. Es entstand eine kleine Pause. Corinna spürte ihre erneute Verwirrung, denn Sie spürte jedes Mal, wenn sich ihre Blicke trafen, ein leichtes Zucken in der Bauchgegend. Damit konnte sie nichts anfangen; solche eigenartigen Regungen waren ihr unbekannt.

Dr. Paulsen beschäftigte sich wieder mit der Pfeife, der Tabak brannte nicht so, wie er wollte. Sie sah ihm interessiert zu. Endlich glimmte der Tabak wieder.

Als er genüßlich den Rauch aufsteigen ließ, diesmal nicht in Ringen, lehnte er sich zurück und sah der Willkür seiner Gedanken folgend, fast routinemäßig auf ihre Armbeugen, denn ihn schreckte, wenn auch nur sehr flüchtig, die Vorstellung, Corinna könnte ähnliche Probleme haben, wie damals Ina. Innerlich schimpfte er sich einen Idioten, und seine absurden Gedanken brachen in sich zusammen: »Sie ist topfit, du Scharlatan, nicht die Spur von Auffälligkeiten und schon gar nicht von Suchtanzeichen. Langsam spinnst du auch schon. Du solltest dich mal nach einem guten Kollegen umsehen!«

Sie fragte: »Und was macht die Frau heute? Geht es ihr noch immer gut?«

Er sah sie wie kurzzeitig eine Fremde an und sagte: »Mein liebes Fräulein, da kann ich Ihnen leider nix, aber gar nix«, sein Bayerisch klang nach angelernt, »sagen, wie Sie ja wohl wissen, wir haben zu schweigen, so jedenfalls sollte es sein.« Corinna nickte lebhaft: »Natürlich weiß ich das Herr Doktor«, sie spielte nun die gleiche Rolle, »aber mich interessieren natürlich keine Namen oder andere persönliche, intime Dinge, die auf bestimmte Personen zutreffen«, jetzt war sie wieder sie, »ich möchte gern wissen, wie man so etwas eigentlich macht. Für mich ist das alles wie eine riesige Nebelwolke oder wie ein undurchsichtiger Kriminalfall in einem Thriller, oder so.«

Ihm gelang sein bestes Lachen: »Ein bisserl recht haben Sie da schon, denn nichts ist bei unserer Arbeit unvorhersehbarer als der durchschlagende Erfolg. Also ist es noch komplizierter als ein Kriminalfall im Film oder Roman oder in der Realität, denn der wird in der Regel aufgeklärt. Das nennt man dann Erfolg.«

In ihren Blick mischte sich fast so etwas wie Enttäuschung, als sie sagte: »Und ich war der Meinung, daß Esoterik, Astrologie und all das andere in Richtung Glücksspiel geht, aber wenn selbst Sie davon ausgehen, daß der Erfolg Ihrer Arbeit eigentlich unvorhersehbar ist«, sie atmete tief ein und ließ die Schultern enttäuscht sinken, »dann könnte man ja fast annehmen, die Psychotherapeuten wären auch nichts anderes als Wünschelrutenträger.« Sie mußte über den entlehnten Begriff genauso lachen wie er.

Er sah seinen zwei Ringen nach, die fast träge in Richtung der Kerze wanderten und verfing sich dann in der faszinierenden Farbe ihrer Augen als er sagte: »Oha, nun wird es doch noch ernster.« In wenigen Sätzen umriß er ihr die wesentlichen Aspekte psychotherapeutischer Arbeit und stellte heraus, daß »eine exzellente wissenschaftliche Ausbildung und eine ständige Weiterbildung die wesentlichen Voraussetzungen zur Ausübung dieses Berufs sind. Nur gibt es besonders in diesem Beruf aber einen bedeutenden Unterschied zwischen der formalen Fähigkeit zur Ausübung und der *individuellen* Befähigung.«

Sie hatte aufmerksam zugehört, und ihre Frage bewies ihm, daß sie so viel wie nur möglich verstehen wollte: »Das heißt also, manche absolvieren zwar das Studium, können aber den Beruf nicht erfolgreich ausüben, weil ihnen irgend etwas fehlt?«

»Sehr gut mitgedacht, Fräulein Corinna, wir sagen sehr oft, entweder man hat *es,* denn lernen tut man *es* nie.«

»Aber ist es denn in anderen Berufen nicht ähnlich?«

Er nahm die Pfeife aus dem Mund, legte sie in den Pfeifenascher und stellte ihr sehr bildhaft dar, welche Bedeutung in der Psychotherapie spezielle Persönlichkeitsausprägungen und Talent des Therapeuten für die konkrete Arbeit und vor allem für den Erfolg haben. Und verwies darauf, was passiert, wenn der Therapeut immer wieder versagt.

»Vor allem immer bei solchen Therapievorhaben, wo die persönlichkeitszentrierte Arbeit ohne Medikamente im Vordergrund steht. Medikamente und deren Wirkung erklären und verschreiben kann fast jeder, aber die besondere Befähigung von Therapeuten ist immer dann gefragt und gefordert, wenn man auf Medikamente verzichten kann oder könnte oder muß.«

»Wenn ich das also richtig verstanden habe«, analysierte sie, »kann trotz bester Studienleistungen ein Psychiater recht wenig erreichen, wenn er …«, sie suchte nach einem passenden Begriff und sah ihn im tiefsten Grün grandios an.

»… nennen Sie es ruhig ›e s‹ nicht hat«, half er ihr.

»Gut, also wenn er ›es‹ nicht hat«, sie dachte nach und meinte dann: »Somit wird die Vorstellung von so manch einem selbst gut ausgebildeten Heiler, nachhaltig helfen zu können, sehr rasch zur Illusion, wenn er denn merkt, daß er erfolglos in den Seelen der Menschen herumstochert.«

Er nickte und ließ sie wissen, daß damit die Karrieren solcher Therapeuten sehr oft nicht beendet werden: »Sie arbeiten manchmal fröhlich drauflos, schließlich gibt es viele Patienten, und die wenigsten können kurzfristig einschätzen, ob sie es mit einem befähigten Therapeuten oder einem Tablettenverschreiber zu tun haben.«

»Das ist ja richtig gruslig, wenn man darüber nachzudenken beginnt.«

»Nun, gruslig ist vielleicht nicht ganz treffend, aber eines ist in unserer Arbeit, auch für die allerbesten Therapeuten absolut sicher: Die Unvorhersehbarkeit des Erfolges. Der Mensch ist nun einmal die größte Variable und mit leibhaftigen Menschen haben wir es tagtäglich zu tun. Es ist noch viel komplizierter, Sie nannten vorhin das Beispiel, als die Aufklärung von schweren Kriminalfällen.«

Corinna nickte fast andächtig. Ed sah seinen neuen Ringen nach, und wie sie sich träge auflösten.

Corinna fragte ihn, ob er denn nicht für die Psychiater und Psychotherapeuten auch eine Lanze brechen könnte.

»Also gut, ich möchte Sie ja auch nicht mit nur negativer Sichtweise über uns ins Bett gehen lassen.«

Mit sehr einfachen Worten, Fachtermini möglichst verdeutschend erläuterte er Corinna die wesentlichen Aspekte und die enorme Bedeutung psychotherapeutischer Arbeit vor allem in der modernen Gesellschaft.

»Das wirklich Schöne ist; wir können helfen, und ich möchte auch nicht die Medikamente verteufeln. In vielen Fällen, wo der Therapeut, auch der Beste, nicht mehr weiter kann, helfen oft nur noch die Pillen.«

Als am Nebentisch die Stühle gerückt wurden und man sich in bester Stimmung eine gute Nacht wünschte, fragte sie, die Hände vor sich hin und her wendend: »Ich bin ohne Uhr, wie spät haben wir es eigentlich?« Die Uhr im Restaurant war für ihre Augen nicht zu erreichen. Er entzifferte die Zeigerstellung des goldenen Chronographen an seiner rechten Hand: »So vergeht die Zeit«, er sah sie mit ungläubiger Miene an, »es ist tatsächlich schon Sonntag, genau zwanzig Minuten vor eins!«

»Uh, da wird es Zeit für mich«, sie reckte sich und wohl verlegen verschränkte sie rasch die Arme vor dem unabsichtlich präsentierten Busen, »morgen«, sie erinnerte sich an die Uhrzeit, »halt, nachher, bin ich nämlich gleich wieder in der Frühe dran.«

»Wie schön, dann bekomme ich also von Ihnen den Tee?«

»Jawohl, Sire«, und sie hob mit ihrem, ihm schon bekannten kessen Blick das Glas und sagte: »Auf eine gute erste Nacht, und Sie wissen ja, Doktor, was man in der ersten Nacht im fremden Bett träumt, geht in Erfüllung.«

»Da ich bestimmt schon schlafe, bevor ich das zweite Bein unter der Decke habe, wird es von Träumen nur so wimmeln. Ich bin schon richtig gespannt.«

Noch einmal sangen die Kelche. Corinna stand behende auf. Paulsen legte die Pfeife in den Aschenbecher und stand ihr gegenüber. Sie gaben sich die Hand und begannen gleichzeitig zu sprechen, dann zu lachen.

Er sagte: »Nun der Reihe nach, bitte.«

Corinna dankte ihm für den reizenden Abend und entschuldigte sich für ihre Neugierde. Paulsen seinerseits fand es sehr, sehr nett, daß sie so lange ausgehalten hatte: »Schließlich haben wir leider zu viel über mich geredet, und ich weiß so gut wie nichts über Sie.«

»Ja, lieber Herr Doktor, das war mein Plan«, antwortete sie wieder keß, »also, ich wünsche ihnen eine gute Nacht.« Sie ging auf den Bartresen zu, verabschiedete sich und ging dann die Treppe hinauf.

Ed Paulsen trank noch den Rest des Weines aus, packte die Pfeifenutensilien zusammen und ging, sich von den noch wenigen Gästen und den Bedienungen verabschiedend, auf sein Zimmer.

Er öffnete das Fenster und sah hinaus in die sternklare Nacht. Die gewaltigen Bergmassive erschienen im Mondlicht einschüchternd, ja bedrohlich. Paulsen atmete ein paarmal tief ein und aus, schloß dann das Fenster, um es danach anzukippen.

Nach wenigen Augenblicken im Bad, streckte er sich genüßlich in dem straffen Bett aus. Nun hatte er Zeit, an Corinna und den Abend zu denken.

Er wollte es erst einmal nicht so richtig wahrhaben, daß diese Kellnerin ihn regelrecht begeisterte: »Es ist nicht nur dieser unbeschreibliche Körper, zum Glück, oder soll ich sagen leider, denn sie ist vor allem noch dazu eine erstaunliche Persönlichkeit, und nun«, überlegte er weiter, »kommt der logische Schluß: So etwas kann gar nicht alleine sein! Dafür würde ich ein Vermögen verwetten. Also ist es besser, ich gehe davon aus, wie es am wahrscheinlichsten ist: eine begehrenswerte Person, die sich wohl und leider außerhalb meiner Reichweite befindet.« Trotzdem ließ er bei seinen weiteren Überlegungen die Wahrscheinlichkeit nicht aus, Corinna könnte sich ja auch gerade erst kürzlich von einem Freund getrennt haben, oder so etwas ähnliches.

Er verspürte plötzlich die Müdigkeit nicht mehr, die ihn vorhin beschlichen hatte; er verschränkte die Arme hinter dem Nacken und schloß die Augen, um den Schlaf zu suchen. Vorerst umsonst, denn so als wollte sein Gedächtnis ihm mehr Mut machen, spulte es die Filmrolle zurück zu Karla.

»Nun ja«, erinnerte er sich, »sie war auch etwas ganz Auserwähltes und war tatsächlich allein. Dann erinnerte er sich an den Ausgang des Abends, als er sie bei Benno das erste Mal gesehen und dann kennengelernt hatte. Die Szenen sprangen wild durcheinander, so wie damals seine Gefühle. Deutlich sieht er sie die Stufen zur U-Bahn hinuntergehen, nachdem sie ihn flüchtig auf die Lippen geküßt hatte und dann vieldeutig sagte: »Vielleicht geht es uns beiden jetzt gleich, aber es ist bestimmt für uns besser, wenn jeder allein nach Hause fährt.«

Mit Erich spielte er am nächsten Nachmittag Tennis.

Erich grinste ihn breit an, als Paulsen ihn abholte: »So wie du aussiehst, muß es ja noch bei euch ein wild …«

»Nix da«, unterbrach ihn sein Freund.

Erich war sichtlich beeindruckt: »Du willst doch nicht sagen, sie hat dich auflaufen lassen?!«

Paulsen ließ den Motor an und fuhr los: »Ich hab' es gar nicht probiert.«

Erich sah ihn ungläubig von der Seite an. »Sie ist nicht der Typ für den schnellen bengalischen Begattungssprung, das habe ich sehr schnell mitbekommen.«

Erich lachte die Art, die einen seiner Kommentare ankündigte: »Da warst du nicht allein, mein Lieber, ich habe es zwar versucht und so, aber mehr als ein bißchen Fummeln war nicht drin.«

Er fuhr auf den Parkplatz des noblen Tennisclubs. Sie begrüßten den Platzwart mit Handschlag und sahen auf dem ersten Platz den Protokollchef der US-Vertretung mit einem allseits bekannten Besitzer verschiedener »Amüsiereinrichtungen« Bälle schlagen.

Erich prüfte die Saitenspannung seines Schlägers, indem er die Bespannung gegen den Handballen seiner Linken prallen ließ. Er war mit dem Zustand des Schlägers zufrieden.

Wie üblich kämpften sie wie die Berseker um jeden Ball, so daß sie alsbald vor Schweiß triefen. Paulsen verlor den entscheidenden Satz fünf zu sieben.

In den nächsten Tagen hatte Ed keine so richtige Ruhe, denn das Mädchen Karla ging ihm nicht aus dem Kopf. Natürlich wußte er, wie er sie hätte erreichen können, schließlich verdiente sie sich ihr Studiengeld in Bennos Schuppen. Aber er war verunsichert. Er wollte sich darüber hinaus nicht so recht eingestehen, daß seine Gefühle für sie ihn zu dominieren begannen.

Aber es kam, wie es kommen mußte. Er fuhr zu Bennos Bar. Draußen hatten schon viele gestanden und drinnen, er war wie üblich bei einem solchen Besucherandrang durch den VIP-Eingang gekommen, konnte man kaum Luft holen. Auf der Tanzfläche war individuelles Tanzen nicht möglich, man wurde getanzt. Er blieb erst einmal stehen, um Karla ausfindig zu machen.

Nach einiger Zeit erfolglosen Schauens kam ihm die Ahnung: »Möglicherweise ist sie gar nicht da?«

Er drängte sich zu Benno durch, der mit einer reiferen, auffallend gepflegten Dame in ein intensives Gespräch vertieft war.

Paulsen vergaß in seiner sich anbahnenden Enttäuschung fast sein gutes Benehmen und konnte sich im letzten Augenblick beherrschen, die zwei nicht in ihrem Gespräch zu unterbrechen.

Benno hatte ihn bereits bemerkt, zwinkerte ihm zu und machte eine Handbewegung, die bedeuten sollte: Warte mal, gleich. Ed blieb in einem kleinen Abstand stehen und sah sich weiter suchend um. Ab und an erwiderte er einen Gruß.

Dann sagte Benno zu der Dame: »Verehrte Gräfin, gestatten sie, daß ich ihnen Herrn Dr. Paulsen vorstelle.« Er drehte sich nach Ed um und rief: »Dr. Paulsen, darf ich dich mit Gräfin von Saagen-Hausingen bekannt machen?«

Die Dame sah ihn aus gigantischen Augen freundlich an: »So jung und schon Doktor, gratuliere! Es ist mir ein Vergnügen, Herr Doktor.« Sie reichte ihm die Hand; er ergriff sie und deutete einen Handkuß an und sagte, seinen Blick wieder in die Augen der Frau vertiefend: »Ganz meinerseits, sehr verehrte Gräfin.«

Benno faßte ihn vertraulich am Unterarm und sagte, sich der Gräfin zuwendend: »Er ist wohl einer der größten Talente in der Psychotherapie.«

Ed entzog ihm fast brüsk den Arm und sah ihn mit einem bösen Was-soll-der- Böldsinn-Blick an. Noch bevor er Bennos Lobeshymne relativieren konnte, sagte die Gräfin, die ihn nun noch intensiver mit ihren unbeschreiblich schönen, mehrfarbig schillernden Pupillen fixierte: »Wie fein, solch einen Experten hab' ich schon immer gesucht und wenn er so gut ist, wie er aussieht«, sie lachte so offen, wie sie sprach und ihn ansah, »dann wäre ich sehr froh.«

Sie bot Ed den Arm an, so als wäre es selbstverständlich, und wies ihm mit den Worten: »Ich freue mich, daß Sie mich für einen Augenblick begleiten«, den Weg zu ihrem Tisch in der VIP-Ecke.

Ed zog die Decke bis unter das Kinn und erinnerte sich sehr genau daran, welche überaus positiven Folgen dieses Zusammentreffen mit der Gräfin hatte. Kurzfristig erschloß sich ihm ein Patientenkreis, von dem er nur hätte träumen können. Es sicherte ihm nicht nur ein überaus üppiges, oft steuerfreies Einkommen, sondern es verhalf ihm auch zu einem gewissen Ansehen, denn er schuftete ohne Unterlaß und war sehr erfolgreich. Es gab nur eine marginale Veränderung: Von diesem Zeitpunkt an arbeitete er mit »Klienten« und nicht mehr mit Patienten.

Trotz dieses für ihn sehr günstigen und zukunftsträchtigen Verlaufs des Abends, jetzt erinnerte er sich auch an seine damalige Mitfahrt in die Villa in Wannsee, wo bis zum Aufgehen der Sonne niveauvoll gefeiert wurde, gab es aber einen emotionalen Dämpfer, denn Benno hatte ihm bestätigt, daß Karla kurzfristig ihren Dienst hätte absagen müssen, wegen »irgendwas in der Uni.« Als Benno Paulsens Enttäuschung bemerkte, legte er ihm den Arm um die Schulter und gab ihm mit der Mitteilung: »Sie wird aber Freitag wieder da sein, da hat sie fest zugesagt« neue Hoffnung.

Die zwei Tage vergingen für ihn wie im Fluge; er hatte viele Privatpatienten, war an der Uni und las über die Rezidivprophylaxe bei bipolarer Depression und stand dem Drogendezernat für Rücksprachen zur Verfügung.

Freitags überraschte er Benno, denn er stand schon um kurz vor einundzwanzig Uhr an der Bar. »Is' was passiert?«, wollte der, Überraschung vortäuschend, grinsend wissen. »Nö, ich bin so früh gekommen, um dir eigentlich eins nachträglich auf die Nase zu hauen«, er boxte ihn freundschaftlich auf das Brustbein, »ich hab's aber aufgegeben, denn deine gräfliche Heldensage war zwar 'n Scheiß, aber heute habe ich in die Hand deshalb wohl zwölfhundert Mark verdient.«

Benno war ein Typ, der sich richtig für andere freuen konnte, besonders aber für Ed. Für ihn war Paulsen einfach ein besonderer Mensch. Er liebte und verehrte ihn. Benno pfiff mit triumphaler Miene durch die Zähne und rief: »Dann hat es ja geklappt!« und schlug Ed mit seiner boxsporterfahrenen Pranke auf die Schulter und traf dabei Paulsens Schlüsselbein, so daß er sein Gesicht vor Schmerz verzog und dabei etwas übertrieben stöhnte: »Mensch, willst du mich verkrüppeln?«

Ed stellte die Tüte, die er bisher noch unter den Arm geklemmt hatte, auf diesen und sagte: »Für dich, 'n Dankeschön.«

Benno schüttelte langsam den Kopf, dann hob er den Zeigefinger, schwenkte ihn mit der ganzen Hand vor Eds Nase und sagte:
»Paß mal auf, du Piepe, wenn ich dir immer was mitbringen würde,
wenn du mir oder meiner Sippe oder anderen Durchgeknallten aus
meinem Dunstkreis einen Gefallen tust, wäre ich schon pleite!
Also, laß das, ja?« Er war echt ungehalten, merkte Ed.

Doch dann kam Karla. Sie blieb stehen, so als wäre plötzlich ein
laufender Film stehengeblieben. Sie sahen sich an, und zwar so,
daß sie nicht einmal merkten, wie Benno die Tüte vom Tresen
nahm und hinter der Bar verschwand.

Paulsen spürte jetzt, wie die Müdigkeit ihm mehr und mehr die
Gedanken entreißen wollte. Anfangs wie durch einen Dunst-
schleier sah er ihr Gesicht; war sie es wirklich? Entzücken und
Erregung verzerrten ihre Züge. Ihre Lippen mit dem unwirklichen
Rot erschienen überdimensioniert, und immer wieder verschoben
sich die Proportionen ihres Gesichtes, hinein bis ins Fratzenhafte.
Sie waren kaum unter der Dusche, das warme Wasser genießend,
Opfer ihrer Obsessionen. Sie jagten sich gegenseitig, einander mit
erfinderischen Zärtlichkeiten überhäufend, auf schier unerreichba-
re Gipfel. Dann hielten sie inne und ließen das Wasser über die
brennende Haut fließen. Ed hob sie sanft an und trug sie aus der
Dusche. Mit riesigen Handtüchern, gab es eigentlich solch große?,
trockneten sie sich gegenseitig ab, dabei bewegte sich Karla wie
in Trance. Er sah sie vor sich und spürte ihre Hände, dann ihren
Mund, seine Hände, seinen Mund, und die Begierde ließ ihn erneut
bis ins Unerträgliche wachsen. Plötzlich kniete sie nieder und
entfachte mit einschmeichelnder Zärtlichkeit erneut die pure
Lust.

Er befreite sich sanft von ihren aufreizenden Zärtlichkeiten,
umarmte sie, und gemeinsam sanken sie auf den Boden. Die Härte
der Fliesen, so mußte man annehmen, lag weit außerhalb ihrer
Empfindungen. Das Spiel mit den Körpern wurde immer rasender.
Ihr nächster Orgasmus verzerrte ihr Gesicht zu einer fast wilden
Grimasse. Sie rutschte wieder an seinem inzwischen schweißnas-

sen Körper herunter und jagte ihn förmlich mit ihren Lippen und dem Mund dem nächsten Gipfel zu.

Ihre prächtigen Brüste, die er wild und hart knetete, wurden mit jedem Griff größer und größer und plötzlich sah er in ihrer Hand den bläulich schimmernden Stahl aufblitzen. Er wollte sich befreien, doch ihre Zähne hielten ihn unerbittlich fest, und dann zog sie das Rasiermesser – einen teuflischen Blick in seine Augen werfend – durch …

Er wußte nicht, ob er geschrien hatte. Aber er war wach, hellwach, und saß aufgerichtet im Bett. Erleichtert ließ er den Kopf zurücksinken und fuhr sich durch das verschwitzte Haar.

»Teufel noch mal«, murmelte er, »das war aber 'ne Fahrt.«

Er stand auf und ging zum Fenster. Die Traumerektion ließ langsam nach. Als er es merkte, mußte er lächeln und stellte fest: »Alles noch dran.« Er sah durch den Spalt im Vorhang nach draußen. Der Vollmond hatte sein kaltes Licht grell auf die Schneehänge gelegt. Es war still. Es war drei Uhr am Morgen.

Paulsen zog sich ein neues Shirt an und legte sich wieder ins Bett. Er versuchte aufzuklären, wann er zu träumen begonnen hatte. Interessant für ihn war wieder einmal das Zusammenspiel von Realem und Konstruiertem. Die Szenen hat es alle gegeben, vielmals und an unterschiedlichen Orten, aber der Rasiermesserschnitt war, Gott sei gelobt, ein Konstrukt des sich abreagierenden Gehirns im Schlaf.

In weitere Deutungen wollte er sich nicht verlieren …

Da er kein Schlafbedürfnis verspürte, versuchte er die Filmrolle wieder in Bewegung zu setzen. Aber die Bilder huschten nun völlig unkontrolliert in seinem geistigen Projektor hin und her, er sah Schemen von unendlicher Leidenschaft, dann plötzlich standen sie vor einem Gemälde eines der Künstler der Blauen Reiter, und als nächstes, fast überlappend nun die Projektionen, saßen sie, sich die Hände haltend, in einem Konzert. Jetzt merkte Paulsen, daß all die Dinge doch zueinanderpaßten und auch in der zeitlichen Reihenfolge.

Und da war sie auch schon, die Traurigkeit. Sie ergriff ihn fast so ungestüm und plötzlich, als sei es der späte Abend vor zwei, nein inzwischen waren es schon über drei Jahre, gewesen. Es war keine depressive Traurigkeit...

Er forderte sich heraus: Wie war es doch an diesem Tag? Nachdem er sein Seminar über Rückfallprävention von Alkoholikern beendet hatte, machte er sich auf den Weg zu einer Freundin der Gräfin. Sie war Drehbuchautorin und lebte ständig am Limit. Für sie war das Leben mehr als eine Achterbahn. Ed hatte ihr bereits nach dem zweiten Treffen ganz bewußt eine düstere Prognose aufgezeigt. Was ihn verwunderte: Sie war erschrocken und betroffen, und alsbald filterte er ihre Unfähigkeit heraus, ihr Leben über ein Wert- und Ordnungssystem wenigstens in Ansätzen zu reflektieren. Es war für ihn harte, konzentrierte Arbeit, die ihn gleichwohl in einem sehr hohen Maße motivierte und zugleich herausforderte.

Da er wußte, daß diese Sitzungen immer bis in den späten Abend andauerten, hatte er Karla empfohlen, den Abend doch für sich zu gestalten.

Paulsen sog die Luft tief in die Lungen, um sie dann, nach dem er sie ein Weilchen in den Lungen festgehalten hatte, fast bedächtig auszuatmen. Wie oft hatte er darüber nachgedacht, wie alles gekommen wäre, wenn er nicht diesen Termin bei der, wie er sie scherzhaft für sich nannte, Chaotin gehabt hätte.

»Papperlapapp«, murmelte er und ließ solchen Gedanken keine Chance mehr.

Karla war auf seinen Vorschlag eingegangen und hatte sich mit ihrer Freundin Andrea verabredet.

»Wir wollen ein wenig ausgehen und mal wieder so richtig unter Weibern quatschen«, hatte Karla gesagt und sich bereits am Morgen lieb von ihm für den Tag verabschiedet. Sie lächelte ihn zwischen zwei Küssen an und meinte schelmisch: »Wer später kommt, der weckt den anderen, abgemacht?« Paulsen hatte ihr zärtlich die Wangen gestreichelt und seiner Hoffnung Ausdruck verliehen, daß Karla ihn weckte, falls er schon schlafen sollte: »Du kannst das ja so schön.«

Später rief Karla noch in der Uni an, um ihm nach einigen lieben Worten noch zu sagen: »Andrea will ihre Harley anschmeißen, und dann fahren wir nach Grunewald. Sie kennt dort einen netten Schuppen.«

Ed mußte fast immer, wenn er eine Harley Davidson sah, an Andreas Geständnis denken, als sie bei einer Party, schon etwas gut beieinander, ihm gestand: »Vom Sex habe ich nur was, wenn ich dabei eine tolle Harley ansehen kann.«

Er kam gegen dreiundzwanzig Uhr nach Hause. Nach dem Duschen lümmelte er sich in die Sitzecke, stopfte sich eine Pfeife und holte aus der Biedermeiervitrine einen Weinkelch, denn den 75er Brunello, den er gestern geöffnet hatte, hatten sie nicht ausgetrunken. Er lehnte sich zurück und ließ einige Ringe zur Decke steigen. Dann schenkte er sich den Rotwein ein und murmelte: »Mein Schatz, auf dich, ich bin schon da.«

Er hatte sich vorgenommen, nicht ins Bett zu gehen, sondern Karla die mitgebrachten Rosen selbst zu überreichen. Er schlug das Buch von Fernau auf, um sich weiter über seine spitzzüngige Betrachtungsweise des Alten Testamentes amüsieren zu können. Als er zur Uhr schaute, war es bereits halb zwölf. Ed schlug das Buch zu und schaltete den Fernseher ein. Er erinnerte sich an ihre beiderseitige Verabredung für den Fall eines unvorhergesehenen Zuspätkommens, bisher hatte sie, wie auch er, immer angerufen, um den anderen über die Verspätung zu informieren. Er spürte die langsam aufsteigende Nervosität auch daran, daß er planlos herumzappte und Erklärungen für Karlas, für ihn völlig ungewohnt langes Fernbleiben, suchte. Paulsen stand auf. Setzte sich wieder, weil er nicht wußte, weshalb er aufgestanden war. Umständlich wollte er mit einem Streichholz die noch glühende Tabakglut in der Pfeife entfachen. Er schüttelte den Kopf, und trank den Rest des Weines. Er schrak auf, als die Glocke anschlug.

»Oha, mein Mädchen, das war aber eine Dauerquatscherei«, dachte er und ging zur Tür. Eine Szene wie in vielen Filmen, immer wieder beschrieben in Romanen und oft von Menschen erlebt im täglichen Leben. Er öffnete lächelnd die Tür und sagte noch:

»Hallo, mein …«, aber die ihm gegenüberstehenden Polizisten ließen Lächeln und Worte versiegen.

Dr. Paulsen sah beide fragend an: »Ja, bitte?«

Der größere der beiden Beamten räusperte sich: »Wir«, er sah hilfesuchend zu seinem blonden Kollegen, der dann fragte: »Gestatten Sie, wir würden gern mit Ihnen nicht hier draußen sprechen, geht das?«

Ed streckte den Arm aus und ließ beide an sich vorbeigehen. Er holte sie ein und führte sie in das riesige Wohnzimmer.

»Bitte, nehmen Sie doch Platz.«

Ed beschlich ein unangenehmes, leicht beklemmendes Gefühl, denn die beiden Beamten sahen ihn mit Augen an, in denen er so etwas wie Mitleid entdeckt zu haben meinte, und sein Herz begann zu rasen.

»Nein danke, Herr Dr. Paulsen, wir müßten ja gleich wieder gehen.«

Auch dieses »Wir müßten« ließ ihm nichts Gutes ahnen.

Dann raffte sich der jüngere Blonde auf: »Wir müssen Ihnen leider mitteilen, daß Frau Karla …« Als er hörte: »… bei einem Verkehrsunfall ums Leben gekommen ist …«, hielt er sich an der Lehne eines der barocken Stühle fest.

Die Leere erfaßte seine ganze Person, und er verstand kein einziges Wort von dem, was der Große zu ihm sagte. Die Polizisten wirkten auf ihn wie ihm völlig unbekannte Wesen. Er konnte nicht wahrnehmen, wie sich die zwei Polizisten mit ernsten, traurigen Gesichtern ein wenig abwandten.

Dann setzte sich Ed Paulsen, noch immer wie abwesend wirkend, strich sich durch die Haare und sagte nach einer weiteren Pause: »Entschuldigung, ich habe Sie nicht verstanden, Entschuldigung.«

Beide Polizisten schwiegen betreten.

Dann straffte sich Paulsen, stand ruckartig auf und fragte: »Und was nun?«

»Wir würden sie bitten, falls Sie dazu in der Lage sind, zur Identifikation mitzukommen, sonst hätte es auch gewiß Zeit bis morgen, oder so.«

Ed hob die Hand wie eine Haltesignal: »Bin ich, bin ich. Ich zieh mir nur was an.«

Dann fuhren sie in die Pathologie. Der dortige Kollege wünschte herzliches Beileid. Ed nickte.

Dr. Mauerer, so wurde er ihm vorgestellt, legte ihm die Hand auf die linke Schulter und sagte: »Hat sie etwas außer ihrem Gesicht, woran sie unzweideutig feststellen können, daß sie es ist?«

Tonlos antwortete er: »Seit wann reicht eine Gesichtsidentifikation nicht aus?«

Mauerer sagte sehr, sehr leise: »Sie reicht aus, aber sie ist nicht möglich.«

Sie sahen sich in die Augen. Wieder nickte Ed.

Der Pathologe sagte einfühlsam: »Behalten Sie sie lieber so im Gedächtnis, wie Sie sie heute früh noch gesehen haben.«

Ed nickte wieder wie abwesend und sagte: »Ich glaube Sie haben recht.«

Dann verwies er auf Karlas Narbe von einer Blinddarmoperation und ein übergroßen Muttermal am rechten Oberschenkel.

Dr. Mauerer bedankte sich: »Sie wissen es ja, es ist juristisch nun mal notwendig, es gab keine Zweifel, denn sie hatte ja ihre Papiere dabei.«

Wieder nur ein Nicken. Dann verabschiedeten sie sich wortlos. Der blonde Polizist fragte, ob sie ihn wieder zurückfahren sollten. Dieses Mal schüttelte er den Kopf. Erst als er an der frischen Luft war, nahm er sich selbst wahr.

Es war totenstill. Man konnte annehmen, die Nacht hätte alle Geräusche geschluckt. Er setzte sich auf die Treppenstufe und weinte. Seine wild rasenden Gedanken konnte er nicht bändigen.

Wie lange er, den Kopf in beide Hände gestützt, so dasaß, wußte er später nicht. Erst als es anfing zu regnen, sah er in den tiefschwarzen Himmel, und seine Tränen vermischten sich mit denen des Regens. Er hielt das Gesicht so lange in das inzwischen regelrecht vom Himmel stürzende Wasser, bis es ihm über den Nacken und von dort den Rücken hinunterlief. Ed Paulsen stand auf und ging, ohne ein konkretes Ziel zu verfolgen, einfach los. Erst als er die Nässe und vor allem die aufsteigende Kälte spürte, faßte er den Entschluß, den Weg in seine Wohnung zu suchen.

Ein Taxi fuhr vorbei, ohne anzuhalten. Der Fahrer, falls er seine Armzeichen überhaupt gesehen hatte, wird ihn sicherlich für einen Penner oder Betrunkenen gehalten haben und deshalb wohl einfach weitergefahren sein. Ed Paulsen begann wieder folgerichtig zu denken, obwohl der Schmerz ihn immer wieder schüttelte.

Er ging noch gut eine Stunde und danach quer durch den Park genau auf die Straße zu, wo er wohnte. Das Gründerzeithaus, in dem er wohnte, erschien ihm in seiner Dunkelheit plötzlich wie fremd, und er dachte: »Woher wird die Sonne jetzt kommen, die sie immer ausgestrahlt hat?« Er ging auf die Treppen zu, streifte, so gut es ging, die Nässe ab, und dann schloß er die schwere Tür auf. Wieder stieg in ihm die unvergleichliche Traurigkeit auf, die sich urplötzlich in eine ihm völlig unbekannte Aggressivität wandelte. Paulsen trat nämlich so energisch gegen den im Treppenhaus befindlichen Schirmständer, daß dieser laut polternd umfiel und quer über den Marmorboden rollte. Das Getöse überhörte er.

»Warum nur muß mir das passieren?« dachte er und stieg langsam, so als würde er jede Stufe mit Bedacht wählen, die Treppe hinauf.

Sein Hirn produzierte, so als wollte es ihn besonders foltern, einen Streifen, denn plötzlich sah er Karla, wie sie lachend auf dem Sozius sitzend, vom Unfall überrascht wurde. Die riesigen Zwillingsreifen des Lkw zermalmten Helm und Kopf. Ihm schauderte erneut und ihm wurde nochmals klar: »Ich habe sie für immer verloren.«

Er drehte sich in seine Einschlafstellung, auf dem Bauch liegend, die Arme neben sich und fragte sich nur noch: »Bin ich gleich am nächsten Tag zu Erich? Ja, ja, doch.«

Erichs typische Fröhlichkeit erstarb, als er seinen Freund vor sich sah. Er wußte, etwas Furchtbares mußte passiert sein.

Im Zeitraffer, teilweise aber auch schon überdeckt durch erste Schlafphasen, wirbelten Tage, Wochen, Monate vorbei.

»Und irgendwann war alles vorbei, es war vernarbt«, er drehte sich noch einmal auf den Rücken, und so, als hätte er diesen Film erst zu Ende sehen müssen, schlief er mit dem Gedanken «Aber die Narbe tut immer mal noch weh, verdammt noch mal« ein.

Der ihn nun überwältigende bleierne Schlaf ließ alle Träume vor der Tür.

Dachte ich es mir doch«, er sprang förmlich aus dem Bett, denn die Zeiger seiner Uhr deuteten unmißverständlich darauf hin: Es war neun Uhr.

»Mein Freund«, sagte er in den Spiegel, »dein Vorhaben, täglich um acht Uhr zum Frühstück zu gehen, nicht umgesetzt, schäm dich.«

Er gewann etwas Zeit durch den Verzicht auf einige Übungen seiner täglichen Gymnastik, und statt dreißig machte er nur zwanzig Liegestütze, und dann konnte er sich auch damit abfinden, auf die Rasur zu verzichten.

»Vielleicht bin ich der letzte beim Frühstück«, dachte er, als er die Treppen hurtig herunterlief.

Aber seine Ahnung bestätigte sich indes nicht, denn viele Tische waren noch eingedeckt und nur an dreien saßen Frühstückende.

»Die haben wohl alle verschlafen.?« Er grüßte laut und nahm an seinem Tisch Platz.

Und Corinna kam auf ihn zu, sie grüßte mit leuchtenden Augen und ihrem unwiderstehlichen Lächeln.

»Und, gut geträumt?«

Er erinnerte sich an ihre Worte von wegen dem ersten Traum, er lächelte ein wenig gequält und sagte: »Oje, wenn der so, wie ich ihn träumte, in Erfüllung gehen würde – da mag ich gar nicht dran denken.«

Sie sah ihn mitleidig an und fragte: »Dann war die Nacht doch nicht so erholsam für Sie?«

»Nun, falls Sie meinen Lügen doch glauben sollten, hier ist sie: Ich konnte eigentlich Ihretwegen nicht so recht schlafen.« Und er ertappte sich sofort dabei, sich recht zu geben, denn Corinna schlug aufgrund ihrer Wirkung auf ihn in seinem Unterbewußtsein eine emotionelle Brücke zu Karla. »Eigentlich ganz einfach, du Depp, dafür muß man kein Freudianer oder sonstwas sein, um das zu erkennen.«

Corinna sagte: »Oh, Herr Dok ..., Entschuldigung, Herr Paulsen, ich dachte, Sie kennen sich mit der Psyche so gut aus. Egal, welche Frau, jede, mag solche Komplimente gern, selbst wenn es Lügen sein sollten, oder?«

Die Skischüler knüpften nahtlos an ihrer abendlichen Stimmung an; man bereitete sich mit viel Humor auf die Strapazen des Tages vor.

Corinna war allein für die Bedienung an diesem Sonntagmorgen verantwortlich und Ed stellte jetzt erst fest, daß es ein sonniger war.

Mit mutmachenden Sprüchen verabschiedeten sich die Mitglieder der Skigruppe.

Die Rothaarige winkte zu Ed herüber und sagte keß: »Schöner Mann, einen schönen Tag!« Er rief zurück: »Wenn Sie sich mal nicht getäuscht haben, aber trotzdem, einen schönen Tag, viel Spaß!«

Auch das ältere, sehr gepflegt und aristokratisch wirkende Ehepaar, sehr markenbewußt eingekleidet, verabschiedete sich liebenswürdig für den Tag.

Ed ließ die Zeit liegen, obwohl er ja schon längst auf der Piste sein wollte.

Nun aber hatte Corinna mehr Zeit und er dachte: »Ein bisserl Corinna zum Start tut mir bestimmt gut.« Und diese Begründung für seine zweite Inkonsequenz an diesem noch jungen Tag gefiel ihm am besten.

Er stand auf und ging zum Tresen. Dort faltete Corinna Servietten. Er blieb dicht neben ihr stehen und sah ihr zu. Die Mischung aus Körper- und Parfümduft erreichte mehr als nur seine Nase.

»Nun, schöne Frau, was haben Sie jetzt noch vor?«

Sie wandte den Kopf und den Oberkörper ihm zu, so daß ihre

124

Haltung erzwungen erschien, doch sie lächelte ihn an und sagte: »Auf jeden Fall kann ich nicht das tun, was Sie tun werden und was ich wohl auch gern täte, ich bin ja zum Arbeiten hier.«

Er machte mit den Armen eine ausladende Bewegung und meinte wider besseres Wissen: »Man kann doch mal spontan sein, oder? Machen Sie doch einfach mit!«, er drehte sich um und sah in den fast leeren Raum, »schauen Sie, Sie haben nichts mehr zu tun!«

Sie lehnte sich rücklings gegen den Tresen, sah ihn leicht spöttisch an und sagte mit schüttelndem Kopf: »Wenn Sie wüßten, um zwölf Uhr kommt ein Bus aus Stuttgart und dann schließt sich die Nachmittagsjause an, also: Ich für mein Teil, habe genug zu tun.«

Wie sie so dastand, leicht zurückgelehnt, die Augen auf ihn gerichtet, erfaßte er sie mit einem Blick, der ihr einen Schauer über den Rücken jagte. Sie hielt seiner Offenbarung aber mutig stand.

Er riß sich förmlich von dieser Endlosigkeit in ihren Augen los, unmotiviert faßte er sich erst an die Nase, fuhr sich durch die Haare und gab Corinna einige Bierdeckel, die vor ihm auf dem Tisch lagen. Sie nahm sie und lachte ihn an:

»Danke für Ihre Hilfe.«

Dann fing er sich und sagte: »Schade, eigentlich wäre ich sehr gern mit Ihnen ein bisserl rumgerutscht.«

Wieder diese frappierende Offenheit: »Ich auch, aber wie sagt man so schön: Aufgeschoben ist ja nicht aufgehoben.«

»Ich nehme das als Versprechen!«

»Versprochen!«

Ed sah sie so an, als würde er sie gleich umarmen wollen: »Also, ab vierzehn Uhr können Sie oben sein, oder soll ich lieber hier unten sein?«

Sie lachte ihn an und sagte: »Ach soooo haben Sie das gemeint«, und schien zu überlegen, dabei biß sie sich leicht auf die Unterlippe und sagte: »Damit Sie sehen, daß ich auch spontan sein kann! Ich überlege gerade: Ich könnte mit Doris tauschen und die Jause ihr übergeben, dann, ja dann würde ich es bis zwei schaffen.«

»Oha, die Dame überrascht mich ja, eigentlich hatte ich nur ein wenig provozieren wollen.« Sie sah ihn forschend an: »Jetzt haben Sie wohl durch meine Spontanität Probleme?«

»I wo, ganz im Gegenteil, ich freue mich riesig, ehrlich!«

Er drehte sich schon zur Tür, um sich umziehen zu gehen. Dann blieb er ruckartig stehen: »Ja, doch, wo wollen wir uns denn treffen?«

Sie sagte ihm, vorher müsse sie noch mit Doris reden, aber das könne sie in fünf Minuten erledigen. Das tat sie auch und schlug dann vor, vorausgesetzt, Doris würde für sie einspringen, sich in der Tellhütte zu treffen. Ed kannte diesen urigen, aus einer ehemaligen Almhütte gebauten Treffpunkt sehr gut. Dort war er, erzählte er ihr, schön öfter mal tüchtig versackt.

»Also, ich gehe rauf und ziehe mich schnell um, und dann können Sie mir sicherlich schon sagen, ob die liebe Doris, sagen Sie ihr, ich werde mich grandios revanchieren, für Sie einspringen wird, gut so?«

»Gut so, doch revanchieren werde ich mich, schließlich können wir Sie ja nicht in den Service stecken, oder wollen Sie unbedingt?«

»Na ja, meine Fähigkeiten für einen solchen Einsatz halten sich wirklich in sehr bescheidenen Grenzen, aber ich dachte ja auch an eine andere Art des Revanchierens.« Sie winkte so, als wollte sie herumfliegende Insekten vertreiben, und rief: »Lassen Sie mich mal machen« und verschwand im Restaurant.

Ed ging auf sein Zimmer und präparierte sich für den Berg. Unten blieb er erst an der Rezeption stehen, doch dann ging er ins Restaurant. Doris und Corinna lachten, sie hatten sich gerade etwas Belustigendes erzählt. Doris machte Corinna, da sie mit dem Rücken zum Eingang stand, auf Ed aufmerksam.

Sie drehte sich um und rief, Doris den Arm um die Schulter legend: »Sie hat Mitleid mit mir!« Ed ging auf die jungen Frauen zu und hörte noch Corinna sagen: »Wir können also ein bißchen rumrutschen.«

Dr. Paulsen sah Doris dankbar an und beugte sich plötzlich zu ihr herunter und küßte sie auf die Wange: »Sie haben mir einen riesigen Gefallen getan. Danke vielmals.« Doris, noch um einiges jünger als Corinna, schoß das Dunkelrot in die Wangen. Sie sah Corinna hilfesuchend an. Corinna half und sagte: »Also, Herr Doktor, dann um halb zwei in der Tellhütte, ja?«

Ed, dem man auch privat seine Emotionen selten so deutlich ansehen konnte, zeigte seine Freude ganz offen.

Dann verabschiedeten sie sich, und er ging in den Skikeller, um die Schuhe anzuziehen und mit dem notwendigen Equipment zur Seilbahnstation zu gehen.

Es waren kaum Skifahrer an dieser Talstation. Er stieg in die Gondel und genoß nach nur wenigen Minuten die ihn immer wieder begeisternde Aussicht. Doch noch mehr beschäftigte ihn Corinna, denn er verspürte Ansätze eines Gefühls, das ihm scheinbar abhanden gekommen war. Er war überrascht und ein wenig verunsichert zugleich. »Ich sollte weniger auf das Rummeln in der Brust geben«, dachte er und sah auf die näherrückende Zwischenstation. »Bleib realistisch und bilde dir nix ein. Das Mädchen schlägt alles, und deshalb wird sie …«, er erinnerte sich, erst am Abend schon einmal darüber nachgedacht zu haben. Er grinste: »Nun wirst du auch noch tüdelig, sehr bedenklich.«

Die Gondel holperte ein wenig und dann öffnete sich die Tür. Er stieg um, und dann ging es weiter nach oben, Richtung Bergstation. Und dann war es, wie er es erwartet hatte: Als er dort stand, Ski und Stöcke noch in den Händen, und sich langsam um die eigene Achse drehte, um das sich ihm bietende Panorama auch komplett erfassen zu können, spürte er die Gänsehaut.

»Ich bin wieder da, meine Freunde«, so begrüßte er die jetzt sehr nahen Gipfel um ihn herum und stieg in die Bindung.

Gleich die ersten Schwünge kamen so flüssig, als sei er schon einige Tage auf den Brettern gestanden. Ihn beflügelte eine regelrechte Euphorie. Er ließ den Ski laufen; der trockene Schnee stob auf, und das Sonnenlicht verfing sich in der Wolke und versprühte bunte Spektralfarben. Nach einigen roten Abfahrten wagte er sich auch an die lange, anspruchsvolle Abfahrt mit dem extremen Steilhang. Am Sessellift angekommen, mußte er ziemlich stark durchschnaufen, war er doch in einem Zug, tief umsteigend und mit allerhand Tempo, durchgefahren.

Er schüttelte die warmgewordenen Oberschenkel durch und dachte: »Das war schon gut, aber doch schon am Limit.«

Sie stiegen zu fünft ein. Paulsen genoß das Mit-sich-selbst-unterweg-Sein. Seine Wahrnehmung war noch sehr auf die Umgebung und ihn selbst konzentriert, alles andere, um ihn herum schien sein Bewußtsein nicht zu erreichen.

Er kannte und liebte diesen Zustand. Sogar in seinen Lehrveranstaltungen referierte er darüber. Die Studenten erfuhren von ihm, wie körperliche Belastung gekoppelt mit »Durchzug im Hirn«, und für einen bestimmten Zeitumfang eine absichtlich eng gehaltene Wahrnehmungsbreite auf ihn wie eine Art psychisches Doping wirkte.

»In kurzer Zeit spürt man dann, daß man die Speicher ausgemistet hat und die Sensibilität quasi neu ausgerichtet wurde, von da an war das zuhause weit, weit weg.«

Die große Uhr an der Wurzelhütte, unter der ein Liftangestellter in einem Campingstuhl vor sich hin döste, zeigte ihm an, noch über eine Stunde Zeit bis zum Treffen mit Corinna zu haben. Nun widmete er sich bewußt mehr seiner unmittelbaren Umgebung. Neben ihm standen einige Skilehrer, die wohl die Gunst der Stunde nutzten, um bei einem solchen Wetter es so richtig auf den Brettern krachen zu lassen. Ed ließ ihnen den Vortritt und sah ihnen hinterher. Sie nahmen enorm schnell Fahrt auf und beschleunigten vor allem in den langgezogenen Kurven. Dann sprangen sie, Schneewolken aufwirbelnd, über eine Querrinne und waren danach seinem Blick entschwunden.

Mit dem Gedanken: »Auf geht's!«, stieß er sich ab und ließ den Ski laufen. An der Gabelung, wo es rechts in die schwarze Abfahrt ging, stieg er auf die Kanten und blieb stehen. Er sah zurück und beobachtete, die Sonne im Gesicht, die den Hang Herunterkommenden. Und dann sah er die Gruppe aus dem Hotel. Sie fuhren dem Skilehrer hinterher. Die Aufgabe war es wohl, lange und dabei stabile Kurven zu fahren und dabei den Körper entsprechend zu positionieren. Unweit von ihm blieben sie stehen; zwei erkannten ihn und winkten ihm lachend zu. Er winkte zurück, um sich dann in Richtung schwarze Piste, die sehr bucklig war, abzustoßen. Nach einigen Sprüngen und Fahren in der tiefen Hocke wurden seine Oberschenkel nicht nur warm, sondern sie begannen zu brennen. Er stellte die Ski noch vor dem Ende des Hangs quer und stützte sich auf die Stöcke, den Oberkörper nach vorn unten hängen lassend.

»Oha, mein Alter, mal sehn, ob du die Tour nach einer Woche voll durchfährst.«

Dicht hinter ihm brach jemand die Talfahrt abrupt ab, so daß der Schnee meterhoch aufwirbelte. Ed sah sich aus seiner fast kauernden Haltung um, und dann sah er in ein ihm irgendwie bekanntes, von der Mütze und der Kälte jedoch etwas verfremdetes Gesicht. Jetzt hatte er es.

»Uri, na klar, Uri«, sagte er sich.

Dieser sagte auch schon: »Grüezi, wußte ich es doch, wir werden uns noch öfter treffen!« Er war, ähnlich wie Dr. Paulsen, hochwertig ausgerüstet.

»Ich grüße Sie, erst mußte ich überlegen, Ihre Mütze ...«

Uri kam, die Ski seitlich abrutschen lassend, näher. Sie reichten sich die Hand.

Paulsen freute sich über die Abwechslung. »Sind Sie allein unterwegs?« fragte er.

»Noch«, Uri mußte seinen Stand stabilisieren, und nach dem er die Kanten massiver eingesetzt hatte, fuhr er fort, »bis zum Mittag, also gleich, dann kommt mein Skihase«. Er zwinkerte Paulsen zu. »Deshalb muß ich gleich wieder los, sonst hoppelt mein Hase davon.« Er rüstete zur Abfahrt, doch dann hielt er inne: »Mein Gott, das Wichtigste hätte ich jetzt beinahe vergessen, ich hab' vorhin in Ihrem Hotel eine Einladung für heute abend hinterlassen«, er sah Paulsen fragend an, »können und wollen Sie?«

Spontan sagte Paulsen: »Herzlichen Dank! Ich kann und ich will.«

»Das ist ja fein, da freuen wir uns, und Sie können mitbringen, wen Sie wollen, ich hole Sie gegen neunzehn Uhr vom Hotel ab, gut so?«

»Bestens!«

Dann stieß er die Stöcke vor sich in den Schnee und schob sich, fast wie ein Rennläufer am Start, über eine kleine Bodenwelle und jagte den Hang hinunter, der zwar noch steil, aber nicht mehr so bucklig war.

Paulsen fiel jetzt das Gespräch mit Egli ein: »Oha, was mach ich da? Wir wollten uns ja eigentlich heute am Abend zusammensetzen.« Und er verpflichtete sich, ihm nachher umgehend Bescheid zu sagen. Zum Glück wußte er, daß Egli sich nicht düpiert fühlen und für diese Verabredung mit Uri Verständnis haben würde.

Was Corinna betraf, beschlichen ihn andere Gedanken: »Wird sie sich so vereinnahmen lassen?« dachte er und sah auf die Uhr. In ein paar Minuten werde ich es wissen.«

Gut fünf Minuten vor dem verabredeten Zeitpunkt kam er bereits den leichten Hang zur Tellhütte herunter. Einige lagen schon in den Liegestühlen. Er löste die Ski und stellte sie mit den Stöcken in den Ständer. Vor der Tür schlug er, sich dafür auf die Fersen stellend, die Schuhe gegeneinander, um Eis und Schnee abzuschlagen. Er nahm die Gletscherbrille ab, öffnete die Skijacke und ging hinein. Die Stimmung war bereits grandios. Er sah sich um. Offensichtlich war Corinna noch nicht da. Da er genügend freie Plätze sah, blieb er am Eingang stehen, um auf Corinna zu warten. Als er sich wieder umdrehte, stand sie vor ihm. Sie kiekste belustigt, weil sie beinahe zusammengestoßen wären. Sie strahlte Paulsen an und zog den Reißverschluß ihres bildschönen Anoraks herunter. Paulsen sah sie an, es wirkte fast hilflos. Ihre Wirkung auf ihn überraschte ihn schon nicht mehr. Aber diese Wirkung wirkte. Aber wie!

»Wollen wir uns setzen? Ich muß auf jeden Fall etwas trinken.«

Sie nickte, und Ed ging in die vorher ausgespähte gemütliche Ecke, dort setzten sie sich.

»Und«, fragte sie, und ihre Grübchen beteiligten sich an der Frage, »schon ein bißchen gearbeitet?«

»Und wie«, er strahlte sie an und entledigte sich seiner Killy-Jacke.

Der nicht nur wie ein bodenständiger Bergbauer gekleidete, sondern auch so originell wirkende Kellner freute sich, seiner Tätigkeit nachgehen zu können.

Er zwirbelte seinen störrischen Bart, sah beide aus hellen, grauen Augen an und fragte: »Nun, ihr zwei Täubchen, was darf ich euch denn kredenzen?«

Ed sah Corinna an und fragte: »Täubchen, was möchten Sie?«

Sie lachte und sie bestellten nach kurzer Abstimmung erst einmal gegen den Durst zwei Apfelsaftschorlen. Der Knorrige, wie ihn Corinna scherzhaft nannte, als er gegangen war, brachte die Getränke, und dann bestellte Ed noch einen Kaiserschmarren. Sie wollte nun wissen, wo Paulsen denn schon gefahren war.

»Alle Achtung«, sie hob bekräftigend die Augenbrauen, »da sind Sie aber ganz schön unterwegs gewesen!«

»Die Tage vergehen so schnell, also muß ich sie nutzen!«

»Und«, auch ihre Miene formulierte die Frage mit, »sind Sie noch nicht kirre?«

»Ich würde lügen, wenn ich sagen würde, ich bin noch taufrisch, aber das Päuschen wird mir schon helfen.«

Dr. Paulsen hatte ruck, zuck seine Apfelschorle ausgetrunken und fragte Corinna:

»Wie steht's mit einem Jager?«

Sie überlegte einen Augenblick, dann nickte sie: »Gut, ich mache eine kleine Ausnahme, weil …«, sie besann sich offensichtlich und beendete den Satz nicht.

»Nun muß ich wohl raten?«

»Ich weiß, man soll erst denken und dann reden«, sie sah ihm direkt in die Pupillen, »also: weil ich mich freue und mich wohlfühle, gut?«

»Gut.«

Er fing den Blick des Knorrigen auf, und dieser las vom Tresen aus von seinen Lippen ab und nickte grinsend. Wenig später standen die Jagertee und der Kaiserschmarren auf der unebenen, bohlenähnlichen Tischplatte. Sie stießen an. Der Jager war hausgemacht und gefährlich gut. Dann gab Ed ihr und nahm sich selbst eine Gabel, und sie aßen gemeinsam den Kaiserschmarren.

»Egal«, dachte er, »ich muß sie so oder so fragen.«

Doch dann fragten drei, man ahnte, und diese Ahnung wurde umgehend bestätigt: Ja, es waren Holländer, ob noch die Plätze frei wären. Natürlich waren sie frei.

Danach unterhielten sie sich angeregt, erzählten Witze und amüsierten sich köstlich. Schließlich verabschiedeten sich Corinna und Ed und gingen zu ihren Ski, die sie an unterschiedlichen Stellen abgestellt hatten. Ed ging zu ihr, sie stand bereits in den Bindungen.

»Vorhin, bevor die netten Holländer kamen, wollte ich Sie etwas fragen.«

Sie sah ihn mit dem leuchtenden Grün neugierig an.

»Ich traf vorhin den Schweizer, mit dem ich mich in der Sauna so nett unterhalten hatte, er lud mich für heute abend ein.« Sie schien wirklich nichts zu ahnen, denn noch sah sie ihn wie vorher an. Er lächelte sehr vorsichtig: »Und er sagte mir, ich könne jemanden mitbringen ...«

Jetzt reagierten ihre Augen, aber sie sagte nichts.

»Es wäre natürlich gigantisch, wenn Sie ja sagen würden.«

Sie schwieg, führte ihren Kopf in den Nacken und sah in den Himmel. Die Sonne wärmte angenehm.

»Wollen wir da«, sie zeigte auf den Doppelsessel, »hinüber?«

Er nickte.

Dann rutschten sie in Richtung auf das Zubringerplateau und entschlossen sich, mit dem rechten Doppelsitzer auf über dreitausend Meter Höhe zu gehen. Beide hingen ihren Gedanken nach, man konnte annehmen, sie hätten sich vergessen. Er ließ den rechten Fuß mit dem Ski von der Stütze gleiten und pendelte den Unterschenkel hin und her. Corinna verfolgte einen Anfänger, der die Anweisungen seines Skilehrers, man könnte meinen, mit viel pantomimischer Untermalung umzusetzen versuchte.

»Hab ich sie eventuell verschreckt mit der Einladung?«, überlegte er.

Und als ob sie seine Gedanken gelesen hätte, meinte sie plötzlich: »Vielleicht haben Sie recht, ein niveauvoller, sicherlich auch lustiger und interessanter Abend würde den Tag doch angenehm abrunden. Wann soll denn das Treffen sein?«

Ed jubelte innerlich und meinte, seine Emotionen gut versteckend: »So gegen neunzehn Uhr, da würden wir abgeholt werden.«

Sie hatte noch etwas Skepsis in ihrem Blick, als sie sagte: »Dann freue ich mich mal auf einen schönen Abend, mal sehen, ob er es auch in der Zusammensetzung wird.«

»Ich jedenfalls werde alles dafür tun!«

»Daran, verehrter Herr Do…, Herr Paulsen, zweifele ich auch nicht.«

»War das jetzt so was wie ein verstecktes Kompliment?«

Sie streckte den Arm nach links und rief: »Oje, den hat es ja fast zerbröselt.« Ed sah noch den einen bergabrutschenden Ski und den Gestürzten, der sich mühsam aufrappelte.

»Sind Sie eigentlich verheiratet?«

Er mußte sie mit so ungewöhnlich verdutztem Gesichtsausdruck angeschaut haben, denn sie konnte nichts anderes, als schallend zu lachen.

»Machen Sie sich bitte nicht über einen nicht überzeugten Wieder-Junggesellen so lustig, das Leben ist schon schwer genug«, er mimte den Beleidigten.

Seine verschlüsselte Antwort war ihr nicht entgangen, und sie schien ihr auch zu gefallen. Sie unterdrückte ihr Lachen, die Augen behielten aber ihren fröhlichen Ausdruck und sie sagte: »Sie haben mich angeschaut«, wieder erschien das so reizende Lachen in ihrem Gesicht, »als hätte neben Ihnen plötzlich ein Yeti Platz genommen.«

Er sah sie mit theatralischer Empörung an, nur die Fältchen um seine Augen konnten seinen Schalk nicht verbergen: »Also, so ein Frontalangriff muß doch vorbereitet werden, es hätte ja sein können, ich wäre kollabiert, oder so.«

Der Ausstieg kam näher. Sie hoben die Ski von den Stützen, schoben die Bügel nach oben und stiegen zur rechten Seite aus.

Corinna sah in die Berge und sagte dann: »Mir fiel diese Frage gerade ein, ist doch für eine Frau nicht uninteressant, oder?«

»Für einen Mann aber doch nicht minder?«

»Meinen Sie? Ich glaube, Männer sind da insgesamt, wie soll ich sagen, eben lockerer.«

Er stülpte die Handschuhe über und sagte wie nebenbei: »Ich lebe schon seit vier Jahren quasi alleine.«

Sie hatte sich weit nach vorn gelehnt und sich auf die Skistöcke gestützt, so als wolle sie wie die Rennläufer durch die Zeitschranke springen. Die langen Beine endeten in einer prachtvollen Polinie. Ed dachte erst, sie hätte ihn nicht verstanden, denn sie verharrte in dieser Haltung und sagte kein Wort.

Sie richtete sich jetzt in voller Größe auf. Dann sagte sie: »Also auch Therapeuten können sich täuschen, oder man täuscht sich in einem Therapeuten.«

Dann stieß sie sich ab und nahm sehr schnell Fahrt auf. Paulsen verlor einen Stock und als er ihn aufgehoben hatte, war sie bereits hinter der langen Kurve verschwunden. Ihre Worte hallten nach, und er stellte nicht zum ersten Mal fest: »Ein außergewöhnliches Mädchen, wirklich!«

Er nahm eine Kante und war so schnell, daß er nur mühsam die Ski beherrschen und einen Sturz verhindern konnte. Dann kam ein wunderschön präpariertes Teilstück, er stieg tief um und wurde noch schneller. Der Fahrtwind trieb ihm, trotz der Gletscherbrille, einige Tränen aus den Augen. Als er an die nächste Abzweigung kam, stellte er die Ski quer. Er blieb stehen und suchte nach Corinna. Dann sah er sie, stockschwingend stand sie auf einer kleinen Anhöhe an einer beeindruckenden Krüppelkiefer. Er winkte zurück und fuhr ohne viel Abschwünge zu ihr.

»Ist das nicht eine Wonne«, empfing sie ihn, als er neben ihr zum Stehen kam.

Er holte tief Luft und pflichtete ihr bei.

Dann, als er wieder ruhiger atmen konnte, sagte er, sich an ihre kühne Abfahrt erinnernd: »Ich wußte ja gar nicht, daß Sie so was wie ein Rennläufer sind. Auf jeden Fall sieht es so aus, oder: Sie sind mit Ski auf die Welt gekommen.«

»Danke vielmals. Für einen Flachländer, der ich bin, reicht es mir, aber ich muß das Lob sofort zurückgeben«, sie sah jetzt wieder etwas verunsichert aus und fuhr fort, »Sie werden mir die Haare nicht gleich ausreißen, Sie sind aber auch sehr gut unterwegs, und zwanzig sind Sie ja auch nicht mehr.«

»Und hätte ich vor dem Urlaub mir nicht noch die Haare gefärbt und mir ein paar Spritzen gegen die Falten verpassen lassen, dann hätten Sie sogar vor Staunen im Schnee gelegen, ist es nicht so?«

Sie lachten ausgelassen.

Die nächste Abfahrt nahmen sie über die andere, länger gezogene Buckelpiste.

Corinna zeigte auch hier ihr ihn verblüffendes skifahrerisches Können. Dies erkannten auch zwei Deutsche, die im lupenreinen Sächsisch ihre Fahrt, so wie Paulsen, der neben ihnen stehengeblieben war, verfolgten. »Schau dir den Hasen an, fegt hier durch, als wäre es eine sanfte Touristenabfahrt, einfach geil.«

Dann schoben sie sich an Ed vorbei, um nach links und damit aus den Buckeln herauszukommen.

Unten winkte Corinna, und er schob sich nur mäßig ab, denn hier mußte er an seinem Limit fahren. Er sprang überwiegend um, anders konnte er die schwierige Piste nicht meistern. Er motivierte sich selbst und wußte natürlich, daß Corinna seine Fahrt verfolgen würde.

»Alter, ran jetzt, zeig was du kannst«, dachte er und kämpfte trotz brennender Oberschenkel mit sich und der Piste.

Dann hörte er ihr anfeuerndes »Hopp-hopp« und wollte aus dem Abschwung seine Ski neben Corinnas setzen. Der Kraftverschleiß war aber so groß gewesen, daß Paulsen den Druck nicht mehr kompensieren konnte und seitlich gegen die Ski von Corinna schlug, so daß beide, von einem Quieklaut Corinnas begleitet, umstürzten. Sie rutschten, da sie auf der kleinen, aber doch steilen Anhöhe standen, gemeinsam johlend herunter und kamen dann endlich zum Liegen. Sie hatten sich jedoch mit Ski und Stöcken verheddert und Paulsen, der halb auf Corinne lag, war unfähig, sich zu befreien. Für Außenstehende war es selbst bei wenig Phantasie eine recht deutungsvolle Position. Man hätte annehmen können, dort sind zwei ihren Gefühlen füreinander so spontan erlegen, daß sie selbst darauf verzichtet hatten, die Ski von den Schuhen zu lösen. Sie waren sich plötzlich sehr, sehr nahe gekommen.

Er spürte ihren Atem an seinem Hals. Ihre Bemühungen, sich zu entflechten, führten zu körperlichen Berührungen, die Paulsen in einer Bewußtheit wahrnahm, die ihn fast erschrecken ließ. Sie lachten und versuchten Stöcke, Ski, Arme und Beine zu ordnen. Ed wollte sich umständlich aufstützen, aber er rutschte erneut ab, und plötzlich berührten sich ihre Wangen. Er hob seinen Kopf und wollte sich eigentlich entschuldigen, doch dann erfasste ihn das dunkle, dennoch leuchtende Grün ihrer Augen. Seine Lippen berührten ihre beinahe vorsichtig, sanft.

Corinna durchzuckte es wie ein Stromstoß, doch sie ließ es geschehen.

Das Schweizerdeutsch war unverkennbar: »Andre Länder, andere Sitten«, sagte ein Skifahrer zu seinem Partner, die unweit von ihnen angehalten hatten. Beide hatten sich, sichtlich amüsiert, die Entwirrungsversuche der beiden angeschaut. Waren nun zu ihnen heruntergerutscht, und der mit der eigenartigen Hahnenkammütze hielt Paulsen den Skistock hin.

Gemeinsam zogen sie ihn und dann Corinna hoch. Beide bedankten sich bei den Helfenden und Ed versprach ihnen einen Jagertee, wenn sie sich in der Hütte treffen sollten.

»Danke, danke. Es hätte ja auch sein können, Sie hätten es anders lieber gehabt«, rief der eine mit spitzbübischem Gesichtsausdruck. Und dann grüßten sie, und stießen sich ab.

Corinna und Ed sahen aus, als wären sie aus einer Lawine herausgekrochen.

Corinnas Wangen glühten. Sie vermied jeden Blickkontakt mit Paulsen. Dr. Paulsen hatte viel über Corinna nachgedacht und konnte sich sehr gut vorstellen, was in dem Mädchen vor sich ging.

Er wußte, daß er nun gefordert war. Beide schüttelten den Schnee ab, und Ed legte seine Hand unter ihr Kinn und hob langsam ihren Kopf. Dann trafen sich ihre Blicke.

»Mir ist so was als Erwachsene noch nie passiert. Ich seh' Sie gestern und heute ...«, sie schüttelte den Kopf.

»Um Gottes willen, du mußt dich«, er betonte das »Du« und das »Dich« absichtlich besonders, »doch für nichts rechtfertigen, ich war der Beelzebub, oder?«

Die Reste vom Schnee in ihrem Haar begannen zu tauen, und ein kleines Rinnsal begann von der Schläfe aus sich einen Weg auf die Wange zu bahnen. Mit seinen Lippen fing er den Tropfen auf.

»Ich bin eigentlich nicht für so schnelle ...«

Sein zärtlicher Kuß hinderte sie am Weitersprechen.

Dann sagte er: »Meinst du, ich weiß das nicht.?«

Er hatte natürlich erkannt, und dies mit großer Verwunderung registriert, daß diese junge Frau nicht reich an Liebeserfahrungen sein konnte. Und für ihn war dadurch sein zukünftiges Verhalten ihr gegenüber festgelegt.

»Du hast dich weder verschenkt, noch hast du etwas falsch gemacht, bitte glaube es mir, und ich prophezeie mal«, er hob den Arm und streckte den Zeigefinger in die Höhe, »du wirst noch genügend Möglichkeiten bekommen, dich davon selbst zu überzeugen.«

Sie lächelte ein wenig und sagte dann: »Ich stell mich für«, sie stockte kurz, um dann doch das ihr noch ungeläufige Personalpronomen auszusprechen, »dich bestimmt ein wenig gewöhnungsbedürftig dar. Aber ich bin«, wieder der rötliche Anstrich in ihren Wangen, »ja, ich geb's ja zu, so unerfahren im Umgang mit Männern.«

Sie sah ihm nach Verständnis suchend, ins Gesicht, und offenbar fand sie, was sie suchte, denn sie fuhr fort: »Ich hatte da bisher nur Pleiten, Pech und Pannen erlebt, und das brauche ich nun wirklich nicht mehr, oder?«

Jedes Wort erschien ihm zu viel.

Er streichelte nur ihre Wange, sie hob das Gesicht, stellte sich auf die Spitzen ihre Langeschuhe und gab ihm einen Kuß auf die Wange. Ed spürte so etwas wie einen Stich in der Herzgegend und noch bevor er reagieren konnte, stieß sie sich ab und ging tief in die Hocke. Er jagte, so gut es ihm gelang, hinterher, mußte sich aber schnell eingestehen: »Sie fährt wie ein Teufel.« Und der Abstand vergrößerte sich. An der Brücke über den Bach wartete sie auf ihn.

Paulsen schnaufte: »Oha, den ganzen Tag würde ich wohl kaum mit dir durchhalten. Mir flattern ja jetzt schon die Knie.«

»Sie … eh, du bist ja schon über zwei Stunden unterwegs und ich muß schon sagen: Alle Achtung, du bist wirklich sehr gut drauf.«

Die Zeit verging beiden wie im Fluge, und sie erfreuten sich jeder Minute, in der sie zusammensein konnten. Die Sonne schien sich immer mehr den Gipfeln zu nähern und, bei denen beginnend, die Landschaft ringsum in ein sich stetig veränderndes Farbbad zu tauchen.

Corinna erinnerte sich an den bevorstehenden Abend und sah auf die Uhr: »Uh, Ed«, das Vertrauliche gelang ihr jetzt so, als wären sie sich schon lange bekannt, »ich glaube wir sollten abfahren, es ist schon nach vier, und wir brauchen sicherlich eine halbe Stunde.«

»Warum so eilig, schau, wie einmalig die Sicht ist.«

Sie folgte seinem Blick und verwies mit den Worten: »Farben, diese Farben sind einmalig!« Paulsen nickte wie bei einer Andacht.

Dann stieß sie ihn leicht an und sagte: »Falls du möchtest, daß ich heute abend nicht so, wie ich jetzt hier stehe«, sie ließ den linken Arm wie einen Zeigestock vor sich zirkeln, »erscheine, müßten wir aber trotz allem runter.«

Er sah sie mit spürbarem Vergnügen an und erwiderte: »Also ich«, sein Daumen zeigte auf seine Brust, »hätte nichts dagegen, mir ist es egal, wie du dich stylst, Hauptsache, du bist dabei.«

»Aber ich nicht so recht, Herr Doktor, denn ich möchte mich wohl fühlen, quasi salonfähig sein.«

»Oha, die Dame versteht was von Repräsentation, wie ich feststelle.«

Sie lachte ihn an und völlig überraschend strich sie mit ihren Fingern zärtlich über seine Wange und spürte dabei, daß Paulsen auf die Rasur verzichtet hatte.

Sie sah ihm forschend ins Gesicht und sagte: »Aber ich weiß noch nicht so recht, ob ich mit einem solchen Stoppelgesicht gern ausgehen möchte.«

»Wie?« Er griff sich an das Kinn und als er feststellte, daß Corinnas Einwand gerechtfertigt war sagte er: »Oje, dann aber schnell nach unten!«

Als Corinna unter der Dusche stand und unbeweglich das heiße Wasser genoß, versuchte sie die Geschehnisse des Nachmittags einzuordnen. Es wollte ihr so richtig nicht gelingen. Erst einmal kam sie mit sich und ihren Gefühlen und ihren Gedanken nicht klar.

»Was ist eigentlich mit mir los«, sinnierte sie, »soll ich über mich enttäuscht sein? Oder soll ich über mich überrascht sein?«

Dann meinte sie, es ist ja eigentlich nicht viel passiert, doch dann spürte sie die Gänsehaut und wie sich die Spitzen ihrer Brüste, trotz des warmen Wassers, verhärteten. Sie rieb mit ihren Händen das Gefühl aus ihrer Haut und dachte:

»Doch, wahrscheinlich ist doch viel mehr passiert, als ich annehme, zumindest was mich betrifft.« Sie gestand sich dann in ihrer Ehrlichkeit ein, sich selbst genau das doch ein wenig gewünscht zu haben.

»Aber nicht gleich in so einer geballten Gefühlsladung«, sie mußte über die gedankliche Formulierung lächeln und begann sich einzuseifen, »er muß ja gedacht haben, ich bin immer so.«

Dann dachte sie an Paulsen und wurde mit sich selbst einig: »So ein Mann hat mindestens eine, wenn nicht noch mehr Freundinnen, also bilde dir nichts ein und überlege, wie weit du das alles kommen lassen willst«, sprach sie gegen das rauschende Wasser.

Wieder begann der Film, wohl schon zum dritten Mal: Sie sah sein Gesicht ganz nahe, beinahe wären sie zusammengestoßen, dann die flüchtige, aber so intensiv erlebte Berührung ihrer Lippen, und dann reiht sich Bild an Bild, und wieder kann sie das Bedürfnis ihrer Brüste nicht unterdrücken, an ihren Gefühlen teilzuhaben; ein wenig verschämt überdeckte sie sie mit dickem Schaum, dann spülte sie sich intensiv ab und wickelte sich in das große, weiche Saunatuch.

Vor dem Spiegel sah sie sich ernst an, dann schnitt sie eine Grimasse und sagte zu ihrem Spiegelbild:»Ich werde ja sehen, wie das weitergeht, er macht mir nicht den Eindruck, mich gleich auf den Rücken zu legen ... und wenn, dann war's das.«

Sie ließ das Tuch fallen und wie zufällig fiel ihr der nackte Körper im Spiegel auf.»Hm, da stehst du also«, und sie dachte daran, wie lange es wohl her sei, daß sie sich taxiert hatte. Dann lächelte sie, denn ihr fiel eine Episode aus der Zeit ein, als sie noch Rennen gefahren war. Sie duschten nach drei Stunden Training, und die Trainerin sah sie den Gang zum Spind, wie üblich nur das Handtuch um die Hüfte, entlanggehen und rief:»Also Corinna, wenn du mal gar nichts mehr auf die Reihe kriegst, dann bleibt dir immer noch der Laufsteg oder der Playboy.« Sie ließ ihren Blick trotzdem kritisch schweifen und war aber mit dem, was sie sah, offensichtlich zufrieden.

Dann sah sie auf die Uhr:»Uh«, rief sie aus,»beeile dich, du eitle Gans.«

Ihr Gesicht war nicht geschminkt, außer ein paar geschmackvolle Betonungen der Augenpartie. Auch ihre glänzenden Lippen leuchteten in natürlichem Rot.

Dr. Paulsen, der bereits an der Rezeption stand und sich mit dem Skiführer, der die Hochgebirgstouren machte, unterhielt, sah zu ihr hoch und war beeindruckt.

Auch Corinna begrüßte den Mann, dessen Gesicht nicht nur wegen der wettergegerbten Haut unwillkürlich an Trenker erinnerte; dann wünschten sie sich einen schönen Abend.

Sie gingen an den Bartresen, setzten sich auf die Hocker und plauschten mit Doris, die Ed zu einem Glas Sekt, oder war es Prosecco, eingeladen hatte.

Sie prosteten sich zu und erzählten Doris wie toll die Bedingungen im Berg sind.

Doris erkannte nicht nur am Du, sondern auch daran, wie sie beide miteinander umgingen, daß am Berg irgend etwas Tolles zwischen den zweien passiert sein mußte.

Hinten knarrte ein wenig die eichene, eisenbeschlagene Eingangstür. Ed drehte sich um und sah Uri hereinkommen; in seiner Begleitung befand sich eine junge, attraktive Brünette. Beide rutschten sie von ihren Hockern und gingen den zweien entgegen. Ed deutete einen Handkuß an. Man machte sich bekannt, und Paulsen mußte ein wenig schmunzeln, als er sah, wie Corinna einen mädchenhaften Knicks machte. Nun wußte jeder, wer wer war, und die Atmosphäre war sofort gelöst und unkompliziert. Ed wies auf die Bar und fragte, ob man hier einen Begrüßungstrunk nehmen solle.

Uri bedankte sich und sagte: »Macht es Ihnen etwas aus, wenn wir den dort nehmen, wohin wir Sie verschleppen wollen?«

»Keinesfalls, also, auf geht's.«

Sie verabschiedeten sich von Doris und winkten sich verabschiedend ins Restaurant. Corinna bemerkte, als Paulsen seinen federleichten Lammfellmantel ergriff, daß sie ihren Mantel vergessen hatte. Sich entschuldigend, zwei Stufen auf einmal nehmend, stieg sie nach oben.

Uri nutzte den Augenblick und flüsterte Ed ins Ohr: »Gigantisch, gratuliere.« Dann kam sie auch schon wieder, den Lodenmantel hatte sie sich über die Schulter geworfen, die Treppen herunter.

Draußen angekommen, spürten sie sofort, daß der Frost enorm angezogen hatte. Corinna schlüpfte in ihren Mantel; Uri half ihr dabei. Die Kälte machte den Atem sichtbar. Uri gab die Richtung an und meinte: »Es ist nur ein kurzer Weg, gut, um Appetit zu bekommen.«

»Noch mehr?« fragte Ed und wies darauf hin, schon fast Hungers zu sterben.

Der Mond hatte sich einer Wolke entledigt und ließ die Gipfel gegenüber nun in einem kalten, beinahe gleißenden Weiß erscheinen. Der Schnee knirschte. Die Begleiterin von Uri, bereitete Corinna und Ed auf das Haus vor, in dem sie gleich essen und sich den Abend gestalten würden.

»Es ist wohl im Umkreis von einhundert Kilometern, ach, was sag ich: eigentlich überall, bekannt. Egal, wann man dort ankommt, es ist so gut wie immer voll. Aber, Sie werden es ja sehen, nicht unverdient.«

Sie überquerten eine vereiste Straße und gingen dann einen gestreuten Weg zum besagten Haus empor, das sie jetzt deutlich sehen konnten.

Jetzt erkannte Paulsen das Haus; und ihm fiel, als er den Namen las, auch gleich ein, wie er zu dem Wissen über das Haus gekommen war. Er erinnerte sich: »Der fast volltrunkene Organist der Heiligengeistkirche, Professor Olhoff, hatte nach der Fertigstellung der Arbeiten für seine neue CD mit Bachinterpretationen zu einer Party gebeten. Die Gäste waren erlesen und trotzdem sehr pflegeleicht. Irgendwann gab es ein Gespräch über Gastronomie, und da hatte der Professor von der angeblich exorbitanten Küche in diesem Haus gesprochen.«

Und die Noblesse begann bereits am Fußabtreter. Man wurde, obwohl in den Alpen, ein wenig an die besten englischen Golfhotels erinnert. Kaum eingetreten, wurde man von einer Atmosphäre umgeben, die nicht nur durch die antiken Möbel ausstrahlte, sondern auch durch die livrierten Bediensteten und deren Auftreten. Man hätte an einem, wenn auch nicht unbekannten Skiort, ein solches Haus nicht vermutet. Paulsen bemerkte sofort, mit welchem Respekt und welcher Hochachtung, jedoch nicht zu verwechseln mit platter oder gar aufgesetzter Unterwürfigkeit, Uri begrüßt wurde. Es war unübersehbar: Man kannte ihn hier. Der Chef des Hauses, er könnte ohne weiteres als ein britischer Aristokrat bester Sorte durchgehen, war wohl vom Kommen Uris und seiner Gäste informiert worden und kam freundlich lächelnd, beide Arme ausbreitend, auf ihn zu.

Herr Künzli, wie er von Uri vorgestellt wurde, bestach durch Haltung und eine nahezu natürliche, einfach zu ihm gehörige Vornehmheit. Ihm würde man nicht zutrauen, eine Weißwurst an einem Kiosk zu essen. Und man hätte recht mit dieser Annahme.

Natürlich küßte er den Damen die Hand, und natürlich beherrschte er die Etikette wie ein Butler der Königin. Auf den Fingerzeig von Herrn Künzli hin traten nun die vier jungen Mitarbeiter mit den tiefschwarzen Jäckchen näher, die leuchtendrot am Kragen und den Aufschlägen paspeliert waren und sich auch seitlich an den Hosen fortsetzten, die vorher im gebührenden Abstand bereitstanden, näher, die Garderobe entgegenzunehmen.

Dann senkte Künzli erst den Damen, dann den Herren gegenüber leicht den Kopf und sagte im besten Hochdeutsch: »Meine Damen, meine Herren, ich wünsche Ihnen einen angenehmen und entspannten Abend. Wir sind, einschließlich meiner Person«, wieder ein leichtes Senken seines Kopfes, »jederzeit für Sie da.«

Dann wandte er sich zum Gehen, und Uri und seine Gäste folgten ihm. Sie gingen vorbei an der repräsentativen Bar, dem ganz in Gold ausstaffierten Salon und gelangten so in das Kaminzimmer. Und was für eines! Künzli wies mit dem Arm auf den Tisch, der allein in einer Ecke stand. Dann wünschte er nochmals einen gemütlichen Abend und verabschiedete sich.

Hinter jedem der bequemen Vertogardinstühle stand bereits ein Mitarbeiter des Hauses und begrüßte die Gäste mit unaufdringlicher Höflichkeit. Als sie sich setzten und sich bei dem netten Personal bedankten, begann im Salon der Pianist mit seinem Spiel. Etwas Leichtes, wie man vernehmen konnte.

Paulsen war sehr mit seiner Entscheidung, die er vor seinem Kleiderschrank getroffen hatte, zufrieden: »Hier hätte man leicht danebenliegen können.« Er hatte sich mit seinem Kaschmirsakko, der dunkelgrauen, leicht in sich gestreiften Hose aus gleichem Material, dem klassischen Hemd und der vorzüglichen Krawatte von Rieger sowie dem dunkelroten Einstecktuch und den handgearbeiteten Schuhen von Mayer ohne Wissen an das deutlich gehobenen Niveau dieses Hauses angepaßt.

Uri wirkte sehr gelöst und äußerst aufmerksam. Paulsen wurde dieser Mann nicht wegen der ihm entgegengebrachten Aufmerksamkeit – die er sich selbstverständlich erklären konnte – immer sympathischer, sondern wegen der kaum damit korrespondierenden persönlichen Einfachheit und Unkompliziertheit in seinem Auftreten und Verhalten. Ed Paulsen verspürte seit langer Zeit einmal wieder das Gefühl der persönlichen Neugierde für eine Persönlichkeit. Weit weg aber von Adler, Jung oder Freud.

Corinna hatte schon ab und an von dem Haus »Altschwyz« und dem fast ein wenig von mystischer Aura umgebenen VIP-Club gehört. Oft sollten dort auch Jugendliche, die irgendwie erfahren hatten, wer dort gerade abgestiegen war, auf Autogramme Jagd machen. Meist aber ohne durchschlagenden Erfolg, denn diese prominenten Gäste kamen ja extra hierher und nicht nach St. Moritz, es waren also solche, die nicht den geringsten Wert auf Außenwirkung legten.

Corinna dachte, als sie sich so unauffällig wie möglich umschaute: »Ich glaube, mich hätte man allein gar nicht hier hereingelassen.« Und dann fiel ihr ein, was Egli ihr voriges Jahr erzählt hatte: »Im Altschwyz muß man in der Saison grundsätzlich bestellen, und die machen sich gar nichts daraus, nicht nur zu fragen, wer man ist, sondern sie haken ziemlich eindringlich gleich nach, wenn sie die Person nicht zuordnen können.«

Die gediegene Eleganz war auch in dem antik, aber eher rustikal ausgestatteten Kaminzimmer nicht zu übersehen. Die schweren Gobelinvorhänge wurden von eisernen, handgeschmiedeten Trägern gehalten. Jeder Tisch wurde separat durch originale, aber elektrifizierte Petroleumlampen angenehm ausgeleuchtet. Die dicken, natürlich echten Orientteppiche schluckten jedes Trittgeräusch, man konnte dadurch bis in die entlegenste Ecke des Raumes das Knistern des Feuers im Kamin und erst Recht das Pianospiel hören.

»Der Abend hat sich schon gelohnt. Wer weiß, ob ich jemals hier hereingekommen wäre, dachte sie und sah Uri lächelnd an, als er fragte: »Ich denke, hier kann man es aushalten, oder?«

Ed und Corinna bestätigten seine Einschätzung.

Die Kellner, in dem Falle zwei, standen in einem wohl für sie vorgeschriebenen Abstand zum Tisch und warteten auf das Zeichen, von den Gästen zur Arbeit gerufen zu werden.

Uri drehte sich ein wenig zu den Kellnern und lächelte den Oberkellner an: »Jakob, ich grüße Sie, ich hatte Sie noch gar nicht gesehen, ich bitte um Entschuldigung.«

Der Angesprochene blieb an seinem Platz, lächelte zurück und erwiderte: »Ich bitte, Sie, Sie sind ja grad erst gekommen. Darf ich schon etwas für sie tun, die Cocktails vielleicht?«

Uri sah fragend in die Runde, und da er keine Widerrede vernahm, meinte er: »Ein guter Vorschlag, prima.«

»Sehr zu Diensten, es freut uns.«

Wenige Augenblicke später stand einer der anderen Kellner mit einem Tablett am Tisch, auf dem sich acht Gläser befanden. Die Gäste konnten zwischen verschiedenen Getränken wählen. Corinna entschied sich für den Champagner, da ihr die anderen, sichtbar exotischen Mixgetränke völlig unbekannt waren. Dann stießen sie an und wünschten sich einen schönen Abend.

Der Service bediente mit einer vorzüglichen und unglaublichen Aufmerksamkeit, die in keiner Weise die Grenze zur Aufdringlichkeit auch nur im Entferntesten touchierte. Der Pianist erhielt für sein Spiel, das gedämpft vom Nebenraum zu hören war, immer wieder Applaus, der jetzt nach seinen Beatles-Interpretationen besonders gespendet wurde. In diesen hervorragenden Gesamteindruck reihten sich die Speisen ein. Die Weine waren vorzüglich. Sowohl der Weiße zum Fisch, als auch jetzt der 85er aus dem Pauillac. Uri hatte vorher mit dem Sommelier ein paar Worte gewechselt und sich auch nach dem Befinden seiner Frau erkundigt. Es war augenscheinlich: Uri war hier nicht nur bekannt, er hatte in diesem Haus eine bevorzugte Position.

Die zwei jungen Frauen hatten bereits die anfängliche Scheu, die immer aufkommt, wenn man sich das erste Mal sieht, abgelegt und quasi zum Warmwerden das Thema Skifahren gefunden. Sie stießen mit dem Schweizer Wasser an und beendeten damit das ausgezeichnete Essen.

Gegen einundzwanzig Uhr wurde der Tisch behende umdekoriert, und der Oberkellner brachte eine Etagere mit ausgewähltem Gebäck und Konfekt und servierte dazu Kaffee und Tee. Auf zwei kleinen Beistelltischchen wurden Rauchwaren, einschließlich vier Sorten verschiedener Pfeifentabake und dreier Pfeifen, deren Mundstücke in Papier verpackt daneben lagen, kredenzt.

Uri langte nach einer langen Kubazigarre, reckte sich ein wenig und sagte: »So, nun schauen wir mal, was wir mit dem angefangenen Abend machen, oder?«

Ed öffnete die Pfeifentasche und entschied sich nicht für die Lieblingspfeife, sondern für die schwarze Dunhill. Uri hielt seine Hand kurz fest und fragte: »Was halten Sie davon, mit mir eine Montechristo zu paffen? Mal als Ausnahme, oder?«

Selten nur rauchte Paulsen Zigarren, und wenn, dann eher aus Spaß, und deshalb sagte er: »Bei mir ist es mit dem Zigarrerauchen fast so, als würde man die berühmten Perlen vor die Säue werfen, ich versteh davon recht wenig.«

Uri meinte, er werde schon schmecken, wie besonders toll diese Zigarre sei. Ed legte die Pfeifentasche zurück auf den kleine Tisch und sagte: »Überredet, und nahm sich eine der Zigarren.

Der Kellner nahm ihnen die Zigarren ab und brannte sie zeremonienhaft an und reichte sie dann nacheinander den beiden.

Monika, so hieß die hübsche Begleitung Uris, hatte sich eine dunkle Zigarette, nachdem sie auch Corinna eine angeboten hatte, die diese aber dankend ablehnte, angezündet und blies den Rauch in einer dünnen Fahne genußvoll durch ihre auffallend wohlgeformten, vollen Lippen zur Lampe hin.

Ed versuchte sich an der Zigarre und konnte Uri beipflichten: »Ja, ein sehr intensiver, sehr angenehmer Geschmack.«

»Sagte ich es nicht! Sie können mir schon vertrauen, oder?« Uri freute sich richtig.

Sie prosteten sich erneut zu. Uri hielt den Kelch noch hoch und fragte: »Wollen wir bei dem bleiben oder etwas anderes versuchen?«

Der Bordeaux liebkoste wohl allen den Geschmackssinn, denn das Votum war einhellig.

Uri drehte sich leicht zu dem Kellner und bat ihn, noch eine Flasche zu bringen, er verbesserte sich:

»Ach, bringen Sie bitte gleich zwei, und öffnen Sie auch beide bitte gleich, ja?«

Der Kellner, der ohne weiteres als Süditaliener durchgegangen wäre, bedankte sich und ging in Richtung des Salons, um Uris Wunsch zu erfüllen.

Ed Paulsen gewann immer mehr Geschmack an der Zigarre, und ihn beschlich ein Gefühl der Behaglichkeit. Er fühlte sich wohl. Ein erstes Anzeichen dafür, daß sein Bewußtsein begonnen hatte, den Urlaub ernst zu nehmen. Immer wieder touchierten sich die Blicke zwischen ihm und Corinna. Und wiederholt spürte er das Kribbeln: »Oha«, dachte er, »lange nicht erlebt, ich dachte so etwas kommt nie wieder.«

Dann hörte er Uri fragen: »Wie lange sind Sie noch im Berg gewesen?«

»Bis sechzehn Uhr, es hat aber auch gereicht, ich merke sogar im Sitzen meine Oberschenkel.«

Uri grinste ihn an und meinte: »Zur Not können wir Sie ja nachher tragen lassen, oder?«

Ed legte die Zigarre ab und sagte amüsiert: »Na, so schlimm wird es schon nicht«, er sah dann zu Corinna herüber und stellte fest, »daß ohne diese Wahnsinnige«, er hatte vergeblich nach einem anderen Superlativ gesucht, »ja alles nicht so schlimm gewesen wäre, aber an ihr dranzubleiben, das hat mir den Rest gegeben.«

Corinnas Wangen glühten bereits, so daß der jetzt einsetzende Farbschub kaum zu erkennen war, als sie sagte: »Sie«, erschrocken führte sie die Hand vor die Lippen, so als wollte sie das Sie gleich wieder einfangen, und lachte ihr natürliches Lachen und sagte in ihrer offenen, angenehmen Art, erst Monika und dann Uri ansehend, »wir sind erst seit heute mittag per Du und deshalb der Fauxpas.«

Monika nickte Uri zu und sagte: »Erinnerst du dich an Davos, als wir uns kennenlernten? Genau dasselbe ist mir passiert, aber gleich ein paarmal am Abend!«

Jetzt sahen sie Corinna an, denn sie hatten nicht vergessen, daß sie eigentlich noch etwas sagen wollte. Corinna bemerkte die Erwartungshaltung und sagte: »Nein, es war nichts Wichtiges.«

Uri sah sie liebenswürdig an und sagte: »Für uns ist alles wichtig, also, wie war das mit dem Skirennen heute nachmittag?«

»Ich sagte ja, es ist nicht der Rede wert. Ich hatte mal wieder Lust, ein bisserl den Ski freizugeben. Obwohl ich hier arbeite, kommt man doch nicht so oft wie früher zum Rutschen.«

»Früher sind Sie öfter gefahren?« wollte Uri wissen.

Corinna nickte: »Ja, jeden Tag, wenn es Schnee gab.«

Ed Paulsen war nun überrascht, denn wie es sich anhörte, war Corinna wohl wirklich mal sportlich Ski gefahren. Er fragte sie.

»Ja, aber lassen wir das, es ist vorbei«, und das klang auch ein wenig so: Ich mag nicht im Mittelpunkt stehen, laßt uns lieber über etwas anderes reden. Leider überhörten die Mitglieder ihrer Tischgesellschaft diesen Unterton und Monika fragte: »Wo sind Sie denn gefahren? Hier?«

Corinna holte tief Luft und lachte: »Nun muß ich wohl an den Pranger? Also, ich bin in Europa und sonstwo gefahren.«

Ed staunte und sagte: »Oha, jetzt ist mir einiges klar!«

Uri lehnte sich bequem in seinen Sessel zurück und sah den Rauchschwaden nach, die zur Decke schwebten, dann sah er zu Corinna und fragte: »Und nun, jetzt nicht mehr?«

Corinna wurde ernst, senkte den Blick und sagte: »Als ich so richtig gut war und hoffte noch besser zu werden«, sie holte tief Luft, hob beide Arme und die Schultern ein wenig an, »gab es in Cortina einen Sturz«, sie hob den Kopf und lächelte mit traurigen Augen, »und damit war *der* Teil meines Lebens ziemlich schroff beendet.« Uri nahm ihre Hand und sagte: »Meine blöde Neugierde. Es tut mir leid.« Sie unterbrach ihn: »Ach i wo, ich kann schon darüber reden, wenn nicht, hätte ich es sicherlich gesagt.«

Uri war ihr dankbar und wechselte das Thema, indem er über eine hervorragende Vorstellung in der Scala erzählte. Mit etwas Ironie in der Stimme meinte er festgestellt zu haben, daß selbst die US-Diplomaten von der klassischen Musik beeindruckt waren.

»Und das, das soll schon etwas heißen!« Monika sah ihn leicht vorwurfsvoll an und sagte: »Schäm dich, Christoph, gerade du solltest die Vertreter der Führungsmacht nicht diskriminieren.«

»Um Gottes willen«, er machte eine bestürzte Miene, »das würde ich mir doch niemals erlauben«, dann wurde er wieder ernster und setzte nach: »Aber was wahr ist, sollte wahr bleiben, oder?« Moni ließ nicht locker: »Schau dich um, überall Amerika, wir sprechen schon nicht mehr Schwyzerdütsch, sondern schon verenglischten Mischmasch. Also sind sie doch, wenn es sogar schon so weit geht, die Führenden, oder?«

Uri lachte sie gutmütig an, streifte die Asche von der Zigarre und sagte dann, sich an Ed wendend: »Was sagen Sie dazu? Werden wir amerikanisiert oder so ähnlich?«

Etwas verdutzt sah Ed erst Uri, dann Corinna und danach Monika an und sagte: »Da, mein lieber Herr Uri, fragen Sie, falls Sie eine schlüssige Antwort erwarten sollten, den Falschen. Aber für mich ganz persönlich ist es eine echte Belästigung; das Denglisch. Vor allem ärgert es mich, daß selbst staatliche Einrichtungen zu vergessen scheinen, das *Deutsch* unsere Sprache ist. So heißen auf einmal Veranstaltungen ›Events‹, und in München präsentiert man stolz eine Event-Arena; man hat einen ›Date‹ und nicht etwa ein Treffen. Es ist schon fast widerlich.«

»Bravo, bravo«, rief Moni und klatschte in die Hände, sah dann Uri an und meinte: »Der Mann sieht die Dinge wenigstens so, wie sie leider sind.«

Uri wollte antworten, ließ sich aber vom Kellner ablenken, dieser dekantierte die erste der zwei geöffneten Flaschen und stellte einen Probierkelch neben Uri und fragte: »Darf ich?« »Bitte, bitte.«

Uri befand den Wein für einwandfrei. Der Kellner stellte die Karaffe und die neuen Kelche in die Mitte des Tisches und fragte: »Wenn Sie gestatten, warte ich mit dem Nachschenken, bis Sie ausgetrunken haben?« Die neuen Gläser stellte er auf dem Beistelltisch bereit.

»Gut so, Ferdinand, danke sehr.«

Sie hoben die Gläser und stießen erneut an. Uri und Ed hatten ausgetrunken, die zwei Frauen hatten noch einen Rest in den Gläsern.

Ed und Uri erzählten über ihr Kennenlernen in der Sauna und Uris große Überraschung darüber, daß »so ein Typ wie der Mann da«, er nickte zu Paulsen, »doch wirklich an der Politik vorbeizuleben scheint. Ich hätte so etwas für unmöglich gehalten.«

Moni sah Ed nun auch forschend an, offensichtlich hatte Uri vorher über Ed nur das Notwendigste erzählt: »So aus Prinzip, aus Enttäuschung, aus Desinteresse oder weshalb, Herr Doktor?«

Ed sah sie belustigt an und antwortete: »Ich glaube, wohl aus Prinzip und dem sich daraus ergebenden Desinteresse, oder so ähnlich.« Er lachte über seine etwas diffuse Antwort.

Uri klärte nun die Frauen ein wenig darüber auf, worüber sie sich in der Sauna doch recht angeregt unterhalten hatten. Monika meinte dann: »Na ja, es ist ja wirklich auch so, viele von denen denken an ihre materielle Absicherung und nicht an das, was in der Verfassung steht und was sie dem Volk schuldig sind. Leider ist es oft so, und deshalb müssen wirklich die Besten dorthin und nicht, wie es jetzt ist, die, die am besten Buckeln gelernt haben, bis sie sich hochgebuckelt haben.«

»Bravo«, Ed schien froh, eine Gesinnungsgenossin gefunden zu haben.

Monika bedankte sich beim Kellner, der nun in die neuen Gläser einschenkte und die alten auf einem Beistelltisch abstellte, und sagte lachend: »Nicht so hurtig, ich mache aber Unterschiede in der Form, daß es auch Ausnahmen gibt. Zum Glück!«

Corinna hatte interessiert zugehört, denn, so dachte sie, für mich gehört Politik schon zum täglichen Leben, und so sagte sie: »Ich denke schon, Politik hat doch Einfluß auf das tägliche Leben fast aller Menschen. Also etwas für jedermann. Und wer nicht einverstanden ist, der muß eben etwas tun, das kann und darf doch jeder«, sie wagte nicht, die Männer anzusehen; die Wangen glühten im dunklen Rot, »erst wenn wir alle nicht mehr bereit sind uns einzumischen, ist es doch zu spät, oder sehe ich da was falsch?«

»Überhaupt nicht«, Uri sah Corinna begeistert an, »Sie haben ja recht, so recht.«

Uri riß ein Streichholz an, ehe der Kellner reagieren konnte. Er nickte ihm dankend zu, und fachte die Glut der Zigarre wieder an.

Ed sah Corinna mit anerkennendem Blick an und sagte: »Na ja, das kann ja was werden, zwei Politiklobbyisten«, er lehnte sich zurück und mit zufriedener Miene und wohlwollender, leicht sarkastischer Stimme fuhr er fort: »Solange es also solche wie euch gibt«, er bewegte den Daumen leicht in beide Richtungen, wo Uri und Corinna saßen, »kann mir der Politikkram zum Glück völlig gleichgültig sein, mein Vertrauen in euch ist grenzenlos; ihr werdet die Welt schon retten.«

Uri lachte Corinna an und sagte: »Na dann wollen wir mal zur Tat schreiten«, hob das Glas und wünschte allen einen schönen Abend, und man stieß an. Der Kellner schenkte nach, als Uri auf seine Frage mit dem Kopf und einer entsprechenden Handbewegung geantwortet hatte.

Monika sah Ed prüfend an uns fragte dann: »Wir wollen, um Himmels willen, uns nun nicht an dem Thema festbeißen, aber nur noch für mich«, sie lächelte ihn liebenswürdig und mit dem rechten Augenlid zwinkernd an, »weshalb sind Sie so weit weg vom Politikgeschehen?«

»Ich mache es kurz, denn ich glaube, wir haben bestimmt noch sehr, sehr nette und daher viel unterhaltsamere Gesprächsthemen. Also: Ich habe nicht die Spur von Interesse an derlei Unsinnigkeiten. Für mich ist das ein Bereich unseres Lebens, den ich einfach ausblende. Ich hasse«, er sah Uri an und erinnerte ihn an das Saunagespräch, »nun wiederhole ich mich gezwungenermaßen: Also ich hasse nichts mehr als Lügner, Profilneurotiker, Blasierte und all diejenigen, die Wasser predigen und Wein trinken.«

Uri applaudierte und sagte: »Ein sehr gutes Schlußwort, denn wenn wir es als solches nicht hinnehmen würden, oh Gott, die Nacht würde nicht ausreichen.«

Beide Frauen hatten sich kurz verständigt. Sie entschuldigten sich, und als sie Anstalten machten sich zu erheben, wurde ihnen sofort der Sessel freigezogen. Dann gingen sie, sich angeregt unterhaltend, Richtung Salon und Piano.

Uri hatte ihnen nachgeschaut und sagte: »Sie gestatten mir eine erneute Meinungsäußerung?«

Ed wußte nicht so recht, worauf Uri sie beziehen wollte, und sagte: »Nur zu, ich vertrag' schon was.« Der Schweizer sah ihn mit gutmütigen Augen an und meinte, es habe nichts mit ihm zu tun: »Es ist Ihre reizende Begleiterin; ich muß schon sagen, sie ist eines der ganz seltenen Exemplare«, er zwinkerte mit dem rechten, lachenden Auge, »und glauben Sie mir, ich weiß, wovon ich rede. Also: nochmals Glückwunsch!«

»Danke.«

Sie unterhielten sich über einige aktuelle Tagesgeschehnisse und blieben beim Sport hängen.

Gerade als Uri auf das ihn offensichtlich interessierende Thema Psychologie eingehen wollte, waren die Frauen wieder am Tisch.

»Und«, fragte Monika, »habt ihr es durchgehalten, oder politisiert ihr wieder?«

Uri stieß Ed an und sagte: »So ist das mit den Frauen, sie denken, wir können uns nur über Politik und Sport unterhalten.«

Die nächsten Stunden vergingen wie im Fluge. Als der Morgen nahte, verständigten sie sich darauf, »nachher noch zum Skifahren zu gehen«, und Ed schlug vor, einen Abschiedsabend im Auge zu behalten: »Sie wissen ja, auch die schönste Zeit geht einmal zu Ende.«

Draußen verabschiedeten sie sich und gingen davon aus, sich »irgendwann gegen Mittag« im Berg zu treffen. Paulsen legte Corinna den Arm um die Schulter, zog sie leicht an sich und sie schlenderten mitten auf der Straße in Richtung des Eglihauses. Der Frost hatte noch mehr angezogen und zwickte schon nach kurzer Zeit an den Ohren, den Wangen und der Nase.

Corinna war sehr beeindruckt von dem Abend: »Sehr, sehr nette und gebildete Leute. Und er muß ja eine Art Prominenter sein, zumindest hier, oder?«

Ed sagte nur: »Er ist auch woanders ein Prominenter.«

»Um so erstaunlicher, er ist völlig normal, so wie jeder.«

»Mein Engel, was ist der Unterschied zwischen Mensch und Mensch? Doch nicht, was er ist oder vorgibt zu sein. Es ist ausschließlich seine Persönlichkeit. Nicht mehr und nicht weniger.«

Sie schmiegte sich enger an ihn und sagte: »Na ja, du weißt doch, die Promis sind ja doch hier und da sehr, sehr gern präsent, und man tratscht und schreibt über sie, weißt du, was ich meine?«

»Natürlich«, er wollte erst sagen, »mit denen hab ich seit Jahren tagtäglich zu tun«, dann aber: »Leider werden dort ziemlich simple Begierden des sogenannten einfachen, manipulierten Menschen angesprochen. Man konstruiert praktisch ein, wenn auch flaches, so doch Interesse. Und dieses geschickt manipulierte Interesse nutzen die Schreiberlinge oder die TV-Fritzen, und schon wird Geld verdient, sogar mit Blödheit. So ist es, und im übrigen gibt es gewaltige Unterschiede bei denen.«

»Es klingt so, als würdest du etwas gegen das alles haben?«

Ed lachte und sagte: »Mich läßt das alles kalt. Aber du hast ein wenig recht, ich habe etwas gegen Verblödung, und die läuft häufig gerade dort ab.«

Sie gingen zum Hintereingang, und um an den Lichtschalter zu gelangen, mußten sie sich die ersten Stufen der Treppe hochtasten.

»Wenn hier eine Nachtbar wäre«, flüsterte Paulsen, »könnten wir noch einen Gutennachttrunk nehmen, das wäre doch eine tolle Idee, oder?«

»Is' aber nicht«, wisperte sie und kam seinem leichten Druck auf ihrem Rücken nach und schmiegte sich an Eds Brust.

Das Licht schalteten sie nicht ein. Sie konnten sich aber trotzdem sehen, denn von oben fiel ein Lichtstreifen auf die Bilder an der Wand und wurde so reflektiert, daß sie ihre Gesichter schemenhaft erkennen konnten. Ihre Lippen fanden sich. Und wie! Fast stolperten sie, als Ed sich an die Wand zurückgleiten ließ. Sie lachten verhalten wie zwei Kinder, die gerade dabei waren, etwas auszuhecken.

So als wäre ihm soeben erst der Einfall gekommen sagte er nach einem langen, zärtlich und zugleich temperamentvollen Kuß: »Na klar …«

»Was?« fragte sie neugierig.

»Ich habe doch so allerlei in meiner Bar. Hast du eventuell doch Lust auf einen Schlaftrunk?«

Sie schwieg und sah ihn an.

Er spürte, daß sie vor einer Entscheidung stand, die ihr nicht sogleich gelingen wollte, und er flüsterte: »Noch ein paar Minuten, so zum Ausklingen. Ich möchte dich noch ein bisserl ansehen.«

Sie öffnete den Mund, schloß ihn wieder und sagte: »Ein paar Minuten, wirklich, ja?«

Sie erreichten, leise die Stufen hinaufsteigend, die Zimmertür. Er öffnete sie, legte Corinna die Hände von hinten auf die Schulter und schob sie in die Suite. Die Tür fiel hinter ihnen relativ laut ins Schloß. Beide sahen sich erst erschrocken, dann aus einem Abstand von vielleicht einem Meter mit glänzenden Augen an. Das Licht der Stehlampe aus dem Wohnbereich spendete auch hier gerade so viel Helligkeit, daß sie sich gut sehen konnten. Ed ging einen Schritt auf Corinna zu und strich mit seinen Fingern sehr vorsichtig über ihre leicht zuckenden Lippen. Sie schloß die Augen. Die Arme hingen wie leblos herunter. Man hätte annehmen können, sie wäre in einem Trancezustand. Doch sie genoß nur die Zärtlichkeit und zuckte erst dann zusammen, als sie die leichte Berührung seiner Lippen auf den ihrigen spürte. Obwohl sie sich schon unten innig geküßt hatten, öffnete Corinna nur zögerlich ihre Lippen, um ihm näherkommen zu können. Je mehr Ed mit großer Einfühlsamkeit und einer gewissen Zurückhaltung seine Zärtlichkeiten auf den Hals und den Ansatz ihres Busens ausdehnte, desto eindeutiger begann Corinnas Körper zu sprechen. Er kam ihm immer mehr entgegen, und als er begann, ihre wunderschönen Brüste mit seinen Händen zu liebkosen, stöhnte sie auf und entzog sich ein wenig, um sich dann aber wieder eng an ihn zu schmiegen.

Dr. Paulsen fand jetzt seine Annahme voll bestätigt: Er hatte es mit einer jungen Frau zu tun, die ihre Unerfahrenheit zum einen und die Sensibilität ihres Körpers zum anderen nicht verstecken konnte. Er nahm sie an die Hände, lächelte sie an und sagte: »Der Nachttrunk, nicht daß wir das vergessen.«

Sie nickte und sie gingen in den Wohnraum und setzen sich auf die breite Polsterecke. Paulsen öffnete eine Flasche Champagner. Er schenkte ein, hob das Glas und sagte: »Auf dich und den schönen Abend!«

»Nein, auf uns und den schönen Abend!«

»Überredet.«

Sie tranken ein wenig und fanden erneut zu einem sinnlichen, langen Kuß. Corinna ließ sich zurückgleiten und Ed, ihre Lippen nicht verlassend, folgte ihr. Er knöpfte ihr das Kleid langsam auf. Sie ließ es zu, jeder seiner Bewegungen fast neugierig folgend. Sie hatte die Arme hinter dem Kopf verschränkt, jetzt schloß sie die Augen. Sie spürte, wie ihre Brüste befreit wurden und atmete tief ein, hielt die Luft ein wenig an, um dann lang und wie erleichtert auszuatmen.

»Es ist unglaublich, was die Natur nicht so alles fertigbringt«, flüsterte er und sah, immer noch neben Corinna sitzend, abwechselnd auf die Brüste und ihr Gesicht.

Sie sah ihm in die Augen und dann, so als wolle sie sich von seinen Worten überzeugen, auf ihre majestätischen, wie Basalt glänzenden Brüste und dann wieder zurück in seine Augen. Er senkte sich über sie, und dann umarmte ihn Corinna und küßte ihn mit viel Zärtlichkeit. Paulsens Hand berührte erstmals die nackte Haut ihres Busens, und als er die Spitzen erreichte und leicht zu drücken begann, zuckte sie zusammen und atmete ganz kurz, zwischen den Atemzügen leicht stöhnend; das dann folgende rhythmische Auf und Nieder unterhalb ihres Bauchnabels nahm Paulsen deutlich und erregend wahr. Er richtete sich leicht auf und begann beide Brüste, so als wären sie zerbrechlich, zu streicheln. Corinnas Atmen und leises Stöhnen war ineinander übergegangen, und als er der Zärtlichkeit mehr Kraft verlieh, wurde ihr anregendes Stöhnen lauter und sie biß sich auf die Unterlippe und streckte sich ihm, leicht ins Holkreuz gehend, entgegen. Mit seinen Lippen erhöhte er ihre Erregung, weil er die Brüste und vor allem die längst hart gewordenen Spitzen liebkoste, und seine Hand rutschte langsam zum hochgeglittenen Saum ihres Kleides. Ihre Oberschenkel glühten; sie hielt sie zusammengepreßt. Vorsichtig, behutsam versuchte er die Hand zwischen ihre Beine zu schieben.

Doch plötzlich löste sie sich aus der Umarmung, unterbrach seine Zärtlichkeiten und den Kuß.

Dann sah sie ihn mit flammrotem, erregtem Gesicht, aber ernst an. Ed Paulsen wußte in diesem Augenblick: Wenn ich jetzt weitermache, dann muß ich mir im klaren sein, daß es nur für mich ist und ich eigentlich etwas erzwingen würde. Und genau das hatte er noch nie getan. Ihr Blick sagte ihm: Bitte nicht. Ich kann nicht so schnell. Ich bin nach einem Tag noch nicht soweit. Er nahm sie in die Arme, so als hätte seine Hand, auf sich gestellt, den Weg zu ihr gesucht.

Zwischen zwei Küssen sagte er leise: »Ich habe verstanden, mein Schatz.«

Ihr Kuß war der bisher hingebungsvollste.

Das Telefon klingelte. Und zwar unerträglich.

Paulsen nahm den Hörer ab und sagte: »Ja. Du bist es, das ist lieb von dir! Was, so spät ist es schon?« Er sah zur Uhr und sagte: »Oha, tatsächlich, ich dachte, ohne dich kann ich gar nicht so lange schlafen.«

»Wer weiß, Herr Doktor, was Sie denn noch alles angestellt haben«, neckte sie ihn.

Er reckte sich und setzte sich im Bett auf: »Nur noch an dich gedacht und dich mitgenommen in meine Träume.«

Sie sagte erst einmal nichts und dann: »Es war ein so schöner Abend, für mich zumindest.« Pause.

Ed schwieg, dann sie: »Ich danke dir, vielleicht habe ich mich aus deiner Sicht schrecklich aufgef…«

»Bitte, Corinna, mein Schatz, es war auch für mich ein ganz, ganz toller Abend, und du warst der Höhepunkt, wirklich, und nun laß uns über alles andere nicht mehr reden, einverstanden?«

»Einverstanden!«

Sie verabredeten sich für später, und er ging pfeifend unter die Dusche.

Kurze Zeit später ging er die Treppen hinunter zum Restaurant.

Er hatte richtigen Hunger und freute sich auf das übliche opulente Frühstück. Als er um die Ecke kam, sah er sie, Judith.

Und ehe er sich über das Wiedersehen mit ihr freute, flog sie ihm mit einem Jubel um den Hals: »Hallo, mein lieber Doc, wie ich mich freue, herzlich willkommen in der Schwyz.«

Dr. Paulsen stellte sie vor sich auf und sah sie fast liebevoll an: »Oha, die junge Dame wird ja immer hübscher, richtig gefährlich!«

»Sie Schmeichler«, lächelte sie mit blitzenden Augen, man konnte erkennen: Sein Kompliment war ihr viel wert.

Ed bat Judith, mit ihm mitzukommen,und bot ihr einen Stuhl an seinem Tisch an.

»Störe ich Sie wirklich nicht? Ich kann doch warten, bis Sie gefrühstückt haben, oder?«

»I wo, wir frühstücken zusammen, gut?«

»Was heißt gut, riesig ist das!« Wie ein kleines Kind klatschte sie in die Hände.

»Ich bin heute spät auf die Füße gekommen«, sagte er entschuldigend und bestellte für Judith Kaffee, für sich Darjeeling und Rühreier mit Speck.

Judith nickte: »Ja, ich weiß das schon«, sie tat geheimnisvoll, »ich habe spioniert, und mir sagte man, Sie hätten sich noch nicht sehen lassen.«

Ed griff nach ihrer Hand und streichelte sie, als er ihr in die grauen Augen blickte und fragte:

»Wie geht es so, du siehst blendend aus, also nehme ich an, das Leben ist rund, oder?«

Sie erzählte von ihrer Theatergruppe und daß sie seit einiger Zeit tatsächlich mit dem Malen, »ich habe da etwas für Sie mitgebracht«, begonnen hatte und daß sie »natürlich mit den Männern nur Pech« habe. Sie sah Ed ernst an und meinte dann, den Blick gerade in seinen Augen: »Manchmal überlege ich schon, ob ich nicht ganz die Finger von denen lasse.«

Ed blieb auch ernst und sagte: »Wenn es dir guttut, tu es doch, bevor du immer wieder enttäuscht wirst. Nimm dir eine Auszeit, wenn es dir keine Probleme bereitet.«

Man merkte ihr an, daß sie gleich antworten wollte, überlegte es sich dann aber wohl und sagte so, als hätte sie nichts anderes sagen wollen: »Und Doc, geht's dann in den Schnee?«

»Gewiß doch, deshalb bin ich doch hier.«

Sie aßen gemeinsam, und Judith erzählte ohne Unterlaß. Dr. Paulsen hatte die »Klappe« ein wenig offen, denn er wollte sich schon ein tieferes, aktuelles Bild über den Zustand des Mädchens machen, das eigentlich schon endgültig verloren war.

Sie sah ihn nach einem Schluck aus der Tasse keck an und fragte spitzbübisch: »Wenn ich mitgehe zum Skifahren, verärgere ich da vielleicht jemanden?«

Ed antwortete ohne erkennbare Emotion: »Ach, du willst wohl mitgehen?« Als er ihre Verunsicherung erkannte, lachte er und ließ sie wissen: »Natürlich freue ich mich, mit dir den Berg unsicher zu machen.«

Erleichtert sah sie ihn an und schob den Stuhl mit den Worten: »Dann muß ich mich aber sputen, denn ich hab' nichts mitgebracht« hinter sich und stand auf.

Ed beschäftigte sich mit seinem Müsli und sagte, auf seine Uhr schauend: »Ich werde so in zwanzig Minuten losgehen, schaffst du es, daß wir uns um halb an der Gondel treffen?«

»Aber na klar«, sie beugte sich herunter und küßte ihn auf die Lippen und weg war sie.

Doris brachte noch einen Grapefruitsaft. Er sah sie so an, daß sie nicht wegging. Er zeigte auf seine Wange und kaute noch den Rest des Bissens herunter: »Ich habe Corinna gar nicht gesehen, wo steckt sie denn?« »Sie ist vor einem Weilchen schon mit Herrn Egli weggefahren, ich glaube, um einige Dinge einzukaufen«, antwortete sie. Ed sah wieder auf die Uhr und dann auf Doris: »Sagen Sie ihr doch bitte einen Gruß, denn ich muß gleich los.«

»Selbstverständlich und Ihnen einen schönen Tag im Schnee!«

»Danke.«

Wenig später kam er aus dem Skikeller. Die gleißende Sonne und die kristallklare Luft fegten förmlich die Reste der Müdigkeit aus seinen Gliedern. Er zog die Luft tief in die Lungen, sah hinauf in die Berge und stieß den Atem als grellweiße Fahne heraus. Sein Hirn produzierte ein paar Bilder der vergangenen Stunden, und immer wieder sah er den Ausdruck in ihren Augen, als er spürte, er war an eine für Corinna ganz wesentliche Grenze gestoßen.

»Sie kann der körperlichen Liebe wahrscheinlich nichts Positives abgewinnen, obwohl ihr Körper nun wirklich für Zärtlichkeiten aufgeschlossen ist, einiges spricht dafür, daß sie hier und da was probiert hat, und es ist nichts passiert, außer bei den Männern.«

Dann schulterte er die Ski und ging zum hinteren Eingang. Dort stieg er in die Bindungen und rutschte die siebzig, achzig Meter bis zum Eingang der Seilbahn ab.

Judith hatte ihn schon ausgemacht und winkte mit ihren Stöcken. Sie küßte ihn wieder leicht auf die Lippen und sagte: »Ich freu mich so! Also, aufi!« Dann sah sie ihn mit prüfendem Blick an und stellte fest: »Sie sehen, mein lieber Doc, so richtig toll aus. Wie für ein Modemagazin.«

»Wirklich?« Er sah an sich herunter und sagte: »Da sollte ich mal nachdenken, den Job zu wechseln, was meinst du?«

Sie lachte und hielt sich dabei die Hand vor dem Mund: »Oh nein, das wäre ein riesiger Verlust für allerlei Leute, glaube ich«, dann wurde sie ernst, »vor allem aber für mich, denn man weiß ja nie, was noch so alles passieren wird.«

Ed war gerührt, blieb aber beim Scherzen: »Nun gut, dann verzichte ich auf die Probeaufnahmen auf dem Gipfel«, dann sah er ihr tief in die Augen und sagte, jedes Wort betonend, »du wirst mich nicht mehr brauchen, auf jeden Fall nicht dafür, woran du gedacht hast, sind wir uns einig?«

Sie nickte, dann zeichnete sich ein Lächeln in ihrem Gesicht und sie sagte: »Wir sind uns einig, Sire!«

Sie ließen sich erst einmal nach ganz oben bringen, und dann, Judith vornweg, nahmen sie die längste, aber nicht schwerste Abfahrt. Danach ging es hoch auf den Gipfel, wo man schwarz oder Buckel fahren mußte. Sie entschieden sich, da sie sich ja erst warmgefahren hatten, für die Buckelpiste. Judith sprang nicht um, denn sie konnte die Buckel hervorragend ausfahren, während Paulsen umsprang und deshalb unten pumpte wie ein Maikäfer.

Dann hörte Ed einen Ruf: »Hallihallo, Doktor!«

Er sah nach rechts und dort stand Uri mit Monika.

Ed Paulsen steuerte auf sie zu. Von hinten jagte Judith heran und ließ beim Abschwung den Schnee in die Höhe fliegen. Uri und Monika erwarteten natürlich Corinna und beiden war deutlich die Überraschung anzumerken, in ihren Gesichtern zeichneten sich förmlich die Fragezeichen ab, als sie erkannten, daß hier nicht Corinna heruntergekommen war, sondern eine andere hübsche junge Frau. Ed mußte deshalb grinsen, und es machte ihm ein wenig Spaß, mit anzusehen, wie Uri und Monika dastanden und mit ansahen, wie er fürsorglich einige Schneereste aus den Haaren von Judith klaubte. Dann begrüßte er Monika, dann Uri und stellte dann Judith vor.

»Wollen wir reingehen?« fragte Uri, denn sie standen nicht weit von der kleinsten, aber wohl urigsten Hütte in diesem Skigebiet. Der Vorschlag wurde dankend angenommen, und sie fanden unmittelbar unter dem Dachbalken einen schönen Platz. Ed wollte Uri und Monika nicht in einer unsicheren Position hängenlassen und erwähnte beiläufig, daß Corinna schon fleißig arbeiten würde und Judith eine gute, alte … ehh, natürlich ist da nicht das Alter gemeint …, Bekannte sei und sie immer, wenn er hier sei, in den Berg gingen. Uri sah ihn dankbar an, und Monika bot Judith sofort das Du an. Der Jagertee war hervorragend und gab der noch verbliebenen Kälte den Rest. Sie waren alle vor allem davon angetan, auf Pisten zu fahren, auf denen kaum Skifahrer unterwegs waren. »Na ja, wer sich auskennt, der kommt eben zu dieser Zeit hierher, und wir sind schließlich alte Füchse«, meinte Uri und prostete allen zu.

Nach einer Weile belanglosen, aber netten Gesprächs sagte Monika: »So, Herr Gesandter, das war nun schon die zweite Hütte, nun wird's Zeit, laß uns auch mal Ski fahren.« Er sah sie wie ein Untergebener den Vorgesetzten an und sagte: »Ey, ey , Madam, ich bin einsatzbereit.« Sie verabschiedeten sich »bis auf bald«, und Ed sah durch das Fenster ihnen hinterher, wie sie abwärts fuhren.

Judith rutschte in die Ecke, so daß sie sich über Eck ansehen konnten. In ihrer schon fast leidenschaftlichen Offenheit strahlte sie ihn an.

Er mußte lachen: »Na, was kommt jetzt.?«

Sie versuchte, mit der Linken ihres wohl absichtlich so wirr gestylten Haares Herr zu werden, und sagte dann: »Ich genieße Sie, und das ist doch was, oder?« Ed kannte diese frappierende Offenheit, war aber immer wieder überrascht.

»Oha, mal sehen, was da noch von mir übrigbleibt.«

Sie sah ihn wieder einmal abschätzend an und sagte: »Ich überlege mir, was ich übriglasse.«

Sie lachten wie zwei Minderjährige über einen neuen Witz.

Die Bedienung brachte das Bestellte: einen Kaiserschmarren und zwei Säfte. »'nen guten«, er sah die zwei freundlich an, zwirbelte sich ein Ende seines Schnauzers, schnalzte mit der Zunge und ging.

Sie aßen mit Appetit.

»Und?« Paulsen sah sie eher flüchtig an. »Abgesehen von den verdammten Männern, ist die Welt halbwegs in Ordnung, nehme ich mal an.«

Judith kannte Paulsen nun schon über zwei Jahre, für sie eine lange, schwere und dennoch unvergeßliche Zeit. Und Judith wußte auch, »obwohl man dem Typ nichts anmerkt oder ansieht, er nimmt dich auseinander, setzt dich wieder zusammen und du weißt nicht, wie er das macht«, daß Dr. Paulsen schon wieder mehr wußte, als sie glaubte.

Ed war wohl der einzige Mensch, den sie nicht hinters Licht zu führen wagte, sie wußte das und sagte es auch: «Ihm kann ich nichts verheimlichen, und ich will es auch nicht, er blättert in mir herum, und siehe da: Er weiß was mir guttut und was ich möchte, ohne daß ich vorher weiß, daß ich es genau so wollte.« Deshalb ging sie mit niemand anderem auf der Welt, so ihre Aussage, so vorbehaltlos offen und ehrlich um.

»Nun«, sie grinste über das Glas hinweg, »Sie wissen doch schon alles, denk ich mal.«

»Falsch gedacht, meine Prinzessin, ich weiß nix.«

Sie nahm einen Schluck des Obstsaftes und sagte: »Sie merken doch, wie ich so drauf bin und so.«

Er hob ein wenig die Schultern, pikste sich ein Stück Kaiserschmarren mit viel Rosinen auf die Gabel, tunkte es in das Apfelmus und ließ es zwischen seinen Lippen verschwinden.

»Hm«, er mußte noch ein paarmal kauen, »was du so denkst, ich bin doch zum Skifahren hier und freu' mich, mit dir unterwegs zu sein. Das ist alles.«

Nun lachte Judith verschmitzt: »Lieber Doc, im Märchenerzählen sind Sie wirklich nicht so gut wie in Ihrem Beruf«, sie hielt die Gabel so vor ihr Gesicht, als wolle sie Paulsen anvisieren, denn sie hatte das linke Auge wie beim Schießen zugekniffen, »ich habe mit Ihnen die Hölle und Sie mit mir das Fegefeuer oder so was ähnliches erlebt, und ich weiß zu gut, daß hinter Ihrem verdammt netten und gleichmütigen Gesicht immer etwas rattert.« Ed nahm ihre Hand und sagte, ernst bleibend: »Wenn es wirklich so wäre, Madame, dann würde ich sicherlich bald selbst durchdrehen, glaube mir, immer ist es wirklich nicht so.«

Wieder Schalk in ihren Augen: »Aber bei mir, da ist es anders, stimmt's?«

»Na ja, wir haben uns länger nicht gesehen, abgesehen von den Telefonaten mit dir, deinem Vater und deiner Mutter, und da bin ich schon ein bisserl neugierig auf dich gewesen.«

»So, nun bin ich zufrieden«, sie strahlte, »ich hatte schon Sorge, ich wäre Ihnen gleichgültig geworden.« Sie richtete sich auf, streckte ungeniert den wohlgeformten Busen heraus und fragte: »Sind Sie zufrieden mit mir, Herr Doktor?«

Er strich ihr eine widerspenstige Strähne aus der Stirn und sah sie dann übertrieben prüfend an: »Doch, die Außenwirkung ist tadellos, und wenn es innen so ähnlich ist, was wollen wir mehr?«

Sie bewegte die Gabel ziellos über den Kaiserschmarren und sagte: »Eigentlich schon. Abgesehen von den Nickligkeiten im Alltag, das haben sie und alle anderen Leute ja auch, ist eigentlich alles im Lot. Nichts schwankt mehr, ich fühle mich stabil, ja, stabil. Welch ein Glück.«

»Und mit den Gefühlen, wie steht's da so?«

Sie hatte nun die Auswahl getroffen und kaute an ihrem Bissen, entschuldigte sich und sagte dann: »Na ja, ich fühl' mich gut, aber meine Gefühle wollen sich besser fühlen.«

Er gab ihr unvermittelt einen leichten Nasenstüber: »Judith übt sich im Verschlüsseln, oha, eine neue Variante.«

»Mist, jetzt werd' ich rot, oder?«

»Und wie!« er lachte.

Sie stupste ihn an, als wäre er ein alter Kumpel oder ihr Bruder: »Tja, da habe ich noch immer meine Schwierigkeiten«, sie sah in ihr Glas, so als ob sie sich davon überzeugen wollte, ob dort wirklich nur Obstsaft drin war. Dann sah sie Ed gerade in die Augen, ihre Pupillen waren fast dunkelgrau, die gelben Sprenkel waren dadurch deutlicher zu erkennen: »Mir fällt es noch schwer, aufzumachen, Sie verstehen, was ich meine, wir haben das oft trainiert oder so«, sie ließ ihren Blick in seinem ruhen, »ich kann es eigentlich nur bei Ihnen, Ihnen sag ich alles, einfach alles und überlege gar nicht.«

Er sagte nichts.

»Und wissen Sie was?«, ihr Blick unterstützte die Worte, »es macht mir Spaß, oder besser«, sie legte die Stirn in Falten, »ich fühle mich so eigenartig wohl dabei.«

Er hatte inzwischen wieder ihre Hand genommen, und zwar in seine beiden.

»Ich wußte es schon damals und habe es ja auch immer wieder gesagt, sogar der Mutter«, dachte er nach, »es wird länger dauern, nach all dem, was sie durchgemacht hat und vor allem was man mit ihrem Vertauen gemacht hat, wird sie sich innerlich schützen wollen und lange, lange brauchen, bis sie aufmachen wird.«

»Leidest du sehr darunter?« Er fragte absichtlich ziemlich banal.

»Nicht so sehr, wenn ich darüber nachdenke, denn ich kam ja nur an die Nadel und all den Schmutz, weil ich dachte, man wird mein Vertrauen doch nicht ausnutzen.«

Sie hob die Schultern und ließ sie wie kraftlos sinken: »Aber wenn ich so mit meinen Leuten zusammen bin und es darum geht, ganz locker in einen Abend oder eine Nacht zu gehen, ja dann leide ich schon unter meiner eigenen Knute.«

Ed sah auf ihre Hand und streichelte sie ein wenig, als er sagte: »Judith, ich bin erst einmal davon überzeugt, daß du es geschafft hast. Du solltest dir keine Gedanken mehr über die Vergangenheit machen. Wage ein wenig mehr im Umgang mit Menschen, die du schon länger kennst. Sei vorsichtig, aber traue dich. Vertrauen, das man anständigen«, hier hob er Stimme und Augenbrauen und betonte, » also, anständigen Menschen entgegenbringt, bedeutet für diese Verpflichtung!«

Die aufsteigende Feuchtigkeit in ihren Augen ließ nun das Grau ganz eigenartig schimmern:

»Noch mal: Schön, mit Ihnen zu reden, ich fühle mich gleich noch um einiges sicherer, danke, Doc!«

»Ich bitte dich, wir ratschen doch nur.«

Sie senkte den Blick und sagte dann: »Ich hätte da doch noch mehr als nur Ratschen.«

»Dacht' ich es mir doch, ich hatte von Anfang an so ein Gefühl.« Sie war für ihn in der Tat, und wie sie völlig richtig annahm, ein offenes Buch, und nun wurde es eigentlich erst aufgeschlagen, und er wußte, daß es einiges zum Lesen geben würde.

Sie teilten sich schweigend den Rest des Kaiserschmarrens.

Dann schlug sie mit den Augen gleichzeitig das Buch auf, man hatte den Eindruck, sie hatte sich einen Ruck gegeben, und als sie den Satz ausgesprochen hatte, war es Dr. Paulsen klar, welchen Ruck sie sich hat geben müssen: »Doc, ich komme mit dem Sex überhaupt nicht klar!«

Er fixierte ihre Pupillen und sagte leise: »Also gut, dann sollten wir wohl darüber reden.« Sie nickte.

Sie sprachen mit gedämpften Stimmen, und nach einigen Minuten hatte Judith Dr. Paulsen in ihrer imponierenden Offenheit ihre Probleme dargelegt.

»Es ist halt so: Ich bin nicht die geile Blonde, mir hat der liebe Gott, oder weiß ich wer, wohl vergessen, genau das zu geben«, sie

164

hatte plötzlich wesentlich lauter gesprochen, und der ältere Herr mit den sonnengebräunten, sehr angenehmen Gesichtszügen sah mit feinem Lächeln um die Augen zu Judith, um sich genauer davon zu überzeugen, welche Frau sich denn da so vernachlässigt fühlt. Judith bemerkt den Blick, und die Röte schoß ihr ins Gesicht. Paulsen mußte auch ein wenig lächeln, aber tat es so, daß er damit Judiths Haltung einfing.

Dann räusperte er sich und sagte: »Also, mein Hase, du bist erwachsen geworden und weißt zur Genüge über all die Dinge Bescheid, die so zwischen Mann und Frau ablaufen. Dabei habt ihr Frauen es wesentlich schwerer als wir Männer. Das weißt du doch auch, oder?«

»Na ja, ich weiß nicht so recht, auch nicht was sie meinen.«

»Also: Nur sehr, sehr wenige Frauen bekommen ihre sexuelle Erlebnisfähigkeit in die Wiege gelegt. Bei den Männern geht es irgendwann von allein. Und darin liegt das große Problem.«

Ihr Gesicht war ein Fragezeichen.

»Frauen müssen quasi ihre Erlebnisfähigkeit erlernen, zu diesem Lehrprozeß muß ein Mann in der Lage sein. Er muß«, jetzt erinnerte er sich plötzlich an die letzte Nacht mit Corinna, »er muß auf seine Befriedigung verzichten können, auf jeden Fall so lange, bis seine Geliebte dort ist, wo sie hinmöchte. Und für viele Männer ist genau *das* hinzukriegen sehr schwer. «

Judith machte eine wegwerfende Handbewegung: »Doc, glauben Sie mir. Es wäre ja sooo schön, wenn es denn wirklich so etwas gäbe. Ich jedenfalls habe bisher nur Männer erlebt, die ihren Weg schnurstracks gingen, mich vielleicht noch küßten und dann fragten, war es, und vor allem *ich*, nicht toll? Dabei fand ich noch nicht einmal den Kuß toll!«

Paulsen verfluchte wieder einmal mehr seine Geschlechtsgenossen und dachte, ohne Judith aus dem Auge zu lassen: »Da steht nun jeden Tag der größte Schrott und manchmal auch was Ernstzunehmendes über Sex in der Zeitung, und im Fernsehen sind ja alle so was von glücklich beim Sex, und? Und hier sitzt die Realität; zumindest ein Teil davon.«

Dann aber laut: »Ich gebe zu, meine Liebe, auch wenn es indirekt auch mich als Mann betrifft, es ist schon nicht einfach, als Frau in der körperlichen Liebe dorthin zu kommen, wie es sich die meisten wünschen.«

Sie sah in sein von Hilflosigkeit gekennzeichnetes Gesicht mit einem leichten Lächeln: »Als wir gestern sprachen, hatte ich ja schon gesagt: Ich will nicht mehr. Wirklich, Doc«, sie drückte zur Unterstützung seine Hand, »ich fühle mich jedesmal benutzt. Und das kann es doch nicht sein, oder?«

»Und hast du es schon mal mit, ›darüber reden‹ versucht?«

Sie hob und senkte den Kopf: »Hm, hab' ich, na klar, schließlich sehnt man sich ja nach was Schönem, und es soll ja wohl wirklich schön sein, wie man so hört«, sie sah ihn mit Trauer in den Augen an, »aber dann hört man so was, daß man nicht das und das machen würde und es deshalb alles an einem selbst liegt, furchtbar!«

»Und hast du es den tollen Liebhabern vielleicht zu leicht gemacht? Hast du nicht erst einmal getestet, ob sie auch zärtlich sein können?«

Wieder die Wegwurfbewegung: »Warum soll ich es jemanden leicht machen, wenn ich eigentlich weiß, daß ich nix davon habe? Ich habe sie schon an der langen Leine laufen lassen, aber irgendwann hoffst du doch: Der ist es! Und dann immer wieder die Pleite.«

Ed lehnte sich zurück und atmete tief ein. Hielt den Atem an und sagte: »Ich wiederhole mich selten, aber noch einmal: Wenn du kannst und es dir nicht schadet, nimm eine Auszeit und gehe mit dem Thema gedanklich ganz locker um.«

Sie sah auf die Tischplatte und ritzte mit dem Fingernagel in die Holzmaserung, dann fast tonlos: »Ich habe mir schon eine Auszeit genommen, vielleicht sogar eine endgültige.«

Paulsen sah sie nicht überrascht, sondern verstehend und dabei fast liebevoll an: »Hm, und mit ihr erlebst du das, was du bisher ersehnt hast?«

Sie sah ihn in einer Mischung aus Hochachtung und Dankbarkeit an: »Sie sind wirklich der Größte, danke, es fiel mir so schwer … ja, es ist einfach toll, anders kann ich es nicht sagen.«

166

Sie entschuldigte sich für den knallroten Kopf.

»Erstens ist der gar nicht so rot, und zweitens«, er sah ihr in die Pupillen, die seltsam schimmerten, »bist du offensichtlich glücklich, und das ist das wichtigste, basta, und im übrigen bist du nicht die erste und wirst nicht die letzte sein, die einen solchen Weg geht.«

Sie drückte ihm mit beiden Händen die rechte Hand und wiederholte laut das, was sie schon sehr oft und immer wieder gedacht hatte: »Welch ein Glück für mich, daß ich sie kennengelernt habe. Der liebe Gott hat mich nicht vergessen.«

Er schluckte und sah hinaus zum Fenster.

Der Rest des Tages verflog wie der von ihren Ski aufgewirbelte Schnee. Als es bereits dämmerte, verabschiedeten sie sich vor dem Hoteleingang. Judith reckte sich und küßte Paulsen, nicht so flüchtig wie sonst, direkt auf die Lippen.

»Ich danke Ihnen und so es der Zufall will, sehen wir uns noch, und sonst«, sie hob den Arm und ballte die Hand zur Faust, »wenn ich wieder einmal nach München komme. Dann lassen wir die Sau raus, aber so richtig, ja!«

»Fein, also bis demnächst, laß es dir gut gehen; aber vielleicht sehen wir uns ja noch!«

Paulsen ging vom Skikeller direkt ins Restaurant. Er wollte Corinna sehen. Er konnte sie nicht entdecken und ging dann nach oben. Rasch hatte er sich für die Sauna fertig gemacht. In der Sauna war tatsächlich noch niemand. Als er sich nach dem Vorbereitungsprozedere endlich auf der obersten Stufe der finnischen Sauna ausstreckte, dachte er wieder an Judith.

»Es war schon wichtig für sie, darüber reden zu können«, er verschränkte die Arme hinter dem Kopf, »ich bin mir auch absolut sicher: Sie hat es endgültig geschafft!«

Schnell fing er zu schwitzen an. Er baute seine Begründung für diese Feststellung auf: »Wenn ein Mädchen nach langen Monaten der Kokserei und Spritzerei aufhört, ist sie noch lange nicht durch. Oft reicht ein fatales Erlebnis und schon stürzt man sich wieder in die Scheinwelt. Aber Judith, die an Kerle gerät, die sich nur an ihrem zweifelsfrei tollen Körper ergötzen und wahrscheinlich noch fordernd und ohne Gegenleistung verwöhnen lassen wollen, und die somit tiefsten Frust und Enttäuschung erlebt, fällt nicht um, wird nicht schwach. Sie sucht und findet eine«, er lächelte zur nahen Holzdecke und streifte die Schweißperlen vom Oberarm, »für wahr nicht gewöhnliche, aber für sie passende Alternative. Sie muß es also wirklich und endgültig geschafft haben. Ein Fall von tausend. Sie hat einfach Glück gehabt.«

Draußen klappten die Türen; er bekam also gleich Gesellschaft. Man unterhielt sich; also waren es mehrere.

Ed Paulsen pflegte, wenn er die Zeit hatte und die Situation es zuließ, regelrecht das gedankliche Selbstgespräch, das er mitunter sogar zwischen zwei oder drei Beteiligten führte; für ihn eine Art Gedächtnistraining: »Also, mein Alter, wieder ein Beispiel, daß nicht alles so sein und so verlaufen muß, wie es aufgeschrieben ist. Ich werde über Judith nun die Publikation endlich demnächst fertig machen, so nach dem Motto: Seht, es ist doch möglich, endgültig von dem Teufelszeug loszukommen. Sicherlich eine Ausnahme, aber es gibt sie! Inwieweit meine Methodenauswahl dabei eine Rolle spielte, muß ich noch akribischer überprüfen. Schließlich bin ich schon«, wieder entledigte er sich der Rinnsale, »Wege gegangen, die andere als zu risikovoll oder gar als unwirksam bezeichnet hätten. Na ja …«

Die zwei Damen und der glatzköpfige, aber sehr durchtrainiert wirkende ältere Herr grüßten, als sie hereinkamen. Obwohl noch genügend Platz war, richtete sich Paulsen auf und fragte: »Möchten Sie hier hoch, ich mach gerne Platz.« Wie im Chor antworteten sie, daß es sehr liebenswürdig sei, ihnen jedoch die Stufe zu heiß wäre. Leise setzten die Drei dann das schon draußen begonnene Gespräch über irgendwelche Bankgeschichten fort.

Ed setzte noch einige Teile der Tiefenentspannung um, und nach dem zweiten Gang, den er in der Aromasauna absolvierte und bei dem er immer wieder an Corinna dachte, verzichtete er dann auf den dritten Durchgang und verließ den Saunabereich.

Als er zum Essen ging, begegnete ihm Frau Egli.

»Grüezi, lieber Doktor, wie war der Auftakt?«

Er deutete einen Handkuß an und strahlte die Chefin des Hauses an: »Es geht ja nicht besser!«

»Wie sagt man doch so schön: Jeder, wie er es verdient! Es freut mich sehr für Sie. Einen guten Appetit und einen netten Abend.«

»Danke, ich denke doch, wir sehen uns noch?«

»Gehen Sie nicht außer Haus?«

Dr. Paulsen schüttelte fast energisch und mit bedeutungsvoller Miene den Kopf.

»Na fein, dann werden wir uns sicherlich noch auf das verschobene Wässerchen sehen.«

Corinna sah blendend aus.

Er blieb wie erschrocken vor ihrer Erscheinung stehen und sah ihr in die Augen. Es begann sofort zu knistern. Er deutete mit den Lippen einen Kuß an und ging an ihr, kurz ihre Hand drückend, vorbei zu seinem Tisch. Das Restaurant war sehr gut besetzt. Von dem Tisch mit der Skilehrgruppe sprang die Fröhlichkeit förmlich in den Raum.

Corinna kam mit unauffälligem Gesichtsausdruck auf seinen Tisch zu. Sie fragte, so als ob es um eine Bestellung gehe, wie denn der Tag gewesen sei.

»Ohne dich nur halb so schön, aber ich war mit Judith unterwegs«, man sah, sie überlegte, wo sie den Namen hinstecken sollte, »das ist das Mädchen, dem ich mal ein bisserl helfen konnte.«

»Ja, ja, jetzt erinnere ich mich.«

»Den ganzen Tag im Schnee. So langsam komme ich in Urlaubsstimmung!«

»Und sicher, Herr Doktor, haben Sie nun Hunger wie ein Wolf, oder?«

»Nanu, sind Sie etwa Wahrsagerin? Genau getroffen, bravo!«

Sie lächelte spitzbübisch und nahm das Künstlich-Formelle auf: »Was denken Sie, was ich alles kann? Sie werden sich noch wundern«, und weg war sie.

Wieder verspürte er das Kribbeln in Brustbeinhöhe.

Er nahm seine Speisenkarte, schlug sie auf, aber er las nichts. Dann dachte er: »Was ist los, hat es dich etwa erwischt?« Im Zeitraffer überflog er die Gesichter und Gestalten seiner Bekanntschaften in den letzten Monaten. »Na ja«, dachte er, »es waren eben immer wieder die Mädels, bei denen du vom ersten Tag an eigentlich wußtest: Es ist nur eine Episode, nur die Dauer war variabel.«

Paulsen konnte am allerbesten einschätzen, was ihm diese Bekanntschaften wert waren: Freude am Leben? Vielleicht, aber besser wohl Freude an nicht tiefer gehender, begrenzter Zweisamkeit. Denn all die lang- und glatthaarigen, mindestens Aschblonden, sich alle irgendwie ähnelnden gehörten zu seinem Umfeld, in dem er sich nun schon seit geraumer Zeit bewegte. Er kannte also die Belanglosigkeit und ließ sich auch gern mal von ihr treiben. Ihm fiel nun Susanne, seine Assistentin, ein, die einmal recht treffend sagte: »Sie sind jetzt da drin, und man erwartet, daß Sie dort auch mitmachen. Das ist nun mal der Preis.«

Paulsen wußte sehr genau, wie mit all dem umzugehen war. Aber da er von sich nichts, noch nicht einmal andeutungsweise, erzählte und natürlich seinen Klienten erst recht nicht, wurde »der Doktor« um so geheimnisvoller und damit anziehender. Paulsen war Stammgast auf den meisten intimen Partys in der Stadt und der Umgebung, und als »offensichtlich Alleinstehender« und zudem noch sehr attraktiver und sicherlich gut situierter Mann, was natürlich in diesen Kreisen sehr, sehr wichtig ist, war er für die »austauschbaren« Mädchen auf den Partys eine Zielperson für deren recht unterschiedliche Begierden.

Egli grüßte fast zurückhaltent und riß Paulsen aus seinen Gedanken. Paulsen stand höflich auf und reichte ihm die Hand.

»Dr. Paulsen, wir würden uns freuen«, er zwinkerte lustig mit dem rechten Auge, »meine Frau hat mir natürlich gleich berichtet, daß Sie heute im Hause bleiben, »wenn wir nachher ein bisserl zusammensitzen könnten, sozusagen als Ersatz für gestern, oder?«

»Aber gern, sehr gern, ich freue mich!«

»Na, prima!« Er drehte sich in Richtung der Hausbar um und hob leicht den Arm; sofort kam Bernt hinter dem Tresen hervor.

»Ja bitte?« Und er grüßte Ed mit viel Respekt in seiner Haltung und sah dann Herrn Egli aufmerksam an. Dieser erklärte dem Oberkellner, daß er doch bitte sehr den Wein, den er für den Abend schon geordert hatte, dem Herrn Doktor schon zum Abendessen mal verkosten lassen sollte.

Er lächelte Ed verschmitzt an: »Man weiß ja nie, plötzlich schmeckt er uns nicht.«

Bernt war schon unterwegs und kam mit einem Lafite 1986.

Paulsen sah Egli an und fragte: »Herr Egli, gibt es etwas zum Feiern, was ich nicht weiß? Einen solchen Wein nur mal so zum Trinken …«

Der Schweizer hob beide Hände, so als wollte er sich ergeben und sagte: »Natürlich gibt es einen Grund: Sie sind mal wieder da, und das ist Grund genug.«

Dr. Paulsen bedankte sich und mußte keine weiteren Worte verlieren. Es war alles gesagt.

Bernt hatte die Flasche entkorkt und fragte Paulsen: »Mögen Sie schon mal kosten? Ich dekantiere ihn dann sofort.«

Der Wein hatte eine unbeschreibliche Farbe, er konnte mit dem reinsten Rubin mithalten. Ed kostete und war von der Geschmacksfülle, «und gerade erst aus der Flasche gekommen«, dachte er, begeistert. Egli und Bernt wünschten Paulsen einen guten Appetit und ließen ihn allein.

Ed Paulsen überlegte, wann er das letzte Mal einen solchen Tropfen getrunken hatte. Er lächelte ein wenig, denn ihm war eingefallen, daß er vor drei Monaten bei einem Empfang, dort sagte man nicht Party, im Schloß von Hufen wohl die ganze Palette, einschließlich Pètrus, hoch und runter getrunken hatte.

Bernt brachte nun die Karaffe und schenkte nach. Corinna brachte die Vorspeise. Sie hatte sehr viel zu tun, und sie konnten nur mit ihren Blicken kommunizieren. Es fiel ihnen aber nicht schwer, sich das zu sagen, wozu ihnen im Augenblick die Zeit fehlte.

Als sie die Serviette und das Besteck ordnete, fragte er: »Später sitzen wir noch zusammen, wirst du dabei sein können?«

»Wohl kaum, wie soll ich das machen. Ich kann mich doch nicht selbst einladen; nein, das geht nicht.« Er sah sie an und fragte anders: »Möchtest du dabei sein?«

Sie lächelte und sah rasch in die Runde: »Das weißt du doch, aber wir sollten …«, sie unterbrach sich, um die Gäste am Nebentisch zu begrüßen, dann »… das kann ich doch nicht, es geht …«

Er unterbrach sie: »Aber ich werde es dürfen und können.«

Sie sah ihn tiefgrün an, und da war es wieder, das Kribbeln, als sie, Wort für Wort betonend sagte: »Wenn du es offiziell machen willst, ich stehe dazu.«

Sie ging, um die anderen Gäste nicht zu benachteiligen, schnellen Schrittes Richtung Küche.

Wie immer war das Essen erstklassig und dazu noch der vorzügliche Wein. Corinna hatte den Tisch abgeräumt, und Paulsen stopfte sich in aller Ruhe, fast rituell, seine Lieblingspfeife. Bevor er den Tabak entzündete, hob er den schweren Kelch und genoß einen weiteren Schluck des Weines, der sich im Laufe der Zeit immer weiter überbot. Dr. Paulsen sah sich im Restaurant um und stellte fest, daß nicht mehr gegessen wurde. Nun riß er ein Streichholz an, und begann seine Pfeife zu rauchen.

Nach halb zehn kam Bernt zu ihm und sagte: »Herr Doktor, drüben ist alles hergerichtet, darf ich Sie bitten?«

»Aber gern!« Ed erhob sich und ging in die Familienecke. Dort hatte die Chefin einen wunderschönen Tisch dekoriert und Egli hatte schon, seine obligatorische Zigarre schmauchend, Platz genommen. Jovial bat er Paulsen zu sich an die Tischecke, so daß sie sich bequem sehen und gut miteinander reden konnten. Ed sah den gleichen Wein in einem Weinkörbchen, und Bernt hatte ihm seinen Kelch und die Pfeifenutensilien bereits gebracht. Eglis Frau kam, sehr bodenständig, aber dennoch elegant gekleidet, begrüßte Paulsen herzlich und zündete die Kerzen in dem fünfarmigen Silberkandelaber mit den Worten an: »So, nun machen wir es uns richtig gemütlich.« Wenig später kam der Pfarrer mit Haushälterin.

Die Begrüßung war wie immer von einem großen Hallo begleitet, denn der Gottesdiener war eine wirkliche Frohnatur; bei dieser Haushälterin konnte man es sehr gut verstehen.

Ed stand auf und bat Frau Egli auf ein Wort: »Sagen Sie, verstößt es gegen die Disziplin in Ihrem Hau …« Sie legte ihm die Hand auf den Unterarm, als sie ihn unterbrach und ihn so ansah, als wollte sie sagen, seh ich denn so unwissend aus: »Nein, mein Lieber, ich hatte Corinna vorhin schon Bescheid gesagt und auch Doris«, sie zwinkerte verständnisvoll mit dem linken Auge, »denn der Sohn vom Bürgermeister kommt auch.«

Er gab ihr einen Kuß auf die Wange und sagte: »Irgendwie werde ich mich schon mal revanchieren können.«

»Das verbiete ich Ihnen!« Und sie lachte mit der nicht dazu passenden Drohgebärde.

Der vorzügliche Schweizer und sonstige Käse korrespondierte hervorragend mit dem Wein und den verschiedenen Nüssen und Trauben. Immer noch stießen ein paar Geladene zur inzwischen recht intensiv plappernden Runde. Corinna und Doris kamen gemeinsam und wurden mit einem großen Hallo und Sprüchen wie: »Jetzt geht noch mal die Sonne auf« oder »Womit haben wir so viel Augenschmaus verdient«, begrüßt. Beide präsentierten wie verabredet rote Wangen und setzten sich schnell auf die Kaminbank.

Corinna hatte sich einfach, fast streng gekleidet, aber sie konnte wohl anziehen, was sie wollte, es wirkte immer reizvoll, wenn nicht gar aufreizend. In ihren Haaren glänzten noch Reste von Feuchtigkeit, und Ed stellte sich vor, eben mit ihr unter der Dusche gestanden zu haben. Das Kribbeln konnte er nicht unterdrücken.

Bernt lief, wie so oft in solchen Fällen, zur Höchstform auf. Er bediente nicht nur, sondern verstand es vorzüglich, mit Bemerkungen, Anekdoten und kurzen Witzen, die Gesellschaft zusätzlich zu unterhalten. Es war eine jener anregenden Tischrunden, deren Gesprächsinhalte sich, wie ein Stück Borke in einer Stromschnelle, von einer Richtung in die andere, auf und nieder, hin und her, bewegten. Zum Glück, und besonders Ed Paulsen genoß die Situation in vollen Zügen, wurde kein besonderer Wert auf Ernsthaftigkeit und tiefe Gedankengänge gelegt. Im Mittelpunkt, so konstatierte er, stand erfrischenderweise die Freude am Leben und wurde mit viel Humor in Worte gefaßt.

Längst hatte sich Corinna den Platz neben Ed gesichert und der Sohn des Bürgermeisters, ein dunkelhaariger, hagerer, fast asketischer Mann, unterhielt sich sichtlich vergnügt mit Doris.

Der Kirchenmann ließ kaum Zweifel daran, daß seine Haushälterin nicht nur gut kochen und bügeln konnte, und er glänzte immer wieder mit niveauvollen Witzen. Ed Paulsen rezitierte einige Ringelnatzverse und bekam dafür riesigen Applaus. Corinna und Ed nutzten jede Gelegenheit, obwohl man sie doch immer wieder flüchtig, jedoch niemals aufdringlich, eher wohlwollend und verständnisvoll, ansah, wie rein zufällig, sich mit ihren Hände oder Füßen einiges zu sagen.

Der Herr des Hauses entpuppte sich als ein hervorragender Geschichtenerzähler; nicht nur das, er untermalte seine Worte mit einer so drolligen Situationskomik, daß die Gesellschaft nicht anders konnte, als Tränen zu lachen. Im Mittelpunkt seiner neuen, wie er sie nannte, sehr »tragikomischen« Geschichte stand eine Skianfängerin, die ein dringendes Bedürfnis verspürte und es nicht mehr woandershin schaffte als in einen Kiefernhain. Da der Körper sie so folterte, blieb sie in den Bindungen, also auf den Ski, stehen. Schnell streifte sie die Kleidungsstücke, die sie an der Beseitigung ihrer Qualen noch hinderten, herunter und konnte sich endlich erlösend niederkauern. Erleichtert atmete sie auf, und eigentlich wäre alles gutgegangen, wenn, ja wenn sie nicht die Ski noch an den Füßen gehabt und nicht so unglücklich auf einem kleinen Hügelchen gehockt hätte. Plötzlich nämlich liefen die Ski los … Man darf nicht vergessen, sie war Anfängerin, und ihre Textilien befanden sich in den Kniekehlen …Sie versuchte das Rutschen aufzuhalten, aber sie wurde schneller, kam heraus aus ihrer Bedeckung und stürzte kopfüber, den nackten Po zuoberst, so unglücklich in ein Schneeloch, sich zusätzlich dabei mit den Trägern ihrer Skihose und den Ski verheddernd, daß sie sich nicht gleich selbst befreien konnte. Keiner der Männer wagte es sich, ihr zu helfen, man sah lieber pietätvoll in die Runde und überließ nach einiger Zeit zwei Frauen die Rettungsaktion.

Egli hatte die Lacher auf seiner Seite. »Es war eine überaus nette Frau aus Bern, sie wohnte bei uns und erzählte uns am gleichen Abend die Geschichte. Sie sagte: Ich will es endlich los sein …«

Corinna und Ed sahen sich in die Augen und beide dachten an ihre Rutschpartie und den Ausspruch »andere Länder andere Sitten« und daran was dann folgte. Plötzlich stieß Corinna Ed an und deutete auf den Eingang zur Familienecke, dort konnte man Uri sehen, der ins Restaurant schaute.

Paulsen stand auf und tippte ihm auf die Schulter und sah dann auch Monika. Kurz danach saßen sie mit in der Runde.

Uri neigte sich zu Ed und sagte: »Ich wollte Sie noch sprechen, denn leider, die Politik ruft, man holt mich morgen um neun ab, mal wieder eine Feuerwehraktion.«

Gegen halb zwei, schon recht gut alkoholisiert, der Herr Pfarrer zum Beispiel hatte offensichtlich viel Vergnügen daran, sich wiederholt von der Qualität der Pobacken seiner Haushälterin überzeugen zu müssen, und Doris hatte den ersten Kuß mit dem Hageren gewechselt, verabschiedete man sich in aller Herzlichkeit. Uri versprach: Man wird sich wiedersehen. Dr. Paulsen bestand darauf und benannte Monika und Corinna als Zeugen. Corinna und Paulsen verabschiedeten sich mit einem langen, innigen Kuß vor seiner Tür. Sie sagten nichts; beide dachten sicherlich das gleiche.

Corinna kam aus der Dusche und sah in ihr gespiegeltes Gesicht.

»Noch drei Tage«, dachte sie, »und dann war es das wohl.«

Sie gestand sich ein, zu diesem Mann ein Gefühl entwickelt zu haben, das sie bisher noch nicht kannte. Gleichzeitig war sie aber auch schon jetzt traurig: »Liebe ohne Perspektive ist vielleicht noch schlimmer, als nichts davon zu wissen. Nun bist du vierundzwanzig, und da läuft dir so einer über den Weg, und dann, peng, kann schon wieder alles vorbei sein.«

Sie kremte sich das Gesicht ein und sagte laut: »Aber ich habe mich nicht verschenkt, und er hat nichts gegen meinen Willen versucht. Eben ein besonderer Typ ...«

Corinna machte sich keine Illusionen über Paulsen: »Dem laufen ganze Horden von Frauen hinterher. Das ist der Typ für viele, natürlich erst recht aus der Schickeria in München oder sonstwo.«

Es klopfte leise. Ihr war klar: Es konnte nur Paulsen sein. Sie schlang das große Badetuch um den Oberkörper und öffnete die Tür.

Paulsen lächelte sie an und sagte: »Ich wollte so nicht ins Bett ...«

Sie lächelte zurück und spürte, wie ein Schauer durch ihren Körper fegte. Er umarmte sie, hob sie auf seine Arme und legte sie behutsam auf ihr Bett. Man hörte weit weg die Turmuhr schlagen: zwei Uhr. Die junge Liebe deckte sie zu.

Sie tauschten Zärtlichkeiten, und Ed Paulsen stellte immer wieder fest, wie zögerlich und ohne rechte Zielgerichtetheit Corinna sich verhielt. Sie erreichte durch seine zurückhaltenden, aber sehr gekonnten Zärtlichkeiten sehr rasch einen Erregungsgrad, der es ihr schwermachte, ihm nicht weitere Wege zu eröffnen. Ed sprach leise mit ihr, erkundigte sich nach ihrem Befinden, bedeckte fest jeden Teil ihres Körpers mit Liebkosungen und sie erregende Küsse. Als er wieder das Zucken unterhalb ihres Bauchnabels mit den Lippen wahrnahm, rutschte er tiefer und Corinna öffnete sich nicht widerwillig, sondern sich ergebend, das Gefühl schlug über ihr zusammen. Sie hatte seine Haare mit beiden Händen vorsichtig ergriffen und stöhnte schwer, als er ihr sehr, sehr nahe kam. Seine Zärtlichkeiten wurden für sie fast unerträglich, denn sie verkrampfte sich in seinen Haaren. Er küßte sich den Körper hoch und sah sie an.

»Ich weiß gar nicht, was ich tue«, flüsterte sie.

Er lächelte: »Meinst du, mir geht es nicht genauso?«

Ungläubig schüttelte sie den Kopf: »Das ist schwer zu glauben ...«

Er sah sie ernst an und sagte: »Ich meine, vom Gefühl her, ich glaube, ich muß dir sagen, daß ich mich in dich verliebt habe.«

Sie sah ihn lange an, das Grün der Augen verwässerte ein wenig als sie sagte: »Das ist so schön, denn dann ist all das, was jetzt passiert ist, aus Liebe passiert, oder?«

Er umarmte sie, und sie überließen sich wieder ihrem Gefühl. Corinna war bereit für Paulsen. Er kam zu ihr, mit lieben Worten, sehr einfühlsam und nicht drängend. Sie sah ihn mit riesigen Augen an. Hielt die Luft an und war verkrampft. Paulsen streichelte und küßte sie besonders zärtlich und verließ sie.

»Man könnte annehmen, sie sei mal mißbraucht worden«, dachte er.

Er sprach mit ihr, bereitete sie mit vielen Zärtlichkeiten auf ihn vor. Sie war entspannter, jedoch ohne jegliche Regung. Sehr behutsam bewegte sich Paulsen und hielt sie an, sich ausschließlich auf sich zu konzentrieren und zu versuchen, in der Bewegung auf die Suche nach Empfindungen zu gehen. Corinna wurde immer entspannter und preßte ihre Brust an Paulsen. Er spürte ihre ersten eigenen Bewegungen, und nach einiger Zeit nahm er die veränderte Atmung bei ihr wahr.

Er fragte, wie sie sich fühle.

»Einzigartig, so geborgen, so«, sie sah in seine Augen und sagte unsicher, »so, komisch, als ob da was ist, oder so …«

Paulsen bekam Probleme und verließ sie. Sie sah ihn erschrokken an und fragte: »Was ist, habe ich etwas falsch gemacht?« Er nahm sie in beide Arme, drehte sie und sich auf die Seite und streichelte und küßte ihre linke Brust, dann sagte er: »Nein, nein, alles in Ordnung, meine Liebe. Du brauchst nur noch ein bißchen Zeit und ich auch.«

Sie überlegte und sagte dann: »Ich hatte bisher drei Verhältnisse mit drei Erlebnissen. Das erste Mal war für mich jedesmal das letzte Mal. Ich erlebte ohne das geringste Gefühl die Freude, oder wie soll ich es nennen, der Männer. Und nun?«

»Was und nun?«

»Und ausgerechnet du willst *das*«, sie zog das Wort bedeutungsvoll in die Länge, »von mir nicht haben.« Er lächelte: »Das stimmt nicht ganz! Ich habe nur nichts davon, wenn du nichts davon hast.

Das ist es. Verstehst du?« Er stupste ihre Nase. Sie schmiegte sich an seine Schulter und sagte: »Eigentlich müßte ich es nicht verstehen, nach dem, was ich bisher erlebt habe«, sie küßte ihn auf den Hals, »aber ich glaube, nun verstehe ich ein bisserl mehr.«

Nach einer kleinen Pause sagte sie dann noch: »Ich dachte immer, ich wär' ein hoffnungsloser Fall, aber vorhin, als du mich fragtest, war da was, was mich«, sie machte eine kleine Pause, »laß mich nachdenken, ja, ich glaube, neugierig machte.«

Er streichelte ihr mit den Fingerspitzen über die Augen, die Lippen und die Brüste und flüsterte: »Wenn ein Körper auf diese Zärtlichkeiten so reagiert wie deiner, dann hat er auch die Voraussetzungen für den Rest.«

»Dann kann ich ja beruhigt sein und mich schon jetzt freuen«, flüsterte sie so, als würde sie jeden Augenblick einschlafen.

Was sie dann auch tat.

Die Tage vergingen wie im Fluge. Uri war abgereist, die Skigruppe auch. Einige neue Gäste waren gekommen.

Corinna und Ed sahen sich so oft wie nur möglich, ohne Egli in irgend einer weise zu überfordern.

Am letzten Tag seines Urlaubs konnte Corinna freinehmen. Sie fuhren Ski, alberten in fast jeder Hütte herum und trafen sich, wie schon an dem Tag davor, in der Sauna. Sie konnten kaum voneinander lassen, und da sie allein waren, genossen sie die wohlige Wärme der Biosauna und die Zärtlichkeiten ihrer Hände und Lippen. Immer jedoch mit einem Ohr und einem Auge auf die Umgebung achtend.Corinna wagte sich Zärtlichkeiten, die sie sich nie hätte vorstellen können, und überraschte sich dabei, wie es ihr gefiel. Sie mußten sich bremsen, um nicht alles um sich herum doch noch zu vergessen.

»Gehen wir lieber nach oben?« schlug er vor.

Sie nickte.

In seinem Zimmer angekommen, ließen sie die Bademäntel fallen und verkrallten sich förmlich ineinander. Der fußbodenbeheizte Teppichboden gab ihnen die Freiheit, sich immer wieder neue

Varianten von Zärtlichkeiten auszudenken und zu probieren. Ed war bei ihr. Aufmerksam, wie schon gestern, bemerkte er, daß Corinna eine bestimmte Stelle suchte, und sich dann immer schneller werdend, bewegte. Heute kam ihr Atem recht schnell stoßweise und sie stöhnte noch lauter. Ed Paulsen spürte: Jetzt könnte sie die Gipfeltour schaffen. Er überschüttete sie zusätzlich mit den unterschiedlichsten Zärtlichkeiten seiner Hände und seiner Lippen. Paulsen bemerkte, daß sie immer wieder stehenblieb, so als hätte sie grenzenlose Angst vor dem letzten Schritt.

Nun aber bemerkte er, wie sich ihr Körper immer mehr spannte und dann schrie sie das Gefühl aus sich heraus. Sie krallte sich, ihre Fingernägel durch die Haut auf Paulsens Rücken treibend, bei ihm fest, dann spannte sie ihren Körper wie einen Bogen, um danach erneut laut stöhnend auf den Rücken zu sinken. Sie bedeckte mit beiden Händen ihr Gesicht, und dann begann sie zu schluchzen und weinte dann hemmungslos.

Er hielt sie an seine Brust gepreßt und dachte: »Mann bin ich glücklich.«

Ihr Atem normalisierte sich langsam, und dann flüsterte sie mit einer fast fremden Stimme: »Jetzt weiß ich endlich, wie es sein muß. Das war meine Premiere.«

Er sagte nichts und sie noch etwas: »Dafür lohnt es sich, so lange zu warten«, sie suchte seinen Blick , »ich danke dir, egal was passiert, ich werde dir dafür immer dankbar sein.«

Er kniete auf, nahm sie auf die Arme, sie schmiegte sich an ihn und er trug sie ins Bad. Sie ließen sich Wasser ein und danach entspannten sie sich gemeinsam in der Badewanne. Auch Ed Paulsen würde diesen Abend wohl lange, lange nicht vergessen. Corinna sicherlich ihr Leben lang nicht.

Jede Gipfeltour an diesem Abend brannte sich bei ihr ein. Sie hatte es durch ihn geschafft, so etwas auch wirklich erleben zu können.

Sie gingen getrennt, aber ziemlich spät zum Abendessen.

Nach dem Mittagessen begann Paulsen, seine Sachen zu packen. Wobei »packen« etwas anspruchsvoll klingt. Unten hatte diesmal Bernt den Wagen vorgefahren. Jürgen transportierte den Koffer und die Reisetasche zum Auto und verstaute auch noch die Ski und die Schuhe. Dr. Paulsen sah sich immer wieder um, wenn er die Treppen hinauf- und wieder herunterstieg.

»Wo steckt sie nur, sie weiß doch, daß ich abreise«, fragte er sich.

Corinna war nicht zu sehen. Er war abfahrtbereit. Corinna stand hinter dem Fenster.

Alle waren sie da, und man sprach laut und lustig, verabredete sich auf bald. Er sah jetzt nach oben. Judith hatte ein kleines Päckchen mitgebracht und umarmte Paulsen und hielt sich einige Minuten an ihm fest; dann der Kuß auf die Lippen. Corinna verspürte einen kleinen Stich in der Herzgegend, aber sie blieb regungslos hinter der Gardine. Paulsen sah in die Runde und ließ noch einmal den Blick über die Fassade schweifen.

Corinna ließ ihren Tränen freien Lauf und dachte: »Genau das wäre mir vor all den Leuten da passiert, dann lieber so.«

Leise sagte sie: »Bitte fahr ab, fahr endlich ab!«

Jetzt stieg er ein. Dieses letzte Lachen würde sie lange, lange noch vor ihren Augen sehen. Der schwere Wagen zog an. Er ließ das Fenster herunter und winkte. Sie hinter der Gardine auch. »Lebe wohl, ich liebe dich«, stammelte sie, dann bedeckte sie ihr Gesicht mit beiden Händen und schluchzte wie ein kleines Mädchen. Obwohl sie sich ihre Liebe eingestanden hatten, war für Corinna diese Szene die eines möglichen endgültigen Abschieds. Sie hatten zwar davon gesprochen, sich bald wiederzusehen, rasch zu telefonieren und optimistisch nach vorn geschaut. Doch Corinna war realistisch genug zu erkennen: Es waren Tage wie im Traum, nicht mehr und nicht weniger. An Zukunft zu denken, hieße, sich etwas vorzumachen, und das wollte sie auf keinen Fall.

Dr. Paulsen hatte eine staufreie Rückfahrt und schloß schon nach drei Stunden seine Eingangs- und dann die Wohnungstür auf. Er hatte während der Rückfahrt drei Mal in Flims angerufen, aber Corinna nicht erreicht, sie war mal wieder mit Egli in der Stadt.

Er blieb in der Mitte des riesigen Zimmers stehen und stellte erst einmal selbstkritisch und zugleich lobend fest: »Es sieht besser aus als bei meiner Abreise.« Er ging in die Küche. Alles wie neu.

»Du liebe Seele«, sagte er, als er die frischen Blumen sah, die Danuta ihm zur Begrüßung auf den Eßtisch gestellt hatte.

Er streifte kurz die vielen Briefe und einige Fachzeitschriften, die er sich nach Hause schicken ließ, und erkannte mehrere Einladungen zu Fachtagungen und Kongressen. Dann ließ er aber von der Post ab und begann, das Auto auszuladen. Die benutzte Wäsche landete im Wäschekorb, die nicht benutzte räumte er in die Schränke, jedoch recht großzügig, wußte er doch, daß Danuta schon für Ordnung sorgen würde.

Wieder dachte er an Corinna und daran, weshalb sie ihn ohne jeden Gruß hat abfahren lassen. Er ließ alles stehen und liegen, nahm das Telefon und wählte.

»Grüezi, Sie sprechen mit Doris …«

Er unterbrach sie: »Ich noch einmal, Doris, ist Corinna zurück?«

»Ja, gerade gekommen, Augenblick, ich hole sie!«

Er atmete tief durch. »Gott sei Dank, endlich«, sagte er laut und wartete.

»Ja?«

»Sag' mal, wo warst du denn vorhin? Ich wollte mich doch vor allem von dir verabschieden?! Ich war sehr, sehr traurig!«

Sie leise: »Ich erst einmal … es war eine Folter!«

Er schluckte: »Aber warum folterst du dich und mich doch auch?! Läßt mich einfach so losfahren, war das alles nach so einer Zei …?«

»Sprich nicht zu Ende«, unterbrach sie ihn, »gerade wegen dieser Zeit! Ich hätte es nicht ausgehalten, ich mußte allein bleiben.«

Pause.

In Paulsen stieg plötzlich eine solche Sehnsucht nach ihr auf, daß er am liebsten in den Wagen steigen wollte. Das Gefühl schnürte ihm förmlich die Kehle zu.

Dann wieder ihre Stimme: »Schön, sehr schön deine Stimme zu hören.«

Er räusperte sich: »Corinna, wir müssen uns bald, sehr bald wiedersehen, ja?«

»Wenn du meinst?«

»Was soll dieser Zweifel, ich will es wirklich!«

»Oh ja, das wird mein einziger Wunsch in der nächsten Zeit sein.«

Wieder das Kribbeln und die Enge im Hals.

»Du, entschuldige, aber ich bin mitten im Service, und die Bude ist voll. Ich muß leider los.«

Ihr traten die Tränen in die Augen, denn zum ersten Mal hörte sie von ihm die drei Worte:

»Ich liebe dich!«

Sie wollte sich vergewissern, ob sie auch richtig gehört hatte, und fragte, dabei spürte sie das Herz im ganzen Körper schlagen: »Wie bitte?«

»Corinna, ich liebe dich.«

Sie biß sich auf die Unterlippe, um nicht weinen zu müssen, es entstand eine kleine Pause und dann: »Ich weiß nicht, was ich sagen soll, ich freue mich.«

Dann legte sie auf.

Er hielt den Apparat noch immer an sein Ohr und sah sie vor sich und zwar so, als sie ihr erstes Glück durch ihn erlebt hatte. Fast behutsam legte er den Apparat ab, strich sich mit der Rechten durchs Haar, räusperte sich und sagte: »Ja, es ist die Wahrheit. Ich habe begonnen, sie zu lieben.«

Nachdem er sich einen Assamtee gebrüht hatte und den frischen Kuchen, den Danuta sicherlich vorhin erst geholt hatte, zu genießen begann, beschäftigte er sich nebenbei etwas ausführlicher mit der Post.

»Puuhhh«, er blies die Wangen auf, » die Rache folgt auf dem Fuße. Also gleich heute Abend, aber das ist nicht nur Pflicht, es ist mir auch eine Ehre, dort zu sein.«

Die Einladung zur Party »Dem Frühling entgegen« war an seinem Abreisetag abgegeben worden, wie üblich durch einen Boten der Grafschaft. Diese Zusammenkünfte, die immer zu den Jahreszeitenwenden mit viel Liebe und Aufwand initiiert wurden, zu denen immer sehr interessante Leute kamen, unterschieden sich gravierend von allen anderen der etwas abgehobenen Gesellschaft der Stadt und deren unmittelbarer Umgebung. Es war ein gesellschaftlicher Höhepunkt einer handverlesenen Klientel.

Er sah auf seine IWC und dachte: »Wenn ich gegen zwanzig oder einundzwanzig Uhr da bin, reicht es noch.«

Nun fiel ihm ein, daß er sich noch nicht bei seinem Freund Uli zurückgemeldet hatte. Eine Verabredung, die schon über Jahre gültig war: Wer aus dem Urlaub oder einer anderen Reise zurückkehrte, meldete sich wieder. Er erreichte ihn auch, und Uli freute sich, obwohl er ihn sofort darüber aufklärte, daß er Simultanschach spiele »um nun endlich mal wieder gegen dich zu gewinnen.«

»Scherz beiseite, mein Lieber, ich ackere wegen des Enthospitalisierungszeugs, es ist allerhand Kram, aber darüber später, wenn wir uns sehen.«

Ed verwies auf seine Einladung bei von Kast, und sie verabschiedeten sich »auf morgen«.

Noch in der Hand klingelte das Telefon. Er rief, wohl in Vorfreude auf die Party ausgelassen: »Hallo, Gott zum Gruße!«

Erst ein Räuspern, dann eine nahezu tonlose Stimme: »Ich freu' mich, lieber Doktor, daß Sie wieder da sind, störe ich Sie?«

Sofort dachte Ed wieder daran, wie falsch es ist, seine Privatnummer, »Weiber, das macht ihr nicht noch einmal«, weiterzugeben. Der Moderator Reinhard Gut war zwar sehr höflich, ein gebildeter, sehr netter Mann, aber trotzdem hätte Paulsen lieber seinen Tee und den vorzüglichen Kuchen in Ruhe weitergenossen. Das sagte er ihm aber lieber nicht.

»Nein, ich bin zwar gerade erst angekommen, aber es geht schon.«

»Nur eine Frage, ich faß ich mich ganz kurz«, seine Stimme hatte an Fahrt gewonnen, »ich erfuhr nur, daß Sie auch zur heutigen Party geladen sind. Werden wir uns dort sehen?«

»Ja, ich bin quasi schon in Vorbereitung.«

»Na prima! Gutes Eingewöhnen und bis später.« Er legte auf.

»Manieren hat er ja wirklich, ein sehr netter, kranker Mann«, dachte er.

Prophylaktisch nahm Ed das Telefon mit in die Küche, drehte sich dann aber um, als er sich an seinen Tee erinnerte. Er ließ sich in die Lederpolster fallen, schenkte sich heißen Tee nach und aß mit viel Genuß den Kuchen.

Das Taxi kam nicht weiter.

»Was ist hier bloß wieder los?«, der dunkelhäutige Fahrer schüttelte seinen mächtigen Kopf, »alles zu hier«, sagte er in bestem Deutsch, was Ed zu der Annahme verleitete, der Mann sei sicherlich in Deutschland geboren worden, oder schon als Kind hierhergekommen.

Ed sah nach draußen und erkannte, daß er nur noch circa fünf Minuten von der Stelle des Staus aus laufen mußte, um zur Villa zu gelangen. Er erklärte dies dem Fahrer und fischte sich aus seinem Armani-Sakko die Geldtasche, zahlte, nahm den Lammfellmantel, die Handschuhe und den Schal und stieg aus. Der Fahrer entblößte ein makelloses Gebiß, als er sich lächelnd für das opulente Trinkgeld bedankte.

Es war kalt. Ein unangenehmer Wind pfiff um die Ecken. Schon erkannte er die riesigen schmiedeeisernen Flügel der Toreinfahrt. Die Fackeln rechts und links des Weges wiesen zum Eingang. Das Portal war von Fackelkästen erleuchtet, so daß die Säulen mit den ionischen Kapitellen, die den riesigen Balkon hielten, noch deutlich auszumachen waren. Dr. Paulsen stieg schnell die Stufen nach oben. Ihm wurde die schwere Tür geöffnet. Da man ihn offensichtlich als geladenen Gast kannte, kam einer der zwei gepflegten jungen Männer mit auffälliger Bodybuilderfigur sehr angenehm lächelnd auf ihn zu und sagte: »Herzlich willkommen, Dr. Paulsen, darf ich Ihnen behilflich sein?« Ed entledigte sich des Mantels, nachdem er sein Pfeifenetui noch aus der Seitentasche genommen hatte, und reichte dem Athleten Handschuh und Schal.

In der nur von Kerzen, die in fünf dreizehnarmigen Kandelabern brannten, anheimelnd ausgeleuchteten Empfangshalle waren bereits einige Gäste beim zweiten Glas Champagner.

Paulsen erwiderte einige Grüße in Gesichter, die er mehr flüchtig kannte. Die reizende Dame, wahrscheinlich vom Partyservice, dachte Paulsen, versperrte ihm den Weg mit ihrem verchromten, auf drei Rädern rollenden Tablett.

»Was darf ich Ihnen anbieten?«

Ed lächelte sie an und sagte: »Sehr liebenswürdig«, sah auf das Tablett herunter und sagte, »einen roten Sherry bitte.«

Sie reichte ihm das Gewünschte.

Er ging langsam in Richtung des Kaminzimmers und hörte dann eine ihm bekannte Stimme, die der Hausherrin: »Mei, der Doc, also kommen Sie doch! Welche Überraschung. Da freu' ich mich aber.« Er drehte sich nach der Stimme um und sah sie dann in einem grandiosen Abendkleid auf ihn zuschweben. Den Handkuß verweigerte sie ihm, denn sie schlug beide Arme hinter seinen Nacken, er streckte den rechten Arm mit dem Glas von sich, sie küßte ihn erst auf die Lippen und dann auf beide Wangen. Er hielt sie mit dem linken Arm umschlungen, und als einer der aufmerksamen Bediensteten ihm das Glas aus der Hand nahm, legte er auch diesen um ihre Taille. Dann, von Ed gehalten, lehnte sie den Oberkörper, so als könnte sie ihn so besser sehen, zurück und sah ihn mit unverhohlener Sympathie an: »Mein Gott, Sie sehen ja fabelhaft aus!«

Die immer anwesenden und natürlich absichtlich bestellten Pressefotografen (ja, wissen Sie, man muß auch ein bisserl was für den Ruf tun) der Boulevardblätter brachten sich und ihre Kameras in Position, doch die Gräfin winkte mit hochgestrecktem Zeigefinger sofort ab und faßte die Hände wieder im Nacken von Paulsen zusammen, als sie ihn aufklärte: »Das sind zwei Neue, die muß ich nachher erst einweisen«, dann strahlte sie ihn an und meinte mit mädchenhafter Mimik, »ich hätte ja nichts dagegen, wenn sie ein schönes Bild von uns für die Wochenendausgabe machen würden. Aber leider«, sie preßte ihn an sich, »sind Sie in dieser Sache ja ein unverbesserlicher Spielverderber.«

Er ignorierte diesen spaßhaft verkleideten Vorwurf und sagte artig: »Gräfin, es ist mir wie immer eine Ehre und ganz besondere Freude, Gast Ihres Hauses sein zu dürfen.« Sie hatten sich gelöst und Dr. Paulsen küßte ihr die Hand und sagte ohne Pathos: »Sie sehen bezaubernd aus« und mußte damit nicht einmal schmeicheln.

Ihm wurde aufmerksam das Glas mit dem Sherry zurückgereicht. Er nippte.

»Sie Schlingel, kann ich Ihnen glauben?« Sie hatte ihn untergehakt und zog ihn ins Kaminzimmer.

Er antwortete ernst, ohne jegliche Verlegenheit: »Gräfin, Sie wissen doch eines sehr genau: Ich habe bisher nicht gelogen und werde Sie nicht belügen.«

Sie drückte ihm das Handgelenk und flüsterte: »Zum Glück weiß ich das nur zu gut, und deshalb freue ich mich über Ihr Kompliment um so mehr.«

Sie betraten das Kaminzimmer. Zimmer war geschmeichelt, denn dieser Raum hatte sicherlich an die einhundert Quadratmeter. Hier hielt sich Ed sehr gerne auf, denn das Mobiliar war, mit Ausnahme der bequemen, aber in antiker Optik gestalteten und viel Platz bietenden Ledersitzgarnitur, ausschließlich aus der Renaissancezeit. Dazu waren originale Rüstungen und viele Blankwaffen aus dem 16. und 17. Jahrhundert sehr geschmackvoll als Dekoration mit eingebunden. So manch ein Sammler würde hier Rapiere, Pappenheimer und Panzerstecher sehen, die ihn in Verzücken bringen würden. Über dem Kamin hing das Wappen der Familie, natürlich aus der Zeit; datiert 1523 a.d., das quasi von zwei Zweihandschwertern, mit denen die Landsknechte seinerzeit Breschen in die Lanzenreihen schlugen, beschützt wurde.

Sie blieb stehen und wisperte ihm ins Ohr: »Viele nette, allerhand neue Gäste und wie immer eine gute Mischung, Sie wissen ja: handverlesen. Ich stell' Sie jetzt mal vor, gut?«

Er nickte, und sie gingen auf die erste Gruppe zu, die dicht am Kamin stand. In der Empfangshalle begann das Streichquartett mit seinem Spiel. Klassische Frühlingsmelodien; ein musikalischer Blick voraus.

Nach wenigen Minuten hatte er einige Wirtschaftskapitäne, Politiker, zwei Maler, einen Kriminalkommissar, einen Leihhausbesitzer, einen Chefarzt und ein paar, sie sagte, »mehr oder minder Prominente« per Handschlag kennengelernt. Nebenbei grüßte er »alte Bekannte«, die sich freuten und es auch wollten, daß er sie erkannte.

Die Gräfin entschuldigte sich bei ihm, weil man sie auf das Erscheinen weiterer Gäste, die von ihr persönlich begrüßt werden mußten (schließlich standen ja schon die Fotografen bereit), aufmerksam gemacht hatte.

Ed genoß diese Zusammenkünfte auf seine Art: Er freute sich auf einen niveauvollen Abend. Und dies, obwohl er zu gut wußte, daß sich hier überwiegend Menschen trafen, die aus dem Abend zwei weitere machten, in denen sie sich über die köstlich amüsierten, denen sie den ganzen Abend Komplimente gemacht hatten. Er sortierte aus. Dabei half ihm, daß nur sehr wenige so recht wußten, wo er hinzustecken sei. Die, die Dr. Paulsen sehr wohl und teils gezwungenermaßen gut kannten, würden alles tun, aber niemals ihr Wissen weitergeben. Und die, die ihn und auch seinen Beruf kannten, konnten nur mutmaßen und sahen in ihm eine wohl der Familie sehr nahestehende Persönlichkeit. Paulsen hatte sehr viel Freude an seiner etwas geheimnisumwobenen Position in diesem zweifelsfrei illustren Kreis und tat von sich aus nichts dafür, außer daß er auf bestimmte Fragen oder Anspielungen eines tat: Er schwieg. Bestenfalls sagte er Nichtssagendes. Und schon hatte er eine Aura …

Natürlich bekamen es die Gäste mit, wie er von der Gastgeberin vor Fotos geschützt wurde … ach wie sehr würde ich mich doch freuen, wenn der mich mal fotografieren würde, beneideten sie ihn und konnten ein solches Verhalten nun wirklich nicht verstehen ... und sahen auch, daß er immer ein Ziel von anderen, oft sehr Prominenten war. Die Bilder, die dann in der Wochendausgabe zu sehen waren, man hatte sich alle Mühe gegeben um wenigstens »mit drauf« zu sein, schienen für den »mysteriösen Doktor« völlig uninteressant zu sein. Und so war es auch.

Nur ganz wenige sprachen ihn manchmal auf Fotos an, die sie in Fachzeitschriften gesehen hatten ... ach ja, Sie waren doch neulich bei dem Kongreß in Linz ... waren Sie das auf dem Symposium in Antwerpen? ... Sie hielten neulich doch einen Vortrag in Hamburg, stimmt's ..., und er antwortete dann: »Ja.« Auch die Partyberichterstatter hatten es längst aufgegeben, hinter seine augenscheinliche Sonderrolle zu steigen.

Ed Paulsen war ein brillanter, zu dem charmanter und geistreicher Gesprächspartner. Nur zwei Themen ließ er nach Möglichkeit aus: Politik und Psychiatrie. Über Esoterik, Gurus, Geisterheiler und Quacksalber stand er jedem zur Verfügung, und das mit viel Humor und allerbestem Detailwissen. Und man hatte sich an ihn gewöhnt. Er erschien eben, wurde irgendwie hofiert, war bescheiden und unaufdringlich und man konnte mit ihm reden.

»Hi, Ed!« Er hätte aufgrund des kräftigen Schlages auf seine Schulter, beinahe das Glas fallen gelassen. Er drehte sich um: »Thomas, grüße dich, alter Schläger« und stellte, nachdem er den letzten Rest des Sherry getrunken hatte, das Glas auf den nahestehenden Tisch.

»Schön, dich mal wiederzusehen, man sagte, du seiest verreist?« fragte Ed den untersetzten, fast grobschlächtig wirkenden Blonden.

Der mit Thomas Angeredete lächelte mit allen Falten, die sein Gesicht hergab, und sagte: »Na ja, ich bin jetzt noch zehn Tage hier und dann machen wir eine Tour nach Rußland, was sagst du dazu?«

»Hört sich abenteuerlich an.«

Thomas trank einen Schluck Whisky und sagte: »Die Veranstalter haben alles im Griff, und am dollsten sollen ja die Weiber dort sein, ich werde mich wohl mit Viag ...«

Eine Glocke schlug. Einige zischten. Es wurde ruhig.

»Oha«, flüsterte Ed Thomas zu, »jetzt wird gleich die Hundeleine losgelassen.«

Das Gastgeberpaar hatte sich im Durchgang zwischen Empfangshalle und dem Salon positioniert. Thomas und Ed standen im Durchgang zum Kaminzimmer. Als Dr. Paulsen die Gräfin dort stehen sah, anmutig lächelnd und strahlend, freute er sich wieder einmal über ihren Zustand. Und dachte: »Gut gemacht Mädchen, so gefällst du mir.«

Erinnerung: Er hatte fast aufgeben wollen, Stunden, Tage, Wochen und Monate rang er mit ihr.

Die Waffen, die er auswählte und noch so sehr schärfte, blieben nahezu wirkungslos, und jede Klinge zerbrach an dem Panzer, den sie sich umgeschnallt hatte.

Paulsen wurde aber auch genau durch diese Herausforderung und Aufgabe motiviert. »Aufgeben« war ein Wort, das ihm in seinem Sprachschatz zu fehlen schien … auf jeden Fall ließ er es für sich nicht gelten. Natürlich wußte er längst: Sie verschanzt sich trotz des Leidensdrucks (schließlich ist sie ja gekommen) so, weil es für sie eine ungeheuerliche Vorstellung ist, sich zu ergeben.

Man geht zwar zu »jemandem«, und zwar nur zu der oder dem Besten, und dort wird es schon gerichtet werden, ohne daß es mir zu nahe geht. Sie alle hoffen, ohne den gefürchteten seelischen Striptease auskommen zu können.

Er hatte in den Seminaren sehr oft beispielgebend über diese Therapie referiert. Die Studenten verfolgten nicht nur jedes Wort, sondern auch jede seiner Bewegungen. Und dann beginnt man sich auszuziehen. Aber nackt?! Nie. BH und Slip – versteht sich, bildlich gesprochen – werde ich ums Verrecken nicht ausziehen.

»Aber gerade diese kleinsten und allerletzten Kleidungsstücke, die Feigenblätter der Seele«, dozierte er vor den Studenten, denen er an Fallbeispielen die Dramatik ihres späteren beruflichen Wirkens nahebringen wollte, »sind der Schlüssel zu Ihrem Erfolg. Sie müssen fallen, und wenn sie fallen, dann haben Sie fast gewonnen.«

Und die Gräfin riß sie sich eines Abends vom Leib, brach zusammen, schrie, weinte, wimmerte und suchte dann schamhaft Schutz an Dr. Paulsens Brust. Es war geschafft. Es war heraus. Es war erschütternd. Es war ein Wort: Inzest. Eine menschliche Tragödie, oft für alle Beteiligten, mit deren Auswirkungen sich Dr. Paulsen schon öfter auseinanderzusetzen hatte.

Aber das, was er im Verlaufe der nächsten Wochen erfuhr, war selbst für ihn ein Horrorszenario und stellte selbst diesen erfahrenen Therapeutenprofi, der einmal meinte, »wohl allen menschlichen Untiefen begegnet zu sein«, vor solche Belastungen, die er mitunter erst im Nachfassen kompensieren konnte.

Die erste Frau des Grafen Hubert verstarb. Die Tochter, fast vierzehnjährig und körperlich bereits sehr, sehr aufreizend und fraulich entwickelt, lernte die deutlich jüngere Geliebte, die er immer Hasilein nannte, aber Tatjana hieß, alsbald kennen. Einmal masturbierte die Tochter am Pool, und die Geliebte des Grafen, die zufällig früher von einem Einkauf zurückkkam, beobachtete sie dabei.

Als das Mädchen sich leicht zuckend streckte, kam Tatjana aus ihrer Bedeckung hervor und sagte, als sie den Schrecken in Gudruns Gesicht sah: »Du mußt nicht erschrecken und schon gar nicht rot werden«, sie hatte sich neben sie gesetzt und sah sie verständnisvoll an, »das habe ich auch immer gemacht, und da war ich noch viel jünger als du«, sie strich ihr eine Haarsträhne aus dem Gesicht, »und ich sag' dir ein Geheimnis: Ich mache es auch heute immer mal wieder.«

Gudrun sah sie mit einem unsicheren und zweifelnden Blick und hochrotem Gesicht an. Sie schämte sich, bei ihrem Spiel mit ihrem Körper überrascht worden zu sein.

Tatjana nahm Gudrun ohne Widerstand in den Arm und streichelte ihr über das strohblonde, volle Haar. Und sagte: »Wir Mädchen haben es uns sogar dann immer gegenseitig schön gemacht.«

Es dauerte nicht lange, das war zu der Zeit, wo der Graf in London weilte, da kam Tatjana eines Abends zu Gudrun ins Zimmer. Sie plauschten über viele Dinge, lachten und ulkten herum.

Tatjana brachte dann das Thema geschickt auf Zärtlichkeiten und schöne Gefühle und begann, über ihre Phantasien zu reden. Wie abwesend strich sie dabei über ihre Brüste, um sie dann zu massieren. Gudrun sah mit weit aufgerissenen Augen dann, wie sie langsam, Knopf für Knopf die Bluse öffnete, um die dann zum Vorschein kommenden Brüste noch intensiver reizen zu können.

Gudrun sah ihr nun mit immer fiebrigeren Augen zu.

Tatjana zeigte ihre Erregung und flüsterte: »Komm, mach mit, wir lassen es uns gemeinsam gutgehen, ja?«

Wenig später erlebte das junge Mädchen Zärtlichkeiten, von denen sie bisher nicht einmal geträumt hatte, und erlebte, wie durch ihren Mund und ihre Hände eine Frau zur Ekstase gebracht werden konnte. Beide schweißnaß, lagen sich dann in den Armen. Gudrun flüsterte: »Und was sagen wir Papa?«

»Nichts, mein Engel, das ist unser süßes Geheimnis, einverstanden?«

»Oh ja, ich hab' dich so lieb.«

Sie trafen sich dann fast jeden Abend und Gudrun schlief bei Tatjana und umgedreht. Gudrun lernte den Umgang mit reizvollen Dingen und fand bei all dem nur Freude und Entzücken.

Der Hausherr erkannte nach seiner Rückkehr sehr schnell, daß sich die beiden Damen, wie er sie immer nannte, Gott sei gelobt, endlich nähergekommen waren.

Aber das versprochene Geheimnis blieb keines. Tatjana erzählte dem Grafen von ihren Erlebnisse und schlug allen Ernstes vor, Gudrun mit ins Ehebett zu nehmen. Die sexuelle Abhängigkeit des Grafen von Tatjana und deren phantsievolle Ausblicke auf die möglichen sexuellen Spiele zwischen den Dreien, ließ ihn nach einiger Zeit, untermauert von gezielter Verweigerung, einwilligen.

Tatjana ging ans Werk. Sie entzog sich Gudrun, die darunter litt und es längst nicht mehr so schön fand, sich nur noch mit sich selbst zu beschäftigen. Schließlich gingen sie im Park spazieren und Gudrun wollte Tatjana über die Brust streicheln.

»Hast du Lust?«, fragte sie.

»Ich halte es kaum aus, du siehst mich gar nicht mehr«, beklagte sich Gudrun.

»Ich habe nur an dich gedacht, Prinzessin, aber ich wußte nicht was ich machen sollte…«, sie hob die Arme und ließ sie schlaff wieder sinken. Und dann erzählte ihr Tatjana, wie sehr sie sie lieben würde und sich Sorgen gemacht hätte, daß Gudrun als Frau, »übrigens wie alle Frauen«, einmal von brutalen Männern um ihre Gefühle betrogen werden könnte.

»Darüber habe ich auch mit deinem Vater gesprochen.« Sie hatten sich auf die Bank am Teich gesetzt, und Gudrun hielt die Hand von Tatjana.

»Und weißt du, was er gesagt hat?«

Sie sah Tatjana neugierig an.

»Du hast recht, wir müssen ihr alles beibringen, damit sie später nicht ausgenutzt wird.«

Gudrun preßte Tatjanas Hand und fragte: »Hast du ihm von uns erzählt?«

Sie lachte und sagte: »Aber natürlich, mein Schatz, er sollte doch wissen, daß du schon ein bißchen was von mir gelernt hast, er fand es gut von uns.«

Ihr anfängliches Entsetzen verflog aus ihrem Gesicht und sie sagte erleichtert: »Uff, da bin ich aber froh, ich hatte schon gedacht, er würde toben, oder so.«

»Nein, mein Engel, ich habe ihn überredet und er will dir auch helfen. Du hast einen wirklich tollen Papa.«

»Oh ja, das stimmt!«

An einem stürmischen Abend saßen sie im Kaminzimmer und tranken schweren Wein, auch Gudrun durfte ein, zwei Gläser mittrinken. Die Kerzen und das Kaminfeuer leuchteten den Raum warm und angenehm aus. Tatjana saß neben Gudrun auf dem flauschigen Teppich und hielt sie im Arm. Der Graf in dem großen Barocksessel ihnen gegenüber.

Gudrun spürte – endlich nach so langer Wartezeit –, wie Tatjana ihre Hand unter ihren Pulli schob und begann, ihre Brust zu streicheln und zu drücken. Sie traute sich nicht, zu ihrem Vater zu schauen, und wollte aber auch nicht, daß Tatjana mit ihren Zärtlichkeiten aufhörte.

Tatjana küßte sie auf das Ohr und flüsterte: »Wollen wir ihm mal zeigen, wie lieb wir uns haben?« Sie sah in ihre Augen und wisperte zurück: »Meinst du, er ist nicht böse?«

»Du wirst ja sehen ...«

Dann begann sie, fast wie beim ersten Mal, sich ihre Bluse aufzuknöpfen und reichte Gudrun ihre Brust. Sie griff danach wie andere nach einem geliebten Spielzeug. Tatjana stöhnte – wohl absichtlich – deutlich auf und preßte ihre Hand in Gudruns Schoß. Sie schienen den Grafen vergessen zu haben, der immer mehr von dem Spiel der zwei Frauen erregt wurde und auf ein verstecktes Handzeichen von Tatjana hin sich zu ihnen gesellte.

Erst zeigten sie ihr das in natura, was Gudrun bisher nur bei Tatjana zum Liebesspiel zu benutzen gelernt hatte. Tatjana verwöhnte den Grafen, und Gudrun sah ihnen zu. Es war wie eine Lektion.

Tatjana bereitete Gudrun sehr raffiniert und doch einfühlsam auf ihren Vater vor. Sie sagte ihr, es könne ein bißchen weh tun, aber das sei immer so. Aber Gudrun hatte keine Schmerzen, denn Tatjana lenkte sie hingebungsvoll ab. Gudrun erfaßte noch nicht so recht, was gerade passiert war.

Tatjana hatte sie in die Arme genommen, so daß sich ihre nackten Brüste berührten. Der Graf streichelte ihr den Rücken und Tatjana flüsterte: »Und jetzt, mein Liebling, bist du schon fast eine richtige Frau. Nur noch ein bißchen üben, dann bist du auf alles vorbereitet.«

Dann sah Gudrun mit feuchten Lippen noch zu, wie beide sich bis zum Ende liebten. Dabei hatte Tatjana ihre Hand immer im Schoß von Gudrun.

In der nächsten Zeit trafen sie sich manchmal zu dritt und manchmal Tatjana mit Gudrun. Tatjana ließ es aber wohl nicht zu, daß der Graf und Gudrun allein zusammen waren.

Dann erlebte Gudrun bald ihren ersten Orgasmus durch ihren Vater. Man feierte ihn! Gudrun wurde fünfzehn, sechzehn, die sexuellen Obsessionen nahmen immer extremere Formen an und schließlich kamen noch andere Männer und Frauen dazu. Tatjana entwickelte immer neue, ausgefallenere Ideen und Gudrun war bei allen sehr beliebt, denn sie war für jede noch so extravagante Idee zu haben. Als dann sadistische Praktiken dazu kamen, zog sich Gudrun erstmals zurück. Sie saß dann in einer Ecke und beobachtete die Szenerie mit einem Gesichtsausdruck, der zu sagen schien: »Was passiert hier eigentlich?«

Als sie dann Tatjana einmal nötigte, die Peitsche zu gebrauchen, schlug sie damit zu und wollte gar nicht aufhören. Der Graf nahm ihr die Peitsche ab und sagte: »Gut, mein geiles Kind, aber er will ja nicht sterben.«

Vor ihrem siebzehnten Geburtstag kam der Zusammenbruch. Plötzlich hörte sie auf zu sprechen. Sie sagte kein Wort mehr. Wollte niemanden sehen, hatte keinerlei Interesse mehr an sexuellen Kontakten. Sie hörte einfach auf, wollte nicht mehr, ohne ihrem Vater oder Tatjana irgendwelche Vorhaltungen zu machen. Sie begann sich täglich mehrmals und bis zu einer Stunde zu duschen, schrubbte sich und wechselte jeden Tag, manchmal auch mehrmals, die Kleidung.

Ihr Abitur schaffte sie aber mit hervorragenden Noten. Der Klassenlehrer des Elitegymnasiums wurde aber beim Grafen, der inzwischen Tatjana geheiratet hatte, vorstellig, um ihn über die deutliche Veränderung in Gudruns Verhalten zu befragen und seine Sorgen zum Ausdruck zu bringen. In den Ferien erbrach sie sich sehr oft und verfiel in eine Art Autismus. Dazu wurde sie von Akne auf ihrem ganzen Körper gequält.

Ihre Stiefmutter und der Vater waren sehr besorgt und hofften, sie mit Zärtlichkeiten und Liebkosungen wieder zurückzuholen. Aber immer dann erbrach sie sich und funkelte ablehnend und böse mit den Augen. Und sie schwieg. Die Utensilien für die sexuellen Spiele zerstückelte sie und verstreute sie auf der Treppe zur Empore und zum Kaminzimmer. Ihr war es völlig egal, was die

Dienstmagd sich bei den Aufräumungsarbeiten denken würde. Der sexuelle Spielkreis hatte sich in eine Art privaten Swingerclub gewandelt. Wenn die Gesellschaft kommen wollte, gab es eine »geschlossene Veranstaltung«.

Der Graf und Tatjana hatten große Sorgen, sie hier einem Arzt vorzustellen, denn man wußte ja zu genau, was in den letzten Jahren passiert war, und schickten sie wohl auch deshalb zu Verwandten nach Wales. Dort begann sie nach einigen Wochen, ein wenig zu sprechen und besuchte Privatdozenten, um sich auf ihr Kunststudium vorzubereiten.

Es schien, daß ihre tiefen Wunden vernarben würden. Doch lächeln sah sie nie jemand. Sie wurde jedoch immer schöner in ihrer Traurigkeit.

Als sie zurückkehrte, nun schon zwanzigjährig, war sie eine überaus hübsche, attraktive und sehr anziehende junge Frau geworden. Nur recht seltsam, sagte man.

Sie mied den Kontakt zu Männern und körperliche Berührungen zu jedermann. Es ging sogar soweit, daß sie grundsätzlich niemandem die Hand gab. Sie lebte ohne jegliche sexuelle Bedürfnisse. Das Vergangene war für sie in einer Amnesie scheinbar für immer beerdigt und damit auch die dafür notwendigen Gefühle.

Der Graf verunglückte bei der Jagd, brach sich den Halswirbel und verstarb nach drei Monaten. Sie wurde testamentarisch zur Alleinerbin erklärt. Tatjana, die Schwiegermutter, ausreichend abgefunden.

Gudrun studierte inzwischen Kunst und Medien in München, London, Paris und New York. Dann lernte sie im Flieger den Sohn der alleinlebenden Baronin von Kast kennen. Alsbald mochte sie ihn sehr; er liebte sie. Sie hatte jedoch den Schlüssel zu dem selbst angelegten Keuschheitsgürtel für Körper und Seele weggeworfen ... und dann stand sie vor Dr. Paulsen. Alles war wieder aufgerissen.

Der Applaus zerriß ihm den Film. Der Knorrige stieß ihm den Ellbogen leicht in die Seite und prostete Paulsen zu: »Jetzt geht der Rummel los, zum Wohle!«

Dann schlenderten sie in Richtung des opulenten Buffets, und Paulsen verspürte plötzlich einen Appetit: Der Sherry hatte seinen Magen offensichtlich in Wallung gebracht.

Thomas, der Weltenbummler, von Beruf Sohn, aber trotzdem recht angenehm, wollte sich erst noch, wie er sagte, mit dem Champagner beschäftigen, »ein kleiner Vorrausch tut an so einem Abend doch recht gut.«

Der stadtbekannte Sternekoch sah Paulsen und kam sofort auf ihn zu: »Schön Sie zu sehen«, er sah ihn mit abschätzendem Blick an, »Sie sehen ja immer wie das blühende Leben aus, aber heute erscheinen Sie mir besonders ausgeruht.«

Ed reichte ihm die Hand, die er ergriff und schüttelte.

»Sie haben nicht unrecht, ich komme quasi von der Abfahrt direkt hierher.«

Sie plauschten ein wenig, und dann überredete der Koch Paulsen, doch mit dem Hummer »den hab ich gerade aus dem Becken genommen« zu beginnen. Das Buffett war, wie immer, auch von der künstlerischen Gestaltung, ja, so konnte man es ohne Übertreibung nennen, eine Augenweide.

Paulsen wurde zu seinem Platz am Tisch der gräflichen Familie geführt. Von Kast stand auf und umarmte Paulsen herzlich, eine Geste, die nur sehr, sehr wenigen Gästen zuteil wurde und die Fotografen mußten mit ihren Kameras tatenlos zusehen.

»Doktor, wie Sie wissen, freue ich mich nicht nur riesig, sondern ich danke ihnen ausdrücklich für Ihr Kommen.«

»Ich bitte Sie, es ist mir immer wieder eine Ehre, zu Ihren Gästen gehören zu dürfen.«

Jetzt lachte er aus vollem Hals und zeigte zwei tadellose Zahnreihen: »Jetzt aber Schluß mit den Etiketten.« Er legte seinen Arm um Paulsens Schulter und wünschte ihm einen guten Appetit.

Ed begann, nachdem ihm das Ausgesuchte gebracht worden war, mit sichtlichem Vergnügen zu speisen. Der Weißwein, den er eher selten trank, harmonierte vorzüglich mit dem Hummer. Die Gräfin streifte ihn ab und an mit einem flüchtigen, aber so überaus ausdrucksstarkem Blick, daß ein nicht einmal böswilliger Beobachter sich einiges hätte vorstellen können. Paulsen hatte eigentlich mit der ihm entgegengebrachten beinahe demonstrativen Sonderstellung in diesem Haus keine Probleme, hielt sie aber unter Kenntnis der Neugierde, gepaart mit Neid bei einigen anderen, für nicht gerade notwendig. Er hatte auch mit dem Ehepaar schon darüber gesprochen: »Sie wissen doch, es wird überall herumgestochert, und schnell reimt sich jemand etwas zusammen. Ich bin sehr beglückt, Sie als Freunde haben zu dürfen, aber ...«, von Kast hob fast energisch die Hand und lächelte verhalten, dann wurde Paulsen regelrecht abgekanzelt »... lieber, Doc, es gibt für uns keinen Grund, unsere Freundschaft zu Ihnen nicht zu zeigen, und wenn Sie uns geholfen hätten und Kanalreiniger gewesen wären, wäre es auch nicht anders. Also, wir schätzen und«, er sah seine Frau an, als er es sagte, »ja, und lieben sie. Und damit ist wohl alles gesagt.« Ed hatte damals eine Gänsehaut bekommen.

Dann saßen sie noch bis zum frühen Morgen vor dem Kamin und genossen zusammen die Zeit mit niveauvollen Gesprächen und erstklassigem Wein. Dr. Paulsen befürchtete weniger, daß man ihm eine Affäre mit Gräfin Gudrun unterschieben würde. Dagegen sprachen die doch sehr intimen Umgangsformen, sie küßten sich bei der Begrüßung immer auf die Lippen, die er mit der Gräfin, aber auch mit dem Grafen öffentlich zeigte. Es war eine Selbstverständlichkeit. Doch so manch einer fragte sich: »Da muß doch mehr dahinter stecken als eine bloße Freundschaft.«

Ed sah sie beide an und lobte das Essen, »mein Gott, hatte ich einen Hunger«, und dann dachte er daran, wie er seinerzeit mit Graf von Kast in der riesigen Bibliothek saß. Er rauchte Pfeife, der Graf Castros Lieblingszigarre. Es war für Ed Paulsen, wie er später beiden erzählte, ein Tanz auf der Rasierklinge. Gudrun hatte ihn beschworen, von Kast gegenüber nicht die geringste Andeutung über ihr Martyrium zu machen. Ed hatte relativ zugespitzt geantwortet: »Gräfin, Sie müssen mich nicht an meine Schweigepflicht erinnern, noch bin ich Herr meines Geistes.« Sie hatte ihm lange und tief in die für sie so wichtigen und bedeutungsvollen Augen gesehen und gesagt: »Vielleicht, mein Lieber, werde ich mal die Kraft haben und es ihm selbst erzählen, wenn, dann möchte ich es selbst tun.«

Er hatte ihre Hand gedrückt und sie in diesem Vorhaben bestärkt. Damit aber stand Paulsen vor einem Problem; er mußte dem Grafen behilflich sein, seine Angebetete, die bisher lediglich nichtssagende Küsse und leichte Zärtlichkeiten zugelassen hatte, verstehen zu lernen, ohne die wahren Hintergründe offenlegen zu können. Natürlich wußte von Kast, daß Dr. Paulsen nicht nur der Vertraute, sondern auch der Therapeut von Gudrun war, und wußte natürlich auch, daß mit Gudrun etwas »nicht stimmte«.

Ed war von diesem eher unauffälligen, um einiges älteren Mann sehr angetan. Er war bescheiden, besaß Geist und Humor, hatte Charme und besaß Prinzipien. Zudem sagte er von sich, er sei ein Patriot. Damit allerdings konnte Paulsen recht wenig anfangen. Sie trafen sich immer privat, spielten Schach – ein harter Gegner, die Partien gingen immer über viele Stunden –, und Dr. Paulsen tat sehr geschickt und mit unendlicher Geduld seine Arbeit. Die Freundschaft entstand langsam, aber beständig.

Dann endlich, Monate wurde schon von der Hochzeit gesprochen, Gudrun blockte aber immer noch, war es dann geschehen. Nie würde er es vergessen, denn sie saßen in einem der Restaurants, wo sich nur ein verschwindent kleiner Teil der Stadt ein Menü hätte leisten können. Ihm fiel auf, wie ihre Schönheit strahlte. Sie tranken einen Cappuccino, sie ergriff seine Hand, sah ihn wie ein Teenager an und sagte: »Ed, ich habe zum ersten Mal einen Mann *geliebt.*«

Seine Emotion schlug ihm ein Schnippchen, er mußte sie mit den Lidern eindämmen. Er küßte ihre Hand. Wenn jemand sie so gesehen hätte, hätte er annehmen können, daß dort ein sich innig liebendes Paar saß. Dann füllten sich ihre Augen mit Tränen; und sie begann zu weinen. Ed hielt ihre Hand und spürte förmlich die Blicke des Personals und einiger Gäste, die die künftige Gräfin von Kast kannten. Sie trocknete sich die Tränen ab und die nächsten und die nächsten. Dann flüsterte sie, und Ed erinnerte sich, daß sie erstmals du zu ihm sagte: »Und stell dir vor, es war wunderschön.«

Nun wußte Paulsen auch, daß der Hochzeit nichts mehr im Wege stand, denn sie hatte einmal zu ihm gesagt: »Mein lieber, lieber Freund, wenn ich einmal wieder an Sexualität denken sollte und ich dann aber spüre, daß es nicht geht, werde ich ablehnen. Ich werde nie eine Vernunftsbeziehung eingehen. Für mich gibt es nur ein Entweder-oder.«

Es folgte auf Einladung vom Grafen ein gemeinsamer Ausflug auf die Insel in einen typisch altenglischen Golfclub. Für Paulsen war eine anstrengende, viele therapeutische Grundsätze ad absurdum führende, ihn in seiner Kreativität, aber auch seiner fachlichen Vielseitigkeit enorm fordernde Zeit erst einmal und dann noch erfolgreich zu Ende gegangen. Obwohl er immer betonte »auch nur ein Mensch zu sein«, und die Mißerfolgsaussichten bei vierzig Prozent ansetzte, glaubte er an sich und seine Möglichkeiten. Ihm glitt eigentlich erst beim Golfen eine riesige Last von der Schulter. Ein bißchen stolz war er auch.

Erst später, sie hatten nie über Geld geredet, und Dr. Paulsen hatte auch nie etwas eingefordert, trafen sie sich bei Paulsen zu Hause, und von Kast ließ dann bei der Verabschiedung wie zufällig einen prallen Briefumschlag liegen. Es waren viele große Scheine Schweizer Franken.

»Tja«, dachte er, »nun ist das auch schon über zwei Jahre her«, und probierte das Lammkarree und dazu einen vorzüglichen spanischen Gaudium.

Die Finger, die leicht, ja zärtlich seinen Nacken streiften, konnten nur die einer Frau sein. Erst drehte er sich zur falschen Seite, und dann, als er nach links sah, fing er ihren Blick auf. Er tupfte mit dem Damast über seine Lippen und stand auf.

»Hi, Ed«, grüßte die große, schlanke Frau und küßte ihn auf beide Wangen und hielt dabei seine Hände so entschlossen fest, daß man fälschlicherweise annehmen konnte, sie wollte deren Aktivitäten entgehen. Er küßte zurück und traf dabei den Ansatz ihrer vollen, stark geschminkten Lippen: »Hallo, Gitta, schön, dich mal wieder zu sehen.«

Sie strich eine Strähne ihres glatten, langen aschblonden Haares mit der linken Hand hinter ihr kleines Ohr und sah Ed mit leicht vorwurfsvoller Miene an, als sie sagte: »Wenn ich dich so betrachte, muß ich zugeben, daß du immer interessanter aussiehst, das bißchen Silber steht dir ausgezeichnet.« Und sie strich ihm leicht über das Schläfenhaar.

Ed zuckte mit der Schulter und meinte, einen Stuhl heranziehend, nachdem er der Gräfin kurz erläutert hatte, wer Gitta sei, denn man sah es Gräfin Gudrun an, daß sie Gitta nicht einordnen konnte: »Zum Glück sind die Geschmäcker sehr verschieden. Wenn ich mich recht erinnere, hat man mir auch schon das Gegenteil gesagt.«

Sie setzte sich, nachdem sie sich artig vorgestellt und bei den Gastgebern bedankt hatte, und sagte zu ihm nur: »Alter Spinner.«

Die Gräfin wechselte mit Ed einen Blick und lächelte dann in ihr Sorbet und beteiligte sich dann angeregt an dem Gespräch ihres Mannes mit dem peruanischen Konsul und dessen wohl deutlich älteren Lebensgefährtin.

Gitta plapperte erst einmal und wie üblich über sich und vor allem ihre Castings. Ed düste, ihren Worten folgend, mit ihr nach Mailand, dann Rom, von dort direkt nach Madrid und dann nach London. Er sah sie mit allerhand wichtigen Leuten ausgehen, erfuhr, wer ihr mehr oder weniger eindeutige Angebote machte, und am Schluß meinte sie, ihren wohl angeborenen lasziven Blick verstärkend, dann: »um ehrlich zu sein, jetzt fühle ich mich allerdings wohler« und legte ihm die Hand ganz oben auf den Oberschenkel.

Er hatte geduldig zugehört und dabei seinen Nachtisch in gewisser Weise ungestört verspeisen können.

Gitta hatte die Natur verwöhnt. Sie war von sehr interessanter Schönheit, wobei Schönheit eigentlich nicht treffend war. Ihr Gesicht war eher von Unregelmäßigkeiten geprägt, die sich aber zu einem vortrefflichen Ganzen ergänzten. Nichts war an ihrem

Gesicht langweilig; was ja bei Schönheiten oft der Fall ist. Sie benutzte nie Make-up, lediglich die schon fast übersinnlichen Lippen erhielten Farbe. Die etwas schrägstehenden und damit leicht an asiatische erinnernden Augen waren ebenfalls nur sehr dezent unterstrichen. Ihr Körper war eine Harmonie.

Die Affäre zwischen Dr. Paulsen und ihr lag schon Monate zurück. Sie hatten sich bei einer der verrücktesten Partys kennengelernt, wo ihn Uli hingeschleppt hatte. Ed hatte allerhand Probleme, dort zu bleiben, denn sehr rasch roch er nicht nur Zigarren- und Zigarettenrauch, sondern auch den verräterischen, an Weihrauch erinnernden Geruch von glimmendem »Gras«. Uli bestand darauf zu bleiben und bettelte ihn, obwohl er wußte, daß Ed Paulsen sehr prinzipiell ablehnende Einstellungen, auch zum sogenannten »harmlosen« Drogenkonsum hatte. Zu lange war er in Suchtkliniken tätig gewesen und publizierte immer wieder gerade über leichte Drogen und ihre Langzeitwirkung, zum Beispiel als Auslöser von Depressionen und anderen psychischen Störungen und Erkrankungen. Ed blieb, und Uli freute sich. Die Stimmung überholte die Ausgelassenheit, und auch die wurde noch überboten, und alsbald überschlug sie sich.

Gitta stieß mit ihm gegen dreiundzwanzig Uhr zusammen. Ihre Blicke trafen sich, und nach dem zweiten Lied, er hatte sie wortlos an die Hand genommen und war mit ihr zur Tanzfläche gegangen, klebten sie förmlich aneinander. Sie hatte einen tiefen Rückenausschnitt und Paulsens Hand konnte nicht anders, als dort hineinzufallen. Ihre Pobacken waren, so empfand er, wie er ihr später sagte: als gigantisch. Sie tanzten ziemlich lange, und so als würden sie sich schon sehr lange kennen, spielten sie mit Teilen ihrer Körper ein reizvolles Spiel.

Dann stolperte Ed mit ihr auf den Balkon. Gitta schmiegte sich an ihn und flüsterte: »Daß solche Männer hier auftauchen, hätte ich nie gedacht! Ich bin ja richtig baff!«

Er zog die frische Luft tief in die Lungen und streckte einen Arm in die Höhe. Gitta fröstelte, denn das gewagte Kleid ließ mehr von ihrer Haut sichtbar als bedeckt.

»Ich bin das erste Mal hier. Eigentlich wollte ich gleich wieder gehen«, sie faltete ihre Hände hinter seinem Nacken und meinte: »wäre keine gute Idee gewesen, zum Glück hast du es dir überlegt…«

»Wie wahr«. Sie küßten sich, und Gitta konnte verdammt sinnlich küssen.

Jetzt dröhnte plötzlich die Musik übermäßig laut. Gitta ergriff seine Hand und sagte: »Komm, jetzt geht der Wettbewerb los!« Er wollte nachfragen was für einer, aber dann dachte er: »Ich werd' ja sehen, was da geboten wird.«

Die Luft war, vor allem da sie von draußen kamen, zum Schneiden. In die Mitte des Raumes wurde ein riesiger Tisch geschoben. Die Scheinwerfer, die bisher auf die Band gerichtet waren, wurden hin und her geschwenkt. Dann kam die erste Tänzerin.

»Oha«, dachte Paulsen, »das kann ja lustig werden« und seine linke Hand bekam erstmals Kontakt mit ihrer freischwingenden, sehr aufreizenden Brust. Sie zuckte ein wenig, und ihre Hand strich über seinen Nacken.

Die Scheinwerfer erfaßten das spärlich bekleidete Mädchen. Sie tanzte hervorragend, fand Paulsen, denn ihre Bewegungen waren wirklich tänzerisch und nicht nur koital. Auch wie sie ihren stattlichen Busen einsetzte, fand nicht nur Paulsen außerordentlich gelungen, denn wie von selbst rutschte ein Träger immer tiefer und ließ den Blick auf die wippenden Brüste mehr und mehr frei, und erst als die Knospe, auch wieder so gemacht, als bemerkte sie es erst gar nicht, hervorlugte, zog sie den Träger wieder auf die Schulter. Die Stimmung war nun von einer sinnlichen Spannung geschwängert. Man wurde gierig nach mehr und man sah in den vordergründigen Handlungen bei einigen Pärchen eine provokative Ignoranz der restlichen Gesellschaft.

Gitta zupfte ihn am Ohrläppchen und flüsterte: »Schau mal, die steckt doch in seiner Hose, schon ganz schöner Tobak, oder?«

Dr. Paulsen sah zu dem Pärchen in der Ecke und war tatsächlich ein wenig irritiert und meinte dann: »Nicht, daß wir hier plötzlich in einem Swingerclub sind?«

Sie lachte und schüttelte den Kopf: »Nein, das auf keinen Fall, dann wäre ich auch nicht hier.«

»Vielleicht ist das heute die Premiere, und uns hat nur keiner was gesagt!«

Der Beifall brandete auf, und man verwies noch einmal über das Mikrofon darauf, daß jeder, der wollte, zeigen konnte, was er konnte und hatte.

Eine sehr langsame, beim Tanzen zur Nähe förmlich zwingende Melodie wurde gespielt. Über die kleine Stufenleiter kam eine Brünette auf den Tisch.

»Die ist vom Privatsender ›Club 9‹«, klärte Gitta Ed auf und hatte sich offensichtlich an seine nicht nachlassenden Zärtlichkeiten mehr als gewöhnt.

Die auf dem Tisch Tanzende sprühte förmlich vor Erotik, und schon begannen die Zusehenden rhythmisch zu klatschen. Ihre Bewegungen signalisierten: Ich biete euch etwas ganz Besonderes. Ihr kurzer Rock, der weniger von den lasziven als viel mehr den eindeutigen Beckenbewegungen höher gerutscht war, ließ kaum etwas uneinsehbar. Und dann bot sie *das* Besondere. Mit scheinbarer Gleichgültigkeit, aber gekonnter Gelenkigkeit entledigte sie sich ihres Slips, hob ihn mit der rechten Hand in die Höhe und griff sich mit der linken unter den Rock, spreizte die Beine und wippte nur noch leicht in den Knien. Man tobte.

Gitta hatte sich hinter ihn angeschmiegt und über seine Schulter zugeschaut. Paulsen genoß die Wärme ihrer Hände in seinen Hosentaschen.

Die Zeit einer auf den Körper gerichteten Beziehung lief sich irgendwann aus. Beide wußten zu genau, daß sie keine Zukunft hatten. Gitta war mit ihren einundzwanzig Jahren und den Erlebnissen, die manche Vierzigjährige nicht hatte, eine erfahrene Frau und erkannte, daß sie Ed Paulsen nie würde über einen langen Zeitraum als Persönlichkeit entsprechen können. Sie verband ihre sexuelle Harmonie. Gitta konnte nicht genug von seinen unegoistischen Zärtlichkeiten bekommen und sagte einmal zu Ed Paulsen:

»Es wird schlimm, wenn ich wieder zu diesen Schnellspritzern zurückgehen muß.«

Sie blieben aber sehr gute Bekannte und Gitta erzählte ihm, wenn sie sich manchmal trafen, sich oft wiederholend: »Weißt du eigentlich, wie schwer es ist, einen wie dich zu finden.«

Ed bedankte sich dann für das Kompliment und antwortete so oder auch anders: »Zum Glück hast du mich nicht so lange gekannt, denn dann würdest du jetzt anders reden.«

Immer mal wieder hatten sie dann das Bedürfnis nach ein wenig mehr Zeit, denn so richtig voneinander losgekommen waren sie nicht. Die phantasievollen sinnlichen Erlebnisse der vergangenen Zeit ließen beide nicht los, und so genossen sie so manches Mal den Körper des anderen, ohne sich etwas vorzumachen. Sie genossen sich aber in vollen Zügen.

Und nun wollte es der Zufall, daß sie sich hier, nachdem sie sich wohl zwei Monate nicht gesehen hatten, wieder trafen.

»Wollen wir's mal probieren?« Sie nickte in Richtung Band. Ed sah sie entschuldigend an und stammelte: »Oha, ich hab die guten Umgangsformen wohl vor Schreck vergessen.«

Sie lachte: »Oje, jetzt verschrecke ich dich schon. So weit sollte es ja nun nicht kommen.«

Er stand auf, zog ihr den Stuhl langsam weg, und dann gingen sie zur Tanzfläche. Soul. James Brown. Gitta tanzte, wie sie liebte. Sie hatten den letzten Tanz vor der Pause erwischt und gingen dann, als die Band die Instrumente ablegte, hinüber zur großen Bar.

Dr. Paulsen hielt Ausschau nach Reinhard Gut, denn er hatte ja angekündigt, auch hier zu sein.

Im Nu waren sie umringt von allen möglichen Leuten. Man hatte Gitta erkannt.

Die Stimmung war sehr angenehm. Nicht übertrieben laut, sehr aufgeschlossen und immer wieder hörte man Gäste lachen. Man amüsierte sich auf hohem Niveau. Hier fühlte sich Dr. Paulsen sehr wohl. Die Partys bei der Grafenfamilie waren für ihn eine Art

Fluchtpunkt für einige sehr entspannende und dennoch anregende Stunden.

Er hatte einmal mit Ulrich nach der Teilnahme an einer »Prominentenparty« Schach gespielt und dabei die Nacht davor noch einmal seziert. Uli wußte ja, daß Ed sehr oft zu den großen Treffen eingeladen wurde, und fragte ihn: »Wann hast du eigentlich von dem Zeug genug? So wie ich dich kenne, müßte es dir doch längst zum Halse raushängen.«

Paulsen hatte ihm wie folgt geantwortet: »Mich zieht nichts, aber auch gar nichts dorthin. Das weißt du, du kennst mich zu gut. Aber man zieht mich, und ich lasse mich hier und da mal ziehen. Es ist für mich so etwas wie ein Sein neben dem Sein. Manchmal genieße ich sogar die Trivialität, die Oberflächlichkeit und Belanglosigkeit, ja sogar die Niveaulosigkeit und das geile Gezeter bei solchen Anlässen. Für mich pure Entspannung, wenn ich zehn Stunden Tag für Tag konzentriert den seelischen Schrott, entschuldige die Ausdrucksform, von mehr oder weniger Kaputten sortiere, ist das für mich eine Art Selbsttherapie.«

Dr. Paulsen stand längst über den Dingen. Und es fiel ihm nicht schwer, zuzugeben, daß er sich anfangs sehr wohl geschmeichelt fühlte, mit »dabeisein zu dürfen«. Aber sehr bald zog er für sich strenge Linien und begann eine Rolle zu spielen und zusehends zu genießen. Für ihn, so sagte er es Uli, sind es nichts weiter als Farbtupfer, auf die er aber jederzeit verzichten könnte, eine Ausnahme bilden zwei, drei Treffen, die ihm mehr bedeuten, und das sind auch die Partys bei von Kast.

Gut mußte ihn gesucht haben, denn er hatte Paulsen entdeckt und winkte fast so, als würde er ertrinken. Ed winkte und lächelte den förmlich Heranstürmenden an. Gut sah ihn mit leuchtenden Augen und frischem Gesicht an. Er begrüßte Gitta, und man merkte ihm aber an, daß er nicht so begeistert davon war, Ed in Begleitung vorzufinden. Sie tauschten ein paar Belanglosigkeiten aus, und Ed merkte, wie Gut ihn liebend gern allein gesprochen hätte. Dafür gab es erst eine Möglichkeit, als Gitta zum Tanz aufgefordert wurde und die zwei sich am Rande auf zwei Barhockern niederlassen konnten.

Gut sah ihn entschuldigend an, als er sagte: »Ich weiß, wir sind hier zum Feiern und Sie natürlich privat. Deshalb nur dieses«, seine gepflegte Stimme vibrierte ein wenig, »Sie haben mir schon helfen können«, er sah den zweifelnden Blick Eds und hörte seine Bemerkung, »bin ich nun wirklich schon ein Zauberer?« Gut lachte: »Ich weiß es bestimmt nicht; ich denke mal nicht. Aber Sie haben allerhand angestoßen. Die schriftlichen Dinge haben mich sehr angeregt.«

Ed blies den Rauch der Pfeife, die er sich angesteckt hatte, zum roten Spot.

»Darf ich Sie morgen«, er sah auf die Uhr und korrigierte sich, »na ja, also nachher, anrufen?«

Paulsen nickte und sagte: »Jederzeit, ich glaube, wir hatten es auch so ausgemacht, mein Mädel weiß Bescheid, ich hatte sie vom Auto aus schon informiert.«

»Ja, ja, also fein, ich freue mich!«

Man merkte ihm deutlich seine Anstrengungen an, seine sich selbst auferlegte Zurückhaltung, »der Mann hat Freizeit, also laß sie ihm« auch zu befolgen. Dr. Paulsen baute ihm keine Brücke, er trennte prinzipiell – es gab nur äußerst seltene Ausnahmen – Privates und Berufliches, und so unterhielten sie sich sehr angeregt über Neuigkeiten in Guts Medienanstalt, die Sparzwänge, die hinterhältigen Kollegen, ausgelegten Karrierefußangeln und die vielen anderen täglichen Ärgernisse. Paulsen ließ Gut an den Abfahrten, den kulinarischen Köstlichkeiten und den gemütlichen Abenden mit seinen netten Schweizer Bekannten teilhaben.

Die Gesprächskreise bei dieser Party wechselten immer wieder, und so profitierte jeder, der es wollte, von den hervorragend ausgewählten Gästen. Der Graf und seine Frau machten sich selbst die Mühe, die Gästeliste zusammenzustellen, und es war kein Geheimnis, daß sich so manch einer, der meinte, bekannt zu sein, um eine

Einladung immer wieder bemühte, aber nicht berücksichtigt wurde. Von Kasts konnten es sich leisten…

Ed verabschiedete sich gegen drei Uhr.

Wie üblich, so als wären der Urlaub und die Party nicht gewesen, war Paulsen schon sehr zeitig in der Praxis. Susanne und die anderen hatten alles vorbildlich vorbereitet. Die Zeitschriften, die Privatpost, die Klientenpost und die sonstige waren in den Ablagen gestapelt. In der Unterschriftenmappe war all die Post, die sie geöffnet hatte. In seinem Refugium sah es aus, als hätte jemand renoviert. Er lächelte, als er den riesigen Blumestrauß sah: »Ein Schatz ist sie schon.«

Seinen Lodenmantel warf er über die Thonetgarderobe und stellte seine Tasche neben den ledernen Wippsessel und ließ sich mit Schwung in die Lehne fallen. Jetzt versuchte er herauszufinden, was die Mädels sich hatten einfallen lassen. Er sah in der Ecke an der Bibliothek eine neue, herrliche großblättrige Grünpflanze. Die zwei Bilder der Münchner Schule, »war das Voltz?«, überlegte er, »ja, ja Voltz«, hatten sie umgehängt, und sie kamen nun viel besser, als über der Behandlungsliege zur Geltung. Das Durcheinander in den Barockregalen war einer fast beleidigenden Ordnung gewichen. Sogar die Bronzeknöpfe der schalldämpfenden altenglischen Lederverkleidung an den Türen waren poliert worden. Auf dem flachen, anrichteartigen Teil der Bibliothek hatten die guten Geister die antiken Glas-, Bronze- Porzellangegenstände abgewaschen und ausgerichtet. Das Gemälde von Walde, es hing natürlich am gleichen Platz, erschien ihm eindringlicher, und dann bemerkte er, daß eine Lampe auf das Gemälde gerichtet worden war. Auch die Farben des Grabone profitierten noch von dieser Lichtquelle. Er sah die gespachtelten Berge mit den grellweißen Gipfeln … und dachte an Corinna. Er sah noch immer auf den Wilden Kaiser, aber längst waren seine Gedanken mit Szenen des Urlaubs beschäftigt.

Der Summer ließ ihn aufschrecken. Susanne war also gekommen und meldete sich. Er ging zu ihr hinaus, umarmte sie, und dann plauderten sie über einige private Dinge, und dann begann sie, ihn über die wichtigsten dienstlichen Ereignisse zu berichten.

»Mein Gott«, stöhnte er, »das ist ja so, als wäre ich ein viertel Jahr in Indien gewesen.«

Das Telefon klingelte.

»Dr. Ulrich, für Sie.« Er stand auf und ging in sein Arbeitszimmer.

»Bitte, ich leg auf.«

»Danke.«

»Ja, mein Alter?«

»Und, wann bist du ins Bett?«

»So gegen dreiundzwanzig Uhr.«

»Spinner, und natürlich ganz allein!«

»Selbstverständlich!«

»Noch größerer Spinner!«

Sie lachten, und dann wurden sie ernsthaft.

»Wir wollen doch morgen bei mir spielen«, erkundigte sich Paulsen.

»Klar, war ja so ausgemacht.«

Uli räusperte sich und sagte noch: »Dann kannst du mir ja bestimmt allerlei erzählen, und so, wie ich dich kenne, bist du doch bestimmt wieder fündig geworden.«

»Papperlapapp, sei froh, daß du kein Psychotherapeut geworden bist, deine Neugierde würde dir zum Verhängnis werden.«

»Siehst du, ich wußte schon sehr früh, was für mich gut ist, und ist mal was nicht gut, dann haben wir ja dich«, er machte eine kurze Pause, wahrscheinlich wechselte er den Hörer in die andere Hand, »nun aber im Ernst, mein Lieber, ich bin da auf eine recht dubiose Sache gestoßen.«

»Jetzt bin ich es, der neugierig ist«, denn er erkannte an Dr. Ulrichs Stimme, daß er wirklich von einer ernsthaften Sache gesprochen hatte. »In aller Kürze, was ist das für eine Sache?«

»Bis morgen hat es schon Zeit.«

»Also, mach's kurz!«

»Du weißt ja, daß ich die Patienten im Rahmen der Enthospitalisierung allgemeinmedizinisch untersuche …«, Paulsen unterbrach ihn:»Weiß ich, Uli, gib Gas, ich hab' dir doch die Sache in die Schuhe geschaufelt, also, was ist los, hat dir jemand in die Suppe gespuckt?«

»I wo, es geht doch nicht um mich oder um Schwierigkeiten, du weißt, die hab ich ja immer«, er lachte,»nun aber im Ernst: Also da ist heute bei mir ein Typ erschienen, den ich untersuchen wollte. Sehr in sich gekehrt, fast autistisch. Aber das machte mich nicht stutzig, viel mehr die Tatsache, daß wir nur eine leere Krankenakte vorfanden, nichts auf Diskette, nichts im PC-Speicher, nirgends nichts.« Der Typ antwortete auf meine Frage wie folgt: ›Da werden Sie auch nichts finden‹, und dann machte er zu. Kein Wort mehr. Unter seinem Blick gefror mir fast das Blut.«

Dr. Paulsen stützte sich auf die lederbezogene Schreibtischplatte und fragte mit akzentuierter Stimme:»Ein Patient des psychiatrischen Krankenhauses hat eine leere Akte, und über ihn ist *nichts* zu finden? *Das* hast du mir eben allen Ernstes gesagt, ja?«

»Deshalb, mein Alter«, er benutzte oft Paulsens vertrauliche Ansprache,»rufe ich ja an, da ist irgend etwas nicht in Ordnung, vor allem, wenn du den Typen dann noch vor dir siehst.«

Susanne signalisierte. Er drückte auf den Knopf rechts außen, und Susanne kam sofort und öffnete die Tür so weit, daß sie miteinander sprechen konnten.

»Entschuldige, Uli …«, er hielt den Hörer zu und fragte:»Ja, Susi?«

»Der Herr Gut ist am Telefon.« Ihre Augen wollten wissen: Was soll ich ihm sagen?

»Sage ihm herzliche Grüße, und er möge in fünfzehn Minuten, falls er kann, noch einmal anrufen«, er tippte auf den Telefonhörer, »das hier ist äußerst wichtig.«

Sie zog die Tür zu.

»Ich bin wieder da …«

»Gut, also der Mann ist somatisch, oder sagen wir besser organisch, absolut gesund. Er macht mir auch, obwohl er eigentlich nur ja und nein sagt, einen unauffälligen Eindruck«, er machte eine kurze Pause, nachdem er »Entschuldigung« gesagt hatte, »so, bin wieder da, also, auch die Vigilität, so viel Ahnung von deinem Fach trau' ich mir zu, erschien mir in Ordnung. Ich könnte mir also vorstellen, daß der Typ sein Leben im wesentlichen autark organisieren könnte, und ich würde ihn ins neue Haus mitnehmen wollen.«

Ed Paulsen räusperte sich: »Na gut, nimm ihn doch mit, aber sonst, mein Lieber, was ist denn, abgesehen von der tatsächlich sehr ungewöhnlichen leeren Akte, nun noch anderes Bemerkenswertes an der ganzen Sache dran? Ich sehe da noch nichts Unheilvolles, Mister Watson.«

»So ging es mir ja auch, aber es geht ja noch weiter, hör gut zu.« Und Dr. Ulrich berichtete ihm von einigen von ihm sofort angestrengten Gesprächen und sagte dann, etwas umständlich formulierend: »Der Typ selbst hat mir nichts erzählt. Sieht mich immer nur mit verdächtig wachen Augen an, und scheint nur Silben zu kennen. Aber von anderen, die ich echt beknien mußte, damit sie ein wenig reden, erfuhr ich, und nun mein Lieber wird es spannend, daß dieser Schweigsame deshalb massiv ruhiggestellt wurde, weil er *nicht* geisteskrank gewesen sein soll. Was sagst du dazu?«

Es entstand eine Pause.

Dr. Ulrich: »Ed … bist du noch da?«

»Ja, ja, Uli, bist du dir darüber im *klaren,* was du da sagst?!« Paulsens Gesicht hatte eine gespannte Mimik angenommen, die sich auch auf seine Körperhaltung übertragen hatte; er saß da, als wollte er jeden Augenblick aufspringen.

»Ich weiß genau, was ich dir sage. Erst als ich übereinstimmende Informationen hatte, habe ich mir überlegt, mit dir zu reden. Sicher«, er holte tief Luft und pustete sie wieder aus, »ich bin da ja nicht *der* Fachmann, und du kennst mich, ich höre nun wirklich keine Flöhe husten, aber die Akte, die Infos und der Typ, für mich paßt das alles irgendwie zusammen«, er räusperte sich und fuhr, die Worte recht umständlich zusammensetzend fort, »wie ich dich kenne, könnte es ja sein, daß dich die ganze Chose ja interessiert, oder?« Er ließ Dr. Paulsen nicht die Zeit zur Antwort, sondern setzte noch hinzu: »Dann müßtest du dir das alles mal selbst ansehen. Allerdings ist er wohl ein armer Schlucker.«

»Für diesen Nachsatz müßte ich dir ein blaues Auge boxen, du Depp! Also, den will ich sehen, so schnell wie möglich!«

Uli lachte und sagte: »Es ist doch schön, wenn man seinen Freund so gut kennt«, und dann stichelte er noch gutmütig, »na ja, ich weiß ja nicht, ob dich die Schickerialeute loslassen, du hast die Bude ja permanent voll. Und der kostet dich möglicherweise enorm viel Zeit, und Kohle mußt du noch mitbringen.«

»Quatsche nicht so dämlich rum«, Uli lachte lauter, »also, wann kann ich ihn sehen?«

Dr. Ulrich schlug dann vor, den Mann morgen mit in die Wohnanlage zu nehmen: »Und du kommst ja dann sowieso vorbei, schau ihn dir an und beim Schach oder beim Essen können wir ja dann noch darüber reden.«

»Prima, laß es dir gutgehen!«

Ed Paulsen lehnte sich zurück, verschränkte die Arme hinter dem Nacken und schüttelte leicht den Kopf, als er dachte: »Sollte es heute wirklich noch so etwas geben? Nein, nein, *nicht* vorstellbar, aber genauestens ansehen werde ich mir den Typ auf jeden Fall.«

Dann rief er Susi. Über das Mitbringsel freute sie sich besonders, eine Schweizer Handarbeit.

Dann rief Gut an, genau nach fünfzehn Minuten. Sie redeten ein wenig über die, wie er sagte: herausragende Party und die vielen interessanten Gespräche, die ihm besondere Freude bereitet hätten.

Als Gut über seinen Zustand detaillierter berichten wollte, unterbrach ihn Paulsen: »Verehrter Herr Gut, das ist nichts fürs Telefon, wir sollten uns ansehen können, falls Sie wissen, wie ich es meine.«

»Aber gern, selbstverständlich, ich hatte nur die Sorge, Sie hätten vielleicht keine Zeit für mich.«

Susi hatte das Terminbuch liegengelassen, als sie diskret den Raum verlassen hatte. Ed konnte für Donnerstag zwei Stunden plus eine variable anbieten. Gut war glücklich, man merkte es an seiner Verabschiedung.

Dann saß er wieder mit Susanne zusammen, und sie ging mit ihm die riesige Telefonliste durch. Susanne beherrschte zwar die moderne Technik und hatte in ihrem PC alles verewigt, aber trotzdem benutzte sie nach wie vor gewissenhaft Bücher und Kalendarien.

Sie lächelte als sie sagte: »Herr Gut hatte sich bei mir vorgestellt, er plauschte mit mir mindestens vierzig Minuten oder sogar eine Stunde. Ein sehr netter, charmanter Mann. Wenn man ihn nicht persönlich, sondern nur vom Fernsehen kennt, schätzt man ihn anders ein. Er ist ein völlig anderer Mensch.«

Ed sah sie ernst an und sagte: »Vielleicht besteht er ja auch aus zwei Teilen.?«

Susi erkannte sofort: Er weiß schon mehr über Gut.

Sie stimmten die Termine der Einladungen ab. Einige überschnitten sich und Paulsen legte immer großen Wert darauf, daß die Einladenden von seinem Kommen oder aber seinem Verhindertsein informiert wurden.

Paulsen erzählte ihr, wie gut er sich erholt habe und daß er sich mit sehr netten Leuten getroffen und eine schöne Zeit verlebt habe.

Genau um neun Uhr das Spiel der Glocke für den anonymen Eingang.

Ed streckte sich und rief: »Madame, es ist soweit, der Irrsinn geht los!«

Susi lachte und begab sich in ihren Arbeitsbereich.

Dr. Paulsen war aufgestanden, sah in den Spiegel, zog die Rieger Krawatte zurecht, spreizte die Finger der rechten Hand und zog sie wie ein Rechen durch seine Haare. Er prüfte die Manschetten und noch einmal, ob der Reißverschluß seiner Hose auch geschlossen war. Die Unterlagen von den vorangemeldeten Klienten lagen in den speziellen Ablagen bereit. Die Technik war einsatzbereit. Die Blei- und Farbstifte waren frisch angespitzt und das Papier lag griffbereit. Alles war bestens von Susi vorbereitet. Er lächelte sein Ebenbild im Spiegel an und sagte leise: »Susanne, du bist schon perfekt.«

Ed freute sich, wie immer, wenn er ein paar Tage unterwegs war, besonders auf seine Arbeit.

Dr. Paulsen überflog kurz seine schriftlichen Anmerkungen, die er während und nach dem Gespräch mit Irene Berg zusammengefaßt hatte. Er hatte damals auch noch das Band analysiert. Frau Berg war eine von denen, die mit den Gesprächsaufzeichnungen einverstanden waren.

Der Film lief ab, und er war auf der Höhe der sich anschließenden Aufgabe.

Susanne hatte Frau Berg empfangen und beide Frauen hatten es sich in der »Kaffee-Ecke« gemütlich gemacht.

Ed Paulsen hatte auch diesen Empfangsraum sehr stilvoll eingerichtet.

Kaum etwas ließ auf eine psychiatrische Praxis schließen. Auch die Technik war für die Besucher nicht einsehbar. Das noble Ambiente umfaßte getäfelte Holzwände, Gemälde, verschiedene Antiquitäten, Mobiliar aus dem 18. Jahrhundert und gemütliche Sitzgelegenheiten, die der räumlichen Atmosphäre angepaßt waren. Die Patienten fühlten sich hier besonders wohl, und Susanne, immer vorzüglich und überaus geschmackvoll gekleidet, nahm ihre wichtige Aufgabe, »die ersten fünf bis zehn Minuten gehören Ihnen« hatte er ihr damals erklärt, »in der Zeit ist es wichtig, den Klienten zu akklimatisieren, wenn er neu ist, und zur Einstimmung mit beizutragen, wenn er uns schon bekannt ist«, nicht nur ernst, sondern gestaltete diese mit so viel Charme und Einfühlungsvermögen, so daß sich Dr. Paulsen oft über die Lobeshymnen der Klienten auf Susanne freuen konnte. Susi sorgte schon, bevor der Klient erschien, für die notwendigen, auf die Person abgestellten Kleinigkeiten; sei es die Zigarettensorte, der bestimmte Kuchen zum Kaffee, der Begrüßungswhisky oder -cognac, sogar Pfeifentabak hatte sie schon besorgt. Die Patienten fühlten sich hier nicht als Patienten, und auch die Wortfindung »Klient« hatte damit etwas zu tun.

Grundsätzlich gesellte sich Paulsen dann zu Susi und den Klienten; man sprach über einige belanglose Dinge, manch einer erzählte sogar einen Witz oder eine lustige Begebenheit.

Dann nahm Dr. Paulsen den Besucher, sich weiter mit ihm locker unterhaltend, mit ins Refugium.

Als er erschien, wollte Frau Berg aufstehen. Er schüttelte beide Hände, so als wollte er etwas abwehren, und sagte: »Bitte, bitte, behalten Sie Platz.«

Ed lächelte sie freundlich an, ergriff ihre Hand; der Handkuß war obligatorisch. Dann setzte er sich zu den zwei Damen. Frau Berg sah ihn mit ihren fast schwarzen Augen an und sagte: »Wir haben gerade über Freifrau Huf gesprochen«, sie schwang ihr linkes Bein über das rechte. »Wer zum Teufel ist eine Huf, muß ich die kennen?« rätselte Dr. Paulsen und nickte ihr lächelnd zu.

Susanne wußte natürlich schon viel mehr und erkannte, daß Paulsen sich im Nebel befand, und klärte ihn auf: »Das ist doch die junge Dame, die entgegen der Familientraditionen ...«

»Nein, mein Kind«, unterbrach sie Susanne und schwang ihre Hand so, wie man es oft bei Schwulen sieht, »nein, es geht da nicht um Tradition, sondern um familiäre Gesetze«, sie lugte unter der Krempe ihres Hutes hervor, »und die haben ein ganz anderes Gewicht!«

»Ach ja, ich habe da so ein wenig Kenntnisse«, sie blinzelte Paulsen an, »also hat sie mit einem Bürgerlichen ein Verhältnis begonnen ...«

»... und, stellen Sie es sich vor, lieber Doktor«, man konnte ihre Abscheu förmlich aus den Augen lesen, »sie will ihn nun auch noch heiraten!« In ihrer Erregung entging es ihr, daß die Asche von ihrer Davidoff-Zigarette auf die Tischplatte gefallen war.

»Oha«, meinte Ed mehr oder weniger, aber eher weniger bedeutungsvoll und schenkte sich etwas Tee ein, den er dann mit einem verdeckten belustigten Blick zu Susanne genüßlich trank.

Frau Berg ließ den Zigarettenrest aus der langen, wohl elfenbeinernen Spitze in den Ascher fallen, richtete sich ein wenig auf, um ihr Dekollete so zu ordnen, daß man den Brustansatz erkennen konnte. Frau Berg zog sich immer sehr fraulich und recht reizvoll an. Dann legte sie Paulsen die Hand auf den Unterarm, neigte sich weit zu ihm und kam ihm sehr nahe und hauchte: »Wie gut Sie zu sehen, eine Woche ohne Sie, das dürfen sie nicht zu oft tun«, sie schwang ihren Finger, so als wollte sie drohen, »als Sie vorhin in der Tür standen, nein«, sie winkte impulsiv ab, »schon als ich hierher unterwegs war«, sie kam ihm noch näher, so daß ihm ihr Zigarettenatem nicht entgehen konnte, »ging es mir schon besser. Aber jetzt«, sie setzte sich ruckartig auf und tat mädchenhaft, »bin ich im siebenten Himmel.«

Paulsen lachte und wunderte sich, wie einfach es doch ist, in diesen siebenten zu gelangen.

Sie sagte dann: »Ach, es ist doch schön, mal so zu schwärmen, oder nicht, meine Liebe?«

Susanne stand ihr bei: »Doch, es ist wahr, das tut manchmal so richtig gut.«

Die Aristokratin: »Hören Sie, Doktor? Wir sind da einer Meinung.«

Ed Paulsen hob die Hände und sagte: »Na gut, dann werd' ich wohl kapitulieren müssen.«

Er sah Frau Berg an und sagte dann: »Im Salon habe ich noch einen guten Cognac, gehen wir?«

Sie tätschelte die Hand von Susanne und bemerkte: »So ist es, er versteht es immer, mich von Ihnen zu trennen.« Ihre Augen sagten aber etwas anderes.

Sie stand auf, er bot ihr den Arm, und sie verschwanden im Refugium. Susanne hatte die Automatik so reguliert, daß der Lichteinfall des Tageslichtes durch die Stellung der Lichtlamellen gedämpft wurde, genau so, wie es Frau Berg gern hatte.

»Gnädige Frau…«

Sie schnitt ihm die Rede ab: »Sie wissen, lieber Doc, für Sie bin ich Irene, und das mit der gnädigen Frau heben Sie sich bitte für offizielle Anlässe auf, oder am besten, lassen Sie es ganz sein, ja?« Sie hatte den Hut abgenommen und setzte sich sichtlich lässig in die Ecke der großzügigen Ledersitzgarnitur. Ed hatte ihr diesen Platz angeboten.

Sie hatte ihre besten Jahre hinter sich, wirkte, unterstützt von zwei Eingriffen und einem hervorragenden Make-up, aber äußerst attraktiv und jugendlich, ohne zu übertreiben. Sie gehörte zu denen, die sich nicht, oder noch nicht?, auftakelten. Sie konnte also noch lächeln und lachen, ohne daß man sofort an eine Maske denken mußte.

Im Hintergrund schmeichelten konzertante Melodien. Susanne hatte, wie sollte es anders sein, an alles gedacht. Paulsen goß sich etwas Tee ein und setzte sich, nachdem er den Recorder unauffällig mit der Fernbedienung eingeschaltet hatte, mit dem Tageslicht im Rücken, in den schweren Sessel.

Sie saßen sich nun gegenüber.

Paulsen hatte die Akklimatisierungsphase deshalb initiiert, um auch erkennen zu können, in welcher Verfassung der Besucher sich befand. So konnte er diese Eingewöhnungszeit verlängern, um den Klienten in eine emotionale Startposition zu lancieren, oder auch deutlich verkürzen.

Frau Berg war nun in der Situation, in der die längere Anwesenheit von Susanne bei ihr eine gewisse Aggression ausgelöst hätte. Sie wollte jetzt mit »ihrem Doc« alleine sein und diese Zeit genießen.

Da beide schon über längere Zeit zusammenarbeiteten und ein ausgewogener psychischer Zustand längst erreicht war, bestand Frau Berg darauf (»ich weiß, mein Lieber, Sie sind der Guru und wissen alles, aber ich weiß, daß ich noch lange zu Ihnen kommen muß und werde. Es bedeutet mir mehr als ein neuer Austin oder Zobel«). Ed Paulsen nahm deshalb diese Sitzungen nicht auf die leichte Schulter, denn er bemerkte natürlich, welche fast rituale Bedeutung für diese Frau der Besuch bei ihm hatte. Dr. Paulsen hatte versucht, ihr nachhaltig zu erläutern, wie stabil und sicher ihre psychische Konstitution nun war und daß sie ja jederzeit, wenn sie wieder Unsicherheiten spüren würde, kommen könne.

Sie hatte auf seine Anmerkungen immer wieder fast stereotyp geantwortet: »Wenn ich nach unserem Zusammensein«, dabei sah sie ihm tief in die Augen, »auf der Straße stehe, fühle ich mich pudelwohl, und am nächsten Tag freue ich mich auf den übernächsten, denn dann bin ich wieder hier.«

Mit ihr über die Kosten zu reden, wäre unwirksamer. Denn wenn sie nichts im Überfluß gehabt hätte, bei Geld und Besitz war es ganz, ganz anders.

Dr. Paulsen bearbeitete mit ihr gewissenhaft die aktuellen Bezüge zu ihrem Lebensumfeld und achtete streng darauf, daß in diese Sitzungen keine selbstgemachten Pseudoprobleme Eingang fanden. Paulsen hatte quasi ständigen Zugang zu dem Denken und Fühlen dieser Frau. Er wußte einfach, wie diese Frau tickte, und ordnete die in etwa neunzig Minuten unter der Rubrik »therapeutischer Plausch« ein.

Irene hatte ungeniert die schwarze Flasche ergriffen und entkorkt, sich einen Cognac eingeschenkt (»ich weiß, Sie nicht, aber es könnte ja sein? Wirklich nicht? Danke«), dann den Korken wieder aufgesetzt und hob das Glas, dann rückte sie nach vorn, so daß ihr Knie über die Tischkante lugte und sagte: »Lieber Doc, auf Ihre Rückkehr. Gott sei Dank!« Und sie trank in einem Zug aus.

»Oh ja, das tut heute so richtig gut.«

Ed gab ihr Feuer.

Sie rutschte wieder zurück und nahm ihre lässige Haltung in der Ecke der Couch wieder ein.

»Da sie ja so gut wie zu unserer Gesellschaft gehören, erübrigt sich wohl die Frage, ob Sie zur Party kommen, die Einladung haben Sie doch bekommen, oder?«

Er lächelte sie fast herzlich an, als er antwortete: »Ich habe sie schon gesehen und denke mal, es wird hoffentlich nichts dazwischenkommen.«

Sie blies den Rauch zur Decke und machte ein entschlossenes Gesicht: »Mein Lieber, es *darf* einfach nichts dazwischenkommen!«.

Er nippte am Tee und erwiderte, seine Souveränität absichtlich betonend: »Hoffen wir das Beste.«

»Wir haben uns mal wieder richtig Mühe gegeben, was denken Sie?«, sie sah ihn so an, als wolle sie ergründen, ob Paulsen denn an dem Niveau der Party zweifeln würde, »es kommen einige Bekannte, dann aber haben wir Zusagen von Neuen, also einigen

Experten, ein paar echte Künstler und auch *echte* Schauspieler, auch noch einige Manager und Medienleuten und«, sie sah ihn an, so etwas wie: Extra für Sie, Sie Schlingel, »und eine Menge frisches Fleisch ... und Namen werden nicht verraten.«

Sie kicherte wie ein altes Marktweib und entschloß sich, noch einen Cognac zu trinken. Dann wurde sie ernst und begann, keinen Blick von Paulsens Gesicht lassend, zu erzählen: »Es ist für Sie sicherlich überraschend, aber ich hatte wieder einen Angstanfall!«

Ed war tatsächlich überrascht, ließ sich aber seine Gedanken nicht anmerken: »Da muß aber etwas Gravierendes passiert sein, denn sie reguliert ihre normalen Problemchen inzwischen sehr gut aus.«

Sie zog lange an ihrer Zigarette, ehe sie weitersprach: »Es kam ganz unvermittelt. Wir waren beim Golfen, Sie wissen ja, meine Truppe«, er nickte und forderte sie mit ernsten Augen auf, weiterzureden, was sie auch tat, »Baronin Anneliese, Sie wissen schon, die immer so gerne die jungen Filmleute einlädt«, so wie ganz beiläufig erwähnte sie, »sie würde ja am liebsten ganz allein leben, sagt sie, sie bräuchte dann keine Kompromisse zu machen und könnte sich ihre Lover selbst suchen und so weiter und so weiter und auf einmal«, sie beugte sich weit nach vorn, machte große Augen, so als wolle sie sich davon überzeugen, ob dort auch wirklich Dr. Paulsen saß, »war sie da, die Angst, ganz nackt und kalt.«

Sie drückte die Zigarette aus, nahm den letzten Schluck Cognac aus dem Schwenker und sagte: »Fast so wie damals, als wir uns kennenlernten.«

Für Paulsen war ein zeitlich so eingegrenzter und zudem nicht dramatischer Rückfall nach der langen Zeit ohne größere Beschwerden, kein besorgniserregendes Ereignis. Frau Berg war seinerzeit täglich von Angst und Panik attackiert worden und seit über elf Monaten beschwerdefrei.

Paulsen hatte in der Golfgeschichte von Frau Berg längst den Aufmacher erkannt, es dauerte noch zwanzig Minuten, die ersten Blätter flatterten, und mit sehr viel Einfühlungsvermögen nahm er ihr auch noch das Feigenblatt ab.

»Sie Teufel, mein lieber Teufel«, sie atmete tief ein und wieder aus, »ich schäme mich zwar, aber ich kann ja nur mit Ihnen darüber reden: Ja, ich habe ein Verhältnis«, sie ließ den Kopf sinken, »und ich vermute, die Angst kommt nur daher, stimmt's?«

Paulsen erinnerte sich sofort an die Anfangszeit ihrer Arbeit und daran, wie Frau Berg ihn in ein Geheimnis einweihte: »Ich habe fast nie einen richtigen Orgasmus.«

In einer dann späteren, von Paulsen sehr detailliert vorbereiteten Sitzung provozierte er sie zu sich überschlagenden Emotionen: Frau Berg befreite sich von allen Zwängen und ließ ihren sexuellen Phantasien freien Lauf. Dr. Paulsen war einiges gewöhnt, aber was damals diese recht kühl wirkende Frau, aus allerbestem Hause, immer äußerst kontrolliert und jedes Wort abwägend, förmlich aus sich herausschrie, überraschte ihn und vor allem danach sie, denn es war ein verbalisierter Pornofilm, der wohl ab dem 30. Lebensjahr hätte zugelassen werden müssen. Aber es hatte ihr geholfen! Als er damals das Band noch einmal abgehört hatte, amüsierte er sich über seine Gedanken, denn er traute ihr ohne weiteres zu, als Pornoautorin erfolgreich zu werden. »Oha«, hatte er damals gedacht, »was hat sie sich doch für Bilder zusammengesetzt, teifi, teifi.«

Sie tasteten sich, obwohl sie sich lange kannten und es wohl keine Geheimnisse zwischen ihnen gab, langsam vorwärts. Wie sagte Paulsen immer: »Die Bergwanderung beginnt ...« Er setzte das Mosaik filigran und geschickt zusammen, um ihr dann so etwas wie die Absolution zu erteilen.

Er konnte Frau Berg regelrecht von innen lesen und wußte alsbald sehr genau: Dieses aktuell aufgetretene Angstgefühl hatte nichts mit einer psychopathologischen Angstattacke zu tun.

»Sie hat nichts weiter als ›aktuelle‹ Angst vor ihrem sich immer mehr aufdrängenden Mut'«, konstatierte er. Laut: »Meine Liebe, ich kenne und verehre Sie als verantwortungsbewußte Persönlichkeit. Aber, Sie könne sich bestimmt erinnern, als wir damals darüber debattierten, es gibt aber auch Gefühle, Bedürfnisse und, ja, Träume, die man gern erleben möchte.«

Sie sah ihn wie versteinert an. Regungslos.

»Was also tun? Vernünftig sein? Eventuell dann dem nachtrauern, was man meint versäumt zu haben? Oder verantwortungsbewußt die Herausforderung – ja, so etwas ist eine Herausforderung - annehmen?«

»Aber lieber Doc, das ist doch dann nicht verantwortungsbewußt!«

»Wieso?«

»Na schließlich bin ich …«, sie wurde rot und senkte den Blick, »schließlich gehe ich doch fremd, oder?«

»Zweifelsfrei! Aber Sie gehen doch nicht fremd, um jemanden bewußt zu schaden, sondern sich selbst, sagen wir mal, einen Wunsch zu erfüllen und das ›Verantwortungsbewußt‹ bezieht sich darauf, alles für sich selbst zu behalten. Leiden darf niemand!«

Sie ließ sich jetzt nach hinten in die Polster gleiten und faltete die Hände wie zum Beten.

Dr. Paulsen stützte die Ellbogen auf die Tischplatte und fuhr fort: »Leben Sie aus, was Ihnen an einem solchen Verhältnis gefällt. Ich für meinen Teil habe keine Furcht um Sie, solange Sie mit ihrem Verstand Kurs halten können.«

Sie kam wieder zum Tisch, griff mit beiden Händen die Unterarme von Ed Paulsen und sagte:

»Wir beide genießen uns und stellen unsere Familien und unsere Bindungen nicht in Frage«, sie lächelte und bemerkte dann noch »es ist eine rein sexuelle Wanderschaft, und ich staune, wie gern ich wandere.«

Dr. Paulsen nickte leicht und schwieg.

»Sie wissen, mein Lieber, ich bin über Vierzig, und nun kommt da ein 59jähriger, und ich erlebe zum ersten Mal in meinem Leben«, sie hatte beschwörend die Hände hochgeworfen, »einen Orgasmus, wie ich ihn mir nie vorgestellt hatte. Ich glaube, ich habe mit meinem Schreien, die ganze Straße geweckt. Doc, wissen Sie, was ich versäumt habe?«

Ed lächelte sie verständnisvoll an und nahm ihre Hände in seine:

»Madame, Sie haben nun nichts mehr versäumt! Genießen Sie Ihre Gefühle, und vielleicht gelingt es Ihnen ja, dann später mit Ihrem Mann auf ähnliche Wanderungen zu gehen, das wäre dann die beste Lösung.«

Zwischenzeitlich hatte er schon gesehen, daß das grüne Lämpchen erloschen war und das blaue neben dem roten leuchtete. Susanne hatte ihm signalisiert: Die geplante Zeit ist abgelaufen. Für den eingeplanten Überhang verblieben immer fünfzehn Minuten. Aber die waren bereits aufgebraucht, und inzwischen war der Sänger mit dem wunderschönen Künstlernamen Allessandro schon in der Praxis.

Susanne brachte, was sehr selten passierte, weil Paulsen die Zeit kaum überschritt, oder aber, wenn jemand schon deutlich früher heraufkam, diejenigen in den separaten Aufenthaltsraum, der den Charakter einer antiken Bibliothek hatte. Dieser Raum lud förmlich zum Bleiben ein. Es gab einen riesigen Fernseher, der in dem barocken Regal stand. Eine Hi-Fi-Anlage, aktuelle Illustrierte und Tageszeitungen, Bücher für wohl jeden Geschmack, ein Telefon zur freien Benutzung, eine gut ausgestattete Bar, die Susanne nur denen auch optisch nicht zugänglich machte, die Alkohol- oder Drogenprobleme hatten. Selbstverständlich Tee, Kaffee und Gebäck. Doppeltüren sicherten die absolute Anonymität der sich dort Aufhaltenden.

Ed Paulsen brach natürlich die Sitzung nicht sofort ab, und ihm kam das Erschrecken der Frau Berg zu gute, als sie auf ihre Uhr schaute und rief: »Mein Gott, da haben wir aber Ihre Zeit verfressen und ich bin schon zehn Minuten überfällig.« Sie reckte sich ihm entgegen, um ihn auf beide Wangen zu küssen, und tippte ihm übermütig mit dem Zeigefinger auf das Brustbein: »Und nicht vergessen, mein lieber Lebensretter, übermorgen ist Showtime!«

Irene schwang sich das Jackett über die Schulter, trat vor den Spiegel und setzte den Hut auf. Dann beleckte sie sich die sinnlichen, vollen Lippen, drehte sich zu Paulsen, nahm seine kräftigen Hände und sagte, ihn förmlich anhimmelnd: »Sie Schatz, was würde ich ohne Sie tun?!« Er wollte etwas antworten, so wie »ich bitte Sie, ich bin doch einer von vielen« oder ähnlich, doch sie legte ihm den Zeigefinger fast zärtlich auf die Lippen: »Nix sagen, lassen Sie mich weiter träumen und zwar, daß sie nur und ausschließlich für mich da wären.« Dann nahm sie ein Briefkuvert aus ihrer Tasche und reichte es Dr. Paulsen mit der Bemerkung: »Das hier«, sie wedelte mit dem Papier, »ist nix, später baue ich ihnen ein Denkmal, ja?« Dr. Paulsen hatte einige große Scheine erhalten; wie jedesmal.

Nach kurzer Zeit verließ sie den Raum, verabschiedete sich von Susanne und benutzte den VIP-Ein- und Ausgang.

Paulsen bereitete einige Dinge für den skurrilen Sänger vor. Eine seiner Stärken war es, sich im Nu auf die einzelnen Klienten gedanklich und emotional auszurichten. Dabei half ihm vor allem sein hervorragendes und überdurchschnittliches Gedächtnis. Susanne hatte die Technik im Aufenthaltsraum aktiviert, und Ed Paulsen ging direkt von seinem Refugium aus hinüber. Mit einem gedanklichen »Oje, auch das noch«, quittierte er den sehr aufdringlichen Geruch des Rauches der, wie üblich, selbstgedrehten Zigaretten.

Allessandro sagte: »Hi«, und stand etwas linkisch aus dem Sessel auf und reichte Dr. Paulsen breit grinsend die schmale, schwammige Hand. Erst dann warf er das Magazin, es war natürlich der »Playboy«, auf den noblen, antiken Tisch. Dann sah er, so als wäre er kurzsichtig, Paulsen ins Gesicht und sagte: »Hallo, Maestro«, ihm machte es besondere Freude, Ed Paulsen so anzureden, und er wollte es sich ums Verrecken nicht abgewöhnen, »Sie sehen ja aus wie vier Wochen einsame Insel ohne Weiber und Alk, toll.«

Ed bedankte sich, und beide setzten sich gleichzeitig.

Unendlich lange zog er an der Selbstgedrehten und sah dann genußvoll der Rauchfahne nach, die er durch seine Nase ziehen ließ.

Die Arbeit mit dem talentierten Rockmusiker war für Ed Paulsen Schwerstarbeit. Allesso, wie man ihn abkürzend nannte, hatte zwei sich eigentlich ausschließende psychische Gesichter: Er war der harte Rocker vor, auf und unmittelbar nach der Bühne, und sobald er Allessandro der ganz normale Mensch sein mußte, dann verfiel er in Schüchternheit, Selbstzweifel und Leistungsängste. Er selbst sagte einmal: »Maestro-Doc, mein Leben ist wie eine Geisterbahn.«

Ed Paulsen wurde von ihm kontaktiert, als er massive organische Beschwerden, die sich immer wechselnd in verschiedenen Organen zeigten, abklären ließ und die vielen Diagnostiker, die er abgeklappert hatte, unisono zu ihm sagten: »Sie sind organisch völlig gesund. Ihre Psyche spielt wahrscheinlich verrückt. Achten Sie also auf Ihre Lebensführung.«

»Aber *was* ist Lebensführung«, grübelte er damals. Er versuchte es quasi ins Blaue hinein. Das ging aber gehörig in die Hosen, und er brach dann erstmals ein Konzert ab und war sich dann in einem Gespräch mit seinem Manager klar: »Ich muß zu einem dieser selbst bekloppten Seelenklempner. Hör mal rum, ob es da einen gibt, der Ahnung davon hat, was er tut.«

Der bekannte und außerordentlich umtriebige Manager von Allesso, den Dr. Paulsen vor Jahren von einer massiven Haftpsychose (»ich hatte ein paar illegale Huren beschäftigt und eine Spielhölle betrieben und ganz vergessen, Steuern zu bezahlen«) befreit hatte, rief an und stand dann in der Praxis.

Nach den ersten Gesprächen mit Allesso, als Paulsen in etwa abschätzen konnte, was da auf ihn zukommen würde, hatte er die Absicht, Allesso zu übergeben. Dann aber siegte sein Pflichtbewußtsein, und auch die sich abzeichnende Kompliziertheit der anstehenden Arbeit motivierte ihn, mit dem Sänger zu arbeiten. Es gab Szenen, die Paulsen sehr selten erlebt hatte: Bücher flogen durch die Bibliothek, ein Whiskyglas zerbrach an der Wand und hätte beinahe ein Mulleygemälde getroffen. Dann Tränen, schier endlos und wieder Aggressionen gegen sich selbst. Beschimpfungen, die Dr. Paulsen über sich ergehen lassen mußte und auch bewußt zuließ, waren für ihn nichts Neues in der Therapiearbeit.

Einmal schickte ihn Paulsen weg. Nicht, weil er selbst die

Situation nicht mehr beherrschen konnte, sondern als Teil seiner Therapie. Am Abend kam ein Bote vorbei, der brachte für Susi einen riesigen Rosenstrauß und für Ed eine Kiste Château Margaux, Jahrgang 82. Dann kam er am nächsten Tag unangemeldet und saß zwei Stunden, nur um sich bei Paulsen persönlich zu entschuldigen.

Er machte dann zusehends Fortschritte, als er merkte: »Hallo, hier passiert was mit mir, ich sehe Dinge, an denen ich vorher vorbeigeschaut habe, und denke über Sachen nach, die für mich nie in Frage kamen.«

Allessandro hatte mit Koks und all dem anderen Zeug, wie er sagte, aufgehört und trank kontrolliert. Paulsen hatte ihn mit Yoga konfrontiert, und nun spielten sie ab und zu sogar Tennis. Denn Allesso hatte vor einem Jahr Stunden genommen und sich recht gut dabei angestellt. Er hatte dann aktiv an der Entwicklung auch von kognitiven Mechanismen mitgewirkt, die ihm zunehmend dazu dienten, sich selbst zu konditionieren. Auch hier hatte Dr. Paulsen sich in die Arbeit verbissen und ohne jegliche Medikamente (ich hab' ihn mit Placebos am Anfang verarscht) den Mann zu sich selbst, einem gewandelten Ich, geführt. Die jetzige Arbeit war fast ein Kinderspiel.

Allessandro kam zu ihm, um, wie er sagte: »Nie mehr umzufallen und dazu brauche ich noch eine Krücke«. Als er dann nach circa neunzig Minuten ging, lächelte er Paulsen etwas verschmitzt an und meinte: »Maestro Paulsen, alle sagen, ich bin ein anderer, vielleicht sogar besserer Mensch geworden«, er zog die Schultern hoch, »ich kann das schlecht selbst beurteilen, aber wenn man mir das ehrlich sagt, fühl ich mich toll, wirklich. Und irgendwann sagen Sie mir, *wie* Sie das gemacht haben, okay?«

Er sah ihm gerade in die Augen, streckte ihm die Hand entgegen, die nicht mehr schwammig war und flüsterte fast: »Wie Sie das geschafft haben, mich auszuhalten, werde ich wohl nie begreifen. Sie sind ein Star, Maestro, *Sie* sind ein Star. Ich war mir sicher: Mir kann keiner helfen, ich bin ein unheilbarer Psychopath oder so was ähnliches. Und«, er drückte die breite Hand, als wolle er sich festhalten, »ich möchte, daß Sie mich nicht so bald loslassen, okay?«

Dr. Paulsen klopfte ihm leicht auf die fast zerbrechlich wirkende Schulter und sagte: »Sie haben das Sagen und Sie sagen auch«, er entschuldigte sich für den Ausdruck, »wann Sie endgültig von der Leine gelassen werden wollen.«

Allesso nickte und sagte Paulsen, er werde sich genügend Zeit lassen.

Als er gegangen war, merkte Ed Paulsen die enorme Anstrengung und auch das Schlafdefizit. Er setzte sich in den Sessel, streckte sich und rieb sich die Augen. Dann fiel ihm auf, daß wohl heute so ein Tag sei, an dem ihm alle Klienten endlose Treue schworen. Er lächelte: »Ich werd's aushalten und es auch aushalten, wenn sie mich verfluchen.«

Susanne hatte noch einmal Tee gekocht. Sie sah ihn mit besorgter Miene an: «Doktor Paulsen, nicht böse sein: Aber jetzt sehen Sie so richtig geschafft aus.«

»Böse, wie sollte ich, ich merke es ja als erster, daß ich platt bin. Puuh, das war wieder eine Tour.«

Er lehnte sich an den Türrahmen, während Susi den Darjeeling einschenkte, und meinte, ins Nirwana schauend und den vorherigen Gedanken noch einmal einholend: »Man muß immer wieder aufpassen, nicht die einem entgegengebrachte Dankbarkeit und den hier und da erzielten Erfolg zu überschätzen. Es ist immer wieder gut, sich auf seine Niederlagen zu besinnen.«

Er nahm die Tasse und schlürfte den heißen Tee: »Oh ja, das tut nun so richtig gut!«

Sie hatte sich aufgerichtet und sah ihn an: »Wie meinen Sie das, was macht Ihnen Sorgen?«

Er hielt ihr die Meißner Tasse hin und Susi schenkte nach: »Erfolg kann eine Droge sein, und sehr leicht gewöhnt man sich daran. In unserem Beruf eine tödliche Gefahr, denn irgendwann deutet man auch Niederlagen in Erfolge um, und dann ist alles zu spät.«

Sie sagte mit viel Humor in der Stimme: »Lieber Doktor, darüber machen ausgerechnet Sie sich Gedanken? Wenn Sie meine Meinung interessiert«, sie machte eine kleine Pause, um zu erfahren, ob Interesse vorhanden sei, und als er »Nur zu, nur zu« gesagt hatte, fuhr sie fort , »Sie werden nie ausflippen, auch wenn Sie nur noch angehimmelt werden und keine Mißerfolge mehr haben sollten. Nie!«

»Nun, dann bin ich ja beruhigt.«

Susanne verabschiedete sich, um eine Kleinigkeit zum Mittag zu essen. Dr. Paulsen ging in das Refugium, um zu schauen, was er am Nachmittag dann noch zu tun hatte.

Corinna fiel ihm ein. Er wählte die Nummer und hörte das »Grüezi, Sie sprechen mit Angelika, was kann ich für sie tun?« Paulsen konnte weder den Namen noch die Stimme zuordnen und verlangte Corinna. »Oje, das ist im Augenblick sehr schlecht, denn sie ist allein im Restaurant, und es ist Mittagszeit, bitte, ich hoffe, es macht Ihnen nichts aus, noch einmal nach fünfzehn Uhr anzurufen, ja?« Die aufkeimende Aggression, die über die Enttäuschung, Corinna nicht sprechen zu können, heraufkroch, beherrschte er augenblicklich und verabschiedete sich höflich auf später. Von dem Angebot der überaus netten Angelika, Corinna gern etwas auszurichten, machte er keinen Gebrauch.

»Gut kommt noch um sechzehn Uhr, also fahr ich jetzt rüber zum Uli«, überlegte er, »ich will mir doch mal den Typ da ansehen.«

Er kritzelte für Susanne eine entsprechende Nachricht und klebte sie auf den Bildschirm ihres Computers.

Der Sportwagen Dr. Ulrichs stand vor dem Portal des massiven und herrlich renovierten Baues aus der Gründerzeit. »Endlich sind sie fertig, sieht ja wirklich tadellos aus«, er konnte das Gebäude erstmals ohne Einrüstung betrachten. Die ersten Bewohner waren schon vor einiger Zeit eingezogen, als noch an der Fassade gearbeitet wurde. Paulsen parkte den Wagen neben Ulrich und grüßte die ihn neugierig betrachtenden Bewohner, die mit Besen und Schneeschieber für begehbare Wege sorgten.

Die Sozialpädagogin Frau Mayr, eine robuste Niederbayerin, kam auf ihn zu, und er reichte ihr die Hand und fragte: »Wie ich sehe, geht es ja so richtig vorwärts hier. Endlich mal ein schöner Schritt nach vorn!«

Ihre von der Kälte dunkelroten Wangen leuchteten wie angemalt: »Ja, jetzt macht die Arbeit gleich noch einmal soviel Freude.«

»Also, auf bald und viel Erfolg, wir sehen uns ja doch dann öfter.«

»Danke, da freuen wir uns!«

Er stieg, zwei Stufen auf einmal nehmend, die Treppen hinauf und stieß oben beinahe mit dem ehemaligen verdeckten Ermittler einer Sondereinheit des BKA, den er als Patient zur Krisenintervention kennengelernt hatte, zusammen.

»Hallo, mein Lieber, wie geht es denn so? Sie sehen ja prächtig aus!«

Der Angesprochene nahm Paulsens Hand, dann blinzelte er ihn an, offensichtlich die Realität mit Gedächtnisinhalten vergleichend, dann breitete sich ein Lächeln, beginnend bei den Augen, über sein Gesicht aus, und nun erhöhte er den bis dahin schlaffen Druck seiner Hand: »Na, das ist ja eine Überraschung! Doktor, schön, Sie zu sehen.« Sie plauschten über einige eher belanglose Dinge, und dann, der ehemalige Hauptmann nahm soldatische Haltung an, verabschiedeten sie sich, und Paulsen verschwand hinter der schweren Eichentür. Er dachte noch: »Er bleibt eine arme Sau, ist zwar in der Lage sich selbst zu versorgen, aber die Psychose wird er nicht mehr los. Irreversibel. Schade.«

Dr. Paulsen sah sich in dem großen Vorraum um. Alles war blitzsauber, ein paar schöne Grünpflanzen und geschmackvolle Grafiken an den Wänden sowie einige Sitzgelegenheiten lockerten das Ambiente auf. Von oben hörte er dann Frau Kohl: »Hallo, Doktor Paulsen, Gott zum Gruße, wir haben Sie vermißt!«

Er sah nach oben und entdeckte den roten Wuschelkopf: »Keine

Sorge, ich bin wie eine Akne, ich komme immer mal wieder.« Sie lachte, und er stieg die breite Treppe zur ihr hoch. Frau Kohl war Gerontopsychologin, eine hübsche zudem.

»Wann werden Sie mit der Weiterbildung fortfahren?«, fragte sie, nach dem sie die allgemeinen Höflichkeiten ausgetauscht hatten, »wir haben schon alle Entzugserscheinungen.«

Paulsen lächelte sie an: »Oha, Sie Schmeichlerin«, er hatte seinen Arm um ihre Schulter gelegt, und sie gingen so gemeinsam in Richtung auf das Zimmer von Dr. Ulrich.

»Ich habe geplant, in der ersten Woche im nächsten Monat weiterzumachen. Ich stimme das dann noch mit Dr. Ulrich ab.«

»Na fein, ich werde das jetzt zügig herumtratschen!« Sie lachte ausgelassen.

»Nur zu«, er verabschiedete sich von ihr und öffnete die Tür.

Die Sekretärin erschrak ein wenig, denn sie war es gewöhnt, daß hier immer angeklopft wurde. Ihr mißbilligender Blick wurde augenblicklich durch ein herzliches Lächeln ersetzt. Sie stand auf und kam Paulsen entgegen, und beide unterhielten sich ein wenig, auch fragte Paulsen nach dem privaten Wohlergehen, dann öffnete sie ohne Ankündigung die zwei Türen und rief: »Doktor, der Doc Paulsen ist da.«

Dr. Ullrich sah Paulsen prüfend an und gab dann das Ergebnis bekannt: »Farbe gut, aber wenig gepennt hast du, stimmt's?«.

Paulsen machte eine Bewunderung ausdrückende Miene und sagte: »Wie du das alles so siehst«, er schüttelte anerkennend den Kopf, »denn es stimmt. Wie du weißt, war ich gestern abend bei der Gräfin, großer Bahnhof, und hatte am Vormittag gleich ein paar Kämpfe.«

Ed Paulsen setzte sich auf den Patientenstuhl und sah zu, wie Ulrich sich eine Zigarre anzündete. Es war eine vom Typ »krummer Hund«. Dann reichte Dr. Ulrich etwas umständlich, weil er noch mit der Zigarre hantierte, Paulsen einen Aktendeckel und sagte zwischen zwei Zügen: »Das ist alles, was hier und auch sonstwo von dem Typ vorliegt.«

Ed nahm den Hefter, überflog Namen, Vornamen, Geburtsdatum, Station, Aufnahmedatum und einen Hinweis auf einige besonders stark sedierende und einige eher selten zu verabreichende Medikamente, wie zum Beispiel Dapotum. Einiges andere war geschwärzt, wie oft bei wiederverwendeten Aktenordnern.

»Also, noch einmal zum Begreifen, bitte.« Er legte den Ordner vor sich hin und sah Ulrich erwartungsvoll an, lehnte sich zurück und konzentrierte sich auf Ulrichs Bericht. Dann sagte er: »Mein Alter, denk mal nach, Verwandte zum Beispiel werden es doch nie akzeptieren, wenn jemand sagt ihr Sohn, Mann, Vater oder Onkel habe was am Sträußchen und muß in die Geschlossene, die haken doch sofort nach. Das weißt du doch auch, bei jedem den du aufschlitzt und wieder zusammensetzt, steht immer, und sei es nur ein alter Kumpel, jemand hinter dir, oder?«

Ulrich sah ihn durch die Rauchschwaden an und sagte mit betont ruhiger Stimme: »Weiß ich alles, mein Lieber, ich würde doch mit dir nicht darüber schwatzen«, er sah ihn prüfend an, »oder hast du vergessen, was ich dir schon gesagt habe?«

»Hab' ich nicht, du Penner.«

Sie lachten.

»Also, am besten du schaust ihn dir an und dann sehen wir, was dran ist an meinen Vermutungen, einverstanden?«

Ed Paulsen kannte seinen Freund nicht nur privat, er wußte auch, wie er arbeitet und wie er agiert. Ulrich war ein Analytiker bester Prägung und einer von jenen, der in strengen logischen Sequenzen vorging und erst über etwas sprach, wenn er zu Ende gedacht hatte, und deshalb nickte ihm Paulsen verständnisvoll zu und sagte: »Gut, mein Alter, dann sehen wir uns den geheimnisumwobenen Knaben mal an.«

Ulrich nickte und sagte: »Ohne etwas vorwegzunehmen: Du wirst, nachdem du das hier«, er trommelte mit dem Zeige- und Ringfinger auf den Ordner, »erst so richtig ins Grübeln kommen, wenn du den Mann siehst. Davon bin ich überzeugt!«

Er stand auf, drückte die Glut seiner Zigarre zu Asche und forderte Paulsen auf: »Also, hopp hopp, mein Lieber, auf geht's.«

Sie gingen ins Parterre.

In dem großzügigen, sehr geschickt eingerichteten Raum – man hatte das Gefühl, es handle sich um unterschiedliche Zimmer – saßen einige Bewohner und gingen verschiedenen Tätigkeiten nach.

Ulrich ging auf das große Sofa in der hinteren Ecke zu. Dort saß er. Sie blieben vor ihm stehen, und Ulrich sagte: »Ich hatte Ihnen ja gesagt, ich bring mal Dr. Paulsen mit, der kann auch gut Schach spielen…«

Der Mann stand umständlich auf.

»Köhler«, raunte er.

»Sehr angenehm.«

Ed Paulsen war völlig überrascht, als er in ein zwar verschlossenes, jedoch äußerst charismatisches Gesicht, vor allem aber in lebendige, aufmerksame Augen schaute.

»Wenn die Bretterknaller, die man ihm verpaßt hat, berechtigt gewesen wären, müßte er ganz anders aussehen«, konstatierte er sofort und setzte sich Köhler gegenüber.

»Und«, sprach ihn Paulsen mit seiner typisch offenen und freundlichen Art an, »wie gefällt es Ihnen hier, schon halbwegs eingelebt?«

»Das ist kein Problem hier, es paßt schon«, die Stimme war nach wie vor leise, aber gut artikuliert.

»Es ist doch klar, daß Sie sich hier viel wohler fühlen, Sie können sich frei bewegen und haben einen eigenen Wohnbereich. Es wurde ja auch höchste Zeit!«

Köhler legte beide Handflächen ganz langsam auf die Tischplatte, spreizte ein wenig die Finger, so als wollte er einen Fächer erklären, hob langsam den Kopf und sah Paulsen gerade in die Augen, als er sagte: »Auch wenn Sie einen Adler in einen noch so großen Zwinger bringen, in dem er vielleicht drei, vier oder fünf Flügelschläge mehr machen kann, ist er trotzdem nach wie vor eingesperrt.«

Paulsen hielt seinem Blick nur mit Mühe stand.

Ulrich kam ihm unbewußt zu Hilfe, er sprach Köhler an und dessen Blick ging zu Uli hinüber:

»Sie fühlen sich wirklich noch immer eingesperrt?«

»Um ehrlich zu sein«, er lachte sarkastisch, aber mit ernst bleibenden Gesicht, »ich fühle mich gar nicht!«

Der Mann hatte vom ersten Augenblick die ganze Aufmerksamkeit von Dr. Paulsen auf sich gezogen. Ed verstand es aber, sich nicht das geringste anmerken zu lassen.

Das, was er erwartet hatte, saß nicht vor ihm. Es war kein sedierter, teilnahms- und ausdrucksloser, abwesender Patient. Sein Freund hatte ihn völlig richtig beschrieben: Vor ihm saß ein charismatischer Mann, der voller Rätsel schien, aber geisteskrank? Dr. Paulsen hätte spontan verneint.

»Uli hatte recht«, dachte er flüchtig, »dem muß man wirklich gegenübergesessen haben.«

Paulsen entschied sich für ein allgemeines, von Köhlers Person ablenkendes Gespräch. Er fragte ihn, wie er das Haus als solches findet und hatte ihm vorher erläutert, welcher Idee solche Wohngemeinschaften entsprungen waren.

»Denken Sie, daß wir mit solchen Objekten auf dem richtigen Wege sind?«

Köhlers Augen griffen wieder zu, und Paulsen spürte unvermittelt: »Er will mich lesen, er will ergründen, ob ich daherrede oder ob ich ernsthaft an seiner Meinung interessiert bin. Er will wissen, was ich wirklich will.«

Köhler räusperte sich, und plötzlich war so etwas wie Freundlichkeit in seinem Blick, als er sagte: »Am besten, Sie fragen mich ohne Umwege, was Sie von mir wollen und was Sie interessiert. Falls Sie aber meine Meinung wirklich wissen wollen, dann sage ich sie Ihnen: »Der die Idee hatte, verstand etwas von Psychiatrie, für die *Kranken* hier ist es eine gewaltige Verbesserung.«

Paulsen registrierte genau die Formulierung »für die Kranken hier« und war sich sicher, daß Köhler sie gezielt gewählt hatte.

»Er wollte mir hier schon etwas sagen, glaube ich.«

Laut: »Herr Köhler, ich sehe keinen Grund Sie nicht auf den Kopf zu fragen und das tue ich ja gerade, denn mich interessiert wirklich ihre Meinung, schließlich sind sie ja ein Betroffener.«

Über Köhlers Gesicht huschte Widerspruch, doch dann sagte er: »Nun, meine Meinung kennen Sie und ich die Ihre.«

»In wie fern, meine?«

»Nun, Sie meinen doch, ich wäre ein Betroffener.«

Ed war wieder dem unerbittlichen Blick ausgesetzt und sagte: »Das muß ich ja annehmen und meinte eigentlich mehr, ein Betroffener, bezogen auf die deutlichen Verbesserungen des hiesigen Lebens.«

Köhler schob den Fächer zusammen und legte die Hände wie zu einem Gebet aneinander.

»So gesehen ist es korrekt, ja, für die psychisch Auffälligen oder Kranken ist es wohl«, er sah mit leicht spöttischen Pupillen in die von Paulsen, »wie ich schon sagte, eine deutliche Verbesserung, und ich nutze diese neuen Möglichkeiten natürlich auch, wenn auch gezwungenermaßen, aber sehr gern.«

In das Gespräch mischte sich ab und an auch Dr. Ulrich ein, und nach einer Stunde war sich Dr. Paulsen in der Feststellung ziemlich sicher, die er völlig überraschend, aber gezielt Köhler mitteilte: »Sie gehören anscheinend hier nicht hin. Und ich bin davon überzeugt, sie wissen das am besten.«

Köhler sah ihn ruhig, völlig emotionslos, jedoch mit plötzlich hellwachen Augen an … und schwieg.

Dr. Ulrich schob seine Brille auf den Nasenansatz und sagte: »Wissen Sie, was das bedeuten kann, Herr Köhler?«

Er sah ins Leere und antwortete: »Es bedeutet gar nichts, rein gar nichts.«

Ed und Dr. Ulrich sahen sich kurz an und Uli setzte nach: »Wieso? Wenn dem so ist, wie Dr. Paulsen annimmt, werden wir versuchen, Ihnen eine, sagen wir mal so, andere Aussicht zu ermöglichen.«

»Falls Sie«, er sah ihn, wieder mit Spott im Blick an, »sich um ein Appartement oben und mit drei Balkonen bemühen wollen, nur so viel: Mir reicht einer.«

Ed Paulsen kanalisierte das Gespräch mit dem Ziel, Köhler die Ernsthaftigkeit der angedeuteten Bemühungen darzustellen.

Köhler wurde zusehends unsicherer in seiner von Ablehnung und Rückzug getragenen Argumentation, da Ulrich und Paulsen ihn mit ihrer ruhigen und immer wieder sachlichen Gesprächsführung herausforderten. Köhler hielt aber den Panzer geschlossen und zeigte für einen Außenstehenden und Nichtfachmann nicht die geringsten Emotionen. Dr. Paulsen konnte er jedoch nichts vormachen, und das spürte er im Verlaufe des Gespräches immer mehr.

Ed hatte eine Strategie entwickelt und versuchte mit taktischem Geschick, die Unterhaltung zielorientiert zu gestalten. Köhler erwies sich aber als harter, weil intelligenter Gesprächspartner und lies Paulsen keine echte Chance, seine Palisaden zu durchbrechen.

»Lieber Herr Köhler, ich verstehe Sie absolut und möchte auch nicht mit Ihnen kämpfen. Ich erkenne an: Sie haben mit hoher Wahrscheinlichkeit endlose Kämpfe geführt und wohl die Nase voll davon. Obwohl«, er ging jetzt mit seinem durchdringenden, trotz alledem noch immer sympathischen Blick in die Offensive, »Sie möglicherweise jegliches Vertrauen in fast alle Menschen, vor allem wohl aber zu Ärzten oder Therapeuten verloren haben, werden Sie mir auf jeden Fall einmal erzählen, weshalb Sie nach Klingenberg gekommen oder besser wohl gebracht worden sind. Ich würde mit Ihnen sogar wetten …«

Sein Gegenüber veränderte deutlich seine Mimik, die Lippen wurden dünner, zwei Falten über dem Nasenansatz profilierten sich stärker, die Wangenmuskeln zuckten unregelmäßig und die Knöchel seiner Hände verfärbten sich hell, er krampfte die Finger in der Gebetshaltung zusammen. Dann atmete er tief ein, hielt den Atem an und lies ihm freien Lauf, als er zu reden begann: »Ich habe das letzte Mal vor drei, vier Jahren gewettet«, er sah Dr. Paulsen mit aufmerksamen, forschenden Augen, aber einer skeptischen Miene an, »überschätzen Sie sich nicht, Doktor, auch ich habe Wetten zuhauf verloren. Also verzichte ich darauf. Und im übrigen: Ich rede nicht gern über mich und werde es erst dann wieder tun, wenn ich einen Sinn darin sehe.«

Dr. Paulsen erkannte die Kompliziertheit der Situation und gab dem Gespräch einen anderen Weg: »Akzeptiert! Was tun Sie eigentlich am liebsten, oder sehr gerne, Herr Köhler?«

»Bestimmt vieles, was auch Sie gern tun, nur mit dem Unterschied, daß Sie können und ich nicht so recht«, er zupfte sich am Ohr, so als könne er sich dadurch besser an etwas erinnern, »aber wie ich Sie einschätze, wollen Sie nicht so dahinlabern, stimm's?« Er sah ihn verständnisvoll an, »sondern kokret etwas über meine Interessen und dadurch etwas über mich erfahren«, er lächelte verhalten.

Und fuhr fort: »Aber warum soll ich es Ihnen nicht verraten? Ich will daraus kein Geheimnis machen, also: Ich lese gern, alte Russen, Klassiker, hier und da einen Modernen, wie Bukowski, spiele Schach, fresse alles, was mit Kunst zu tun hat, in mich hinein, und dann«, wieder sein gestochener Blick, »interessieren mich wohl am meisten Menschen, ja, Menschen.«

Paulsen wurde in seiner Annahme immer sicherer: »Das paßt doch alles nicht zusammen«, dachte er, »die Medikamente, die zwei Jahre in Klingenberg, darüber aber keine Akte und ein psychisches Erscheinungsbild ohne erkennbare psychopathologische Auffälligkeiten. Was zum Teufel, ist da passiert?«

»Menschen, wieso Menschen?« fragte Dr. Ulrich.

»Was gibt es Interessanteres, stimmt's, Dr. Paulsen?«

Ed mußte lachen und nickte, und dann sagte er: »Nun, man kann sich ja nicht für alles am Menschen interessieren. Ein Unterfangen, woran schon manch einer gescheitert ist.«

Köhler sah sie beide nacheinander an und erklärte seine Sichtweise: »Diese Ansprüche habe ich natürlich nicht. Mich interessiert auch nicht so sehr das biologische System Mensch, sondern mehr der *handelnde*«, er betonte fast jeden Buchstaben, »Mensch in seiner Umgebung, zu anderen, zur Umwelt und so, das verstehe ich für mich ›alles über den Menschen‹.«

»Oha«, Dr. Paulsen sah ihn freundlich an, »dann sind wir ja quasi Kollegen.«

»Gefehlt, Herr Doktor, mir geht es nicht um Krankheiten oder so, obwohl ich inzwischen sehr, sehr viel dazugelernt habe. Ich versuche seit längerem schon, ganz andere Dinge zu hinterfragen. Die für Sie möglicherweise ohne Bedeutung sind.«

Natürlich drängte sich die Frage »Welche Dinge denn?« auf, und Ed legte Uli die Hand auf den Oberschenkel, um ihn am Sprechen zu hindern, und sagte nur: »Sehr interessant, da haben wir, falls Sie dazu mal Lust haben, bestimmt viel zu bereden.«

Köhler lehnte sich zurück. Er gab seine katatone Haltung endlich auf und murmelte: »Das glaube ich kaum.«

»Wieso?« Das Wort war schon gesprochen, bevor es zu Ende gedacht war.

»Ich gehe mal davon aus, Sie nur noch von weitem zu sehen, Sie sind doch nicht anders als die anderen.«

Ed Paulsen visierte jetzt das Ziel an: »Das, mein lieber Herr Köhler, kann ich erst beantworten, wenn Sie mir sagen, wie denn die anderen waren oder sind.«

»Wie ich schon sagte: sicherlich wie Sie!«

Paulsen lächelte ernst: »Jetzt, mein Freund, tanzen wir aber Polka falsch herum, oder?«

Mit Stahl in den Augen entgegnete er: »Natürlich, das mache ich nun seit zwei Jahren!«

Ulrich hatte sich einen krummen Hund angezündet und sprach, Dr. Paulsens Metapher aufnehmend, durch den aufsteigenden Rauch: »Dann sollten Sie die Chance nutzen und mal eine Pause machen, oder was halten Sie davon, richtig herum zu tanzen?«

Köhler hob wie hilflos die Hände und erwiderte: »Hätte ich sehr gern schon längst gemacht, aber die Musik spielte immer weiter und ich wurde immer und immer wieder aufgefordert und durfte nicht nein sagen. Ich war sozusagen das Polka-Perpetuum-mobile.«

Paulsen registrierte mit hoher Aufmerksamkeit, wie Köhler durch die intelligente Weiterverwendung der Metapher, seinen Abwehrriegel sicherte.

»Er will uns nicht heranlassen«, dachte er und resümierte, »nach all dem was der möglicherweise durchgemacht hat, ist es ihm kaum zu verdenken.« Deshalb sagte er: »Herr Köhler, was halten Sie davon, wenn wir uns in der nächsten Zeit ab und zu mal treffen, über Gott und die Welt reden und Sie mich im Schach vorführen?« Ulrich sah Ed Paulsen überrascht an, sagte aber kein Wort, als er wieder Paulsens Hand auf seinem Oberschenkel spürte.

Ed sah Köhler freundlich an und tat so, als wäre damit alles gesagt, doch im Hintergrund hatte sich Spannung aufgebaut. Ed Paulsen beabsichtigte mit dieser schroffen Fastverabschiedung, Köhler emotionell zu provozieren.

»Ich habe neun Monate oder länger kein Wort gesagt«, seine Stimme war wieder leise, fast flüsternd, »aber das wissen Sie ja bestimmt. Es war mir eine tolle Abwechslung, und gern können wir mal wieder plauschen.«

»Dr. Ulrich und ich wissen so gut wie nichts über Sie, und auch nicht von Ihrem Schweigen«, Paulsens Blick ließ keine Interpretationen der Aussage zu.

Köhler saß jetzt wieder kerzengerade und sagte dann beide abwechselnd ansehend: »Nun, ich soll Ihnen doch nicht etwa glauben, daß Sie gar nichts wissen?«

»Doch, Herr Köhler, Sie müssen uns glauben, daß wir wirklich gar nichts wissen.«

Köhlers Blick wurde plötzlich weicher, er lockerte wieder seine Körperhaltung und meinte mit fester und deutlich lauterer Stimme: »Wenn dem so ist, dann können wir sicherlich recht gut über Gott und die Welt reden«, dabei gab er »Gott und die Welt« eine besondere Betonung.

Ed Paulsen wollte aufstehen, besann sich dann noch einmal und sagte: »Fein, ich freu’ mich darauf«, dann streckte er seine kräftige Hand über den Tisch. Köhler ergriff sie mit einer erstaunlichen Festigkeit, sah Dr. Ulrich hilfesuchend an und fragte, die Hand immer noch umklammernd, »Doktor Ulrich, wie war doch …«

»Paulsen«, sagte Paulsen.

»Danke«, Köhler griff noch ein wenig stärker zu und dann blitzte wieder der Stahl auf: »Denken Sie dran, Doktor Paulsen, ich bin geisteskrank!«

Die Art, wie er das sagte, die Eindeutigkeit der Formulierung, ohne »man sagt« oder »ich soll« sondern »ich bin geisteskrank«, überraschte.

Dr. Paulsen erhöhte nun seinerseits den Druck seiner Finger und entgegnete ernsthaft: »Wenn Sie es mir so deutlich sagen, werde und darf ich es nicht ignorieren. Ich danke für Ihre Offenheit und«, sein Blick sagte Köhler unmißverständlich: »Ich weiß jetzt von dir schon mehr, als du denkst«, und sprach weiter, »und ich werde wohl noch mal studieren müssen.«

Köhler stutzte, und ein unmerkliches Lächeln umspielte seine Lippen.

Sie standen auf und verabschiedeten sich. Als sich Ulrich und Paulsen zum Gehen wandten, hörten sie noch einmal Köhler: »Ich würde mich echt freuen, wenn es denn so kommen sollte.«

Paulsen drehte sich zu ihm um und sagte: »Nicht umsonst nennt man mich, wenn ich mich recht erinnere, Mister Zuverlässig, bis bald, mich ruft die Pflicht«, er hob den Arm zum Gruß, und dann verließen sie den Raum.

Ed sah auf die Uhr und bemerkte seine Zeitknappheit: »Du, das ist ja ein halber Krimi oder sogar mehr als ein ganzer, versuche rauszufinden, was möglich ist. Wir reden später ausführlich, mach's gut.« Er stürmte die Treppe hinunter und fuhr wenig später sehr hurtig in die Innenstadt.

Susanne hatte bereits alles vorbereitet. Ed hatte ihr vom Auto aus mitgeteilt, daß er sich, was sehr selten vorkam, verspäten könnte. Aber er war sogar zehn Minuten vor sechzehn Uhr auf seinem Platz und bereitete sich auf seine erste offizielle Sitzung mit dem Moderator und Sprecher Reinhard Gut vor. Das Gedächtnisprotokoll des Gespräches am Tag seiner Abreise in die Schweiz hatte er noch einmal bearbeitet. Alles war bereit.

Er streckte die Arme in die Höhe und lehnte sich, tief ein- und ausatmend, weit in seinem Sessel zurück. Schloß die Augen und konzentrierte sich. Dann stand er ruckartig auf, schloß das Fenster, um es dann aber wieder anzukippen. In diesem Augenblick signalisierte ihm Susi das Kommen von Herrn Gut. Dr. Paulsen strich sich, schon fast eine stereotype Bewegung, mit den Fingern der rechten Hand durch die Haare und ging hinüber.

Gut saß mit Susanne bereits bei einer Tasse Kaffee und stand schon auf, als er die Türgeräusche hörte.

»Ich grüße Sie, Verehrter! Und, von den Toten auferstanden?« fragte Ed, und Gut sagte: »Na ja, so schlimm war es ja nicht. Ihnen sieht man die lange Nacht aber nicht besonders an.«

Ed lachte: »Danke für die Blumen.«

Er sah Gut nun absichtlich auffällig ins Gesicht: »Aber Sie sehen ja wirklich richtig munter aus, Sie konnten wahrscheinlich bis eben schlafen?«

»Das wäre schön gewesen, wir haben schon etwas aufgezeichnet. Sie dürfen, verehrter Doc, nicht vergessen, wo ich tätig bin. Also: Alles Maske!«

Sie plauschten noch ein wenig über aktuelle Geschehnisse und natürlich über den Ratsch und Tratsch im Fernsehen, und Gut war sehr beeindruckt von der Einrichtung der Praxis. Dann nahm Dr. Paulsen Gut mit in sein Refugium. Er öffnete ihm die Türen und streckte den Arm aus.

»Nein, nein, nach Ihnen, Sie sind hier zu Hause.«

Paulsen ging voraus und schloß hinter Gut die Türen.

»Gehen wir in die Ecke?« wieder wies Ed die Richtung mit dem Arm.

Gut wirkte etwas schüchtern, nickte kurz und ging, dem Arm folgend quer durch den Raum.

Reinhard Gut war wie immer exzellent gekleidet: Armani-Anzug mit leicht gestreifter Weste, handgenähtes Hemd, Business-krawatte, sicherlich von Regent, handgefertigte Maßschuhe wahrscheinlich Ed Mayer oder Alden. Er blieb stehen und fragte: »Gestatten Sie, ich bin so überrascht, es ist ja hier auch so ein kleines Museum, darf ich mich umsehen?«

»Selbstverständlich.«

Als erstes nahm er eine der Bronzen mit den Elfenbeinmontagen in die Hand. Es war einer der Gaukler. »Wunderschön«, sagte Gut, »ich habe auch so was ähnliches, aber der ist ja besonders schön.« Dann blieb er vor fast jedem Bild stehen, nahm vorsichtig einige Barockgläser und Gläser aus der Biedermeierzeit in die Hände; man erkannte sofort den Sammler und Liebhaber in ihm. Er kam zurück in die Sitzecke, drehte sich herum, um den Raum noch einmal insgesamt zu umfassen: »So also sieht eine Praxis aus.«

Dr. Paulsen wußte nicht so recht, ob es eine Frage oder eine Feststellung sein sollte und sagte nichts. Gut setzte sich und kurz nach ihm auch Ed Paulsen.

Ed fragte: »Tee oder Kaffee oder nichts von beidem?«

»Gerne Tee, danke.«

Paulsen goß ihm und sich ein und verwies auf Zucker, Sahne und das englische Teegebäck.

Gut lächelte das erste Mal ungezwungen: »Hier wird aber auch an alles gedacht, Kompliment!«

»Ja, meine Susanne und die Marlis und auch die anderen sind schon sehr umsichtig. Ich bin froh, solche engagierten Mitstreiter zu haben.«

Gut schlug das linke über das rechte Bein und sagte: »Nun ja, sagt man nicht: wie der Herr, so's Gscherr. Ich glaube, damit trifft man den Kern sehr oft.«

»Danke, ich mache meine Arbeit, und zwar sehr gerne.«

Gut griff sich mit der Silberzange einige Kandisstücke und ließ sie vorsichtig in den heißen goldfarbenen Tee gleiten. Es knisterte kaum hörbar. Dann rührte er langsam die Bruchstücke mit dem Teelöffel.

Ed sagte: »Ein nettes Fest gestern, man ist es zwar gewöhnt, aber es ist immer wieder wohltuend, nicht wahr?«

Der Moderator setzte die Meißner Tasse, nachdem er einen Schluck genossen hatte, ab und nickte:

»Es bleibt, jedenfalls aus meiner Sicht, die wohl niveauvollste Veranstaltung in der Stadt.

Gutsortierte Gäste, die zusammenpassen, auch in ihrer Gegensätzlichkeit und vor allem nicht nur die sehr, sehr oft lästigen Leute aus der flittrigen Branche.«

Er nahm sich einen Keks vom Salzgebäck und stellte fest: »Wie nicht nur ich mitbekommen habe, sind Sie nicht nur ein ständiger Gast bei den gräflichen Gastgebern, sondern Sie genießen wie kein anderer erstaunliche«, er machte eine Pause, griff sich an die Stirn, »ich habe jetzt nach dem treffenden Wort gesucht, ich meine, Privilegien ist passend, oder?«

»Hm«, Paulsen zerkaute die Marzipanpraline. Gut hakte nicht nach. Er begriff sofort, daß Paulsen es bei dieser nonverbalen Antwort belassen wollte.

Der Fernsehmann hielt sich an der Tasse fest, und Paulsen eröffnete: »Sie sagten mir, unser Auftaktgespräch und die Hausaufgaben«, er zwinkerte ihn lächelnd an, »haben Ihnen bereits einige Anregungen gegeben.«

Gut machte eine wegwerfende Handbewegung: »Doktor, was heißt hier Anregung. Mir ging es schlichtweg besser! Die Enge und der Druck waren weitaus seltener da, und ich schlief auch besser.«

»Das freut mich und läßt den vorsichtigen Schluß zu, daß wir wahrscheinlich nicht allzu lange und allzu oft miteinander zu tun haben werden, zumindest hier nicht, meine ich.« Später wird er zugeben müssen, sich sehr verschätzt zu haben.

Danach besprach er mit Gut die Formalien seiner Arbeit und beantwortete Gut jede Frage. Über ein Honorar sprach Paulsen von sich aus nie, es sei denn, der Klient stellte dazu Fragen. Gut tat es nicht. Vielleicht wußte er schon von Mike und Olli, wie er sich bezüglich dieser Frage verhalten sollte.

»Und noch etwas. Ich arbeite solange es möglich ist ohne Medikamente, und solange ich es verantworten kann. Mein Material sind Ihre Worte. Ich verwende, falls Sie einverstanden sind, gern Tonträger, die nur ich aktivieren kann, um unsere Gespräche später noch einmal anzuhören. Ich könnte ja etwas überhört haben. Ich weiß nicht, wie Sie dazu …«

Gut legte ihm die Hand auf den Unterarm und meinte mit fast so etwas wie Großzügigkeit im Ton: »Ich stehe positiv dazu. Ich möchte, daß Sie optimale Arbeitsbedingungen haben. Denn nur dann, so nehme ich mal an, können Sie mir ja helfen.«

Paulsen hatte den Termin mit Gut wohlweislich als letzten eingetragen. Die Arbeit hatte begonnen, und als sie sich verabschiedeten waren über drei Stunden vergangen.

Susanne sah Paulsen an, daß er hart, sehr hart gearbeitet hatte.

»Puuhh«, stöhnte er, »nun wird's aber Zeit für uns, oder?«

Er legte ihr den Arm um die Schulter und sagte: »Mein Mädel, können wir froh sein, daß wir uns haben und gesund und munter sind, oder?« Sie blieb stehen, stellte sich vor ihm hin und sah zu ihm auf: »Dann, lieber Doc, fangen Sie aber nicht wieder mit Ihrem Sechzehnstundentag an. Ich möchte nämlich gern, daß es noch lange, lange so bleibt, wie Sie es gerade gesagt haben. Schließlich sind Sie nicht Gott, sondern auch nur ein Mensch, oder?«

Er hob den Arm und machte ein Schwurzeichen: »Genau so soll es sein!«, dann lachte er und bemerkte noch: »Obwohl, das mit Gott sollte ich mir noch überlegen.«

Sie ordneten noch einige Kleinigkeiten und verließen gemeinsam die Praxis.

Susanne küßte ihn auf die Wangen und sagte: »Nun aber husch, husch ins Bett!«

»Das kannst du schriftlich von mir haben!«

In der Tiefgarage entriegelte er schon von weitem mit der Fernbedienung die Tür, warf den Lodenmantel und seine Tasche auf den Rücksitz und ließ sich in das Leder fallen. Er hielt den Schlüssel so, als wollte er gleich starten, hielt aber inne, holte tief Luft und sagte laut: »Oha, mein Alter, was für ein Tag!« Dann startete er und beim Rangieren dachte er an Corinna. »Selbst wenn ich es gewollt hätte, ich hätte nicht einmal die Zeit gehabt, mit ihr zu plauschen. Mist verdammt!«

Er hatte sich vom ersten Tag seiner therapeutischen Arbeit auferlegt, mit dem Verlassen des Hauses oder später der Praxis, die Klappe, wie er sagte, fallen zu lassen. Für ihn war es blanker Selbstschutz, mit dem Abschließen der Praxistür auch die Klientenakten im Hirn zu schließen.

Dr. Paulsen wußte über die Risiken seiner Arbeit recht genau und eigentlich schon sehr lange Bescheid, und das, seit er mit viel

Begeisterung mit Professor Giese, den alle fast liebevoll ›Papa Giese‹ nannten, die wichtigsten Fächer übernommen und er eine Art private Beziehung zu ihm aufgebaut hatte. Immer dann, wenn er von der Keule getroffen und die Grenzen seiner Belastbarkeit spürte, dachte er an seinen Lieblingsprofessor. Der Hochschullehrer war damals bereits über siebzig, sprühte aber wie ein junger Dachs. Er war es, der fast alle, vor allem aber die Mädchen begeisterte, es wunderte keinen, denn er war ein charmanter, charismatischer und zu dem gutaussehender Mann. In all seinen Lehrveranstaltungen für klinische Psychologie und Psychotherapie gab es wohl kaum einen, der nicht gebannt bei der Sache war.

Als Paulsen dann mit ausgezeichneten Noten sein Examen abgelegt hatte und sie sich beim Abschlußball über die zukünftigen Pläne unterhielten, war es Giese, der ihm den bedeutenden und bis heute beherzigten Ratschlag gab: »Junger Mann, so wie ich Sie in den Jahren erlebt habe«, er hatte ihn mit seinen flinken, gutmütigen grauen Augen fixiert und hob unterstreichend die Hand mit gestrecktem Daumen, »Sie haben mir übrigens wirklich viel Freude gemacht«, Ed überkam damals ein Gefühl tiefer Verehrung und Zuneigung, denn von Giese so etwas zu hören, war wie ein Ritterschlag, »Sie werden später, wie ich Sie so einschätze, in der Forensik oder aber der Therapie landen. Für den Fall der therapeutischen Arbeit gebe ich Ihnen folgendes mit auf den Weg: Tun Sie diese Arbeit nur so lange, wie Sie in der Lage sind, die Klappe«, er hatte die Hand wie ein Schirm quer vor die Stirn gehalten und dann vor die Augen sinken lassen, »mit dem Rumdrehen des Schlüssels in der Praxistür fest zu schließen. Sonst sind Sie ratzbatz Ihr eigener Patient.«

Dr. Paulsen startete den Wagen, pfiff eine Melodie und zog eine Zwischenbilanz: »Noch ist alles im Lot, ein Weilchen halten wir schon noch aus, stimmt's, mein Alter?«

Er hob, nachdem er aus der Tiefgarage gefahren war, die Armlehne und das Telefon in Griffhöhe. Dr. Paulsen wollte nun endlich Corinna anrufen. Aus dem Speicher wurde er automatisch verbunden.

»Grüezi, Sie sprechen mit Frau Egli, was kann ich für Sie tun?«

»Ich grüße Sie …«

»Oh, Doktor, wie schön, Sie zu hören!« Sie wußte natürlich, daß er Corinna sprechen wollte, und winkte einen Mitarbeiter herbei, dann entschuldigte sie sich bei Paulsen und beauftragte Johann, den Fahrer, doch Corinna zu holen. Dann plauderten sie über einige Neuigkeiten und darüber, daß noch ein mal sehr viel Schnee gefallen war.

»Da werde ich dann im April wohl noch bessere Bedingungen haben als eben gehabt!«

Sie versprach, ihren Mann zu grüßen und sagte dann: »So, sie ist hier, alles Gute und auf bald!«

Offensichtlich hatte Frau Egli nicht gesagt, wer am Telefon sei, denn Corinna meldete sich so, wie man sich meldet, wenn man nicht weiß, wer am anderen Ende wartet.

»Liebig, ja bitte?«

»Ich grüße Sie, Frau Liebig, warum so offiziell?«

Corinna rief: »Oh, du bist es, das ist ja eine tolle Überraschung, ich dachte nämlich, du hättest mich schon vergessen!«

»Wie kannst du *das* nur annehmen! Ich habe fast wunde Finger! Es ist ja leichter, den Papst zu bekommen als dich.«

Er sah Corinna vor sich und spürte wieder das ihm schon abhanden gekommene Kribbeln.

»Du übertreibst, hast du es denn so oft probiert?«

»Na ja, fast jede Stunde«, übertrieb er und gab dies durch seinen Tonfall auch gleich zu.

»Das hätte ich sowieso nicht geglaubt! Schließlich hast du ja viel zuviel zu tun, oder mal nicht?«

»So unrecht hast du freilich nicht, zur Zeit werde ich für einige freie Tag bitter bestraft. Aber für dich nehme ich die Bestrafung sehr gern auf mich.«

»Das ist lieb, daß du so etwas sagst.«

Es kribbelte jetzt wohl bei beiden.

Paulsen mußte hart bremsen, eine Frau mit Kopftuch hatte ihm wohl kraft ihres Glaubens fast demonstrativ die Vorfahrt genommen. Den Fluch zerbiß er, aber er wünschte sie sich in den Zoo, so daß Corinna lachen mußte: »Bestimmt weiß sie mit einem Kamel besser umzugehen, aber sie gleich in einen Zwinger zu stecken, ist wohl doch ein wenig zu hart.«

Er fuhr nun auf den Ring, und somit konnte er viel entspannter mit Corinna reden. Es war so etwas wie Scheu zwischen ihnen. Keiner sprach über das, was er eigentlich fühlte.

Ed wußte alsbald alle Dinge aus dem Hotel und auch andere Belanglosigkeiten erfragte er. Doch dann: »Weißt du, daß ich dich eigentlich schon vermißt hatte, als ich losfuhr?«

Er hörte sie tief einatmen, so als wäre sie erleichtert: »Ich habe mir vorgenommen, dir zu glauben, und deshalb ist es so schön, was du mir sagst.« Pause, dann sie noch einmal: »Für mich war es ja so schlimm, als ich dich wegfahren sah, aber ich war ja so froh über die schöne Zeit hier.«

Ed registrierte ihre Vornahme und dachte: »Vertrauen verpflichtet, sie fordert Ehrlichkeit ein, nicht nur ein tolles, sondern auch noch ein gescheites Mädchen.«

Sie fragte danach, wie denn sein erster Arbeitstag war.

Dr. Paulsen deutete ein paar komplizierte Klienten an und erzählte ihr dann, völlig ohne Emotionen von dem Abend bei der gräflichen Veranstaltung. Corinna biß sich auf die Unterlippe und machte ein trauriges Gesicht, denn ihr wurde mit einer plötzlichen Eindringlichkeit bewußt, in welcher Welt der Mann lebte, in den sie sich verliebt hatte. Für sie war es ein gesellschaftlicher Bereich, der sie nie interessiert hatte und mit dem sie auch nie hätte etwas zu tun haben wollte. »Ich weiß, ich muß zu mir ehrlich sein und immer bleiben und die Realität, vor allem seine, nicht aus den Augen verlieren. Sonst gibt es die große Enttäuschung«, dachte sie, entgegen ihrer grundsätzlich optimistischen Lebenseinstellung.

Ed Paulsen sah vor sich die Tunneleinfahrt und mußte sich von Corinna rasch verabschieden: »Gleich gehe ich in den Untergrund, wir werden dann getrennt. Deshalb schnell noch, ich hoffe, du gestattest, ein Küsschen, bis später.«

»Natürl ...«, und schon war die Verbindung beendet.

Ed Paulsen fühlte sich beschwingt, denn er konnte noch an

Corinna denken, aber er nahm sich vor, die Tage mit Corinna nicht überzubewerten, man wußte ja nie, was da noch passieren konnte.

»Alter, denk dran, du hast mit den angeblich tollsten Frauen schon zu viele Pferde vor der Apotheke kotzen sehen, oder?« Er sah sein Nicken in der Windschutzscheibe und fuhr nach einem kurzen Stau im Tunnel wieder ans Tageslicht.

»Natürlich sieht sie hinreißend aus, hat eine Figur, um die sie jedes Model beneiden würde, ist unverdorben, heute etwas fast Ungewöhnliches, ist gescheit, offen, ehrlich.« Er unterbrach den Gedanken und lenkte ihn in eine andere Richtung: »So langsam beginnst du bei ihr all das zu machen, wo du jedem anderen ein wenig mit erhobenem Zeigefinger sagen würdest: Bleiben Sie auf dem Teppich, nehmen Sie sich Zeit und immer schön nüchtern und realistisch bleiben.« Er blinkte und bog ab, um dann den Gedanken wieder aufzunehmen: »Ich bin, und das ist das Schöne, eben auch wie jeder andere in dieser Situation.« Er war mit sich zufrieden und das drückte seine Miene auch aus.

Paulsen schrak auf, als das Telefon läutete.

»Paulsen.«

»Guten Abend, Alter, du steckst noch im Auto, wie ich höre.«

»Ja, mein Lieber, und du liegst auf dem Sofa und läßt es dir gutgehen, oder?«

Ulrich stand hinter seinem Schreibtisch auf und sagte: »Moment, ich kann jetzt aus dem Fenster auf den Hof sehen, also bin ich noch im Bau.«

»Du Armer, was hast du auf dem Herzen?«

»Köhler, was sagst du zu Köhler?«

Paulsen blies die Wangen auf: »Das bist wieder typisch du. Ich hatte nicht die Bohne Zeit, ernsthaft über den Typ nachzudenken, und aus der Hüfte schieße ich sehr ungern, das weißt du ...«

Ulrich unterbrach ihn: »Ich dachte, du würdest in Anbetracht der möglichen Brisanz der Sache auf deine lobenswerten Prinzipien mal verzichten können?«

»Was du wieder redest«, er lachte in die Freisprechanlage, »seit wann hab' ich Prinzipien? Nein, im Ernst, ich muß mir das Gespräch nachher beim Tee noch mal zurückholen, und dann können wir noch die Glaskugel befragen, und im übrigen, werter Herr Doktor, ist das Unterbrechen von Sprechenden überaus unhöflich.«

Uli krähte wie ein Hahn und fragte dann, wann Ed zu Hause sein würde.

»Gerade geht die Garage auf, mein Lieber. Also, bis in fünfzehn Minuten, gut?«

»Prima, danke dir und bis dann.«

Dr. Paulsen ging sofort in die Küche, sah dort die Post liegen und ließ sie unbeachtet, nicht jedoch den Zettel mit einem herzlichen Gruß von Danuta. Der Tee, ein Keemun, war rasch zubereitet, dann setzte er sich, zündete das Teelicht an, öffnete die Keksdose und goß sich ein. Er lehnte sich weit zurück und verschränkte die Arme, wie so oft, wenn er nachdachte, hinter dem Kopf. Nun ließ er den Film ablaufen. Er selektierte die Informationen und baute sich erste Brückenköpfe. Für ihn war auch nach längerem Überlegen eines klar: Niemals war der Mann schwer geisteskrank, und niemals hätte er diese Medikamente bekommen dürfen.

»Da ist wirklich etwas extrem schiefgelaufen, was zum Teufel ist da passiert?« und dann klingelte das Telefon. Er stand auf und holte es aus dem Arbeitszimmer.

»Du hast gesagt fünfzehn Minuten, und jetzt ...«

»... jetzt bin ich unhöflich und unterbreche dich. Zügle deine Neugierde, ich hätte nach der nächsten Tasse Tee schon zurückgerufen.«

»Sei froh, so sparst du Geld.«

Paulsen versuchte ihm klarzumachen, daß er ein Spinner sei, und dann endlich hatten sie ihr Thema. Sie tauschten ihre Eindrücke aus und sahen sich in ihren Wertungen weitestgehend bestätigt. Dr. Paulsen erläuterte seinem Freund einige fachspezifische Besonderheiten, um ihm sein bereits gefaßtes Urteil »Köhler war mit hoher Wahrscheinlichkeit nie schwer und vielleicht überhaupt nicht geisteskrank« näher erläutern zu können.

»Und eines, lieber Uli, ist dann auch klar: Da ist irgend etwas völlig danebengegangen. Aber das kann eigentlich nicht sein! Wir sind doch nicht bei den Amis, wo die Frau Sonntag nach ihrer Publikation über die Gründe des 11. September so mir nichts, dir nichts zur Geisteskranken erklärt wurde. Also eine hochinteressante, vielleicht sogar brisante Sache.«

Ulrich nickte so, daß ihm die Brille auf die Nasenspitze rutschte, und fragte: »Und? Wirst du dich seiner annehmen?«

»Ich kann gar nicht anders! Denn wenn wir wirklich keine Unterlagen finden und unsere Annahme sich letztendlich bestätigen würde, weißt du, was *das* dann bedeutet: Dem Köhler hat man, aus welchem Grund auch immer, sehr, sehr böse mitgespielt. Mehr noch: vielleicht sogar sein Leben versaut. Stell dir«, er betonte das Wort sehr deutlich, »*das* mal vor!«

»Gut, mein Alter, da bin ich froh. Ich werde wühlen wie zehn Bagger, mal sehen, ob wir etwas Substantielles finden.«

Dann fragte Ulrich noch, weil sie schon bei ihrem Treffen mit Köhler das anvisierte Schachspiel verschoben hatten, was Paulsen noch am Abend vorhabe.

»Schlafen, mein Lieber, nur schlafen. Du weißt doch, wir sind morgen schon wieder unterwegs, und am Samstag sind wir ja bei der Verrücktenparty, hast du das vergessen?«

Er hatte nicht. Sie verabschiedeten sich und legten auf.

Corinna hätte beinahe die Melodie des Telefons überhört, denn sie hatte sich gerade unter die Dusche gestellt und den Hahn umgelegt. Das angenehm warme Wasser ergoß sich über ihren Körper. Jetzt, als sie sich einseifen wollte, bemerkte sie, daß sie das Shampoo im Spiegelschrank hatte stehen lassen. So stieg sie, nasse Spuren hinterlassend, aus der Kabine, um das Fehlende zu holen. Und dadurch hörte sie das Telefon.

Sie warf sich das große bunte Badetuch um die Hüfte und nahm mit einem kleinen Handtuch ihren Haaren die größte Nässe. Mit der freien Hand griff sie sich den Apparat: »Ja, hallo, ich bin es, ich habe schon so gewar ... oh, Mutti, ich umarme dich«, sie lachte,

»nein, ich melde mich nicht immer so, ich hatte gedacht, es wäre jemand anderes.«

Sie hielt mit dem Handtuch ein Rinnsal auf, welches sich über ihren Hals einen Weg über ihre linke Brust zur Hüfte gesucht hatte. Sie ging zum Fenster und hörte offensichtlich sehr gespannt zu. Ihre Mutter mußte wohl etwas umständlich über die Neuigkeiten, die sie der eingegangenen Post entnommen hatte, berichten.

»Bitte, Mutti«, flehte sie daher, »mach es bitte nicht so spannend!«

Dann jubelte sie wie ein kleines Mädchen, und es machte ihr gar nichts aus, daß das Badetuch von ihren Hüften glitt und sie, splitternackt am Fenster stehend, rief: »Meine Liebe, du machst mich ja so froh! Ich hatte schon nicht mehr daran geglaubt!«

Corinnas Mutter freute sich mit ihr. Sie besprachen dann noch das weitere Vorgehen und tauschten sich über die aktuellen Ereignisse und einige Belanglosigkeiten aus, für die Corinna kaum noch ein Ohr hatte.

»So, meine Liebe, du warst heute so ein richtiger Glücksengel für mich. Ich umarme dich. Bis, du weißt ja, am Sonntagmittag, dann ist für mich hier ja Schluß. Ich freu mich so auf euch. Grüße alle!«

Sie spürte nicht die Kälte, die langsam in ihren Körper kroch, denn nachdem sie aufgelegt hatte, warf sie den Kopf mit den feuchten Haaren in den Nacken und das Handtuch an die Decke und rief: »Endlich, endlich hat es geklappt!«

Sie ging zurück in das Bad, blieb vor dem Spiegel stehen und sah sich in die Augen. Sie wurde ernst, denn jetzt realisierte sie erst den Zusammenhang: Sie würde in der gleichen Stadt wohnen, wo Dr. Eduard Paulsen bereits lebte.

Sie schloß die Tür, legte das Shampoo ab und kippte den Hebel, das warme Wasser provozierte sofort eine Gänsehaut, die sich rasch über ihren Körper ausbreitete. Sie regulierte nach: mehr Wärme und sie überlegte: »Wie würde er all das auffassen? Wie auf sie reagieren, wenn sie nun immer in der Stadt wäre? Würde er sich bedrängt fühlen? Oder sich vielleicht sogar freuen?«

Für sie hatte sich schlagartig die Welt verändert: Sie war als Betriebswirt in einem Großkonzern angenommen worden.

Und sie war sich zusätzlich ihrer Gefühle zu einem Mann absolut sicher: »Ich wußte eigentlich schon am ersten Abend, als er angekommen war, daß so einer«, sie lächelte in die Wasserstrahlen, »etwas für mich sein könnte. Ich habe es gefühlt, obwohl ich eigentlich die Nase von Männern voll hatte und dann kam alles wie in einem Märchen«, und sie sah die Bilder vor sich, »wirklich wie ein Märchen«, sie spürte den Schauer und seifte sich weiter ein, »er hat sich nichts genommen und nur mich gesehen und auf mich Rücksicht genommen«, sie stellte die Dusche noch kräftiger, um den dicken Schaum wegzuspülen, »er hätte es sicherlich nicht getan, wenn er mich hätte nur benutzen wollen, oder?« Sie war sich aber überhaupt nicht sicher, ob dieser Doktor in ihr nicht trotzdem nicht mehr sehen würde als eine zeitlich begrenzte Affäre. »Egal, ich kann es nicht erzwingen, aber ich habe dann vielleicht viel gelernt und finde mich zukünftig besser zurecht.«

Laut sagte sie: »Du bist eben eine unerfahrene Jule«, und dann dachte sie erschrocken daran, vielleicht gerade deshalb für einen solch erfahrenen Mann besonders reizvoll zu sein.

»Was grübelst du? Du wirst es erleben und damit basta!«

Sie wollte erst gar nicht den ambivalenten Gefühlen weiteren Nährstoff geben. Sie würde nun in der Stadt ihrer Träume sein, dort arbeiten und bereits einen Mann vorfinden, dem sie ihre Gefühle jederzeit eingestehen würde. Also überwog bei ihr die Freude auf die Zukunft.

Nachdem sie sich, wie immer unter sparsamer Anwendung von Körperlotion und einfacher Gesichtscreme, zurechtgemacht und dann angezogen hatte, ging sie herunter zum Empfang.

Unten standen zwei Holländer und starrten sie wie eine Fata Morgana hemmungslos an, so, als würden sie sie mit den Augen förmlich ausziehen.

Sie lächelte höflich und sagte: »Guten Abend, die Herren.«

So, als hätte ein Hypnotiseur das entscheidende Wort zur Wiedererlangung des Wachzustandes seines Mediums ausgesprochen, bewegten sie Hände und Miene und grüßten, etwas linkisch, zurück.

Corinna hatte diesen Abend frei und wollte sich mit den drei Saisonkräften, alles ehemalige oder Noch-Studenten, im Barbereich des Hotels Adron treffen. Sie plauschte ein wenig mit Herrn Egli, und dann, als er zurückkam und etwas mehr Zeit hatte, erzählte sie ihm von ihrem großen Glück. Egli nahm sie, für ihn eine äußerst seltene Gefühlsaufwallung, spontan in die Arme und freute sich ehrlich und dabei riesig.

Dann sah er sie verschmitzt an: »Und Doktor Paulsen, weiß der schon davon?«

Sie wurde feuerrot und verneinte.

Er lächelte und sagte: »Wie ich ihn kenne, wird er sich riesig freuen. Da bin ich mir sicher!«

Sie sah ihn mit dankbar-hoffnungsvollen Augen an: »Ihr Wort, lieber Herr Egli, in Gottes Ohren.«

»Ich glaube«, er legte ihr den Arm über die Schulter, »den brauchen Sie nicht dafür, nur sich selbst, mein Mädchen.«

Sie sah ihn mit feuchtem Grün an und sagte: »Ich danke Ihnen, Sie sind sehr lieb, Herr Egli.« Der Mann räusperte sich und mußte plötzlich in die Küche. Doch Corinna hielt ihn auf: »Entschuldigung, lieber Herr Egli, sollte Ed … ehh, Doktor Paulsen, anrufen oder so, bitte sagen sie ihm nichts davon, denn ich habe da eine Idee.«

Er lachte verstehend: »Sie wollen ihn sicherlich überraschen, oder?«

Corinna nickte und zog sich den Lammfellmantel über, verabschiedete sich artig und erreichte nach wenigen Minuten das Hotel. Sie plauschte ein wenig mit dem Jugoslawen an der Garderobe. Er sagte ihr, einige seien schon da, und so ging sie, nachdem sie sich noch einmal über den tadellosen Sitz ihrer strengen, aber wohl deshalb sehr reizenden Kleidung überzeugt hatte, in die Bar.

Sie blieb am Eingang stehen und suchte nach irgendeinem Zeichen. Ihr entgingen, wie üblich, die Blicke der Männer, die teilweise schon deutlich vom Après-Ski gekennzeichnet waren. Hier und da pfiff einer anerkennend durch die Zähne, andere forderten sie auf, sich zu ihnen zu setzen.

Jetzt sah sie Sylvia winken und schlängelte sich durch die Tischreihen in die gemütliche Ecke. Sylvia kam aus Berlin, und so redete sie auch: »Mann, Corinna, kick mal, die ziehen dir ja förmlich aus.«

»Wer?«

Sylvia lachte: »Du bist mir 'ne Type, merkste nich, wie die jaffen, und so manch eener bekommt bestimmt janz enge Hosen.«

Corinna machte eine wegwerfende Handbewegung und setzte sich neben sie. Kurz danach winkte Sylvia und stand auf. Dort kamen die zwei anderen. Nun waren sie komplett.

Nach einiger Zeit wechselte das Publikum und damit auch die Garderobe. Nun überwog nicht mehr die Ski-, sondern die sportliche, manchmal sogar fast Abendkleidung. Einige waren sicherlich in ihr Hotel gegangen und hatten sich für einen hoffentlich netten und erlebnisreichen Abend herausgeputzt. In diesem Hotel gab es ein ungeschriebenes, aber trotzdem sehr wirksames Gesetz: Ab halbacht wurde auf »neutrale Garderobe« viel Wert gelegt, und man hielt sich daran.

Die vier überaus beliebten Musiker der Oldieband begannen ihre Technik noch einmal zu überprüfen und stimmten nochmals die Instrumente nach. Die Bar war bereits, wie fast an jedem Abend, wenn die vier spielten, um zwanzig Uhr wegen Überfüllung geschlossen.

Frank, der in der Steiermark zu Hause war, kam sich vor wie der Hahn im Korbe. Nicht nur, weil er die attraktive Petra aus Ostdeutschland mitgebracht hatte, sondern weil er mit drei jungen Frauen am Tisch saß, die allesamt immer wieder taxiert wurden. Sie hatten sich erst einmal einen Begrüßungscocktail bestellt, um sich dann später gemeinsam an dem ihnen schon bekannten, überaus leckeren Fondue zu laben. Dazu hatten sie Rot- und Weißwein bestellt. Wie üblich bei ihren regelmäßigen Treffen, sie versuchten den Vierzehntagerhythmus einzuhalten, schwatzten sie über besondere Gäste, die erzählenswerten Vorkommnisse und sonstige Ereignisse.

Vor allem Frank war ein brillanter Erzähler und er tat dies mit sehr viel komödiantischem Geschick. Immer wieder mußten sie laut lachen, und Petra griff sogar zum Taschentuch, um sich die Tränen aus dem Augenwinkel zu wischen. Das Fondue, sie hatten an diesem Abend Fleisch vorgezogen, war, wie immer, vorzüglich, und sie beendeten das Essen mit einem Schweizer Obstler.

Kurz danach begann die Band zu spielen; ein Oldie aus den Fünfzigern, Anfang Sechzigern.

Die Skilehrer waren als erste unterwegs; sie hatten es auch ziemlich einfach, sie brauchten nur kurze Wege, um die oft recht reizvollen Anfängerinnen, aufzufordern. Kellner Peter, ein Experte der Löffelpolka, er zelebrierte sie immer so gegen ein Uhr am Morgen, begann nach einem kleinen Plausch unter Kollegen mit dem Abservieren. Frank und Petra zündeten sich eine Zigarette und Sylvia eine Zigarre an.

Dann richtete sich Corinna kerzengerade auf, sie lächelte ihr tollstes Lachen, und man konnte erkennen: Sie trug keinen BH, und sagte, mit der Hand um Aufmerksamkeit bittend: »Ich übernehme heute die Getränke.«

Sylvia sah sie dankbar an und meinte im lupenreinen Hochdeutsch: »Schön, daß du das schon jetzt sagst, da können wir ja richtig zuschlagen, aber«, sie taxierte Corinna und fragte, »was ist der Grund für diese noble Geste, raus damit, sonst wirst du boykottiert.«

»Du spinnst wohl!«, Frank tat empört, »wenn ich auf Connis Kosten schlucken kann, ist es mir eigentlich egal, aus welchem Grund.«

Alle lachten und sahen Corinna erwartungsvoll an.

»Stellt euch vor: Ich habe eine Anstellung als Betriebswirtin in München bekommen!«

Alle schrien durcheinander und wollten Corinna beglückwünschen. Und man merkte: Sie alle drei freuten sich, als würde es um sie selbst gehen. Man mochte, nein man liebte diese junge Frau, sie war ein Sympathieträger besonderer Art. Schnell kam die erste Flasche Prosecco, und man stieß ausgelassen an und wünschte

Corinna »in der tollsten Stadt der Republik«, wie Frank sagte, alles Gute.

»Dann wirst du ja den netten Doktortypen, von dem Doris erzählt hat, vielleicht mal treffen, die Welt ist doch so klein, oder?« Petra blinzelte ihr zu.

Corinna wurde ein bißchen rot und sagte: »Was die da schon wieder erzählen, ich hatte ihn als so eine Art besonderen Hausgast der Eglis.«

»Und?« fragte Sylvia mit deutlicher Neugierde in der Mimik nach.

»Was und?«

Petra lachte ihr spezielles, immer sehr mitreißendes Lachen: »Komm, ich seh' es dir doch an, was da los war. Erzähl, ein toller Feger soll er sein.«

Corinna hob das Glas und sagte, die Frage ignorierend: »Meine Lieben, auf uns und unsere Zukunft!«

Sylvia rief: »Aha, dann muß es ja mehr als eine Fegerei gewesen sein.«

Sie hatte offenbar Corinnas Gedanken nachvollziehen können.

Corinna lächelte und sagte: »Wie sagen es doch immer die Männer: Der Kavalier genießt und schweigt«, dann wurde sie ernst, als sie erklärte, »da gibt es nichts zu erzählen. Der Typ war ein ganz besonderer, so was lernt man nicht alle Tage kennen, und für mich war es …«, sie hob das Glas und trank einen langen Schluck, wischte kurz mit der Zungenspitze über die vollen Lippen und ergänzte, »es war für mich richtig interessant und so.«

Frank sah sie so an, als ob er sie zum ersten Mal sehen würde, als er fragte: »Interessant ist ja eigentlich wenig, oder? War da nicht mehr für dich drin?«

Die jungen Frauen lachten und waren sich einig, einem Mann darüber nichts zu erzählen, obwohl auch Petra und Sylvia von der Neugierde fast zerrissen wurden.

Corinna blieb aber ihrem Wesen treu: Sie sprach nie über Dinge, die nur sie und einen anderen etwas angingen. Sie gehörte eher zu denen, die mehr schweigen als erzählen konnten. Sicher wäre es für ihre Freunde wohl die Sensation gewesen, wenn sie über all das Geschehene und ihre Gefühle berichtet hätte. Sie brauchte sich um einen Themenwechsel nicht zu kümmern, denn plötzlich spürte sie, daß jemand neben ihr stand, alle sahen auf. Sie sah in ein lächelndes, ihr irgendwie bekannt erscheinendes Gesicht, das sie fragte: »Möchtest du tanzen?«

Ein anderer hatte Petra aufgefordert, und sie stand bereits auf. Corinna drehte sich weiter um, erhob sich, und jetzt erinnerte sie sich an die Holländer im Hotel. Er sah sie mit einem sympathischen Lächeln an und sagte im besten Deutsch: »Stimmt's, wir kennen uns schon? Wir wohnen im gleichen Hotel.«

Sie nickte: »Ja, gerade habe ich Sie auch wiedererkannt.«

Sie hatten die Tanzfläche erreicht, und er bot ihr mit einem leichten Kopfsenken den Arm an. Nach einigen Takten faßte er etwas weiter um ihre Taille und zog sie somit näher an sich heran. Ihr Busen bekam Kontakt zu ihm. Als der Druck seines Armes noch ein wenig zunahm und damit der Körperkontakt intensiver wurde, sah Corinna ihm, etwas hochschauend, da er deutlich größer war als sie, gerade in die Augen und versuchte wieder einen Abstand zwischen beiden Körpern herzustellen. Er war sicherlich ein wohlerzogener und vielleicht verständnisvoller junger Mann, denn er ließ, zwar zögerlich und erst, als Corinnas Anstrengungen deutlicher wurden, wieder Abstand zwischen sich und ihren Brüsten und flüsterte: »Es ist Gewohnheit, wir tanzen immer so bei uns, es sollte nicht aufdringlich sein.«

Sie lächelte ihn verständnisvoll an und sagte: »Hm, schon gut.«

Dann unterhielten sie sich über das Skigebiet; er kannte es noch nicht, »wir sind zum ersten Mal hier« und darüber, wo man denn am besten aus- und essen gehen konnte.

Corinna gab ihm Ratschläge und er ihr Komplimente. Sie applaudierten der Band und tanzten dann nach einem Beatleslied.

»Und Sie, Sie sind also auch zum Urlaub hier, aber schon öfter, wie ich merke.«

Corinna fand den Holländer, der vielleicht Anfang Dreißig war, recht nett. Er sah gut aus, hatte offensichtlich Manieren, war augenscheinlich gebildet und tanzte gut. Sie bekam einen Rempler, und er fing sie mit seinem Körper auf.

»Oha«, sagte sie und dachte sofort an Paulsen, da sie den oft gehörten Ausspruch von ihm gebrauchte, »ich bitte um Entschuldigung.«

»Das macht doch gar nichts«, und er hatte die Situation genutzt, um Corinna wieder eng, zumal die Musik dazu förmlich aufforderte, an sich zu ziehen.

Sie verzichtete in Gedanken an Ed Paulsen darauf, die alte Distanz wiederherzustellen, und spürte nicht einmal die Nähe seiner Wangen. Sie tanzten so bis zum letzten Takt des Liedes. Dann schlug die Band so richtig in die Saiten. Der erste Rock' n' Roll wurde gefordert. Der große Blonde beherrschte auch diesen Tanz vorzüglich, obwohl der nötige Platz eigentlich nicht vorhanden war.

Nach diesem Stück kam die Pause und er sagte als er sie zum Tisch zurückbrachte: »Übrigens, ich bin Lui.«

Sie bedankte sich, als er den Stuhl zurückzog, und sie sagte: »Und mich nennt man Conni.«

Petra hatte vom Tanzen rote Wangen bekommen und prustete: »Guter Start, da kommt man so richtig in Fahrt, wenn einer so richtig mittanzt.«

Sie sah Corinna erst ins Gesicht und dann auf die Bluse und sagte amüsiert: »Mit dem da«, sie nickte in etwa in die Richtung, wo der Holländer hergekommen, »scheint es ja gleich zur Sache gegangen zu sein, wenn man das«, sie sah und nickte nun in Richtung Corinnas Busen, »so ansieht«. Corinna sah sie etwas vorwurfsvoll an, folgte ihrem Blick und entdeckte die zwei oberen offenen Knöpfe ihrer eng anliegenden Bluse. Man konnte nicht nur erkennen, daß sie keinen BH nötig hatte, sondern es wurde ein Blick auf den bezaubernden Ansatz ihrer Brüste frei, der auf jeden Betrachter unweigerlich einen betörenden Reiz ausüben mußte. Ihr schoß die Röte ins Gesicht, und sie nestelte an der Bluse und schaffte es, das Kichern der anderen ertragen müssend, endlich, die zwei Knöpfe zu schließen.

Sie sah sie dann an, tippte mit dem Zeigefinger an ihre Stirn und streckte die Zunge heraus: »Ihr müßt doch immer gleich sonstwas denken …«

»Waaas denn?« fragte Frank mit übertrieben neugierigem Gesichtsausdruck.

Conni winkte mit der Hand so, als wolle sie ein Insekt vertreiben: »Die sind von ganz allein aufgegangen und damit basta.«

Frank starrte fast anzüglich auf ihren Busen und sagte dann: »Na ja, wenn man es so richtig betrachtet: Auch das könnte wirklich so passiert sein, die wollen eben auch was sehen.«

Alle lachten nun, auch Corinna.

Dieses Geplänkel war purer Spaß, denn alle kannten sich schon Monate, und die drei wußten inzwischen Corinna sehr gut einzuschätzen und wunderten sich schon oftmals über ihren Umgang mit den sie umschwärmenden Männern. Sie hatten sie schon hier und da beim Flirten erlebt, aber so lange sie sich kannten, war sie immer allein nach Hause gegangen.

Petra hatte sie vor einiger Zeit, als Corinna von einem überaus charmanten, attraktiven und sehr aufmerksamen Urlauber umschwärmt wurde und sie gemeinsam von ihm – übrigens fuhren sie in einem Bentley – nach Zürich eingeladen wurden, später verwundert gefragt, weshalb sie sich nicht zu einer solch tollen Beziehung, die sich da abgezeichnet hatte, habe entschließen können.

Corinna hatte geantwortet: »Ich weiß es selbst nicht, und wenn ich es nicht weiß, weshalb ich nicht will, dann will ich auch lieber nicht. Weißt du, Petra, ich möchte *wollen,* das ist alles.«

Petra hatte dann angemerkt, ob sie denn nicht Illusionen habe: »Du schaust doch wirklich nicht auf Geld, oder so was, aber der Typ war doch Extraklasse und ich denke doch, daß du auf Männer stehst«, sie hatte ihr beim Spazierengehen dann den Arm um die Schulter gelegt und gesagt, »sonst müßte ich mir mal überlegen, ob ich mich nicht umpolen lasse.«

Sie hatten herzlich gelacht, und dann sagte Conni: »Keine Panik, du mußt nicht gegen deine Natur ankämpfen. Ich hab' ja schon gewollt, leider war alles nix, ich hab' die Nase erst einmal voll. Vielleicht kommt da mal einer, wo ich spüre, ja, der gibt mir bestimmt etwas und nimmt sich nicht nur, was er will.«

Petra war nachdenklich geworden: »Oje, meine Liebe, dann wirst du noch lange suchen und wohl auch warten müssen. Es ist doch allgemein so«, sie hob die Arme und ließ sie hoffnungslos wieder fallen, »man gewöhnt sich irgendwann daran, wir sind eben Frauen.«

Corinna hatte sich eine vorwitzige Haarsträhne aus dem Gesicht gestrichen und mit fester, ja trotziger Stimme gesagt: »Das mach' ich auf keinen Fall!«, dann lachte sie und meinte schelmisch, »und dann kannst du ja noch immer über deine Umwandlungspläne nachdenken.«

Immer wieder tanzten sie, und Frank freute sich besonders, wenn er auf Zuruf der Mädchen sie aufforderte, um möglichen Tänzern so aus dem Weg gehen zu können. Die Stimmung in der Bar stieg proportional mit der Zeit und dem Alkohol, der in dieser Zeit getrunken wurde. Corinna hatte schon mehrfach Körbe verteilt, denn es war für sie eine Greuel, mit erkennbar Alkoholisierten zu tanzen. Es war, wie sie einmal Sylvia sagte, immer nur eine Ab-wehrschlacht und kein Tanz mehr.

Lui, der Holländer, hatte einen weiten Weg und bemühte sich trotzdem immer wieder, Schnellster zu sein. Manchmal stand er schon am Nebentisch und versuchte sogar mit Gesten, den näch-sten Tanz zu sichern, was ihm ab und an auch gelang. Die Musiker nahmen die Instrumente auf, und schon stand er da.

Corinna lachte, stand langsam auf und sagte: »Wollen wir sin-gen und danach tanzen?«

Er sah sie liebenswürdig an und antwortete: »Auch das würde ich tun, ich kann aber leider überhaupt nicht singen.«

Die Band sprang ihm zur Seite.

Er atmete übertrieben tief ein und aus und sagte: »Das ist ja wie ein Wettlauf. Leider bist du ja fast umlagert. Na ja, wer wie du aus-sieht, sollte einfach nicht ausgehen.«

»Wieso denn das?«

»Nun, es könnte ja in Arbeit ausarten, es sei denn, man ist so narzißtisch, um genau *das* immer wieder auszuleben.«

Corinna beugte sich leicht zurück, um ihn ansehen zu können, und sagte: »Da Frauen hier ein bestimmtes Privileg haben, also entscheiden können, ob und mit wem sie tanzen wollen, sehe ich keine Belastung darin. Und Leute, die nur in sich selbst verliebt sind, gibt es sicherlich, und auch damit muß man wohl leben.«

Er nickte mit seinem Wuschelkopf, griff sie ein wenig enger um die Hüfte und führte sie gekonnt in eine ausgefallene Schrittkombination. Sie folgte ihm federleicht. Auch Petra tanzte ausgelassen mit dem Freund von Lui. In der Pause standen dann die zwei Holländer am Tisch. Sie waren sich des Erfolges ihrer Unternehmung sicher, denn sie hatten die Rotweinflaschen und auch noch die Gläser mitgebracht.

Höflich fragten sie. Petra, inzwischen leicht angeschwipst, machte eine Armbewegung wie bei dem Spiel »Mein rechter Platz ist leer« und die Männer setzten sich auf die zwei freien Stühle.

Die Band erkannte die Zeichen der fortgeschrittenen Zeit und paßte sich auch der Beleuchtung an: Sie spielten nun nur noch Stücke, die dazu einluden, sich mehr oder minder intensiv an einander festzuhalten. Der Raum wurde fast nur noch vom Kerzenschein ausgeleuchtet. Über der Tanzfläche drehte sich der Spiegelglobus, und seine Mosaiken erhielten nur noch rotes und orangefarbenes Licht zum Verstreuen.

Corinna hatte seit langem nicht mehr so viel und vor allem so gut getanzt. Dazu kam noch, daß die Stimmung durch nichts getrübt und durch die Getränke mehr und mehr stimuliert wurde. Man lachte viel, erzählte Anekdoten und Witze und fand immer wieder einen Grund, die Gläser zur Mitte zu führen. Corinna genoß den Abend und nun die Nacht aus vollen Zügen.

Die Holländer tranken. Sie tranken nach dem Wein Wodka und danach Whisky, dann stand plötzlich eine ganze Flasche Wodka auf dem Tisch.

Petras Augen leuchteten schon bedenklich, und Sylvia und Frank hatten an diesem Abend wohl festgestellt, was ihnen bisher wohl entgangen war: Wir mögen uns. Und deshalb machten sie aus dieser Erkenntnis kein Geheimnis.

Corinna und Lui tanzten nach einer bekannten Bluesmelodie. Sie tanzten eng, sehr eng. Conni spürte ganz deutlich, wie die Hand von Lui langsam auf ihrem Rücken tiefer rutschte und auf ihrem Gesäß liegen blieb. So, als würde er Klavier spielen wollen, tasteten seine Finger hin und her. Sie rückte von ihm ab, lächelnd, aber nachdrücklich. Er lächelte zurück, doch das Lächeln glitt zu einem ungelenkten Grinsen ab, der Wodka schien Wirkung zu zeigen, und zog sie mit einem Ruck an sich. Die Hand an ihrem Gesäß griff dabei unterstützend zu. Corinna funkelte ihn an. Er schien es nicht zu bemerken, denn er zog seinen linken Arm unter ihrem rechten durch, um dann nach ihrer Brust greifen zu können. Wahrscheinlich bekam niemand das Folgende mit, denn mit ihrer freien rechten Hand stieß Conni Lui von sich und drehte sich behende aus seinen Armen. Er stand, noch immer, aber jetzt ungläubig und enttäuscht lächelnd da und sah Corinna hinterher, die zwischen den überwiegend eng umschlungen Tanzenden hindurch zum Tisch zurückging. Erst machte er ein, zwei Schritte in die gleiche Richtung, blieb dann aber ruckartig, etwas mit dem Gleichgewicht ringend, stehen, winkte ab, so als wollte er sagen: »Na dann eben nicht« und ging dann schnurstracks an den Tresen.

»Wo hast du deinen Eintänzer?« fragte Frank, der sich gerade äußerst umständlich eine Zigarette anzündete und Conni auf ihre Frage antwortete: »Sylvi ist für kleine Mädchen.«

Corinna setzte sich und blies gegen den Rauch: »Es ist immer wieder das gleiche.«

»Was?« Frank drehte ihr sein linkes Ohr zu.

»Alle gleich, fast alle gleich.«

»Damit kann ich nicht viel an ...«, jetzt hatte sein Denken ein Ergebnis produziert, »ach so, der wollte dir wohl an die Wäsche, oder so?«

Sie senkte den Kopf und nickte und sagte: »Was soll's, halb so schlimm, wie heißt es doch so schön: Wenn es am schönsten ist, soll man aufhören.«

Sylvia kam zurück.

Petra stand mit ihrem Tänzer noch auf der Tanzfläche, aber so, daß man annehmen könnte, dort stand eine korpulente Person. Beide schmiegten sich eng aneinander und genossen offensichtlich die nahezu endlosen Küsse. Erst als die Musiker wieder aktiv wurden, wiegten sie sich, kaum voneinander abrückend, im Rhythmus des Soulstücks.

Corinna verabschiedete sich und ging zur Bar, um dort ihre Rechnung zu begleichen. Ohne den Wuschelkopf eines Blickes zu würdigen, er hatte ein größeres Glas, wahrscheinlich mit Wodka, vor sich, ging sie nach draußen und zog die frische Morgenluft tief in ihre Lungen. Dann verfolgte sie den Atem, der als weiße Wolke aufstieg. Sie hatte an dem Abend, vor allem auch, als sie die Hand des Holländers auf ihrer Brust gespürt hatte, an Paulsen gedacht. Sie lächelte und zog den Kragen mit beiden Händen vor ihrem Hals zu und dachte an ihn, an Paulsen.

Sie schloß hinter sich die Tür und war wenig später unter der Dusche und begann ihre Pläne zu schmieden. Nackt legte sie sich in ihr Bett, rollte sich zusammen, und mit dem Gedanken »Mein Lieber, ich komme…« schlief sie sofort ein.

Gerade als er es sich gemütlich gemacht hatte und zur Teekanne griff, rief ihn das Telefon. Den Fluch, weil er das Gerät vorhin im Arbeitszimmer vergessen hatte, zerbröselte er noch vor der Zunge, stand auf und nahm ab. Sein Gesicht strahlte. Es war Corinna.

»Riesig, dich zu hören, mein Schatz, da freu' ich mich wie ein Berseker!« Er ging dabei zurück zum Teetisch und ließ sich in den bequemen, seidenweichen Ledersessel fallen.

»Was tust du eigentlich so ohne mich?« wollte er wissen, nachdem sie sich über ein paar allgemeine Dinge, wie Wetter, Hotel, Schnee, Gäste, Klienten, Befinden ausgetauscht hatten, und sie erzählte ihm, wie oft sie mit Gästen unterwegs sei, da Egli sie quasi als Skibegleiter, um nicht Skilehrer zu sagen, einsetzen würde.

»Ich, mein Lieber, kann mich gar nicht langweilen. Und habe

natürlich auch überhaupt«, das Wort wollte gar kein Ende nehmen, »keine Zeit, an andere Dinge zu denken.«

Überall lugte der Schalk hervor, und Dr. Paulsen tat so, als würde er es gar nicht bemerken und so klang seine Enttäuschung darüber, daß sie noch nicht einmal *die* Zeit finden würde, ab und zu an ihn zu denken, recht echt.

Corinna war kurzzeitig verunsichert, doch dann siegte der Glaube an seine beruflichen Fähigkeiten: »Sagen Sie mal, Herr Doktor, Sie sollen doch so ein erfolgreicher Therapeut sein, und man spricht sogar von Ihnen in der Schweiz, und da soll es Ihnen nicht möglich sein«, sie holte Luft und brauchte dazu eine kleine Pause, und dann bekam Ed eine Gänsehaut, als sie mit einer Art von selbstverständlicher Sinnlichkeit in der Stimme sagte, »ein Mädchen zu analysieren, das wohl ihre schönste, aufregendste und erlebnisreichste Woche mit Ihnen verlebt hat? Oje, wie kann man sich doch täuschen.«

Ed mußte lachen und sagte: »Mein Gott, was würde ich dafür geben, dich jetzt hier zu haben!«

Auf seine Frage, was sie denn heute so getan habe, erzählte sie von den Aufräumarbeiten und daß sie endlich dazu gekommen sei, die Wäsche zu erledigen, und dann – und zwar in zehn Minuten – ins Restaurant müsse. Ed Paulsen fiel plötzlich ein, daß Corinna ihm erzählt hatte, nur noch bis kommenden Mittwoch in dem Hotel zu arbeiten: »Übermorgen ist ja erst einmal Schluß mit deiner Arbeit, oder?«

»Ja, ich fahr' dann nach Hause, und das ist noch weiter weg als von hier zu dir.«

Ed dachte: »Ich weiß eigentlich gar nichts von ihrem Leben, ihren Eltern, ihrem zuhause«, und sagte es ihr. Sie lachte: »Wir hatten wohl keine Zeit dazu, sahen nur das Jetzt, oder?«

»Sag mal, könntest du nicht hier vorbeikommen und dann weiterfahren? Es wäre doch toll!«

Sie biß sich auf die Unterlippe und dachte: »Wenn du wüßtest, wie gern ich das täte.«

»Leider, mein lieber Ed, ich hatte auch schon daran gedacht, aber ich muß unbedingt Donnerstag in Herne sein. Es ist jammerschade, aber es geht nicht anders.«

Er nahm einen Schluck Tee und fragte dann: »Wann, mein Engel, werden wir uns denn wiedersehen, ich habe Sorgen, dich so lang allein zu lassen.«

Sie räusperte sich die Emotionen weg und antwortete: »Ich weiß es auch noch nicht, mach dir um mich keine Sorgen, ich glaube, für *mich* ist es viel komplizierter.«

»Wie meinst du das?«

»Bitte, laß uns jetzt nicht darüber reden, es stimmt mich traurig, und das muß ja nicht sein.«

Paulsen ließ aber nicht locker, und sie sagte dann: »Schau, du bist dort in München, um dich herum allerlei Leute und allerlei Frauen und allerlei Partys, und was, mein lieber Herr Doktor, soll ich da Positives für mich herausfinden?«

»Denk ganz einfach daran, daß ich dich ...«, er überlegte tatsächlich, ob er es ihr sagen konnte, ohne zu übertreiben, »ich weiß, ich kann es sagen, ich übertreibe nicht: Ich bin mir sicher, dich zu lieben!«

Sie sagte nichts und schluckte die aufsteigenden Tränen herunter. Am liebsten hätte sie ihm jetzt alles erzählt, was sich ereignet und was sie bereits geplant hatte, aber sie konnte sich beherrschen und sagte nur: »Es ist schön, so etwas von dir zu hören. Du weißt längst, daß es mir nicht anders geht, und das ist schön, sehr schön.«

»Und welchen besseren Grund gäbe es denn, einen Umweg zu machen?« Er versuchte es noch einmal.

»Lieber Herr Doktor«, sie spielte wieder die Offizielle, »wenn ich mich recht erinnere, Sie sind ein Vertreter von gewissen Wertorientierungen, und wenn Sie etwas versprochen haben, halten Sie es, stimmt doch, oder? Und ich soll also mein gegebenes Wort so in den Wind streuen?«

Er lächelte für sie unbemerkt und sagte: »Ich hab's ja nur noch einmal probieren wollen ...«

»Bitte, bitte, glaube mir«, unterbrach sie ihn, »mir fiele sonst nichts Besseres und Schöneres ein, als sofort zu dir zu fahren.« Er ließ sich von ihr darüber aufklären, was sie alles umgehend zu erledigen hatte.

»Und danach?« fragte er und gab selbst die Antwort, »sehen wir uns auf jeden Fall und selbst wenn ich meinen Laden ein paar Tage zumachen müßte!«

»Vielleicht«, sagte sie, und dies mit einer gewissen Auslegbarkeit, »gibt es ja auch andere Möglichkeiten. Man weiß ja nie, was zwischen Himmel und Erde so passieren kann. Schau doch auf unser Kennenlernen, oder?«

Er nippte wieder an dem Tee und sagte dann: »Na gut, ich hol' nur mal schnell das Pendel, die Tarockkarten, das Horoskop, die Glaskugel und von der Nachbarin den schwarzen Kater, und dann sehen wir ganz genau, wann und unter welchen Umständen wir uns mit absoluter Sicherheit sehen werden.«

Corinna lachte ausgelassen. Damit konnte Ed Paulsen wenig anfangen, mehr noch, er war durch ihre Fröhlichkeit etwas irritiert, denn es ging doch eigentlich darum, wie schade es war, daß sie sich nicht so bald sehen konnten.

»Ist das etwa eine emotionale Oberflächlichkeit, oder höre ich die Flöhe husten?«, dachte er, und zu Corinna: »Deine Fröhlichkeit freut mich und macht mich auch ein bisserl traurig.«

»Er tut mir leid, aber ich muß standhaft bleiben«, rief sie sich zur Ordnung und sagte: »Mein Lieber, denkst du *etwa* ich bin fröhlich darüber, daß wir uns nicht sehen können? Das wäre schlimm«, sie hüstelte, und erklärte Paulsen dann den Grund ihrer Fröhlichkeit: »Ich habe mir nämlich bildhaft vorgestellt, wie du mit all den Dingen herumhantieren würdest«, und machte eine kleine Pause, und da Ed schwieg sagte sie: »Entschuldige, ich bin auch sehr traurig, und du weißt gar nicht, wie gern ich dich jetzt in die Arme nehmen würde.«

Die Bewahrung ihrer geheimen Vorhaben bereitete ihr fast Höllenqualen, aber sie wußte: Ich werde ihm sehr bald gegenüberstehen und diesen Augenblick in vollen Zügen genießen!

Sie sahen sich abschließend per Telefon in die Augen, sagten sich fast schüchtern einige Zärtlichkeiten und erinnerten sich dabei an ihre gemeinsame Wanderung über Körper und Seele …

Sie legten auf.

Dr. Paulsen unterrichtete Susi gleich als erstes, als er sie zu sich ins Refugium rief, über seine Absicht, sich in der nächsten Zeit, und zwar jeden Montag, Mittwoch und Freitag von zwölf bis circa fünfzehn Uhr, in der von Dr. Ulrich betreuten Wohnanlage aufzuhalten.

»Ich werde dort mit einem Klienten voraussichtlich viel zu arbeiten haben. Bitte, Susilein, organisiere mir alles andere drum herum, einverstanden?«

Sie sah ihn verdutzt an: »Wie, ich soll einverstanden sein?«

Er nickte.

»Soll ich Ihnen die Wahrheit sagen?« fragte sie keß.

Er lehnte sich zurück und tat erstaunt: »Ich denke, du sagst mir«, viel Betonung, »immer die Wahrheit?«

»Natürlich, aber wenn Sie mich schon nach einem Einverständnis fragen, könnte ich ja aus taktischen Gründen flunkern, oder so.«

»Also, alles damit klar?«

»Nein, sie wollten meine Meinung, und ich will sie jetzt loswerden.«

»Nur zu!« Er bewegte die Arme, als wollte er Hühner verscheuchen.

Sie beugte sich vor und legte die Hände auf den Tisch: »Also: Ich bin in Ihrem Interesse dagegen! Ja, so ist es mit der Wahrheit. Ich weiß zwar, es hilft nix, aber ich will es nur gesagt haben.«

Er stand auf und ging langsam auf das Gemälde von Schnars-Alquist zu, blieb stehen und sah sie von hinten an: »Und bitte schön, weshalb?«

Sie drehte sich auf dem Stuhl, um ihn ansehen zu können: »Irgendwann, Herr Doktor Paulsen, wird es zu viel, einfach zu viel.« Sie sah ihn mit echt besorgtem Gesicht an.

Er stellte sich hinter sie, legte ihr seine Hände auf die Schultern und sagte mit seiner ruhigen, unnachahmlich sympathischen Stimme: »Liebe Susi, ich danke dir und ich finde es gut, daß du aufpaßt.

Aber in dem Fall«, seine Finger drückten ein wenig ihre Schultern, »muß ich einfach etwas tun. Es kann sein, nach wenigen Tagen ist alles erledigt, oder du wirst später darüber allerhand erfahren.« Er ging wieder zurück in die Mitte des Raumes, und Susanne stand auf und sagte: »Ich weiß, Doc, wenn Sie sich entschieden haben, gibt es sowieso kein Zurück, aber Sie hätten vorher mal fragen sollen, was und vor allem *wer* so alles im Buch steht und wieviel Schecks dabeilagen.«

Er verschränkte die Hände hinter dem Nacken, und man konnte annehmen, er wolle einige gymnastische Übungen machen, dann drehte er sich nach links und rechts und ließ die Arme sinken, dabei sagte er: »Susi, wir machen es wie üblich: All Schecks zurück und die Termine nach Dringlichkeit und so weiter, du kennst das ja. Wir machen das, was wir können, und sonst gibt es massig hervorragende Kollegen.«

Sie sah ihn mit zweifelnder Miene an und klärte ihn darüber auf, daß es ihr noch nie gelungen war, »und schon erst recht nicht bei den besonderen Namen«, eine Vermittlung an einen der von ihm genannten Kollegen zu erreichen.

Er sagte: «Susanne, du wirst es schon richten.« Und damit war für ihn das Thema erledigt.

»Ach, übrigens«, etwas Schalk lugte aus seinen Augen, »das bei Dr. Ulrich habe ich in die Mittagzeit gelegt, denn ich will ja sowieso abnehmen.«

Sie bekam riesige Augen und rief: »Waaas, um Himmels willen, wollen Sie? Abnehmen?«

Nun lachte er sie an und hob beschwörend die Hände: »Na gut, das war vielleicht nicht gerade gelungen. Aber im Ernst, so gehe ich jetzt immer und regelmäßig zum Mittagessen, und ich werde das gute Essen in Ulis Haus gleich mal auskosten können.«

»Ihnen ist wirklich nicht zu helfen, glaube ich langsam.«

Er legte ihr den Arm um die Schulter und sagte: »Doch, Susi, du und Maria, werdet mir schon die rote Karte zeigen, wenn es soweit kommen sollte, oder?«

Sie nickte und flüsterte fast: »So ein Mist, ich hab sie doch glatt beim letzten Spiel vergessen.« Sie griff sich eine Broschüre, die gelborange eingebunden war, hielt sie hoch und sagte: »Verwarnung mit Gelb, nur damit Sie es wissen.« Paulsen sah erschrocken auf die Broschüre und hob beschwichtigend die Hände: »Gut, gut, ich werde mich zusammenreißen.«

Susi dekodierte den Speicherinhalt der Datei, und sie gingen dann die Klientenliste und die der Neuanmeldungen im Klartext durch. Paulsen pfiff leicht durch die gespitzten Lippen, als er den Namen einer fast täglich in der Öffentlichkeit stehenden Person las.

Dann sah er vom Bildschirm weg und Susi an und sagte: »Du hast recht, allerhand zu tun, sei so lieb, drucke mir das aus, und ich sehe mir das dann genauer zu Hause an.«

Sie nickte, und er ging hinüber in seinen Arbeitsraum, um sich auf den Fernsehmann Reinhard Gut vorzubereiten. Noch hatte er etwas Zeit, um das ausgearbeitete Konzept noch einmal zu überlesen und wenn nötig zu redigieren. Paulsen wußte nach den ersten Therapieschritten schon recht präzise, wie er vorgehen wollte, und machte sich keinerlei Illusionen über die Beschwerlichkeit des Weges.

»Wieder so eine zugespitzte Situation, bei der man sich daran erinnern muß, welchen Grundwerten man in seiner Arbeit folgen muß. Es sind nicht die Schulen oder ob man Freudianer ist oder eher in Adler oder Jung seine therapeutischen Ansätze sieht.« Er lehnte sich zurück, beugte sich dann über die Tischplatte, nahm seinen Drehbleistift und kritzelte auf einem Blatt seine Gedanken.

»Genau«, flüsterte er, »das kann ich in die nächsten Vorlesungen mit einbringen.«

Ihm waren im Zusammenhang mit der konkreten Zielfestlegung und den Schritten dorthin für den Moderator plötzlich einige verallgemeinernde Gedanken gekommen.

So schrieb er: grundlegende therapeutische Werte, darauf aufbauend die Anwendungsprinzipien bzw. Strategien und taktischen Einzelschritte im Gesamtkontext gesehen und letztendlich die zur Anwendung kommenden Einzeltechniken und Verfahren.

266

Er skizzierte diesen Gedanken in einer Art Bedingungsgefüge und murmelte: »Na bitte, ein sehr gutes Abfallprodukt.« Seine sich anschließenden Gedanken konnte er nicht weiterverfolgen, denn Susanne signalisierte ihm das Kommen Guts.

»Pünktlich, pünktlich«, murmelte Dr. Paulsen und stand auf und ging hinüber, um Gut zu begrüßen.

Wenig später nahmen sie im Refugium Platz. Ed Paulsen hatte schon draußen am Gesichtsausdruck von Gut sofort dessen Verfassung erkannt. Seine Augen waren gerötet, lagen tief und waren dunkel umschattet. Er war blaß und Stimme und Gestik eher lethargisch. Ed setzte sich ihm gegenüber.

Was dann kam, kann man nicht lernen. Dr. Paulsen würde sagen: Entweder man hat »es«, oder man hat »es« nicht. Aber wenn man »es« hat, wird man in der Kombination mit den aktuellen wissenschaftlichen Erkenntnissen und den Erfahrungen sowie den notwendigen charakterlichen Eigenschaften eben ein außergewöhnlicher Therapeut. Und zu denen wurde Paulsen schon seit Jahren gezählt. Es gelang ihm, mit einer geradezu verblüffend natürlichen Empathie, Gut in wenigen Minuten, ihn dabei weit weg von jeglichem Therapiegedanken ziehend, aus dem tiefen Tal seiner ihn schier erdrückenden Stimmungslage herauszuführen. Das situative Erfassen selbst kleinster Signale und die Transformation in eigene emotionale und kognitive Potentiale und deren gezielter Einsatz zur schrittweisen Erweiterung der emotionalen und intellektuellen Ansprechbarkeit seines Gegenübers, hätte jeder Experte mit einem Zungenschnalzen honoriert.

Reinhard Gut sah Paulsen nun auch wieder in die Augen, zwar zögerlich und noch unstet, aber mit zunehmender Belebung.

Paulsen kam ihm entgegen: Er ließ seinen weichen, Verständnis ausstrahlenden Blick auch nur kurzzeitig in Guts Augen ruhen, und alsbald erkannte Paulsen, wie sich die Angespanntheit seines Körpers langsam zu lösen begann. Sie unterhielten sich erst einmal über Fußball, denn Gut hatte, so erzählte er, in der Redaktion mit einigen Leuten über die Fußballer und ihre Persönlichkeitsprobleme diskutiert. Für Paulsen ein unterhaltsames Thema, hatte er doch über längere Zeiträume mit Sportlern zusammengearbeitet.

Danach fragte Gut: »Und was sagen Sie zu den Ereignissen im Nahen Osten?«

Paulsen sah Gut mit entschuldigender Miene an und sagte: »Es hat sich nichts geändert, verehrter Herr Gut, ich bin in den paar Tagen in der Schweiz nicht zum Politikinteressierten konvertiert.« Er hob die Hand und streckte den Zeigefinger empor: »Obwohl ich auch dort mit meinem Desinteresse für diesen Kram, wohl für Interesse sorgte.« Dr. Paulsen lächelte ihn an und erzählte ihm dann von den Gesprächen mit Uri in der Schweiz.

»Und das erzählen Sie nun einem, der sich jeden Tag gerade, wie sagten Sie doch so schön …«, er überlegte kurz, lachte dann fast vorsichtig, »ja, mit diesem Kram herumschlagen muß«.

Paulsen schenkte ihm Kaffee und sich Tee nach, dabei entgegnete er: »Oha, keine Sorge, ich akzeptiere jeden, der seine Arbeit, egal wo, hundertprozentig macht«, er lächelte nun sehr verbindend, »und schließlich machen *Sie* ja nicht die Politik, oder?«

»Na gut, die Friedenspfeife rauche ich mit.«

Ed war mit der Entwicklung sehr zufrieden und entschloß sich, sie noch ein wenig zu stabilisieren.

»Ich habe, lieber Herr Gut, dem Herrn Uri wenn mich nicht alles täuscht, in etwa zur Begründung gesagt: Ich als Individuum lasse mich von einer ganzen Reihe von Wertorientierungen, Verhaltensregeln und anderen, sagen wir, individuellen Grundsatzpositionen leiten und bin so ungehörig, diese als Maßstab auch für andere Menschen zu benutzen«, er reichte Gut die Schachtel mit den Zigaretten und gab ihm Feuer, »ohne daraus ein Gesetz zu machen, aber ich stelle fest, daß die Spezies Politiker diesem nicht mal ansatzweise gerecht wird.«

»Überbewerten Sie da nicht Ihre Werte? Ich kann mir absolut vorstellen, daß Sie wirklich so gut als Experte und auch als Privatmann sind, aber verlangen Sie da nicht zu viel?«

Dr. Paulsen sah ihn ernst an: »Lieber Herr Gut, ich danke für die Blumen, aber ich will mich doch gar nicht exponieren. Meine

Werte sind die, die wohl ganz gezielt längst über Bord geworfen wurden und ehemals zum normalen Repertoire im Zusammenleben der Menschen gehörten.«

»Und die sind?«

Ed legte Gut seine kräftige Hand auf den Unterarm: »Schauen Sie, Politiker können das Wort Wahrheit wahrscheinlich schon nicht mehr richtig buchstabieren. Sie wissen heute schon, daß das was sie gerade sagen, sie morgen schon nicht mehr wissen oder besser wissen wollen. Nirgends wird so viel gelogen, geblendet, verdreht, korrumpiert, ja erpreßt wie dort und nur um eines: Die Macht zu erhalten«, er unterbrach sich, lachte und meinte sich offensichtlich erinnernd, »aber wir hatten darüber auch schon bei unserem ersten Plausch gesprochen, stimmt's?«

Gut nickte und öffnete die Lippen.

Ed hob die Hand: »Entschuldigung. Nur das noch, selbst wenn ich mich wiederhole: Ich glaube, es gibt keine andere Berufsgruppe, die so parasitär und inkompetent agieren darf, ohne für die vielen Fehlleistungen zur Rechenschaft gezogen zu werden.«

»Uff«, meinte der Fernsehmann, »das war ja fast eine Anklage!«

»Nein, mein lieber Herr Gut, das ist nur die Umschreibung meiner Einstellung zu Politikern ganz allgemein: Nichtbeachtung nichtbeachtenswerter Leistungen.«

Gut nickte leicht und sinnierte: »Denken Sie nur nicht, ich bin so töricht und meine, die, die Politik machen, sind meine Vertrauten. Aber ich habe wohl den Blick für die Realität und«, er hob die Hand wie zu einer Aufforderung stehenzubleiben, »was noch viel wichtiger ist, die Wahrheit, bezogen auf meine berufliche Tätigkeit, verloren. Bestimmt haben Sie ja Nietzsches Zarathustra gelesen?« Als er Dr. Paulsens Nicken sah, fuhr er fort: »Erinnern Sie sich? ›Damit das Leben gut anzuschauen sei«, er zitierte, und seine Stimme war jetzt die des Moderators, »muß sein Spiel gut gespielt werden: dazu aber bedarf es guter Schauspieler‹, und ist es denn nicht wirklich so?«

Ed nickte: »Nur schont Zarathustra die Eitlen, wenn ich mich nicht täusche. Aber sonst sieht es wohl in der Tat so aus in der politischen Welt von heute.«

Gut legte beide Handflächen auf den Tisch und sah sie an, als ob er sehen wollte, ob denn alle Finger und die Daumen noch da wären: »Sie ignorieren die Politik, aber Sie erleben doch auch hier«, er sah sich in dem Raum bekräftigend um, »wenn ich es mal so darstellen darf, die Auswirkungen der Politik auf den Menschen, oder ist es übertrieben?«

»Nun, es wäre absolut übertrieben, würde ich alle psychischen Erkrankungen oder Störungen auf das politische Sein zurückführen. Auch darüber sprachen wir übrigens in der Schweiz. Nein, so ist es sicherlich nicht. Das Sein, also all das, was um uns herum so los ist, beeinflußt unweigerlich das Bewußtsein, und somit hat das Sein, jedoch in all seinen Facetten, unmittelbar auch auf unsere, lassen Sie es mich mal vereinfacht ›innere Welt‹ nennen, Einfluß.« Er vermied es, Gut direkt als Beispiel mit einzubeziehen, denn der Verlauf des Gedankenaustausches kam Dr. Paulsen sehr entgegen.

»Wenn Sie aber all Ihre Analyseergebnisse von Einzelmenschen zum Beispiel zusammenfassen würden, käme doch sicherlich auch eine Aussage zum Problem ›der Mensch und sein Verhalten‹ und die Bedeutung der heutigen gesellschaftlichen Gegebenheiten, zustande, oder?«

»Ja, sicherlich, und ich beobachte nicht nur bei mir, sondern auch in den wissenschaftlichen Publikationen die sich wandelnde Prävalenz … Entschuldigung, also die Häufigkeit des Auftretens bestimmter Störungen beziehungsweise Erkrankungen«, er sah Gut fragend an, und sein Nicken zeigte ihm sein Verstehen an, und er fuhr fort, »allerdings gehe ich dabei kaum forscherisch selbst in die Tiefe, da ich mich damit nicht näher befasse, und zusätzliche Arbeit kann ich eigentlich nicht gebrauchen, und andere können das viel besser.«

Gut lachte das erste Mal: »Um Himmels willen nur das nicht! Sie würden uns«, er wollte das Wort »uns« mit der Hand noch einfangen, aber es war gesprochen, »ich erlaube mir, mich da schon mal einzureihen, Sie würden uns dann fehlen, und das will doch sicherlich niemand, und Forscher gibt es ja genügend, aber trotzdem ist das zum Beispiel für mich eine interessante Frage.«

»Nicht nur für Sie, auch ich verschließe mich diesen Erkenntnissen und damit den Dingen, die um mich herum, also in der Welt, passieren, nicht«, wieder nippte er am Tee, »aber ich strafe quasi die Gilde der Politiker, wie schon erwähnt, mit Nichtachtung, weil sie zu einem gerüttelt Maß die Verantwortung für diese, lassen sie es mich, im unreinen gesprochen, krankmachenden Bedingungen nennen, tragen.« Paulsen belächelte den Satz um sieben Ecken innerlich.

Gut hatte rote Wangen bekommen und wirkte gelöst und wie ein anderer Mensch. Paulsens Strategie war sehr gut aufgegangen, und er setzte den nach außen als privat anzusehenden gedanklichen Spaziergang fort.

»Aber wie soll es anders gehen, frag ich Sie, wir haben nun mal diese Politiker und Verhältnisse, die sie stark beeinflussen, klar, aber nochmals, wie soll es anders gehen?«

Paulsen lachte fast übermütig: »Sehen Sie, und da passe ich, denn wenn ich darüber nachdenken würde, hätte ich schon mit Politik zu tun«, er legte Gut seine Hand auf seine und sagte weiter, »sehen Sie, dafür gibt es Sie und viele, viele andere, die werden es schon richten, auch für mich.«

Gut legte sich eine Falte über dem rechten Auge zu, um Widerspruch anzukündigen: »Lieber Doc, man kann doch nicht verurteilen, ohne selbst Besseres vorzuschlagen und entsprechend sich zu engagieren. Gerade solche Leute wie Sie, die sehr viel zu sagen hätten, müssen doch mit dabeisein, es ist ja mehr als schade!«

Paulsen: »Ihre Meinung in Ehren, aber ich könnte mich niemals verbiegen, nur um eine Stufe in der Politikleiter nach oben zu kommen, nein, es ist schlichtweg gegen mein Naturell und zum Glück kann ich dem in meinem Beruf und Privatleben absolut treu bleiben.«

Gut hob resignierend die Hände, als er sagte: »Aber gerade deshalb wären Sie so wertvoll!«

Paulsen baute nun die Therapieschritte geschickt auf dieser

Stimmungslage auf, und sie begingen nun weitaus schwerer zu begehende Wege im Leben des Reinhard Gut. Paulsen kehrte ab und an um, damit ein Umweg gefunden werden konnte, der dann wieder auf den von ihm konzipierten Korridor mündete. Sie bearbeiteten dann noch die Hausaufgaben, die der Moderator mit Akribie und sehr gewissenhaft erledigt hatte. Viel Zeit war vergangen, und Paulsen spürte die ersten Anzeichen von Erschöpfung bei Gut. Kaum für den Klienten erkennbar, führte er ihn in einen positiv gestalteten Gesprächsabschwung.

Sie standen auf.

Gut sah dem etwas größeren Paulsen in die Augen, reichte ihm die Hand und sagte: »Sie hat mir der liebe Gott geschickt.«

Er konnte nicht wissen, daß diese Feststellung aus Paulsens Sicht unmöglich wahr sein konnte, denn Dr. Paulsen glaubte nicht an *den* Gott im Himmel.

Dr. Paulsen hatte natürlich sein Kommen nicht bei Köhler ankündigen lassen. Noch einmal rekapitulierte er seine Eindrücke, als er sich von Köhler verabschiedet hatte.

»Er hatte tiefste Zweifel an meinen Worten. Stimme, Mimik und Körpersprache übermittelten förmlich seine Gedanken: Ich weiß schon, Sie kommen doch nicht wieder, ich kenne das!«

»Jetzt wollen wir mal sehen, wie er dreinschaut«, murmelte er und stieg aus dem Wagen aus.

Ulrich erwartete ihn auf der Freitreppe: »Grüß dich, mein Alter, wie steht's?«

Paulsen hob den Daumen und sagte: »Auf jeden Fall ausgeschlafen!«

Sie gingen nach oben, Ulrich informierte ihn: »Er spielt Schach, übrigens ein guter Spieler.«

»Hm, mal sehen … aber erst einmal zur Sache, hast du etwas rausbekommen?«

Ulrich gestikulierte übertrieben und antwortete: »Alles nix, eigentlich wirklich nichts, wie im Nebel.« Ed öffnete die Lippen, Ulrich hob Einhalt gebietend die Hände: »Sieht man einmal davon ab, daß es einige gibt, die was wissen müßten, die aber offensichtlich nichts wissen wollen, verstehst du mich?«

»Müßte ich eigentlich. Und was meinst du?«

»Es bestätigt meinen und, ich hoffe, inzwischen auch deinen Eindruck: Hier stinkt etwas ganz gewaltig!«

Paulsen gab Ulrich Feuer und fragte: »Keine Familienangehörigen, Freunde, Bekannte und so weiter?«

»Er ist Waise, sagte man uns im Meldeamt, und Freunde und Bekannte konnten wir auch keine ausgraben. Mist, man hat fast nichts zum Anfassen.«

Paulsen wiegte den Kopf und folgerte: »Wir müssen also über ihn selbst weiterkommen«, er schniefte fast, »das wird ein hartes Stück Arbeit, möchte ich mal prophezeien.«

Ulrich lächelte ein wenig spitzbübisch: »So richtig was für dich zum Austoben.«

»Was du wieder plapperst, ich hab ja noch die anderen und die werden auch immer verrückter.« Beide lachten und gingen in Richtung der Gemeinschaftsräume.

»Wenn wir, mein lieber Uli, definitiv feststellen, was wir bisher nur vermuten, dann heißt es nur: Visier runter und ab in die Schlacht, egal, wer uns gegenübersteht. Es geht um einen Menschen, und wir sind frei in unseren Handlungen, wenn es darum geht, zu helfen, wir haben darauf geschworen, und wenn das Helfen darin liegt, eine echte Sauerei, die ich mir bisher aber nicht vorstellen kann, aufzudecken, dann ist auch das unsere Pflicht.«

Paulsen blieb stehen, legte Uli beide Hände auf die Schultern und sagte noch: »Weißt du noch: Einer für alle, alle für einen«, er erinnerte an ihre Studienzeit, wo sie gemeinsam gegen den Einfluß prokommunistischer Studentenagitatoren erfolgreich gekämpft hatten.

»Und wie, das vergißt man so leicht nicht!«

Sie waren an der angelehnten Tür des großen Gemeinschaftsraumes angekommen. Ulrich schob die Tür langsam nach vorn, der Spalt wurde größer, und sie lugten in den Raum.

»Mach's gut, bis nachher«, verabschiedete sich Ulrich, als sie

Köhler, mit dem Rücken zur Tür, an einem Tisch sitzen sahen. Ihm gegenüber saß ein bulliger, etwa Endfünfziger, der seinen runden Kopf in beide prankenartigen Hände gestützt hatte und wie gebannt auf die Figuren stierte.

Dr. Paulsen ging langsam, fast schlendernd quer durch den Raum auf den Tisch zu. Beide bemerkten ihn erst, als er sich einen Stuhl griff und, nur auf das Brett schauend, die Unterarme auf die Lehne stützend, sich an die noch freie Seite des Tisches setzte. Köhler wollte aufstehen; Ed legte ihm die Hand auf den Unterarm, ließ seinen Blick dabei nicht von den Figuren und nickte in Richtung des Brettes. Köhler folgte der Aufforderung.

Der Bulle hatte seine Haltung nicht einen Millimeter verändert. Lediglich seine kleinen, flinken Augen hatten Paulsen kurz taxiert, und dann sah er wieder auf die Stellung der Partie. Ed überflog schnell die Stellung, und es war nicht sehr schwierig, die aussichtslose Position des Rundkopfs zu erkennen. Köhler bedrohte nämlich mit seinem Springer den König, und da dieser aus dem Schach mußte, da der Springer nicht zu schlagen war, konnte dann der Springer den Turm von weiß schlagen, ohne selbst gefährdet zu sein. Der Anfang vom Ende war damit eingeleitet.

»Matt in vier Zügen«, kalkulierte Dr. Paulsen.

Wie aus einem undichten Blasebalg preßte der Vierschrötige die Luft aus seinem riesigen Oberkörper. Er hatte offensichtlich auch die Ausweglosigkeit der Stellung seines Heeres erkannt und sagte mit einer Stimme, die man aus einer Tonne zu hören meinte: »Da geht nichts mehr, der Fehler vorhin hat mir das Genick gebrochen.« Er gab Köhler die Hand, streckte sich dann und sah neugierig auf Paulsen: »Nanu?«, er sah Paulsen noch eindringlicher an und fragte: »Du bist wohl neu hier?« und kratzte sich den Igel, »ich hab' dich noch nie hier gesehen.«

»Ja, so in etwa«, antwortete Paulsen, »ich komme jetzt öfter mal hier herein.«

Der Viereckige reckte sich und fragte: »Du kannst wohl auch Schach?«

Ed nickte.

»Prima, dann spielen wir mal, ja?«

Paulsen ergriff die ihm dargebotene Hand und versprach: »Bestimmt.«

Köhler lächelte ein wenig, als er dem Gespräch folgte und dabei die Figuren wieder in die Ausgangsposition stellte. Bruno, so jedenfalls nannte ihn Köhler, als dieser sich bis zur nächsten Partie verabschiedete, ging langsam, fast schlürfend in Richtung der Teeküche.

Köhler sah Paulsen freundlich an und bemerkte: »Sie halten ja wirklich Wort.«

»Ich hatte es doch gesagt.«

Köhler streckte die Brust heraus und schob die Ellbogen nach hinten: »Wenn Sie wüßten, wie viele das schon gesagt hatten.« Er winkte ab.

»Wollen wir ein bißchen spazierengehen?« fragte Dr. Paulsen.

Köhler fand den Vorschlag gut, zumal ein wenig frische Luft guttun würde, meinte er. Sie gingen. Köhler zog seine Joppe über und Paulsen seinen Lodenmantel. Sie schlugen die Richtung in den weitläufigen Park ein. Richtung Weiher. Sie gingen schweigend.

Paulsen begann: »Als Pennäler spielte ich oft Schach, und als Student war ich richtig vernarrt in das Spiel.«

»So?« Köhler sah geradeaus, seine Miene wirkte undurchlässig und erlaubte keine Rückschlüsse auf seine Stimmung.

»Na klar ist er gespannt, er will natürlich wissen, was ich von ihm will«, dachte er und überlegte sich einen wirksameren Einstieg für den notwendigen Start eines Dialogs.

Als sie in den schmaleren Weg einbogen, kam ihnen eine Gruppe von geistig Behinderten entgegen, die sich beinahe schreiend untereinander und mit der Betreuerin unterhielten. Als Köhler und Paulsen näher kamen, ließen sie das lebhafte Gespräch liegen und sahen, teilweise mit zur Seite geneigten Köpfen, die zwei Männer an.

»Hallo, wohin des Weges?« fragte Paulsen und gab der Betreuerin die Hand und schüttelte auch die anderen, ihm entgegengestreckten.

Der eine kleine, aufgedunsene, schon Ältere lachte breit und sagte: »Wir kommen vom Mond!«, und er streckte die Arme, gefolgt von seinem unsteten Blick nach oben.

Köhler stand abseits und sah in die Ferne.

Ed tat erstaunt: »Also ihr seid eine Gruppe von Astronauten, oder?«

»I wo«, die kleine blonde mongoloide Frau lachte ein wenig maskenhaft, »der Fredi verwechselt den Mond mit Hamburg. Wir sind keine Mondfahrer, wir sind aus Hamburg und wandern jetzt ans Meer.« Sie nuckelte dann weiter an ihrem Daumen. Dann verabschiedeten sie sich mit Handschlag, artig, einer nach dem anderen und zogen weiter. Bald sammelten sie wieder Teile des Gesprächs auf, vor allem die lauten.

Beide Männer gingen weiter.

Dann fragte Köhler: »Wie sieht deren Welt aus, Doktor?« Er wies mit dem Kopf nach hinten.

»Eine Frage, die Ihnen wohl niemand so richtig beantworten kann. Wir wissen nicht so genau, wie sie die Realität in ihrem Hirn abbilden und wie sie die verschiedenen Informationen, die sie aufnehmen, verknüpfen. Es läßt sich eigentlich nur anhand ihrer Handlungen und ihres Verhaltens einiges erklären. Ich will nicht die bildgebende und analytische Technik vergessen, sie hilft uns, die Abläufe im Hirn verfolgen zu können, aber auch mit dem Tomographen können wir Ihre Frage nicht schlüssig beantworten.«

Köhler führte seine Arme auf den Rücken und faßte seine Hände, er sah jetzt aus wie ein Schauspieler, der gerade zu einem Monolog ansetzen will.

»Die Absurdität, wie sie reden, handeln und sich verhalten, ist das Spiegelbild ihrer Persönlichkeit, oder so?«

»Ich würde sagen etwas zu weit gegriffen. Was für uns an einer, sagen wir, Handlung absurd erscheinen mag, muß dem Handelnden längst nicht auch als absurd bewußt werden, im Gegenteil, er kann für sich entzückt von seiner Handlung sein. Sie sind eben mit anderen Maßstäben zu betrachten und zu beurteilen. Vieles erfolgt auf einer niederen intellektuellen Verarbeitungsebene, die Gefühlswelt ist zwar davon auch betroffen, aber man sollte sich hüten, diesen Menschen sie glücklich machende Gefühle abzusprechen.«

Sie verfolgten das Thema weiter und begannen sich dann darüber zu unterhalten, wann eigentlich ein bis dato völlig gesunder Mensch als psychisch krank zu bezeichnen ist. Paulsen war jetzt besonders aufmerksam geworden, denn er spürte, daß Köhler auf der schüchternen Suche nach Antworten auf Fragen war, die er bisher gegenüber anderen Person nicht formuliert hatte.

Köhler fragte: »Für mich stellt sich zum Beispiel die Frage, ob psychisch Kranke, die oft auch urplötzlich neben sich stehen, in dieser Situation mit den von Geburt an geistig Behinderten bestimmte Gemeinsamkeiten aufweisen.«

Paulsen blies die Wange auf: »Oha, jetzt steigen wir aber in die große Wissenschaft ein!«

Er versuchte Köhler zu erläutern, welche gravierenden Unterschiede zwischen einem akut psychisch Kranken und zum Beispiel einem Mongoloiden bestehen.

Köhler erwies sich als sehr belesen, kenntnisreich und wißbegierig und konnte genau nachvollziehen, was Paulsen ihm erläuterte: »... und vor allem, vorhin erwähnte ich es schon, besteht, wenn ich es mal bildlich darstellen will, der Unterschied wie bei zwei Früchten, eine ist vielleicht durch eine faule Biene bereits in der Entwicklung degeneriert, sieht daher anders aus, würde anders, wahrscheinlich schlechter schmecken, die andere hat eine vorzügliche Entwicklung genommen und ist ausgereift, sieht gut aus und würde auch, typisch für diese Frucht, gut schmecken, nun aber wird sie von einer, sagen wir, Raupe attackiert. Noch kann man Teile der Frucht ohne Probleme essen, und man sieht eigentlich nicht allzu viel, doch dann setzt die Raupe ihr Werk fort ... wie ich sehe, haben Sie mich absolut verstanden.«

Köhler nickte und sagte lächelnd: »An Ihnen ist mit Sicherheit ein toller Hochschullehrer verloren gegangen, es macht echt Freude, Ihnen zuzuhören.«

Dr. Paulsen vermied es, ihn über sein Lehramt aufzuklären.

Köhler blieb stehen, löste die Hände vom Rücken und sagte:

»Da passiert also irgend etwas von innen oder von außen, und der Mensch X wird plötzlich zu einer Art Mensch Y.«

»Das ist die extremste Auslegung und die seltenste, der wir in unserer Arbeit begegnen. Wir haben es überwiegend mit Menschen zu tun, die ihre Persönlichkeit nicht verloren, sondern mit ihr nur ins Gehege gekommen sind. Und wenn sie dann fleißig gearbeitet und gelernt haben, sind sie sehr oft in der Lage, wieder ohne Probleme in den geschneiderten Anzug, also ihr Ich, zu passen. Wir greifen praktisch auf ein weitestgehend intaktes neurobiologisches System zurück, in dem einige sonst gut mit einander auskommende Komponenten plötzlich durcheinandergeraten sind.«

»Und Psychopharmaka?«

Paulsen sah ihn von der Seite an, denn er hatte Köhler nicht angesehen und sah auch weiterhin nach vorn bis zum Ende des Weges.

»Ich liebe sie nicht, aber sie helfen und sind oft ein unausweichliches Mittel, um Voraussetzungen für längere Therapien zu schaffen. Und oft sind sie tatsächlich die einzige und vielleicht letzte Möglichkeit, Erkrankten nachhaltig zu helfen. Einigen Krankheitsbildern ist tatsächlich ohne Medikamente nicht beizukommen. Ich bin deshalb der Meinung: Es gibt Fortschritte bei den Medikamenten, und sie werden oft zu Unrecht verteufelt, aber auch leider zu oft und voreilig eingesetzt, obwohl es nicht notwendig ist. Aber eine Psychotherapie, wie man sie versteht, muß gekonnt werden und kostet viel Zeit. Da helfen dann Medikamente schon als eine Art Zeitraffer, und genau das sollte dann nicht sein.«

Köhler stieß einen unartikulierten Laut aus: »Oh ja, das würde ich unterschreiben!«

Paulsen reagierte vorsichtig: »Da haben Sie bestimmt auch schon viel über die Mißbräuche gelesen oder gehört, ich weiß, ein Thema für jeden, obwohl er es nicht immer fachlich versteht.«

Köhler flüsterte: »Wenn Sie wüßten …«

»Wie bitte?«

Er winkte ab: »Schon gut.«

Sie bogen in den Weg, der direkt zum Weiher führte. Beide

schwiegen und blieben an den Begrenzungsbalken stehen. Das Wasser glich einem Spiegel. An einigen Stellen des Ufers wehrten sich noch einige Reste Eis gegen die Auflösung.

Köhler stützte sich auf einen Pfahl, an dem ein metallener Abfallkorb angebracht war, und sagte, seinen Gedanken von vorhin wieder fassend: »Gute Dozenten oder Lehrkräfte waren für mich persönlich immer eine gewisse Leistungssicherheit: Waren sie gut, entwickelte ich Interesse und lernte quasi en passant«, er sah Ed freundlich, mit leicht lächelnden Augen an, »somit hätte ich auch bei Ihnen, wenn Sie Lehrer gewesen wären, wohl sehr gut gelernt.« Dann sah er Paulsen prüfend an und meinte: »So ein Schmarren, Sie sind ja nicht älter als ich, stimmt's?« Ed lachte und sagte: »Dann müßte ich ja wissen, wie alt Sie sind.«

»Haben Sie *nicht* meine Akte gelesen?«, fragte er ungläubig.

Nun sah Dr. Paulsen eine Möglichkeit, den ihm von Köhler wahrscheinlich nicht bedacht zugeworfenen Ball aufzufangen: »Es gibt keine, lieber Herr Köhler.«

Köhler lehnte sich nun an den Abfallkorb und sah in die Wipfel der stattlichen Kiefern. Paulsen wartete gespannt mit teilnahmsloser Miene und Körperhaltung, man konnte ihm äußerlich nichts anmerken.

Nun stieß Köhler die Luft hörbar aus den Lungen und sagte mit fester Stimme: »Ja, man hat wohl an alles gedacht …«

»Wie meinen Sie das? Ich kann damit nichts anfangen, leider.«

Köhler senkte sehr langsam den Kopf und drehte dann sein Gesicht genauso langsam zu Paulsen. Seine Augen griffen förmlich Ed Paulsens Pupillen, und er flüsterte, jedoch mit fester Stimme: »Wenn ich *Sie* richtig einschätze, wissen Sie zumindest, daß hier vor ihnen kein Psychopath oder ein anderer psychopathologisch absonderlicher Auffälliger steht, und wenn meine Annahme stimmt, dann müßten Sie sich auch, so schätze ich Sie weiterhin ein, darüber Gedanken machen, weshalb es keine Akte gibt, und wie ich hierherkomme, ist das so richtig?«

Ed hielt seinem fast stierenden Blick mit seinem milden stand und sagte: »Stimmt.« Er bückte sich, nahm einen kleinen Kiesel und warf ihn in einem hohen Bogen in den Weiher. Beide verfolgten die Verkettung der physikalischen Ereignisse und letztlich die Ausbreitung und das Versiegen der Wellenkreise.

Und dann fragte Dr. Paulsen, wie in den leeren Raum gesprochen: »Weshalb, Herr Köhler, sind sie in die Psychiatrie gekommen?«

»Ich überstrapaziere sicherlich Ihr Urteilsvermögen, aber ich könnte lapidar sagen: Ich weiß es, Herr Doktor Paulsen, selbst nicht.«

Paulsen sah ihn eindringlich und forschend an, und sagte: »Nun, Sie verschlüsseln quasi bereits die Verneinung Ihrer möglicherweise gar nicht so lapidaren Antwort.«

»Wie meinen Sie das?«

Paulsen stützte seinen rechten Fuß auf den Querbalken der Umzäunung und erklärte Köhler seine Gedanken: »Wenn Sie es nicht wissen, kann es sein, daß Sie es wirklich«, er hob das Wort deutlich hervor, »nicht wissen oder aber nicht wissen *wollen,* oder aber wissen, daß Sie als Patient«, wieder eine Betonung, »hier nie etwas zu suchen hatten. Das würde schließlich auch bedeuten: Ich weiß es nicht, weshalb ich hier bin.«

»Verzwickt, aber ich glaube, ich konnte Ihnen folgen.«

Dr. Paulsen wartete.

Längst hatte er registriert, daß sein Begleiter ein Gespräch wünschte und dabei sich so wenig wie möglich mit suggestiven Fragen konfrontiert sehen wollte.

Köhler streckte sich, sein ohnehin schon langer Hals wurde noch länger, dann räusperte er sich und sagte, mit seiner linken Hand und dem gestreckten Zeigefinger auf den Boden deutend: »Hierher kam ich schon mehr oder minder freiwillig, obwohl mich natürlich niemand gefragt hatte«, wieder das sarkastische Lachen, »denn dort«, er meinte offensichtlich das Krankenhaus, »war es so etwas wie die Vorstation der Hölle, natürlich aus meiner Sicht gesehen.« Er winkte ab: »Aber lassen wir das, ich will darüber nicht mehr reden. Es ist Geschichte, Vergangenheit, aus, basta.«

Es klang nach Endgültigkeit, zumindest für jetzt, für heute.

Paulsen verstand sofort und dachte: »Gut, schauen wir nach vorn und gehen den von ihm durchlebten voraussichtlichen Horror langsam an.«

Laut: »Es ist kalt geworden. Ich dachte, daß wir so langsam an den Frühling denken können.«

Köhler blinzelte wegen der Sonnenstrahlen, die sich durch die Wolkenlücken quetschten.

Sie gingen schweigend weiter, mit dem Ziel, den Weiher zu umrunden.

Plötzlich fragte Köhler: »Glauben Sie an Gott?«

»Nun ich antworte Ihnen mit ein paar Sätzen: Erstens: Wenn es Gott gäbe, gäbe es nicht soviel Elend, zweitens: Wenn es Gott gäbe, würden nicht so viele der guten, ehrenwerten Menschen leiden und nicht so viele der unehrlichen, hinterhältigen und einfach schlechten Menschen das Sagen haben, und drittens, wenn Gott Physik und Wissenschaft wäre, würde ich an ihn wohl auch glauben. Da schließe ich mich übrigens Hawkins an.«

Ed war verwundert, als er bei Köhler eine tiefe Gefühlsbewegung zu erkennen glaubte, und sah, wie seine Augen von Feuchtigkeit blank geputzt wurden. Schnell ließ Paulsen seinen Blick anscheinend ziellos in den Ästen hängen.

»Also, Doc, ein paar Gemeinsamkeit haben wir auf jeden Fall. Ich glaube auch nur an das Gute, glaube nur an das, was ich nachvollziehen und was man mir beweisen kann. Das liegt nicht nur daran, daß ich Physik, Mathematik und Geschichte studiert habe.«

Paulsen ließ sich seinen inneren Jubelschrei nicht anmerken, denn nun hatte Köhler erstmals etwas Persönliches von ihm preisgegeben.

»Das ist aber prima«, sagte er, »da kann ich von Ihnen ja enorm profitieren, denn Mathematik und Physik waren meine schwächsten Fächer. Mein Gott, in Mathematik mußte ich sogar ein zweites Mal antreten.«

Köhler lächelte beinahe so, als sei er versonnen.

Sie schlenderten in Richtung der Tierfarm, in der sich in einem großzügig abgezäunten Areal unter anderem Hühner, Enten,

Gänse, ein paar Ziegen und Schafe befanden. Paulsen sah auf seine Uhr und stellte fest, daß er nur noch wenig Zeit hatte, denn er hatte das Kommen des Staranwalts, wie sich der Klient Lobmann gern selbst nannte, nicht vergessen.

»Wie sind Sie eigentlich auf mich gekommen?« fragte unvermittelt Köhler, »und weshalb der große Aufwand für einen so bekannten und wohl auch begehrten«, er bat mit Spaß in der Stimme für die dann folgende Bezeichnung »Guru« um Entschuldigung.

Jetzt konnte Paulsen nicht mit Metaphern oder Drumherumreden, reagieren und deshalb antwortete er mit ruhiger Stimme: »Dem für diese Einrichtung für die allgemeinmedizinische Absicherung Verantwortlichen Dr. Ulrich, kamen Zweifel zu Ihrer Person. Er meinte, Sie hätten hier nix zu suchen, und dadurch erhob sich für ihn natürlich die weiterführende Frage, was zum Teufel hat der Köhler denn dort drüben gesucht.«

»Nichts.«

Ed nickte und sprach weiter: »Na ja, dann forschte er ein wenig nach und fand eine leere Akte und keinerlei Hinweise, und dann rief er mich an, und nun bin ich hier und ich stelle fest, Dr. Ulrich ist ein bemerkenswerter Arzt.«

»Das würde ich ihm auch gern einmal sagen.«

»Hurtig, nur zu, auch Ärzte brauchen Streicheleinheiten.« Paulsen hob einen kleinen Ast auf und machte mit ihm einige Handbewegungen, die entfernt an das Dirigieren erinnerten.

Köhler sah weiter geradeaus.

Aber Paulsen spürte sehr deutlich, wie sich die Körpersprache Köhlers geändert hatte, er hatte einiges an Starre in den Bewegungen der Extremitäten und auch des Mienenspiels verloren, er wirkte insgesamt aktiver und fast ein wenig dynamischer. Paulsen wippte spielerisch mit dem Ästchen, und sie bogen in den schmalen Weg zurück zum Hauptgebäude ein. Jeder hing seinen Gedanken nach, und Dr. Paulsen war sich bereits darüber im klaren und es schreckt ihn nicht ab, daß ihn sehr viel Arbeit erwarten würde, »aber nicht weil der Typ krank ist, sondern weil er möglicherweise erst krank gemacht worden ist. Wehe dem, wenn es denn so ist, dem Schuldigen, dem breche ich das Rückgrat.«

Sie waren am hinteren Eingang angelangt, schweigend, wie zwei Stumme. Ed blieb stehen und streckte die Hand aus. Köhler ergriff sie.

»Es wird Zeit, ich muß los.«

»Alles Gute.«

Dr. Paulsen sah ihn forschend an und fragte: »Ich dachte, wir spielen mal Schach. Ihr alles Gute klang so wie Abschied auf ewig. Wir haben uns doch erst grad kennengelernt, oder?«

Köhler sah ihn ernst an: »Hm, ja, das stimmt, aber das hat doch nichts weiter zu bedeuten.«

»Mir schon, aber wenn Sie das anders sehen, dann sag ich natürlich auch, aber zwangsweise Leben Sie wohl.«

»Ich bitte Sie«, seine Stimme hatte plötzlich eine deutlich weichere Nuance erfahren, »ich möchte nur nicht enttäuscht werden. Wie bisher immer«, er sah auf seine Fußspitzen, dann wieder in die Pupillen von Paulsen, »mir bedeutet so ein Spaziergang und das Reden sehr viel«, er lächelte mit todernstem Gesicht, »ich lerne nämlich langsam wieder, ganz normal sein zu dürfen.« Wieder etwas, was Ed abspeicherte: »dürfen«.

Er schlug dann vor, sich übermorgen wieder zu treffen. In Köhlers Augen glaubte er so etwas wie Freude erkannt zu haben.

»Also bis dann«, er drückte nochmals kräftiger die Hand. Köhler ließ sie nicht los, obwohl Ed Paulsen den Griff auflösen wollte.

»Doktor, ich danke Ihnen, Sie haben mir eine Freude gemacht«, dann ließ er die Hand los, drehte sich plötzlich um, riß förmlich die schwere Tür auf und verschwand.

Paulsen ging rasch nach vorn und sprang die Treppen zu Ulrich hinauf.

»Er ist da, ist eine schwere Zigarre«, dachte er, als ihm der Duft in die Nase stieg.

Trotz der Eile fand er noch einige nette Worte für die Assistentin von Dr. Ulrich, die ihm nicht nur immer wieder dadurch auffiel, wie sie ihre prächtigen Brüste trug, sondern mehr noch durch ihre ungekünstelte, also natürliche Freundlichkeit.

Ulrich paffte und las dabei eine Fachzeitschrift. Er erschrak: »Du fegst hier rein, als wäre der Leibhaftige hinter dir her«, er blinzelte über seine Lesebrille durch die Rauchschwaden der Zigarre. Paulsen setzte sich und verwirbelte mit den Händen den Rauch vor seinem Gesicht.

Er schnaufte, um seine Eile zu unterstreichen: »Also, Alter, der Typ fängt an, mich so richtig«, das Wort erfuhr eine gebührende Betonung, »zu kitzeln.«

»Also hat er etwas rausgelassen?!«

»Manchmal glaube ich, du denkst auch, ich sei ein Guru oder Schamane. Noch keine echten Knaller, aber so langsam baut sich da was auf, was ich vermute.«

Ulrich lachte wie ein Bub und nickte, dann streifte er gewissenhaft die Asche von der Zigarre. Hob den Kopf und sah Paulsen durch die Brillengläser an und bemerkte dabei wohl die Unschärfe, senkte den Kopf wieder und sah über die Gläser hinweg erneut auf Paulsen und fragte: »Ist er nun ein zu therapierender Patient, oder ist er therapiert worden, oder ist er schlichtweg nur interessant?«

Ed Paulsen hob die Hände: »Du weißt, ich bin nie voreilig in meiner Meinungsbildung, aber ich erkenne derzeit bei ihm keinerlei intellektuelle, kognitive oder persönlichkeitsbezogene Defizite.«

»Also ist er erfolgreich austherapiert worden?«

»Genau da habe ich meine Bedenken. Ich tendiere natürlich noch mit aller Vorsicht dahin, daß er, wenn überhaupt, eine kurzzeitige, vielleicht krisenhafte psychische Episode hatte, die man hätte ambulant bearbeiten können und somit, mein Lieber, ist …«

»… mein Riecher so verkehrt nicht gewesen«, vollendete Dr. Ulrich.

»So ist es, dir gebührt vielleicht irgendwann mehr als ein Handschlag.«

Ulrich beugte sich vor und fixierte Paulsen mit ernstem Gesicht: »Meinst du, er könnte gar nichts gehabt haben?«

Paulsen nickte langsam, fast bedächtig als er sagte: »Differentialdiagnostisch erscheint er mir, ich hab's ja grad gesagt, unauffällig. Auch emotional, affektiv und aus der Sicht der allgemeinen Regulation seines Verhaltens keine Auffälligkeiten«, er war jetzt derjenige, der mit den Augen zubiß, »ich mag es wirklich kaum glauben, es wäre dann eine bodenlose Sauerei passiert und zugleich bewiesen, daß er als gesunder Mensch über zwei Jahre in der Psychiatrie verbracht hat.«

Ulrich sog in seiner Aufregung gleich drei-viermal an seiner Zigarre und sprach in den Nebel: »Alter, daaaas war dann kein Kunstfehler, sondern eher ein geplantes Verbrechen oder so was ähnliches!« Paulsen nickte mit ernstem Gesicht, und die senkrechte Stirnfalte wirkte wie eingemeißelt: »Stell dir vor, was das bedeutet! Zwei Jahre als Gesunder in der stationären Psychiatrie, behandelt mit den Bretterknallern und so weiter und so fort, der das durchstehen mußte, ist dann eigentlich reif für die Psychiatrie. Aber der Köhler ist es aktuell definitiv nicht!«

»Wenn ich dir folgen kann, könnte er also doch therapiert worden sein?«

»Könnte, mein Lieber, aber das muß ich eben herausbekommen, bevor wir, ich habe es mir vorhin für den Fall vorgenommen, den Schuldigen des Kreuz brechen werden.«

»Das wollte Hugo!« rief Ulrich zornig.

Dr. Paulsen sah auf die Pendüle, die auf dem bronzenen Sockel hinter Ulrich stand. Er sprang förmlich auf: »Ich muß los, wir sprechen und sehen uns ja später, jetzt sind meine Geldgeber für Köhler dran.«

Und weg war er.

In der Praxis angekommen, stürmte er, wie immer den Aufzug vermeidend, auch dieses Mal die Treppe nach oben.

»Hallo, Susi«, begrüßte er die besorgt zu ihm Aufschauende, »ich weiß«, lachte er, »aber bitte nicht Rot ziehen. Gab es Wichtiges?«

Sie schüttelte den Kopf und sagte mit aufgesetzter Nonchalance in der Stimme: »Ach, nur ein paar absolute Nebensächlichkeiten, wie zum Beispiel Professor Eichenmayer wegen des Vortrags zum Kongreß in Bern, dann die Nichtigkeit eines Anrufs vom Staatsministerium wegen des Enthospitalisierungsberichts, Rückruf erbeten und die völlig unbedeutende Anfrage wegen des Symposiums in Madrid und dann noch ...«

Er hob beide Arme und sah aus, als wollte er sich ergeben: »Puhh, meine Liebe, alles leider wirklich wichtige Dinge, die können wir aber alle sicherlich noch auf die Reihe bringen, ohne daß man uns umbringen wird, oder?« Ihr blieb nichts anderes, als ihn anzulachen, und dann sagte sie noch: »Ich jedenfalls lasse mich für Sie nun wirklich nicht umbringen!«

Sein Gesichtsausdruck verfiel in gespielte, tiefste Enttäuschung: »Mein Gott, wie konnte ich mich nur so in Ihnen täuschen?«

»Auch eine kluge Henne ... Sie kennen doch das Sprichwort«, erwiderte sie keß.

Er verschwand im Refugium und prüfte nur oberflächlich die von Susanne vorbereitete Technik und schlug den Akt auf. Kaum hatte er die ersten Worte seiner Aufzeichnungen gelesen, begann so etwas wie eine Sitzungsdokumentation abzulaufen: Sein außergewöhnliches Gedächtnis reproduzierte selbst die kleinsten Details der Sitzung. »Diese Fähigkeit«, Paulsen über sich selbst, »erspart mir enorm viel Zeit, und ich kann quasi eine Supervision mit mir selbst durchführen.«

Wie immer kam der selbsternannte Staranwalt deutlich früher. Der Grund: Er wollte die Akklimatisierungsphase mit Susanne so lange wie nur möglich genießen. Ed und inzwischen auch Susanne, war sein augenscheinliches Interesse an ihr nicht entgangen. Dann kam aber von Susi noch ein Signal, er bat sie herein.

Sie lächelte den adligen Anwalt entschuldigend an und ging zu Dr. Paulsen ins Zimmer: »Doc, ich hatte einen Anruf vergessen«, sie nahm Haltung an und schmunzelte, »zu der heutigen Party oder was das sein mag, möchten Sie bitte, wenn möglich«, sie hob Hand und Finger zur Unterstützung ihrer Aussage, »*ohne* Damenbegleitung erscheinen.«

Er blinzelte sie an und sagte: »Wie? Was für ein Einfall. Ich hatte eigentlich eine andere Idee«, er winkte ab und nickte und sagte: »Na ja, Kehrtwendung, ich laß' mich sowieso nicht verkuppeln, das wissen die doch« und entließ sie mit den Worten: »Susanne, laß den Starjuristen nicht so lange allein, er vermißt dich bestimmt schon.« Susanne sah ihn überrascht an, hob beide Arme hilflos und meinte: »Es wäre ja ein Wunder, wenn Ihnen *das*«, langgezogen, »entgangen wäre.«

Sie zog die Tür hinter sich zu.

Schnell hatte er sich einen gesicherten Kenntnisstand seiner bisherigen Arbeit mit von Klott geschaffen und begann wenig später mit der inzwischen längst nicht mehr so anstrengenden Therapiesitzung wie die, die ihn vor einigen Wochen herausgefordert hatte.

Gegen neunzehn Uhr verließen Dr. Paulsen und Susanne die Praxis.

In der Tiefgarage blieb er neben dem Audi-Flitzer seiner Mitarbeiterin stehen und sagte: »Tja, Mädchen, heute wollte ich dich mal wieder ausführen, und da macht uns dieser schwule Mime doch glatt einen Strich durch die Rechnung.«

Sie hatte die Tür des Wagens schon geöffnet, stützte sich auf das Türfenster und meinte mit etwas Enttäuschung in der Stimme: »Aufgeschoben ist schließlich nicht aufgehoben, und«, jetzt sah sie ihn verschmitzt an, »wer weiß, was man Ihnen heute Gutes antun will«, sie reckte sich, und unter ihrem offenen Mantel zeichnete sich die pure Weiblichkeit ab, »und Sie wissen ja, wie das so ist, wenn wir gemeinsam losziehen. Beide haben wir keine Chancen, denn alle denken sich ja was …«

»Eigentlich kein schlechter und irgendwie auch plausibler Gedanke, oder?«

»Sie sind unverbesserlich.«

Sie küßte ihn und er sie auf die Wangen, und sie wünschten sich einen schönen Abend.

Bevor er loszog, wollte er noch mit Corinna telefonieren. Fast jeden Abend hatten sie, wie sie sagten, eine feste Verabredung. Doch als er zum Telefon ging, läutete es.

»Ja, bitte?« Dann strahlte sein Gesicht vor Freude: »Das ist eine Überraschung, ich grüße Sie, Herr Uri.«

Sie plauschten eine ganze Weile und Ed Paulsen vergaß die Zeit. Uri berichtete ihm über seinen Aufenthalt in New York und Rio und darüber, daß er sich riesig darauf freut Ed Paulsen mal wieder zu treffen. »Ich bin nun mindestens vier Wochen in der Schweiz, nur mal ab und an ein, zwei Tage unterwegs, und ich hoffe, mal rüberkommen zu können.«

Ed hatte erschrocken die Stellung der Zeiger der Lange&Söhne-Uhr entziffert, trotzdem führte er das Gespräch mit Uri in aller Ruhe weiter: »Das wäre natürlich vortrefflich. Ich freue mich schon heute!«

Uri erkundigte sich nach der »außerordentlich reizvollen, charmanten und so politikinteressierten jungen Dame«.

Ed lachte: »Nur gut, daß wenigstens sie so politikinteressiert ist, dann müssen Sie wenigstens nicht bei einem Besuch hier diesbezüglich abstinent bleiben. Also im Ernst: Wir sind ständig im Kontakt.« Und er erwähnte, daß er gerade vorgehabt habe sie wieder anzurufen. Herzlich verabschiedeten sie sich bis auf bald.

Paulsen war in wenigen Minuten ausgehbereit und telefonierte vom Auto aus mit Corinna.

Die Treffen mit Köhler waren für Dr. Paulsen nach wie vor von besonderem Interesse, obwohl sie sich zur Zeit in einer gewissen Weise auf einem inhaltlich-informativen Rundweg befanden. Köhler war noch längst nicht bereit, Ed Paulsen in sein tiefbehütetes Geheimnis einzuweihen, obwohl die Vertrautheit zwischen beiden ständig zugenommen hatte und sie sich längst wie zwei alte Kumpane begegneten. Für die Arbeit Paulsens war es in diesem Fall erschwerend, daß Köhler in der Lage war, auf sehr kurzem und zudem geradem Weg zu denken. Paulsen mußte also, um seinem Ziel näher zu kommen, endlich hinter die Begründung für die

Einweisung Köhlers in die Psychiatrie, steigen zu können, auf höchstem fachlichem und intellektuellem Niveau operieren.

Da das letzte Gespräch vom allgemeinen Informationsgehalt sehr ergiebig war, nahm sich Ed vor, das heutige noch zielgenauer anzulegen. Er wußte inzwischen, daß Köhler ein anerkannter und vor allem von den Schülern geachteter, wenn nicht sogar geliebter Studienrat gewesen war.

Seine Familie stammte aus Breslau, sein Vater war als Elitesoldat leider im Krieg umgebracht worden, »Partisanen hatten ihn hinterrücks erschossen« und die Mutter starb vor fünf Jahren.

Seine Lebensgefährtin hatte »nicht die Kraft, den Weg mit mir weiterzugehen, sie wurde mit den Druck nicht fertig« und verließ ihn, nachdem »der Zirkus so richtig begonnen hatte.« Und lebte jetzt irgendwo bei Hamburg. Kontakt gab es schon lange nicht mehr.

Die letzte Schachpartie hatte Köhler gewonnen.

»Die heutige Schlacht, mein lieber Herr Köhler, will ich gewinnen«, er stieg die Treppe zum Gemeinschaftsraum hoch, und bald spazierten sie in der schon recht milden Frühlingsluft und klarem Sonnenschein durch den Park. Erst einmal tauschten sie sich über einige aktuelle Themen aus, und Paulsen hörte auch aufmerksam zu, wenn ihm Köhler seine Ansichten zu politischen Ereignissen darlegte; nur eigene Positionen konnte er schwerlich vertreten: Er hatte einfach keine.

Ihm fiel nur auf, wie präzise und in sich logisch Köhler seine Ansichten darlegte.

Über die Ergebnisse der Fußballspiele vom Wochenende debattierten sie dann mit viel Sachverstand und Emotionen.

»Sie werden sehen, lieber Doc, in dieser Saison wird Schalke Meister, ich bin davon überzeugt.«

Ed nickte: »Auf jeden Fall sehe ich sie auch vorne, aber drauf wetten würde ich lieber noch nicht. Die Bayern sind eine überaus clevere Truppe, und dann sollte man die Stuttgarter auch noch nicht abschreiben.«

So gelangten sie wieder an den Weiher. Am Pavillon blieben sie stehen und begutachteten die kürzlich durchgeführten Renovierungsarbeiten.

Paulsen fixierte Köhler und sprach ruhig: »Wie lange kennen wir uns nun schon?« Er legte die Stirn in Falten, um nachzudenken. Köhler räusperte sich: »Sie wissen, Zahlen sind meins: Wir haben uns insgesamt gut einundzwanzig Stunden gesehen.«

»Oha, eine lange Zeit. Und? Eine gute Zeit?«

»Ja, eine gute Zeit«, er sah Paulsen von der Seite an, »wenn ich für mich sprechen darf.«

Ed Paulsen holte aus: »Natürlich, nur zu«, er atmete tief ein und entschloß sich aus seiner Sicht ihm etwas Emotionsgeladenes entgegenzusetzen, »ich relativiere ein wenig: Ich hatte eigentlich gehofft, und darauf zielte ich auch, von Ihnen angenommen und vor allem verstanden zu werden«, jetzt verbissen sich ihre Augen, »aber da bin ich mir noch längst nicht sicher, wenn Sie mich verstehen?«

Köhler hielt dem Blick stand und schwieg.

»Nein?«

»Doch, schon, ich verstehe Sie und bin froh, ja stolz, mit Ihnen diese Zeit verleben zu dürfen, aber es ist so unendlich schwer, über etwas zu reden, worüber man nie geredet, aber über viele Monate jede Minute, jede Sekunde nachgedacht hat. Es war so absolut unerklärlich, und in einer modernen Gesellschaft hielt ich so etwas immer für unmöglich. Ich begann ja beinahe selbst an eine Geisteskrankheit zu glauben.« Er tat so, als werfe er etwas weg: »Ich habe alles beerdigt, denn ich sah und sehe keine Chance, jemals als der, der ich war und nach wie vor bin, angesehen und anerkannt zu werden.«

Paulsen erwiderte: »Ist Ihnen seitdem wir uns treffen, niemals der Gedanke gekommen, daß wir Ihnen vielleicht wirklich und nachhaltig helfen wollen, zurück ins Leben zu kommen? Ich kam mir inzwischen wie auf einer Einbahnstraße vor und hatte zumindest gehofft, daß Sie das Lenkrad irgendwann in die Hand nehmen und mit mir abbiegen würden.«

Ein kaum wahrnehmbares Lächeln umspielte Köhlers Augenpartie, seine Zungenspitze rieb sich kurz an der Unterlippe, er ließ Paulsens Augen liegen und richtete den Blick über den Weiher.

Ed war seine enorme innere Spannung nicht anzumerken, auch er sah anscheinend ziellos umher und wartete. Wieder räusperte sich Köhler und konnte auf das kräftige, dunkle, von einigen Silberfäden durchzogene Haar Paulsens schauen, denn der hatte sich gebückt, um seinen Schnürsenkel zu binden.

»Nur keinen Blickkontakt«, dachte Paulsen, »jetzt müßte er eigentlich bald springen.«

Köhlers Stimme klang weit weg: »Ich habe oft nicht schlafen können, denn zum einen spürte ich Vertrauen in mir wachsen, zum anderen kroch immer wieder all das Erlebte in mir hoch. Ich spürte, wie mir das Zusammensein mit Ihnen guttat, sehr guttat.« Ed hatte sich aufgerichtet und sah in die gleiche Richtung wie Köhler. »Und Sie werden es kaum glauben, ich wollte schon öfter mal den Spaten rausholen und alles wieder ausgraben, entschuldigen Sie meine bildhafte Sprache, aber so fühlte ich es, jawohl, richtig alles wieder ausgraben. Und dann bekam ich wieder Angst vor der möglichen Enttäuschung, die dann ja auch hätte folgen können. Also ließ ich den Spaten lieber dort, wo er steht, hinter der Tür.«

Paulsen wollte nichts sagen.

Dafür Köhler und jetzt trafen sich ihre Blicke: »Wissen Sie, diese Geschichte ist normalerweise so absurd und schier unvorstellbar, ja, einfach unvorstellbar, ich wiederhole mich absichtlich, daß ich wirklich annehme, man glaubt sie mir nicht und stellt sie als Beweis für ein krankes Hirn hin. Ja, Doc, und *genauso* ist es mir schon gegangen.«

Dr. Paulsen hielt fast den Atem an. Er war gespannt wie eine Pullmannfeder. Langsam gingen sie weiter.

»Natürlich weiß ich, daß es für mich persönlich sehr hilfreich wäre, über all das sprechen zu können, ohne Fußangeln befürchten zu müssen. Bisher hat man sie mir ausgelegt und mich dann daran hochgezogen. Und dann habe ich zugemacht, aber leider zu spät.«

»Und nun können und wollen Sie nicht mehr aufmachen, ich

kann es nachvollziehen. Das Mißtrauen ist zu einer Art Überlebensoption geworden, stimmt's?«

Er nickte.

Paulsen: »Mehr, lieber Freund, kann ich nicht machen. Ich habe Sie nie aufgefordert, mir Ihren offensichtlichen Leidensweg zu erzählen. Ich glaube, ich habe Sie, das heißt Ihr Verhalten, sehr zeitig verstanden. Nun stehen *Sie* vor einer erneuten Entscheidung, die Ihnen niemand abnehmen kann.«

»So ist es. Ich traue Ihnen wirklich zu, mir vorbehaltlos zuzuhören, und könnte mir auch vorstellen, daß Sie mir tatsächlich einiges glauben, und ich weiß auch, es würde mir helfen.«

Er schwieg, fast betroffen und flüsterte dann:« Aber helfen kann mir keiner mehr; auch Sie nicht.«

»Nun ja, auf jeden Fall habe ich Sie ein wenig anregen können«, Dr. Paulsen holte nun zum entscheidenden Schlag aus, dazu gehörte, daß er Köhlers Nachsatz absichtlich ignorierte. Und fuhr fort: »Ich hatte schon an meinen Fähigkeiten zu zweifeln begonnen, und wollte Sie …«

Köhler hob die Hand und unterbrach ihn: »Entschuldigung, Dr. Paulsen, es waren und sind für mich nicht Ihre fachlichen Fähigkeiten vorrangig von Bedeutung«, er sah in den Himmel, »Sie haben mich bis dato«, er holte tief Luft und seine Augen bekamen einen weichen Glanz, »als Mensch überzeugt. Der Mensch in Ihnen war das Entscheidende.«

Etwas huschte Paulsen über den Rücken. Er wollte etwas sagen, aber Köhler hielt ihn zurück: »Nur noch das: Als ich merkte, wer und wie Sie als Mensch sind, wußte ich eigentlich, daß Sie tatsächlich der Sache auf den Grund gehen würden. Ich sagte mir«, er lächelte Paulsen wie ein Kind an, »mit dem hab' ich wohl mal Glück gehabt, und dann aber hatte ich Angst«, er hielt inne, »denn nun werden Sie überrascht sein, denn ich hatte Angst, Sie durch diese, möglicherweise auch für Sie unglaubliche, oder besser, unglaubwürdige Geschichte zu verlieren.«

Ed nickte kaum wahrnehmbar, denn er konnte den Gedanken Köhlers auch aus professioneller Sicht absolut folgen. »Ich verstehe auch das, lieber Herr Köhler«, er machte eine Pause, um seinem Begleiter das Weitersprechen zu ermöglichen.

»Natürlich spürte ich dann auch, wie ich Ihnen durch meine Verweigerung quasi den Teppich unter den Füßen wegzog, Sie aber weiter zu mir kamen, mit mir und auch den anderen Schach spielten, und ich erkannte kein Bestreben Ihrerseits«, wieder das gutmütige Lächeln, »sicher sind Sie ein Experte, und ich bemerkte es nur nicht, also, ich hatte immer ein gutes Gefühl, und meinen Griff zum Spaten habe ich schon mehrfach geübt.«

Sie blieben unweit der Bienenhäuser stehen.

Dr. Paulsen wußte sehr genau: »Wenn nicht heute, dann wird er es mit ins Grab nehmen.«

Köhler zupfte an seinem Loden. Sie standen sich dicht gegenüber, hätten sie in den Fäusten Revolver, würde man meinen, gleich würden sie sich umdrehen, um fünfzehn Schritt auseinanderzugehen und aufeinander zu schießen.

Köhler ballte die Hände zu Fäusten und sah Paulsen mit einem unbeschreiblichen Blick an, der selbst den erfahrenen Therapeuten erschütterte: »Doc, ich bin bereit, wir können reden!«

Paulsen faßte ihn an beiden Schultern und sagte: »Ich werde Sie nicht enttäuschen, das ist ein Ehrenwort.«

Köhlers Augen begannen im Wasser zu schwimmen. Sie gingen in das Restaurant nebenan, dort wo sie nun schon Stammgäste waren und immer zu Abend aßen. Sie setzten sich. Paulsen öffnete die lederne Pfeifentasche, stopfte seine Lieblingspfeife und zündete den Tabak an, dann bestellte er eine Flasche Brunello 1985. Der Rauch stieg zur niedrighängenden Lampe und einige feine Schlieren machten sich auf den Weg zum Fenster. Köhler hob die Nase und schnüffelte, so wie es ein Hund wohl auch tun würde: »Es ist immer wieder ein Genuß, diesen herrlichen Duft in der Nase zu haben. Schon allein deshalb würde ich mich mit Ihnen immer wieder an einen Tisch setzen.«

Die Männer lachten und Ed sagte: »Dann haben wir ja einen triftigen Grund mehr, uns zu treffen.«

Und dann begann Köhler zu erzählen …

Corinna war zu Hause. Sie bereitete sich auf den Umzug nach München vor. Ein Freund der Familie hatte durch seine nahezu exorbitanten Möglichkeiten bereits das Wohnungsproblem preiswert regeln können. Alles war also bestens. Corinnas Vater, ein etablierter und anerkannter Chefkonstrukteur für Schienenfahrzeuge, hatte bereits einen Anhänger besorgt, der ausreichte, um das, was Corinna mitnehmen wollte, unterzubringen.

Am Freitag, sehr früh, starteten sie und waren am Mittag in München. Die kleine Wohnung in Schwabing, unweit vom Englischen Garten, war für sie ideal. Die Einrichtung hatte ihr Vater liebevoll und mit viel Geschmack herbeigeschafft, noch bevor Corinna aus der Schweiz zurück war. Sie sah die Wohnung zum ersten Mal; ein kleines, aber feines Bad, ein ziemlich geräumiges Wohnzimmer und ein kleines Schlafzimmer, in das das Bett und ein Kleiderschrank gerade noch hineinpaßten. Sie mußte vier Etagen steigen, hatte aber dafür einen freien Blick in den Park.

Mit Tränen in den Augen fiel sie ihrem Vater um den Hals und preßte ihn an sich: »Du, ich hab' dich so lieb, ich danke dir!«, und sie konnte die Tränen nicht aufhalten.

Er stand etwas betroffen da und sah seinen alten Freund, der immer bereit war zu helfen, mit glänzenden Augen an. Dann wischte sie sich die Tränen ab und umarmte auch Franz: »Du bist ein Schatz, Onkel Franz«, so nannte sie ihn schon als kleines Mädchen, »wie soll ich dir nur danken?«

Der etwas strubblig wirkende Mann schüttelte den Kopf und lächelte gutmütig und freute sich offensichtlich darüber, wie glücklich Corinna war: »Mach dir keine Gedanken, Conni, Hauptsache, es gefällt dir!«

»Und wie!«

Sie trugen dann die Ladung aus dem Hänger nach oben, legten noch hier und dort Hand an, befestigten einige Graphiken und installierten neben einer Jugendstiltischlampe noch die kleine Waschmaschine im Bad. Danach machten sie einen ausgiebigen Spaziergang bis ins Zentrum.

Corinna bestand darauf, am Abend für die Männer zu kochen.

Sie hatte Kerzen auf dem Tisch, einen guten Wein und man stieß auf das Erreichte an. Gegen Mitternacht verabschiedeten sich die beiden und gingen in die naheliegende Pension.

Corinna schlief das erste Mal in der eigenen Wohnung in München. Sie drehte sich auf den Rücken und dachte an Paulsen; ihr Herz schlug schneller: »Oje, hoffentlich wird es für mich keine Enttäuschung«

Am Montag besuchte sie ihre Arbeitsstelle. Sie hatte bis zum offiziellen Arbeitsantritt noch genau eine Woche Zeit. Corinna wurde herzlich aufgenommen, und man führte sie durch die Abteilungen und zeigte ihr den für sie vorbereiteten Arbeitsplatz. Auch der Direktor des Instituts ließ es sich nicht nehmen, sie kennenzulernen. Er war ein untersetzter, in Bayern würde man sagen, er war gut beieinander, sehr freundlicher und charmanter Endfünfziger.

Corinna freute sich über seine guten Wünsche und auch darüber, wie er ihr seine vielen Erwartungen an sie verpackte.

In allerbester Stimmung schlenderte sie dann durch die Innenstadt und hatte erstmals die Zeit und innere Ruhe, das Um-sie-herum bewußt wahr- und aufzunehmen. Auf dem Marienplatz drehte sie sich langsam um die eigene Achse, taxierte jede Fassade und hätte am liebsten gejubelt: »Hurra, jetzt bin ich hier!« Sie hatte noch einige Besorgungen zu erledigen und ging, sich von ihrem Glücksgefühl tragen lassend, zum Viktualienmarkt.

Glücksgefühl und der Gedanke an Ed Paulsen waren für Corinna ein Synonym. Sie lächelte und biß sich leicht auf die Unterlippe, ein ihr entgegenkommender Polizist sah sie leicht verwundert an und lächelte ganz sympathisch zurück.

»Vielleicht bin ich im Augenblick gar nicht so weit von ihm weg?«, dachte sie, und plötzlich erschrak sie wieder über den sich ab und an aufdrängenden Gedanken: »Ob ich mir völlig falsche Vorstellungen über die Lie …«, sie verbesserte ihren Gedanken, »Verbindung zwischen ihm und mir mache, vielleicht ist da ja wer? Er könnte mir ja viel erzählen, obwohl er doch ganz, ganz ehrlich wirkt, aber Männer können Frauen schon viel erzählen!«

Dann lächelte sie nach innen und murmelte: »Ich liebe ihn, und falls es beim ihm anders aussieht, dann ist es eben so, dann muß ich wohl ohne ihn auskommen«, ihr Gesicht verlor die Fröhlichkeit, und sie brachte ihren Gedanken mutig zu Ende: »Das Leben wird auch dann weitergehen müssen.«

Sie kam gegen sechzehn Uhr mit allerlei Tüten beladen in ihrer Wohnung an und ließ sie in der kleinen Diele stehen und ging noch einmal durch alle Räume.

»So langsam begreife ich es wohl«, sie breitete die Arme aus, als wollte sie jemanden umarmen, »hier ist jetzt mein eigenes Zuhause. Juhu! Das ist aber schön!«, rief sie laut.

Sie trafen sich in dem Café genau am Rathaus, später verabschiedete sie sich von ihren fleißigen Helfern und ging zurück in die Wohnung. Es war schon dunkel geworden.

Köhler fragte Ed Paulsen nach seinem Zeitrahmen.

»Für Sie bin ich bis morgen in der Frühe da!«

Köhler nickte: »Es könnte auch so lange dauern.«

Wie bereits Ulrich recherchieren konnte, bestätigte Köhler noch einmal die Ergebnisse: Er war Studienrat für Geschichte, Mathematik, Physik und hatte zudem noch ein postgraduales Studium für Philosophie absolviert. Ulrich hatte weiterhin bestätigt bekommen, daß der Mann bis zu seinem »krankheitsbedingten Ausscheiden« bei seinen Schülern außerordentlich beliebt war, mehr noch: Man verehrte ihn förmlich. Eltern versuchten sogar, ihre Kinder gezielt in die Klasse zu bringen, für die Köhler verantwortlich war. Er war Sprecher der Lehrerschaft, parteipolitisch nicht organisiert und dennoch politisch aufgeschlossen.

Mit der Mutter eines ehemaligen Schülers, Ehefrau eines evangelischen Pfarrers und Autors, hatte Ulrich ein längeres Gespräch führen können. Er erfuhr von der gebildeten Frau, die Vorsitzende des Elternbeirats war, daß es eine Freude war mitzuerleben, wie dieser Mann seiner Berufung nachkam. Für ihn war »Lehren nicht nur Wissensvermittlung, sondern Bilden und Erziehen in einer wunderbaren Einheit. Wir alle waren entsetzt, als es hieß, Herr

Köhler sei schwer erkrankt und werde wohl nicht in den Dienst zurückkehren«, sagte sie mit Bitterkeit in der Stimme, »dann als wir und vor allem auch die Schüler uns um Herrn Köhler kümmern und ihn besuchen wollten, wir wußten ja, daß er keine Familie mehr hatte, wurden wir erstaunlicherweise und sehr fadenscheinig abgewiesen. Ich versuchte dann über meinen Mann mehr zu erfahren, denn vieles erschien mir schon recht eigenartig. Dann sagte mir mein Mann: Meine Liebe, es scheint so zu sein, daß Herr Köhler mit seiner charakterlichen Gradlinigkeit sich im Labyrinth menschlicher Niedertracht verfangen hat. Wir können ihm nicht mehr helfen, glaub es mir.«

So ähnlich berichtete auch Köhler, nur wesentlich bescheidener, wenn es um seine Person ging.

Köhler sah gedanklich in die Zeiten zurück, die ihm viel bedeuteten: »Sie müßten am besten nachvollziehen können, was es einem Lehrer bedeutet, wenn er spürt: Sie freuen sich auf deine Stunden, wenn er von den Schülern zu eigentlich privaten Schülerfesten eingeladen wird und wenn er merkt: Ich bewege bei diesen jungen Menschen etwas …«

Dr. Paulsen erfuhr dann, daß ab dem Frühjahr des bestimmten Jahres in Geschichte das Thema Diktaturen und Gesellschaft behandelt wurde.

»Wie Sie sich denken können, ein überaus interessantes, aber auch brisantes Thema, denn viele der Staaten im alten Europa und in allen anderen Erdteilen, trugen zur Vielfältigkeit dieser Thematik bei und es war natürlich für einen Deutschen kein weiter Weg zum Dritten Reich.«

Paulsen hörte gebannt zu und nahm kaum wahr, daß sich das Lokal mehr und mehr füllte.

Erst als der Kellner fragte, ob er einschenken dürfe, hob er den Blick und nickte: »Danke vielmals, sehr gerne.«

Sie stießen an, und Paulsen nahm wieder seine aufrechte Haltung ein.

»Oh ja, ein sehr guter Tropfen«, lobte Köhler und ließ den Geschmack nur kurz nachwirken, um weiter erzählen zu können.

Dr. Paulsen hatte den Eindruck, als würde Köhler sich auf einem Schlitten auf einer Talfahrt befinden, die er so rasch wie nur möglich beenden wollte.

Er nahm seinen Monolog, den er sicherlich zigmal vor seinem geistigen Auge redigiert hatte, wieder auf. »In dieser Zeit gab es sehr emotional geführte Debatten, die eigentlich durch die Rede von Martin Walser provoziert wurden. Es ging um die anhaltende Instrumentalisierung der Verbrechen im Dritten Reiches vor allem gegen Menschen jüdischen Glaubens. Ich wurde natürlich von meinen Schülern befragt und mußte und wollte ihnen antworten. Dabei entdeckten meine Mädchen und Jungen, daß aus ihrer Sicht »da so einiges nicht zusammenpassen würde«. Ich wurde mit Fragen konfrontiert, die mich vor prinzipielle Entscheidungen stellten, nämlich: Lasse ich Diskussionen, die sowieso bereits geführt wurden, unbearbeitet, oder bleibe ich meinen auch moralischen Prinzipien treu und versuche mit meinen mir anvertrauten Schülern dieses Thema wie jedes andere auch, wahrhaftig und ohne vorgefertigte, also ideologisch diktierte Formulierungen, die ja sehr oft nicht den Tatsachen entsprechen, aber eben politisch«, er gab seiner Stimme eine abfällige Tonlage, »korrekt waren, zu diskutieren.«

Er sah Paulsen lange in die Augen und beide schwiegen.

Dann sagte Paulsen: »Sie konnten gar nicht anders, als mit den Schülern nach der Wahrheit zu suchen, diese jungen Leute erwarteten das von Ihnen, da sie Sie als Persönlichkeit schon zu gut kannten und schätzten.«

Er nickte.

»Und nun kann ich mir vorstellen, obwohl ich, abgesehen von den riesigen Zahlungen, die da getätigt werden mußten, null Ahnung von all den Dingen habe, daß es zwischen dem, was Sie taten, und dem, was Sie eigentlich hätten tun *sollen,* riesige, sagen wir mal: Differenzen gab, hab' ich recht?«

Köhler lächelte: »Ich wußte doch, daß Sie es sofort raffen.«

»Oha, ein Lob von ihnen«, er hob sein Glas, »darauf sollten wir sofort anstoßen.«

Köhler lachte wie ein Schulbub, das tat er immer dann, wenn er die aktuelle Situation unbeschwert genießen konnte. Nach dem er sich mit dem Leinen die Lippen abgerupft hatte, sagte er: »Nicht nur das, Doc, das war der Anfang vom Ende!«

»Wie das?«

»Jeder würde sagen: Es war der berühmte Kardinalfehler, weshalb machst du auch so einen Mist. Also, auf diesen, ich bleibe mal bei »Kardinalfehler«, baute sich dann alles Kommende auf. So jedenfalls sagte man es mir dann später immer wieder, obwohl ich auch heute genau dasselbe noch einmal machen würde. Wahrscheinlich nur geschickter.«

Köhler erzählte ihm nun, daß sie sehr intensiv die Entstehung und die Voraussetzungen der besondere Form der nationalsozialistischen Ideologie und deren Auswirkungen auf das gesellschaftliche Leben diskutierten. Er ließ alle Fragen zu und stellte fest, daß die Schüler offensichtlich auch mit ihren Großeltern, die ja sehr oft eine Vorbildfunktion ausübten, über diese Zeit redeten, und somit wurden immer neue Themen besetzt.

»Ich stellte plötzlich den bedeutenden Zusammenhang und schwerwiegenden Widerspruch zwischen gelebter Geschichte und der unverhohlen verordneten Geschichtsdarstellung und -übermittlung fest. Mir wurde eindringlich klar: Je mehr Geschichte aus ideologischen oder anderen Gründen jenseits der Wirklichkeit quasi neu geschrieben wird, um so mehr Widerspruch zieht sie vor allem bei jungen Menschen nach sich, wenn sie zum Denken und zur Wahrheit erzogen und befähigt sind. Vorbilder, wie es sehr oft Großeltern oder Eltern sind, erzählen aus ihrem Leben, und der Enkel oder Sohn zweifelt niemals an dem, was er da hört. Nun müßte ich eigentlich, trotz eigenen Wissens um die Wahrheit dieser Berichte meinen Mädchen und Jungen nachweisen, daß ihre geliebten Verwandten Lügner, ja noch viel schlimmer: Verbrecher seien.« Er sah Paulsen fragend an: »Und? Könnten Sie das?«

Dr. Paulsen schüttelte den Kopf: »Natürlich könnte man es – schauen Sie, die Medien können es täglich! –, aber ich nicht«, stellte er ruhig und fast emotionslos fest, »es wäre verwerflich, wenn zum Beispiel ich so etwas tun würde, denn die oberste Priorität hat immer noch die Wahrheit!«

Köhler klatschte in die Hände: »Bravo, so habe ich auch entschieden! Natürlich waren die Argumente teilweise individuelle Momentaufnahmen und auch oberflächlich, doch wir setzten aus all diesen und tragfähigen offiziellen Informationen als Mosaiksteinchen ein alles in allem passables Bild zusammen. Ich atmete nicht nur innerlich erleichtert durch, denn ich wußte ja sehr genau darüber Bescheid, in welch schmalen und einseitigen Grenzen diese dreizehn Jahre deutscher Geschichte dargestellt werden *sollten*. Diese Grenzen hatten wir weit, weit überschritten.«

Er ließ Paulsen durch seine bildhafte Schilderung daran teilhaben, wie es dann weiterging: Es folgte die Auseinandersetzung mit Verbrechen in Demokratien und durch Demokratien der Neuzeit. Erfundene Kriegsgründe, siehe Irak und anderswo, verschwiegene Tatsachen und vieles andere mehr.

»Als Abschluß dieser Themenbearbeitung«, er lehnte sich weit zurück und kippte ein wenig den Stuhl nach hinten, »entschloß ich mich, eine Belegarbeit durch die Schüler anfertigen zu lassen. Damit sollte für mich der Tanz auf der Herdplatte, wie ich es immer empfunden hatte, beendet sein. Doch dann kam der Dienstag. Mein absolut gescheitester Schüler, ich empfand ihn schon seinerzeit als kongeniale Persönlichkeit, hatte sich nämlich immer wieder in die Bibliothek zurückgezogen und sich Stunden im Internet bewegt und platzte noch an diesem Dienstag mit einer, wie er sagte, Dokumentation, heraus.

Er hatte es doch fertiggebracht, die Jahre des Dritten Reiches aus seiner Sicht aufzuarbeiten.

Eigentlich kein Problem, doch der Bursche hatte eine Art Entlarvung, oder besser eine Zusammenfassung, dessen erstellt, was in offiziellen Quellen unwahr und verfälscht dargestellt und was einfach weggelassen wurde.« Köhler reckte sich und beugte sich dann wieder zu Paulsen: »Als ich das gelesen hatte, war ich von der Arbeit des Jungen begeistert. Eine Veröffentlichung in

England, Amerika, Italien oder der Schweiz wäre bestimmt möglich gewesen. Für mich war es aber eine tickende Zeitbombe, denn was er dort aufführte, war sicherlich die Wahrheit, aber genau *die* durfte ja nicht öffentlich gemacht werden. Also mußte ich dieses Material einziehen und jedem Schüler unzugänglich machen. Mehr noch: Ich hätte den Schüler unter Verwendung ideologisierter Phrasen und geschichtlicher Unwahrheiten zurechtweisen müssen. Ich hätte es müssen, aber wieder siegte in mir der Pädagoge. Wir besprachen also den Inhalt dieser vierzehn, oder waren es sechzehn, Seiten. Und damit löste er völlig unbeabsichtigt eine Lawine aus, unter der ich später begraben werden sollte.«

Er prostete Dr. Paulsen zu, der gerade seine zweite Pfeife zu stopfen begonnen hatte.

»Kurz um«, fuhr er fort, »er hatte nicht etwa geheime Dokumente mit fulminantem Inhalt gefunden, nein! Er hatte nur das zusammengefaßt, was Historiker hier und da schon bewiesen und die Menschen, die all das erlebt hatten, ihm bestätigt hatten. Und somit mußte er zwangsläufig zu der Aussage kommen: Was man uns nicht nur in den Lehrbüchern, sondern vor allem in den Medien vermitteln will, ist sehr oft nicht die Geschichte, wie sie wirklich gewesen ist, sondern das, was man uns erzählt, ist überwiegend ideologisch verfälscht, nach irgendwelchen unergründlichen Kriterien, wie er sagte, tendenziös gewichtet und völlig unverständlich und nicht akzeptierbar tabuisiert.«

Köhler lächelte, und der Glanz in seinen Augen zeigte Paulsen, daß er noch immer begeistert von der Arbeit dieses jungen Mannes war.

»Es war natürlich Dynamit! Auch für mich, denn ich wußte: Ich konnte nur ehrlich Farbe bekennen, wollte ich nicht unglaubwürdig werden. Ich fand in seiner Arbeit eigentlich keine Schwachstelle, und da ich mich vor meinen Schülern nicht selbst verleugnen wollte, denn dann wären meine Schüler von mir enttäuscht gewesen, würgte ich die umgehend einsetzende Debatte zwischen uns allen nicht ab. Natürlich wollten sie auch und gerade meine Meinung zur Frage von Wahrheit, Fälschung und Lüge und die möglichen Gründe dafür, vor allem bei uns in Deutschland, in der Geschichtsdarstellung hören.«

Paulsen hatte offensichtlich Schwierigkeiten, so richtig zu begreifen, was denn dieser Schüler für eine ominöse Lawine losgetreten hatte: »Oha, nun merke ich wieder einmal, wie infantil sich meine politischen Kenntnisse darstellen. Ich begreife im Augenblick nicht so richtig, was da denn passiert ist. Ich habe mich irgendwann mal gefragt, weshalb unsere neuere Geschichte«, auch er reckte sich jetzt, als wolle er sich anderen zeigen, »sogar für mich als Laien auf diesem Gebiet, so unerklärlich und aber immer wieder vom Weltkrieg eingeholt wird und allerlei Leute fast auf der ganzen Welt wohl Freude oder was weiß ich denn daran haben, dem Adolf Hitler post mortem Referenzen zu machen. Wenn man über jemanden ohne Unterlaß berichtet und dann nur einseitig, wird sich so mancher fragen, was ist denn nun wirklich an dem Mann dran. Nur Verbrecher zu sein, das gibt's nämlich nicht, oder?«

Köhler sah ihn belustigt an: »Eine Frage von einem wie Ihnen, die so gar nicht zu passen scheint.«

»Wieso?«

»Gibt es Menschen, die nur Verbrecher sind? Oder sind es nicht auch Menschen wie jeder andere?«

Ed lachte: »Ach so, jetzt verstehe ich Sie. Natürlich ist es so, wie Sie fragen; auch ein Verbrecher ist ein Mensch.«

Köhler nickte: »Damit sind wir wieder bei meinen Schülern. Denn ich war ja quasi vergattert, dem vorgegebenen Geschichtsklischee Tür und Tor zu öffnen. Zum anderen sehe ich mich aber als Lehrer bedeutenden Idealen verpflichtet. Und schon stehe ich im Zwiespalt: Tue ich alles, die jungen Leute zu logischem, unvoreingenommenem Denken zu befähigen, und bringe ihnen nahe, welche Bedeutung und vor allem Wirkung solche Werte wie Wahrhaftigkeit, Wahrheitsliebe, Offenheit und all die anderen wichtigen Grundlagen zum Beispiel für einen integren Charakter haben, oder vermittle ich ihnen den Umgang mit Lügen, zweifelhaften Tabus und für diese jungen Menschen völlig unverständlichen Schuldzuweisungen und deren Durchsetzung.«

Paulsen schwieg.

»Soll ich also diesen teilweise hochintelligenten Mädchen und Jungen sagen: »Was Sie da sagen, junger Freund, wird hier nicht diskutiert. Was nicht sein darf, kann nicht sein und war nie!«

Jetzt reagierte Paulsen: »Niemals! Sie würden sich diskreditieren, und die jungen Leute würden nun erst recht nach der Wahrheit suchen oder gegebenenfalls Rattenfängern unterschiedlicher Couleur in die Arme laufen.«

Köhler murmelte: »So dachte ich auch und weiter: Ich wollte nicht zum Verräter meiner eigenen Ideale werden, die ich ihnen ja herübergebracht hatte. Ich war nämlich stolz darauf, daß sie über mich sagten: Soll er sein, wie er will, aber eines tut er nie: lügen.«

Er hob langsam den Kopf und sagte sehr, sehr langsam, jedes Wort gewichtend: »Doc, aber nun kommt das Unfassbare. Hätte ich mich nämlich damals zum Verrat an den Schülern und mir selbst entschieden: Ich wäre heute Direktor des Gymnasiums!«

Paulsen verfolgte Köhlers Hand; die Finger zog er fahrig durch seine Haare. Dann faltete er die Hände wieder wie zu einem Gebet: »Natürlich hätte ich noch bremsen und irgendwie die Kurve kriegen können, aber gerade deshalb, weil die Mädchen und Jungen bis auf den Bodensatz schauen wollten und dabei sachlich, niveauvoll und sehr engagiert arbeiteten, ließ ich ganz bewußt die Zügel locker.«

Paulsen sah ihn fragend an und fragte dann auch: »Inwiefern die Zügel locker?«

»Nun, wir konnten natürlich im Unterricht nicht von den allgemein geforderten Lehrinhalten abweichen, und ich ging auf einen Vorschlag der Schüler ein, außerhalb des Unterrichts so etwas wie einen Zirkel zu installieren, um den Exkurs fortsetzen zu können.«

»Also in Ihrer Freizeit und der der Schüler haben Sie dann quasi weiterunterrichtet.«

»Nein, es war mehr ein Diskussionsclub, ich spielte darin nicht mehr die Lehrerrolle, ich war lediglich der Älteste unter Gleichen.«

Ed nickte und sah Köhler mit einer gewissen Bewunderung an

und sagte: »Ich glaube, Sie sind so einer, der für seinen Job geboren wurde, alle Achtung, mein Lieber.«

»Das sagen Sie! Aber hören Sie erst einmal weiter zu, dann werden Sie vielleicht an Ihrer Aussage zweifeln.«

Köhler schilderte sehr eindrucksvoll, wie die Jugendlichen ihre Recherchen aufbauten und wie sie dazu übergingen, bestimmte Themen abgegrenzt in schriftlichen Arbeiten zusammenzufassen.

»Ziel war, wie ich sagte, lieber Doc, der Wahrheit näherzukommen. Nicht mehr und nicht weniger. Aber ich war mir damals gar nicht bewußt, daß Wahrheit tatsächlich etwas Kritikwürdiges, mehr noch regelrecht Unerwünschtes, ja Verbotenes sein könnte.«

Dr. Paulsen sah ihn gespannt an, als er weitererzählte: »Nun kann man sagen: Sie wagen sich weit nach vorn. Mit Schülern anhand eines solchen geschichtlichen Themas eine der Grundfragen der Philosophie, das nämlich ist das Problem Wahrheit, zu bearbeiten. Ich fand damals nichts interessanter als gerade das! Und an welchem Beispiel wir das versuchten, war mir völlig egal!«

Paulsen nippte am Wein und animierte Köhler zum Anstoßen, dann sagte er: »Für mich nun absolut nichts Kritikwürdiges, denn wenn ich mich recht erinnere, ist die Wahrheit das höchste Ziel der Erkenntnis, stimmt's?«

Köhlers Überraschung war nicht zu übersehen: »Doc, ich denke, Sie sind auf dem Auge«, er lächelte entschuldigend, »blind?«

Ed mußte laut lachen: »Wissen Sie, Philosophie und Psychiatrie – jedenfalls ist das meine Überzeugung – haben enorme Berührungspunkte. Als ich nebenbei Philosophie belegte, kam mir das in der klinischen Psychologie zum Beispiel sehr zugute«, und dann streckte er sich erneut, so als wäre ihm der Rücken steif geworden, »und genau das führte bei mir dann folgerichtig dazu, mich von der aktuellen Politik absolut abzunabeln. Ich hatte wahrscheinlich zu tief denken, analysieren und beurteilen gelernt.«

Köhler freute sich wieder wie ein kleiner Bub: »Mann, da hab' ich Sie ja in eine völlig falsche Schublade gesteckt...«

»Oha«, unterbrach ihn Paulsen, »wie ich es so mitbekomme, haben Sie mich also seziert, Sie sind ja ein rechter Schlingel.«

Köhler erwiderte den Schalk: »Sie müssen aber zugeben, daß ich das Skalpell recht geschickt benutzt habe, oder?«

»Vortrefflich, lieber Freund!«

Nach diesem lockeren Intermezzo griff Köhler das Thema wieder auf: »Natürlich wird man mir später vorwerfen, diese jungen Menschen überschätzt oder sogar gezielt verleitet zu haben. Man meinte, ob ich denn mit den Ansätzen von Aristoteles, der ja einer der ersten war, der eine Wahrheitskonzeption entwickelt hatte, nicht besser und verantwortungsbewußter hätte umgehen können. Man unterstellte mir daher, mit voller«, er hob bekräftigend die rechte Hand und streckte den Daumen zur Decke, »ideologischer Absicht«, sarkastisch betont, »das Thema der jüngeren deutsch-europäischen Geschichte gewählt zu haben. All meine späteren Einwände und auch die der meisten Schüler wurden vom Tisch gewischt. Man ließ einfach nicht gelten, daß die Vertiefung dieser Thematik dadurch entstand, daß die Schüler von sich aus auf Ungereimtheiten stießen und dadurch animiert wurden, hinter die Floskeln zu schauen. Dabei hatten sie vor allem eine bedeutende Quelle: die Zeitzeugen, den Opa, die Oma, Onkel und Tante, den Freund der Familie. Es entstand natürlich genau das, was zum Erkenntnisinteresse und zur Wahrheitsfindung antreibt: sich widersprechende Informationen.«

Paulsen rieb sich die Hände, so als wären sie ihm kalt geworden, und sagte: »Richtig, lassen Sie mich nachdenken, ich glaub', ich krieg' es zusammen. Aristoteles paßt da nämlich, er bestimmte die Wahrheit als die Übereinstimmung der Aussage mit den Sachverhalten der objektiven Realität, so war es doch, oder?«

Köhler nickte begeistert und rezitierte, seinen Blick in dem Paulsens ruhen lassend: »Falsch ist es, vom Seienden zu sagen, es sei nicht, und vom Nichtseienden, es sei: Wahr ist es, vom Seienden zu sagen, es sei, und vom Nichtseienden, es sei nicht. Also wird jeder, der sagt, etwas sei, oder sagt, etwas sei nicht, entweder wahr oder falsch reden.«

»Bravo«, applaudierte Dr. Paulsen und ergänzte: »Soweit der alte Denker, von dem man heute am liebsten nichts mehr wissen will, zumindest nicht die offizielle Politik und die Medien. Und ihr schönes Zitat, mein Freund, steht als eines von vielen Gründen für meine geringschätzige Haltung gegenüber der Politik, oder besser gegenüber der Masse der Politiker und der Masse der Journalisten.« Dann fragte Paulsen: »Aber so richtig habe ich noch immer nicht verstanden, *was* denn da der Anlaß für Angriffe auf Sie war? Sie haben doch wohl nicht den Nationalsozialismus oder deren Repräsentanten feiern lassen, Sie haben auch sicherlich die wirklich geschehenen Verbrechen nicht bagatellisiert! Wenn doch, dann«, er sah Köhler ernst an, »hätte ich allerdings auch so meine Probleme mit einer solchen Art von Geschichtsinterpretation.«

Köhler sah ernst zurück und entschuldigte sich für seine spontane Zwischenrede: »Doc, wenn ich über die Suche nach Wahrheit rede und davon spreche den jungen Menschen Geist, Sinne und Moral dafür zu schärfen, dann müßten Sie schon erkannt haben, daß es nicht um die Bagatellisierung von Verbrechen gehen konnte, sondern ausschließlich darum, Geschichtslügen und –verfälschungen und eine davon abgeleitete ideologisierte Grundhaltung, die man allen deutschen Menschen aufpfropfen möchte, zu erkennen und darzustellen«, er lachte wieder diesen Sarkasmus aus sich heraus, »ich hätte nur nicht *den* Abschnitt der deutschen Geschichte nehmen dürfen, der dermaßen tabuisiert ist.«

Paulsen gab dem Tabak wieder Glut, sie war erloschen, weil er die Pfeife völlig vergessen hatte. Als die Glut entfacht war, fragte er: »Ich wollte vorhin schon fragen, was bedeutet ›tabuisiert‹?«

»Sie Glücklicher, Sie scheinen es ja wirklich geschafft zu haben, sich von all dem wirklich abzunabeln.« Ed sah den Rauchschwaden nach, die sich träge und unentschlossen ausbreiteten: »Nun, ich bekomme von Ihnen wahrscheinlich hochinteressanten Nachhilfeunterricht. Nur zu, es beginnt mich zu krabbeln.«

Köhler stellte Paulsen sehr bildhaft das dar, was und mit welchen Inhalten er zu unterrichten hatte, und gleichzeitig dokumentierte er ihm die Haltlosigkeit vieler dieser Lehrinhalte.

»Sie provozieren unweigerlich Nachfragen, die überwiegende Mehrzahl, übrigens auch der Mädchen, hinterfragt sofort und du bist dann in der Situation, dich für drei Wege zu entscheiden. Erster Weg: Du würgst ab und gehst zur Tagesordnung über, damit sagst du indirekt: ich weiß, es ist nicht so, aber ich darf nicht anders. Das bedeutet: Die Schüler akzeptieren es vielleicht und bilden sich eventuell an falscher Stelle weiter. Zweiter Weg: Du diskutierst auf der Basis der Vorgaben, also platt und ideologisiert, du wirst sofort mit Desinteresse bestraft und verlierst in den Augen der Schüler, und auch hier wird der wißbegierige Schüler über andere Wege hinter die Kulissen schauen wollen. Und endlich der dritte Weg: Du stellst die Dinge so dar, wie sie waren, authentisch und von allen Seiten beleuchtet. Du tust auch bei dem Thema das, wozu du als Pädagoge verpflichtet bist, der Wahrheit und Wahrhaftigkeit dienen. Aber wenn du Pech hast, brichst du dir das Genick«, er sah Paulsen tief in die Augen, »oder landest in der Psychiatrie.«

Dr. Paulsen ließ ›das kann ich nicht glauben‹ nicht aus dem Gehirn und fragte, selbst antwortend: »Und Sie haben sich sicherlich für den dritten Weg entschieden.«

Köhler nickte.

»Und dann haben Sie noch in den Zirkelstunden freiwillig weitergemacht und damit, ich versuche die Logik zu erfassen, den Kohl noch so richtig fett gemacht, ich verstehe.«

Köhler erzählte ihm, daß er in Lehrerveranstaltungen offen über die Situation gesprochen hatte, nichts war heimlich geschehen, später machte man ihm natürlich diesen Vorwurf, und er stellte die Erkenntnisse aus dieser Arbeit mit den Schülern immer wieder zur Diskussion. Er besuchte mit den Schülern die umstrittene Wehrmachtsausstellung; er forderte sie allerdings vor dem Besuch auf, sich auf diesen gezielt vorzubereiten.

»Ich näherte mich nun unwissentlich dem Tag X, denn als wir den Besuch auswerteten, kamen wir auch auf die Judenverfolgung zu sprechen. Natürlich blieb ich meinem Ideal treu, und wir beschäftigten uns ausführlich mit diesem bekanntlich schon viele Jahrhunderte andauernden Konflikt. Heute muß ich sagen, es war eine sehr produktive Zeit, auch für mich, denn die Schüler hatten längst an dieser Tätigkeit einen regelrechten Narren gefressen. So erfuhr ich wirklich zum ersten Mal über erste Verfolgungen der Juden bereits in der vorchristlichen Zeit, das war unter anderem in Alexandria, Cäsarea, Askalon und so weiter, wußten Sie das?«

Paulsen hatte ihm gebannt zugehört, schüttelte den Kopf und fragte: »Was zum Teufel ist denn daran so verwerflich, zu wissen, daß die Juden schon in der vorchristlichen Zeit unerwünschte Zeitgenossen waren?«

Köhler sah fast verstohlen rechts und links zur Seite: »Mein lieber Doc, diese Themen sind nach wie vor ausgeklammert. Für Betrachtungs- und Formulierungsinhalte sind regelrechte Standards vorgegeben. Wenn Sie Peter Schwarz, Mommsen, de Clugny, Martin Luther oder Richard Wagner, ich nenne nur ein paar, unkommentiert öffentlich zu diesen Fragen zitieren würden, lieber Doc, Sie würden sogar dafür wegen Volksverhetzung verfolgt werden. Ob Sie das glauben oder nicht! So ist es!«

Paulsen rieb sich die Stirn, und nun sagte er es: »Das kann doch alles nicht wahr sein! Das klingt ja wie erfunden, oder so ähnlich.«

»Ich habe es erfahren, recht bald! Denn meine Mädchen und Jungen verteilten unter sich Themen, die sie unabhängig voneinander bearbeiteten. Im Mittelpunkt sollte in etwa stehen: Die Wahrheit über unsere Geschichte ist die Basis zur Gestaltung des Jetzt. Sie interviewten ihre Großeltern, kramten in den Bibliotheken, besuchten Veranstaltungen und analysierten die Veröffentlichungen der Print- und die Sendungen der TV-Medien. Die Arbeiten diskutierten wir, und es wurden quasi Belegarbeiten erstellt, die, wie es üblich ist, mit konkreten Folgerungen abschlossen.«

Paulsen beobachtete diesen Mann mit höchster Konzentration und Aufmerksamkeit. Er war gebannt und sah nicht das geringste Anzeichen für eine psychopathologische Auffälligkeit: »Vielleicht kommt da ja noch was, aber bis hierher, ist er völlig unauffällig.«

»Die Folgerungen waren dann auch die Sprengsätze. Denn die Schüler forderten unter anderem auch, für den dunklen Teil der deutschen Geschichte der Wahrheit Genüge zu tun und von ideologischen Klischees endlich abzurücken. Sie kritisierten die tendenziösen, dem Namen Dokumentation nicht entsprechenden

Fernsehsendungen von selbsternannten Historikern und wiesen akribisch die Falschdarstellungen zum Beispiel anhand von Gesetzen und Verordnungen aus dem Dritten Reich nach. Und alles geschah auf der Grundlage klarer ethisch-moralischer Einstellungen zu diesem überwiegend diktatorischen Regime.«

Er rückte wieder mehr zur Tischplatte, stützte die Ellbogen auf und lächelte:»Mein Gott, Doc, es war ein Genuß, die Qualität dieser Arbeiten beurteilen zu dürfen. Wir hatten die Idee, diese wirklich beispielgebenden, ja wissenschaftlichen Arbeiten öffentlich zu machen. Ich war der irrigen Meinung, daß so etwas riesigen Beifall einfahren müßte.«

Er schwieg, senkte den Kopf, als er ihn hob, erkannte Paulsen das Wasser in den Augen. Köhler sagte leise:»Das war dann das Ende.«

»Wie? Weshalb, ich bin da wohl noch immer nicht im richtigen Zug?«

Köhler nickte leicht:»Ein wenig schon, denn Sie sind weit weg von all dem.« Er wischte sich über die Augen und erzählte weiter: »Also, ein Schüler hatte versucht, ein Interview mit einem Herrn Stein zu führen und dabei gemeint, er könne auch über die Inhalte des Buches von Norman Friedman diskutieren. Herr Stein verwahrte sich gegen die angeblichen Verleumdungen in dem Bestseller und schaltete einen Anwalt aus seiner religiösen Gemeinde ein, und plötzlich begann sich ein riesiges Rad zu drehen.«

Paulsen schwieg vor Anspannung.

»Ich wurde deshalb suspendiert, weil ich nicht einknickte und mich für die mir unterstellte Handlungsweise bezüglich der Verbreitung, und nun kommt die Keule: ›rechtsradikalen Gedankengutes‹ nicht entschuldigte. Wahrheit als rechtsradikaler Fallstrick. Es gab dafür ganz einfach keinen Grund! Es half auch nichts, daß sich viele Eltern vehement gegen diese Maßnahmen stellten und die Schüler wie eine Mauer hinter mir standen. Es blieb den modernen Inquisitoren nun nur noch die Möglichkeit der Indoktrination. Die Eltern der hinter mir stehenden Schüler wurden zu Einzelgesprächen geladen, und man sagte ihnen unmißverständlich, daß für Schüler mit rechtsradikaler gedanklicher Ausrichtung wohl kaum Platz an dieser Eliteschule sein würde. Die Eltern konnten diese Vorhaltungen zwar nicht nachvollziehen, aber als man ihnen mehr oder minder direkt erläuterte, daß der Lehrer Köhler seine unbestritten anerkannte Position bei den Schülern mißbrauchte und so sein Gift, wörtlich, Dr. Paulsen, hatte verspritzen können, müsse man also annehmen, daß Schüler, die sich mit ihm solidarisierten und ihn quasi unterstützten, eben seinem Gedankengut erlegen waren und dieses womöglich weitertrugen. Und das dürfen wir natürlich nicht zulassen, oder etwa Sie? Die Mauer bröckelte, erwartungsgemäß. Ich freute mich über die ehrlichen Eltern, die mir Glück wünschten, aber das ihrer Kinder nicht aufs Spiel setzen wollten. Ich las unter Tränen die Zettel, die mir die Schüler in den Briefkasten steckten. Und das war's dann.«

Paulsens Augen suchten seine, und Köhler erkannte, daß sein Gegenüber mit dem »und das war's dann« wohl überhaupt nichts anfangen konnte. Köhler lächelte in das Unverständnis hinein und sagte:»Natürlich wehrte ich mich mit allen mir zur Verfügung stehenden Mitteln, aber ich erkannte alsbald mit Schrecken, daß ich noch nicht einmal die Chance eines Don Quichotte hatte. Man führte einen Vernichtungskampf gegen mich und formierte eine geballte Front. So wurde eine religiöse Gemeinde aktiv, und damit war die Entscheidung über den Ausgang bereits gefallen. Niemand, sagte mir ein treu gebliebener Freund damals, wird auch nur den Kopf, geschweige die Stimme erheben. So weit ist es gekommen.

Und so war es dann auch. Der Fall war endgültig politisiert. Nichts mehr von Geschichte, Wahrheitsfindung, Ehrlichkeit, Korrektheit und Menschlichkeit, es ging nur noch um »rechtsradikales Gedankengut bei einem Studienrat« und die Aussage: »Schaut genau hin, wir haben es schon immer gesagt: Wehret den Anfängen!« Wie sagte ich gerade: Keule, nein, besser die Abrißbirne wurde geschwungen. Es ging nur noch um Ideologie, es ging nur noch darum, das durchzusetzen, was so sein soll und dem man zu huldigen hat.

Ich gab, heute sage ich ›leider‹, nicht auf und verfaßte seitenlange Begründungen für meine tadelsfreien pädagogischen und ethisch-moralischen Verhaltensweisen im Umgang und im Interesse meiner Schüler, dabei berief ich mich auf Beurteilungen und Aussagen der Eltern und Schüler und merkte anfangs gar nicht, wie auch diese geschickt gegen mich verwendet wurden. Es wurde verdreht, weggelassen, so interpretiert, daß es für eine gnadenlose Stigmatisierung paßte.

Man kam zu dem Urteil, ich wäre nicht einsichtig, im Gegenteil, meine rechtsradikale Einstellung sei zementiert und würde mit Raffinesse und andererseits mit unverhohlener Offenheit verbreitet.«

Er lehnte sich weit zurück und nahm, so als wollte er mit gymnastischen Übungen beginnen, die Hände in den Nacken und zog die Ellbogen nach hinten. Dann löste er die Hände und prostete Paulsen zu: »Zum Wohl, lieber Doc, und damit landete ich in der Psychiatrie.«

Paulsen hielt das Glas überrascht auf halber Höhe fest und sah Köhler mit weit geöffneten Augen an, dann preßte er jedes Wort leise heraus: »Sie wollen mir doch nicht allen *Ernstes* sagen, daß sie deshalb ...?«

»Doch, doch, genau deshalb!« unterbrach ihn Köhler mit ruhiger Stimme.

Ed Paulsen verbiß sich in Köhlers Augen und versuchte noch einmal im Schnellgang das Gehörte zu ordnen.

Wo zum Teufel, fragte er sich, lag denn nun der Grund für diese Aktion gegen den Lehrer und vor allem: Weshalb in die Psychiatrie, und das über Jahre? Er fragte Köhler.

»Ich deutete es vorhin schon an: Moderne Inquisition von einer neu entstandenen Spezies, die ich Gutmenschen nennen möchte, die gern für alles mögliche Kerzen anzünden und sich an den Händen halten, aber sobald es um Dinge geht, die nicht in ihr einseitiges, quasi staatlich gefördertes ideologisiertes politisches Weltbild passen, plötzlich von Gerechtigkeit, Menschlichkeit und Wahrhaftigkeit nichts mehr wissen wollen. So, lieber Doc, sieht es außerhalb Ihrer Welt aus, ohne daß ich Sie jetzt angreifen möchte.«

»Nein, nein, ich fühle mich nicht angegriffen, eher beschämt«, er schüttelte den Kopf, »aber bitte«, Paulsen nahm seine Hand, »es muß doch mehr geben, es geht doch nicht so einfach, jemanden in die Psychiatrie zu verfrachten. Ich kenn' mich da doch aus!«

Köhler sarkastisch: »Irgend wann durchschaute ich alles und schrieb es nieder. Ohne Pardon und ohne jegliche Rücksichtnahme auf Namen, Titel, Organisationen oder religiöse Einrichtungen. Ich war plötzlich eine Person, die die Öffentlichkeit gefährdete, und ein Prof. Dr. Bornstein wies mich dann ins Krankenhaus ein.«

Dr. Paulsen rutschte auf seinem Stuhl hin und her, als hätte ihm jemand Reißzwecken in das Polster gelegt. Mit beiden Händen fuhr er sich durch die Haare, faltete sie, löste sie und ballte zwei Fäuste.

Dann plötzlich schlug er auf die Tischplatte. Ein Weinglas fiel um. Köhler sah Paulsen erschrocken und ernst an. Wenn jemand später erzählen würde, Paulsen so erlebt zu haben, würde ihm kaum jemand glauben: Paulsen unbeherrscht, eine absolute Ausnahme. Einige Gäste sahen zu ihnen hinüber, sie dachten vielleicht, die beiden Männer hätten zu streiten begonnen. Paulsen entschuldigte sich bei der Bedienung.

»Kein Problem, Herr Doktor«, sie räumte schnell die Scherben und das Tischtuch ab und legte ein neues auf. Dann fragte sie, als sie das neue Glas brachte: »Darf ich einschenken?«

Ed lächelte sie dankbar an und nickte.

Dann holte er tief Luft und sagte: »Also noch einmal für mich zum Verstehen: Sie machen einen Zirkel auf, alle wissen es, Sie profilieren Ihre Schüler, erläutern ihnen die Geschichte über das Maß des Unterrichtsstoffs hinaus, erläutern ihnen, was Wahrheit, Lüge, Verdrehung, Verfälschung ist. Bagatellisieren keine Verbrechen, trivialisieren nicht und befähigen die Schüler, sagen wir mal, journalistische Instrumentarien zu benutzen. Sie tun neben dem Unterricht freiwillig etwas für Ihre Schüler. Und nun soll mir doch mal einer erklären, weshalb man Sie dann aufhängt, was ist denn da *noch*«, er zog das Wort fast endlos lang , »passiert, raus damit lieber Freund. Ich möchte *alles* wissen!«

Überraschend für Dr. Paulsen, lächelte Köhler ihn gutmütig an und sagte: »Nun brauche ich wirklich keinen Beweis mehr, daß Sie in der Tat mit der Tagespolitik nichts, aber auch gar nichts am Hut haben. Sie wissen echt nicht, was hier bei uns so gespielt wird. Entschuldigen Sie, aber jetzt glaube ich Ihnen, daß für Sie Politik wirklich nicht zu existieren scheint.«

Paulsen entgegnete: »Hm, ich muß wohl zugeben, daß ich zum ersten Mal in meinem Leben das bedauere. Aber trotzdem: Was hat das denn mit Ihrer Sache zu tun?!«

»Sehr viel, denn Sie würden dann einfach wissen«, er betonte »wissen«, »daß man mich riesig gelobt hätte, wenn wir über die deutsche Geschichte und vor allem die Verbrechen in allen Jahrhunderten nach der Maßgabe der Gutmenschen recherchiert hätten, wir haben aber Themen diskutiert, die man einfach nicht zu diskutieren hat, lieber Dr. Paulsen, diese Themen haben nur eine, ich sage mal, vorgefertigte, also künstliche Wahrheit, und alles andere ist dann logischerweise Lüge oder gar gezielte Demagogie und somit mehr als kritikwürdig.«

»Also, lieber Freund, mit dem Klammersack wurde ich auch nicht gepudert und weiß sehr wohl, daß George Orwell mit seiner ›Farm der Tiere‹ auch diese Gesellschaft hier sehr gut trifft, aber trotzdem, das was Sie darlegen, würde ich normalerweise als Quatsch bezeichnen«, er hob entschuldigend die Hand, »ohne Ihnen nähertreten zu wollen, aber mir ist das in der von Ihnen geschilderten extremen Form noch nie aufgefallen! Wir haben Meinungsfreiheit und eine Demokratie lebt davon, oder?«

Köhler hob beide Arme: »Richtig, folglich sieht es mit unserer Demokratie wohl nicht so dolle aus. Ich schwöre Ihnen, all das ist die Wahrheit!«

Noch immer erkannte Köhler Unglaube in Paulsens Augen und seinem Mienenspiel, als dieser sagte: »Wenn es denn so war, mein Freund, dann war es ein Ding aus dem Tollhaus – paradoxerweis – sie wegen dieser eigentlich lobenswerten Arbeit genau in dieses Tollhaus zu schicken. Ein«, man merkte es ihm an, daß er überlegte, ob das Wort zutreffend sei, und sagte es dann, »Verbrechen! Ja, das ist ein Verbrechen ganz besonderer Art!«

Köhler sah ihm unvermindert in die Augen: »Ja, so denken Sie und ich muß sagen, es tut mir gut, es zu hören, aber niemand außer Ihnen ist bisher, zumindest offiziell, zu diesem Schluß gelangt. Aus, basta, das war's dann. Im übrigen«, man merkte ihm an, nicht weiter über die juristischen Befindlichkeiten sprechen zu wollen, »ich habe die Arbeiten der Schüler vervielfältigt und in meiner Not an zuverlässige Experten weitergegeben. Ich wollte von ihnen bewiesen wissen, daß wir die deutsche-europäische Geschichte vorbehaltlos aufgearbeitet und lebendig gestaltet haben. Wir haben Zeitzeugen zu Worte kommen lassen und uns Themen genähert, die wir als unbegründet tabuisiert sahen, und hatten den Mut herauszustellen, daß diese Tabus nur einen Zweck erfüllen sollen: Dem deutschen Volk ein ewig wirkendes Joch anzulegen.«

Er machte eine Pause, das dann folgende Lachen klang eher wie ein Krächzen: »Und niemand hatte den Mut, sich offiziell zu äußern. Zwar rief man mich an und meinte, ich hätte vorher klüger sein sollen, denn als gebildeter Mensch in Deutschland müsse man doch wissen, was man bezüglich bestimmter Themen sagen dürfe und was nicht. Deutschland hat sich Fesseln anlegen lassen, und die Politiker wohl aller Parteien haben sogar dafür die Handschellen geliefert. Ich, Herr Köhler, teile zwar Ihre Meinung, aber helfen kann ich Ihnen nicht … so war es, und so wird es auch weiterhin sein, leider.«

Paulsen sah sich ratlos um und fragte sich: »Wo zum Teufel und vor allem wie habe ich gelebt, gibt es das bei uns wirklich?«

Beide tranken einen Schluck des Weines, ohne anzustoßen, denn für beide gab es wohl keinen triftigen Grund dafür.

Köhler verschränkte die Arme vor der Brust und sagte: »Ich kam mir vor wie in einem falschen Film. Ich wußte, daß all das, was man mir unterstellte, nicht wahr war. Ich befand mich, sagen wir, auch politisch, von meinen Überzeugungen her, immer in der Mitte der Gesellschaft und immer war ich so, wie ich auch zu dieser Zeit war: der Wahrheit und Wahrhaftigkeit und meinen mir anvertrauten Schülern verpflichtet. Der Lehrer, der immer gelobt, der oft als Vorbild dargestellt wurde.« Er sah Paulsen traurig an:

»Nichts von all dem war plötzlich von Bedeutung, alles schien wie ausradiert. Es wurde, lieber Doc, ein Exempel statuiert.« Er löste wie befreit die Arme, legte die Hände, die Finger abgespreizt, auf die Tischplatte und man hatte den Eindruck, als sähe er seine Handrücken zum ersten Mal: »Das, Doktor Paulsen, war es. Bei allem, was mir heilig ist, es war die reine Wahrheit.«

Paulsen mußte heftig schlucken, ihm wurde plötzlich etwas übel.

Später, als er noch einmal den Film ablaufen ließ, erinnerte er sich, daß es die unbändige Wut und momentane Hilflosigkeit war, die seinen Magen umgestülpt hatten. Dann spannte sich sein Körper durch einen weitreichenden Entschluß: »Ich werde einen Kampf aufnehmen, das kann ich mit meinem Ich nicht vereinbaren.« Er sah Köhler in dessen ruhiges, aber gespanntes Gesicht, als er fragte: »Können Sie mir die Arbeiten der Schüler mal geben, möglichst bald?«

Köhlers Gesichtsausdruck änderte sich augenblicklich. Er wirkte plötzlich unruhig, seine Pupillen huschten hin und her. Er wirkte fast ein wenig wie gehetzt, dann machte er zu: »Ich glaub', die hab ich nicht mehr.«

Ed Paulsen legte ihm seine rechte Hand auf das Handgelenk, sah ihn mit seinem weichen, aber doch jeden trotzdem fesselnden Blick an: »Sie lügen, obwohl Sie sich der Wahrheit verpflichtet fühlen. Woher diese Angst? Daß Sie selbst mich anlügen?«

Köhler kämpfte mit Emotionen, Paulsen ließ seine Augen wandern.

»Ich lüge, wenn es um die Arbeiten geht, stereotyp, denn alle wollten von mir die Arbeiten, und man machte sogar vor Spitzeleinsätzen nicht halt. Schließlich gab ich sie heraus, habe aber vorher Kopien gezogen und diese dann vertraulich deponiert«, sein Blick wurde flehentlich, als er den Satz sagte: »Doc, Sie wissen am besten: Vertrauen verpflichtet; aber *was* wollen Sie denn mit dieser brisanten, wie soll ich es sagen«, er sah ihn ratlos an, »ja, brisanten Ware?«

Ed nickte kaum erkennbar und bedankte sich bei ihm für das

Vertrauen und drückte ihm das Handgelenk, und sagte: »Mich ein wenig weiterbilden.«

Es war längst nach Mitternacht geworden. Einige Gäste saßen noch verstreut im Restaurant. Ed Paulsen vermied es, auf die fortgeschrittene Zeit aufmerksam zu machen, denn er wollte Köhler nicht das Gefühl geben, daß er nur seinen Bericht hören wollte, um dann so schnell wie möglich wegzukommen.

Er hob das Glas und sagte freundlich: »Zum Wohle, Herr Köhler, auf bessere Zeiten, und ich denke, sie haben bereits begonnen.«

Köhlers Miene spiegelte eine gewisse Entspanntheit wider und er sagte: »Ihr Wort in Gottes Ohren! Aber wer weiß es schon; schön wäre es allerdings!«

»Lassen wir den Konjunktiv weg: Es wird, mein Lieber, es wird.«

Köhler fragte: »Wenn Sie ein echter Hellseher wären, würde ich Ihnen vielleicht glauben.« Er wirkte aber trotzdem erleichtert und gleichzeitig sehr müde.

»Kein Wunder, er hat alles gebracht und ist ja noch einmal durch die Hölle gegangen.«

Als Paulsen gegen ein Uhr zu Hause ankam, ließ er sich in den Sessel fallen und stellte plötzlich fest, wie ihn die andauernde Konzentration über den ganzen Tag nun doch ermüdet hatte.

»Und dann natürlich noch Köhler als Sahnehäubchen und was für eines!«

Neben dem Zuhören hatte er natürlich Schwerstarbeit geleistet, denn er wollte an diesem Abend auch ein Maß an Sicherheit über den psychischen Gesundheitszustand von Köhler erarbeiten, auf dem er weiter aufbauen konnte.

Er schloß die Augen und startete den Schnelldurchgang. »Das kann doch alles nicht wahr sein!« schrie er förmlich sein Entsetzen, seine Wut und die momentane Ohnmacht heraus. Er sprang auf und wandelte mit gesenktem Kopf anscheinend planlos durch den großen Raum. Immer wieder dachte er sich in die Einbahnstraße: »Das kann es doch nicht geben, da wird jemand als Persönlichkeit vernichtet, nur weil er seine Pflicht tut?! Was zum Teufel gibt es da für Tabus?.«

Er blieb vor dem blattvergoldeten Barockspiegel stehen, sah sich in die Augen und sagte laut: »So, mein Lieber, nun wirst du dich mit der Scheißpolitik befassen, und zwar schleunigst, damit du das alles auch verstehen lernst. Sonst kannst du dir gleich die schwarze Binde mit den drei gelben Punkten überstreifen.«

Er ging ins Arbeitszimmer, nahm den Hörer ab und wählte Position »Eins«, Dr. Ulrich, privat.

Es klingelte. Lange. Noch länger.

Endlich, kam verschlafen, die Stimme: »Ulrich.«

»Hallo, mein Alter.«

Paulsen hörte ein Schnaufen und dann: »Sag mal, spinnst du, schau mal auf die Uhr!«

»Moment«, Paulsen sah auf die Uhr, »oha, es ist ja wirklich etwas früh, entschuldige.«

»Papperlapapp, also, wer ist sie, was hat sie für Titten, und hast du sie schon umgele …«

»Nix da«, unterbrach ihn Paulsen und sagte mit fester Stimme: »Ich war bis eben mit dem Köhler zusammen.«

»Und nun willst du mir beichten, daß du ihn liebst, oder so was ähnliches.«

»Na, ganz so ist es nicht, aber nun zur Sache: Wenn du mir zuhörst, wirst du keine Lust mehr haben zu schlafen und darüber nachdenken, wie du mir und damit dem Köhler helfen kannst.«

»Das ist doch nicht dein Ernst.«

»Oh doch, mein Lieber!«

Ulrich kannte natürlich Paulsen viel zu gut, um nicht vom ersten Augenblick an gewußt zu haben: »Da ist was Wichtiges passiert«, denn Paulsen würde nie wegen einer Frau oder in Alkohollaune oder einer ähnlichen Nichtigkeit Ulrich aus dem Tiefschlaf holen.

Trotzdem versuchte er es: »Paß auf, Alter, leg' dich aufs Ohr und nachher reden wir in aller Ruhe, nehmen wir uns Zeit dafür.«

»Die haben wir nicht, jetzt, du Pfeife, haben wir sie, niemand stört uns.«

Ulrich setzte sich auf und sagte: »Warte du, Stinktier, ich hol'
mir einen Wodka, den wird' ich wohl brauchen.« Paulsen verfolgte
die Geräusche, und dann war Ulrich wieder am Gerät. »Prost«, man
hörte, er trank aus der Flasche.

Paulsen begann. Da Ulrich schon immer das fast unglaubliche
semantische Gedächtnis von Paulsen bewunderte, kam nun noch
eines hinzu: Paulsen hatte bereits in höchster Qualität analysiert
und synthetisiert. Ulrich unterbrach ihn nicht. Und wenn er anfangs
noch träge zuhörte, war er nach wenigen Minuten in einem uner-
träglichen Spannungszustand. Der Inhalt der Flasche wurde immer
weniger.

»Was sagst du nun?!«

Ulrich war längst aufgestanden, hatte sich umständlich, um nur
kein Wort zu verlieren, den Bademantel übergezogen und war ins
Arbeitszimmer gewechselt.

»Ich will jetzt nicht den großen Macker herauskehren, aber ich
hatte da einen Riecher, aber daß es eine so riesengroße Sauerei sein
könnte, hätte ich in meinen schlimmsten Träumen nicht für möglich gehalten!«

»Ich schon gar nicht. Ein Krimi, ein echter Krimi!«

Ulrich räusperte sich: »Ed, halt die Füße still! Das ist mehr als
ein Krimi, aber nichts für uns!«

»Wiiiie?! Jetzt sag mir mal, wieviel Wodka du schon getrunken
hast, das ist doch so eindeutig, wie nichts auf der Welt.«

Ulrich pustete: »Also, mein Lieber, wärst du nicht die Lichtgestalt …«

Paulsen grunzte: »Nun hör auf mit der Wodka-Verarsche.«

»Nein, nein, was Recht ist, soll Recht bleiben, also wärst du
nicht diese Lichtgestalt, die du nun mal in deiner Zunft bist, und
würdest du weniger Kohle verdienen, die Schickeria mehr meiden,
dich mal umsehen, was denn hier und um dich herum so abläuft,
und müßtest du dich um Politikkram zwangsläufig kümmern, würdest du verstehen, weshalb ich dich hier gleich ausbremse und dich
zu deinem eigenen weiteren Wohl wohl aufklären muß.« Er rülpste.

»Wer so spricht lebt lange«, reagierte Dr. Paulsen, und sagte dann: »Quatsch, hier gibt es keine Aufklärung, hier geschah eine kriminelle, ich betone: kriminelle Machenschaft perfidester Art!«

»Ich merke schon, ohne Aufklärung geht da nix weiter bei dir.«

Paulsen zeigte Einsicht, Großzügigkeit überbetonend, sagte er: »Also dann, mein Lieber, ich bin gespannt, wie du mich über so eine, ich weiß gar nicht, wie ich es nennen soll; aber egal, kläre bitte einen Unwissenden auf, wenn es geht, im Schnellkurs.«

Ulrich setzte sich in seinen antiken Scherenstuhl, nippte noch einmal an der Flasche und begann: »Irgendwo hatte ich mal einen Spruch von Goethe gelesen, der in etwa so ging: Die Konstanz der Phänomene ist allein bedeutend. Was wir dabei denken, ist ganz einerlei.«

»Prima, Goethe ist immer gut, aber bitte hole nicht so weit aus!«

»Keine Sorge. Das, was bezüglich der Meinungsbildung in unserer unmittelbaren Umwelt, oder besser in der Gesellschaft abläuft, kann man als eine Art konstruiertes Phänomen bezeichnen und nun denke mal weiter … Es ist fix, soll unumstößlich sein und wirkt unabhängig von allen Wahrheiten. So ungefähr mußt du dir das vorstellen. Dinge in der Geschichte oder im alltäglichen Leben, die real passierten zum Beispiel, werden über das *geschaffene* Phänomen gebrochen und zur dann gültigen Wahrheit erklärt. Wer es wagt, dieser Wahrheit die Stirn zu bieten – siehe unser Freund Köhler – wird als eine Art Ketzer im übertragenen Sinne, verbrannt. Kannst du mir folgen?«

»Ich kann, denn Köhler hat von so was auch gesprochen. Mir dämmert's ein wenig, also weiter, nur zu …«

»Meinungsmacher zur Konstruktion von gewünschtem Zeitgeist haben Hochkonjunktur. Man biegt sich die Geschichte und das Sein so hin, wie man es gern sehen möchte, und legt auf gewisse Ereignisse, also Tatsachen, einen Bann, der dann Tabu heißt. Alles zum Beispiel, was zwischen 1933 und 1945 in Deutschland passierte, wird auf eine Standardeinschätzung minimiert, und daran hat niemand, zumindest in Deutschland, zu rütteln. Und selbst wenn jemand mit der erlebten«, Paulsen hörte, wie er wieder einen Schluck Wodka trank und dann »ahhh« machte, »wie sagte ich doch? Ja, also mit der erlebten, also objektiven Wahrheit angetrabt kommen würde, wäre er ein Tabubrecher. Die Apologeten lassen grüßen! So, lieber Ed, nun stell dir unseren Köhler vor, die arme Sau, der nichts anderes will, als seinen Schülern behilflich zu sein, den Weg zur ehrlichen, offenen und wissenden Persönlichkeiten zu gehen, und erwischt fast zufällig ein Thema, das in seiner verordneten Verneblung förmlich nach einer frischen Brise schreit. Und die Schüler sind toll, sie bemerken sehr rasch, daß man ja eigentlich nie davon erfahren hat, daß zum Beispiel der polnische Außenminister Beck vor Kriegsausbruch in England den Einmarsch der polnischen Armee in Deutschland, ich glaube er sagte: ›Wir können in wenigen Tagen vor Berlin stehen‹, angekündigt hatte. Und dann ziehen sie an der entdeckten Schnur und immer mehr Wahrheiten, die mehr und mehr mit den verordneten kollidieren, kommen ans Tageslicht, und sie merken: Warum sagt man uns das denn nicht, warum dürfen wir darüber nicht reden, warum müssen wir Dinge glauben, obwohl die Wahrheit sie widerlegt, und endlich erkennen sie: Es ist ein Tabu. Und genau das stachelt sie noch mehr an, kommt dir das nicht irgendwie bekannt vor, wenn du an deine tägliche Profession denkst, und damit nimmt das Köhlerschicksal seinen Lauf. So, mein Lieber, ich hoffe, ich bin noch nicht so blau, daß du mich nicht hast verstehen können. Halt dich zurück, sie werden auch dir bestialisch in die Nüsse greifen und erst loslassen, wenn sie sie dir abgerissen haben.«

Ulrich hörte nur das Atmen seines Freundes.

»Hat es dir die Stimme verschlagen? Ja, lieber Ed, wir sind hier nun fast soweit wie in der DDR, die Bundesrepublik hat sich gemausert. Wer es wagt, gegen die verordnete Wahrheit vorzugehen, wird in die Mangel genommen. Gnadenlos.«

Paulsen sagte: »Wenn ich nicht wüßte wie du klingst und bist, wenn du blau bist, würde ich denken, du bist es!«

»Ich sagte es dir schon oft: Du lebst in deiner Welt, und nun wirst du durch Köhler plötzlich aufgeschreckt. Noch mal: Laß in diesem Fall die Finger davon, man wird sie dir sonst brechen.«

320

Ulrich kannte seinen Freund viele Jahre und kannte seinen eisernen Willen, den er nicht nur in seiner Arbeit einsetzte, sondern immer dann, wenn es darum ging, etwas zu bewegen oder jemandem zu helfen.

Seine Befürchtung nahm kurz darauf reale Formen an, denn Dr. Paulsen sagte mit viel Ruhe und Entschlossenheit in der Stimme: »Wenn es so ist, wenn es wirklich so ist, mein Freund ...«, er unterbrach sich und fragte: »Welches Datum haben wir heute?«

»Den zwölften, nein, das war ja gestern, es ist ja bereits heute, also der dreizehnte.«

Ulrich: »Mir schwant nichts Gutes; überleg' es dir um Himmels willen!« Paulsen überhörte seine Worte und sagte: »Der dreizehnte also, gut, mein Glücksdatum, also, wenn es denn so ist, dann wird es sich ändern, dann *muß* es sich ändern! Ich werde allein schon für Köhler in den Ring steigen, das schwöre ich dir.«

Ulrich dachte: »Wenn er so spricht, ist alles entschieden, nicht zehn Pferde werden ihn davon abhalten.«

Beide schwiegen, dann sagte Ulrich sanft: »Schlaf erst mal, sauf' einen Woddi, und dann sehen wir weiter, ja?«

»Wie soll ich das ›wir‹ verstehen?«

Wieder hörte er Ulrich Wodka trinken: »Hab ich dich schon mal im Stich gelassen?!«

Paulsen erwiderte: »Du bist wirklich ein Freund, ein echter, aber wenn es so ist, wie du es gesagt hast, will ich dich da nicht hineinziehen, in Ordnung?«

»Das, mein Lieber, überläßt du nun gefälligst auch mir! Und nun laß' uns schlafen gehen.«

»Noch was, Uli, ich will mich belesen, kannst du mir mit Literatur helfen? Du hast ja vorhin echt brilliert. Ich wußte gar nicht, daß du so ein Politikfreak bist. Also, ich will und muß mir ein eigenes Bild machen. Ich werd' auch, so oft ich es kann, Zeitungen lesen und mir politischen Kram im Fernsehen ansehen. Juhu, ich hab ein neues Hobby gefunden!«

Sein Freund schüttelte den Kopf und lächelte für sich.

»Gute Nacht.«

»Schlaf schön, bis morgen!«

»Du meinst bis nachher.«

»Kann sein.«

An diesem Abend schlief sie schon beinahe vor dem Fernsehgerät ein und sah auf die Uhr: »Nein, noch warte ich ein bißchen«, sie wollte erst gegen einundzwanzig Uhr Paulsen mit einem Anruf überraschen. Sie hörte die Melodie ihres Telefons aus ganz weiter Ferne und meinte zu träumen, doch dann war sie schlagartig hellwach. Sie war eingeschlafen.

»Hallo?«

Sie fröstelte, als sie seine Stimme hörte: »Ich habe mir schon Gedanken gemacht, weil ich von dir nichts hörte. Nun aber hab' ich dich endlich, ich grüße dich, mein Schatz.«

Sie stützte das Kinn auf das rechte Knie und zog sich recht umständlich die Kaschmirdecke über die Schulter.

»Ich freu' mich so, dich zu hören. Ich wollte dich auch anrufen, aber ich war eingeschlafen. Sag, weshalb machst du dir Gedanken?«

Er prustete: »Nun weiß ich es. Ich hatte nämlich schon vor fünfzehn Minuten und danach noch zweimal angerufen.«

»Oh weh, hab' ich so fest gepennt?!«

»Es muß wohl so sein, aber was hat dich so müde gemacht, daß du schon am frühen Abend einschläfst?«

Sie sah auf die Uhr: »Ich war todmüde nach den letzten Tagen nach dem Um …«, sie unterbrach sich und improvisierte, »… nach der Umbauerei hier zu Hause, ich mußte ganz schön ran.«

Dann erzählte sie ihm von angeblichen Arbeiten im Haus des Vaters, die aber in ihrer Wohnung gemacht worden waren, und daß Onkel Franz tatkräftig geholfen hatte.

»Und du bist noch unterwegs?« Sie hatte bemerkt, daß Paulsen aus dem Auto anrief.

»Ja, ich habe da eine Einladung von einem Mimen zu einer Party. Eigentlich hatte ich keine rechte Lust, aber was soll ich ohne dich tun? Zu Hause an dich denken ist zwar schön, aber schöner wäre es, wenn du jetzt neben mir säßest.«

Sie dachte: »Eigentlich wäre es kein Problem, lieber Herr Doktor.«

Und laut: »Oh fein, dann will ich mal losgehen, wo treffen wir uns?«

Er lachte und sagte: »Autsch, der hätte mir beinahe die Vorfahrt genommen ... entschuldige, na also, das ist ein Wort! Du hast wohl jemanden, der dich die sechshundert Kilometer hierher beamt?«

Ihre Stimme klang traurig: »Leider nein, ich habe mir das nur so schön vorgestellt.«

Dann fiel ihr aber ein, daß sie ja gar nicht wußte, wo sie, wenn sie denn wollte, Paulsens Praxis finden könnte: »Weil wir gerade von so etwas reden: Sag mal, wo könnte ich dich denn finden, wenn ich mal kurzfristig nach München kommen würde?«

»Kein Problem, mein Engel, du rufst mich an, und ich bin sofort dort, wo du bist.«

Sie zögerte und sagte dann: »Na gut, wer weiß, wann das mal wird, und außerdem könnte ich dir ja auch auf's Band sprechen.« Sie vermied es, nach der Praxisnummer zu fragen: »Sei nicht aufdringlich, du Jule«, dachte sie und mußte über ihre eigene Schelte lächeln.

Beide waren der gleichen Meinung: »Du fehlst mir sehr!«

Ed Paulsen sagte ihr, daß er sich demnächst auf jeden Fall die Zeit organisieren werde, um Corinna besuchen zu kommen: »Ich habe mal auf die Karte geschaut, es ginge nämlich auch prima mit dem Flieger und einem Leihwagen. Also, sei artig, ich bin bald da!«

Corinna sagte ihm, wie sehr sie sich freuen würde.

Als er ihr sagte, er wäre bei der Villa angekommen, fragte sie mit leiser Stimme: »Darf ich das mit dem Artigsein an dich zurückgeben?« Ihr Herz pikste.

»Kein Problem, ich kann doch dir nicht sagen, ich liebe dich und hier zum Balzen gehen, oder?«

Sie hörte, wie er die Tür öffnete.

»Weißt du, wie schön du das eben gesagt hast?«

Ed lächelte und sagte zu dem Bediensteten, der an seinen Wagen getreten war, um diesen wegzufahren: »Einen Augenblick, noch«, und dann zu Corinna, »ich werde oft an dich denken.«

»Ich nur!«

Sie verabschiedeten sich mit symbolischen Küssen.

Susanne war regelrecht erschrocken, als sie Paulsen begrüßte. Er reagierte auf ihren Gesichtsausdruck: »Keine Sorge, ich hab nur drei Stunden geschlafen und allerhand um die Ohren gehabt.«

Sie schüttelte den Kopf: »Lieber Doc, denken Sie dran, Sie sind auch nur ein Mensch, Sie scheinen das mal wieder zu vergessen.«

Er forderte sie auf, sich zu ihm ins Refugium zu setzen, und offerierte ihr, daß er in Zukunft mit seiner Zeit noch mehr geizen werde.

»Wir müssen für mich Zeit freischaufeln, schaffen wir das?«

»Nicht in den nächsten drei Monaten, wir sind voll, randvoll, Herr Doktor!«

Er legte ihr fast zärtlich den Finger auf die vollen Lippen und sagte: »Wir werden arbeiten und was gemacht werden muß, werden wir machen, aber ich brauche Zeit, und bitte schinde sie für mich, denn ein bisserl Schlaf brauche ich ja doch, oder?«

Sie lachte ihn an: »Also wenn Sie in Zukunft immer so aussehen wie heute, dann werden Ihnen die netten Damen sicherlich einiges zu sagen haben.«

Susi aktivierte, nachdem sie beide nach vorn gegangen waren, den PC und fragte: »Wird es eine längere Zeit dauern?« Ed nickte: »Ich glaube schon. Es wird vielleicht sogar sehr haarig werden…«

Sie sah ihn ernst an.

»Es sind keine Weiber und auch keine besonderen Klienten, es geht nur«, das »Nur« sagte er so, als sei es nebensächlich, »um die Existenz eines Menschen, um Recht und Ehre.«

Da Susanne Dr. Paulsen schon Jahre kannte, bemerkte sie sofort den Ernst der Angelegenheit und wagte nicht zu fragen. Den Blick aber fing Paulsen auf und weihte sie mit wenigen Sätzen ein.

Sie sah ihn eindringlich an und fragte auch so: »Ich weiß, Sie sind entschlossen, diesem armen Menschen zu helfen, entschuldigen Sie aber trotzdem meine Frage, obwohl ich denke, die Antwort zu kennen: Wissen Sie wirklich, mit wem Sie sich da anlegen und auf was Sie sich einlassen?«

Er streichelte ihr die Wange und meinte: »Noch nicht. Aber es gibt manchmal keinen Grund, über das nachzudenken, was sein könnte oder nicht. Hier kann es nur eines geben: Unrecht zu bekämpfen, und dafür lohnt es, nicht als erstes an mögliche Folgen für sich selbst zu denken, oder?«

Susi stellte sich auf die Zehenspitzen und gab ihm einen Kuß auf die Wange und fragte: »Darf ich ihnen etwas sagen?«

»Nur zu, ich vertrage alles!«

Sie strahlte ihn an und flüsterte: »Wissen Sie überhaupt, was Sie für ein fabelhafter Mensch sind?«

Er konnte nicht antworten und sah zum Fenster hinaus.

Um elf Uhr, nachdem er der reizenden Frau eines Großindustriellen wieder für eine unbestimmte Zeit die Angst vor dem Leben genommen hatte, rief er Ulrich an: »Hast du schon etwas für mich?!«

»Du machst also wirklich ernst?«, fragte dieser zurück.

Dr. Paulsen hörte, wie Ulrich sich eine Zigarre anbrannte und dann mehrmals an dieser sog.

Ed scherzte: »He, Alter, denk an deine Gesundheit, schon wieder sitzt du im Qualm. Ja, ja, denkst du *ich* war gestern abend blau? Es bleibt dabei!«

»Das mit dem Qualmen ist rein gar nichts dagegen, die Freundschaft mit dir zu überstehen, wer dich zum Freund hat, wird sowieso nicht alt, er hat allerdings einen riesigen Vorteil: Er erlebt mehr als andere in hundertzwanzig Jahren.« Sie lachten unbeschwert wie über einen gelungenen Witz.

Paulsen wiederholte: »Hast du nun was für meinen Einstieg?«

»Jaaa, um Himmels willen, aber mehr, um dich abzuschrecken als dich zu motivieren.«

»Fein, fein, dann bin ich so gegen fünfzehn Uhr bei dir, und sei so nett, informiere den Köhler, daß ich komme und ihn treffen möchte, ja?«

»Jawohl, Massa, bis später dann.«

Susanne brachte ihm wenig später eine Bücher- und Publikationsliste, die den Zeitraum von 1920 bis 1950 umfaßte. Die Liste erschlug ihn fast: Es waren viele, viele Seiten voll mit Titeln.

Die sich anschließende Sitzung mit dem Fußballspieler forderte von ihm höchste Konzentration und einen virtuosen Umgang mit den verschiedensten Therapiemethoden. Der Mann fühlte sich bei Paulsen sehr wohl, und man konnte beobachten, wie sich sein Zustand zusehends verbesserte. Jetzt arbeiteten sie an Kognitionsstrategien, die dem Stürmer helfen sollten, mit dem unerbittlichen Leistungsdruck bewußter umgehen zu können und das Privatleben quasi von diesem abzukoppeln.

Der gescheite Sportler, immerhin hatte er ein tolles Abitur hingelegt, hatte gleich am Anfang zu Dr. Paulsen gesagt: »Ich schieße zwar Tore, scheffle so viel Kohle, daß ich mich dafür eigentlich schäme, jeder Arsch versucht dir einzureden, was Besonderes zu sein, irgendwelche, Sie, Dr. Paulsen würden sicherlich sagen, profilneurotische Moderatoren preisen sich glücklich, dich duzen und dir eventuell noch den Hintern abwischen zu dürfen, und in Wirklichkeit kann ich nichts anderes als kicken. Und nun spüre ich noch, daß ich mit vierundzwanzig Jahren keine Lust mehr auf Sex habe, da stimmt doch was nicht, oder?«

Für Dr. Paulsen war es eine interessante, herausfordernde und ungemein akribische Arbeit geworden. Er konnte dem jungen Mann recht gut helfen. Das lag vor allem daran, daß dieser Jungmillionär intellektuell über den Tellerrand schauen konnte. Es entwickelte sich so etwas wie eine vertrauliche Männerbekanntschaft, die sich wohl besonders auf die Fähigkeit Paulsens begründete, in die individuelle Lebenswelt seiner sehr unterschiedlichen Klienten nahezu mühelos einzutauchen. Sie verabschiedeten sich wie immer sehr privat und herzlich, und Sigfried erinnerte Dr. Paulsen an seine

Zusage, ihn demnächst einmal besuchen zu kommen. Die VIP-Karten für das nächste Spiel hinterlegte er bei Susanne.

Danach brauchte Paulsen einen kurz aufgebrühten, also belebenden Tee und fuhr dann hinüber zur Wohnanlage. Er begegnete Ulrich und Köhler auf der Treppe. Sie unterhielten sich offensichtlich sehr lebhaft. »Oha«, rief er, »gleich zwei gute Bekannte auf einen Streich, wenn das kein Glück ist! Gott zum Gruße, meine Herren!«

Sie reichten sich die Hände.

Köhlers hielt er fest und fragte, für Ulrich noch geheimnisumwoben: »Haben Sie an mich gedacht? Mir etwas mitgebracht?«

Köhler antwortete in einer für ihn sensationellen Lockerheit in der Stimme: »Doc, Sie wissen doch, daß ich fast immer an Sie denke! Ich kann ja gar nicht anders. Ja, alles parat«, er nickte.

Ulrich sah beide mit Falten über den Augenbrauen an und fragte: »Passiert hier etwas über meinen Kopf, haben die Herren Geheimnisse vor mir, soll ich ein wenig zur Seite treten?«

Paulsen nahm die Stimmung auf und antwortete: »Aber Herr Doktor, Herr Köhler und ich würden uns niemals erlauben, etwas ohne Ihr Wissen zu tun, stimmt's Herr Köhler?«

Dieser nickte heftig.

Paulsen hatte sich inzwischen den Mantel ausgezogen und über den linken Arm geworfen. Dann trennten sie sich, und Paulsen verabredete sich mit Köhler im Aufenthaltsraum. Ulrich und Paulsen gingen in das Arztzimmer, in dem noch immer Rauchreste der letzten Zigarre träge in der Luft hingen.

»Riecht nicht übel, eine neue?«

Ulrich öffnete die Schublade und hielt eine Zigarre hoch: »Das sind die Originalen, die auch Castro pafft. Einzig, sag' ich dir.«

Sie setzten sich, und Ed fiel nun der Stapel von Büchern und Broschüren auf, der auf dem Schreibtisch aufgetürmt war. Ulrich ging dem Blick seines Freundes nach und sagte: »Ja, das ist für dich, erste Ladung.«

Paulsen überflog einige Namen, die er auf den Einbänden

erkennen konnte. Dann sah er Ulrich mit deutlicher Verwunderung an und fragte: »Ich hab's letztlich schon angetippt; wir kennen uns ewig und wissen fast alles von uns, aber mir ist dein Interesse an solchen«, er tippte auf den Stapel, »Themen völlig entgangen. Du hast auch nie etwas angedeutet, oder so.«

Ulrich schnitt die »Fidelzigarre«, wie er sie nannte, an und gab ihr, sie über das spezielle Feuerzeug haltend, Feuer. Als die Glut sich deutlich zeigte, steckte er sie sich zwischen die Lippen, lehnte sich zurück und sagte: »Warum sollte ich? Du bist ein einzigartiger Freund, und warum sollte ich dich mit dem für dich uninteressanten Unsinn langweilen? Ich weiß doch, wie hart du arbeitest, wo du überall sein mußt, weil alle dich irgendwo und -wann brauchen, weiß natürlich auch, wie man dich liebt und verehrt, du viel liebst und viel Geld verdienst, warum also, soll ich mit dir über Politik reden und dir eventuell dein Leben beeinträchtigen, denn dazu hätte es wohl geführt und wird es nun ja zwangsläufig auch führen.«

»Na ja, immer langsam, mein Lieber, erst einmal: Mach nicht immer so eine Lichtgestalt aus mir, schon das zweite Mal in wenigen Tagen; ich fühl' mich da, wie oft hab' ich es dir schon gesagt, beinahe verarscht.«

Ulrich rief dazwischen: »Das ehrt dich, aber ändert nichts an den Tatsachen.«

Paulsen winkte ab: »Schon gut. Aber aus heutiger Sicht wäre es ja nicht so verkehrt gewesen, wenn du mal über den Politikkram Laut gegeben hättest«, er deutete auf die Bücher, »nun muß ich all das nachholen, aber ich weiß ja, daß ich in dir einen tollen Mentor haben werde!«

Ulrich sah ihn durch den Rauchschleier an und sagte: »Ich habe ja im Traum nicht daran gedacht, daß du dich einmal im Politikkram verheddern wirst. Und das mit dem Mentor! Tu mir das nicht an! Geh zur Uni und such' dir eine nette Historikerin, ihr habt doch da so eine Tolle mit roten Haaren.«

Paulsen und Ulrich einigten sich dann doch darauf, den Einstieg von Paulsen »in die Welt der Politik«, wie es Ed nannte, unter Mithilfe von Dr. Ulrich anzugehen.

Ed Paulsen erzählte dann seinem Freund von den Arbeiten der Schüler, um die es gleich zu Beginn ihres Zusammentreffens gegangen war.

Dann sagte Ulrich: »Lieber Ed, wenn du, oder meinetwegen wir, dem Köhler helfen wollen, ist das für mich auch eine Selbstverständlichkeit, aber wie ich dich bisher verstanden habe, willst du ja nicht nur helfen, sondern den ganzen Fall aufrollen. Ist das noch immer dein Vorhaben?«

Ed nickte mit einer gewissen Bedächtigkeit.

»Hast du überhaupt ein Fünkchen Ahnung davon, auf *welches* Pflaster, oder besser auf welch dünnes Eis, du dich begibst?«

»Nein, habe ich nicht, zum Glück, und wenn, mein Lieber, würde es mir, entschuldige, den Arsch runtergehen.«

Ulrich grinste: »Weshalb red' ich eigentlich, ich wußte es ja, ich sah ja förmlich, wie du längst das Visier heruntergeklappt hattest.« Paulsen schwieg, und Ulrich führte seinen Gedanken weiter: »Ich weiß, du wärst nicht du, wenn du nicht zu deinen Idealen und Überzeugungen stehen würdest. Aber hier, bei der Sache, mein Freund, geht es nicht um Wahrhaftigkeit oder so was, hier rührst du an Dinge«, er gestikulierte und schnippte sich dabei, wie übrigens häufig, unbemerkt Asche auf sein Sakko, »an denen man tunlichst nicht rühren sollte, es sei denn, man will Harakiri machen. Ich hab' es dir ja schon in unserer Nachtsitzung dargelegt.«

Paulsen blätterte wie geistesabwesend in einem Buch, das er sich von dem Stapel genommen hatte, von einem gewissen Finkelstein, er überlegte: »Hab' ich den Namen nicht schon mal gehört?« Dann fiel ihm das Gespräch mit Köhler ein und daß dort der Name gefallen war.

»Uli, laß das Palaver, ich schätze deine Sorge. Ich beabsichtige auch nicht, Harakiri zu machen, ich beabsichtige nur, einem Menschen zu helfen, den man unberechtigt in die Psychiatrie gesteckt hat. Und da ist es mir völlig egal, woran ich rüttle, Hauptsache, die Verantwortlichen dafür fallen mir vor die Füße!«, er funkelte seinen Freund mit einem Blick an, den er nicht verdient hatte, er tippte mit dem Zeigefinger auf die Eichenplatte und rief: »Mit *mir*, geht so etwas nicht, wir sind doch nicht auf Guantanamo oder sonstwo, noch sind wir hier!«

Ulrich entdeckte die Aschenreste und streifte sie mit dem Handrücken vorsichtig ab.

Er senkte den Kopf, sah sich intensiv die Zigarre an und sprach wie zu sich selbst: »Ich kenne dich zu lange und wollte mich nur überzeugen«, er hob den Blick, fing Paulsens ein und vollendete den Satz, »ich werde an deiner Seite stehen und so lange mitmachen, bis es an meine berufliche und damit finanzielle Existenz geht. Es kann nämlich so weit kommen, und dann, mein Alter, müßte ich dich alleine lassen! Ich sage es dir offen und ehrlich, damit du weißt, wie lange ich durchhalten werde, wenn es denn so kommen sollte. Etwas ist schon positiv«, er grinste breit, »du kennst Guantanamo.«

Ed sah ihn mit weich werdenden Augen an und räusperte sich: »Ich danke dir und wiederhole mich gerne: Du bist ein echter Freund.«

Paulsen traf Köhler wie verabredet im Aufenthaltsraum. Dort spielte er Schach. Sein Gegner war ein hagerer, asketisch wirkender Mann mit Haaren, die sofort an das Foto mit dem zungeherausstreckenden Einstein erinnerte. Paulsen erklärte Köhler durch seine Gesten, ruhig weiterzuspielen. Er zog sich einen Hocker heran, grüßte kurz den Asketen, der beinahe mürrisch, widerwillig zurückgrüßte, und setzte sich zu den Spielenden. Rasch erkannte Paulsen die für Köhler wohl recht prekäre Stellung. Köhler zog dann den Läufer.

»Was zum Teufel soll ...«, Paulsen dachte nicht zu Ende, denn er hatte erkannt, daß durch diesen raffinierten Zug der Druck auf seine Verteidigung schlagartig abgebaut wurde.

»Alle Achtung«, lobte er Köhler, denn er erkannte nun auch die direkte Bedrohung für den Turm seines Gegners. Ein Zug also, der Köhler die Initiative zurückbrachte.

Sein Gegner griff seinen Springer, hielt ihn hoch und setzte ihn wieder auf das Feld zurück. Der Springerzug wäre der richtige gewesen, hätte Köhler nicht diesen brillanten Ausweg gefunden. Offensichtlich hatte der Asket erkannt, was passieren würde, wenn er den Springer auf d4 setzen würde. Er murmelte: »So, so, tapfer! Ich sehe was du vorhast, nicht übel.«

Nach aussichtsloser Gegenwehr gewann Köhler diese sehr interessante Partie durch Aufgabe von »Einstein«. Sie unterhielten sich noch ein paar Minuten und dann verabschiedete sich der Hagere, Köhler nannte ihn Adolf, höflich und schlurfte bedächtig und nach vorn gebeugt zum Ausgang.

»Sediert«, stellte Paulsen fest.

Köhler sah Paulsen aufmerksam und beinahe eindringlich an.

Paulsen fragte: »Was suchen Sie?«

»Suchen?«

»Nun, ihr Blick sieht so nach ›suchen‹ aus.«

Köhler hüstelte leicht, beugte sich dann zu Paulsen und flüsterte: »Wir sollten das alles lassen, Doc, es wird alles umsonst sein, und Sie bekommen nur Schwierigkeiten, wirklich, ich habe mich schon gescholten, Ihnen alles erzählt zu haben, und möchte nicht irgendwann das Gefühl haben, Ihnen direkt oder indirekt damit geschadet zu haben.«

Paulsen runzelte die Stirn, beherrschte sich aber und entgegnete anders als spontan gedacht: »Machen Sie sich keine Gedanken um mich, Herr Köhler, ich würde mich immer so entscheiden. Nun sind Sie zufällig der, der das erlebt hat, und nicht Adolf. Ich würde die Sache sogar verfolgen, wenn Sie sich aus ihr zurückziehen würden. Ich hoffe, ich habe mich klar ausgedrückt, so daß Sie mich komplett verstehen konnten?«

Köhler nickte wie andächtig, als er sagte: »Wenn mir jemand erzählt hätte, daß es solche Typen wie Sie noch gibt, ich hätte es nie und nimmer geglaubt!«

Ed stand auf und sagte: »Nur kein Pathos, mein Lieber, und nun ist zu dieser Frage alles gesagt, gehen wir?«

In der hinteren linken Ecke des Raumes begannen zwei Frauen einen heftigen Streit. Die heraneilenden Betreuer stießen an der Tür fast mit Paulsen zusammen. Im Vorraum raunte

Köhler: »Gehen wir in meinen Wohnbereich, ich zeige Ihnen den Weg.«

Köhler wohnte unter dem Dach. Dr. Paulsen staunte über die vorbildliche Ordnung und die auffällige Sauberkeit in den zwei Räumen und der kleinen Kochecke im Wohnzimmer.

»Bitte, nehmen Sie Platz«, Köhler streckte den Arm zum Sessel aus.

Paulsen setzte sich, und nachdem er sich noch ein wenig umgesehen hatte, sagte er: »Sie haben es hier aber recht nett.«

»Ja, doch viel besser als damals, wollen Sie etwas trinken.«

»Vorläufig nicht, lassen Sie uns lieber gleich loslegen«, er sah auf die Lange-Uhr, die er heute trug, und sagte: »Die Zeit rennt.«

Köhler zog aus der Rücklehne des Sofas einen Bindfaden, und an dem hing ein Schlüssel; dann stand er auf, ging zu dem Kleiderschrank, öffnete ihn und schloß dann mit dem Schlüssel eine separate kleine Tür in dem Schrank auf. Hinter Handtüchern, die er jetzt nahezu pedantisch auf den Boden stapelte, zog er eine Blechkassette hervor, stellte sie vor Dr. Paulsen auf den Tisch, räumte bedächtig und in aller Ruhe die Handtücher wieder akkurat ein.

»Als ich hierherkam, brachte ein Schüler mir die Sachen, und ich habe sie dann nie mehr angerührt.« Er kniete nieder, hob den Deckel der Kassette und murmelte: »Das ist quasi der Grund für meine angebliche Krankheit, oder besser meine Verbannung, und gleichzeitig, so paradox es klingen mag, der Beweis meiner Unschuld.«

Ed kniete sich neben Köhler, ihre Schultern berührten sich, und er nahm den obenliegende Akt heraus. Er las: Sabine Rost, Nymphenburger Straße 54, Thema: Zu Fragen des Ausbruchs des Zweiten Weltkrieges, ein historischer Abriß. Es waren mindestens fünfzehn Arbeiten.

Paulsen klappte den Deckel wieder zu und sah Köhler fragend an.

»Ja, Sie können sie mitnehmen.«

Paulsen zog den Leinenbeutel, den er in seine Manteltasche gesteckt hatte, heraus und Köhler schob die Kassette hinein.

Paulsen verabschiedete sich beinahe hastig: »Ich bitte um Entschuldigung, aber ich bin bereits leicht überfällig.«

Köhler drückte ihm die Hand und lächelte ihn freundlich an: »Ich bitte Sie … und viel Vergnügen bei der Lektüre!«

»Werd' ich haben!«, und weg war er.

Köhler konnte vom Fenster aus Paulsen beim Einsteigen beobachten und dachte: »Wenn ich gottesfürchtig wäre, würde ich sagen: Besten Dank, daß du mir den geschickt hast!«

Der schwere Wagen verschwand hinter der Hecke.

Ed Paulsen bereitete seine, wie er Ulrich sagte, »politische Blitzweiterbildung« akribisch vor.

Erstmals in seinem Leben hatte das Fernsehen für ihn eine Bedeutung: Er wollte sich bewußt politische Sendungen ansehen. In seinem Auto programmierte er sich auf Anraten von Dr. Ulrich mehrere Sender: B5 und Deutschlandfunk und einen Schweizer und österreichischen Sender.

Gemeinsam mit Susanne durchforsteten sie die Klientendatei, um herauszufiltern, wer direkt irgend etwas mit Politik zu tun hatte. »Warum«, sagte er augenzwinkernd zu Susi, »sollen mir meine Klienten nicht auch einmal behilflich sein, oder was denkst du?« Sie nickte eifrig zustimmend.

Er erstellte eine Prioritätenliste und legte exakte Zeiträume für bestimmte Aktivitäten zurecht. All dies tat er mit der ihm eigenen Folgerichtigkeit im Denken, der ihn prägenden Ruhe, Zielstrebigkeit und Ausdauer sowie einem Willen, der ihn selbst vor ausweglos erscheinenden Lebenssituationen nie hatte kapitulieren lassen. Ihm war klar, daß er die Belletristik vorerst in der Bibliothek unberücksichtigt lassen und von den Fachpublikationen nun nicht mehr alles in sich hineinstopfen würde. »Es wird genügen«, dachte er nach vorn, »wenn ich mich in dieser Zeit auf die wesentlichen Inhalte konzentriere.«

Noch hatte er jedoch keine rechten Vorstellungen, wie er in der »Sache Zwangseinweisung Köhler«, so sein Arbeitstitel, vorgehen sollte.

»Natürlich muß man erst einmal die formale Rechtssituation abklopfen«, schrieb er dies als erstes auf das leere Blatt Papier, das er sich zurechtgelegt hatte.

Sein Hirn feuerte förmlich die Ideen ins Bewußtsein. Und er entwickelte, Pfeife und Wein als Begleiter, so etwas wie einen Programmablaufplan, der bald wie ein riesiges Spinnennetz, vor allem durch die Ja-nein-Verzweigungen, aussah.

»So«, nach einigen Stunden reckte er sich, »jetzt habe ich einmal einen ersten Ansatz.«

Er sah auf die Uhr: »Geht noch«, griff zum Telefon und wählte die Nummer von dem ihm bekannten Rechtsanwalt Dr. Wolsch.

Paulsen hatte vor längerer Zeit dessen Frau aus einer schweren reaktiven Depression geholt und nachhaltig stabilisiert. Sie hatte vorher bei drei oder vier Psychiatern auf dem Sofa gelegen; alles ohne Erfolg. Die Psychopharmaka hatten quasi für eine zweite Persönlichkeit gesorgt. Wolsch sagte ihm damals zutiefst besorgt: »Ich erkenne sie kaum noch wieder, es ist eine andere Frau geworden.« Paulsen setzte schrittweise die Medikamente ab und vertiefte die verhaltenstherapeutischen Maßnahmen. Der Erfolg gab ihm schließlich recht.

»Ich grüße Sie, Herr Anwalt, fein, daß ich Sie erreiche.«

Der Angesprochene freute sich echt: »Nein, was für eine Freude, mal wieder von Ihnen zu hören.«

Dr. Paulsen erläuterte ihm kurz sein Anliegen.

»Sie wissen doch, Sie können mich in der Nacht anrufen, und wenn ich Ihnen helfen kann, ist es für mich eine ganz besondere Freude!«

Sie verabredeten sich gleich auf den nächsten Tag zum Essen im Böthner's.

Gleich um neun Uhr war Reinhard Gut auf der Anmeldungsliste eingetragen. Paulsen freute sich inzwischen auf den Fernsehmann, denn er hatte wie kaum ein anderer mitgearbeitet und war mit ihm durch die Hölle, wie Gut einmal erwähnte, gegangen. Gut hatte alsbald erkannt, wie er selbst sagte, daß ihn nur ein kompletter

Striptease weiterbringen würde, also stieg er auch auf den symbolischen Tisch.

»Doc«, hatte er gesagt, »in meinem ganzen Leben habe ich noch nie jemandem so vertraut wie ihnen. Ich freue mich darüber! Ich bedauere es nicht! Denn ich weiß, nur Sie konnten das bewirken!«

Nun kam aber bei Paulsen Spannung auf, denn er hatte Reinhard Gut auf seiner Namensliste der mit der Politik Vertrauten an erster Stelle stehen. Zwischenzeitlich hatte Gut Paulsen mehrfach auch privat und zu gemeinsamen Besuchen von Bekannten des Moderators eingeladen. Aus der streng therapeutischen Verbindung konnte ab einem bestimmten Zeitraum Paulsen eine allmählich wachsende private Bekanntschaft zulassen, ohne den Erfolg der komplizierten Therapie zu gefährden. Für Paulsen eröffnete sich dadurch wieder ein neuer, in mehrfacher Hinsicht interessanter Bekanntenkreis. Ganz nebenbei meldeten sich sehr diskret dann auch einige neue Klienten.

Gut stand wie immer in einem tadellosen äußeren Erscheinungsbild vor ihm: gestreifter, dunkelblauer, wahrscheinlich Zeleri- oder Armani-Anzug, rotes Einstecktuch, klassisches weißes Hemd mit Manschetten und eine mehrfarbige, quergestreifte Regentkrawatte.

Susi hatte dieses Mal einen hübschen Blumenstrauß erhalten, und auf dem Tisch, neben der Teekanne, entdeckte Paulsen zwei Flaschen Gaudium. Er zeigte dorthin und sah Gut fragend an. Gut war seinem Blick lächelnd begegnet, und bevor sie sich begrüßten sagte Gut: »Doc, Sie werden mit der Zuge schnalzen, ein toller Tropfen!«

Paulsen nahm seine Hand, hielt sie fest und sagte mit spitzbübischer Miene: »Mein lieber Freund, denken Sie daran, daß ich unbestechlich bin«, er nahm eine Flasche in die Hand und pfiff anerkennend, »nun ja, es kommt halt immer auf die Summe an, also den«, er zog die Worte lang, »werde ich wohl doch annehmen müssen.«

Sie plauschten noch ein wenig zu dritt, und dann wechselten sie in das Refugium. Bei Tee und Kaffee für den Moderator gingen sie zielstrebig daran, den Anschluß an die letzte Sitzung, Gut kam zweimal in der Woche, herzustellen. Nach über zwei Stunden konnte Paulsen befriedigt feststellen, daß sein Klient auch in dieser Sitzung die Herausforderungen an seine psychische Stabilität mit Bravour meisterte.

Paulsen war mit seiner Arbeit zufrieden: »Herr Gut, wir sind am Ufer, haben eine Menge geschafft! Ich gratuliere Ihnen!«

Gut sah ihn mit großen, offenen Augen an und kämpfte offensichtlich mit seiner Fassung, seine Stimme klang verändert: »*Ich* muß *Ihnen* gratulieren! Heute weiß ich, was Sie aushalten mußten. Ich hätte nie geglaubt, daß mir das Leben mal wieder etwas geben würde.«

Spontan griff er Paulsens Hand und drückte sie mit beiden Händen: «Würden Sie die Susi hereinholen, bitte!«

Paulsen sah ihn verwundert an, und als er nochmals »bitte« sagte, drückte er den Knopf. Susi öffnete zögernd die schwergepolsterte Tür und lugte herein, denn Paulsen rief sie eigentlich nie während einer Sitzung zu sich. Paulsen winkte ihr zu.

Sie öffnete nun die Tür schwungvoll und kam herein: »Meine Herren, Ihnen zu Diensten.«

Gut stand auf, nahm Ihre Hand und sagte: »Doc, bitte einen Augenblick?«

Paulsen kam hinter seinem Tisch hervor, und Gut nahm nun auch seine Hand.

»Ich, Reinhard Gut, möchte Ihnen danken und werde nie vergessen, was Sie für mich getan haben. Ich werde immer für Sie dasein, wenn *Sie* mich brauchen sollten, darauf können sie sich verlassen!«

Susi hatte Tränen in den Augen, denn so lange sie nun zusammenarbeiteten, das hatte sie noch nie erlebt. Ed Paulsen sah zur der massiven Holzdecke, um seine Emotionen unbemerkt in den Griff zu bekommen. Gut ließ ihre Hände los. Sie standen wie ratlos im Dreieck. Spontan umarmte Susi nun den Fernsehmann und weinte nun ungehemmt. Ed drehte sich um und biß sich auf die Unterlippe.

Dann rannte Susanne förmlich, die Tür aber behutsam schließend, in ihren Arbeitsraum.

Beide Männer setzten sich. Wie verabredet griff der eine zur Kaffee-, der andere zur Teetasse.

Paulsen räusperte sich und sagte: »Übrigens werde ich Sie jetzt *noch* öfter sehen!«

Gut lächelte: »Ich denke, es gibt nicht mehr so viel zu tun, obwohl ich mich natürlich über jedes Zusammentreffen freuen würde.«

Paulsen faltete die Hände und klärte Gut auf: »Nein, ich meine, im Fernsehen, denn ich habe mich entschlossen, viel mehr fernzusehen.«

Gut sah ihn mit einem Blick so zwischen ungläubig und interessiert an: »Wieso das? Woher der Sinneswandel bei Ihnen, wenn ich neugierig sein darf, liegt das etwa an mir?«

»Nicht ganz, aber Sie dürfen ruhig neugierig sein, das paßt mir gut in die Regie«, und Dr. Paulsen erzählte dem Fernsehmann über Köhler und sein Vorhaben. Er vermied dabei konkrete Namen, denn er mußte, das war ihm bei aller Vertrautheit klar, auf Gut Rücksicht nehmen, er wollte ihn auf keinen Fall in diese Angelegenheit mit einbeziehen.

Der Fernsehmann war so gespannt dem Bericht Paulsens gefolgt, daß er erst nach dem letzten Wort bemerkte, wie unbequem er gesessen hatte. Er streckte die Beine und den Rücken und blies die Wangen auf: »Mein lieber Doktor Paulsen, das, was Sie mir da erzählen, ist unglaublich, aber ich befürchte mal, wahr. Das was Sie tun wollen«, er neigte sich zu Ed, um ihm näher zu kommen, »ehrt Sie über alle Maße, aber es ähnelt irgendwie dem Verhalten des sympathischen Idioten von Dostojewski.«

Paulsen war es so, als hätte er diesen Ausspruch schon einmal gehört.

»Wie soll ich das verstehen?«

»Sie wollen einem Menschen helfen, der in die Mühlen derer geraten ist, die bestimmen und festlegen, was offizielle Wahrheit ist. Übrigens, mir geht es nicht anders! Ich kann auch nicht das sagen, was ich gern wollte und wovon ich weiß, es ist«, er grinste über die von ihm gebrauchte Steigerung eines Wortes, für das es ja keine Steigerungsform gibt, »wahrer als das, was ich Ihnen heute abend vielleicht sagen werde. Also: Vergessen Sie all das, was Sie vorhaben, man wird Sie auf den Scheiterhaufen bringen.«

»Ich bin nicht ängstlich, und je mehr man mir zu erklären versucht, doch die Füße stillzuhalten, um so mehr motiviert es mich, loszulaufen. Wer soll mich vernichten? Ich komme ohne all die Laffen aus!«

»Die meisten Medienvertreter sind Handlanger der offiziellen Politik, mein Freund, und über die werden sie Sie zu vernichten suchen! Und der arme Schlucker da wird möglicherweise dann wirklich in die Psychiatrie müssen. Dr. Paulsen«, er sah ihn eindringlich an, »nichts ist tendenziöser und lenkbarer, wie die angeblich unabhängigen Medien. Glauben Sie mir, ich weiß, wovon ich spreche! Links und nochmals links ist in, viele verdienen an den Kampagnen gegen alles, was nicht links ist, so richtig Geld aus dem Steuersäckel. Was meinen Sie, wie viele da trommeln und sich über jeden politisch nicht korrekten Witz freuen, um dann endlich beweisen zu können, wie wichtig sie doch sind. Und die warten förmlich auf Sie!«

»Ich glaube Ihnen aufs Wort! Aber gerade deshalb lohnt es doch, ihnen die Stirn zu bieten, oder?«

Gut lächelte mit traurigem Gesicht: »Gut, Sie erlauben mir ein paar Anmerkungen, denn hier darf ich der Experte sein, oder.«

»Nur zu, das genau brauche ich ja!«

»Ich möchte versuchen, Sie einfach zu desillusionieren, denn Sie wissen ja gar nicht, wie schlimm es um die politische Informationsmanipulation und deren Durchsetzung in den Medien steht!«

Paulsen forschte in den Augen seines Gegenüber: »Was heißt schlimm?«

»Schlimm steht für Manipulation im Interesse einer vorgegebenen politisch korrekten Berichterstattung!«

Ed nickte, offensichtlich hatte er Gut verstanden: »Also, das heißt, Sie zum Beispiel können, oder besser dürfen, bestimmte Ereignisse oder Geschehnisse nicht so rüberbringen, wie sie sich tatsächlich ereignet haben, so ist es, oder wie?«

Gut setzte die Tasse ab und antwortete: »Oh doch, wenn zum Beispiel ein Orkan ganze Städte demoliert oder ein Blitz eine Fabrik in Flammen aufgehen läßt, ein gewisser Bohlen überfallen wird, all das erfahren Sie wahrheitsgetreu und detailliert bis zur toten Katze. Alles kein Problem.«

Paulsen sagte: »Hm, ich wäre ja sehr begriffsstutzig, wenn ich nicht ahnen würde, wo der Hase im Pfeffer liegt.« Guts Augen fragten und forderten Dr. Paulsen zum Weitersprechen auf. Was er auch tat: »Womit wir bei der Rolle der Politik wären, hab ich recht?«

Gut hatte die Handflächen aneinander gelegt und die beiden hochgestreckten Daumen an die Unterlippe gelegt: »Aha, Sie sind auf dem richtigen Weg. In der Tat kamen irgendwelche Leute auf die Idee, eine abgestimmte, zurechtgezimmerte Wahrheit zu bestimmte aktuellen oder geschichtlichen Ereignissen und dazu die Beurteilung ganzer Religionsgruppen und deren historische Einordnung festzuschreiben. Dies war ein schleichender Prozeß, und von einem bestimmten Zeitpunkt an, gab es quasi zwei Wahrheiten. Die wahre Wahrheit und die, die zur offiziellen Wahrheit gemacht wurde.« Er hob die Schultern und ließ sie kraftlos fallen und gab zu:

«Und von mir hören beziehungsweise sehen Sie über die Kiste leider nur das, was mir vorgeschrieben wird. Jede Hinterfragung, lieber Dr. Paulsen, bedeutete, sich an einem Tabu, also einer eigentlich sittlich überlieferten Schranke, zu vergehen!« Er veränderte seine Haltung keinen Zentimeter und sprach mit gepreßter Stimme weiter: »Wir wurden und werden einfach vergattert. Diskussionen so gut wie ausgeschlossen. Basta. Mir fällt da ein Beispiel ein, leider sind Sie ja bisher eher fernsehabstinent gewesen, aber trotzdem: Grundsätzlich werden Juden in Israel von radikalen Palästinensern »ermordet«, möglichst meuchlings, Palästinenser kommen bei normalerweise völkerrechtswidrigen, wir dürfen das natürlich nicht sagen, Armee-Einsätzen der Israelis in Palästina grundsätzlich »ums Leben«, inzwischen dürfen wir, Sie werden es kaum glauben, sogar sagen, daß sie »erschossen« wurden. Dieser Unterschied in der Wortwahl hat eine überaus bedeutende Wirkung«, er machte eine kleine Pause und vollendete, »ich hoffe, Sie haben mich verstanden?«

»Noch überfordern Sie mich nicht!

Er legte Paulsen seine Finger auf den Handrücken und sagte: »Ich könnte Ihnen ganze Textreihen auswendig aufsagen, die nur so und nicht anders zu bringen sind. Ich kann Ihnen auch sagen, wie sehr mich dieses parteiliche, damit schon in der Tendenz verlogene Müssen anwidert. Meinen Sie ich darf sagen: ›Israel hat Gebiete entgegen des Völkerrechts okkupiert, oder: Israel hat die Atombombe entwickelt, und keiner hat es mitbekommen *wollen,* oder der Krieg gegen den Irak war ein ungerechter, ein konstruierter, ein verbrecherischer‹. Nein, all das sagen wir eben *nicht,* weil es eben nicht dem derzeitigen politischen Zeitgeist entspricht.« Er sah Paulsen entschuldigend an: »Ich weiß schon, was *Sie* denken. Aber es ist eben mein Job, ich liebe ihn trotzdem, und ich muß mein Geld dort verdienen«, er hob, wie noch einmal um eine Entschuldigung bittend, die Schultern »was anderes kann ich nicht, und ein beruflicher Selbstmörder möchte ich auch nicht werden, ich spiele mit, was soll ich tun?«

Paulsen zog die Augenbrauen hoch und sagte: »Um ehrlich zu sein, mein Lieber, ich bin sehr überrascht. In unserer gemeinsamen Arbeit war mir dieses Problem niemals gegenwärtig geworden.«

»Dr. Paulsen, es ist kein mich belastendes Problem, denn schon lange habe ich mich entschieden, es als Teil meiner beruflichen Realität zu sehen. Irgendwann hatte ich da mal einen Vergleich«, er überlegte, dann tippte er sich an die Stirn, um den Gedanken festzuhalten, »ja, so war's: Ich habe mal zu einem Kollegen aus Schweden, mit dem ich über unseren Umgang in den Medien und der Politik mit den aufgebauschten und zur Doktrin erklärten deutschen Tabus redete, dann gesagt, als er wissen wollte, wie ich damit zurechtkommen würde: Wissen Sie, ein Gynäkologe hat auch nicht nur Dreißigjährige auf seinem Stuhl, sollte er deshalb seinen Beruf aufgeben? Für mich also keine Belastung, eher Einsicht in die, zugegebenermaßen, ungerechtfertigte Notwendigkeit.«

»Und man kommt tatsächlich dagegen nicht an?« fragte Paulsen.

»Dr. Paulsen, all das ist gewollt zu einem System mutiert, weil es niemandem gelungen ist und niemand den Mut hatte, dagegen erfolgreich vorzugehen. Dieses System ist für viele äußerst fragwürdig, aber inzwischen funktioniert es, und man garniert es inzwischen mit Gesetzen und Richtlinien, um es unumkehrbar zu machen. Wer sich öffentlich dagegen regt, wird von der geballten Macht der gleichgeschalteten Medien und der Justiz mundtot gemacht, so funktioniert es im Sinne der Demokratie dieser Apologeten.«

Paulsen sah ins Leere und sinnierte: »Die Bausteine für eine möglichst ausgerichtete Meinungsbildung werden also vorgegeben. Es wird ein Rahmen entwickelt und unsichtbar über alle Informationen gelegt, damit die Leute eine gewisse Bandbreite, in der sie denken und hoffentlich auch handeln sollen, nur nicht verlassen. Perfide und raffiniert, muß ich sagen.«

Gut applaudierte: »Anders hätte ich es von Ihnen nicht erwartet. Und nun wissen Sie natürlich auch, daß Sie von Anfang an keine Chance auf Erfolg haben, wenn Sie um die Ehre und für das Recht Ihres Mannes kämpfen wollen und dann mit einem solchen Thema kommen! Auf Sie wird, wie sagte ich es doch gerade: die geballte Ladung von vorgefertigten Argumenten, Stigmatisierungen und allerhand Verunglimpfungen zukommen.«

Paulsen lächelte ihn vieldeutig an: »Mal sehen, lieber Herr Gut, mal sehen. So leicht gebe ich nicht auf.« Dann fragte er: »Aber wie sehen es denn die Leute vor der Glotze, *allle* können doch unmöglich so blind und taub sein. Bekommen Sie da nicht Briefe, Anrufe oder so was? Oder ist doch das Volk wirklich schon so verblödet?«

Gut lachte und sagte: »Leider wohl eher ja. Albert Schweitzer hat seinerzeit schon recht gehabt!«

Paulsen sah ihn fragend an und fragte: »Inwiefern?«

Gut lachte: »Warten Sie, ich sortiere es. Wenn ich mich recht erinnere, sagte er in etwa: Die US-amerikanische Massenverblödung, die in Deutschland immer mehr um sich greift, ist eine der schlimmsten Folgen des Zweiten Weltkrieges.«

»Das ist ja köstlich«, rief Paulsen, »ich wußte gar nicht, daß er seine Stimme so eindringlich erhoben hat!«

»Wer, mein Lieber, weiß es denn überhaupt? Ist doch auch schon fast ein Tabu, denke ich mal.« Er streckte seinen Rücken und griff die Frage von Dr. Paulsen wieder auf: »Aber noch einmal zurück zu Ihrer Frage zu den Zuschauern: Viele, leider sehr viele lassen sich ohne weiteres berieseln und nehmen uns alles ab. Wir, zusammen mit den Printmedien und den Radiosendern, bilden also Meinungen, verfestigen durch gezieltes Wiederholen die oft vorgegebene Meinung. Einige wie Sie, aber das ist die verschwindende Ausnahme, schalten erst gar nicht ein oder einfach schnell ab. Dann gibt es schon einige, die dahintersteigen und uns mit der Nase auf die Wahrheit stoßen, es sind die Mutigen, und ich weiß auch, daß sie den Mut brauchen, denn nicht selten kümmert man sich dann um sie, es könnten ja Verfassungsfeinde sein.«

»Da wird einem ja übel!«

»Bravo, es ist, mit Verlaub gesagt, echt zum Kotzen. Dazu ein passendes Beispiel.« Er sah Ed verständnisvoll an und sagte: «Sie haben neulich sicherlich *nicht* die Sendung vom ZDF-Knopp über die Vertreibung gesehen.«

»Wie recht Sie haben!«

»Sehr, sehr schade, denn dann hätten Sie die Knoppsche Wahrheit«, die zwei Worte wurden vom Sarkasmus getragen, »über das allen bekannte Wüten der Roten Armee in Ihrer, wie Sie hören, ich habe Ihnen damals gut zugehört und nichts vergessen, also in Ihrer ostpreußischen Heimat verfolgen können. Sie hatten ja sehr eindrucksvoll davon erzählt, was Ihre Familie mitgemacht und erlebt hat. Hätten Sie diese Verfälschung und Verdrehung gesehen, ich weiß nicht, ob Sie dem Knopp nicht aufgelauert und ihn eins vors Geweih geschlagen hätten«, er ballte zornig die Hand zur Faust. »Die Russen vergewaltigten alles, was Frau war, ob zehn oder achzig Jahre. Ganze Rudel fielen über sie her, Schwangere wurde zu Tode vergewaltigt. Aber das wurde von Knopp so natürlich nicht dargestellt. Vergewaltigte deutsche Frauen kamen zu Wort, immerhin, aber dann präsentierte er quasi auf Augenhöhe eine angeblich von einem Wehrmachtsangehörigen vergewaltigte Russin. Nach dem typischen Motto des Historikers Knopp: ›Wir, also unsere

Väter und Großväter, waren nicht anders, also behaltet schön das Büßerhemd an ...‹ Ich habe vor Wut fast geheult, denn nicht nur ich weiß, daß deutschen Soldaten für Vergewaltigung die Todesstrafe angedroht wurde. Natürlich wird es das gegeben haben, genauso wie jetzt, in dieser Sekunde, leider irgendwo eine Frau von einem Verbrecher vergewaltigt wird, obwohl kein Krieg stattfindet. Aber *die* Stirn zu haben, diese Greuel der vandalierenden, entmenschten Rotarmisten zu bagatellisieren, nein, das war einfach zu viel. Abscheulich!«

Paulsen stand auf und sagte: »Eines habe ich jetzt schon gelernt: Was also nicht sein darf, darf bei aller Wahrhaftigkeit und Tatsächlichkeit bei bestimmten Themen, obwohl man es hinlänglich beweisen könnte, einfach nicht sein. Die Neurose läßt grüßen, mit all ihren Folgen.«

Gut lächelte fast verlegen: »Ich hoffe sehr, daß ich davon noch nicht betroffen bin. Ich erlebe ja das Dilemma und bin zum Glück auch immer wieder mit der Wahrheit konfrontiert. So zum Beispiel tauchen nun nach dem Ende des Kalten Krieges Originaldokumente auf, die tatsächlich eine differenziertere Betrachtung der Zeit vor und im Dritten Reich zulassen würden. Offiziell tut sich da aber nichts! Gäbe es nicht einige unabhängige, vor allem ausländische Publizisten, mir fällt da zufällig der Brite Allen ein, würden wir gar nicht mitbekommen, was sich so alles tut und was wir bisher glauben *mußten*.«

»Um ehrlich zu sein, Herr Gut, mir würde es sehr, sehr schwer fallen, nun Verbrechen aus dieser Zeit nicht mehr als Verbrechen ...«

Gut unterbrach ihn: »Entschuldigen Sie, das eine hat mit dem anderen nichts zu tun! Ich würde mich auch dagegen sträuben, wenn man plötzlich die Konzentrationslager der SS als ›Wohnformen für Andersdenkende‹ bezeichnen würde. Um Gottes willen. Aber es ist schon von Wichtigkeit, klarzustellen, daß in Katyn die Russen das Massaker begangen haben und nicht die deutsche Wehrmacht.«

»Das ist selbstverständlich und sehr wichtig! Aber eines kann man bei all dem sicherlich nicht: Verbrechen relativieren.«

»Verbrechen bleiben Verbrechen, egal, von wem begangen. Nur kann der Sieger leider seine Taten in ein selbstentzündetes Licht und das des Verlierers in ein anderes stellen und somit die objektive Wahrheit durch eine Siegerwahrheit ersetzen.«

Paulsen rieb sich das Kinn, so als wollte er überprüfen, ob er sich auch gut rasiert hatte. »Dieses Gespräch läßt es mich ein wenig bedauern, mich so konsequent von der Politik ferngehalten zu haben«, sagte er mit echter Trauer in der Stimme.

Gut lächelte: »Ich glaube, Sie haben aber nichts versäumt, und noch«, er hob beide Hände so, als biete er Paulsen etwas an, »ist es ja nicht zu spät!«

Paulsen gab Gut Feuer und sagte: »Ich werde noch mehr lesen und mich noch mehr unterhalten müssen, denn ohne ein gerüttelt Maß von Grundkenntnissen kann und will ich nicht in den Ring steigen.«

»Sie sind also nach wie vor wild entschlossen?!«

»Ja, es gibt für mich keine Alternative. Ich habe meinem Gewissen ›ja‹ gesagt und dazu habe ich in meinem bisherigen Leben immer gestanden.«

Gut versichte Paulsen, ihm nach Kräften zu helfen. Dann lud er Paulsen zu einer von ihm initiierten Party ein. Paulsen sagte zu und notierte sich den genauen Termin.

Die Plätze in dem kleinen, aber sehr feinen und eigentlich nur Kennern bekannten Restaurant, waren in der Ecke reserviert. Paulsen traf vor der Tür mit Dr. Wolsch zusammen, dieser begrüßte Paulsen fast überschwenglich. Paulsen öffnete die Tür und folgte Wolsch. Paulsen wurde mit Handschlag begrüßt; er stellte Dr. Wolsch vor, dann tauschte er mit dem Besitzer ein paar Nettigkeiten aus, und dieser begleitete sie zu den Plätzen. Paulsen informierte sich höflich über den Zustand der Frau des Rechtsanwaltes.

»Sie ist sehr ausgeglichen, hat Freude selbst an Kleinigkeiten. Kurzum: Sie ist wieder die Frau, die ich vor Jahren kennen- und lieben gelernt habe.«

Sie bestellten einen leichten Weißwein, jeweils eine Suppe.

Dr. Wolsch hatte auf Lamm und Paulsen auf Hecht Appetit. Dr. Wolsch betonte, daß er sich sehr darüber freue, möglicherweise Paulsen behilflich zu sein. Paulsen erzählte ihm in wenigen Sätzen, worum es ihm ging.

Der Rechtsanwalt hörte aufmerksam und geduldig zu. Dann begann er die Rechtslage zu erörtern und verwies auf einige Möglichkeiten, wie man einen unberechtigt Behandelten mit juristischen Mitteln zu einer Rehabilitierung bringen könnte.

»Wichtig wird es sein, den Verlauf dieser Fehleinweisung durch Unterlagen und Zeugen so wasserdicht wie nur möglich zu belegen. Die Verantwortlichen werden alles in Bewegung setzen, um nachzuweisen, daß alles, was geschehen ist, Rechtens war. Da kann leicht ein Gutachten das andere nach sich ziehen und der Hickhack unendlich lange dauern. Je zwingender man auftrumpfen kann, um so weniger Alternativen haben die Gegner.«

Sehr ausführlich verwies er auf Präzidenzfälle, »ich werde Ihnen dazu noch einiges zusammenstellen lassen«, und bot Paulsen, »es ist mir eine Selbstverständlichkeit, Ihnen bei Bedarf zur Verfügung stehen zu dürfen«, seine uneingeschränkte Hilfe an.

Die Suppe mit Hummer war, wie in diesem Hause zu erwarten, hervorragend.

Paulsen hatte bereits ein bedeutendes Problem erkannt: Die von Wolsch angesprochene nachhaltige Beweisführung: »So wie es aussieht, haben wir eine leere Akte und bisher keinerlei Zeugen, also denkbar ungünstige Voraussetzungen«, resümierte er.

Dann hatten sie noch Zeit, während der Hauptspeise über die letzten hervorragenden Konzerte und über den sensationellen Auftritt der Netrebko ihre Eindrücke auszutauschen. Mit einem Cappuccino rundeten sie das Essen ab. Paulsen bedankte sich bei Wolsch und mußte ihn überreden, daß er die Rechnung begleichen durfte.

»Ich wollte etwas von Ihnen, und es hat mir Freude gemacht. Bitte grüßen Sie Ihre Frau. Sollte ich weiteren Rat«, er reichte ihm die Hand, »benötigen, komme ich sehr gern auf Ihr Angebot zurück. Alles Gute, einen guten Tag und auf bald.«

Paulsen hetzte durch die Seiten. Er fraß förmlich seit ein paar Tagen die Worte, Sätze, Kapitel von Büchern, Broschüren und Veröffentlichungen in sich hinein. Das Schlafdefizit nahm bereits sichtbare Formen an: Seine Augenpartie hatte sich deutlich dunkler eingefärbt. Dazu kamen immer wieder Gespräche und endlose Telefonate mit Ulrich, Gut, einem Historiker der Universität, einem Dokumentarfilmer, einem ehemaligen hochdekorierten Jagdflieger und einem U-Boot-Kapitän und noch einigen anderen. Nach einiger Zeit begannen sich für Paulsen bereits die ersten Konturen eines Bildes abzuzeichnen, unscharf noch, aber so, daß er beschloß, sich nun an die Arbeiten der Gymnasiasten zu wagen.

Er hatte zwischenzeitlich mit Köhler ausgemacht, die Arbeiten vorläufig nicht anzurühren: »Ich will und muß erst in die Geschichte so weit eintauchen, damit ich diese sehr unterschiedlichen und sehr individuellen Ausrisse auch zuordnen und werten kann.«

Dr. Ulrich hatte inzwischen weiter versucht, über Köhlers Aufenthalt im Krankenhaus möglichst konkrete Aussagen oder Hinweise zu erhalten. Aber die Ausbeute war mehr als gering. Das Krankenhaus hatte nichts Nachvollziehbares und begründete dies damit, daß »alles im Rahmen der Enthospitalisierung mit dem Patienten in die Wohnbereiche gegeben wurde.«

Draußen tobte der erste Frühjahrssturm. Der Wind peitschte das Geäst und machte heulend auf seine Kraft aufmerksam.

Er hob den Kopf, reckte sich und sah zur Uhr: »Oha, schon wieder elf.«

Vor ihm lag die Arbeit von Norbert von Kerg, der Schüler, der noch heute als Student heimlich Kontakte zu Köhler pflegte. Von Kerg hatte seine Arbeit den Ereignissen in Nordafrika gewidmet. Ein Panzersoldat, Funker im Kommandantenpanzer hinter Rommel, hatte ihm Interviews und einige Bilddokumente gegeben.

Paulsen las hier das, was er aus englischen Quellen bereits entnommen hatte: Rommel hatte mit seinen Soldaten in beängstigender Unterlegenheit die Panzerschlacht gegen die Engländer gewonnen und sehr viele Gefangene gemacht. Die ehemaligen englischen Kriegsteilnehmer hatten immer wieder die »ritterliche Haltung der Deutschen« herausgestellt. Ein Panzerschütze erklärte: »Die Krauts hatten teilweise auch nichts zu trinken, aber was sie hatten, teilten sie mit uns«, am Ende schlug er eine Brücke zur Reetmarschen Wehrmachtsausstellung. Er führte den Lügner vor ...

Immer wieder spürte Paulsen die kalte Wut in sich aufsteigen: »Hier ist nichts von Naziideologie oder faschistoider Verherrlichung. Hier werden Tatsachen dargestellt und dafür wird einem Lehrer die Freiheit, die Ehre und die Persönlichkeit genommen!«

Er ballte die Faust, stand auf und ging hinüber in den Wohnbereich. Paulsen las die Arbeiten nun zum zweiten oder dritten Mal. Er war von der Qualität der Arbeitsergebnisse, der Akribie des Vorgehens, der methodischen Geschicklichkeit und der logisch strukturierten Arbeitsweise begeistert. Und er lernte viel.

Das, wie man immer zu sagen pflegte, dunkelste Kapitel der deutschen Geschichte, stellte sich für ihn nicht in einem anderen Licht, aber einen anderem Kontext dar. Er lernte sehr rasch, diesen historischen Zeitraum immer differenzierter und genauer zu betrachten und zu beurteilen. Es eröffneten sich für ihn Sichtweisen, die vor allem auch durch Aussagen damals wichtiger Politiker aufgehellt wurden. Nie hatte er davon erfahren, daß Churchill nichts an dem politischen System, also dem Nationalsozialismus in Deutschland auszusetzen hatte, ihm war es wichtiger, aus reinen machtpolitischen Gründen, Deutschland kleinzuhalten und obwohl, wie es offiziell nachzulesen ist, Deutschland als Bollwerk gegen den Bolschewismus bezeichnet wurde, dieses Land zu bekämpfen und in einen Krieg zu verwickeln.

Er öffnete das Fenster; der Wind packte sich den Vorhang und zog ihn nach draußen; Paulsen ihn wieder zurück.

Er dachte noch an das ihn begeisternde Interview der Barbara Stecher: »Es war so professionell, als wäre sie schon eine erfahrene Journalistin gewesen.« Sie hatte den Zweiundachzigjährigen nicht nur über seine vielen Luftsiege befragt, sondern sie wollte wissen, wie er denn zu einem glühenden Verehrer dieser Zeit geworden war. Sehr differenziert hatte der Mann das Deutschland der endzwanziger Jahre dargestellt und dann die Wende nach der Machtergreifung Adolf Hitlers illustriert. Nicht etwa parolenhaft, sondern sachlich und ohne jegliches Pathos.

»Was hätte ich eigentlich getan, wenn ich damals gelebt hätte?«, fragte Ed Paulsen sich laut, und fast erschreckt stellte er fest: »Natürlich wäre ich auch mit vierzehn, fünfzehn oder achtzehn Jahren begeistert für all das gewesen. Denn Deutschland wurde in kürzester Zeit aus der Depression gezogen, und endlich hatte man Arbeit, endlich Geld nicht nur zum Überleben, sondern zum Leben. Es herrschte Ordnung, Disziplin und eine Aufbruchstimmung. Aus den Worten des Führers folgten für einige Jahre echte Taten. Was wirkt mehr, als wenn aus Worten Taten werden, und das für Millionen! Wen also soll ich heute verurteilen, trotz der Grausamkeiten, die dann folgten? Alle die, die sich plötzlich wohl, stolz und glücklich fühlten? Schurken gibt es überall, aber ein ganzes Volk?! Man darf es sich wirklich nicht so einfach machen, wie es zu gerne einige tun.«

Er atmete tief ein und dachte an Corinna. »Mein Gott«, sagte er laut und schloß das Fenster, »ich habe sie ja heute noch gar nicht angerufen.« Die Uhr gebot seinem Vorhaben aber Einhalt. Es war nun schon nach halb zwölf geworden: »Schlaf schön mein Engel«, grüßte er sie.

Wie immer kam er auch dieses Mal pünktlich zur Party. Er hatte lange überlegt, ob er denn überhaupt zu diesem, immer überproportional von Schwulen besuchten Treffen, gehen sollte. Doch nachdem er mit Corinna telefoniert und sich riesig darüber gefreut hatte, daß sie sich sehr bald sehen würden, wo, konnten sie allerdings noch nicht bindend ausmachen, fuhr er doch los.

Paulsen ordnete diese Party in die Rubrik »unbedeutend aber immer für eine Überraschung gut« ein. Die Gastgeber mischten von Party zu Party absichtlich das Publikum immer tüchtig durch. Nur etwa zehn oder zwölf Stammgäste wurden jedesmal eingeladen; er hatte auch die mehr oder minder große Ehre, zu diesem

Kreis zu gehören. Aber dadurch bestand auch die Möglichkeit, neue, vielleicht sogar interessante Bekanntschaften zu machen. Oft verging aber auch so ein Abend, beginnend mit Wangenküssen über ein paar belanglose Worthülsen, garniert mit hervorragendem Buffet sowie viel Alkohol, Souls und Blues und endete in den Armen von Frischfleisch, wie es Ulrich öfter mit Entzücken auszudrücken pflegte.

Und ausgerechnet heute hatte Paulsen Glück; er lernte Persönlichkeiten kennen, deren Wirkungen auf ihn und seine Vorhaben ihm erst später voll bewußt werden sollten. Denn ihm wurden zwei Männer, äußerlich unterschiedlicher hätte man sie kaum auswählen können, vorgestellt. Der eine, »aha, das also ist der berühmtberüchtigte Starjurist«, dachte Paulsen, als er ihm die Hand drückte und in ein Gesicht sah, daß irgend etwas von einem Adler hatte. Der andere, sein kräftiger, nahezu viereckiger Körper erinnerte an einen Gewichtheber oder Preisboxer, präsentierte sich mit einem überaus sympathischen Lächeln, dem die Pockennarbigkeit auf seinen Wangen nichts anhaben konnte. Er war ein, wie Willy, der sie bekannt machte, säuselte, erfolgreicher, international tätiger Verleger.

Ein wirklich hübsches Mädchen, offensichtlich von dem Unternehmen, das den Service übernommen hatte, kam mit einem Tablett voller Longdrinks auf sie zu. Sie bedienten sich und hielten das Mädchen noch kurz auf. Als sie entschuldigend auf ihre Verpflichtungen verwies und sich zum Gehen wandte, sagte der Adler: »Wir hoffen doch, Sie später noch öfter zu sehen?«

Sie sah Paulsen in die Augen und meinte lächelnd: »Es wird mir nicht schwerfallen, Sie wiederzufinden, ich würde mich freuen, aber sicher!«

Die Männer tauschten sich über einigen Klatsch aus und amüsierten sich köstlich über einige auch Paulsen bekannte Möchtegernprominente, die, so sagte man, sich die Aufmerksamkeit von Fotografen und Schreiberlingen, die für Boulevardblätter arbeiteten, doch tatsächlich erkauften.

»Es ist nahezu grotesk«, der Jurist sah Paulsen belustigt an,

»was in unserer heutigen Gesellschaft zählt. Laffen erkaufen sich eine Pseudoprominenz oder einen Doktortitel, und das Geld ersetzt immer nachhaltiger die Persönlichkeit. Bald spielen wir alle nur noch ein Theater.«

Paulsen fiel jetzt zum ersten Mal auf, welche angenehme, sonore Stimme aus dem robusten Körper des Verlegers kam: »Sie wissen so gut wie ich, lieber Bernd, diese Beliebigkeit um uns herum ist so etwas wie eine Strategie, die eigentlich nur ein Ziel hat: die Leute von den Dingen abzulenken, die wirklich ernst und wichtig sind«, er sah Paulsen mit seinen stahlgrauen Augen an und ergänzte, »wenn wir mit Publikationen oder Veröffentlichungen versuchen dagegenzusteuern, bekommen wir einen Gegenwind«, er vollführte mit dem rechten Arm eine Wegwerfbewegung, »was sag' ich da, Gegenwind? Nein, einen Orkan, der uns nicht wenig zu schaffen macht. Die Achtundsechziger und ihre Ideologie und vor allem die Auswirkungen sind so leicht nicht totzukriegen.«

Sie unterhielten sich so prächtig, daß sie der Zunahme der auffallend attraktiven jungen Frauen, die durch die Räume wandelten, nicht gewahr wurden.

Paulsen entging natürlich die außergewöhnliche Sprachgewandtheit des Juristen nicht, aber besonders imponierte ihm die äußerst kurze und präzise Denk- und damit Sprechweise. Er hatte längst erfahren, daß Bernd eine ganz besondere Freude daran hatte, komplizierteste, ja aussichtslose Verfahren anzugehen. Hin und wieder blieb jemand bei ihnen stehen und begrüßte Bernd mit viel Respekt, und einige nannten ihn nicht etwa scherzhaft, sondern mit echter Würde: »Euer Ehren«.

Der Verleger Dr. Kurt war sehr geistreich, charmant und gehörte zu den angenehmen Zeitgenossen, die offensichtlich gern zuhörten. Wenn er etwas sagte, hatte es Sinn und Stil.

Bernd fragte: »Wie weit bist du mit dem Vorhaben Wirtschaftswunderjahre?«

Dr. Kurt zog die Luft ein wie ein Blasebalg und antwortete: »Wir geben nicht auf, aber es ist nicht einfach«, er sah Paulsen an und dann Bernd, »entschuldige, Dr. Paulsen weiß nicht, wovon wir reden«, dann wandte er sich wieder Ed zu, »wir wollen ein Sachbuch herausbringen über die Jahre 1933 bis zum Kriegsausbruch und darin die einzigartige wirtschaftliche Entwicklung in Deutschland darstellen.«

Paulsen sagte: »Aha, sehr interessant, nehme ich an.«

»Und wie! Ein Thema, das auch zu den Tabus gehört und schon deshalb sehr interessant ist!«

Er umriß in wenigen Sentenzen die Schwerpunkte und verwies auf einige, Paulsen völlig unbekannte Leistungen des NS-Staates.

»Sicher sage ich Ihnen nichts Neues, aber die Abkehr des Dritten Reiches vom Goldwährungssystem war eine wesentliche Voraussetzung für diesen rasanten Wirtschaftsaufstieg, der, und das war einer der Hauptgründe für den Rückhalt der damaligen Führung im Volke, genau diesem im hohen Maße zugute kam. Preisstabilität, Vollbeschäftigung, Verdopplung der Urlaubstage, alle, auch die Rentner, wurden krankenversichert, schon 1934«, er legte sich die behaart Hand über die Stirn und überlegte, »ja es muß 34 gewesen sein, gab es für kinderreiche Familien ein Wohnungsbauprogramm, es wurden Kündigungs-, Miet- und ein Pfändungsschutz eingeführt, und man konnte endlich wieder in der Nacht durch die Straßen gehen, die individuelle Sicherheit wurde hergestellt und so weiter und sofort.«

Paulsen bemerkte: »Um ehrlich zu sein: Viele Dinge höre ich das erste Mal, und ich glaube, so manch einem anderen wird es ähnlich gehen.« Er sah Kurt ins Gesicht und ergänzte: »Wenn es denn so war, dann sollte man es auch so darstellen können, es ist doch geschichtliche Wahrheit!«

Kurt und Bernd sahen sich kurz an; Ed entging es nicht, und er hielt es für angebracht, kurz etwas über sich anzufügen.

Das Adlergesicht taxierte ihn so, als suche er etwas, jetzt lächelte er. »Jetzt hab' ich Sie«, rief er, »vorhin, als man Sie uns vorstellte, waren Sie mir nicht unbekannt, und jetzt kann ich meinem Hirn Ruhe geben: Sie also sind der ominöse«, er entschuldigte sich für dieses, wie er sagte, fast despektierliche Wort, »Seelenklempner der mehr oder minder prominenten Zeitgenossen in dieser Stadt.«

»Nicht nur, nicht nur«, korrigierte Paulsen, mit der Hand abwinkend, »ich arbeite auch ernsthaft.« Sie lachten ausgelassen und prosteten sich zu.

Dann schlug Bernd vor, in den Salon zu gehen: »Vielleicht können wir uns da ein wenig setzen.«

Paulsen und er stellten ihre leeren Gläser ab, Kurt hatte noch nicht ausgetrunken, und gingen hinüber. Unweit der aufgestellten Bar setzten sie sich in eine Ecke und Ed Paulsen konnte nun seine Pfeife herrichten und den Tabak anzünden. Dr. Kurt präparierte eine Zigarre, und Bernd ließ, nach dem er die beiden anderen gefragt hatte, eine Flasche roten Gaja kommen. Bernd, der die Zigaretten nie ausgehen ließ, und Dr. Kurt, Bernd sprach ihn immer mit der Kurzform von Josef, Sepp, an, fanden allerhand Gefallen und Interesse daran, Paulsen über seinen Beruf und in diesem Zusammenhang über seine Meinung als Therapeut zu bestimmten Ereignissen zu befragen.

»Ich lernte vor nicht allzu langer Zeit einen hochinteressanten Mann in der Schweiz kennen«, informierte Paulsen, als es darum ging, ob sich die Veränderung der gesellschaftlichen Verhältnisse auch in Veränderungen der Erkrankungen und deren Häufigkeit nachweisen ließe, »wir haben genau dieses Thema auch besprochen«, und er erzählte den beiden Männern die Inhalte seines Gespräches mit Uri und fügte einige Ergänzungen hinzu.

»Wenn man also vom einzelnen«, resümierte Dr. Kurt , »auf die Allgemeinheit schließt, würden ihre hochinteressanten Aussagen bedeuten: Die Menschen sind anfälliger gegenüber psychischen Belastungen geworden. Im Umkehrschluß: Die gesellschaftlichen Verhältnisse schaffen psychischen Verschleiß und damit eine erhöhte Zunahme dieser Erkrankungen.«

Paulsen nahm die Pfeife aus der Hand, erhob das Glas und sagte: »Vortrefflich, Herr Kurt, so leider muß man es sehen … trotzdem zum Wohle!«

Sie stießen an.

Die Wißbegierde der Zwei hatte nun wohl erst so richtig begonnen. »Wie, ich weiß nicht, inwieweit Sie darüber reden können«,

Adler Bernd sah ihn zusätzlich zu seinen Worten auch mit seine Frage unterstreichender Miene an, »müssen wir uns denn die Psychiatrie nun in der Realität vorstellen? Film und Fernsehen mal hin und her. Sie sind Profi und quasi direkt dabei.«

Paulsen klärte Bernd und Sepp über seine und die Arbeit in der Psychiatrie im allgemeinen auf: »Wir können allerhand erreichen, aber auch allerhand versauen, wie in allen anderen Berufen auch. Aber bei uns bewegt sich sehr viel im Bereich von, ich sage mal, Variationsbreiten. Dazu ein Beispiel: Jemandem den Blinddarm rauszuschnippeln, ist inzwischen, wenn es sich nicht um einen komplizierteren Fall handelt, eine Routine so nach dem Ihnen sicherlich auch bekannten Motto: Das macht jetzt bei uns der Pförtner. So etwas gibt es bei uns in der Therapie so gut wie nie: Jeder Patient ist ein Unikat, und dem einen konnte ich bei einer Phobie so und so helfen, ein anderer mit dem gleichen Krankheitsbild spricht aber auf meine damals erfolgreiche Vorgehensweise überhaupt nicht an, ich muß also auf die Suche nach geeigneten Methoden gehen, das ist der riesige Unterschied.«

»Na ja«, der Verleger zündete die Zigarre neu an, er hatte so gespannt zugehört, daß er seine Zigarre glatt vergessen hatte, »und man hört oder liest doch immer mal von Fehlgutachten oder Fehldiagnosen mit verheerenden Folgen, denken Sie nur an die aktuellen Fälle, was ist denn da dran?«

Paulsen konnte auch hier, ähnlich wie in den Vorlesungen den Studenten, anhand von Fallbeispielen den beiden fesselnd Antwort geben, und dann fiel ihm Köhler ein.

»Warum nicht?«, dachte er, »sicher werden sie mir kaum glauben«, und er blies seine Ringe zum Kerzenlicht und begann zu erzählen: »Aber es gibt auch so was. Falls Sie mögen, erzähle ich Ihnen eine«, er sah beide nacheinander ernst an, »sagen wir mal: unglaubliche Geschichte.«

Beide nickten und Dr. Kurt setzte sich bequemer.

»Wie gesagt, was Sie jetzt hören, klingt wie ein schlechter Scherz, aber ich versichere Ihnen, es ist die *reine* Wahrheit. Vor einiger Zeit«, begann er , »waren wir mit den Maßnahmen zur Enthospitalisierung sehr beschäftigt …«

Die jungen Frauen, die immer mal im Salon vorbeischauten, hatten es längst aufgegeben, auf sich aufmerksam zu machen; sie erkannten beim zweiten Durchlauf, daß die drei für sie sicherlich recht interessanten Männer leider keinen Sinn für ihre weitere Umgebung hatten. Einer sprach, und die zwei anderen hörten zu, wie Kinder der Märchenerzählerin. Sepp und Bernd wirkten schon seit einigen Minuten wie elektrisiert, sie hingen förmlich an Paulsens Lippen, und man konnte ihnen die Spannung von den Gesichtern ablesen.

»Und nun habe ich mir vorgenommen, dem Mann seine Ehre und seine Persönlichkeit zurückzubringen und ihm damit eine neue Lebensperspektive zu geben.«

Dr. Kurt legte seine Pranke auf Ed Paulsens Unterarm und fragte: »Entschuldigung, Herr Paulsen, dürfen wir etwas nachfassen?« Dann wandte er sich zu Bernd und sagte: »Das ist ja eine wirklich heiße Kiste!«

»Das ist das dickste Ding, das mir in der letzten Zeit untergekommen ist. Pfui Teufel, was ist da bloß abgegangen?!« Bernd spuckte symbolisch über den Tisch.

Paulsen zog die Schultern hoch und betonte, daß das alles sei, was er wisse: »Offensichtlich ist alles geschickt organisiert worden, man wollte nichts übriglassen, woraus man Rückschlüsse hätte ziehen können.«

Bernd sah Paulsen neugierig an, als er fragte: »Hat denn der Mann keine Möglichkeit gehabt, sich zu wehren, wegzulaufen oder schriftlich vorstellig zu werden?«

»Unzählige Male hat er es versucht, aber immer wieder wurde er als ›psychotischer, renitenter, halluzinierender, unter Wahnvorstellungen leidender Patient‹ abgestempelt und verstärkt medikamentös«, Paulsen sarkastisch, »versorgt.«

»Unglaublich«, murmelte Bernd.

»So jedenfalls hat mir das der Mann erzählt, und inzwischen glaube ich ihm jedes Wort!«

Es sah aus, als würde Dr. Kurt abwesend in die Leere schauen, doch dann sah er Paulsen mit leicht zugekniffenen Augen an und fragte: »Und wie wollen Sie nun vorgehen? Haben Sie schon Pläne, wie Sie diesem armen Hund wirksam helfen können?«

In Paulsens Gesicht zeigte sich ein wenig Unsicherheit: »Leider noch keine konkreten, denn inzwischen weiß ich schon: Das Thema »ungerechtfertigte Einweisung« an sich hat es in sich, und dann kommt noch dazu, daß der Mann sich mit Schülern an geschichtliche Tabus gewagt hat, und wer will sich schon für einen gestrandeten Lehrer die Finger verbrennen. Mein Kollege Dr. Ulrich und ich sind bereit dazu, aber wir müssen den richtigen Einstieg erst noch finden.«

Bernd hatte sich während Paulsens Bericht mehrfach Zigaretten kurz hintereinander angezündet und lachte jetzt über die drei noch qualmenden.

Er sah Dr. Kurt an und fragte: »Und was sagst du? Fällt dir da was ein?«

»Dir?«

Bernd nickte.

Dr. Kurt räusperte sich: »Dr. Paulsen, in meinem Leben habe ich schon viel aus dem Bauch entschieden und dann irre Schlachten geschlagen und oft dann auch gewonnen. Sollten Sie zu der Meinung gelangen, unsere Hilfe«, er sah Bernd fragend an und dieser nickte fast überschwenglich, »also, unsere Hilfe annehmen zu wollen, so werden Sie sie erhalten. Ich liebe das Dreinhauen, wenn es um Lug und Trug geht. Ich bin so leicht nicht aus der Fassung zu bringen, aber wenn alles so ist, wie Sie es darstellen«, er legte wieder die Hand auf Eds Unterarm, »ich habe keinen Zweifel daran! Dann, dann bin ich bereit, hier mitzumachen, und zwar mit voller Kapelle und allen Konsequenzen.«

Paulsen war völlig überrascht.

Bernd ergänzte: »Wenn Sie, Dr. Paulsen, den Mut haben und Ihnen, was ich schon vorausnehmen kann, Ihre Einladungen im Jet-set den Arsch runter gehen, zimmern wir hier für einige Leute ein Höllending! Stimmt's, Sepp?«

»Und was für eins!«

Paulsen sah beide mit schwindender Ungläubigkeit an und sagte: »Ich muß Ihnen schon sagen, daß Sie das Zeug haben, jemanden zu überraschen. Wir plaudern«, er sah auf die IWC an seinem rechten Handgelenk, »oha, nun doch schon fast zwei Stunden, also, wir kennen uns diese gut zwei Stunden, und nun wollen Sie mit mir in den Krieg ziehen. Das muß man schon verstehen.«

Beide sahen ihn ernst an und begannen gleichzeitig zu reden. Dann lachten sie und Bernd ließ Kurt den Vortritt: »Ich bin zwar kein«, er lachte jungenhaft und sich auch hier wieder entschuldigend für das folgende Wort, »Guru, aber ich habe in meinem Leben immer mit Menschen zu tun gehabt und mich für jeden einzelnen engagiert, wenn es nötig war. Sie überzeugen mich und das, was Sie uns erzählt haben, fordert mich gerade zu heraus, obwohl es mich persönlich nun wirklich nicht betrifft.«

»Ich glaube, da brauche ich nichts mehr zu sagen«, meinte Bernd und griff nach einer der im Ascher qualmenden Zigaretten.

Alle schwiegen sie.

Dann holte Paulsen tief Atem: »Ich bin durch Ihr Angebot, entschuldigen Sie bitte, aber es ist so, fast ein wenig überfordert. Wir treffen uns als Wildfremde und gehen als«, er lachte beide an, »verschworene Truppe auseinander. Eine rasante Entwicklung, das muß ich schon sagen.«

Dr. Kurt lächelte in sein Glas, als er sagte: »Ich verstehe Sie sehr gut. Für uns war es einfacher, wir sind zwei und hatten den gleichen Gedanken. Also«, wieder die Pranke auf Paulsens Handgelenk, »überlegen Sie sich das in aller Ruhe«, er griff in die Innentasche seines Kaschmiranzuges, und Ed konnte das verschnörkelte Herstellerschild »Ed Meier« lesen, nahm aus einer ledernen Brieftasche eine Karte und reichte sie Paulsen mit den Worten, »sie wissen bald, wer wir sind und dann kommen Sie, oder auch nicht, einfach auf uns zu. Was halten Sie davon?«

Auch Bernd reichte ihm seine Karte.

Paulsen bedauerte, er hatte keine bei sich: »Ich hatte nicht vermutet, bei diesen Partys hier jemanden zu finden, dem ich mich gern auf diese Art preisgeben würde«, er hob den Finger wie ein Schüler, »wie man sieht: Man lernt nie aus.«

Bernd meinte, daß es ja kein Problem sein müsse, da er, Paulsen, ja die Fahne hisse oder auch nicht. So daß die beiden ja auf ein Zeichen von ihm warten würden.

Und genau in diesem Augenblick kam die Hübsche vom Anfang in ihre Ecke.

»Wie Sie sehen, meine Herren, Frauen halten Wort, ich bin einfach mal ein bißchen Schauen gegangen.«

Sie baten sie, Platz zu nehmen, nach einigen Minuten saßen dann schon vier junge Frauen da und sorgten dafür, daß diese Ecke plötzlich der Mittelpunkt der Party wurde.

Dr. Kurt ergriff noch schnell den Arm von Paulsen und raunte ihm ins Ohr: »Bevor wir dem Weibe erliegen: Bitte geben Sie mir bald Bescheid, ich muß nämlich allerhand disponieren, und Ihre Sache würde, wenn wir sie machen, viel Zeit und anderes mehr in Anspruch nehmen.«

Paulsen nickte und lachte ihm dann ins Gesicht: »Ich glaube, Sie sollten die Zeit wohl einplanen.«

Sepp Kurt sah ihn kurz, aber nachhaltig in die Augen: »Ich hör' also von Ihnen!«

Und plötzlich war Ulrich da. Paulsen gelang es noch, die Männer miteinander bekannt zu machen, obwohl Bernd der Adler die hübsche Brünette schon sehr nahe bei sich hatte. Sie stießen noch einmal gemeinsam mit Wodka an und dann begann der ausgelassene Teil der Veranstaltung. Ulrich und Paulsen wunderten sich, wo denn an diesem Abend die Schwulen blieben.

Ed Paulsen erzählte Ulrich kurz über die Bekanntschaft, verzichtete dann aber auf Details, weil er bemerkte, wie sein Freund und eine möglicherweise zurechtgeschneiderte Rothaarige, das war ein Ausdruck von Paulsen für Frauen, deren natürlichen Auffälligkeiten mehr oder minder geschickt nachgeholfen worden war, ein regelrechtes Balzverhalten zelebrierten.

Er legte Ulrich den Arm um die Schulter und rief, die Lautstärke des Stimmengewirrs im Salon war deutlich angestiegen: »Gut Holz, mein Lieber, bist du auch fit?«

Ulrich lachte und hob den Daumen.

Corinna klopfte das Herz bis in die Haarwurzeln. Sie las das hochglanzpolierte Bronzeschild: Dr. Eduard Paulsen, Psychotherapeut, Psychiater, Termine ausschließlich nach persönlicher Vereinbarung. Telefonnummer, dann überflog sie noch die Arbeitszeiten. Die Tür ließ sich nicht öffnen; das hatte sie auch nicht anders erwartet. Sie wollte natürlich auch nicht der Aufforderung »Bitte klingeln« nachkommen, denn sie wollte sich dann erst oben zu erkennen geben.

Corinna überflog die Namen über den Klingelknöpfen und drückte auf einen, zu dem der Name Daumer gehörte. Nichts passierte. Sie dachte: »Sicher niemand zu Hause.« Dann versuchte sie es bei der Rechtsanwaltskanzlei Prof. Kurz und Kollegen.

»Ja, bitte«, die Stimme aus dem Lautsprecher war freundlich und gehörte sicherlich einer noch sehr jungen Mitarbeiterin in der Kanzlei.

»Würden Sie so nett sein, mir bitte zu öffnen?«

»Gern.« Das Schloß summte.

Sie blieb hinter der Tür, die sanft ins Schloß fiel, stehen und holte tief Atem. Immer noch spürte sie, wie ihr Herz schlug. Ihre Augen gewöhnten sich an das gedämpfte Licht. Die breite Marmortreppe und die wunderschönen Wandbemalungen und großen Gemälde wirkten auf sie wie eine Wand. Noch wagte sie keinen weiteren Schritt, doch nachdem sie sich an das Ambiente gewöhnt hatte, tat sie entschlossen den ersten. Dann, fast zügig, ging sie die Stufen hinauf. Sie spürte, je näher sie der Praxis kam, desto ruhiger wurde sie. »Jetzt, ist alles egal«, dachte sie und las das eher bescheiden wirkende Schild: Dr. Eduard Paulsen. Mehr nicht. Ihr Herz wollte ihr unbedingt noch einmal seine Kraft spüren lassen, trotzdem hob sie die Hand und drückte auf den Knopf.

»Ja bitte, wer ist denn dort?« Auch diese Stimme war sehr sympathisch.

»Mein Name ist Liebig, Corinna.«

»Ja?«

»Ich wollte mich …«, Corinna kam ins Straucheln, »… ich wollte zu Dr. Paulsen.«

»Leider sind Sie nicht angemeldet, in welcher Angelegenheit?« Susi blieb freundlich und bei ihrer Linie.

»Es ist, ja, es ist privat«, sagte sie etwas verlegen.

Das Schloß der schweren Tür summte, und die Tür ging langsam auf.

Sie stand in einem holzgetäfelten Vorraum, der als Garderobe diente, aber bereits mit verschiedenen antiken Gegenständen ausgestaltet war. Susanne öffnete die Tür und lächelte Corinna liebenswürdig, aber leicht forschend an: »Ich bin Susanne Wirth, die Assistentin von Dr. Paulsen.«

»Corinna Liebig, ich sagte es Ihnen ja schon«, Corinna lächelte etwas schüchtern und mit glühenden Wangen.

Susanne spürte sofort: »Das also ist sie, da bin ich mir sicher, so wahr ich ihn kenne!«

»Bitte«, sie wies Corinna mit dem ausgestreckten Arm den Weg, und als sie vor ihr stand, reichte sie ihr die Hand: »Sehr angenehm, ich gehe voraus, wenn Sie gestatten.«

Susi schloß hinter ihr die Türe und ließ Corinna ein wenig Zeit, sich zu sammeln.

»Wollen wir uns dort setzen?« Susi führte sie in die Akklimatisierungsecke, und beide setzten sich.

Corinna war völlig überwältigt und wußte noch immer nicht das »Sehr angenehm« und die unkomplizierte und überaus freundliche Umgangsform der Assistentin einzuordnen.

»Ob sie weiß, wer ich bin? Sicher wird sie in so einer Praxis zu allen, die hierherkommen, so natürlich und freundlich …«

Susi unterbrach ihren Gedanken und zwar so, als ob sie ihm gefolgt wäre: »Fräulein Liebig«, ihre Augen fragten zusätzlich; Corinna nickte, »ich bin mir fast sicher, daß Sie nicht als mögliche Patientin hier sind? Oder täusche ich mich?«

Corinna spürte, daß noch ein Nachschub an Rot in die Wangen erfolgte.

Sie biß sich ein wenig auf die Unterlippe und nickte, dann lächelte sie: »Aber was nicht ist, könnte ja noch werden, oder?«

»Oh, lieber nicht, es wäre schade um Sie!« Sie schob Corinna ein Gedeck zu und fragte: «Kaffee, Tee oder etwas anderes?« »Gern Kaffee, vielleicht hilft das gegen meine Aufregung«, sagte sie in ihrer einnehmenden Offenheit.

Susi lachte: »Oh ja, ich kann mir vorstellen, wie Ihnen zumute ist. Aber ich muß Ihnen schon jetzt ein Kompliment machen: Sie haben Einfallsreichtum und auch Mut. Alle Achtung!«

Corinna war sich sicher, daß Ed nicht in der Praxis war, denn sonst hätte die Assistentin bestimmt schon entsprechend reagiert. Fragen wollte sie aber auch nicht.

»Danke sehr, aber woher wissen Sie …«

Susanne sagte ihr, was ihr durch den Kopf gegangen war, als sie Corinna vor sich hatte stehen sehen: »Ich arbeite mit Dr. Paulsen schon einige Jahre zusammen, und ich glaube, ihn nicht nur recht gut, sondern mehr als das zu kennen, und somit war es für mich nicht schwer, Sie einzuordnen. Nur so jemand wie Sie kann bei ihm mehr hinterlassen als …«

Das Telefon summte.

Sie sprang auf, und dann hörte Corinna sie sagen: »Nein, Doktor, nichts Besonderes, allerlei Kleinigkeiten und ein paar Nachfragen, aber das klären wir ja dann, wenn Sie da sind …«, Corinna spürte ein fast krampfartiges Zucken in der Bauchgegend und hatte wieder das Gefühl, daß ihr Herz sich aus ihrer Brust verabschieden wollte, »… wie, ja, ja … hm, gut, in zehn Minuten steht der beste Tee seit langem für Sie bereit … wie? Nein es gibt keinen Anlaß, ich hab nur den Flugtee bekommen … bis dann …«

Susanne setzte sich mit der Bemerkung: »Sie haben es ja sicherlich mithören können, er wird in zehn Minuten da sein.«

Corinna sah Susanne dankbar an: »Es ist sehr nett, daß Sie nichts gesagt haben, es soll doch eine …«

»Aber ich bitte sie«, Susi unterbrach sie verständnisvoll gestikulierend, »ich werde doch nicht der Elefant im Porzellanladen sein. Ich freu' mich ja schon, wie er schauen wird.«

Sie plauderten noch ein wenig, und dann machte Susanne Corinna den Vorschlag, sich in den barocken Armlehnenstuhl zu setzen, der so stand, daß man jemanden, der in ihm saß, erst dann sehen konnte, wenn man direkt vor dem Tresen bei Susanne stand und sich umdrehte.

Sie zwinkerte Corinna an und meinte: »Wenn Überraschung, dann eine totale, stimmt's?«

Man merkte: Diese zwei Frauen konnten miteinander vom ersten Augenblick an.

Wieder summte das Telefon. Susi versuchte Corinna, während sie das Gespräch annahm, durch Augen- und Handbewegungen zu erklären, daß es wohl um einen Patientenanruf ging und zog sich zurück in ihren Arbeitsbereich. Nach wenigen Augenblicken kam sie zurück: »Sie sehen, wir sind gut beschäftigt«, und wie zur Bestätigung der Aussage rief sie das Gerät erneut.

Corinna meinte, aus dem Vorraum das Klappern von Schlüsseln zu hören. Ihr stockte der Atem, denn Susi machte ihr ein ermutigendes Zeichen und zog ein wenig die Tür zu.

Corinna konnte den Arbeitsplatz von Susanne und einen Teil des Raumes einsehen.

Dann hörte sie die Stimme von Ed Paulsen: »Also, Madame, dann her mit dem Einzigartigen, ich habe die ganze Zeit schon an den Genuß denken müssen.«

Susi fragte: »Wo gedenken Sie zu genießen?« und lachte über ihre eigenen Worte.

»Oha, heute ganz offiziell und vornehm. Wieviel Zeit haben wir noch?« wollte er wissen.

»Die Prinzessin kommt um elf Uhr, also fast noch eine Stunde.«

»Plauschen wir hier, bei dir, ja?«

Corinna hörte, wie Susanne die Gedecke positionierte, dann plötzlich sah sie ihn, wie er vom Tresen die Schale mit dem Kandiszucker holte. Ihr Puls raste. Dann unterhielten sich beide über die diversen Anrufe und die anstehenden Aufgaben.

Plötzlich winkte Susanne mit den Augen und den Händen Dr. Paulsen näher zu sich. Er sah sie erst einmal verständnislos an, doch dann folgte er der wiederholten Aufforderung und neigte sich über den Tisch.

»Oh Gott, ich hab' doch glatt vergessen«, wisperte sie, »daß ich ja eine Klientin drüben sitzen habe.«

Paulsen runzelte die Stirn, denn für ihn hatten Patienten immer Vorrang, und nun vergaß Susi eine Klientin und trank mit ihm in aller Ruhe Tee, so als wäre nichts zu tun … Und da Susi sie unangemeldet angenommen hatte, eine absolute Ausnahme, mußte es sich ja um einen akuten Notfall handeln.

Er sah Susi ernst an und fragte: »Wer von uns beiden war gestern zu lange unterwegs? Also, wo ist sie?« Paulsen nahm noch einen Schluck des hervorragenden Tees und wandte sich zum Refugium.

»Bring sie mir in zwei Minuten, ja?«. Man merkte ihm an, daß er nicht so recht zufrieden war.

Susi machte ein Gesicht, in dem sich die Schuldgefühle so deutlich abzeichneten, daß Paulsen sie nun schon mit weichem Blick ansah und bevor er die Tür öffnete, sagte: »Schon gut, ist ja nix passiert.«

Er überflog kurz die persönliche Post und sah, daß alles andere wie immer vorbereitet war. Dann drückte er den Knopf. Kurz danach kündigte Susanne ihr Kommen an. Dr. Paulsen hatte den Kopf noch gesenkt, weil er einen Bleistift, mit denen er übrigens immer schrieb, angespitzt hatte; jetzt hob er ihn.

Susanne hätte es nie für möglich gehalten, diesen Mann einmal so zu erleben. Paulsen sprang auf, der schwere Sessel fiel nach hinten um. Er sah Corinna an, rief aber zu Susanne: »Du Biest, ich hätte nie gedacht, eine so gute Schauspielerin hier zu haben.«

Er riß Corinna an sich, wirbelte sie herum, stellte sie wieder vor sich auf die Füße und sagte:

»Weiberpack, liebenswürdiges.«

Susanne war schon verschwunden und hatte die Tür hinter sich diskret geschlossen.

Sie küßten sich unendlich lange. Er nahm ihr glühendes Gesicht in beide Hände und küßte ihre Augen, ihre Nase und dann wieder ihre Lippen, bevor er sagte: »Eine tolle Idee, das muß ich dir lassen, mit allem hatte ich gerechnet, aber damit, dich hier in den Armen zu halten, nun wirklich nicht!«

Sie sahen sich beide wortlos an, so als benötigten sie erst einmal ein wenig Zeit, um zu begreifen, daß sie sich wirklich gegenüberstanden. Paulsen streckte die Arme aus. Corinna griff nach seinen Händen. Wie von einer imaginären Schwäche heimgesucht, senkten sich die miteinander verbundenen Arme, und dadurch standen sie sich ganz nahe gegenüber. Sie spürten den Atem des anderen. Ohne die Hände loszulassen, fanden sich ihre Lippen erneut, zärtlich, fast behutsam.

Dann umarmten sie sich und vergaßen für Minuten Raum und Zeit. Sie hatten sich …

Corinna sah zu Paulsen auf, als er flüsterte: »Ich liebe dich, ja ich liebe dich.«

Ihre Augen bekamen einen feuchten Schimmer, so daß das Grün ihrer Pupillen noch intensiver leuchtete. Sie lehnte ihren Kopf an seine Schulter und erwiderte: »Etwas Schöneres gibt es nicht.« Sie preßte Ed an sich und sagte: »Ich hatte solche Angst, denn es hätte ja auch ganz anders kommen können.«

Er küßte sie zärtlich auf die Nasenspitze, legte ihr den Arm um die Schulter und sagte, auf ihre Skepsis nicht eingehend: »Das hier«, er beschrieb mit dem linken Arm einen Halbkreis, »ist mein Refugium und ein Teil meines Lebens.«

Sie drehten sich langsam herum, und Corinna sagte: »So etwas ist also eine Praxis? Es sieht ja eher wie eine exklusive Wohnung aus!« Paulsen sagte nichts und beobachtete mit lächelndem Gesicht Corinna. Sie fragte ihn, ob er all das zusammengetragen und die Räume selbst so eingerichtet habe. Er nickte: »Ich glaube, ich hätte auch als Innenarchitekt nicht so schlecht ausgesehen, es hat mir viel Freude gemacht.«

Paulsen nahm sie bei der Hand, und sie gingen hinüber zu Susanne, die scheinbar allerhand zu tun hatte, denn sie starrte auf ihren Flachbildschirm und tippte ununterbrochen auf die Tasten. Paulsen sah ein Weilchen zu, dann begann Susi zu lächeln und sah beide an.

Paulsen legte Corinna den Arm um die Schultern und sagte zu Susanne: »Also, Frau Wirth, es war eine kurze Krisenintervention, ich glaube, wir können nun gemeinsam einen Tee oder Kaffee trinken. Wir müssen nicht mehr um Leib und Seele fürchten.«

Sie setzten sich in die Ledergarnitur, und alsbald erfuhr Paulsen, wie die beiden Frauen sich kennen- und sehr schnell verstehen gelernt hatten.

»Also ein Komplott, allerdings ein sehr nettes.«

Susanne erinnerte daran, daß Paulsen in circa zehn Minuten eine Sitzung beginnen müsse.

»Oha, da müßte ich ja ran.« Schon die Formulierung ließ ahnen, worüber er nachdachte.

Corinna war aufgestanden.

»Nur keine Hektik, Conni, ich überlege gerade.« Er stand auch auf und zog die Finger durch die Haare. Corinna legte ihm die Hand auf die Schulter und sagte: »Nein, nein, ich habe noch allerhand Dinge zu erledigen, wir sehen uns ja dann vielleicht später noch.«

Er sah sie mit Ungeduld in der Miene an, als er mit übertriebener Gleichgültigkeit in der Stimme sagte: »Wir sehen uns ja dann vielleicht später noch … na klar! Ich überlege nur …«

Sie streifte kurz seine Wange und sagte ihm: »Ich weiß doch, daß du zu tun hast. Ich wollte dich überraschen«, sie sah Susanne liebreizend an, »und das ist mir mit viel Unterstützung auch gelungen. Ich bin froh, ganz einfach froh und glücklich, und das reicht mir für mehr als diesen Tag!«

Er nahm sie in die Arme und sagte, sich zu Susanne wendend: »Du hast alle Nummern?« Beide nickten. »Schön, dann rufe uns bitte gegen sechzehn Uhr an, gut?«

Er ging hinüber in seinen Therapieraum und brachte Corinna eine Visitenkarte: »Es ist die private, falls etwas dazwischenkommt.« Dann fiel ihm aber noch etwas ein: »Wie lange bist du eigentlich in München?« Sie lächelte verschmitzt: »Auf jeden Fall werde ich alles dafür tun, daß wir uns noch sehen.«

Corinna und Susanne umarmten sich und gaben sich das Versprechen, sich bestimmt alsbald wiederzusehen.

Ed brachte Corinna bis zur Ausgangstür. Ihre Umarmung wurde nicht von einem innigen Kuß, sondern der Klingel des offiziellen Praxiseingangs beendet. Ein seltener Fall, denn wenn Paulsen jetzt die Tür öffnen würde, würde das passieren, was sie bisher immer vermeiden konnten: Das Zusammentreffen von zwei Klienten.

Er nahm Corinna zurück zu Susi und sagte: »Bitte durch den VIP.«

Paulsen deutete noch einen Abschiedskuß an und drückte dann auf den Öffner. Er empfing die Prinzessin persönlich.

Diese freute sich darüber augenscheinlich: »Hallo, verehrter Doktor, Sie gleich hier zu erleben! Was für eine Überraschung!«

Ed mußte lachen: »Ja, es scheint der Tag der Überraschungen zu sein, bitte.« Er streckte den Arm aus, nachdem er ihr den Mantel und Hut abgenommen hatte.

Susanne empfing sie wie immer sehr herzlich und schenkte Kaffee ein. Der Sherry, halbtrocken, stand schon daneben.

Dr. Paulsen entschuldigte sich, und ging in das Refugium. Er überflog nur die Ergebnisse der Testbatterie, um sich zu überzeugen, ob er sie auch komplett gespeichert hatte. »Gut, nun wollen wir mal«, er pfiff etwas von den Beatles, schaltete das Band ein und drückte den Knopf.

Die Prinzessin kam mit Susanne. Susi trug den Sherry.

Nach der Sitzung überkam Paulsen eine bleierne Müdigkeit. Er streckte sich und ging hinüber zu Susi. Sie sah zu ihm auf und sagte: »Lieber Doc, Sie sollten mal wieder schlafen. Ich mache mir wirklich ernsthafte Sorgen!« Er stützte seine Arme auf und sah sie mit der ihm ureigenen Freundlichkeit an: »Um ehrlich zu sein: Ich mir auch, aber mehr in die Richtung, wie ich es hinbekomme, noch weniger Zeit zu verpennen.«

»Sie sollten mal daran denken, daß Sie auch kein Übermensch sind, oder?«

»Na, Gott sei Dank, aber gut trainiert bin ich.«

Susanne stand auf und sah Paulsen in die Augen: »Und Corinna? Für Sie wollen Sie ja auch dasein, nehme ich mal an.«

»Du nimmst richtig an!«

»Dann sollten Sie sich auch darauf einstellen, dieses Mädchen hat es mehr als verdient, von Ihnen verwöhnt zu werden!«

Paulsen gab ihr einen fast zärtlichen Nasenstüber: »Oha, wer schmeißt sich denn da ins Zeug?«

»Ich natürlich!« Sie tippte ihm aufs Brustbein und sagte: »So etwas, Doktor Paulsen, hatten Sie, soweit ich mich erinnern und es einschätzen kann, noch nie!«

»Susi, was für eine Anteilnahme, ich bin ja wirklich gerührt.«

Sie versuchte zu ergründen, ob er es auch ernst meinte: »Veralbern Sie mich?«

Ed wurde ernst und sagte: »Nein, wirklich. Ich freue mich, daß dir das Mädchen auch so gefällt, bei dir bin ich mir zum Glück sicher, du würdest mir auch das Gegenteil ins Gesicht sagen.«

»Und ob! Ich habe Ihnen schon so«, sie zog die Os sehr lang, »lange die Daumen gedrückt, nun scheint es ja geholfen zu haben.«

»Oha, und das erfahre ich nun heute erst?!«

Sie zog die Schultern hoch: »Vorher darüber zu reden bringt nichts. Sie sehen ja, man muß nur Geduld haben.«

Paulsen reckte sich zur vollen Größe: »Das bedeutet also: Ich habe mein spätes Glück deinen Daumen zu verdanken. Was es nicht alles gibt.«

Susanne legte Vorwurf in die Stimme: »Sie haben gar nicht bemerkt, wie sehr wir Ihnen die Richtige wünschten. Es war ja ein ganz schönes Durcheinander.«

»Na ja, jetzt übertreibst du aber, zumindest ein bisserl.«

Sie atmete tief ein und aus und sagte: »Egal, Doc, aber auf jeden Fall haben wir uns schon Sorgen um Sie gemacht. Es war ja immerhin möglich, daß Sie doch einer der Schönen und Reichen«, beide wußten wie es gemeint war, »erlegen wären.«

»Und was wäre dann anders gewesen?«

Sie sah ihm in die Augen: »Sie, Sie wären bestimmt mitgezogen worden.«

Er war jetzt enttäuscht: »Ich dachte immer, du kennst mich inzwischen fast so gut, wie ich mich selbst.«

366

»Ja, ich kenne Sie sehr gut und deshalb paßt *das* Mädchen ja auch so gut zu Ihnen!«

Das Surren und das Blinken der roten Lampe von der VIP-Tür unterbrach zwangsläufig ihr Gespräch. Paulsen erinnerte sich an den Akt auf seinem Tisch und wußte sofort, daß er noch etwa zwei harte Stunden vor sich hatte, bevor er sich endlich mit Corinna treffen konnte.

Corinna hatte Paulsen angerufen, und sie hatten sich bei ihm zu Hause verabredet. Er hatte gesagt, sie solle sich ein Taxi nehmen, da er leider keine Zeit hatte, ihr den Weg näher zu beschreiben. Da Corinna aber mehr Zeit hatte und gern zu Fuß ging, machte sie sich auf den Weg nach Nymphenburg/Gern. Der Stadtplan wies ihr den Weg.

»Aha, hier also sind diese Auffahrtsalleen.« Sie sah sich den Pavillon und den bronzenen Hirsch sowie die anderen Figuren an und konnte ganz weit hinten das Nymphenburger Schloß sehen. Sie ging dann auf die rechte Seite hinüber und erkannte anhand der Karte, daß sie schon in der Nähe von Paulsens Wohnung war. Die Straße war breit, halb auf den Bürgersteigen parkten ein paar Autos. Überall sah sie Bäume, Sträucher und andere Anpflanzungen.

Sie dachte: »Wie schön muß es hier in zwei, drei Wochen aussehen, wenn alles grünt.«

Da war sie, die Nummer dreizehn. Auf dem Namensschild stand »Eduard Paulsen«. Sie war innerlich ganz ruhig, einzig die Freude ließ ihr Herz höher schlagen. Sie drückte den großen bronzenen Klingelknopf.

Ed Paulsen mußte sie gesehen haben oder sie sehen können, denn sie hörte seine Stimme: »Endlich! Ich freue mich auf dich.«

Dann sprang die schmiedeeiserne Tür nach innen auf, und sie ging ein paar Schritte bis zur ersten Stufe. Oben stand schon Ed und kam ihr entgegen. Sie umarmten und küßten sich, dann sagte er: »Ich geh' mal vor, bin ja hier zu Hause.«

Doch bevor sie sich versehen konnte, schob er seinen rechten Arm hinter ihre Kniekehlen und den linken um ihre Schulter und hob sie hoch. Sie umschlang ihn mit ihren Armen und lachte laut. Er überschritt mit ihr die Türleiste. Die Tür fiel hinter ihnen ins Schloß. Der folgende Kuß dauerte schier unendlich ...

Dann ließ er Corinna dicht an seinem Körper heruntergleiten und stellte sie behutsam auf ihre Füße. Er nahm sie bei der Hand und führte sie ins Zimmer.

»Halt, halt, bitte«, sagte sie und blieb stehen. Langsam sah sie sich um und sagte: »Ich will das nie vergessen, weißt du, das erste Mal bei dir. Ich will es für ewig behalten.«

Ed hielt noch immer ihre Hand und führte sie dann nach und nach durch seine Wohnung. Zurück in dem riesigen Wohnbereich nickte er in Richtung des anheimelnd gedeckten Teetisches.

»Ein Begrüßungstrunk ist doch jetzt das richtige, oder?«

Sie stellte sich auf die Fußspitzen und küßte seine Wange: »Oh ja, genau das richtige!«

Corinna setzte sich und sah nun die vielen roten Rosen in einer Prunkvase.

Er war ihrem Blick gefolgt und sagte: »Alle für dich, für dich allein!«

Sie stand wieder auf und umarmte ihn beinahe ungestüm und preßte sich mit aller Kraft an ihn. Dann flüsterte sie: »Ich danke dir, du bist so lieb, ich danke dir.«

Plötzlich spürte er wie elektrisiert ihren Körper, denn noch immer hielt Corinna ihn fest. Ihm war es peinlich, daß er die körperlichen Reaktionen seiner Gefühle nicht so richtig im Griff hatte ... und entdeckte sehr zu seiner Ablenkung, daß das Teelicht ausgegangen war. Behutsam löste er die Umarmung auf und machte Corinna auf das ausgegangene Teelicht aufmerksam: »Er wird sonst kalt.«

Sie setzte sich wieder, und er zündete das Licht wieder an. Sie tranken Tee mit Rumkandis, und Corinna konnte nun Paulsen alles über die letzten Wochen erzählen. Sie lachten, und man sah ihnen an: Beide waren glücklich.

»Aber das mit der Wohnung«, Paulsen hatte inzwischen den Kamin angefeuert und warf ein paar Birkenscheite nach, »ist eigentlich nur Geldverschwendung! Schau«, er breitete die Arme aus, »hier ist so viel Platz, und wie du siehst, paßt so etwas wie du genau hier hinein.«

Corinna senkte ein wenig den Kopf, ihr Busen hob und senkte sich, dann sah sie Paulsen an, mit einem Blick, als wollte sie in den Augen von Paulsen lesen: »Ich konnte doch all das nicht wissen, und dann, bitte sei mir nicht böse, ist es vielleicht für dich besser, dich erst einmal an mein Hiersein zu gewöhnen.«

Er lächelte sie an und sagte: »Ich verstehe, mein Schatz, für mich ist es kein Problem. Ich will dich auch nicht unter Druck setzen. Du sollst nur wissen: Ich freue mich, wenn du kommst!«

Sie lächelte ihn dankbar an, beugte sich zu ihm und berührte mit ihren feuchten, sinnlichen Lippen seine. Sie bereiteten danach das Abendessen, tranken einen vorzüglichen Wein und erzählten noch lange, aneinandergeschmiegt vor dem Kamin.

Paulsen ließ dann in die ebenerdige Badewanne, die zugleich auch ein Whirlpool war, das Wasser ein. Sie zogen sich mit viel Zärtlichkeit gegenseitig aus und standen sich, ohne Scham gegenseitig nahezu neugierig betrachtend, gegenüber. Dann nahm Ed Corinna auf den Arm und stieg mit ihr in das hochaufgeschäumte Wasser.

Der Rest des Abends gehörte ihrer Liebe und Ed Paulsen war dabei, Corinna den Weg zu immer neuen Gipfeln zu ebnen.

Dr. Paulsen hatte mit Dr. Kurt und dem Juristen Dr. Bernd Limberecht jeweils ein längeres Telefonat geführt. Er erklärte beiden, daß er das Angebot zur Hilfe und Unterstützung sehr gerne annehmen würde.

»Herr Paulsen«, informierte ihn Kurt, »Bernd und ich hatten uns bereits mal vorsorglich ein wenig ausgetauscht, um dann nicht aus dem Kalten starten zu müssen. Wir freuen uns über ihr Vertrauen und werden es zu würdigen wissen.«

»Ich danke Ihnen! Würde es Ihnen passen, wenn wir uns am Freitagabend bei mir privat treffen, mein Freund Dr. Ulrich und der Betroffene werden auch dabeisein.«

»Sehr, gut! Also justieren wir erst einmal das Visier, und dann sehen wir weiter, wir jedenfalls sind bereit!«

Paulsen hatte ein paar Platten mit italienischen Speisen kommen lassen und Wein bereitgestellt.

Corinna hatte aufgrund der kurzfristigen Verabredung keine Möglichkeit, ihre Vorhaben noch abzusagen, so daß sie Ed kaum helfen konnte. Sie hatte enorm viel zu tun und wußte nicht, ob sie noch später zu ihm kommen würde.

Pünktlich gegen neunzehn Uhr waren alle da. Man machte sich bekannt und Paulsen legte besonderen Wert darauf, diesen Zeitraum durch das Essen und einen leichten Wein auszudehnen. Man sollte Gefühl füreinander entwickeln können.

Dr. Ulrich erzählte ihm vom Ende der Party. Er hatte doch die eine Rothaarige tatsächlich mitgenommen, und den Rest der Nacht kam er nicht zum Schlafen: »Ich brauchte wirklich zwei Tage, um wieder Tritt zu fassen. Ohne Viagra hätte ich kapitulieren müssen!«

Als Dr. Paulsen so nach circa einer Stunde den Eindruck hatte, die Männer hatten sich ausreichend beschnuppert, sagte er, die anderen überstimmend: »Inzwischen wissen wir, wer wer ist, und ich glaube, es ist an der Zeit«, er sah hinweisend auf sein Weinglas, »bevor wir den Wein ausgetrunken haben, uns dem Thema zuzuwenden, das uns allen am Herzen liegt.« Er breitete die Arme aus und sagte: »Bitte nehmen Sie doch Platz.«

Sie setzten sich auf die originalen Renaissancestühle im Eßbereich. Dr. Paulsen hatte an jedem Platz einen Block und einen Bleistift aus seiner Praxis gelegt. In dem siebenflammigen, schweren Silberkandelaber brannten die Kerzen und auf dem Tisch standen einige Flaschen Wein, Whisky, Cognac, Wasser und Obstsäfte, dazu einige Schälchen mit Nüssen, Pralinen und anderen Knabbereien.

Er sah in die Runde und sagte: »Gestatten Sie, daß ich zunächst die Gesamtsituation noch einmal in aller Kürze umreiße. Wir wissen zwar, worum es geht, aber ich möchte doch noch einmal die Ausgangsbasis darstellen …«

Köhler saß anfangs, seine Zurückhaltung und Schüchternheit auch jetzt nicht überwindend, da, als hätte er einen riesigen, aber unsichtbaren Kohlensack oder Hinkelstein auf seinen Schultern. Er hielt den Blick gesenkt. Alle anderen sahen Paulsen aufmerksam ins Gesicht und folgten seinen Ausführungen.

»… es bleibt unser Hauptproblem, daß wir keinerlei Beweise«, er sah zu Köhler, »außer ihm«, er deutete mit dem Kopf in seine Richtung, »haben. Ich habe mich bereits mit einigen Autoritäten in meinem Fachgebiet sehr diskret ausgetauscht, und wir sind einer Meinung: Wenn wir versuchten, die Einweisung direkt zu attackieren, hätten wir sehr schlechte Karten. Denn man würde immer auf die angeblichen Behandlungserfolge verweisen, »schauen sie doch, was aus dem Mann geworden ist! Er ist beschwerdefrei«, und den Verlust der Unterlagen als außerordentlich bedauernswertes Versehen hinstellen. Und darauf verweisen, daß die Konsequenzen daraus schon gezogen sind, und so etwas natürlich nie mehr passieren wird. Also, wenn wir den direkten Weg einschlagen, werden wir wohl keine Chance haben.«

Alle schwiegen.

»Und nun?« fragte endlich Uli, »wir wissen eigentlich nicht, wie und auf wen wir losgehen sollen.«

Bernd wirkte wie abwesend, so als hätte er nicht zugehört. Dann plötzlich stand er auf. Alle sahen zu ihm auf. Er ging zwei Schritte auf die antiken Waffen zu, blieb vor dem sächsischen Panzerstecher stehen. Es wirkte, als wäre er gerade auf die Idee gekommen, sich dieses wertvolle Stück näher anzusehen.

Ruckartig drehte er sich jedoch um und sagte: »Dr. Paulsen, meine Herren, gegen die Wahrheit und die Wahrhaftigkeit ist normalerweise kein Kraut gewachsen. Das muß unsere Grundeinstellung sein. Wir dürfen daran niemals zweifeln, denn dann zerbröselt unsere Motivation. Ich habe schon einige Gefechte geführt und weiß, wovon ich rede. Also: Zweifeln wir unseren Erfolg nicht an! Gehen wir trotz der von Ihnen, Dr. Paulsen, nicht so rosig geschilderten Voraussetzungen doch mal daran, unsere Hirne zu bewegen, und zwar dahingehend: Wie können wir trotzdem was erreichen.«

Sie diskutierten engagiert die verschiedenen Ansichten und versuchten gemeinsam, die Vor- und Nachteile der Ideen zu selektieren. Die Stunden vergingen wie im Fluge.

»Und was haltet ihr von den Medien, mit denen könnte man doch reden, oder so?« fragte Ulrich in die Runde.

»Sie nehmen mir den Gedanken von der Zunge: eine gute Idee.« Dr. Kurt rutschte auf seinem Stuhl hin und her und fuhr fort: »Wir sollten nicht den Weg der Aufklärung der ungerechtfertigten Einweisung von Herrn Köhler gehen«, er sah ihn mild und erst einmal um Verständnis bittend an, »wie Sie, Herr Paulsen, schon sagten: Man wird uns auflaufen lassen, und damit sind wir rasch am Ende. Was halten Sie davon, wenn wir die platte Boulevardjournaille aktivieren«, er machte eine Pause und sah jeden nacheinander an, »wir wissen doch, daß diese Schmierfinken sich wie der Kater auf das Gehackte stürzen, wenn es Themen gibt, in denen sie sich suhlen können, oder?«

Uli nickte, und Ed meinte: »Verstehe.« Aber dann fragte er: »Wie können wir ihnen das Gehackte unterschieben, sie sind ja so dumm auch nicht.«

Dr. Kurt betrachtete die Asche seiner Zigarre und blies den Rauch zum Kandelaber, bevor er vieldeutig lächelnd sagte: »Das ist eine sehr diffizile Angelegenheit. Man muß den Laden sehr gut kennen und vor allem nicht davor zurückschrecken, es sich mit ihnen für lange Zeit zu verderben.«

»Und mit jemandem ganz offen reden?«

Er sah Ulrich beinahe belustigt an: »Sie finden keinen, der bei dem thematischen Hintergrund den Arsch in der Hose hätte, hier mitzuziehen. Er würde seinen Posten umgehend verlieren. Ich möchte exemplarisch nur an Herrn Höfers Journalistensendung und daran erinnern, wie schnell er weg war vom Fenster, oder denken Sie nur an die Folgen des Judenwitzes in dieser Idiotensendung«, er schüttelte bedächtig den kantigen Schädel, »nein, da scheißt sich jeder ein. Wir müssen sie auf eine Fährte locken, ohne

Rückschlüsse auf den für sie ja so problematischen Hintergrund zuzulassen, denn sie würden sofort einen Anlaß haben, von dem eigentlichen Verbrechen abzulenken und nach ihrer linken Ideologie zu agieren, um möglichst am Ende feststellen zu können: Wenn solche Art von Lehrer in die Psychiatrie kommt, ist es sogar verständlich …, so könnte es gehen.«

Bernd hatte wieder einmal mehrere Zigaretten im Ascher. Eine paffte er und sagte: »Sepp, das ist wirklich die Lösung! Wir handeln«, er senkte den Kopf und hob die Hand zur Entschuldigung, »ich weiß, in dem Fall handelst du dir, wenn das Rad sich so dreht, wie wir es wollen, viel persönlichen Ärger ein, aber du würdest den Vorschlag nicht machen, wenn du es nicht schon bedacht hättest, oder?«

Alle Augen richteten sich auf den Verleger, der die Hände gefaltet hatte und sich nun an Köhler wandte und sagte: »Was soll mir passieren? Ich stehe über den Dingen, die für solche Typen von Bedeutung sind. Ich habe immer für Mut und Zivilcourage die Stimme erhoben und weiß sehr gut, was Anfeindungen sind. Also mache ich mir um mich keine Sorgen«, er hielt Köhlers Augen fest, »viel problematischer könnte es mit den«, er lächelte in Köhlers starres Gesicht, »ich sage mal: Untrainierten gehen. Denn Sie«, jetzt wechselte der Blick zu Paulsen, »und Sie, Doktor, werden möglicherweise einiges auszuhalten haben. Wenn nämlich der Knall erfolgt, also erkannt wird, daß es einen tabuisierten Hintergrund gibt, und sie erkennen, daß sie von uns ausgetrickst wurden, wird man die schwersten Geschütze auffahren, um Sie zu diffamieren, zu stigmatisieren und öffentlich zu diskreditieren. So wird es sein, und darauf müssen Sie sich gefaßt machen.«

Köhler sah zu Paulsen, und zum ersten Mal äußerte er sich in der Runde: »Ich möchte erst einmal Ihnen allen danken! Es ist für mich ein riesiges Erlebnis. Ich wußte nicht mehr, was Solidarität ist, und um ehrlich zu sein, ich glaubte auch kaum noch, daß es so etwas überhaupt noch gibt. Es tut mir gut. Aber ich möchte Sie alle auch bitten, an sich selbst zu denken! Ich möchte nicht, daß irgend jemand von Ihnen durch mich Probleme, egal welcher Art, be-

kommt. Mir, ich bin ehrlich, reicht dann diese mir entgegengebrachte Beachtung vollkommen. Bitte«, er sah nacheinander jeden
einzelnen an, »überlegen Sie sich das alles sehr genau.«

Kurzes Schweigen.

Dann sprach Paulsen: »Für mich ist es eine Charakterfrage, und
ich habe nicht die Absicht, mich verbiegen zu lassen, von niemandem!«

Dr. Kurt entwickelte mit Hilfe von Bernd, der die juristischen
Fallstricke sehr plastisch und nachhaltig beschrieb und die
Lösungen für deren Umgehung auch parat hatte, das weitere Vorgehen. »Ich werde in der nächsten Woche, wenn mich nicht alles
täuscht, am Donnerstag, vor dem Gremium der Zeitungsverleger
einen Vortrag über die Rolle der Printmedien in der sich erweitern-
den EU halten. Dort treffe ich beim sich anschließenden Essen
nicht nur die Vorstände, sondern vor allem auch die verantwortlichen Redakteure. Ich werde also versuchen, diesen oder jenen zu«,
er lachte in seiner ansteckenden Art, »ja, zu infizieren. Die notwendigen vertraulichen Informationen werden wir erstellen«, er sah
Bernd an und sagte, »du wirst dafür sorgen, daß dort nur die reine,
absolute unanfechtbare Wahrheit aufgeführt ist, in Ordnung?«
Bernd nickte.

»Sie, Herr Köhler und Sie, Dr. Paulsen, müssen in den nächsten
Tagen wohl oder übel ein paar Hausaufgaben machen, denn diese
Informationen können nur Sie zusammenstellen.«

Ulrich sah Kurt bewundernd an und sprach auch so: »Herr Kurt,
allen Respekt, erst durch Sie haben wir so etwas wie eine offensive
Handlungsanleitung entwickelt, und ich muß sagen: Sie gefällt mir
außerordentlich!«

Sie besprachen noch einige Details und zogen sich dann auf die
bequeme Sitzgarnitur vor dem Kamin zurück, dessen Feuer
Paulsen aufmerksam am Leben gehalten hatte. Köhler wurde sichtlich lebhafter und versuchte sogar eine Zigarre von Dr. Kurt, der
ihm mit seinen Hinweisen sekundierte, zu rauchen. Dr. Paulsen
war nun zu den Weinen übergegangen, denen man sich nur bewußt
und in Ruhe nähern sollte. Mit viel Lob wurde der Château

Margaux , Jahrgang 1989 bedacht. Dr. Kurt setzte sich zu Paulsen und sah ihm zu, wie er seine Pfeife, auf die er den ganzen Abend verzichtet hatte, nun stopfte. »Ich sollte damit auch mal anfangen«, sagte der Verleger, »ich glaube, dann würden vor allem meine Frauen aufatmen, denn der Tabak riecht ja vorzüglich.« Sie plauderten dann über Golfen, Tennisspielen, und alsbald touchierten sie wieder die Politik.

Paulsen entschuldigte sich bei Sepp Kurt für seine fehlenden Kenntnisse über Politik »und all das, was damit zusammenhängt«. Kurt war überrascht: »Sie gehen hier ins Gefecht, ohne zu wissen, welche Waffen hier angesagt sind. Alle Achtung, an Mut scheint es Ihnen wirklich nicht zu fehlen.«

Paulsen klärte ihn dann über seine, wie er sie nannte, politischen Weiterbildungsmaßnahmen auf.

Dann fragte er Dr. Kurt: »Wie ist es eigentlich dazu gekommen, daß in Deutschland, so wie ich es mitbekomme, die Meinungsbildung in einigen Bereichen rigoros kanalisiert und unliebsame Meinungen mit allen, sogar gesetzlichen Mitteln unterdrückt werden?«

Kurt genoß noch einen Schluck des Weines: »Einfach hinreißend«, bemerkte er und sagte dann: »Man kann es sich einfach machen und sagen, es sind die Früchte der Achtundsechziger, aber das ist nur eine Seite der Medaille.«

»Die Achtundsechziger, wenn ich richtig gelesen habe, sind die um den Dutschke gewesen, ja?«

Er nickte und fuhr fort: »Ich für meinen Teil meine, viel schlimmer war der Umstand, daß die Parteien der Mitte und die, die konservative Werte zu verfolgen meinten, völlig versagten. Sie erkannten nicht die langfristige Strategie der Linken, sich angeblich in der politischen Mitte zu positionieren, um dann alles, was rechts von *ihrer* Mitte politisch tätig war, als rechtsradikal darzustellen. Es gelang ihnen dann auch der wohl wichtigste Coup, sie instrumentalisierten die Medien, und immer dann, wenn jemand konservative Positionen vertrat, wurde mit der Keule zugeschlagen.«

Paulsen warf seine Meinung ein: »Ja, aber man hätte doch zurückschlagen können und wohl auch müssen!«

»Sehr richtig, aber es wagte niemand mehr, Stimme und Faust zu erheben. Immer wieder wurden statt dessen sofort Rückzugsgefechte geführt und man verließ eine Position nach der anderen. Man gab quasi zu, was man hätte bekämpfen müssen, und schon war der Kas gegessen. Kurz und bündig: So entstand die Spezies der Gutmenschen und der Linksruck vor allem in den Medien und ganz allgemein in unserem Lande!«

Paulsen stopfte die Glut nach und sah Dr. Kurt erwartungsvoll an: »Ja, was soll ich Ihnen noch sagen«, er lächelte mit trauriger Miene, »der Karren wurde vor und zu Kohls Zeiten in den politischen Dreck gefahren. Es wurde möglich, daß unabhängige, wissenschaftlich fundierte Untersuchungen, zum Beispiel zum Scheitern der Multikultigesellschaft, ich denke da nur an die präzisen Arbeiten eines Prof. Hepp, oder der antiautoritären Erziehung, trotz vernichtender Prognosen einfach ignoriert wurden. Der Blödsinn wurde vor allem von ideologisierten Politkern verzapft und durch die gleichgeschalteten Medien propagiert und somit unterstützt. Es war ›in‹, so zu denken und so zu handeln. Und heute? Heute wissen wir, daß unter anderem diese beiden Experimente in die Hosen gegangen sind. Genau so, wie es die Wissenschaftler und der Bauch des ganz normalen Bürgers seinerzeit schon prognostiziert hatten. Die Auswirkungen kennen wir alle, aber keiner fragt mehr danach, wer denn die Protagonisten waren. So ist es, lieber Doktor Paulsen, und so wird es leider vorläufig auch bleiben.«

»Das ist ja nicht gerade optimistisch.«

»Nein, wirklich nicht. Es ist in, links zu sein, die Biographien vieler der heute regierenden Politiker sprechen eine deutliche Sprache. Ehemalige Linksextremisten, Kommunisten und sogar einige mit strafrechtlicher Erfahrung. Was, frag ich Sie, können wir da noch erwarten?«

Ed rieb sich wieder das Kinn: »Wenn ich als Psychiater antworten darf: Nur durch harte Arbeit sind tiefgreifende Veränderungen möglich, ich glaube, das paßt auch auf die Politik, oder?«

Dr. Kurt hob sein Glas und stieß mit Paulsen an: »Und wie es paßt, darauf lassen Sie uns trinken!«

Um ein Uhr verabschiedeten sie sich und machten aus, sich zum Golfen am Sonntag in dem Club von Bernd erneut zu treffen.

Die Medienparty, an der maßgeblich Reinhard Gut immer beteiligt war und zu der Gut Ed eingeladen hatte, fand am Samstag statt. Corinna freute sich, war aber sehr aufgeregt; zum ersten Mal würde sie an der Seite von Paulsen an einem medienbekannten Ereignis teilnehmen. Sie hatte nur noch einige Kleinigkeiten an ihrem Outfit zu korrigieren und sah auf die Uhr: »Fein, ich liege in der Zeit, er ist ja immer pünktlich«, dachte sie und schminkte sich ganz leicht die Augenpartie. Sie stellte sich vor den Spiegel, lächelte sich an und sagte laut: «So müßte es passen.«

Wenige Minuten später klingelte Paulsen an der Tür. Corinna öffnete. Ed Paulsen sah sie an, als würde er sie das erste Mal sehen und hielt den Atem an, er ging sogar einen Schritt zurück, kniff seine Augen zusammen und sah sie wortlos an.

»Was ist, bin ich …«

Er hob die Hand und legte den Zeigefinger über seine Lippen und sagte dann: »Mein Gott, mein Schatz, ich bin überwältigt!«

Sie ging auf ihn, der noch immer im Treppenhaus stand, zu, schob ihre Arme unter seinen hindurch und preßte ihn an sich.

Er murmelte: »Womit hab' ich so etwas nur verdient?«

Sie lehnte ihren Kopf an seine Brust und sagte: »Alles, alles hast du verdient.«

Plötzlich ging die Tür gegenüber auf. Ed drehte sich herum, die alte Dame mit dem Drahthaardackel schmunzelte, als sie die beiden sah. Der Hund kam sofort auf Ed zu, er witterte wohl Eds Liebe zu Hunden. Sie grüßten artig. Die gepflegte Dame grüßte zurück und wünschte einen schönen Abend. Corinna nahm Ed an die Hand und zog ihn in ihre Wohnung. Wieder umarmten sie sich, und Paulsen spürte jede Rundung ihres Körpers.

Er löste sich ein wenig aus der Umarmung, lächelte sie mit viel Glanz in seinen Augen an und sagte: »Wir haben zwei Varianten, entweder …«

Corinna legte ihm die Hand zärtlich über die Lippen: »Nein,

nein, mein Schatz, es gibt keine Variante, denn wir gehen zu dieser Party, du hast es Herrn Gut versprochen, oder?«

Ed küßte zärtlich ihren Haaransatz an den Schläfen: »Ich sage ja nicht, daß wir nicht hingehen sollten, ich habe ja nur mal so gedacht, daß wir ja auch mal später kommen könnten.«

Sie spürte den Schauer, der ihr über die Haut huschte und sich in ihren Brüsten förmlich festsetzte. Trotzdem erinnerte sie Paulsen daran, daß Gut ihn an die Eröffnung extra erinnert hatte: »Ich glaube«, in ihrer Stimme schwang deutlich Bedauern, »wir haben wirklich keine Zeit, mein Schatz, es wäre unhöflich.«

Paulsen strich wie zufällig über ihren Busen, dem sie durch dieses einfache, aber sehr entzückende Kleid viel, viel Freiheit ließ, und sagte: »Ich weiß ja, ich habe mehr meinen Vorstellungen nachgegeben. Ich kann ihn nicht enttäuschen, wenn ich zusage, sage ich zu, und dann gilt es auch.«

Corinna küßte seine Finger und forderte ihn auf: »Also, mein Liebster, dann laß uns gehen!«

Sie nahm ihren Mantel, eine kleine Tasche, und in wenigen Minuten rollten sie in Richtung Grünwald. Es ging vorbei an den Studios, und dann bogen sie in das parkähnliche Grundstück ein.

»Oha, da sind ja schon 'ne Menge Leute«, sagte er, als er die Fahrzeuge auf dem extra ausgewiesenen Parkplatz sah. Er lenkte den Wagen durch die ersten Reihen, dann forderte er Corinna auf, nach rechts zu sehen: »Siehst du dort den VW Käfer, den gelben?«

Sie hatte ihn im Blick: »Ja, was ist mit ihm?«

Er parkte langsam ein und erzählte: »Den fährt in aller, natürlich ein wenig aufgesetzter Bescheidenheit der wohl sicherlich Reichste der heute hier anwesenden Gäste.«

Corinna blieb unbeeindruckt und fragte leicht ironisch: »War er auch schon bei dir?«

»Wie du weißt, darf ich darauf nicht antworten, wenn er dagewesen wäre, egal, weshalb fragst du?«

»Wenn man mit einem gelben Käfer auffallen muß oder will, weil es mit dem Bentley keinen Spaß macht, liegt der Schluß nahe, daß er bei dir schon auf dem Sofa gelegen hat.«

Er streichelte ihre Wange und sagte anerkennend: »Ich wußte ja, du bist ein kluges Köpfchen.« Sie küßte ihn auf die Wange und erwiderte: »Danke, Herr Doktor.«

Sie stiegen aus.

Auf der breiten Treppe, die von Fackeln ausgeleuchtet wurde, begrüßte sie ein ganz besonderes Exemplar von Mann: Als erstes fiel das gegelte pechschwarze Haar auf, dann die Schultern, breit wie ein überdimensionierter Kleiderschrank, dazu die Größe, er überragte Paulsen, der immerhin Gardemaße hatte, noch um einige Zentimeter. Sehr angenehm abrundend die sympathische, offene und nicht antrainierte Freundlichkeit.

»Ich wünsche Ihnen einen schönen Abend«, sagte er im oberbayerischen Dialekt, öffnete die schwere, mit Bronzeapplikationen verzierte Tür.

Drinnen ein ähnlicher Typ. Er deutete einen Handkuß an und nahm Corinna den Mantel ab.

Paulsen kannte ihn schon von früher, begrüßte ihn und reichte ihm die Hand: »Wie steht es so, alles gut überstanden? Ich sehe zu meiner Freude keine Blessuren mehr.«

Der Athlet lächelte und erwiderte: »Zum Glück! Es muß ja nicht immer gleich mit Gips enden.« Als sie weitergingen, klärte Ed Corinna auf: »Er ist einer der gut beschäftigten Stuntmänner, macht all das, was keiner der Mimen im entferntesten wagen würde. Ausnahmen sind zulässig.«

Corinna war sichtlich nervös. Sie klammerte sich förmlich an Paulsens Arm und preßte ihn an ihre Seite. Die Wangen glühten.

Paulsen grüßte hier und da, ab und an waren es nur kurze Blickkontakte, eine Begrüßungsform die für Dr. Paulsen schon lange üblich war. Er bemerkte mit einem gewissen Stolz, daß nicht nur die Männer (er hätte sicherlich auch Corinna nicht unbeachtet an sich vorbeigehen lassen), sondern auch viele der Damen Corinna fast unverhohlen taxierten.

Endlich so etwas wie das rettende Ufer: ein Bartresen für die angekommenen Gäste. Ed bot Corinna ein Glas Champagner an, er trank einen roten Port.

»Oh ja«, Corinna atmete auf, »das tut nach diesem Parademarsch so richtig gut.«

Ed küßte ihre Lippen und lachte: »Alles gut überstanden? Ich hatte es vermutet. Wir sind ein bisserl Gesprächsstoff. Laß' ihnen die Freude.«

Plötzlich Reinhard Guts Stimme: »Hallo«, er küßte Corinna auf beide Wangen, nachdem er ihr einen Handkuß gegeben hatte, »ich grüße euch.«

Er ging hinüber auf die andere Seite von Paulsen und flüsterte: »Mein lieber Doc, was Sie da mitgebracht haben, ist die Show des Abends, ich hatte es vermutet, aber ich habe es eben mal so beobachtet. Nochmals: meine aufrichtige Gratulation!«

Ed, Gut und Corinna hatten sich schon vor einigen Tagen kurz im Zentrum auf einen Kaffee getroffen. Gut rief dann später Dr. Paulsen an und beglückwünschte ihn zu »dieser überaus charmanten, klugen und zudem hübschen Frau, Sie werden verstehen, daß ich auf die anderen, nicht zu übersehenden Auffälligkeiten nicht einzugehen wage.«

Paulsen hatte in seiner üblichen lakonischen Art Corinna über Gut nur erzählt, daß er ein bekannter Fernsehmann sei, der Nachrichten spreche und hier und da moderiere.

»Wir sind recht gut bekannt, vielleicht sogar schon befreundet.«

Reinhard Gut leistete natürlich für die regionalen und überregionalen Politiker, Wissenschaftler, Unternehmer und Medienvertreter, Schauspieler und solche, die es meinten zu sein, und etliche andere Öffentlichkeitsarbeit. Denn bis zu einer Stunde nach der Eröffnung durften die Fotografen und Reporter sich frei bewegen und versuchen, das Material für die nächste Klatschseite zusammenzubekommen. Gut hatte aber vorher alle Journalisten und Fotografen auf die Persönlichkeitsrechte einiger Besucher hingewiesen, und dazu gehörte auch Dr. Paulsen.

Gut entschuldigte sich und verschwand wieder.

Immer wieder erhellte das Blitzlicht einen Teil des großen Empfangssaales, und einige der Besucher legten sehr großen Wert darauf, ihr Gesicht in möglichst viele oder wenigstens eine der Kameras zu halten. Ed hatte sich schon des öfteren in Gruppenbildern, die wohl zufällig geschossen wurden, und den Erläuterungen zu den Fotos wiedergefunden. Es machte ihm fast ein wenig Spaß, wie man versuchte, ihn irgendwie in diese Kreise einzuordnen, was den Schreiberlingen aber nicht gelang. Er erhielt dadurch etwas von einer »grauen Eminenz«.

Nur einmal, als er zu einer Zusammenkunft eines weltbekannten Herzchirurgen geladen wurde, erfüllte er einem ihm schon länger bekannten Journalisten die Bitte nach einem Interview. Danach lehnte er, außer bei Kongressen, Symposien oder anderen rein fachlichen Veranstaltungen, derlei Ansinnen ab. Seine Klienten verfolgten sein diesbezügliches Verhalten mit erstaunlichem und ihm überaus verständlichem Interesse.

Ed sah auf seine Uhr: »Offizieller Beginn ist angesagt«, dachte er und wie auf sein Kommando unterbrach die Band, die bisher einschmeichelnde, konzertante Begrüßungsmusik angeboten hatte, mit einem Tusch ihr Spiel.

Corinna hatte sich sichtbar gefangen und sah sich interessiert, aber unauffällig um. Sie hatte ein paar Gesichter aus dem Showgeschäft und der Filmbranche erkannt und amüsierte sich über diejenigen, die vor allem durch gekünstelte Flippigkeit und stimmliche Lautstärke auf sich aufmerksam machen wollten. Sie hatten sich inzwischen sehr angenehm in der Nähe das Kamins mit einem Chefredakteur eines Nachrichtenmagazins, einem Bundesligafußballer und dessen etwas affektierter Freundin, der es offensichtlich gefiel, sich im Licht des Kickers zu sonnen, und einem Chefarzt aus Harlaching, unterhalten.

Reinhard Gut stand auf der obersten Stufe der Treppe, die in die Salons führte. Einige forderten Ruhe, eine Dame lachte leicht hysterisch, sicherlich war sie erschrocken, weil ihr Gekreische in dem schon stillen Raum widerhallte.

»Liebe Gäste, es ist mir ein besonderes Vergnügen …«, Gut richtete einige kurze, liebenswerte und charmante Worte an seine Gäste. Dann hörte Dr. Paulsen zu seiner großen Überraschung:

»… besonders freue ich mich darüber, daß ein ganz besonderer Mann und seine charmante Begleitung meine Einladung angenommen haben. Gestatten Sie mir, eine große Ausnahme zu machen: Erheben Sie mit mir auf ihn das Glas, glauben Sie mir, er hat diese Ehrung verdient. Sehr zum Wohle.«

Corinna traten Tränen in die Augen, sie drückte Paulsen die Hand und erkannte, daß auch er nur mit Mühe seine Emotionen beherrschen konnte. Sie stießen an.

»Und nun, meine Lieben, einen schönen Abend, viel Freude und beste Unterhaltung, ach ja, im übrigen: Die Buffets sind eröffnet!«

Der Chefredakteur rätselte: »Das war schon recht ungewöhnlich. Ich kenne Reinhard schon zig Jahre und bin auch schon zum dritten Male hier, aber so etwas hat es noch nie gegeben«, er sah Paulsen an, »wissen Sie wer dahinterstecken könnte, Sie kennen ihn ja auch.«

Ed legte den Ellbogen auf die Kaminumrandung und sagte: »Ich glaube, da können wir lange nachdenken, er wird es wohl für sich behalten wollen.«

Der Chefarzt, übrigens Leibarzt von führenden Politikern, vermutete, »daß es für ihn von überragender Bedeutung gewesen sein muß, was dieser Unbekannte für ihn getan oder sonstwas angestellt hat, denn es war schon eine außergewöhnliche und bisher wohl einmalige Ehrung, die ich hier erlebt habe, das muß ich schon sagen.«

Sie gingen langsam in Richtung der grandios dekorierten Salons. Überall waren Speisen und Getränke geschmackvoll angerichtet. Das Servicepersonal war im Stil des Rokoko gekleidet und rundete dadurch vortrefflich die Dekoration ab. Corinna und Ed ließen sich einige Vorspeisen reichen und setzten sich in eine der Fensternischen.

Corinna sah Ed Paulsen mit großen Augen an, als sie sagte: »Es war richtig bewegend …«

Ed tat unwissend: »Was meinst du?«

»Na diese ganz intime Wertschätzung für …«, sie sah in seine gleichgültige Miene und wurde unsicher, »na ja, so wie er mit dir umgeht, dich ansieht, hätte ich gedacht, er könnte dich gemeint haben.«

Paulsen nippte an seinem Aperitif und wechselte das Thema: »Schau doch mal, welche Mühe die sich hier gemacht haben.«

Corinna sagte nur: »Hm, schön, ist schon gut« und beschäftigte sich mit der Schere eines Hummers.

Immer wieder mußten Ed und danach Corinna aufstehen, um Begrüßungen zu erwidern.

Der aristokratisch wirkende, fast kastenförmige Mann sah Corinna aus stahlgrauen Augen mit offenem Interesse an: »Es ist mir eine besondere Freude!« Er reichte Ed die Hand, »heute nun lerne ich Sie endlich kennen, wie schön«, wandte er sich wieder an die ahnungslose Corinna.

»Lassen Sie es sich schmecken, wir sehen uns bestimmt noch später«, er winkte und ging in Richtung der Bar. Corinna war natürlich neugierig und hoffte, Ed würde sie umgehend aufklären, doch er wurde schon wieder angesprochen. Danach erzählte er ihr jedoch kurz, daß dies der Dr. Kurt gewesen sei, von dem er ihr bereits erzählt hatte.

»Ein toller Mann«, sagte Corinna anerkennend.

Sie hatte sehr genau beobachtet, wie zwischen Ed und einigen vornehmlich auffallenden, stilvollen Frauen kurze Blicke oder ganz sparsame Gesten ausgetauscht wurden, obwohl man sonst keine Notiz voneinander nahm.

Sie waren inzwischen aufgestanden, um in den grünen Salon zu gehen. Dort wurden italienische Speisen angeboten. Sie tranken ein wenig Tignanello und wollten gerade ihre Speisen auswählen, als plötzlich Reinhard Gut neben Corinna stand und ihr den Arm um die Taille legte.

»Nun«, fragte er, »gefällt es euch?«

Corinna küßte ihn flüchtig auf die Lippen, obwohl sie seine Wange treffen wollte, er hatte sich jedoch plötzlich zu Ed drehen wollen. Er sah Corinna liebevoll und freundlich an und sagte: »Wie würde es jetzt der Doc sagen: Oha, das war aber eine Überraschung«, und er ließ seine Zunge erst über die Unter- und dann die Oberlippe gleiten.

Sie aßen gemeinsam, und Gut und Paulsen tauschten einige Blicke, dann sagte Gut: »Doktor, es war meine einzige Chance, Ihnen, wenn auch anonym, vor so vielen auf diese Art noch einmal meinen Dank zu sagen.« Corinna sah Ed in die Augen und sie hatte ihn sofort verstanden.

Paulsen sagte absichtlich distanziert zu Gut: »Ich weiß es zu schätzen, mein lieber Herr Reinhard Gut und muß zugeben, daß Sie mich mehr als überrascht haben. Auch ich danke ihnen.«

Sie stießen auf die Zukunft an.

Die erste Band begann zu spielen.

Bald bildete sich wieder ein größerer Kreis, und man unterhielt sich über die unterschiedlichsten Themen. Dr. Kurt, der Chefarzt, Ed und noch ein paar andere Männer hatten den Sport zum Thema.

Gut tippte Corinna an und flüsterte, sie bei der Hand nehmend: »Kommen Sie, ich stelle Sie einigen Mimen vor.« Er zog sie behutsam hinter sich her. Sie winkte zu Ed, der lächelnd das gleiche tat.

Als Gut sich dem Pulk von einigen Frauen und mehreren Männern näherte, traten einige auseinander, so daß Gut Corinna allen vorstellen konnte: »Eine gute Freundin von mir, man nennt sie Conni, wer es formeller will, nennt sie Fräulein Corinna.«

Inzwischen hatte ein Schauspieler Ed lauthals begrüßt. Sie umarmten sich. Seit dem Zeitpunkt, als dieser Mann in einem Krimi einen Psychopathen spielen mußte und Ed quasi als fachlicher Berater tätig geworden war, verband beide eine lockere, aber herzliche Bekanntschaft. Ihm fiel ein, daß er Corinna nicht vorstellen konnte und sagte ihm, sie stehe dort mit Gut. Beide sahen hinüber.

Ed bemerkte, wieder mit einem sehr angenehmen Gefühl, wie die Umstehenden keinen Blick von Corinna ließen und sie sich am Gespräch beteiligte.

Auch Gerhard, der Schauspieler, wollte sich die spontane Aussage: »Was für eine tolle Erscheinung« nicht verkneifen und setzte nach: »Damit will ich nicht sagen, daß Ihre Begleitungen nicht schon immer auffallend waren«, er hob den Kopf und sah noch einmal zu Corinna, »aber das da, gestatten Sie mir die Laxheit, ist schon die absolute Oberklasse, gratuliere, Doc.«

Corinna fühlte sich sehr wohl, denn sie wußte Gut neben sich und hatte sich daran gewöhnt, daß mancher versuchte, sie mit den Augen auszuziehen. Der attraktive, bestens gekleidete Mann links neben ihr, hatte sie schon ein paar Mal mit seiner gut artikulierten Stimme angesprochen. Und sie wechselten auch einige Ansichten über den Film »Beautiful Mind«.

»Ich war überwältigt, sowohl von dem Hauptdarsteller als auch vom Inhalt und wie der Film gemacht worden ist.« Der Graumelierte nickte: »Ja, das war Hollywood von der besseren Seite, da gebe ich Ihnen recht.«

Dann erzählte er Corinna, sie anscheinend ab und zu rein zufällig berührend und immer sich entschuldigend über seine Filme und seine Vorhaben. Wieder stießen sie leicht zusammen und er berührte mit seiner Hand ihre rechte Brust. Corinna sah in dunkle Augen, die sie offen und sehr eindringlich ansahen. »Mir fällt gerade auf«, sagte er mit deutlich leiserer, ruhiger, sanfter Stimme, Corinnas Augen dabei festhaltend, »ich dachte immer, gestatten Sie mir das Kompliment, solche außergewöhnlichen Frauen wie Sie, gibt es nicht mehr, um so angenehmer ist man überrascht, wenn man eines Besseren belehrt wird.« Er nahm ihre Hand und küßte sie.

Corinna bedankte sich artig für das Kompliment und fügte dann noch an: »Es ist aber ein sehr rasches Urteil, das Sie da fällen, meinen Sie nicht?«

Er lächelte gewinnend: »Mein schönes Kind, ich kann mir bei aller Bescheidenheit anmaßen, derlei Aussagen zu treffen«, sein Blick tastete fast herausfordernd ihr Gesicht, den Hals und den Busen ab, »mein Beruf hat immer, oder treffender, überwiegend mit Frauen zu tun. Und zwar mit solchen, die meinen, unbedingt etwas werden zu wollen. Und da wird man langsam weise.«

Corinna spürte ihre Verlegenheit. Urplötzlich fühlte sie sich von seinen Blicken ausgezogen.

Sie schob ihre Hand unter Guts Ellbogen. Dieser wandte sich zu ihr, und als er den Mann neben Corinna sah, rief er: »Hallo, Alfred, ich hab' dich gar nicht gesehen. Ich grüße dich!«

Der mit Alfred Angeredete grüßte herzlich zurück, dann fragte er Gut: »Willst du mir nicht diese bezaubernde Frau vorstellen?«

»Oh, entschuldige, ich dachte, das habt ihr schon?« Er sah beide nacheinander an.

»Wir haben nur erzählt, sind gar nicht dazu gekommen.«

Gut räusperte sich: »Das ist Fräulein Corinna, zum Glück nicht aus der Branche, sie macht etwas Anständiges.«

Sie lachten.

»Corinna, das ist der Regisseur und Filmemacher und was weiß ich nicht noch alles, Alfred Dorfel, sicher hast du schon von ihm gehört.«

Dorfel nahm die Vorstellung zum Anlaß, mit dem »Sehr angenehm« ihr erneut die Hand zu küssen. Gut legte Corinna demonstrativ den Arm um die Taille und zog sie behutsam an sich. Corinnas Blick dankte es ihm.

Dorfel fragte: »Sie haben also anderes zu tun, als einer Rolle hinterherzulaufen?«

Corinna nickte und bestätigte ihm damit seine Aussage.

»Aber Reinhard, mal ehrlich«, wieder das Tasten seiner Augen, »meinst du nicht, daß sie alles hat, was man heute in unserem Geschäft benötigt?«

Gut grinste: »Ich glaube, sie hat mehr, als man in unserem Geschäft benötigt, mein Lieber.«

»Das kann gut sein«, er hob den Finger, »dann allerdings wäre es schade, wenn sie nicht mitmachen würde.«

Gut spielte jetzt den Überraschten: »Corinna, habe ich gerade richtig gehört, das klang doch wie ein Angebot, oder?« Sie sah Gut in die Augen, um sich zu überzeugen, ob er sie verstanden hatte, und antwortete ihm: »Wie? Oh, Entschuldigung, ich war gerade gedanklich ein wenig spazieren.«

Gut spürte natürlich sofort das Unwohlsein von Corinna, und nun hakte der Filmmann nach, und zwar so, wie er es irgendwo in einer Bar, einem Café oder Restaurant gewohnt war: »Also, liebe

Corinna, wenn ich Sie so anreden darf, Sie kommen einfach bei mir vorbei«, er griff in die Innenseite seines Sakkos und reichte ihr seine Karte, »und dann reden wir mal ganz ungezwungen. Wahrscheinlich haben Sie mehr Talente als Sie vermuten und das finden wir sehr schnell heraus. Abgemacht?«

»Danke vielmals«, Corinna nahm höflich die Karte, zeigte aber keine weiteren Emotionen, nur die, daß es ihr eigentlich gleichgültig war.

»Kommt Zeit, kommt Rat«, vermittelte Gut und zog Corinna, da er immer noch den Arm um ihre Taille hatte, etwas nach links, so daß sie nicht mehr außerhalb des Kreises stand.

Die Hand auf seiner rechten Schulter veranlaßte Dr. Paulsen, sich auch vom Rest der Person zu überzeugen.

»Das gibt es doch nicht!« rief er, als er dem Mann ins Gesicht sah, »da freu' ich mich aber.«

»Ganz meinerseits, mein Lieber!« Professor Baier strahlte über das ganze Gesicht.

Paulsen wollte wissen, wie der Hochschullehrer denn von Köln ausgerechnet auf diese Party gekommen sei. Baier hob die Hand und sah sich intensiv um: Er suchte also jemanden und sagte, als er nicht fündig geworden war: »Ich werde dir den Grund zeigen, wenn ich ihn sehe.«

»Ich vermute mal, man hat dich mitgeschleift.«

Er unterbrach ihn: »Nein, nein, ganz im Gegenteil, ich war riesig gespannt und hier kommt ja auch nicht jeder rein.«

Endlich sah er wohl das, was er suchte. Er schnipste mit den Fingern und winkte, bis man auf ihn aufmerksam geworden war. Paulsen versteckte sein Wissen, denn nun kamen Frau Baronin mit ihrem Mann Günther schnurstracks auf sie zu. Professor Baier erzählte kurz, daß sie sich schon länger kannten und er zu einem Symposium hier sei und natürlich sehr gern die Einladung des Barons angenommen habe. Paulsen bestand seine Kniggeprüfung vor den adligen Augen: Handkuß und Worthülsen wie aus einem Guß. Sie hatte nur einmal Eds Blick gestreift, und sie verhielt sich wie eine perfekte Schauspielerin. Der Baron wirkte noch aufgedunsener als sonst. Sein Händedruck war schwach und schwammig. In den Boulevardblättern war er des öfteren präsent, vor allem immer im Zusammenhang mit irgendwelchen Skandälchen . Man sagte auch ihm nach, daß er für so manch eine Abbildung in dieser oder jener Gazette einiges springen lasse.

»Sie machen ihm fototechnisch allerhand Komplimente, in Natur sieht er aus wie ein Schwamm«, resümierte Dr. Paulsen. Ganz anders die Baronin. Sie hatte immer noch eine beachtenswerte Ausstrahlung, und sie wußte ihren reizenden Körper recht gut zu bewegen. Man merkte: Diese Frau strotzte vor unaufdringlicher Sinnlichkeit, kein Wunder, daß sich Paulsen sofort an ihre gemeinsame heftige Affäre erinnerte.

Nach einiger Konversation befreite Gut Paulsen. Mit Baier verabredete er sich auf später, und den Adligen wünschte er noch eine erlebnisreiche Party.

Ed küßte von hinten kommend Corinna den Nacken, sie erschrak und drehte sich ruckartig um. Ihr Blick und ihre Miene wandelten sich schlagartig, und sie sagte erleichternd lächelnd: »Hier weiß man glaube ich nie, wer sich da was rausnimmt.«

Die Runde der Film- und Fernsehmacher hatte sich ineinander verbissen. Es ging nicht nur um Quoten, sondern auch darum, wer wohl am meisten die Zuschauer verblöden würde. Gut hatte dem SAT 1-Mann geduldig zugehört, und nun sagte er: »Wir alle sind mehr oder weniger auf Amerikaniveau abgesunken. Ihr Privaten aber seid da einsame Spitze! Ihr betrachtet Fernsehen auch als Gelddruckmaschine und nicht als eine, ich sage mal, kulturelle Anstalt, die sich auch für irgend etwas verantwortlich fühlt, verstehst du mich?«

»Reinhard, was willst du denn? Was unterscheidet uns? Ihr und wir müssen nach der Pfeife der Politik tanzen. Schau doch mal hin, die Politiksendungen zum Beispiel zeichnen sich durch eines aus, egal wer sie bringt: Eine Suppe, gleichgeschaltet. Daneben versuchen wir eben effektiv das Feld zu beackern.«

Es wurde hartnäckig diskutiert, und für Ed Paulsen war es

besonders lehrreich: Fast alle dieser Medienleute legten die Finger in die Medienwunden, schimpften über Einengungen, Vorgaben und teilweise tatsächlich erfolgte Zensur.

»Aber morgen«, konstatierte er, »gehen sie wieder vor oder hinter die Kamera, schreiben und sprechen ihre Texte brav so, wie sie sein sollen, wie sie sein müssen. Blanke Schizophrenie.«

Erstmals erfuhr Paulsen etwas von einer Wochenzeitung aus Berlin, von einem großen Blonden, die wohl gegen diesen Mediengleichklang eine immer lautere Melodie spielten. Dieser Blondschopf, Ed hatte ihn noch nie gesehen, griff unbewußt seine Gedanken auf und sagte: »Ja, ja, meine Herren, da gibt es diesen alten, schönen und furchtbar zutreffenden Spruch, der wohl auf sie alle zutrifft: Wes Brot ich ess', des Lied ich sing'.« Und Zivilcourage ist ja sowieso ein Fremdwort geworden. Nur die Berliner von der Jungen Freiheit oder so ähnlich, die sind echt taff und lassen sich von den Gutmenschen und der konstruierten Einbahnstraße namens politische Korrektheit nicht unterkriegen!« Einige kannten die Zeitung, andere nicht, und somit wurde heiß weiterdiskutiert, und Paulsen saugte jede für ihn bedeutende Information in sich auf.

Corinna zupfte an seinem Ärmel und sah ihn hinreißend an. Er beugte sich zu ihr und sie flüsterte:

»Ob wir mal tanzen?«

Ed hörte erstmals die Musik.

Er lächelte sie an, und sagte:« Darf ich bitten?«

Dann tanzten sie. Und dann noch zu »All you need is love«. Corinna schmiegte sich an Ed und lehnte ihren Kopf an seine Schulter und flüsterte: »So fühl' ich mich am wohlsten.«

Obwohl es kaum möglich schien, zog er sie noch näher an sich, und beide genossen die Bewegungen des Körpers des anderen. Die Band machte dann Pause. Sie schlenderten nach hinten zur Disco, die extra von einem angeblich professionellen Plattenaufleger eingerichtet worden war. Sie mußten sich erst an das rotgedämpfte Licht gewöhnen und blieben deshalb am Eingang stehen.

»Hallo, Doc, ich grüße Sie.« Ein Schatten vor ihnen grüßte überschwenglich.

Paulsen rief lachend: »Ich grüße Sie, aber ich weiß nicht, wer Sie sind, tut mir leid. Ich kann Sie nicht erkennen.« Der andere lachte auch und kam auf sie zu.

»Oha, der Philip, ein Abend voller Überraschungen heute!« Ed und Philip umamten sich.

Phil, wie ihn alle nannten, nahm die Hand von Corinna und hielt sie fest, als Paulsen sie ihm vorstellte: »Sehr angenehm.« Dann sah er zu Paulsen und wieder zurück zu Corinna.

»Kompliment, Doc, ich erzähle Ihnen doch nichts Neues, wenn ich Ihnen sage, daß Sie die aufregendste Frau von allen mitgebracht haben«, er sah Corinna in die Augen, drückte ihr die Hand und bekräftigte seine Aussage: »Wirklich, Sie können es mir glauben!«

Corinna merkte den Schuß Rot, der ihre Wangen glühen ließ, aber in dem diffusen Licht blieb die abrupte Veränderung der Farbe in Corinnas Gesicht den Männern verborgen.

Ed erzählte Corinna dann kurz, daß die Männer sich schon lange kannten, und Phil dafür bekannt war, daß er immer und überall sagte, was er dachte.

»Und das macht ihn mir so sympathisch; ich weiß immer woran ich bei ihm bin«, er boxte Phil auf das Brustbein.

Gut hatte in der Disco einen VIP-Bereich eingerichtet und Ed darüber informiert, daß er links neben der Bar größere Sitzmöglichkeiten für ein paar ausgewählte Gäste reserviert hatte. Ed, Phil und Corinna schlängelten sich förmlich dort hinüber und fanden tatsächlich Platz.

Die Stimmung tendierte bereits in Richtung Ausgelassenheit. Als sie sich setzten, bemerkte Corinna sofort die neugierigen Blicke einer Gruppe von jüngeren Männern, die an der Ecke der Bar standen.

Kurz danach kam noch der Bassist von Phil, und Ed holte das Vergessene nach: »Phil ist von der ...«, Corinna gab ihn einen flüchtigen Kuß, «ich habe ihn schon erkannt, kein Problem«, »aber du weißt nicht, daß er beinahe mal Deutscher Meister im Boxen war.«

»Stimmt, mein Lieber, aber man sieht es ihm ein bisserl an.«

Der Bassist stellte sich als Guido vor und entblößte beim Lachen seine riesigen, nahezu grellweißen Zähne.

Paulsen fragte nach den Wünschen: »Ich sag mal an der Bar Bescheid, vielleicht bringen sie uns etwas.« Er stand auf und versuchte, sich höflich entschuldigend, einen Weg zu bahnen. Genau vor dem Tresen standen diese fünf, sechs sich überlaut unterhaltenden Männer.

»Gestatten Sie, meine Herren?«

»Ja?«

Ed lächelte dem sich Umdrehenden freundlich ins Gesicht und deutete zum Tresen. Beinahe unwillig machte er Platz, so daß Ed ihn touchieren mußte. Der andere, ein geblondeter, gepflegter Jüngling, wie ihn Paulsen nennen würde, der genau mit dem Rücken zur Bar stand und Paulsen auf sich zukommen sah, zeigte keine Regung, Ed an sich vorbeizulassen.

»Entschuldigung, ich möchte gern nur etwas bestellen, bin gleich wieder weg.«

Der Angesprochene tat so, als hätte er nichts gehört, und sagte irgend etwas zu seinem Nebenmann.

Ed schob sich zwischen den Schwerhörigen und einen Gast in bayerischer Tracht, der ihm gern Platz machte und in wahrscheinlich Rosenheimer Dialekt sagte: »Man muß schon ganz schön kämpfen, um einen Tropfen abzubekommen.«

Paulsen bestellte zwei Flaschen Champagner und zwei Flaschen sehr guten Bordeaux.

Hinter sich hörte er jemanden sagen, »Der gehört zu der geilen Mieze … kennt ihr den Typ … der gehört doch nicht zu uns …« Ein anderer sagte recht laut: »So langsam lassen die hier alles mögliche Zeug rein, die mit den Titten wäre ja passend, aber die Typen hätten sie draußen lassen sollen …«

Die nette Bardame ließ sich von Ed die Getränke gleich bezahlen und versprach, sie sofort selbst zu bringen. Paulsen drehte sich um und zwängte sich zurück in die Sitzecke. Er ließ sich fallen und prustete: »Hier brennt aber heute die Luft.«

»Warte ab, wenn die Band wieder spielt, verläuft es sich.« Phil kannte sich aus.

Die Männertruppe um den Blondgefärbten hatten Ed mit

neugierigen Blicken verfolgt, und da Corinna Paulsen Platz gemacht hatte, saß sie quasi der Gruppe Modell.

»Ich kenne die nicht. Sie muß neu hier sein. Kennt sie jemand von euch?« Keiner kannte Corinna.

Der Blonde spitzte die Lippen und sagte genüßlich: »Ein toller Happen, wenn da alles echt dran ist, ist sie absolute Spitze!« Der mit dem vielen Gel in seinen pechschwarzen Haaren und der riesigen Zigarre forderte den anderen auf: »Mußt du mal prüfen, faß doch mal an.«

Inzwischen hatte sich noch ein Drehbuchautor mit seiner Freundin zu Dr. Paulsen und die Anderen gesellt, und es entspann sich ein weitläufiges Gespräch über alle möglichen Themen. Phil, als Gesellschafter ein gerngesehener Gast, erzählte wie immer sehr gekonnt ein paar Witze. Die Stimmung war hervorragend. Die Getränke kamen, und sie stießen an.

Die Band hatte zu spielen begonnen. Corinna wurde durch die Bitte um den Tanz völlig überrascht.

Sie sah auf und sah in ein freundliches Gesicht, dann suchte sie Blickkontakt zu Ed herzustellen, der bemerkte es nicht, aber Phil, er sagte etwas zu Ed. Der drehte sich zu Corinna und zu dem leicht gebückt dastehenden Blonden. Er lächelte Corinna an und nickte mit den Augen.

Der Blonde nahm Corinna an die linke Hand, so als würden sie sich schon länger kennen, sah sich zu ihr um und sagte mit viel Höflichkeit in der Stimme: »Entschuldigung, ich halte Sie fest, damit wir uns nicht verlieren.«

Es war ein Hip-Hop-Titel. Sie tanzten, soweit es möglich war, auseinander. Er kam näher, beugte sich zu ihr und sagte: »Ich heiße Gerhard, mit Künstlernamen Bob, nennen Sie mich Bob, ja?«

Corinna sagte: »Mich nennt man Corinna, oder auch Conni.«

»Ich habe dich.« Er sah sie prüfend an und meinte dann, die Anrede mit dem vertraulichen Du sei keine Dreistigkeit, denn hier kenn' ja jeder jeden, und man sei ja unter sich.

»Hast du damit ein Problem?«

Sie schüttelte den Kopf.

»Aber oft bist du nicht hier, stimmt's«, vermutete er.

»Stimmt.«

»Eigentlich hätte ich nicht so blöd zu fragen brauchen, denn wir redeten schon über dich, und keiner kannte dich.«

»Hier scheinen ja viele gern zu schwatzen.«

Er blickte mit gespielter Empörung: »Was heißt schwatzen? So etwas wie du ist schon ein paar Worte wert, und zwar sehr anerkennende Worte.«

Sie neigte ein wenig den Kopf und sagte: »Danke vielmals.«

Der nächste Titel: »Der Blaue Planet«. Gerhard, der lieber Bob genannt werden wollte, zog sie mit kräftigen Armen an sich und legte wie selbstverständlich seine Wange an ihre. Corinna stieg der Duft seines Edc in die Nase. Corinna versuchte sich zögernd aus der engen Umarmung zu lösen. Er ließ es zu und sagte: »Das Lied lädt zum engen Tanzen förmlich ein, oder?«

Sie wollte nicht unhöflich sein und antwortete: »Nun, eine Einladung ist ja keine Verpflichtung, es geht ja auch ein bisserl anders.« Er flüsterte, ganz dicht an ihrem Ohr: »Aber das macht doch nicht solch einen Spaß.«

Corinna hoffte auf einen Swing oder Rock, aber sie spielten Elvis Presley: »In the Getto«.

Wieder zog sie Bob an sich. Er preßte seine Lendengegend gegen ihre und dann raunte er: »Du und ich, wir machen's heut, du wirst begeistert sein.« Corinna drückte ihre Hände gegen seinen Oberkörper, sein Griff blieb fest, aber so kam sie ins Hohlkreuz. Sie fixierte ihn und sagte ziemlich laut: »Ich werde den Teufel tun!«

Bobs Gesicht drückte Unverständnis aus.

»Wahrscheinlich fühlt er sich unwiderstehlich oder kennt nur diese Masche«, dachte sie und spürte, wie seine linke Hand von ihrem Rücken langsam nach vorn und dann plötzlich auf ihre rechte Brust rutschte. Ruckartig blieb Corinna stehen und funkelte ihn mit dunkelgrünen Pupillen an. Er hatte sie loslassen müssen und stand da wie verlassen, als Corinna sagte: »Wäre ich heute nicht das erste Mal hier, hättest du jetzt ein blaues Auge.«

Sie drehte sich um und ging, den Tanzenden ausweichend,

zurück zu der sich anregend unterhaltenden Gruppe. Bob stand da wie in Stein gehauen. Seine Kumpels feixten mit offener Schadenfreude.

Corinna setzte sich in die Runde, und Ed bemerkte Corinnas leicht verunsicherten Blick.

Phil sah zu Corinna und sagte: »Siehst du, die Spinner wollen die Stars sein, weil sie mal ihren Kopf in die Kamera halten durften, aber sich zu benehmen haben sie nicht gelernt.«

Ihm mißfiel, daß Bob Corinna nicht zum Platz zurückgebracht hatte, denn ihm war entgangen, daß Corinna ihn stehengelassen hatte.

Sie lächelte etwas gequält: »Oh ja, leider haben Sie ja so recht.«

Ed sah sie jetzt mit besonderer Aufmerksamkeit an, denn er erkannte sofort an ihrem Gesichtsausdruck, daß irgend etwas vorgefallen sein mußte. Er stand auf und bat Phil, ein Stückchen zur Seite zu rutschen, und setzte sich zu ihr. Gerade als er sie fragen wollte, ließ sich Bob neben Corinna in die Polster fallen. Ed sah an Corinna vorbei zu ihm hinüber; Phil sah ihn, als ihn Bob angerempelt hatte, fragend an. Corinna versuchte Platz zwischen sich und Bob zu schaffen und lehnte sich an Ed.

Phil fragte höflich: »Entschuldigen Sie, haben Sie sich in der Richtung verirrt?«

Bob sah Phil verächtlich an: »Quatsch kein dummes Zeug. Ich will zu meiner reizenden Tanzpartnerin, sie soll dort weitermachen«, er deutete mit seinen Lippen einen Kuß an, »wo sie aufgehört hat. Wir konnten gar nicht wie abgesprochen zur Sache kommen.«

Ed lehnte sich in demonstrativer Lässigkeit zurück, legte Corinna den Arm um die Schulter und zog sie an sich. Phil schenkte sich Rotwein nach und tat so, als sei nichts geschehen, wer ihn kannte, wußte aber, in ihm brodelte es.

Bob sah nun mit einer gewissen Ratlosigkeit alle nacheinander an und war offensichtlich über das ihm entgegengebrachte Desinteresse überrascht und wußte nicht so recht, wie er damit umgehen sollte. Mit einem Zug trank er den Whisky aus und sagte, das von seinem Mundwinkel herunterlaufende Rinnsal ignorierend: »Hier vergessen wohl einige, wer ich bin!« Er versuchte seinem Blick Strenge zu verleihen und sah in die nach wie vor milden, ein wenig spöttisch-mitleidig lächelnden Augen von Ed Paulsen.

»Da gibt es nichts zu lachen«, er krachte das schwere Glas auf den Tisch, »ein Star erwartet Respekt und Achtung!« Er stand etwas umständlich auf und drehte sich zu den Sitzenden um.

Paulsen sah an ihm vorbei und entgegnete in seiner unnachahmlich ruhigen Art : »Ich sehe, junger Mann, hier weit und breit keinen Star, und wenn es denn einen geben sollte, wäre es mir völlig egal, verstehen Sie?«

Bob traf fast der Schlag: »Was?« Das Wort zog er unendlich lang.

Alle, mit Ausnahme von Corinna, brachen in Gelächter aus.

Bob stellte sich vor Ed, sah auf ihn hinunter, dann streckte er wie einen Degen den Arm zu ihm aus und schrie: »Sie, was bilden Sie sich ein!? *Jeder* hier kennt mich.« Er ruderte mit den Armen durch die Luft.

»Wir allerdings nicht. Sind Sie vielleicht der neue Mitarbeiter, von dem mir mein Automechaniker erzählt hat? Dann würde ich mich über unsere Bekanntschaft sehr freuen!« Wieder Gelächter.

Bob fuchtelte weiter mit den Armen: »Alles Quatsch, Sie Heini, ich bin Bob Horly, der Star aus der Serie ›Morgens in Berlin‹, und nun können Sie von mir ein Autogramm bekommen, ich bin ja nicht so.«

Phil war es zu viel. Er stand langsam auf, stellte sich neben Bob und tippte ihm auf die Schulter und sagte mit viel Gutmütigkeit in der Stimme, jedoch mit gefrorenem Blick: »Laß es gut sein, geh zu deinen Spielgefährten, bevor ihm«, er deutete auf Paulsen, »der Kragen platzt, und das will ich dir nicht zumuten. Komm, sei so nett, geh in deinen Sandkasten.«

Bob sah Phil, dann Ed und dann Corinna an. Er spuckte Ed beinahe auf die Schuhe, drehte sich zu seinen Kumpanen um, dann wieder zurück zu den Sitzenden und sagte sehr laut: »Ich muß doch wohl das Recht haben, hier offen sagen zu können, daß solche«, er streckte den Arm zu Corinna aus, so daß der Finger sie beinahe an der Stirn berührte, »also, solche Nutten hier nichts ...«

Ed fing Bob auf. Der Schlag von Phil, man erkannte es an der Präzision und der Wirkung, daß er das Boxen noch nicht verlernt hatte, traf Bob am Kinnwinkel, und er fiel in sich zusammen, als hätte ihn jemand mit dem Baseballschläger in den Kniekehlen getroffen. Ed setzte Bob auf einen Stuhl, den irgend jemand heranschob, der offenbar alles beobachtet hatte. Bob hob jetzt langsam den Kopf und sah sich überrascht und neugierig um. Phil rieb sich die Knöchel der linken Hand und sah ihn an und sagte, ihm die Hand auf die Schulter legend: »Und nun schleich dich.«

Bob wollte aufstehen, was ihm aber nicht so recht gelang. Paulsen winkte die anderen Typen, die mit verblüfften und ängstlichen Gesichtern herübersahen, und sie nahmen Bob unter die Arme.

Phil setzte sich, so als wäre nichts passiert, und sagte mit ruhiger Stimme zu Paulsen: »Ich weiß Doc, das war nicht die feine englische Art, aber diesen Typen muß man zeigen, wo der Anstandshammer hängt. Und im übrigen wollte ich Ihnen unbedingt zuvorkommen.« Sein Grinsen war reine Sympathie.

Von diesem Zwischenfall erholte sich die Stimmungslage von Corinna nicht mehr. Sie war enttäuscht und desillusioniert; lange schwieg sie, Ed ließ sie schweigen, und nach einigen Minuten sagte sie zu Paulsen: »Furchtbar, sei mir nicht böse, aber hier würde ich es ein zweites Mal nicht aushalten.«

Gegen zwei Uhr verließen sie, sich von Gut, der von all dem nichts mitbekommen hatte, und einigen verabschiedend, das inzwischen langsam ausufernde Medienfest.

Sie duschten, wie so oft, gemeinsam. Der Eklat stand aber noch neben ihnen.

Als Paulsen Corinna sehr vorsichtig, so als wolle er nichts zerbrechen, in die Arme nahm, flüsterte sie: »So also sieht es bei diesen Leuten aus, entsetzlich ...«

Er hob sie auf seine Arme und legte sie, naß wie sie war, behutsam aufs Bett und sagte: »Nein, meine Schatz, man sollte nicht den Fehler machen, alle über einen Kamm zu scheren. Du wirst noch ganz andere, völlig integere und niveauvolle Leute erleben. Aufschneider und Profilneurotiker gibt es überall«, er lächelte sie an und küßte ihre Nase, »zugegeben, so viele wie in dieser Branche allerdings nirgendwo.« Sie umarmte ihn und zog ihn auf ihren Busen: »Trotzdem, eine Gesellschaft, die mir nicht liegt. Vielleicht«, sie strich ihm eine tropfende Haarsträhne aus der Stirn, »vielleicht gewöhne ich mich ja noch daran.« »Das wird nicht nötig sein, dort ist und war auch nicht mein zuhause.«

Kurz danach war Corinna in seinen Armen eingeschlafen. Er deckte sie liebevoll zu und legte sich vorsichtig, sie nicht in ihrem friedlichen Schlaf störend, neben sie und sah sie noch länger an.

»Ich fühle mich unendlich wohl mit dir«, dann nahm auch ihm der Schlaf die weiteren Gedanken.

Er spürte plötzlich die Hand in seinem Gesicht. Corinna hatte wohl geträumt und sich dabei herumgedreht und so ihre Hand an seinem Gesicht abgelegt. Behutsam nahm er das Handgelenk und legte die Hand auf ihr Kopfkissen. Sie murmelte etwas, atmete tief ein, und dann schlief sie ruhig weiter.

Paulsen war plötzlich hellwach. Er lauschte auf das gleichmäßige Atmen Corinnas und starrte mit offenen Augen in die Dunkelheit. Seine Gedanken formten Bilder, und dann sah er Köhler.

»Ja, die letzten Wochen waren so etwas wie eine Bergwanderung durch ein massives Wolkenfeld. Anfangs leitete mich nur der Wille, Unrecht entgegenzutreten, doch dann merkte ich, mit dem Willen allein geht es nicht.«

Er zog Bilanz: »Ich habe in meiner Arbeit niemals die Deformierungen des einzelnen losgelöst von dem gesehen, was wir Realität, Umgebung, Sein, tägliches Leben nennen, ich glaube, dann wäre ich auch gescheitert, aber erst durch das Schicksal dieses Mannes erweiterte ich meinen Horizont in Richtung eines von mir strikt abgelehnten Teils des Seins: Ich sah mir gezielter und differenzierter das an, was man, sagen wir, gesellschaftliche Verhältnisse oder gesellschaftlichen Zustand, nennt.«

Er streichelte zärtlich über Corinnas Haar. Wieder hörte er ein paar unverständliche Worte.

»Nie wäre ich vorher auf den Gedanken gekommen, daß allen Ernstes schon seit längerem Bestrebungen im Gange sind, die breite Masse zu manipulieren, mehr noch, man will das, gut, ich sag' mal, das gesellschaftliche Handeln durch die Verengung von politischen Denkinhalten und Mustern einseitig festlegen und dadurch Grenzlinien im Bewußtein der Menschen ziehen.«

Er atmete tief durch und grübelte weiter: »Somit wird zumindest für bestimmte Bereiche eine offizielle Meinung gezimmert, an der sich quasi jeder auszurichten hat, der sich mit diesen beschäftigt. So nach dem Motto: Beachten Sie ja, wo die Grenzen liegen! Das nenne ich Gleichschaltung, man steckt das Meinungsbild über geschichtliche Ereignisse, reale Vorkommen und das aktuelle Sein in ein Korsett … mir wird jetzt das zugänglicher und verständlicher, was seinerzeit mir schon Uri erklären wollte.«

Er schlief mit diesem Gedanken endlich wieder ein.

Susanne machte sich bemerkbar. Ed drückte die Taste: »Susi, ja?«

»Entschuldigung, Doc, da ist ein Typ mit sympathischer, aber dennoch energischer Stimme, ich konnte ihn nicht abwimmeln, er will unbedingt mit Ihnen sprechen«.

Paulsen wollte an seinem Beitrag zum bevorstehenden Symposium arbeiten und hatte Susi gebeten, ihm den Rücken freizuhalten, und fragte: »Was ist denn da so wichtig? Wer ist das?«.

»Er nannte keinen Namen, ein Verleger …«

»Oha, gib ihn mir sofort, danke dir!«

Dr. Kurt begrüßte ihn und lobte Susanne und fragte, wie es denn geht.

»Ich kann nicht klagen, sehe ich mal von meinem chronischen Schlafdefizit ab.«

Dr. Kurt meinte, er habe in ihm einen Leidensgefährten, und sagte dann den entscheidenden Satz: »Sie haben den Köder geschluckt!«

Zwischenzeitlich hatten Köhler, Dr. Ulrich und Paulsen aus

ihrer Sicht all das zusammengefaßt, was Dr. Kurt für seinen Part benötigte. Er hatte dann mit Bernd sehr akribisch an einer vermeintlichen Geschichte gearbeitet, die ausgewählten Medienvertretern untergeschoben werden sollte. Bernds Aufgabe war es, die juristischen Belange so zu bearbeiten, daß Dr. Kurt nicht direkt angegriffen werde konnte. Allen war klar, daß, wenn die Meute anbeißen sollte und sich dann nach wenigen Recherchen die wahren Hintergründe abzeichnen würden, es nicht nur zu einem Aufheulen käme, sondern man würde versuchen, erbarmungslos um sich zu schlagen.

»Großartig! Eine bessere Nachricht gibt es nicht!«

Sepp Kurt lachte verhalten und erzählte Paulsen, daß er am achten Loch einige Bemerkungen gemacht hatte, am zehnten der Chefredakteur von sich aus nachfragte und Sepp dann weitere, immer effekthaschendere Details, jedoch, »ihr müßt schon verstehen, ich bekam das auch nur unter vier Augen erzählt, also es ist nur für euch hier auf dem Platz bestimmt, vielleicht war der Irre ja auch wirklich irre.« Dann diskutierten sie diese Thematik bis zum Fünfzehnten. Am Siebzehnten, als der Chefredakteur erstmals Par spielte, fragte er, ob Kurt etwas dagegen habe, wenn sich seine, wie er sie nannte: Schweißhunde mal um die Sache kümmern würden.

»Sie können sich vorstellen, mein Lieber, daß ich natürlich meine Bedenken äußerte, aber dann unter Kumpels die Leine losließ. Jetzt also geht's los. Ich hoffe, Sie sind bereit!«

»Mit Haut und Haaren und ein wenig Grips, darauf können Sie sich verlassen!«

Kurt entschuldigte sich, im Hintergrund hörte er ihn einige Anweisungen geben, dann meldete er sich wieder: »Lassen Sie uns am Freitag ins Tantris zum Essen gehen, da müßte schon etwas passiert sein. Geht es bei Ihnen?«

Paulsen rief, sich seinerseits entschuldigend, Susi zu sich, stimmte den Termin ab und sagte: »Es paßt.«

Kurt hatte wohl über die Restauration nachgedacht: »Ich glaube, es wird besser sein, wir gehen lieber außerhalb zum Essen. Im

Tantris kennt man uns, und wer weiß, wer gerade noch dort ist, vorläufig sollten wir uns noch bedeckt halten, oder?«

»Sie haben absolut recht! Was halten Sie von Starnberg?«

»Bestens. Mein Büro kümmert sich darum, und ich laß' Sie informieren, wo wir uns treffen, gut so?.« Sie verabschiedeten sich.

Ed lehnte sich zurück, preßte die Handflächen vor der Brust zusammen und fühlte neben der Freude Spannung in sich aufsteigen: »Jetzt wird es ernst, mein Lieber«, flüsterte er.

Umgehend rief er seinen Freund an, denn es war jetzt absehbar, daß Dr. Ulrich als einer der ersten von den Schweißhunden kontaktiert werden würde. Sie verabredeten sich auf den Abend bei Paulsen. Ed informierte ihn nur darüber, daß es nun losgehen würde.

Am Abend, Corinna hatte bewiesen, daß sie auch das Kochen auf hohem Niveau beherrschte, besprachen sie noch einmal die Einzelheiten. Ulrich wollte gleich am Morgen mit Köhler ausführlich reden und ihn trotzdem noch einmal, sie hatten natürlich bereits alle ihnen möglich erscheinenden Varianten diskutiert und regelrecht trainiert, auf das Kommende vorbereiten.

Wie nicht anders zu erwarten, standen am nächsten Tag die ersten Journalisten vor der betreuten Wohnanlage für psychisch auffällige Bewohner. Dr. Ulrich ließ sie warten, denn sie waren nicht angemeldet, und er hatte gerade erst mit Köhler das vorbereitende Gespräch beendet. Dann um zehn Uhr saßen sie in seinem Zimmer. Ulrich verbat sich das erbetene Foto von sich und zeigte sich leicht verschnupft, denn er sah in dieser Aktion nichts weiter als den Versuch, die Psychiatrie wieder einmal in die negativen Schlagzeilen zu bringen. Er betonte sehr geschickt, daß er natürlich mit dieser, sollt es denn wirklich so gewesen sein, recht bedauerlichen Sache nichts, aber gar nichts zu tun habe.

»Das war noch zur Zeit, als ich noch nicht bei der Enthospitalisierung eingebunden war.« Die Namen der damals verantwortlichen Psychiater fielen ihm, wie vorbereitet nach längerem Nachdenken, »rein zufällig« noch ein.

Immer wieder wurde natürlich nach dem Betroffenen gefragt. Ulrich bekräftigte, anfangs mit gut gespieltem Widerwillen, seine Kooperationsbereitschaft, bat aber um Verständnis, das alles mit dem Betroffenen erst einmal besprechen zu müssen.

»Sie werden sicherlich verstehen, daß Herr K ... «, auch das gehörte zur Absprache, »Entschuldigung, daß der Betroffene von uns über die Ereignisse informiert werden muß, dann allerdings, da er ja von uns aus nicht mehr den Patientenstatus hat, kann er über sein weiteres Vorgehen selbst entscheiden.«

Sehr gut machte es sich, daß der zuständige Redakteur eines weiteren Blattes anrief und Ulrich um ein Gespräch bat. Sehr zurückhaltend, aber immer so, daß das Gespräch nicht gefährdet war, sagte Ulrich endlich zu.

Die Gazetten machten so auf, wie es besser nicht hätte sein können.

Man las: »Unmögliches möglich! Unschuldig in der Psychiatrie!«, »Wo leben wir denn? Mitten in Deutschland Psychiatrieskandal!«, »Das darf nicht wahr sein. Ein Gesunder fast zwei Jahre in der Psychiatrie«.

Die Ungeheuerlichkeit wurde aufreißerisch und in den schillerndsten Wortfarben dargestellt. Auch die Blätter jenseits des Boulevards griffen, aber wesentlich vorsichtiger und bereits vorrecherchiert, das Thema auf. Fachleute und nicht wenige, die sich selbst als solche bezeichneten, kamen, natürlich mit Foto, zu Wort. Man spekulierte noch, da der Betroffene sich bisher noch nicht in der Öffentlichkeit erklärt hatte.

»Ich glaube, bevor wir ein solches Geschrei machen, sollten wir erst einmal abwarten, was uns der Betroffene zu sagen hat«, empfahl einer der wenigen Bedächtigen eines seriösen Blattes .

Umsonst. Die Meute war losgelassen, und das erfreute Dr. Kurt und Dr. Paulsen, als sie sich direkt am See zu dem verabredeten Essen trafen. Sepp hatte alle Zeitungen dabei, und sie gingen die Aufmacher durch.

»Wir sollten nun Herrn Köhler von der Leine lassen, was denken Sie? Ist er stark genug?«

Paulsen sah Kurt ernst und nachdenklich an: »Ich kann es beim besten Willen nicht sagen. Er ist gefaßt, gut konditioniert und entschlossen, aber wenn er, wie Sie mir erläuterten, von den in ihrer Art doch cleveren Typen in die Mangel genommen wird, bin ich mir nicht sicher, ob er dann nicht doch instabil wird.«

»Wenn diese Horde merkt, was hinter der Sache steckt, werden sie wie Bluthunde sein, denn sie werden dann zum Beispiel auch nachweisen wollen, daß er schon krank war und auch diese angeblich ungerechtfertigte Einweisung ein Produkt seines kranken Hirns ist. Ihnen wird alles, jede Unterstellung und Lüge recht sein, um sich zu rächen. Das muß er wissen und natürlich auch Sie.«

Noch waren sich die Schreiber und sogar das Regionalfernsehen in ihrer Beurteilung einig: Hier ist einem Menschen Unrecht geschehen. Ihm wurde seine Identität genommen und ihm die eines Geisteskranken übergestülpt. Wahrscheinlich inkompetente, zumindest aber fahrlässig handelnde Seelenklempner haben das Leben eines angesehenen Lehrers zerstört.

Natürlich wollten die in Rage gekommen Journalisten endlich auch den Malträtierten kennenlernen, ihn befragen, bemitleiden, ihm die Hand reichen, und ihn so lange wie nur möglich, das allerdings sollte er nicht unbedingt mitbekommen, in den Schlagzeilen halten. Schließlich ging es ja hauptsächlich um die Auflage … oder?

Über all das hatte Bernd sehr ausführlich berichtet. Er verwies dann noch darauf, daß ein Fernsehteam bereits an der ehemaligen Schule von Köhler recherchiert habe: »Wie, weiß ich nicht, aber sie sind Ihnen, lieber Freund, also auf der Spur«, er sah Köhler eindringlich an und schlug vor, »bevor die mit ihrem Namen kommen, sollten wir nun die Karten offenlegen. Was halten Sie davon?«

Es war schon weit nach Mitternacht, als sie sich entschlossen, nun Köhler ins Gefecht zu führen.

Tagelang hatte sich Köhler mit Hilfe der anderen auf die nun folgende Situation vorbereitet. Immer wieder konstruierten sie neue Interviewvarianten, um auch die hinterhältigsten Fragestellungen, mit denen Köhler gewiß konfrontiert werden würde, zu entschärfen. Köhler wurde mit provozierenden Fragen und Aussagen konfrontiert und war endlich kaum noch zu verunsichern. Er wurde noch stabiler, selbstsicherer und härteverträglicher. Er blieb ruhig und überlegt. Er war gewappnet.

Paulsen sah in die Runde, dann blieb sein Blick bei Köhler hängen, und er sagte ihm: »Sehr gut, alter Freund, aber denken Sie daran: Es wird noch viel schlimmer!«

Der Verleger Dr. Kurt senkte und hob ein paarmal seinen kantigen Schädel und ergänzte: »Man wird, nachdem man das Tabuthema entdeckt hat, alles versuchen, um Sie quasi noch einmal in die Psychiatrie zu stecken, man wird Sie anfeinden«, er sah nun zu Paulsen hinüber, »und Sie mit dem Doktor stigmatisieren. Ich sage das extra noch einmal: Es wird eine harte Zeit!«

Köhler lächelte fast ein wenig spitzbübisch, als er allen sagte, wie sehr er sich auf das Kommende freue: »Denn das, was ich durchgemacht habe, kann nicht mehr getoppt werden!«

Dr. Kurt klopfte ihm auf die Schulter: »Viel Erfolg, meine Herren, ich werde alles hautnah miterleben können. Wie verabredet verabschiede ich mich jetzt bis auf weiteres aus diesem Kreis.

Sicher werden wir Kontakt halten, aber sehr sporadisch. Nochmals viel Erfolg und natürlich auch ein wenig Glück!«

Sie standen auf und verabschiedeten sich.

Sepp nahm Paulsen zur Seite und sah ihn mit Wohlwollen an, er legte ihm beide Pranken auf die Schultern und sagte: »Ihnen gebührt meine besondere Hochachtung, Herr Paulsen! Sie werden sehen, sehr rasch werden Sie zur Zielscheibe der selbsternannten Gutmenschen, und ich hoffe nur, Sie werden alles unbeschadet überstehen.« Er verstärkte den Druck seiner Finger, als er anfügte: »Und rechnen Sie menschliche Enttäuschungen lieber gleich ein.« Dr. Kurt ließ die Hände sinken und wollte gehen, doch dann sah er nochmals Ed in die Augen, und sagte: »Ich bin übrigens für Sie immer, ich betone: immer, erreichbar.« Er gab Paulsen seine Karte; und verwies auf die Rückseite: »Eine Nummer, die nur wenige haben.«

Sie schüttelten sich die Hände, und dann verließen sie den Gasthof.

Das Interview fand in der Wohnanlage statt. Dr. Ulrich stellte Köhler und gleichzeitig Dr. Eduard Paulsen vor. Sie hatten dafür gesorgt, daß nur drei Journalisten mit ihren Fotografen anwesend waren. Dr. Ulrich sagte ein paar einleitende Worte. Dann klärte er die Anwesenden über Dr. Paulsen auf und betonte dabei vor allem seine wissenschaftliche Kompetenz und die umfangreichen psychotherapeutischen Erfahrungen. So ganz nebenbei erwähnte er einige Publikationen und die Teilnahme an bedeutenden Kongressen und seine Mitarbeit bei staatlichen Vorhaben, wie der Enthospitalisierung. Dann bat er Ed Paulsen, über die Geschehnisse der letzten Monate und Wochen einige Ausführungen zu machen.

Sehr nüchtern und betont sachlich berichtete Paulsen. Er vermied es, auf die damaligen Ereignisse an dem Gymnasium einzugehen, hier sollte Köhler berichten. Er wollte versuchen, die Weichen für die sich anschließende Befragung Köhlers in die gewünschte Richtung zu stellen.

Dann stellte sich Köhler den Fragen der Journalisten.

Gleich die erste Frage war eine von denen, die sie erwartet hatten: »Herr Köhler, gab es denn irgend einen Anlaß in Ihrem Leben, durch den Sie mit der Psychiatrie in Verbindung kamen?«

Köhler antwortete wie vorbereitet: »Über die Psychiatrie erfährt man als allgemein gebildeter Mensch ja allenthalben. In direkte Verbindung, um Ihre Formulierung zu benutzen, kam ich erst später, völlig überraschend«, er sah die Journalisten nacheinander an, »es wäre Ihnen sicherlich nicht anders ergangen.«

Sie wollten natürlich wissen, an welcher konkreten Situation sich Köhlers Probleme festgemacht hatten. Ruhig antwortete er: »Man mag es kaum glauben, es waren nichts weiter als unterschiedliche Auffassungen zur Arbeit am Gymnasium, die dann für mich unerklärlich eskalierten.«

Sie hakten sich nicht bei den unterschiedlichen Auffassungen, sondern dort ein, wo sie hofften, mehr auskleiden zu können: die Eskalation, wahrscheinlich als Ursache für seinen psychischen Zusammenbruch, oder so etwas ähnliches.

Köhler balancierte sehr geschickt und wurde von Dr. Paulsen vorbildlich sekundiert. Es gelang vor allem Dr. Paulsen, die Journalisten immer wieder durch diese oder jene Bemerkung von logischen Gedankenabläufen und somit einander bedingenden Fragen abzulenken.

Der rotblonde verantwortliche Redakteur eines weitverbreiteten Regionalblattes ließ sich aber nicht beirren und fragte nun bereits zum zweiten Male: »Sagen Sie mir doch bitte, damit ich die Zusammenhänge besser verstehen kann, welche Lehrinhalte oder Themen oder methodische oder didaktische Vorstellungen führten denn zu einem so gewaltigen Zerwürfnis zwischen Ihnen und der Schulleitung?«

Köhler sah Paulsen kurz ratsuchend an. Auch das hatten sie bereits diskutiert und die Antwort präpariert, Ed nickte mit den Augen: »Gern, wobei ich hier vorerst nicht weiter ins Detail gehen möchte, es waren schließlich schulinterne Auseinandersetzungen, und die sind heute kaum noch von Bedeutung.«

Der pfiffige Rotblonde lächelte liebenswürdig, als er sagte: »Sicherlich, verehrter Herr Köhler, aber für Ihre offenkundig ungerechtfertigte stationäre Einweisung in die Psychiatrie war es doch sehr wohl von mitentscheidender Bedeutung, oder?«

Paulsen dachte: »Einer der besseren Typen; nicht übel.«

Köhler nickte und sagte: »Selbstverständlich. Vielleicht soviel: Es ging um die Vermittlung geschichtlichen Wissens und dabei um die Problematik von Wahrheit und Nichtwahrheit.«

Er und vor allem Paulsen bemerkten die plötzlich deutlich werdende Aufmerksamkeit, und Paulsen signalisierte Köhler, es damit gut sein zu lassen.

»Haben Sie aber bitte dafür Verständnis«, er sah jeden der

Journalisten an, »daß ich hier und heute zu dieser Thematik nichts weiter ausführen möchte.«

So war es auch verabredet gewesen, denn Köhlers etwas schwammige Aussage sollte genau das bewirken, was wenig später auch geschah: die Recherchen der Redakteure nach dem Warum.

Das Interview erschien nicht als großer Aufmacher. Man berichtete eher in Form einer kommentarlosen Wiedergabe.

Allen um Dr. Kurt war klar: Sie begannen nach dem übereifrigen Anfangsgeschrei, nun ihre Arbeit mit Augenmaß zu betrachten und zu erledigen.

»Da die meisten ja keine Blödmänner sind, haben sie die Lücken in unseren Antworten und unser Ausweichen schon erkannt und wollen nun wissen: Was wissen wir noch nicht, was ist da wirklich passiert?« konstatierte Bernd und spulte das mitgeschnittene Band des Interviews noch einmal bis zu der Stelle, wo die entscheidende Frage wiederholt wurde, zurück.

Sie lauschten.

Dr. Ulrich sagte: »Na klar, da muß man kein erfahrener Fuchs sein. Das müssen sie gefressen haben!«

Es dauerte zwei Tage und dann war es soweit.

Sehr geschickt, möglicherweise auch abgesprochen, wurde eingestanden, auf eine »raffinierte, groß angelegte Lügengeschichte von rechtslastigen Intellektuellen über eine mögliche ungerechtfertigte stationäre Einweisung eines ehemaligen Gymnasiallehrers« hereingefallen zu sein. Man zeigte die Bilder von Köhler und von Dr. Paulsen und stellte das gesamte Gefüge auf den Kopf. Sie hatten einen riesigen Ballon gestartet, mit dem sie hofften, vernichtend zurückschlagen zu können.

Köhler war blaß und leicht nervös. Dr. Kurt rauchte sichtbar genüßlich seine Zigarre und Bernd wieder zwei oder gar drei Zigaretten auf einmal. Sie berieten über das Vorgehen.

»Es ist in etwa also so gekommen, wie wir es vorausgesehen haben«, Kurt sah in die Runde, »ich hoffe, Sie sind«, nun sah er Köhler und Paulsen abwechselnd an, »nicht zu sehr beeindruckt, wenn man urplötzlich zu einer Unperson gemacht wird. Aber, bitte erinnern wir uns, genau das haben wir ins Kalkül gezogen!«

Paulsen nickte und lächelte zufrieden: »Ich stelle mir vor, was meine Klienten sagen werden. Ach was, sagen, sie werden einfach nur lachen und sich mit dem Finger an die Stirn tippen.«

Bernd nahm sich eine neue Zigarette und sprach dem Rauch hinterher: »Jetzt müssen wir sofort loslegen und die einstweilige Verfügung sowie die Klage wegen Rufschädigung bei Gericht einreichen. Ich werde dies«, er sah auf seine schwere Armbanduhr und nickte mit dem Kopf, »ja, das wird klappen, noch heute erledigen!«

Sie stimmten noch einmal ruhig und sehr konzentriert das Vorgehen ab.

Dr. Kurt wies eindringlich darauf hin, sehr restriktiv mit Informationen umzugehen und vor allem keine Angriffsflächen zu bieten, die der Gegenseite rechtliche Schritte, vielleicht sogar nach der Diktion der Volksverhetzung, ermöglichen würden: »Es ist ein derartiges Gummigesetz, daß du schon wegen eines Witzes den Staatsanwalt am Hals haben kannst. Meinungsfreiheit klingt immer noch gut, aber sie wird für bestimmte Themenbereiche mehr und mehr gesetzlich eingegrenzt. Ja, so ist es, wenn die Linken und Ehemalskommunisten überwiegend das Sagen haben und die anderen sich feige verkriechen.«

Bernd warnte: »Hier ist keiner besser als im ehemaligen Osten! Und auch hier kann man Denunzianten und Informanten kaufen, manche fühlen sich sehr wohl dabei, anderen schaden zu können, und dann gibt es solche Sorte von Menschen, die meinen, nach ihrer Ideologie ist das alles gerechtfertigt. Meine Herren, die Stasi läßt also grüßen. Wir müssen vorsichtig agieren«, er legte Paulsen, der neben ihm saß, den Arm um die Schulter und fuhr fort, »gerade Sie, Doc, sind jetzt am meisten gefährdet und riskieren allerhand. Man wird lauthals fragen, ob Sie schon immer ein Nazi waren oder erst zu einem mutiert sind. Dann wird man es *behaupten*. Für diese Schreiberlinge ist Ihre Person von besonderer, weil öffentlicher Bedeutung! Denken Sie nur daran, wer bei Ihnen und wo Sie ein und aus gegangen sind. Also, passen Sie gut auf!« Dann stützte er die Hände auf den Tisch, stand auf und sprach weiter: »Wir haben seit Wochen ein Ziel anvisiert: die Rehabilitation von Herrn Köhler. Ohne Dr. Paulsen, das wußten alle hier am Tisch, würde es aber nicht gehen. Zum Glück haben wir gleich bedacht«, er lächelte vieldeutig, »und es ist ja auch so gewollt, daß man also sehr bewußt auf Dr. Paulsen losgehen wird«, er ließ seine Faust auf die Tischplatte fallen, »aber damit begehen sie den von uns einkalkulierten Fehler. Die Medienfritzen und die Verantwortlichen in den Behörden werden dann von uns respektive dem Gericht gezwungen, sich mit den Hintergründen und damit der Wahrheit auseinanderzusetzen«, er schlug bekräftigend die rechte Faust in die linke Handfläche, »dann, meine Lieben, fällt die plumpe Polemik wie ein Kartenhaus in sich zusammen, sie wird sich selbst entlarven. Gehen wir also ans Werk!« Und leise ergänzte er: »Noch haben wir hier eine Demokratie.«

Wie schon öfter ging Corinna in der Mittagspause in das kleine asiatische Restaurant, um dort eine der winzigen Speisen aus dem Wok zu essen. Jemand mußte die Zeitung liegengelassen haben, und obwohl es eine der Zeitungen war, die Corinna selbst nie kaufte und auch nicht las, blätterte sie mehr aus Langeweile in dieser herum.

»Unsinn«, belehrte sie ihre Gedanken, denn sie hatte beim Durchblättern kurz ein Gesicht gesehen und dieses mit Ed Paulsen in Zusammenhang gebracht. Als sie bei den Sportseiten angekommen war und irgend etwas von Doping kurz überflogen hatte, fiel ihr das Foto wieder ein, und sie suchte nach der Seite. Sie überhörte den kleinen Vietnamesen, der ihr die Apfelschorle servierte und freundlich nach Corinnas Befinden fragte. Sie sah erschrocken zu ihm auf, lächelte gequält und rang sich ein: »Ja, ja, gut, danke sehr« ab. Denn auf dem Foto hatte sie nun wirklich Ed Paulsen erkannt. Die Farbe war ihr nicht wegen des Fotos aus dem Gesicht gewichen, es war der Text. Über dem stand die Überschrift: Guru der Schönen und Reichen im Nazisumpf.

Sie sah sich um, so als säße sie mit Bekannten zusammen, die nun sehen wollten, was sie denn lesen würde und sie genau das nicht zulassen wollte. Corinna faltete die Zeitung zusammen und steckte sie in ihre Tasche. Dann aß sie eher mit langen Zähnen als mit Appetit die vorzügliche Mischung aus frischem Gemüse und Shrimps. Schnell zahlte sie und ging hinaus in die Frühlingssonne.

In der Nähe des alten Stadttores setzte sie sich auf den Rand des Brunnens und hatte für den Wasserspeienden und den Knaben als Brunnenfiguren kein Auge. Sie las. Erst als sie alles ein zweites Mal gelesen hatte, wußte sie zwar, was dort geschrieben wurde, aber sie konnte es nicht verstehen.

»Ungeheuerlich«, dachte sie, »Ed und ein Nazi? Welch krankes Hirn steckt dahinter?« Sie zerknüllte die Zeitung, stand auf und warf sie in die Abfalltonne vor dem Eingang zum Warenhaus.

Als sie die kleine Straße zur Frauenkirche erreicht hatte, wählte sie die VIP-Nummer von Dr. Paulsens Praxis. Es läutete ungewöhnlich lange. Dann endlich Susannes Stimme.

Als diese Corinnas hörte, sagte sie: »Du kannst dir nicht vorstellen, was hier los ist. Die Hölle! Hätten wir nicht diesen Anschluß, wären wir von der Umwelt wohl abgeschnitten.« Beide Frauen hatten sich an einem Abend, als sie gemeinsam ausgegangen waren, dafür entschieden, sich doch besser ab sofort mit dem Vornamen anzusprechen.

»Alles wegen dieser Zeitungsschmiererei?«

»Klar, aber alle wollen dem Doc etwas Gutes sagen, sind fast alle empört, eigentlich sehr, sehr angenehm.«

»Wie geht es ihm?«

Susanne lachte: »Was denkst du?« Als Corinna nichts sagte, beantworte sie ihre Frage: »Er ist wie immer: Gut gelaunt, arbeitet ununterbrochen, macht Späße und man hat den Eindruck, er weiß von all dem nichts. Übrigens, ich hätte dich schon verbunden ...«

»Danke, ich vermute, er hat gerade jemanden bei sich«. Und Corinna wußte, daß Ed nur dann in einer Sitzung gestört werden durfte, wenn es, wie er sagte, um einen »Todesfall oder Schlimmeres« gehe.

Corinna erzählte ihr, wie sie beim Mittagessen auf den Artikel gestoßen war: »Ich glaube, der Vietnamese, der mich ja schon kennt, hat bestimmt gedacht, ich bin gerade dem Leibhaftigen begegnet.« Beide lachten. Corinna fühlte sich wieder wohler.

»Entschuldige«, hörte sie Susi und kurz darauf: »Du, ich verbinde dich, mach's gut und auf demnächst.«

»Da freue ich mich aber, eine schöne Abwechslung. Wie geht es dir, mein Schatz?«

Corinna entgegnete: »Das wollte ich dich gerade auch fragen. Aber ich merke schon und freue mich darüber, daß du unverändert bist.«

Sie hörte sein Lachen und dann seine nächste Frage: »Unverändert? Was meinst du damit?«

Corinna erzählte ihm kurz darüber, weshalb ihr beinahe der Appetit beim Mittagessen vergangen sei und sie einen riesigen Schrecken bekommen habe.

»Weshalb erschrickst du dich wegen so eines Geschmieres? Du weißt doch, vor lauter Dummheit wissen die nicht, was sie schreiben sollen. Also: kein Grund zur Besorgnis.«

Corinna atmete tief ein und aus und sagte: »Also ich weiß nicht, für mich steckt da etwas Bedrohliches drin. Aber wichtig ist, daß du weißt, was da gespielt wird.«

Paulsen sagte: »Mach dir keine Sorgen, wir haben die Fäden in der Hand und wundere dich nicht, wenn da noch etwas hinterher kommt. Also, laß dich küssen und bis nachher.«

»Ich liebe dich!«

»Ich kann nur mit deinen Worten antworten.«

Gut war inzwischen in die Bibliothek gegangen und unterhielt sich mit Susanne, als Paulsen zu ihnen stieß.

»Wissen Sie, Susi, in Deutschland gibt es unzählige Anzeichen«, er lächelte Paulsen an, der sich an das Buchregal gelehnt hatte, »die beweisen, daß Oberflächlichkeit, Dekadenz und Scheinleben, wenn Sie mir folgen können«, Susi nickte, »sich immer mehr zu einer offiziell anerkannten Lebensform entwickeln. Ja doch, ich habe den Eindruck, daß dahinter echte, also strategische Ziele ganz bestimmter politischer und anderer einflußreicher Kreise stecken. Leider.«

Gut zündete sich eine Zigarette an und ergänzte: »Das allerbeste Beispiel dafür war nicht das recht ungewöhnliche Ableben des hiesigen schwulen Modefritzen. Nicht nur, wie er starb, sondern vor allem die Glorifizierung eines Mannes, der zwar keinem etwas, aber auch nichts Besonderes getan hatte, ist ja schon eine Perversion an sich!«

Susi machte eine Geste, als wollte sie die Hände über dem Kopf zusammenschlagen: »Es ist einfach eine Diskriminierung der Menschen, die täglich sterben und als Wissenschaftler, Geschäftsführer, Maurer, Polizist oder Hausfrau in ihrem Leben Bleibendes geschaffen haben, mehr noch, was sollen alle die denken, die noch leben und täglich ihre Pflichten und noch viel mehr tun?«

»Bravo, liebe Susi«, meldete sich Ed, »es ist in der Tat kaum nachvollziehbar. Was sind wirkliche Lebensleistungen noch wert? Das wird sich so mancher fragen, wenn er nun miterlebt, daß ein schwuler, verlogener Modemacher nach seinem gewaltsamen Tod auf einen überaus fragwürdigen Schild gehoben wird«, er trank einen Schluck Tee, wischte mit dem Handrücken über seine Lippen und sprach weiter, »es wird der Bock zum Gärtner gemacht. Es wird psychopathologisch auffällige Selbstdarstellung und das schmierige Leben in einer Randgruppe völlig unverdientermaßen durch die Medien«, er hatte das »die« betont, »mit denen wir es bezeichnenderweise ja nun auch zu tun haben, honoriert, und man bastelt so etwas wie eine Symbolfigur. Sehr richtig, Herr Gut: Dekadenz in Reinkultur.«

Reinhard Gut rührte fast nachdenklich in seinem Kaffee: »Mir ist auch unerklärlich, daß sich der Stoiber zu einer öffentlichen Stellungnahme hat hinreißen lassen, ich glaube es wäre besser gewesen, er hätte geschwiegen. Bei Ude ist das schon«, er sah beide grinsend nacheinander an, »wieder etwas anders gelagert.«

Der Farbmelder am offiziellen Telefon hatte unterdessen fast ununterbrochen aufgeleuchtet. Ed hatte Susanne gebeten, das

Läuten umzustellen und nun keine Gespräche mehr anzunehmen. Dies übernahm nun der Anrufbeantworter mit dem sehr freundlichen Text.

Susanne schenkte Kaffee und Tee nach und verabschiedete sich von den zwei Männern: »Ich habe noch ein bisserl was zu tun, bis später.«

Gut griff das vorher im Refugium schon diskutierte Thema wieder auf: »Ihr Konzept, wie Sie mir sagten, steht. Und die Voraussetzungen sehen auch gut aus. Nun bin ich gespannt, wie sie«, er tippte mit dem Zeigefinger auf die vor ihm auf dem Tisch liegenden Zeitungen, »reagieren werden, wenn der Bumerang zurückkommt.« Er lehnte sich zurück, und dann, so als wäre es ihm gerade eingefallen, fügte er an: »Ich muß es wohl nicht betonen, lieber Doktor, aber ich biete Ihnen im Rahmen meiner, sagen wir mal, doch sehr begrenzten Möglichkeiten auch jetzt jegliche Hilfe an. Und ich komme auch nach wie vor zu Ihnen und ich möchte Sie bitten, nicht im entferntesten davon auszugehen, auf mich Rücksicht nehmen zu müssen.«

»Danke.« Eds Augen sagten viel mehr als das gesprochene Wort.

Gut fragte: »Und Sie gehen davon aus, daß man sich wirklich mit den wahren Vorgängen beschäftigen und nicht versuchen wird, Sie mit Scheingefechten abzuwimmeln?«

Paulsen schlug die Beine übereinander und antwortete: »Wir haben nichts als die Wahrheit. Die anderen nur Polemik. Und mit dieser haben sie uns angegriffen. Jedes Gericht wird nun ergründen müssen, wer denn nun recht hat. Und recht, so sollte es zumindest sein, hat immer die Wahrheit.«

Gut sah ihn ernst an: »Sie sagen es, Doc, so sollte es zumindest sein. Aber das muß man heute und vor allem bei dem Thema, stark bezweifeln.« Er zog umständlich eine neue Zigarette aus der Packung. Ed gab ihm Feuer. Der Nachrichtensprecher sprach weiter: »Wir aus unserer Gilde sagen schon seit längerer Zeit: Für bestimmte Themen ist die Wahrheit abgeschafft und dafür ein vorgefertigter Ersatz geschaffen worden: Glaube. Ja, lieber Doc, was wir schon oft besprochen und befürchtet haben, wird rasante Realität!«

Paulsen legte die Stirn in Falten und sprach wie zu sich selbst: »Die, ich nenne es mal: gelebte Wahrheit und deren Wirkung und Bedeutung ist der Universalschlüssel zur Problembewältigung des Individuums und damit auch der Gesellschaft«, er hatte die rechte Hand zur Faust geballt und diese auf sein Knie geschlagen, »ohne diese grundsätzliche Einstellung, Herr Gut, hätte ich meinen Beruf längst wegen fehlender Klienten aufgeben müssen. Nur die Wahrheit, natürlich auch und besonders die zu sich selbst, quasi als Voraussetzung, ist es, die den Weg aus dem Labyrinth weist.«

»Ich bin überzeugt davon, daß Sie recht haben, wenn es um Prinzipien *Ihrer* Arbeit geht«, Gut sah Paulsen gerade in die Pupillen, tippte sich mit dem Daumen der rechten Hand gegen die Brust, »glauben Sie mir aber auch, daß ich weiß, wo von ich jetzt rede: Wir erleben schon seit vielen Jahren, allerdings mit zunehmender Tendenz, einen Prozeß der«, er schien nach dem rechten Wort zu suchen, »ja, der gemachten, erlogenen Wahrheiten und verfährt dann nach dem Prinzip: Nur immer das gleiche wiederholen, irgendwann wird es zur Wahrheit.«

Beide schwiegen.

Dann stellte Dr. Paulsen fest: »Und das scheint offensichtlich zu klappen.«

Gut nickte: »Leider, es scheint so.« Gut sah zur Pendeluhr und sprang erschrocken auf: »Um Gottes willen, ich muß los!«

Rasch verabschiedeten sie sich und versprachen, sich noch am Abend zusammenzurufen.

Dr. Paulsen genoß ein lange nicht erlebtes Gefühl: Er kam nach Hause und klingelte und die Tür wurde von innen geöffnet. Und dann stand Corinna vor ihm, und sie umarmten sich so, als würden sie sich nach langer, langer Zeit endlich wiedersehen. Als ihre Lippen sich losließen, sagte er, den Mantel über die Garderobe werfend: »So, nun bin ich heilfroh, bei dir und hier zu sein.«

Sie legte beide Arme um seine Taille, lehnte den Kopf an seine

Schulter und so gingen sie ins Kaminzimmer. Die englische Tee-kanne stand auf dem alten Porzellanstövchen, durch das der Schein des Teelichtes hindurchschimmerte. Corinna hatte ein wenig Gebäck und das Meißner Zwei-Personen-Service bereitgestellt. In dem fünfarmigen Leuchter brannten die grünen Kerzen, und gemeinsam mit dem Feuer des Kamins entstand eine wohlige Atmosphäre.

Ed küßte Corinna auf die Haare und sagte: »Lieb von dir«, und gemeinsam ließen sie sich auf die breite Sitzgarnitur fallen. Paulsen zog Corinna auf seinen Schoß und warf sie übermütig auf den Rücken. Sie alberten wie zwei Pennäler, die noch nicht so richtig wußten, wie sie miteinander umgehen sollten.

»Und dein Tag?« Er lag neben und halb auf ihr. Sie küßte ihn auf die Nase und antwortete: »Na ja, bis auf den Mittagsschrecken war alles in Ordnung. Die Arbeit macht noch immer Freude, und dich gibt es zum Glück auch noch.« Er lächelte sie an und gab ihr ein Rätsel auf: »Wetten, daß du mir nicht glauben wirst, was ich dir gleich sagen werde?« Das Grün ihrer Pupillen forschte: »Na ja, Herr Doktor, das ist ja eigentlich nicht schwer. Du kannst mir ja sonst was erzählen.«

»Also«, er setzte sich auf und zog Corinna mit hoch, »ich habe diese Artikel noch gar nicht gelesen!« Sie war wirklich überrascht: »Nein, das bist typisch du. Ich wäre verrückt geworden,schon aus Neugierde!«

»Ich gehe anders an die Sache heran, denn nichts ist unbedeutender als die Zeitung von gestern.«

Corinna überlegte mit ernstem Gesicht und sprach wie zu sich selbst: »Hm, mag ja für die von heute auch gelten, aber morgen gibt es ja eine neue Zeitung, und damit geht alles von vorn los …«

»… oder auch nicht. Also warten wir mal ab.«

Corinna schenkte Tee ein und sie genossen die langsam verstreichende Zeit.

Am Abend trafen sie sich mit Dr. Ulrich und seiner neuen Freundin in der Kantine, so jedenfalls nannte Uli eine Gourmet-gaststätte, die er des öfteren besuchte. Sie machten sofort aus, über

»das Thema« kein Wort zu verlieren. Es gelang ihnen auch, jedoch dem Besitzer des Nobelrestaurants konnten sie keine Vorschriften machen. Er setzte sich zu ihnen, bot Uli eine vorzügliche Zigarre an und tastete sich vorsichtig heran, und sagte in der ihm eigenen Offenheit: »Neugierde hasse ich ja, aber ich kann mich nicht zurückhalten«, er lachte mit entschuldigender Miene, »aber das Ding in dem Revolverblatt ist ja wohl direkt aus dem Tollhaus, oder?« Er schnitt Uli's und seine Zigarre an und brannte sie nacheinander über der Flamme des Spezialzünders langsam, fast zelebrierend an.

Uli und Paulsen sahen sich so an, als wollten sie beratschlagen, wer wohl dazu etwas sagen sollte oder auch nicht. Ed entschloß sich: »Eigentlich wollten wir über das Gekleckse, da es, wie du sagst, wohl echt im Tollhaus verfaßt worden ist, gar nicht weiter reden. Einfach ignorieren.« Er lächelte ihn an und gab sich aber verständnisvoll: »Da du aber ein so lieber Kerl bist, machen wir«, er sah Dr. Ulrich an, der belustigt nickte, »natürlich eine Ausnahme.«

Mit viel Humor sprachen sie über das Geschehene. Der Chef des Hauses schüttelte immer wieder den Kopf: »Ich muß euch schon sagen, all das ist ja so schleichend vor sich gegangen, daß wir das alles gar nicht mitbekommen haben, wie man Grundlagen unserer demokratischen Verfassung einfach aushebelt. Gäbe es solche Fälle nicht, würden wir denken, alles läuft rund.«

Als das Essen kam, schenkte er persönlich den Wein ein, und dann verließ er die vier mit einem: »Laßt es euch schmecken und bis nachher.«

Der Abend gestaltete sich entspannend, da Johann nach dem Essen, so wie er angekündigt hatte, wieder zu ihnen kam und noch zwei Damen in seinem Schlepptau mitbrachte, die auf ihre Männer warteten. Nach kurzer Zeit kamen auch diese. Man stellte sich vor, und der amüsante Abend nahm einen ungetrübten Verlauf. Wahrscheinlich auch deshalb, weil die zwei Ulrich und Paulsen unbekannten Ehepaare Gäste aus Baden-Baden waren, die eine Auktion bei Neumeister und alle Pinakotheken besucht hatten und somit einem überaus lockeren und vielschichtigen Palaver nichts im Wege stand.

Dr. Paulsen wurde von Bernd darüber informiert, daß alle eingeleiteten Rechtsmittel vom Gericht quittiert und, wie es bei einer einstweiligen Verfügung notwendig ist, umgehend bearbeitet wurden.

Sie hatten im Vorfeld die Schriftsätze gemeinsam besprochen. Diese Besprechung war eigentlich nicht notwendig und daher eher eine Information, denn Bernd beherrschte nicht nur die direkte Prozeßführung vor Gericht, die er auf seine exzellenten, außerordentlich scharfsinnigen und bis ins Kleinste recherchierten Schriftsätzen aufbaute. Für alle war es daher ein Erlebnis, wie er die Schreiber der Boulevardblätter, die sie sich aufs Korn genommen hatten, auseinandernahm.

Ed erlebte in diesen Tagen immer wieder, wie ihm überwiegend unverhohlene Sympathie, aber auch nie erwartete Distanz entgegenbracht wurde. Seine Beobachtungen teilte er Gut mit, als er sich bei ihm entschuldigte, am Vorabend nicht erreichbar gewesen zu sein: »Wissen Sie, ich freue mich ein wenig darüber, daß fast alle, wenn sie mit mir zusammen sind, sich über Gesinnungsterror, Gleichschaltung, eingeschränkte Meinungsfreiheit und beispiellose Ideologisierung beschweren. Ich überbewerte das nicht«, er hatte bemerkt, daß Gut einhaken wollte, »nur das noch: Denn keiner von denen hat bisher *selbst* irgendwo den Schnabel aufgemacht, obwohl einige von denen in der Lage wären, dies wirkungsvoll zu tun. Somit brauche ich mich wohl erst gar nicht zu fragen: Würden sie diese Meinung auch noch vertreten, wenn sie mit anderen zusammen wären?«

»Niemals! Ich bin davon überzeugt, daß ein Großteil dieser Leute ihnen zum Munde redet, ein anderer Teil zwar so denkt, aber, um Gottes willen, nichts damit zu tun haben will und nur ganz, ganz wenige zu ihren Worten stehen und, wenn nötig auch danach handeln würden. Denken Sie an Köhler!«

»Eben, so sehe ich es auch.«

»Im übrigen, lieber Doktor Paulsen, auch ich würde mir zigmal

416

überlegen, mir selbst ins Knie zu schießen. Ich sage das ganz offen, damit Sie noch deutlicher erkennen, wie wir gepolt sind, leider, mein Lieber, aber so ist es!«

»Danke, Herr Gut, für Ihre Offenheit. Ich wäre aber wohl kaum auf die Idee gekommen, Sie hier mit hereinzuziehen. Ich empfinde es schon als angenehm, daß Sie meine Nähe nicht scheuen.«

Pause.

Gut: »Dann, mein Lieber, würde ich mich aus voller Überzeugung im Spiegel anspucken«, wieder eine kleine Pause, und dann fragte er: »Aber beobachten Sie denn in ihrem Umfeld solches Verhalten?«

»Ja, ja, einige sind verhindert, andere melden sich gar nicht, obwohl sie in der Therapie sind, und dann sitzen sie im Roma, ich denke, Sie wissen, was ich meine. Ich kann sehr gut damit leben, aber ob *die* es dann können, wird sich zeigen. Wer eine Therapie unentschuldigt ausläßt, weiß: Er wird gestrichen, egal wer er ist oder meint zu sein, und muß sich wieder hinten anstellen.«

»Ins Roma, mein Lieber, gehen seit einiger Zeit manche aber aus Überzeugung nicht mehr, ich weiß nicht, ob Sie die Gründe dafür kennen ...« Ed sagte noch nein, dann entschuldigte sich Gut: «Einen Augenblick, Doc ...« Dann wieder seine Stimme: »Wir rufen uns noch einmal zusammen, ich muß mit dem Wagen los. Grüßen Sie mir Ihren Schatz!«

Paulsen sah hinaus in den Frühlingstag und sinnierte: »Hätte es den Fall Köhler nicht gegeben, würde ich noch immer als Fettauge oben rumschwimmen, und ich wär' wohl kaum auf die Idee gekommen, darüber nachzudenken, was denn eigentlich in unserer Gesellschaft täglich so passiert ... obwohl ich doch in jedem einzelnen ein Stück Gesellschaft vor mir hatte.«

Susanne fragte an. Er drückte den Sprechfunk: »Doc, da will Sie jemand dringend sprechen, ein Uri, aus der Schweiz.«

»Her mit ihm!«

»Grüezi, lieber Doktor Paulsen, hier spricht Uri.«

»Grüezi, Gott zum Gruße. Ich freue mich, Sie zu hören!«

Uri entschuldigte sich, gab irgend jemanden, wahrscheinlich

dem Fahrer, einige Anweisungen, dann war er wieder da: »Fein, sie leben also noch.?«

Paulsen lachte, als er fragte: »Sah ich letztes Mal, als wir uns trafen, schon so hinfällig aus?«

Nun lachte Uri lauthals: »Nein, nein, aber ich habe alle Zeitungen, Sie sind ja ein richtiger Medienaufmacher geworden, doch bei *dem* Thema muß man sich ja ein paar Gedanken machen, oder?«

»Lieb von Ihnen, aber ich glaube, wir werden es überleben!«

»Haben Sie Zeit?«

»Fast nie, aber vielleicht in ein paar Tagen, wieso?«

»Nein, heute, wir könnten uns treffen, hier in München!«

Paulsen war begeistert: »Waaas? Na, für Sie finde ich doch immer Zeit!«

Uri erklärte ihm, daß es erst heute früh entschieden wurde, mit einer Sondermaschine nach München zu fliegen, und für ihn war es darum ein »riesiges Bedürfnis«, Ed Paulsen zu treffen.

Er fügte an: »Na ja, und«, er hüstelte so, als wäre er wirklich erkältet, »gestatten Sie mir bitte diese bizarre Darstellung, interessiert mich natürlich ihr völlig unerwartetes politisches Engagement. Sie haben mir Ihre braune Einstellung aber geschickt zu verheimlichen verstanden. Alle Achtung!«

Er lachte.

Sie verabredeten sich für den Abend. Gegen neunzehn Uhr trafen sie sich vor dem Restaurant.

Uri verabschiedete den Fahrer und sagte ihm, er möge so gegen halb elf (was meinen Sie, Doc, ist das die richtige Zeitvorgabe? Ed hatte genickt) mal hineinschauen. »Bis dahin können Sie München aufmischen, oder?«

Der Restaurantleiter begrüßte Ed Paulsen wie üblich mit der in diesem Hause typischen Freundlichkeit, die auf eine gewisse Zurückhaltung niemals verzichtete. Kumpelhaftigkeit war hier im Umgang mit den meist in der Öffentlichkeit Stehenden und anderen, durchweg gut betuchten Gästen regelrecht verpönt.

Dr. Paulsen stellte Uri kurz vor und bedankte sich für die kurzfristige Reservierung.

»Ich bitte Sie, Doktor Paulsen, für Sie doch immer!«

Ed lachte ihm ins Gesicht und fragte provozierend: »Haben Sie die Zeitung nicht gelesen? Man weiß ja nie …«

Der weißhaarige Mann sagte ernst: »Die lese ich nicht, man hat mir da aber etwas mit sehr, sehr ernstem Gesicht erzählen wollen, ich habe aber kein Interesse an Klatsch. Ich kenne Sie, und das reicht mir.« Paulsen sah ihm in die Pupillen und erwiderte: »Ich möchte Ihnen danken.«

Der andere senkte leicht das Haupt, streckte den Arm aus und sagte: »Gestatten Sie, ich bin hier zu Hause« und ging vor, um sie zu dem reservierten Tisch zu führen.

»Wir folgen Ihnen auf dem Fuße!«

Ed erwiderte hier und da ein paar Grüße, und ihm entging auch nicht, daß man ihn offensichtlich gesehen hatte, aber so tat, als würde man ihn nicht sehen. Insgesamt hatte er jedoch den Eindruck, intensiver als sonst beobachtet zu werden.

Der Restaurantleiter blieb an einem Tisch in der Ecke stehen: »Hier, ist der Ihnen recht?«

Paulsen bedankte sich, und mit Hilfe der Tischkellner, die ihnen die schweren Stühle zurechtschoben, nahmen sie Platz.

Uri stützte die Ellbogen auf die Tischplatte und sah Paulsen forschend an: »Ich dachte, Sie ganz anders vorzufinden. Kompliment, Sie sehen ja noch jünger aus, als damals. Läuft bei Ihnen die Lebensuhr anders?«

Ed lachte ihn an: »Wohl kaum, aber trotzdem danke für die Blumen, so langsam kann man sie gebrauchen!«

Die zwei Tischkellner hielten sich in einem respektablen Abstand auf, und einer reagierte sofort, als Ed ihn freundlich anlächelte.

»Ja, bitte, Doc?«

Sie bestellten Aperitif und Uri »erst einmal ein echtes Augustiner.«

Dr. Paulsen klärte Uri darüber auf, daß in dem Haus ein Sternekoch sich und seine Auszeichnung jeden Tag aufs neue habilitiert. Uri setzte seine Lesebrille auf und griff mit den Worten: »Na, dann wollen wir es auch heute testen, oder?« zur Karte.

Die Getränke kamen, und sie stießen auf das Wiedersehen und den sicherlich angenehmen Abend an. Dann bestellten sie Vorspeise, Fisch, dazu einen ausgezeichneten österreichischen Weißwein, danach Lamm und dazu einen Bordeau, Lafite, 1989.

Und dann kam der Sternekoch. Er begrüßte Ed Paulsen, der fast behende aufgestanden war, da er das Kommen des Kochs erst bemerkte, als dieser schon am Tisch stand, mit der üblichen Herzlichkeit. Paulsen machte die Männer miteinander bekannt.

»Uri«

»Hecht«

Sie setzten sich gemeinsam und unterhielten sich über die letzten Neuigkeiten.

Uri berichtete über die Veränderungen der Asylvoraussetzungen in der Schweiz und wies darauf hin, daß in der Schweiz eine recht angespannte Stimmung im Volke herrsche: »Wir glauben, nein, wir wissen, daß Grenzen erreicht sind, die nun dem ganz normalen, sagen wir mal, auch unpolitischen Bürger sichtbar werden. Mit dauerndem Wiederholen von Phrasen, die seit dem Kriegsende aufgelegt wurden, erreicht man nahezu zwangsläufig Widerspruch. Vor allem bei der Jugend, und das ist das Interessante und vielleicht auch Positive!«

Der Koch sah nun Paulsen an und fragte ihn: »Wem, lieber Doc, wenn ich fragen darf, sind Sie denn auf den Zeh getreten. Mein Beikoch hat mir vorhin die Gazette und den Artikel gezeigt. Unglaublich, das darf ich mir anmaßen dazu zu sagen.« Paulsen umriß in wenigen, sehr sachlichen und völlig unemotionalen Worten die Situation. Mehrmals sagte der Sternekoch, »ist doch nicht möglich«, »erst, wenn man so etwas hört, weiß man, was bei uns los ist«, »unfaßbar«.

Der Restaurantleiter gestikulierte nach einigen Minuten. Uri machte Hecht auf dessen Armbewegungen aufmerksam, die so aussahen, als würde er etwas anheben wollen. Herr Hecht nickte und sagte: »Ich muß ran, denn wenn Sie vor Mitternacht noch etwas zwischen die Zähne bekommen wollen, muß ich nun los.« Er stand auf, die zwei Männer auch.

»Einen schönen Abend«, er sah Ed Paulsen ernst an und sagte: »Ihnen alles erdenklich Gute, Doc, lassen Sie sich nichts gefallen!«

Uri trank noch einige Schluck Bier und sah Paulsen mit seiner so bemerkenswerten Freundlichkeit an: »Es ist schon recht beachtlich, was sich bei Ihnen so getan hat! Ihre damalige Abneigung, sich mit Dingen des täglichen Lebens zu befassen, oder besser mit der täglichen Politik, hat nicht so lange angehalten. Wie ich es so mitbekommen habe, sind Sie ja richtig im Geschäft.«

Beide lachten sie über die Wahl des Ausdrucks.

Ed war etwas verwundert und fragte: »Also, mit Geschäft hat das nun wirklich nix zu tun. Aber sagen Sie mal, haben Sie in Zürich nichts anderes zu tun, als unsere Käseblätter zu lesen?«

»In meinem Büro arbeiten ein paar Leute, die nichts anderes machen, als die Veröffentlichungen in den Medien zu analysieren. Ich habe das Privileg, Vorgaben machen zu dürfen, und in denen sind die Münchner Boulevardblätter mit aufgeführt«, er hob beide Hände, so als wollte er ein moslemisches Gebet beginnen, »na ja, und nun weiß ich, was hier los ist.«

Ed hob voller Respekt die Augenbrauen: »Nun ja, da kann ich mir nun keine Ausreden wegen meiner Neonazikarriere einfallen lassen, Sie kennen leider schon die ungeschminkte Wahrheit.«

Uri wurde ernst: »Mein lieber Freund, unterschätzen Sie nicht Ihre Gegner! Es ist zwar Schwachsinn, aber ein von langer Hand dirigierter. Ich hoffe nur, Sie haben eine zuverlässige und kompetente Streitmacht?«

Paulsen nickte.

Der Fisch kam.

Uri bemerkte: »Wenn es so schmeckt, wie es aussieht, muß es ja gigantisch sein.«

Ed lächelte über den Kandelaber hinweg und bemerkte: »Sie werden begeistert sein! Guten Appetit.«

»Danke, ebenfalls.«

Schon nach dem ersten Bissen gab Uri Paulsen recht.

Dann griff Uri das bereits Angesprochene erneut auf: »Sie

haben Herrn Hecht ja schon einiges erzählt, macht es Ihnen etwas aus, mich ein wenig ausführlicher zu informieren?«

Paulsen kaute zu Ende und begann dann in seiner gewohnten Ruhe und Gelassenheit, jedoch ohne langweilig zu werden, Uri die Details zu schildern. Dieser hakte immer wieder ein und stellte diese und jene Frage. Sonst saß er da und sah Paulsen wie hypnotisiert an; schüttelte immer einmal den Kopf.

»Und das ist der heutige Stand.«

Uri hob das Glas, sah Paulsen mit Achtung und Respekt an und sagte: »Hut ab, allen Respekt, lieber Doktor, ich hoffe nur, daß Sie siegen und unbeschadet bleiben!«

Sie stießen an.

»Ich danke Ihnen.«

Uri beurteilte den Wein mit »vorzüglich« und sagte dann: »Und nun sind Sie mittendrin in der Politik, so kann man es doch sagen, oder?«

Ed lehnte sich zurück und sah an die mit Plüsch verkleidete Decke: »So will ich es nicht sagen, aber ich war quasi gezwungen, mich mit dem zu beschäftigen, was für die Sache notwendig war. Ich wanderte durch die Geschichte. Und«, die Lachfältchen um seine Augen zeigten sich in ihrem ureigenen Charme, »entdeckte zu meinem Entsetzen die Richtigkeit meiner schon immer bestehenden Meinung, daß Wahrheit und Politik fast einander ausschließen. Speziell für mich also eine tolle Bestätigung!«

»Und hatten Sie denn nicht Sorge, von alldem zerrieben zu werden?« wollte Uri wissen.

»Nie, erstaunlicherweise nie! Denn ich habe ja nichts anderes getan und tue es noch heute, als die Wahrheit und Wahrhaftigkeit sozusagen zu verwalten. Und dieses Wissen ist für mich so etwas wie ein Schild.«

»Und um Sie herum, hat sich da was getan?«

Ed lächelte wie über eine Nebensächlichkeit: »Sie haben Herrn Hecht erlebt, er weiß von allem und weiß, daß hier einige genau beobachten, zu wen er sich setzt. Sicher gibt es einige, die meiden mich plötzlich. Auf die«, er tippte auf die Damastserviette, »auf die, lieber Uri, kann ich sehr gut und sehr gern verzichten. Ich hoffe nur, die auch.«

Uri sah auf die Weinflasche, und es sah aus, als wollte er dort etwas entziffern, dann hob er ruckartig den Kopf und sagte: »Mit diesem moralischen Schild werden Sie in der Tat so manchen Hieb abfangen können, aber«, er zog aus der Innentasche seines Zeleri-Sakkos eine Zeitung und breitete sie vor sich aus und legte seine linke Hand darauf, »man wird Sie aber unter allen Umständen und mit allen Mitteln in eine bestimmte Ecke schieben.« Er tippte auf das Papier und fuhr fort: »Sie sehen, oder besser lesen es ja, man hat schon damit begonnen. Man wird Sie gesellschaftlich isolieren und ganz einfach kaputtmachen wollen. Ich bin mir da absolut sicher!«

Paulsen fragte Uri, ob der nächste Gang kommen könne.

»Auf jeden Fall, ich bin schon gespannt!«

Der Tischkellner brachte wenig später den Rotwein, der bereits vorher entkorkt und nun dekantiert wurde. Paulsen kostete und hatte nichts an dem Wein auszusetzen.

Am Nachbartisch hatten sich einige Mitarbeiter eines privaten Fernsehsenders niedergelassen. Uri bemerkte sehr bald, daß diese drei Männer und zwei Frauen sehr oft zu ihnen herübersahen und folgerte daraus, daß man ihn oder Paulsen kannte. Dann nickte der etwas Übergewichtige Uri an, als dieser seinen Blick kreuzte. Uri erkannte ihn und lächelte mit einer begrüßenden Handbewegung ihn an.

Paulsen erklärte er: »Der machte beim letzten G-7-Treffen in Davos mit mir ein Interview«, er legte die Hand an die Stirn und ergänzte, »mein Gott wie klein ist doch die Welt.«

Paulsen erwiderte den freundlichen Gruß eines stadtbekannten Unternehmers, der heute einmal mit seiner Frau und nicht mit der Paulsen bekannten und sehr attraktiven Freundin gekommen war.

Uri hielt unbeirrt an dem Thema, das ihn offensichtlich enorm interessierte, fest: »Und meinen Sie nicht, sich so in Richtung Don Quichotte zu vergeuden? Überschätzen Sie nicht die Möglichkeiten, überhaupt noch etwas bewegen zu können?«

»Sie fragen etwas provokant.«

Uri nickte: »Hm, absichtlich.«

»Also«, Paulsen verkniff sich die sich ihm aufdrängende Frage, und sagte: »Ich gehe davon aus! Doch schon: Erst einmal Köhler, den will ich rehabilitiert wissen, und dann, meine ich, muß doch mal begonnen werden, das zu sagen und sagen zu *dürfen,* was die Menschen doch *wissen!* Und zu sagen, was der Wahrheit entspricht, auch wenn es nicht nur deutsche Verbrechen sind. Denken Sie an Finkelstein, Solschenizyn, Kopolew, und immerhin kann man heute endlich auch Bücher über die Verbrechen der Alliierten kaufen. Es passiert also doch etwas. Warum soll ich da pessimistisch sein?«

Uri legte ihm seine Hand mit den gepflegten Fingernägeln auf den Unterarm und sagte: »Um Gottes willen! Ganz im Gegenteil! Für mich ist es äußerst spannend, so etwas in Deutschland zu erleben. Ich würde sogar sagen: Endlich! Wir in der Schweiz amüsieren uns nun schon seit über fünfzig Jahren über die offizielle deutsche Politik: feige, antinational, selbstverleugnend, immer bestrebt, das Büßergewand schon dann anzulegen, bevor jemand etwas hat verlauten lassen. Auch heute erlebe ich in meiner Arbeit immer wieder ein eingefahrenes Ritual: Wenn mit den Deutschen nix mehr zu gehen scheint, dann muß man sie nur geschickt auf die Dauerbrenner, die da Drittes Reich und die Judenverfolgung sind, ansprechen, und schon klappt es. Ja, leider, aber so ist es!«

In Paulsens Gesicht spiegelte sich Ekel wider: »Und das ist es, mein Lieber, weshalb ich nie etwas mit Politik zu tun haben wollte. Kein Rückgrat, keine Haltung zu sich selbst, des Volkes zur Nation, von Patriotismus ganz zu schweigen. Verlogen bis in die Haarwurzeln!«

Uri sah seinen Gegenüber mit großer Freude an und bemerkte: »Wissen Sie, lieber Freund, ich habe in den letzten Jahren in den Lügen der großen Politik gebadet und mir immer wieder gedacht: Eine Schande, wie die Welt verkommt, und für mich selbst: Bleibe der Wahrhaftigkeit wenigstens in deinem Privatleben treu!«

Inzwischen war das Restaurant recht gut besucht, alle Tische, die sie übersehen konnten, waren besetzt. Der rosarote Plüsch schluckte die Geräusche wie ein Staubsauger die Asche vom Perser. Die Atmosphäre in diesem Restaurant hatte allein schon deshalb etwas Besonderes. Die Speisen mundeten beiden außerordentlich.

Uri war ein hervorragender Unterhalter und plauderte mit Ed über seine vielen Reisen und über die Erlebnisse mit Politikern aus den verschiedensten Ländern. Viele Anekdoten waren mit Humor gespickt, so amüsierten sie sich köstlich.

»Ich sage Ihnen, Doktor Paulsen, ein Panoptikum ist nichts dagegen und ein Käfig voller Narren ist auch nur eine Persiflage, das können Sie mir glauben, oder?«

Paulsen konnte sehr viel zu diesem guten Abend beitragen, denn auch er belustigte Uri mit einigen anonymen Episoden aus seiner Arbeit.

Dann fiel Uri noch etwas ein: »Vor nicht allzu langer Zeit saßen wir beisammen und sind, weiß der Teufel wie, auf die Situation in Deutschland gekommen. Wie üblich amüsierte man sich erst einmal über den deutschen Außenminister und seine exorbitante berufliche Qualifikation. Dann ging es aber darum, ernsthaft die Lage einzuschätzen«, er prostete Ed zu, zwinkerte mit dem linken Auge und fuhr fort, »Sie werden gleich gefordert sein, denn das was wir diskutierten, fällt in Ihre Profession.«

Auf eine Nachspeise verzichteten sie.

Ed stopfte sich eine Pfeife, und Uri ließ sich vom Tischkellner die Zigarrenkiste kredenzen, und er nahm eine lange, ziemlich dünne und helle. Der Ober brannte sie an und reichte sie Uri.

Dieser sah den Rauchschwaden nach und sagte: »Franzosen, Italiener, erst recht die Amis, vermitteln ihren Nationalstolz über schwülstige Worte und ähnliche Gesten. Den Deutschen wurde«, er hob wie zur Entschuldigung leicht die Schultern, »Nationalstolz und Patriotismus von außen und leider auch von den eigenen, kollaborierenden Politikern und den Medienpaladinen quasi als nicht existent erklärt. Sich stolz als Deutscher zu bekennen, wurde fortan sehr erfolgreich als rechtslastig hingestellt. Nun ja«, er benutzte noch einmal das Zigarrenfeuerzeug, weil die Glut nicht so wollte wie er, »lange war es für die Deutschen, so jedenfalls orakelten wir, kein Problem, denn sie hatten etwas, um das sie alle, aber auch alle beneideten und das hieß ›Deutsche Mark‹. Dieses Ding«, er lächelte bedeutungsvoll, »brauchte nicht mit Worthülsen ausgestattet werden. Es war da, und wer es hatte, der war wer! Ein Deutscher war also wer, ohne groß mit dem Mund oder der Flagge an der Jacke darauf hinzuweisen. Es reichte, wenn er zahlte! Und nun«, er sah Ed aufmerksam an, »wurde den Deutschen genau *das* weggenommen, aber das Büßergewand, das nahezu bedeutungslos gewesen war, bekam auf einmal eine ganz neue und bedeutende Rolle. Plötzlich, so mutmaßten wir weiter, erkannten ihre Landsleute das Dilemma. Sie hatten akzeptiert, auf äußere nationale Bekenntnisse und sogar auf das Singen der Nationalhymne zu verzichten, dafür hatten sie etwas, was andere *nicht* hatten. Und auf einmal standen sie mit leeren Händen, im übertragenen Sinne, da. Man hatte das deutsche Volk jeglichen nationalen Bewußtseins gezielt entwöhnt und eine Besinnung darauf als negative, rechtsgerichtete Haltung angeprangert und somit geschickt der Multikulti-Ideologie geopfert. Was sagt dazu der Experte?«

Ed sah ihn ernst und gleichzeitig sehr verwundert an: »Ich muß sagen: keine schlechte Herleitung! Wenn ich es auf einen einzelnen übertrage, sieht es etwa so aus: Ich nehme jemandem das weg, was ihn stolz, selbstsicher und dabei nicht überheblich macht. Er hat es sich erkämpft, und der Erfolg macht ihn letztendlich auch psychisch stärker. Nehme ich ihm dann diese Identifikationsbasis weg«, er nickte kaum erkennbar, »ist es so, als verbinde ich jemandem die Augen und lasse ihn Hindernisse überwinden. Und schon klopft die Depression an die Tür, ja, so, kann es ohne weiteres, sicherlich etwas verkürzt betrachtet, sein!«

Ed legte, noch in Gedanken versunken die Serviette zusammen.

»Und so entwickelte sich bei der Masse der Deutschen eine Art Traurigkeit, und dazu kamen dann noch begleitende Entwicklungen, zum Beispiel die Preise stiegen, die Wirtschaft lahmte, die Arbeitslosigkeit nahm zu, die Politik verselbständigte sich und nabelte sich mehr und mehr von der Realität und dem Volk ab, und ratzfatz wurde aus einer Mißstimmung eine pessimistische Grundhaltung und eine Art Massendepression.«

Ed strich sich durch die Haare und sagte anerkennend: »Ein logischer Schluß und ich muß sagen, er ist nicht von der Hand zu weisen!«

Befriedigt betrachtete Uri seine sich gut entwickelnde Asche: »Ich dachte es mir, Doktor, das es Ihnen sicherlich gefallen würde.«

»Nein, nicht gefallen, lieber Freund, es ist so nahe an der Realität, daß es mich eher beunruhigt und auch wütend macht.«

Uri hob das Glas und lächelte Ed an: »Gedankenspiele, lieber Paulsen, ich glaube, man könnte es auch anders sehen, also kein Grund, um sich zu schlagen.« Sie ließen die Gläser klingen, und Uri erklärte Ed noch, daß die Schweizer nie und nimmer den Franken dem Euro opfern würden: »Ich würde alles verwetten: Das wird es nicht geben, denn für die Schweizer hat der Fränkli eine ähnliche Bedeutung wie die Mark für die Deutschen.«

Ed sagte: »Nun ja, das glaube ich aufs Wort! Zum Glück ist es ja bei Ihnen in der Schweiz etwas, ach was, grundlegend anders: Man würde ja jeden einzelnen fragen, was er denn wolle.«

»Gott sei gelobt!«, er hob das Glas und lachte Ed an, »aber noch einmal: Es wird sich keiner einfallen lassen, uns danach überhaupt zu befragen, darauf lassen Sie uns anstoßen.«

Als der Fahrer von Uri ins Restaurant trat und um sich schaute, dann vom Empfangschef angesprochen wurde, sah Paulsen auf seine Uhr und meinte: »Ihr Fahrer steht vorne.«

Uri drehte sich um und winkte ihm zu.

»Das paßt wie abgesprochen, denn Corinna wird nun auch schon zu Hause sein, wir können uns also so langsam aufmachen.« Sie hatten vorher schon verabredet, nach dem Essen noch auf eine Flasche Wein zu Paulsen zu fahren. Uri hatte darauf scherzhaft bestanden, denn er wollte natürlich gern auch Corinna wiedersehen.

Sie baten um die Rechnung. Uri ließ es sich nicht nehmen, obwohl Paulsen protestierte, die Bezahlung zu übernehmen.

Unterwegs bat Uri den Fahrer, am Hauptbahnhof anzuhalten.

Nach einiger Zeit war er mit einem riesigen Blumenstrauß in Begleitung wieder zurück.

Paulsen pfiff durch die Zähne und sagte anerkennend: »Sie denken ja an alles, alle Achtung!«

Uri entgegnete: »Ich weiß doch, wer nachher die Tür öffnet, oder?«

»Und die wird sich sicherlich riesig freuen!«

Corinna freute sich so, daß sie Uri um den Hals fiel und auf die Lippen küßte: »Die sind aber schön, und so viele, lieben, lieben Dank!«

Uri war ein wenig verlegen, bemerkte Ed. Corinnas Überschwang und ihre natürliche, völlig unkomplizierte Umgangsform hatten ihn aus dem Konzept gebracht, denn erst jetzt küßte er ihr die Hand und die Wangen.

Sie begrüßte Ed mit einem lieben Kuß mit halbgeöffneten Lippen: »Guten Abend, mein Schatz, also, meine Herren hereinspaziert!« Sie streckte den Arm in Richtung des Zimmers aus.

Der weltoffene Schweizer bewegte sich fast vorsichtig in die Wohnung. Er blieb stehen und sah sich langsam um. Die dezente Musik, es war der Bolero von Ravel, rundete die Atmosphäre, die das Licht des Kamins und der Kerzen bestimmte, ab.

Uri sah Corinna und Ed an, die sich aneinandergelehnt hatten, freundlich an und sagte: »Ich kann Ihnen nur mein Kompliment machen, sehr, sehr geschmackvoll. Beeindruckend.«

»Danke, vielen Dank«, Ed streckte seinen Arm zur Ledergarnitur aus, »bitte, setzen wir uns doch.« Sie setzen sich.

Ed erkundigte sich, welchen Wein Uri gern trinken wolle.

»Ich bitte Sie, entscheiden Sie.«

»Nein, nein, das tue ich, wenn ich in der Schweiz bin, also?«

Der Schweizer entschied sich für den Latour 86.

Es folgte ein unterhaltsamer später Abend, an dem Dr. Paulsen viel Privates von Uri und dieser von jenem erfuhr. Corinna nahm, wie es ihre ureigene Art war, nur dann an dem Gespräch teil, wenn sie auch wirklich etwas zu sagen hatte. Sehr gern und interessiert lauschte sie sonst den Anekdoten und konnte ihre Befürchtungen schnell vergessen, daß die aktuellen Geschehnisse um Ed zum alleinigen Thema des Abends werden könnten.

Uri philosophierte ein wenig über den Zeitgeist, das Lebensgefühl und das Vergangene: »Natürlich will bei uns auch niemand mehr mit der Droschke über die Berge reisen, aber wenn es um die, ja, wie soll ich es ausdrücken«, er sah hilfesuchend in Corinnas Grün, »also, wenn es um so etwas wie Orientierung, Werte des Lebens, sagen wir mal, Einstellungen zum Leben, also ideelle Dinge geht, findet man bei uns hier und da noch die verbindende Vergangenheit. Und das beeindruckt mich immer aufs neue!«

Ed sah seinen gelungenen Rauchringen nach, als Corinna sagte: »Aber war es nicht vielleicht schon immer so? Ich meine, vor zig Jahren saßen, so wie wir hier heute, die Menschen beieinander und hatten ähnliche Themen und erinnerten sich daran, daß die schöne alte Zeit doch viel, viel besser war und leider nie wiederkommen wird.«

Uri nahm sich eine Zigarette aus dem Zigarettenkasten; Corinna gab ihm Feuer. Er freute sich und dankte. Dann sagte er: »Sicherlich, so wird es immer sein, denke ich, man braucht ja nur Seneca, Nietzsche oder andere zu lesen. Aber ich meine, die Schnelligkeit, wie sich Dinge förmlich überholen, wie sich Zeitgeist und Lebensart so nachhaltig verändert, ja regelrecht verworfen haben, das meine ich, gehört zur jetzigen Zeit.« Er sah Dr. Paulsen eher fragend an. Dieser nickte und sprach seinem Rauch hinterher: »Ich betrachte die Dinge natürlich mehr deduktiv, da ich ja einzelne Personen erlebe, und das mache ich nun schon etliche Jahre. Und wenn ich mal aus bloßer Neugierde wieder Tonbänder herauskrame, um so ein wenig zurückzuschauen, was war denn da los gewesen, erkenne ich deutliche Unterschiede: Die Umgewichtung von Wert- und Verhaltensregulativen ist unverkennbar. Leider nicht hin zum Positiven. Die Menschen sind oberflächlicher, unehrlicher, unausgerichteter, haltloser und sehr viel labiler geworden. Und wir bekommen immer mehr zu tun.«

Uri wollte mehr wissen: »Und welche Gründe sehen Sie für diese Entwicklung?«

Paulsen legte die Pfeife aus der Hand und beide Handflächen aneinander, so als wollte er prüfen, ob sie zueinanderpaßten, und sagte: »Die Orientierungsversuche finden quasi keine stabile Basis mehr, oder besser so: Wertvorstellungen und richtungsweisende Prinzipien sind natürlich nicht so einfach verschwunden. Aber man tut alles, um das Denken, Fühlen und Handeln der Menschen gezielt auf das Materielle zu reduzieren und verkauft diese Verblödung dann als Zeitgeist. Dafür werden ganze Strategien entwickelt So denke ich jedenfalls. Um es kurz zu sagen: Geld, materielle Werte, Äußerlichkeiten, Belanglosigkeit und vieles andere mehr sind inzwischen die wohl wesentlichen Orientierungspunkte, über die leider fast alles gebrochen wird! Ich glaube, nur noch relativ wenige Menschen sehen in ideell-geistigen Bereichen des Lebens Ansatzpunkte für ihre individuelle Befriedigung und Zufriedenheit.«

Fast impulsiv sagte Uri: »Richtig, Doktor, doch, ich sehe es ähnlich und erschrecke dabei!«

Corinna zog das Knie unter ihr Kinn und sagte: »Vielleicht sehen die Herren die Lage auch zu pessimistisch.« Beide sahen sie interessiert und dann sich an. Ed bemerkte: »Na dann los, junge Frau, wir lassen uns gern Optimismus einhauchen.«

Sie lachte und erläuterte ihre Sicht: »Sicherlich gibt es sehr, sehr viele, die, wenn man sie fragt, was sie denn am liebsten tun, antworten: Spaß haben, aber ich habe inzwischen immer mehr junge Leute kennengelernt, die sich der Leistung stellen, neben dem Studium zum Beispiel arbeiten gehen und dann noch die Regelstudienzeit einhalten.« Sie sah beide abwechselnd an und ergänzte: »Ich meine nur, vielleicht ist doch noch nicht alles verloren?«

»Löblich, sehr löblich«, sagte Dr. Paulsen, »ich glaube, wir«, er zeigte auf Uri, »sind ja nicht der Meinung, daß alle so leben, als gäbe es schon das Paradies. Aber es fehlen doch mehr und mehr die grundsätzlichen Orientierungen. Schau«, er sah Corinna liebevoll an, »wir hatten und haben auch Spaß, aber vor allem an und nach unseren Erfolgen, und darin liegt der gravierende Unterschied: Spaß wird zum Lebens*inhalt* stilisiert. Spaß wird mit Leben an sich gleichgesetzt. Wer keinen Dauerspaß hat, der lebt nicht. Laßt es mich mal so sagen: Spaß als Spaß am Spaß als Wertorientierung für das Leben ist schlichtweg schädlich für die Persönlichkeit. Ist einfach kontraproduktiv.«

Corinna streckte sich und lachte ansteckend: »Ich will um Gottes willen keinen Stab für die Spaßgesellschaft brechen, im Gegenteil, aber ich sehe nicht ganz so schwarz.«

»Vielleicht«, bemerkte Uri, »ist es auch eine Sache von Ursache und Folge. Wenn man nämlich den Spaß nach erbrachter Leistung hat und ihn empfindet, ist ja so etwas wie eine Belohnung, stimmt's ?«, er sah Paulsen kurz und danach wieder Corinna an, »also hat der Spaß eine recht wichtige Funktion, oder?«

Ed präparierte seine Pfeife und bestätigte Uri in seinen Ansichten: »Völlig richtig, Herr«, er hob den Kopf und sah Uri freundlich an, »Kollege. In der Tat, Spaß oder Freude sind wichtige Elemente unseres Lebens. Aber«, er hob die Hand und den Pfeifenstopfer wie ein Lineal in die Höhe, »Spaß zum Inhalt des Lebens zu machen, das *muß* in die Hosen gehen. Spaß ohne Inhalt und Ende und ohne Bezug auf etwas Lohnenswertes wird zur Farce und endet oft auf meiner Liege oder in der Entziehung, und dann auf meiner Liege.«

Dr. Paulsen erinnerte an das für Corinna so bedeutungsvolle Erlebnis mit dem angeblichen Fernsehrstar. Uri freute sich sehr über Phil.

Gegen drei Uhr rief Uri seinen Fahrer über Eds Telefon an. Kurze Zeit später summte die Klingel; er stand vor dem Eingang. Uri umarmte Corinna und machte ihr in seiner geraden, natürlichen Art noch einmal Komplimente und wünschte ihr bis zum »hoffentlich baldigen Wiedersehen« alles erdenklich Gute.

Ed begleitete Uri zur Tür. Er winkte dem Fahrer zu. Uri hielt mit beiden Händen Paulsens Rechte und seine Augen fest, als er sagte: »Ihnen alles Gute, ich wünsche Ihnen Erfolg und passen Sie auf sich auf. Ich werde mich, was den Lehrer betrifft, auf dem laufenden halten lassen. Es ist eine recht interessante Sache, gerade jetzt, wo so einiges in Bewegung geraten zu sein scheint.«

Sie umarmten sich.

Er ging die Stufen hinunter, blieb dann stehen und sagte: »Mal sehen, wie sich das alles entwickelt, aber ich habe da eine Idee, wenn es notwendig werden sollte, werde ich die Karte ziehen, falls Sie mitmachen.«

Paulsen bedankte sich. Uri stieg ein. Der Wagen zog an. Ed erwiderte sein Winken und schloß hinter sich die Tür.

Die Ereignisse nahmen teilweise groteske Formen an, seitdem die Staatsanwaltschaft auf Antrag von Köhler und Paulsen mit der Problematik befaßt war. Köhler wurde mehrfach unter fadenscheinigen Gründen angerufen, und man versuchte, wie von Dr. Kurt und Bernd schon vorausgeahnt, ihm Fallstricke zu legen, um möglichst solche Aussagen zu erhaschen, mit denen man Köhler belasten konnte. Ähnlich wurde Paulsen angegangen. Bernd war jedoch von Anfang an auf all diese Vorgehensweisen eingestellt und somit immer einen Schritt voraus. Paulsen und Köhler wurden von ihm regelrecht trainiert, um diesen teilweise auch hinterhältigen Versuchen offensiv entgegentreten zu können. Köhler hatte inzwischen eine derartige Sicherheit und ein respektables Selbstvertrauen gewonnen, daß sich alle darüber freuten, denn man hatte doch Befürchtungen gehabt, er könnte diesem kolossalen Druck nicht standhalten.

Bernd brachte die neueste Nachricht: »Wir haben das erste Geplänkel gewonnen!« rief er und zeigte den Anwesenden das eben eingetroffene Fax aus seinem Büro. Der einstweiligen Verfügung war stattgegeben worden. Die beklagten Gazetten durften Paulsen und Köhler nicht mehr als Nazis oder Neonazis bezeichnen. Für eine Abweisung des Antrages, fehlten dem Gericht, wie es mitteilte, eine entsprechende Beweislage. Dann diskutierten sie das mögliche anstehende Hauptverfahren. Bernd hatte erste Reaktionen der Staatsanwaltschaft erfahren können.

»Die Gegenseite tut sich offensichtlich sehr schwer, denn wir haben durch die Aussagen auch und vor allem der ehemaligen Schüler klar nachweisen können, daß Köhler niemals den Eindruck gemacht hat, geistesgestört zu sein. Diese lupenreine Arbeit, besonders von Ihnen beiden«, er sah Ulrich und Paulsen gönnerhaft an, »ließ keinen Spalt für irgendein Konstrukt zu. Wir waren gut beraten, von dem Tabuthema auszugehen, zu beweisen, daß es eigentlich nicht um *das* Thema, sondern um geschichtliche Wahrheit und somit um ein Grundprinzip in der pädagogischen Arbeit ging und erst später irgendwelche Scharfmacher oder auch Ewiggestrige ein Feuer anzündeten, was sie dann nicht mehr unter Kontrolle halten konnten. Also: Es wird langsam sehr interessant, meine Herren! Der Wurm hängt am Haken.«

Dr. Kurt freute sich sichtlich und rieb sich mit verschmitztem Gesicht die kräftigen Hände: »Sie werden jetzt dafür bestraft, unseriös gearbeitet zu haben. Hätten sie ernsthaft und nicht publikumsgeil journalistische Arbeit betrieben, hätten wir die Lawine kaum lostreten können!« Er räusperte sich und fuhr fort: »Das Gericht wird niemals den Anspruch, den wir ja formulierten, daß an den Schulen geschichtliche Wahrheiten zu vermitteln sind und es ja nicht angehen kann, daß Geschichte weg von der Wahrheit reglementiert und eine ›offizielle Wahrheit‹ vorgegeben wird, bezweifeln. Selbst wenn wir wissen, daß es teilweise so ist, wird man aber genau das nicht zugeben!«

Bernd blätterte in dem Schriftsatz und sagte: »Hier, ich hab' es!« Er begann vorzulesen: »Wer maßt sich an, den gesellschaftlichen Auftrag eines Pädagogen, an der Ausformung wahrheitsliebender, ehrlicher Menschen behilflich zu sein, zu manipulieren? Wer verantwortet die Tabuisierung geschichtlicher Ereignisse und setzt sogar Zensur durch? Wer meint, sich dagegen auflehnen zu müssen, daß Gymnasiasten auch über das Dritte Reich eine differenzierte Sicht der Dinge erhalten sollten, spricht wider die Wahrheit! Und wer wagt es, sich hinzustellen und genau dafür die Stimme zu erheben?« Er legte den Akt auf den Tisch und sagte: »Mehr brauchten wir nicht zu sagen! Es gab lange Gesichter, und ich stellte fest, daß man sehr, sehr ungern diese Diskussion vertiefen und schon gar nicht öffentlich machen wollte! Also mußten wir nicht lange warten, bis die Parlamentäre die weiße Fahne ausrollten. Ihr

Ziel war natürlich klar: Nur nicht kapitulieren! Verhandeln, um doch noch auf diesem Wege gewisse Erfolge herauszuschlagen. Das ist die Situation.«

Alle sprachen durcheinander, denn mit einer solchen Entwicklung hatten sie nach so kurzer Zeit nicht gerechnet. Dr. Kurt bat um Gehör: »Noch sind wir nicht am Ziel, aber es sieht bis hierher recht gut aus. Wir können also mit breiter Brust weitermarschieren. Nur eines muß uns klar sein: Es sind nicht nur die Medienfritzen, die gegen uns stehen, dahinter stehen noch ganz andere, jedes weitere Wort dazu erübrigt sich, und somit wird man alles versuchen, um diesen voreilig aufgegriffenen angeblichen neuerlichen Beweis für unser Neonazitum am Leben zu halten. Der kleinste Fehler von uns, und schon beißen sie zu wie die Bullterrier.«

Köhler nickte genauso wie Paulsen.

»Unser Vorteil ist«, Ulrich zog die Manschette aus dem rechten Ärmel, »daß wir, ich sage mal, moralisch-ethisch im Vorteil sind, also wissen, wer wir sind und was wir denken und tun und getan haben, und dadurch brauchen wir vor niemanden Angst zu haben. Wir sind einfach besser aufgestellt. Denn nicht wir haben bloße Vermutungen verbreitet, sondern die Kleckser, und daran kann kaum ein Gericht vorbei, stimmt's?« Er sah Bernd fragend an.

»Genauso sehe ich es auch!« sagte dieser.

Ed Paulsen verließ erst spät die Praxis. Susanne war schon längst in ihrem wohlverdienten Feierabend. Dr. Paulsen hatte einige schwierige Klienten, darunter war auch die Frau eines österreichischen Politikers, die alle zwei Monate für eine Woche anreiste und täglich mit Ed arbeitete. Dann war er noch einmal den Fahrplan für den nächsten Tag durchgegangen und anschließend bereitete er sich auf den anstehenden Gerichtstermin vor.

Er rief Corinna an und sagte ihr, daß er jetzt losfahren werde. Er öffnete die schwere Feuerschutztür und automatisch sprang das Licht an. Ein Lied summend, ging er zu seinem Stellplatz. Als er um die Ecke kam, blieb er stehen und ging dann langsam, seinen Wagen genau betrachtend, weiter.

Das Fahrzeug war mit verschiedenen Farben besprüht worden. Aber er erkannte sofort, daß es sich nicht um die vermeintliche Kunst eines Graffitifans handelte, sondern um die Schmiererei irgendwelcher politischen Extremisten. Er stellte die Tasche auf den Boden und ging langsam um den Wagen, und hatte keine Mühe die Botschaften zu entziffern. Auf der Windschutzscheibe stand »Dr. Nazi« in grellroter Farbe, darunter »Attacke«, auf der linken Tür schwarze SS-Runen und »das bin ich«, auf der Motorhaube ein Hakenkreuz in Weiß und »es lebe Trotzki«. Dann noch mehrere SS-Runen, Hakenkreuze, die Worte Schwein, Stalin und nochmals Attacke auf der rechten Seite.

Paulsen ging in aller Ruhe zurück in die Praxis und rief die Polizei an, danach Corinna und dann seinen Bekannten von Audi, bei dem er seinen Sportwagen eingestellt hatte. Er erzählte ihm, was passiert war, und bat ihn, ihm einen Leihwagen bringen zu lassen. Fred mußte erst lachen, doch dann sagte er: »Schau an, was die Penner in den Redaktionen ins Rollen bringen! Aber du wirst sehen, daß sind linke Chaoten, und man wird sie natürlich nicht finden können und einige werden sie gar nicht finden wollen. Ist doch immer die gleiche Suppe! Den Wagen bring' ich dir selbst, ich will mir das auch mal ansehen.«

Der Streifenwagen war nach einiger Zeit da, und Paulsen ging mit der jungen, adretten Polizistin und ihrem schwergewichtigen Vorgesetzten zurück in die Tiefgarage. Mit seiner Leica fotografierte Paulsen das Auto. Die Polizistin begann das Protokoll aufzunehmen.

Der Oberwachtmeister zündete sich eine Zigarette an und sagte mehr zu sich selbst: »Verdammte Sauerei, immer wieder das gleiche Gesindel!«

»Gesindel?« fragte mit Skepsis in der Stimme Paulsen, um dann mit Bestimmtheit zu sagen: «Ich glaube eher, hier waren Überzeugungstäter am Werk!«

Die mit dem schlichten blonden Pferdeschwanz nickte: »Es sind welche vom linken Mob, sie wissen ja, links sein ist in und da die Vorbilder in Berlin sitzen ...« Sie unterbrach sich und sah mit leicht erschrockener Miene ihren Vorgesetzten an und fragte Paulsen schnell nach der genauen Adresse der Praxis.

Der Stattliche sah Paulsen ernst an: »Sie sollten vorsichtig sein, Herr Dr. Paulsen, oft beginnt es so«, er nickte zum Wagen, »und endet mit zertrümmerten Knochen.«

Paulsen forschte: »Hat man Sie schon über mich aufgeklärt?«

»War nicht nötig, ich habe die Sache interessiert verfolgt, die Freundin von meiner Tochter ging bei dem Lehrer in den Unterricht.«

Paulsen mußte schmunzeln: »So klein ist die Welt, das gibt es doch gar nicht.«

Der Polizist mit dem sympathischen, man könnte sagen, typisch bayerischen Habitus sah seine Kollegin an und fragte: »Haben Sie alles?«

»Ja, ich bin fertig.«

Er wandte sich an Paulsen: »Sie werden doch hoffentlich Anzeige erstatten. Ich möchte Sie fast darum bitten!«

Ed steckte die Leica in die Tasche und fragte: »Meine Versicherung bezahlt, denken Sie denn, daß da überhaupt ein Finger krummgemacht wird?«

»Na ja, wäre der politische Hintergrund, selbst wenn er erlogen wäre, genau umgekehrt, denken sie doch nur an Sebnitz und vor kurzem an Potsdam«, er winkte müde mit der Hand, »dann käme hier sofort auch die Spurensicherung.« Laut atmete er aus und zog sich die Mütze ein wenig tiefer in die Stirn: »Aber trotzdem: Wenn Sie dranbleiben, so wie an der anderen Sache mit dem tollen Lehrer«, er hob die buschigen Augenbrauen und zwinkerte mit dem linken Auge, »übrigens allen Respekt, viele von uns wünschen Ihnen natürlich Erfolg! Gut, daß es solche Leute noch gibt!« Auch die Polizistin nickte und merkte an, daß es gerade für die jungen Leute wichtig ist, mehr zu erfahren, als man verordnet: »Ich weiß, wovon ich spreche.«

Der Oberwachtmeister räusperte sich und brachte die Antwort auf Paulsens Frage zu Ende: »Also, wenn Sie dranbleiben, werden unsere Leute ermitteln und sicherlich nicht widerwillig, denn wenn da nichts passiert, fällt das wieder in die Rubrik: Narrenfreiheit für Linke, und das ist schon kaum noch auszuhalten. Sie können mir glauben, wir haben da auch schon die Nase gestrichen voll!«

Ed sah ihn sichtlich überrascht an und meinte: »Unter vier Augen: Sie haben mich überredet! Ich lasse mir diesen Versuch also nicht entgehen!« Er sah die Polizistin mit übertriebener Entschlossenheit an, wobei er kurz darauf lachen mußten: »Also, tun Sie ihre Pflicht, werte Frau Polizistin, ich verklage hiermit diese rote Garde oder weiß ich was für einen Verein!«

Soltan kam durch die Tür. Sie begrüßten sich und dann sah sich der »Mann mit den goldenen Händen«, wie Paulsen den gebürtigen Deutschrumänen wegen seiner schier unbegrenzten handwerklichen Fähigkeiten gern nannte, das Fahrzeug an. Er prüfte die Farben und meinte, daß es tatsächlich Lackfarben seien und eine Reinigung ohne Lackschäden kaum möglich wäre: »Wahrscheinlich muß das Fahrzeug neu lackiert werden!«

Die blonde Polizistin gab Paulsen die notwendigen Angaben aus ihrem Tagebuch. Dann verabschiedeten sich die beiden, ohne zu vergessen, Paulsen für alles weitere viel Glück und Erfolg zu wünschen. Soltan steckte sich erst den linken und danach den rechten Zeigefinger in sein Ohr und tat so, als hätte er sich verhört: »Wie? Haben sie *dir* Erfolg gewünscht? Gibt es doch noch solche Polizisten?«

»Scheinbar verallgemeinern wir doch zu schnell«, er sah noch einmal auf seinen Wagen und vollendete, »das läßt doch hoffen, oder?«

»Schön wär's ja«, Soltan holte aus seiner Steppjacke, die er auch im Sommer trug, eine kleine Ledertasche, zog den Reißverschluß auf und reichte Paulsen den Schlüssel: »Der A8 steht oben, wir werden den hier mitnehmen, durch die Stadt rauschen und die Versicherung informieren. Gerd ist oben.« Ed legte ihm die Hand auf die Schulter, bedankte sich und ging nach oben.

Corinna öffnete die Haustür und begrüßte Paulsen, ohne ihren besorgten Blick verbergen zu können. Sie umarmten sich wie immer innig, und umarmt gingen sie ins Haus. Paulsen legte Mantel und Tasche ab, wusch sich die Hände und setzte sich in einen Sessel.

»Der Tee und ich warten nun schon lange auf dich.« Corinna schenkte ein.

Er genoß den Assam, nahm eine Praline und streckte sich wohlig aus.

»Und, erzähl doch mal, was war denn da los?«

Er winkte ab und sagte: »Kaum wert, darüber zu reden. Interessiert dich das wirklich?«

Sie nickte und man sah ihr an, daß sie noch immer verunsichert war. In wenigen Worten erzählte er ihr, garniert mit einigen witzigen Anmerkungen zu den Polizisten, was vorgefallen war.

Corinna sah ihn unablässig an und konnte nur mühsam über seine humorvollen Anmerkungen lächeln. Als er seinen Bericht beendet hatte, sagte sie: »Ich kann wirklich nicht allzuviel Spaßiges daran finden. Mir macht es eher Angst, wer weiß, was da noch kommt.«

Ed dachte: »Nur gut, daß ich ihr nicht erzählt habe, was wir für Post und was Susanne für Anrufe bekommt.«

»Mach dir keine Gedanken, das sind solche linken Spinner, die denken, was ihr Vorbild Joschka seinerzeit konnte, können sie nun erst recht, aber mehr ist nicht dahinter.«

Sie zog die Schultern hoch: »Ich weiß nicht, aber gerade weil sie kaum Grenzen sehen, fühlen sie sich sicher. Schau dich doch um, wer zertrümmert in Berlin ganze Straßenzüge, das sind doch die linken Autonomen, irgendwelche Antifaspinner und anderes Gesocks, oder?«

Er streichelte ihr die Wange, küßte sie und sagte: »Komm mein Schatz, lassen wir den Kram, es lohnt sich wirklich nicht.«

Das Telefon läutete.

Ed holte den Apparat und meldete sich: »Ja, hallo? Hallöchen, … gut, … nein, wirklich gut … wie? … Augenblick bitte.« Er sah Corinna an und fragte: »Reinhard Gut, er lädt spontan ein, zu einem netten Essen, hast du Lust?«

Corinna nickte und übermittelte liebe Grüße an Gut.

»Also, wir sind der Meinung, wir sollten dir keinen Korb geben, wir kommen also gern! Ja, mach' ich natürlich gern. Prima … bis später. Wir freuen uns!«

Corinna war aufgestanden, steckte ihre Arme unter seinen hindurch und lehnte sich an seine Brust, holte tief Luft, sah zu ihm auf und sagte: »Weißt du, worauf ich mich am meisten freue?«

»Mir würden ein paar Dinge einfallen, aber ich denke, du wirst es mir gleich sagen.« Er küßte ihr den Scheitel.

»Wenn morgen der ganze Trubel mit den Zeitungen und den Gerichten vorbei wäre, ich würde an die Decke springen!«

»Dacht' ich's mir doch … nun aber hopp, hopp, wir haben noch etwas vor!«

Der Parkplatz war ziemlich voll. Paulsen gab den Schlüssel dem Portier. Drinnen war es wie immer sehr stimmungsvoll beleuchtet. Hinten, in dem großen Erker, sah er Gut mit einigen seiner Gäste.

Als er wohl auf das Kommen von Corinna und Ed aufmerksam gemacht wurde, drehte er sich herum und kam beiden entgegen.

»Sehr lieb von euch, daß ihr Lust und Zeit finden konntet, es hatte sich so ergeben, und ich dachte natürlich gleich an euch. Ihr wißt ja, daß ich euch gern in meiner Nähe habe.«

Vor einer Woche hatten die Männer beschlossen, das ›Sie‹ durch ein ›du‹ zu ersetzen.

Corinna küßte ihn auf die Wangen, er sie auf die Lippen, dann umarmte er, fast demonstrativ, Ed Paulsen und flüsterte: »Wirklich schön, daß es bei euch ging, denn da sind ein paar Leute, die es wert sind, daß man sie kennengelernt hat.«

Ed nahm Corinna an die Hand, und Gut machte sie miteinander bekannt.

Der Regisseur von Gaube war mit Freundin der Einladung gefolgt. Er ließ sich genau wie Ed nicht anmerken, daß sie sich kannten. Paulsen erinnerte sich an seine Probleme: egoman, neurotisch und latent impotent. Der Chefredakteur der Basler Zeitung machte einen sehr angenehmen Eindruck. Er überhäufte Corinna mit Komplimenten, wahrscheinlich auch deshalb, weil er den Weg seiner Augen kaum unter Kontrolle brachte. Obwohl er eine Begleiterin bei sich hatte, die sich sehr wohl zu positionieren wußte und dazu auch das Nötige vorweisen konnte. Später erfuhr Ed, daß die sehr angenehme junge Dame vom Hotelservice besorgt worden war.

Insgesamt saßen sie zu zehnt an der Tafel. Das Menü war erstklassig, genauso wie der Wein.

Corinna unterhielt sich angeregt mit der sehr angenehm wirkenden Tochter des Diplomaten, der erst vor einigen Tagen aus Moskau zurückgekehrt war.

Gut zupfte Ed am Ärmel und zog ihn hinaus auf die Terrasse. Ihnen voraus zog die Rauchfahne der kubanischen Zigarre, die Gut genüßlich paffte.

Draußen frage Gut Ed: »Und, wie steht's bei euch?«

Ed berichtete ihm über die neuesten Entwicklungen und teilte ihm seine Freude mit, daß an der Uni und in den anderen wissenschaftlichen Bereichen, in denen er tätig war, »nur müde über diesen Schwachsinn gelächelt wurde«, und erwähnte beiläufig noch die Angelegenheit mit dem Auto.

Reinhard Gut schüttelte darüber nachdenklich den Kopf: »Stell dir vor, das Ganze genau umgekehrt!« er blies die Asche von der Zigarrenspitze, »ich wette, da wär' sofort der Verfassungsschutz angerückt. Aber so?« Er hob Arme und Augenbrauen und meinte wie gelangweilt: »Trotzki läßt grüßen.«

»Mir geht es, um ehrlich zu sein, den Buckel runter. Mich erfreuten nur die zwei Beamten, denn ich bekam mal wieder bestätigt: Noch sind nicht alle gleichgeschaltet!«

»Das ist schon richtig, aber keiner, oder zumindest kaum einer, ich beziehe das auch auf mich, äußert seine Meinung öffentlich. Das ist eigentlich das Bedenkliche: Wir haben keinen Mut, das zu sagen, was wir denken, und die Gutmenschen achten sehr genau darauf, um dann sofort zuzuschlagen. Egal, ob etwas bewiesen ist, Schau das Ding mit dem Italiener neulich in der U-Bahn. Es wird langsam zur Gewohnheit auf Glatzköpfe zu verweisen, wenn man von sich und seinen Schandtaten ablenken will … Oh ja, das gab es schon einmal.«

Ed begann, sich eine Pfeife zu stopfen, und sagte: »Wenn ich fachlich eine solche Situation zu analysieren hätte, würde ich sagen: Es kann nicht gutgehen, denn wenn man immer wieder mit der gleichen Argumentation konfrontiert wird, nutzt sie sich ab und verkehrt sich ins Gegenteil, ein Sättigungseffekt entsteht, und der Inhalt dieser immer wieder aufgelegten Platte wird wirkungslos. So in etwa, als wenn ein Mann immer wieder, obwohl er fremd geht, überschwenglich und andauernd seine Liebe zu seiner Frau bekundet. Was passiert?«, er verstaute den Tabak in der kleinen Tasche, »sie wird mißtrauisch, ganz sicher! Man beginnt also, fast instinktiv hinter diese Dauerberieselung zu schauen. So nach dem Muster: Wenn etwas bis zum Erbrechen immer wieder wiederholt wird, muß es doch genau dafür einen Grund geben. Denk an Köhlers Schüler, dort genau konnte man diesen Effekt sehr gut erkennen.«

Gut lehnte sich an die Säule und sah hoch zu den ionischen Kapitellen: »Genau das ist es! Ich habe neulich in der Redaktionsbesprechung dezidiert dieses Problem angesprochen. Und auch genau die Reaktion erlebt, die ich vorausahnte: Es ist schon so, du hast ja recht, aber von der Linie wird nicht abgewichen, ums Verrecken nicht, obwohl wir alle merken, daß der Topf schon längst übergelaufen ist!«

Er legte Paulsen, der die Glut in der Pfeife entfachte, seinen Arm um die Taille und so gingen sie gemeinsam zurück in den großen Salon.

Gut flüsterte: »Die Aufgedonnerte da am Kamin hat eine Nachmittagssendung bei uns, und die Herbe neben ihr ist ihre Freundin, nur damit du vorgewarnt bist. Die quatschen nur von sich, und wie viele von deren Kaliber denken sie, das Fernsehen ist der Nabel der Welt.«

Ed gesellte sich zu Corinna und wurde von dem Redakteur der Basler Zeitung in ein nettes und interessantes Gespräch verwickelt. Es ging um den Zustand und die Zukunft von Wertorientierungen in den unterschiedlichen Gesellschaftssystemen. Der Schweizer Journalist entwickelte eine Theorie: »Schauen Sie, wenn Wertorientierungen, die vom Kulturkreis, aber immer auch national geprägt sind, von offizieller Seite attackiert werden«, er erfaßte Eds Pupillen, »und da ist die offizielle Politik in Deutschland ein leider blendendes Vorbild, hat dies vor allem im gesellschaftlichen Kontext sehr negative Auswirkungen. Die Individualisierung des Lebens wurde von den Achtundsechzigern heiliggesprochen, und nun sind diese dann auch noch an die politische Macht gelangt. Individualistisches Denken und Handeln und das Materielle haben sich als Bezugspunkte des gesellschaftlichen Seins auf den Weg gemacht. Somit stehen wir vor einem ethisch-moralischen Scherbenhaufen, oder?«

Die zwei Frauen hatten bisher zugehört und sahen wohl nach dieser Aussage die Zeit für gekommen, sich vehement in das Gespräch einzubringen. Schon nach wenigen Worten hatte Paulsen erkannt, daß es sich bei den Damen, dem äußeren Erscheinungsbild nicht widersprechend, um ideologisierte Vertreter der politisch korrekten Grundhaltung handelte. Er hörte noch aus Höflichkeit zu, doch als sie darüber schwadronierten, daß alles, was mit »der Bundesrepublik zu tun hat« über die Verbrechen des Dritten Reiches gebrochen gehört und jeder, »ja, eigentlich auch schon das Neugeborene, ganz bildlich gesprochen« deshalb in Demut verweilen sollte, schaltete er ab, so daß er die folgenden Ratschläge, die Deutschen sollten im Völkerverbund Europas aufgehen und nach all dem, was passiert sei, sei eine deutsche Nation in Europa völlig überflüssig, und die Deutschen sollten sich zukunftsträchtig als deutschsprechende Europäer positionieren, nicht mehr registrierte.

Aber Reinhard Gut brach daraufhin in schallendes Gelächter aus: »Sag mal, du warst wohl zur Gehirnwäsche!«, er wurde schlagartig wieder ernst, »einen solchen Unsinn habe ich ja noch nicht einmal von Frau Roth oder Herrn Trittin gehört. Nur der Taxifahrer Fischer hat mal ähnlichen Mist erzählt!«

Das Gespräch nahm spitzere Formen an. Der Schweizer und Ed lächelten sich an und fanden es wesentlich ergiebiger, sich übers Skifahren und ein wenig übers Golfen zu unterhalten. Und dann kam Bischoff. Ed Paulsen freute sich immer, ihn zu treffen. Sie erinnerten sich sofort an ihr letztes Zusammentreffen und den sehr aufschlußreichen Abend. Er drückte dann Gut die Hand und ließ sich mit den Umstehenden bekannt machen.

Dann sah er Paulsen wieder breit grinsend an: »Dr. Paulsen, wie schön, Sie zu sehen.« Er sah dann übertrieben suchend die Revers seines Sakkos ab und fragte ironisch: »Wo haben Sie denn Ihr goldenes Parteiabzeichen? Was ich so hörte und vor allem las, müßten Sie ja mit dem Ding rumlaufen!« Er lachte gönnerhaft und fügte mit seiner bekannten rauen Ausdrucksweise hinzu: »Sind das nicht Arschlöcher, diese miesen Schmierer?!«

Ed spürte, wie ihn die Freundin der Moderatorin mit ungeniertem Interesse ansah und wohl seinen Blick suchte. Er hielt ihn zurück.

Bischoff zeichnete eine derartige Gradlinigkeit aus, an die sich fast jeder erst einmal gewöhnen mußte. Ed kannte ihn schon ziemlich lange. Erstmals trafen sie sich bei einer medienwirksam vorbereiteten Galerieeröffnung. Ed und Ulrich und die damalige Geliebte von Paulsen, eine Kollegin aus dem Bezirkskrankenhaus, amüsierten sich köstlich über das Treiben in den Räumen.

Sie hatten vor allem daran große Freude, wie die mehr oder eher minder prominenten Gäste immer dorthin wandelten, i wo, förmlich drängten, um in die Nähe des Blitzlichtes zu gelangen. Bischoff war später gekommen, und von ihm abgelichtet zu werden, garantierte einem Fotografierten mit hoher Wahrscheinlichkeit, sich in der Boulevardpresse wiederzufinden. Es war auffällig, daß Bischoff immer wieder angesprochen wurde, er jedoch seine Kameras, alle drei waren Leicas, demonstrativ auf dem Klavier abstellte und etwas trank und sich die Exponate mit großem Interesse, so jedenfalls sah es aus, ansah. Nach der offiziellen Eröffnung, Bischoff war natürlich seiner Arbeit nachgegangen, beobachteten Ed und seine zwei Begleiter das Buhlen um eine Ablichtung.

Nach einiger Zeit kam Bischoff auf die drei zu, stellte sich vor und sagte mit dem typisch breiten Grinsen: »Ich habe den Eindruck, Sie sind die einzigen, die wirklich wegen der Arbeiten an den Wänden hier sind. Selten, daß ich so etwas noch erlebe.«

Er hatte mit seiner kräftigen, sonoren Stimme so laut gesprochen, daß sich einige zu ihnen umdrehten. Sie kamen ins Gespräch, und Bischoff, mit einem hervorragenden Gesichtsgedächtnis ausgestattet, erinnerte sich, Paulsen schon öfter mal gesehen zu haben.

»Sie müssen was Besonderes sein, stimmt's?«, fragte er.

Ed lachte ihn an und fragte zurück: »I wo, da liegen Sie daneben. Aber wie kommen Sie darauf?«

Bischoff hob die M6 und sagte belustigt: »Alle, *die* etwas *sind,* die laufen eher vor dem Ding hier weg. Die was sein wollen und oft wenig darstellen, schwänzeln immer davor herum!«

Von diesem Kennenlernen an begrüßten sie sich immer dann, wenn sie sich trafen, wie alte Bekannte. Bischoff fragte nie, welche Rolle Paulsen in diesen Kreisen spielte. Er überraschte ihn aber einmal mit der Bemerkung: »Haben Sie eigentlich für die *alle* hier die Zeit …«

Ed sah Bischoff recht überrascht an und machte eine Handbewegung, als wollte er etwas über seine rechte Schulter werfen: »Sollen sie sich nur austoben, wenn es ihnen dadurch besser geht.«

Es gesellten sich noch zwei Sängerinnen einer Mädchenband zu der Gruppe, die beide schon in recht guter Stimmung waren. Bischoff taxierte die jungen Frauen mit einer entwaffnenden Offenheit, und sein Blick blieb eigentlich viel zu lange in dem großzügigen Dekolleté, das den recht prallen Brüsten viel Freiheit ließ, hängen. Die Brünette genoß aber diese Art von Kompliment offensichtlich mit großem Vergnügen, denn fast unvermittelt lachte sie und beugte sich dabei weit nach vorn, so daß alle Umstehenden sich von ihren Reizen sehr umfassend überzeugen konnten.

»Sie also sind der Nazipsychiater«, hörte Ed eine angenehme weibliche Stimme neben sich.

Er sah in die Richtung, aus der die Stimme kam, und sah in zwei begeisternd sinnliche Augen, die mit dem Rest des auffallenden Gesichtes eine vortreffliche Einheit bildeten.

Er sagte: »Darf ich mich vorstellen, ich bin Eduard Paulsen.« Er lächelte verbindlich und neigte ihr leicht den Kopf entgegen.

»Anita Solms.« Sie war leicht verunsichert, denn nach ihrer

Ansprache hatte sie sicherlich mit einer anderen Reaktion von Paulsen gerechnet.

Ed hatte sich ihr zugewandt und fixierte mit freundlicher Miene ihr Augen. Sie war dezent und gekonnt geschminkt. Ed schwieg sie an, nur seine Augen fragten.

Gut, Bischoff und die anderen lachten neben ihnen lauthals, man hatte wohl einen Witz erzählt, auch dafür war Bischoff bekannt.

Die Solms bleckte ihre vollen Lippen und fragte: »Wie kann ein Mann mit Ihrem Profil, man sagt es Ihnen auf jeden Fall ja nach, zum tumben Neonazi werden, das möchte ich zu gern wissen.«

Ed hatte genau verstanden, doch er fragte ganz ruhig: »Wie bitte?«

Wieder war diese anerkannte und daher nicht unbekannte Kritikerin scheinbar etwas über Ed Paulsens Erwiderung konsterniert. Sie lächelte jetzt: »Sie machen es einem nicht gerade einfach. Ich versuch's noch mal, ja?«

Ed hielt ihre Augen noch immer fest: »Nur zu, vielleicht fällt Ihnen ja etwas Originelleres ein.«

»Haben Sie sich nie die Frage gestellt, weshalb Sie sich vor einen Menschen stellen, der die Jugend mit nazistischem Gedankengut infiltriert hat?«

Jetzt nahm sein Blick die Ausstrahlung an, von der Ulrich einmal sagte, »damit kannst du jemanden umbringen.« Sie hielt nicht stand, sie senkte die Lider und der Blick blieb irgendwo zwischen dem Einstecktuch und Paulsens Krawatte hängen.

»Das, Frau Solms, war a. nicht originell und b. niveaulos. Aber gut, ich bin anpassungsfähig. Woher haben Sie diesen Unfug? Falls Sie sich mit mir unterhalten wollen, sollten Sie sich von nun ab überlegen, was Sie sagen.«

Wer Dr. Paulsen kannte, hätte genau gewußt, was als nächstes auf diese Frau hätte zu kommen können. Sie schien es sofort zu spüren und lenkte, deutlich um Fassung bemüht, entschuldigend ein.

Paulsen trocken: »Also gut, reden wir ein wenig«, seine Stimme, im vollen Gegensatz zu seinem Blick, der noch immer unerbittlich hart war, war weich und unaufdringlich, »aber wirklich nur ein wenig«, sein Lächeln holte ihr Einverständnis ein, »ich schlage mich, sehr geehrte Frau Solms, nun schon wochenlang mit allen möglichen Leuten herum und bitte Sie, mir doch zu beweisen, weshalb gelebte Wahrheit und die öffentliche Äußerung derselben, keine Wahrheit sein darf. Wenn Sie das können, ratschen wir noch stundenlang, denn dann müßten wir ähnliche Ansichten haben.«

Sie ließ ihre Zungenspitze erneut über die Lippen gleiten und schwieg, als Ed sie mit einer Handbewegung bat, ihn noch ausreden zu lassen: »Folgt man nicht in tiefer ideologisierter Ehrfurcht der politisch korrekten, aber eben oft manipulierten und verlogenen Zeitgeistmeinung, wird man selbst als ein völlig unpolitischer Mensch so mir nichts dir nichts, zum Nazi gemacht. Sie gestatten, daß ich darüber nur müde lächeln kann, aber auch sehr bestürzt bin.«

Sie hatte den Kopf wieder gehoben, und Ed griff sich ihre Pupillen: »Ich gehe mal davon aus, daß Sie gewillt sind, meinen Gedanken zu folgen, ansonsten können wir gern über die tolle Vorstellung der Netrebko reden.«

Sie lächelte und sagte dann ernst und leise: »Nein, nein, ich höre Ihnen gern und interessiert zu.«

»Oha, das ist ja schon etwas.« Er stopfte den Tabak nach, und erstmals lächelten sie sich an. Sie bemerkte, wie angenehm doch der Tabak duften würde. »Den rauche ich ja hinterhältigerweise nur für Frauen, ein ganz toller Trick.« Sie lachte nun noch gelöster.

»Nur noch dies, weil Sie so angenehm lachen können, sehen Sie, hier ging und geht es um einen Menschen und um Wahrheit und Gerechtigkeit. Sie werden mir beipflichten: Was steht da noch drüber? Ich würde mich also, egal welchen, sagen wir, politischen oder sonstigen Hintergrund diese Sache gehabt hätte, immer wieder so entscheiden und mich so verhalten wie jetzt.«

Sie öffnete leicht ihre feucht schimmernden Lippen; Ed hob mit den Worten: »Entschuldigung, noch ein paar Worte« die Hand und sagte weiter, »wenn man einem Menschen nicht nur Unrecht angetan hat, sondern vor lauter, vor allem völlig unangebrachter konstruierter politischer Korrektheit sinnlos sein Leben zerstört hat, dann kann ich nicht, ums Verrecken nicht, zusehen und meine Arbeit machen.«

»Doktor«, sie legte ihm ihre gepflegte Hand auf den Unterarm, »ich wollte Sie um Himmels willen nicht persönlich angreifen. Aber ich meine, selbst bei einer solch zugespitzten und persönlich sicherlich bedauernswerten Situation für den Mann kann man sich doch nicht vor einen Karren spannen lassen, der weit nach rechts rollt.«

Dr. Paulsen lächelte, als er sagte: »Als erstes: Ich fasse Ihre Aussagen nicht als persönlichen Angriff auf, dann würde ich schon nicht mehr mit Ihnen reden, zweitens: Woher nehmen Sie denn die Gewissheit, daß es ein, gestatten Sie, ich benutze Ihre Metapher, rechtsrollender Karren ist? Und noch eine Zwischenfrage: Wäre Ihnen ein linksradikal rollender lieber gewesen?«

Sie schwieg und wollte sicherlich eine schlüssige Antwort geben. Dr. Paulsen aber ließ sie nicht entweichen; er war unerbittlich: »Sehen Sie, Sie lesen oder hören etwas, und wenn es nur halbwegs offiziell ist und man sich zu gegenteiligen Darstellungen natürlich nicht durchringen darf, dann muß es ja, aber ganz bestimmt und tatsächlich so sein. An einen Trugschluß, oder noch gerader ausgedrückt, eine Lüge zu glauben oder sie gar zu entlarven wagt keiner mehr! Das habe auch ich erst in den letzen Monaten so richtig verinnerlicht.«

Ihr stieg etwas Rot ins Gesicht, als sie sagte: »Ich muß zugeben: Ich weiß Ihre Sache auch nur aus der Presse und gehe …«, sie unterbrach sich, sah ihn offen an, lächelte, als sie zugab: »Eins zu null für Sie, ich weiß selbst sehr genau, wie manipuliert wird.«

Er lächelte sie an und sagte: »Eigentlich wollte ich darüber gar nicht reden und schon gar nicht so viel.«

Gut, Bischoff und die anderen waren auch schon dem Gespräch gefolgt. Bischoff legte Paulsen den Arm um die Schulter und sagte: »Neulich hatten wir das Thema am Wickel, und wir alle waren uns über eines einig: Es wird immer mehr Menschen geben, die sich nicht weiter bevormunden lassen und auf ihr Recht auf freie Meinungsäußerung bestehen. Es kann doch nicht nur die eine Meinungseinbahnstraße zu bestimmten Themen geben, oder?«

»Aber ein Lehrer, der hat doch einen ganz bestimmten, ja man kann sagen, staatlichen Auftrag, deshalb ist er ja auch Beamter. Und deshalb kann der Mann doch nicht unterrichten, was er will.« Sie kämpfte um ihre Position.

Reinhard Gut hakte ein: »Moment mal, meine Liebe, er hat seine staatlich verordnete Pflicht erfüllt. Das ist«, er sah Paulsen an, »stimmt's, sehr lobend immer wieder beurteilt worden«, Ed nickte, »dann aber hat er freiwillig und unentgeltlich dem Wunsch der Schüler entsprochen, mehr über die Ursachen und die Zusammenhänge des Zweiten Weltkrieges zu erfahren. Er hat weder etwas bagatellisiert noch verharmlost, noch verherrlicht. In einer Arbeit zum Beispiel«, er sah Ed fragend an, und dieser nickte, »Dr. Paulsen hat mir die Arbeit zum Lesen überlassen«, er trank einen Schluck aus seinem Glas, »also es hat eine Schülerin das Rundschreiben seiner Heiligkeit PIUS des Elften über die Lage der katholischen Kirche im Deutschen Reich vom 14. März 1937 analysiert und den Nationalsozialismus aus dieser Sicht dargestellt. Eine Augenweide!«, seine Finger formten das O der Taucher unter Wasser, »der Mann hat die von den Schülern eingeforderte historische Wahrheit einfach sprechen lassen. Und was das Besondere daran war, er hat ihnen die Suche nicht nur ermöglicht, sondern gestattet. Ich ziehe den Hut, um ehrlich zu sein, vor seinem Engagement und seiner pädagogischen Verantwortung!«

Der Leiter des Serviceunternehmens trat jetzt an Reinhard Gut heran und flüsterte etwas, dieser nickte und rief dann: »Also, ihr Lieben, husch, husch, ans Mitternachtsbüffet, es ist angerichtet!«

Ed hielt Ausschau nach Corinna, sie stand in einer Traube mit anderen Gästen in der Nähe des Kamins. Gut tippte ihn an und sagte: »Die Solms ist durch den Umweltminister hochgeschwemmt worden. Ob Trittin oder Fischer, alle haben für ihre Paladine gesorgt. Vergiß Sie, Sie ist zu dem hinterfotzig.« Ed legte ihm beide Hände auf die Schulter und sah ihn eindringlich an: »Gerade mit solchen muß man Tacheles reden, meine ich. Gerade diesen Chamäleons sollte man zeigen, was Ehre, Gewissen und Rückgrat bedeuten! Sind die es nicht, die, gerade weil sie materiell und ideologisch korrumpiert sind, jedes System, egal welches, unterstützen würden. Hauptsache, sie wären dabei. Also wirken sie in deren Sinne. Teuflisch, aber es funktioniert offensichtlich auch heute noch.« Reinhard Gut sah Paulsen sehr ernst an: »Mein lieber Freund, du hast deinen politischen Schnellkurs mit Bravour bewältigt, prima. Du weißt nun ein wenig, was so gespielt wird. Und ich hoffe nur, dir reicht es noch nicht! Denn was ich jetzt bemerke, macht mir Sorgen: Du fängst an, dich grundsätzlich zu reiben. Laß die Finger davon. Du bist auf diesem Gefechtsfeld ein Anfänger. Es ist mein freundschaftlicher Rat.«

»Ich danke dir und werde ihn beherzigen.«

Gut blieb bei dem kupferfarbenen Kessel mit hausgemachter Kartoffelsuppe stehen und fragte: »Magst du auch?«

Ed nickte, Gut reichte ihm eine Schüssel, und beide setzten sich unweit des Übergangs zum grünen Salon an einen runden Tisch. Beide waren sich einig: Die Suppe war hervorragend.

»Hallo, ihr zwei«, Corinna stand plötzlich vor ihnen, »ich dachte schon, die Herren wollten den Abend allein verbringen?« fragte sie keß.

Schneller als Ed war Gut aufgestanden, hatte sie auf die Wange geküßt und log so charmant wie es möglich war: »Gerade sagte Ed zu mir: Ich vermisse die Conni, sie scheint sich ohne mich doch nicht etwa wohl zu fühlen?« Er zwinkerte so auffällig, daß Corinna es bemerken mußte, Ed zu, der daher nicht anders reagieren konnte: »Wenn ich mich recht erinnern kann, hast du auch schon mal besser geflunkert.«

»Ich? Nie, mein Lieber!«

Sie scherzten und ließen sich unterschiedliche Speisen und den guten Rotwein schmecken. Gegen ein Uhr verließen sie in bester Stimmung die Villa.

Dr. Paulsen war inzwischen wegen seiner Anzeige gegen Unbekannt von einem Beamten aufgesucht worden. Ed händigte ihm einige Fotos aus, die er zwischenzeitlich hatte entwickeln lassen. Man teilte ihm mit, die Szene »recht gut im Griff zu haben« und gab sich optimistisch, die »Pseudokünstler bald ausfindig gemacht zu haben«. Ed vermied es, sich mit dem Beamten in diesem Zusammenhang über dessen Ausdruck »Pseudokünstler« auseinanderzusetzen. Er verabschiedete ihn höflich, nicht ohne zu bemerken, daß dieser Kommissar von ihm, deutlich erkennbar, recht wenig hielt.

Susanne informierte ihn dann von dem Anruf, der eingegangen war, als Ed mit dem Ermittler im Gespräch war.

»Dr. Kurt bittet um Rückruf, am liebsten würde er Sie gleich heute zum Mittag treffen, sagte er. Er war recht gut drauf, richtig aufgewühlt.«

»Versuche, uns bitte gleich zu verbinden, ja?«

Kurz danach surrte der VIP-Apparat. Susi sagte: »Er ist dran, ich lege auf.«

»Wie immer freue ich mich, Ihre Stimme zu hören, guten Tag!«

»Dito, können wir uns um dreizehn Uhr im Böttners treffen, keine Sorge«, er feixte förmlich, »ich werde zur Feier des Tages zahlen, abgemacht!«

»Abgemacht, sonst wär' ich auch nicht gekommen und hätte dann Burger King vorgeschlagen.«

»Was für ein Fehler von mir, dort war ich noch nie!«

»Was? Ich bin dort Stammgast, wissen Sie das nicht? Also ich könnte da noch bestellen, ich weiß aber nicht, ob noch zwei Plätze frei wären.«

Dr. Kurt grunzte: »Na ja, ich möchte beim Böttners nun nicht absagen, wäre mir peinlich«, er machte eine kleine Pause, für die er sich entschuldigte, und sagte etwas ins andere Telefon, »so, bin wieder da, also dann bis nachher!«

»Servus.«

Bernd und Sepp saßen in der Ecke, in der sie schon sehr oft gesessen hatten.

Der Chef des Hauses plauderte ein wenig mit Ed und machte sich über »die Vollidioten« lustig: »Und? Wie schaut es aus?« wollte er wissen.

»Recht gut, unsere Schreiberlinge und ein paar andere Enthusiasten scheinen ins Grübeln zu kommen.«

Ed begrüßte Bernd und Sepp. Vor Bernd lagen einige Unterlagen. Beide hatten sie schon einen Aperitif vor sich stehen und bereits davon gekostet. Drüben am Fenster saßen zwei Spieler vom FC Bayern mit zwei auffälligen, sehr jungen Frauen. Der Tisch links von ihnen war reserviert. Ed bestellte einen roten Port und sah beide abwechselnd und erwartungsvoll an.

Bernd lächelte und sagte: »So, jetzt erlebe ich Sie auch mal anders, ich erkenne, daß Sie neugierig sind«, er sah Dr. Kurt an und meinte, »wollen wir ihn noch zappeln lassen?«

Jetzt kamen die Gäste, für die der Nebentisch reserviert war. Es waren offensichtlich Ausländer, nach dem Dialekt eher Nordamerikaner.

Sepp schmunzelte Ed an und fragte: »Sind Sie gewappnet?« Ed nickte übertrieben. Bernd eröffnete ihm dann die Neuigkeit: »Die Staatsanwaltschaft macht uns ein Angebot: Außergerichtliche Einigung mit den Medien und, so wurde mir mitgeteilt, Zugeständnisse bezüglich Köhlers Rehabilitation und Ihrer beider Leumundsache.«

Dr. Kurt paffte inzwischen mit sichtbarem Vergnügen an seiner Cohiba und meinte: »Sie wollen also mit uns etwas aushandeln und erhoffen sich von uns natürlich auch ein gewisses Entgegenkommen. Das ist klar! Aber sie sind eingeknickt, die Superjournalisten. Sie wollen einen offenen Streit vermeiden, und damit sind sie natürlich geschwächt.« Er sah Bernd an und fragte: »Ist doch so, oder?«

Bernd, wie immer hervorragend gekleidet: Nadelstreifenanzug, wohl wieder von Zeleri oder Meyer oder Cerruti, dunkelrotes Einstecktuch, Nobelkrawatte, leicht kariertes Hemd mit Manschetten, und für ihn selbstverständlich, handgemachte Schuhe, erklärte: »Sie haben begriffen, daß wir ihnen eine Bombe in die Redaktion gerollt haben, die auch wirklich einen Fernzünder hat, der für sie nicht zu entschärfen ist. Zum Entschärfen benötigen sie uns.«

»Oha«, Ed streckte seine Wirbelsäule, »ich verstehe: Sie haben nun ein Problem, wenn nicht gar Angst bekommen vor den Geistern, die sie riefen.«

»Sie haben schlampig gearbeitet«, Sepp lächelte zufrieden, »und wir haben sie dabei tatkräftig unterstützt. Sie sind von voreilig gefaßten Schuldzuweisungen ausgegangen, wie schon so oft, aber sie lernen eben sehr, sehr schwer und sind diesen mit Hurragebrüll gefolgt.« Jetzt lachte er aus seinem eckigen Brustkasten.

Bernd hatte schon wieder zwei Zigaretten angezündet. Er sah in die Runde und fragte: »Wir müssen nun überlegen, wie wir weiter verfahren wollen. Ziehen wir unsere Linie durch, das heißt, prozessieren wir auf Teufel komm raus, oder schauen wir nach, ob wir ein für *uns* wirklich akzeptables Ergebnis erreichen können?«

Köhler war, wie fast immer, mit fiebrig glänzenden Augen den Aussagen der anderen gefolgt. Er räusperte sich, sah erst Paulsen, dann die anderen zwei an, senkte den Kopf und sagte: »Wir haben sehr viel erreicht. Ich danke Ihnen allen! Wenn es nach mir geht, will ich es schnell hinter mich bringen. Wir sind, so glaube ich«, er sah Dr. Kurt und dann Bernd mit leicht lächelndem Mund an, »dank Ihrer Kampfkraft und Kompetenz jetzt schon die moralischen Sieger. Also, ich wäre dafür, daß wir uns anhören, was die anderen zu bieten haben.«

Dr. Paulsen pflichtete Köhler mit Einschränkungen bei: »Das sollten wir auf jeden Fall tun, wir haben ja damit einen möglichen Gang vor das Gericht nicht vergeben. Für mich muß aber folgendes herauskommen: Herr Köhlers Einweisung muß, ich will es mal im unreinen einen Verstoß gegen die Menschlichkeit nennen, dargestellt und publiziert werden. Rehabilitation ist damit logisch und folgerichtig. Das ganze Gequatsche und Gezetere über unsere angeblichen neonazistischen Umtriebe und so weiter und so fort muß auch genau so herübergebracht werden«, er rieb sich die Nase, so als wolle er ein sich ankündigendes Niesen aufhalten, »ich bestehe nun nicht auf einer Entschuldigung auf der ersten Seite, aber auf einer deutlichen Richtigstellung! Sie sollen an der Wahrheit zu knappern haben.«

Danach diskutierten sie ausführlich, unter welchen Bedin-

452

gungen sie die Einladung für ein Gespräch des Staatsanwaltes, es war der bekannte Rudolf Wolf, annehmen würden. Bernd ließ sein Diktiergerät mitlaufen und faßte am Ende das Besprochene zusammen.

»Gut, morgen gebe ich persönlich den Schriftsatz bei Wolf ab, und dann schauen wir mal, wie sich der Wurm, also unsere potentiellen Gegner, am Haken dreht.«

Dr. Kurt sah dem Rauch seiner Zigarre nach und meinte entschlossen: »Auf keinen Fall darf es ein orientalischer Basar werden! Daran müssen Sie alle denken!«

Dr. Paulsen erklärte sich bereit, als Sprecher aufzutreten, falls es zu dem Gespräch auch wirklich kommen sollte. Sie verabschiedeten sich in bester Stimmung. Ed holte Corinna ab. Sie wollten in die Halle zum Tennisspielen.

Schon zwei Tage später kam von der Staatsanwaltschaft der Terminvorschlag. Bernd bestätigte ihn nach einem Tag. Sie trafen sich bereits eine Stunde vor dem anberaumten Termin im Königshof. Noch einmal gingen sie die wichtigsten Passagen durch, und dann betraten sie gegen zehn Uhr die wunderschöne Eingangshalle des Gerichtsgebäudes. Der Staatsanwalt war Paulsen auf dem ersten Blick sympathisch. In seinem gutgeschnittenen schwarzen Haar zeigten sich erste silberne Fäden. Seine Stirn war von schrägen Falten tief durchfurcht. Die stahlblauen Augen waren immer in Bewegung, und man nahm an, sie würden ständig lächeln. Sein Kinn erinnerte an das von Kirk Douglas. Man machte sich bekannt.

»Ah, Sie sind also der ominöse Psychiater.« Wolf erwiderte Paulsens Händedruck und lächelte ihn sehr freundlich an.

»Nun, bisher war es mir nicht geläufig, daß ein solches Attribut auf mich zutrifft«, er erwiderte den freundlichen Blick und ergänzte, »na ja, man lernt ja nie aus.«

Der Jurist breitete die Arme aus und bot den vier Männern Plätze zum Sitzen an.

Dann, als sie saßen, sagte er zu Paulsen: »›Ominös‹ ist eine Wortwahl von *mir*, denn«, er sah in die Runde, »ich verweise darauf, daß wir noch im privaten Gespräch sind, also, denn das, was Sie da geschaukelt haben, ist schon erstaunlich. Ich weiß nicht, wer so ein glühendheißes Eisen angefaßt hätte.«

Bernd sah Paulsen und dann die anderen mit beträchtlicher Überraschung an, denn das hatte er am allerwenigsten erwartet: eine private und zudem nicht negative Meinung des Staatsanwaltes.

Wolf bot Kaffee, Tee, Saft und Wasser an. Er drückte einen Knopf und kurz danach erschien seine sehr blasse, freundlich lächelnde rotblonde Assistentin und brachte Kaffee und Tee. Sie schenkte je nach Wunsch ein und verließ dann wieder das geräumige Eckzimmer.

Noch klapperte das Geschirr, und man schwieg.

Dann räusperte sich der Staatsanwalt, lächelte und sagte: »Jetzt wird es amtlich, meine Herren, da meine Schreibkraft erkrankt ist, möchte ich Sie fragen, ob Sie etwas dagegen haben, wenn ich das Band zur Aufzeichnung mitlaufen lasse.«

Niemand hatte etwas dagegen.

»Ich danke Ihnen«, er schaltete das Gerät noch nicht ein und ergänzte, »sollte es notwendig sein, ist es kein Problem, das Gerät zu stoppen, oder Gesagtes zu ändern oder auch zu löschen.«

Wieder Erstaunen in der Miene von Bernd, er beschloß aber trotzdem, besonders aufmerksam zu bleiben. »Man weiß nie bei diesen Typen, woran man ist«, dachte er und trank einen Schluck des Kaffees: »Erstaunlich gut«, konstatierte er den Geschmack.

Mit lustigem Gesichtsausdruck hob Wolf die Bedieneinheit des Aufzeichnungsgerätes und sagte:

«Auf die Plätze, fertig, los!«

Der Jurist umriß mit klaren, präzisen Worten den Sachverhalt und das mögliche Ziel, das er anstreben würde. Er legte dar, daß die Gegenpartei um diese Vermittlung gebeten hat um einen aufwendigen Prozeß mit zweifelhaftem Ausgang«, er sah in die Runde und hob die Hand zur Unterstützung, »übrigens für *beide* Parteien, also auch für Sie, zu umgehen.«

Dann kritisierte er die Vorgehensweise der Gruppe um Herrn

454

Köhler und Dr. Paulsen, wie er sie nannte, »da man ja in gewisser Weise die Medienmeute absichtlich losgehetzt« hatte.

»Dann, als die Losgehetzten merkten, daß sie zu schnell einem, lassen sie mich bei der Jagd bleiben, also einem nur künstlichen Hasen hinterher gerannt waren, drehten sie um«, er hob beide Arme und machte dazu eine Miene, die ausdrücken sollte: So sind die nun mal, »und begannen wild um sich zu beißen. Wen verwundert's?«

Ed sah Bernd, Bernd sah Köhler, Ulrich Paulsen und Köhler Paulsen an. Sie waren erneut überrascht, denn sie hatten trotz des sehr lockeren Kennenlernens nun mit einem staatspolitisch korrekten Prolog des Staatsanwaltes gerechnet.

»Wir haben als erstes die Hintergründe um Herrn Köhler ausgeleuchtet. Ja, das muß ich zugeben: Ihm wurde Unrecht angetan! Leider ist eine juristische Aufarbeitung nicht möglich, da die wichtigste Person, wie zum Beispiel der damals verantwortliche Chefarzt Doktor. Goldmann, verstorben ist und die Oberärzte nicht mehr in Deutschland leben, sondern als Pensionäre in den USA und Israel.«

Er sah kurz Bernd und dann, seinen Blick suchend, Paulsen an, als er noch einmal betonte:

»Eine juristische Aufarbeitung *dieses* Unrechts ist *nicht* möglich, ich denke mal, Sie haben mich auch richtig verstanden.«

Dann trank er einen Schluck Tee, beugte die Ellbogen auf die Tischplatte und fuhr fort: »Wir haben mit den zuständigen Stellen und Behörden gesprochen, und man sieht keine größeren Probleme, Herrn Köhler zu rehabilitieren. Danach müßte er sich, falls es nicht logisch nachfolgend erfolgt, gegebenenfalls privatrechtlich um eine Entschädigung kümmern. Das also dazu.«

Köhler sah Paulsen so an, als würde er nicht ein Wort des Staatsanwaltes verstehen. Ed lächelte ihn mit einem flüchtigen Zwinkern an und hörte die letzten Ausführungen des Staatsanwaltes: »… von all dem eben Gesagten wird es keine offizielle Verlautbarung geben. Alle haben Stillschweigen zu bewahren. Dies wird dann auch den zweiten Teil, die Auseinandersetzung mit den Medien, betreffen.«

Er sah jeden einzelnen nacheinander offen und ernst an, legte die Handflächen aneinander und sagte leicht spöttisch: »Quasi hat es all das nicht gegeben.«

Paulsen nippte an dem geschmacklich nicht besonders aufregenden Tee, setzte die Tasse behutsam ab und sah dem Staatsanwalt, der ihm gerade gegenübersaß, in die Augen.

»Wir danken Ihnen, Herr Doktor Wolf, für ihr Angebot. Wir werden, was Herrn Köhler betrifft, vor allem nach seiner Meinung entscheiden, denn es geht ja um ihn.« Köhler nickte.

»Gestatten Sie mir aber einige Anmerkungen, die sich vor allem mit dem eben von Ihnen erwähnten Totschweigen beschäftigen werden, denn das versprizte Gift der Medien wird also nicht neutralisiert. Für mich«, er sah Köhler kurz an, »nicht akzeptabel, denn wir bleiben stigmatisiert. Mit *mir* geht das nicht.«, Dr. Paulsen zog nun alle Register.

Ulrich stellte später fest, daß er mit zunehmender Dauer der Ausführungen von Ed, die wachsende Betroffenheit des Staatsanwaltes deutlich beobachten und verfolgen konnte. Paulsen wußte zu genau, wohin er wollte, und nun auch der Staatsanwalt: öffentliche Rehabilitation!

Dr. Paulsen vermied es, auf die Details einzugehen, um sich nicht dem Tabuthema nähern zu müssen. Er referierte aus der Sicht seiner beruflichen Kenntnisse und Erfahrungen mit einer solchen Brillanz, daß selbst der Dümmste hätte erkennen können: Er ging vor allem mit dem derzeitigen gesellschaftlichen und politischen Establishment ins Gericht und riß denen, für alle nachvollziehbar, die Maske vom Gutmenschengesicht.

Er sah in die Runde und blieb im Gesicht des Staatsanwaltes hängen.

Ruhig fügte er an: »Ich habe schon des öfteren mit meinen Studenten oder auch in Publikationen Fallbeispiele diskutiert, leider habe ich damals versäumt, verallgemeinert weiterzudenken. Heute sagte ich: die schleichende Zersetzung des gesellschaftlichen Seins vollzieht sich vor allem unter kräftiger Mithilfe der sogenannten Eliten, zu denen sich ja auch unsere Volksvertreter sehr gern zählen. Wir haben uns bewährte Vorbilder nehmen und falsche aufdrängen lassen. Kohl verstieß gegen einfachste moralische Prinzipien in seinem Amt, die Biographie eines Joseph Fischer wird erst gar nicht verinnerlicht und schon gar nicht diskutiert, Politiker und die Bosse manipulieren, lügen und gieren nach Mammon, und die Korruption erblüht in wohl allen Bereichen unseres Lebens in heller Farbenpracht. Wir haben mehr und mehr die Orientierung verloren und dümpeln fast ziellos dahin. Und das Schlimme daran ist, man wollte und will es so!«

Betretenes Schweigen.

Dr. Paulsen brach es: »Und dann erlebe ich, oder besser wir, daß es da einen Menschen gibt, der für sich in Anspruch nahm, seinen Schülern wichtige Grundsätze des Lebens zu vermitteln, und das ist nun einmal auch die Suche nach der Wahrheit, und landet genau deshalb in der Psychiatrie! Und nun soll er akzeptieren, daß es ja eigentlich nicht geschehen ist.« Er schwieg und schüttelte langsam den Kopf. Ulrich setzte sich auf und sagte: »Unabhängig von der Entscheidung des Herrn Köhler, werter Doktor Wolf, ohne eine Klarstellung in der Öffentlichkeit ist das aus meiner Sicht nichts weiter als eine Schmierenkomödie, ehrlich!«

Wolf schaltete fast demonstrativ das Band aus und sah Ulrich und dann jeden der Männer an: »Ich sage Ihnen dazu etwas als Privatmann«, ein Lächeln umspielte seine schmalen Lippen, »ich würde nicht anders argumentieren, und auch mir entgeht in meinem Beruf, und das können Sie sicherlich nachvollziehen, nicht der von Ihnen schön dargestellte Verfall von Ethik, Moral und Grundsätzen des Lebens, aber solange ich den Staat vertrete, muß ich loyal zu ihm stehen. Ich hoffe, Sie haben mich auch jetzt wieder verstanden.«

Köhler begann mit leiser Stimme: »Ich habe sehr genau zugehört, und es geht ja wohl um meine Entscheidung. Wäre ich allein, Doktor Wolf, hätten Sie mich eingefangen, aber ich hatte das riesige und einmalige Glück, an diese Männer geraten zu sein«, seine

Stimme wurde durch die aufsteigenden Emotionen brüchig, er räusperte sich und sah auf die Tischplatte, »und ich bin stark genug geworden, um mich auch größeren Auseinandersetzungen zu stellen. Ich möchte aus der Sache so herauskommen, daß ich später jedem zeigen kann: Sieh hier, das ist mir mal passiert. Das soll es gewesen sein«, er hob dann wie abwehrend die Hand, »nein, noch etwas sehr Wichtiges«, rief er mit lauter Stimme, er lächelte deswegen entschuldigend und sagte dann ruhig: »Und dann ist da Doktor Paulsen. Ich erlaube mir vielleicht eine kleine Anmaßung, Sie«, er sah Paulsen lächelnd an, »werden mir aber verzeihen, da ist also dieser Doc der Schönen und Reichen, der sich für einen wie mich engagiert. Er hatte es beileibe nicht nötig sich um mich zu kümmern, hatte keine Ahnung von politischen Fallstricken, lebte jenseits jeglicher materiellen Sorgen. Und er bedenkt nicht einmal die möglichen und leider dann auch wirklich werdenden Folgen. Eine wilde Horde beginnt auf ihn einzuschlagen, beschädigt seinen Ruf, provoziert Bedrohungen durch ewiggestrige Linksextremisten. Und nun sollte all das totgeschwiegen werden? Nie! All das muß öffentlich beendet werden! Deshalb, vor allem auch deshalb, werde ich ein Unter-die-Decke-Kehren nicht akzeptieren.«

Dr. Wolf stützte den Kopf in die Hände. Es war still, und zwar so, daß man das Ticken der Wanduhr hören konnte.

Bernd trank wie abwesend seinen Kaffee, setzte die Tasse ab und merkte an: »Wir haben uns nichts, aber auch gar nichts vorzuwerfen. Wir werden also die nächste Schlacht zu schlagen haben und haben davor keine Angst.« Er grinste wie immer spitzbübisch und vielleicht sogar etwas provozierend.

Wolf sah auf und schaltete das Band erneut ab und sagte: »Ihre Klage gegen die Medienvertreter hat mich, ja, hat mich tief beeindruckt, und ich habe genau das deren Anwälten auch gesagt. Es sind alte Hasen, und somit gab es für sie kaum eine andere Möglichkeit als die des Konsenses.«

Bernd tauschte das Grinsen gegen ein Lachen ein: »Gestatten Sie mir, sehr geehrter Herr Staatsanwalt, eine lapidare Feststellung. Wenn das, was Sie uns im Auftrage der Gegenpartei anbieten, ein akzeptabler Konsens sein soll, dann muß ich daran zweifeln, daß es sich um alte Hasen handelt, oder aber die alten Hasen unterschätzen uns total!«

Der Staatsanwalt forderte eine kleine Pause: »Lassen Sie uns ein bißchen an die frische Luft gehen, für zehn Minuten, danach sagen Sie mir Ihre, ja sagen wir, Forderungen, und ich werde mit der Gegenpartei die Dinge dann absprechen, einverstanden?«

Dr. Wolf verschwand in seinem Büro. Die vier Männer schlenderten durch das Gebäude und stimmten sich gegenseitig ab. Bernd faßte die Vorstellungen in seiner üblich knappen und präzisen Art zusammen.

Pünktlich trafen sie sich in dem Beratungsraum des Staatsanwaltes. Wolf wies darauf hin, daß es frischen Tee und Kaffee gab.

»Und«, fragte er, »sind Sie sich einig geworden?«

Bernd zündete sich eine neue Zigarette an und stieß den Rauch durch die Nase heraus. Er hüstelte ein wenig und begann: »Herr Staatsanwalt«, Wolf ergriff die Schalteinrichtung und setzte das Band in Bewegung, »wir danken Ihnen für die faire und sachliche Beratung. Wir sind der Meinung, wir sollten ins Hauptverfahren gehen.«

Dr. Wolf verzog sein Gesicht, und seine Miene zeigte unverhohlen Enttäuschung. Bernd ergänzte: »Diese Entscheidung ist unumstößlich, wenn die Forderung der Gegenseite, die wir zur Kenntnis genommen haben, so bestehen bleiben sollte. Wir würden auf einen für uns sicherlich chancenreichen Prozeß, der sogar einem Schauprozeß nahekommen könnte, nur dann verzichten, wenn in den betreffenden Medien entsprechende Richtigstellungen veröffentlicht werden. Der Dreck muß nachhaltig abgewaschen werden. Nur so«, seine Miene und seine Augen hatten einen unvermuteten harten Ausdruck angenommen, »geht etwas und nicht anders!«

Wolf nickte mit ernstem Gesicht, verwies noch darauf, daß im Interesse aller die Vertraulichkeit beachtet werden sollte. Mit den Worten: »Ich hoffe in der nächsten Woche eine Entscheidung erzielen zu können«, beendete er die Zusammenkunft.

Corinna und Ed hatten sich auf ihre Laufstrecke begeben. Wenn es die Zeit zuließ, liefen sie zweimal die Woche diese ungefähr acht Kilometer. Diese Stunde nutzten sie vor allem dazu, sich über alle möglichen Themen auszutauschen. Corinna erfuhr über den Termin beim Staatsanwalt und darüber, daß ein Ende dieser Angelegenheit unmittelbar bevorstehen würde.

»Oh ja, mein Schatz«, sie übersprang eine Wurzel und kam leicht aus dem Rhythmus, »ich werde so unendlich froh sein, wenn es vorbei ist!«

Sie liefen jetzt über den Fußgängerüberweg, um dann geradewegs in den Park zu gelangen.

»Stell dir vor«, sagte Paulsen, »ich habe für Köhler sogar eine sehr interessante Arbeit in Aussicht!«

Corinna freute sich: »Das wäre ja prima, er hat es verdient, nach all dem, was er durchgemacht hat.«

Jetzt liefen sie an einem Bach entlang. Die Sträucher zeigten sich bereits in zartem Grün, und auch die ersten Bäume standen ihnen kaum nach. Ein Hund kam aus dem Wasser und schüttelte sich die Nässe aus dem Fell. Der Besitzer rief ihn, weil er annahm, die Läufer hätten wohl zuviel Respekt vor ihm. Paulsen hielt dem Hund die Hand hin und ließ sich beschnuppern, dann trabte der Hund, den Pfiff seines Herrchens einfach ignorierend, einige Meter neben Ed und Corinna her. Dann allerdings besann er sich wohl doch seiner guten Kinderstube und machte kehrt.

Köhler war überglücklich. Sie standen auf der Straße.

»Ich weiß, Doktor, Sie sind nicht auf große Worte abgestellt, aber lassen Sie mich …«

Urplötzlich umarmte er Paulsen und preßte ihn an sich. Ganz leise sagte er: »Nie in meinem Leben werde ich es vergessen.«

Ed schluckte an seinen Emotionen, und Köhler wischte sich verstohlen das Feuchte aus den Augen.

Dann gingen sie in Richtung des Marienplatzes.

»Wenn ich daran denke«, begann Köhler mit etwas vibrierender Stimme, die dann aber mit jedem Wort fester wurde, »wo ich vor sieben oder acht Monaten gestanden habe, was dann alles passierte, und heute kann ich sagen: Ich bin zurück im Leben. Mein Gott, ich kann es kaum glauben!«

Ed bückte sich und hob ein Fahrrad auf, das auf den Gehweg gefallen war, klatschte in die Hände, so als wären sie verschmutzt, und sagte: »Ein unbeirrbarer Leitspruch meines Lebens ist folgender: Wer aufhört zu kämpfen, gehört zu den Verlierern. Schon als junger Bursche hatte ich mich diesem Leitfaden verschrieben. Es war richtig und gut!«

Köhler nickte: »Ein guter Leitfaden! Ich hielt und halte es gern mit Seneca, er sagte, glaube ich: Wie lange ich lebe, liegt nicht in meiner Macht, daß ich aber, solange ich lebe, wirklich lebe, das hängt von mir ab. Mir hat dieser weise Spruch in meiner Arbeit, meiner Freizeit und in der Psychiatrie immer wieder Mut gemacht!«

Sie waren am alten Rathaus angekommen; über ihnen im Torbogen hörten sie die Geräusche der originellen Uhr.

»So, meine Pflichten rufen mich«, sagte Ed lachend, »machen Sie es gut. Wir sprechen uns ja demnächst.« Köhler ergriff mit seinen Händen Paulsens und sagte: »Nochmals besten Dank!«

»Alles in Ordnung! Vergessen Sie nur nicht den ersten Arbeitstag!«

»Ich kann es kaum erwarten! Als wir eben dort oben waren, hätte ich am liebsten gleich dableiben wollen!«

»Wenn es so ist, ist es richtig! Also bis später.«

Ihre Wege trennten sich.

Susanne hatte gerade den Tee fertig.

»Hatte ich etwas gesagt? Woher weißt du ...?«

»Wußten Sie nicht, daß ich übersinnliche Fähigkeiten besitze, Herr Doktor?«

Sie setzten sich in die Bibliothek. Ed schlürfte seinen Tee, Susi ihren starken Kaffee. Noch hatte Dr. Paulsen zwanzig Minuten Zeit, bis die derzeit sehr gefragte Schauspielerin mit ihren äußerst ausgeprägten Suchtproblemen erscheinen würde. Susi brachte auf seine Bitte hin die Post.

Schnell ging er sie durch.

Die Staatsanwaltschaft teilte ihm mit, daß das Verfahren gegen Unbekannt eingestellt wurde. Selbstverständlich würde man den Fall wieder aufgreifen, wenn ein Verdächtiger zugeführt werden würde. »Da hab ich nichts anderes erwartet«, resümierte Dr. Paulsen. Susi stand auf und ging zum Telefon.

Dann eine Notiz: Dr. Wolf, seines Zeichens Staatsanwalt, lädt für nächsten Dienstag, 9 Uhr, zu einem weiteren Gespräch ein. Gruß Bernd.

Als Susanne wieder bei ihm saß, gingen sie noch einige aktuelle Dinge durch und besprachen die nächsten Termine.

Ed war verwundert über eine kurzfristige Absage aus Hamburg und bat Susanne, sich über die Begründung schlau zu machen: »Ich habe da einen Verdacht, das sind die zukünftigen Profiler vom BKA, neulich hatten wir ja erst ein grandioses Dankschreiben bekommen, erinnerst du dich?« Susanne nickte und sagte: »Ja, es war so vor sechs oder acht Wochen, denke ich.« Paulsen las noch einmal die Nachricht und strich sich mit der linken Hand durchs Haar: »Ist schon verdächtig, oder? Plötzlich so ein lakonischer Satz, da scheint sich etwas *gezielt* rumgesprochen zu haben.«

Er gab Susi das Schreiben und freute sich über eine Woche, die er nun anders verplanen konnte.

Corinna war schon bei Dr. Paulsen zu Hause. Nur noch selten war sie in ihrer Wohnung.

Für sie war es immer eine besondere Freude, wenn Ed sich ankündigte und sie schon den Tee vorbereiten konnte. Diese Stunde der Zweisamkeit genossen beide und besonders dann, wenn sie nicht durch Anrufe gestört wurden, denn die Freunde von Ed Paulsen und einige gute Bekannte wußten, daß Ed, wenn es die Zeit zuließ, gern diese Teestunde regelrecht zelebrierte. Ed umarmte Corinna, und sie hatten noch immer das Bedürfnis, sich innig zu küssen. Diese Begrüßung war dann je nach Situation und Stimmungslage quasi der Grund dafür, daß sie, sich frisch geduscht und in Bademäntel gehüllt, um einiges später auch den Tee genossen.

Corinna machte den Vorschlag, sich auf die windgeschützte Terasse des Gartens zu setzen: »Es scheint noch die Sonne so schön, und es ist angenehm mild.«

»Prima«, freute sich Dr. Paulsen und verschwand im Ankleideraum. Wenig später kam er, leger gekleidet in die Küche, und half Corinna, die Teeutensilien nach draußen zu schaffen.

Ed streckte sich und atmete tief die aromatische Luft ein. Corinna schenkte ein.

»Mein Schatz, willst du irgendwo zum Essen gehen, oder essen wir hier und trinken einen tollen Wein, du kannst es dir aussuchen.«

Sie sah ihn neugierig an: »Wieso eine Planung? Gibt es einen Grund?«

Er nickte: »Oh ja, ich möchte den Tag rund ausklingen lassen.«

Ihre Miene und das Grün der Augen fragten.

Er antwortete: »Etwas sehr Positives, es hat alles geklappt, der Köhler fängt ab Monatsanfang als Fachlektor im Streuber-Mayr-und-Co.-Verlag an. Wir …«

Corinna sprang auf, umarmte und küßte ihn und rief: »Das ist wirklich eine tolle Nachricht! Oh ja, wie sehr freue ich mich für den Mann. Endlich, endlich beginnt für diesen geschundenen Menschen ein wirklich neues Leben. Was hat er denn gesagt?« wollte sie wissen.

»Ich glaube, er dachte, er träumt, oder so.«

Dann plauschten sie sehr aufgeräumt über die Ereignisse des Tages. Ed wollte am liebsten immer alles über Corinnas Tag erfahren, und sie erzählte ihm über ihre Arbeit, die Kollegen und ihre weiteren Ambitionen, denn der oberste Chef der Firma hatte sie heute zu einem kurzen Gespräch gebeten. »Stell dir vor, er meinte, daß er schon nach einigen wenigen Tagen auf mich aufmerksam gemacht wurde und er nun wissen wollte, welche beruflichen Ziele ich in der Firma für mich sehen würde, ist doch toll, oder?«

»Du wirst riesig Karriere machen! Gut, daß ich das weiß, denn nach dem, was hier abgelaufen ist, werde ich wohl die Praxis dichtmachen müssen…«

Ein Blick in seine Augen bestätigte ihr den Scherz.

»Es geht mir noch immer so: Manchmal weiß ich wirklich nicht, ob du es ernst meinst oder mich auf den Arm nehmen willst.«

»Mit dir meine ich es immer ernst und nehme dich sehr, sehr gern auf den Arm!«

Dr. Paulsen erzählte nur sehr selten über seine Arbeit. Er hatte Corinna erklärt, daß dies eine Form des Selbstschutzes sei, und ihr von dem damaligen Gespräch mit Professor »Papa« Giese erzählt. Ab und an lachten sie aber doch über anonyme Anekdoten, die er zum besten gab.

»Ach ja, beinahe hätte ich es vergessen«, er küßte sie auf den Hals und strich ihr beinahe behutsam über den Busen, »wir sind nächste Woche wieder bei diesem netten Staatsanwalt, also, Ring frei zur nächsten Runde!« Er hielt mit seinen Zärtlichkeiten, die Corinna sichtlich genossen hatte, inne und erklärte ihr, daß die Gruppe »nicht ums Verrecken prozessieren will, doch wenn die unsere Prämissen abschmettern, werden wir das Visier herunterklappen, mit Sicherheit!«

Sie strich ihm mit den Fingerspitzen so über das Gesicht, als wäre sie blind und wollte die Physiognomie seines Gesichtes ergründen: »Lieber Ed, ich weiß, ich wiederhole mich, aber für mich wird es ein Festtag sein, wenn alles vorbei ist. Hoffentlich bald!«

Das Telefon surrte. Ed ging ins Arbeitszimmer und kam mit dem Gerät und mit jemandem sprechend zurück.

»Natürlich, ihr Lieben, sie ist hier bei mir, laßt es euch gutgehen … Deine Eltern«, er gab ihr das Gerät. Dann plauschte Corinna mehr oder weniger ausführlich über allerlei Dinge und Ed registrierte, daß »der Fall« den Eltern von Corinna auch Sorgen machte.

Sie fuhren dann noch in ein Einkaufszentrum, um Lebensmittel, vor allem aber ausgesuchten Tee zu kaufen.

Für den Abend verabredeten sie sich mit sich selbst.

Ed holte einen spanischen Wein, den legendären Ygay, und einen 79er Mouton Rothschild aus dem Weinregal im Keller und öffnete erst einmal den Franzosen. Corinna versprach, etwas ganz Leckeres zu kochen und begann mit ihren Vorbereitungen. Dr.

Paulsen bereitete den Kamin vor und zündete dann die Späne an. Als diese knisternd Feuer fingen, legte er behutsam kleine Birkenscheite auf, und alsbald loderte eine stattliche Flamme.

Ed setzte sich in seinem Arbeitszimmer in den Scherenstuhl und sortierte die Fachzeitschriften. Dann überflog er die Inhaltsangaben, und je nachdem, welche Bedeutung er den Publikationen zumaß, klebte er gelbe Markierungszettel auf die entsprechende Seite. Ein, zwei Veröffentlichungen überflog er, denn in einer Diskussion wurden neue Ansätze vorgestellt, bipolare Erkrankungen effektiver therapieren zu können.

Dann kam Corinna, umarmte ihn von hinten und legte ihre warme Wange an seine und flüsterte: »Mein Herr, es ist angerichtet, darf ich bitten?«

Er küßte ihren Hals und stand auf, nahm sie bei der Hand, und dann gingen sie hinüber in den Teil des riesigen Raumes, der für das Essen vorgesehen war. Corinna hatte die Kerzen des siebenarmigen schweren Silberleuchters angezündet, und sonst reichte das Licht von Kamin und den anderen Kerzen. Sie hatte Lammkarree mit allerlei zusätzlichen Leckereien zubereitet.

Ed schenkte den Wein ein, sah sie liebvoll an und sagte: »Auf dich, mein Schatz, manchmal denke ich daran, was alles nicht passiert wäre, wenn ich nicht nach Flims gekommen wäre.«

Der Wein war vorzüglich.

Corinnas Lächeln ging ins Nachdenkliche: »An so etwas möchte ich heute gar nicht mehr denken. Ich genieße jeden Tag und habe nur manchmal Angst, jemand könnte uns all das wegnehmen.«

»Wer zum Teufel soll uns etwas wegnehmen? Wenn, dann nur wir selbst, oder?«

Sie ergriff seine Hand und drückte sie: »Dein Wort in Gottes Ohren!«

»Was ist los? Seit wann brauchst du einen solchen Beistand?«

Sie zog die Schultern leicht hoch und flüsterte fast: »Schon gut, es war nur so dahingesagt.«

Paulsen lobte das Essen. Corinna aß wie üblich nur ein paar Kartoffeln und Gemüse.

Sie saßen noch ein Weilchen und räumten dann gemeinsam den Tisch ab und überließen den Abwasch der Maschine.

Dann machten sie es sich vor dem Kamin bequem. Corinna lehnte sich an die Brust Paulsens, und beide sahen, wohl eigenen Gedanken nachhängend, in das Feuer. Ed hatte seine Arme um sie gelegt und ihre Köpfe lehnten aneinander. Sie spürten die Wärme ihrer Körper, Corinna drehte sich leicht zu ihm und legte nun ihren Kopf auf seine Brust. Die Birke knisterte. Funken stiegen hektisch auf.

Corinna küßte zärtlich seinen Hals und flüsterte: »Ich hätte nie gedacht, wie schön das Zusammensein mit einem Mann sein kann, wirklich«, sie sah in seine Augen, »wirklich, deshalb macht es mir auch Freude, solche Komplimente zu verteilen.«

Ed lächelte und sagte: »Das funktioniert aber nur, wenn es sich nicht um eine Einbahnstraße handelt. Und ich gebe dir gern das Kompliment zurück.«

Sie setzte sich auf seinen Schoß und suchte seine Lippen. Der lange, zärtliche Kuß wollte nicht enden und Corinna spürte seine Hände an den verschiedensten Körperstellen. Sie rutschten von der Lederliege auf den Teppich, und Ed nahm Corinna zwischen die Knie und setzte sich auf. Sie lag vor ihm und sah ihn mit einem tiefen, aber leuchtenden Grün an. Langsam schob er seine Hände unter ihren Pulli. Er hatte natürlich schon erkannt, daß sie, wie so oft, auf einen BH verzichtet hatte.

Seit der Zeit, als Corinna zum ersten Mal durch Ed wie berauscht das erlebte, was sie sich zwar erträumt hatte, aber an diesen Traum nicht mehr glauben wollte, war alles an ihrem Körper noch sensibler, noch reizbarer geworden. Sie preßte sich gegen die Hände von Ed, um den Reiz in ihren Brüsten noch zu erhöhen, und dann schlugen die Wogen der Leidenschaft über beiden zusammen.

Sie hielt ihn dann fest, und ihre Tränen liefen langsam über ihre Wangen.

Dr. Wolf, der Staatsanwalt, begrüßte alle mit Handschlag.

Dr. Paulsens Hand hielt er fest, sah ihn bubenhaft an und meinte: »Heute stoßen wir den Bock um, machen Sie mit?«

»Zu jeder Zeit, die Frage ist nur, ob er sich auch umstoßen läßt.«

Bernd mischte sich ein: »Ein sehr guter Vorsatz, Doktor Wolf, wir sind die letzten, die Ihr Vorhaben nicht unterstützen werden.«

Sie setzten sich, alles war wie beim letzten Mal, es gab Kaffee und Tee, und Bernd hatte sich mit dem Staatsanwalt schon die erste Zigarette angebrannt.

Wolf begann: »Ich begrüße Sie, meine Herren, und hoffe sehr, daß wir alsbald ins Fastwochenende kommen. Wenn es nach mir geht, können wir nach der Tasse Kaffee schon fertig sein.«

Ulrich freute sich und sah Paulsen an: »Na fein, dann können wir ja wohl doch noch zum Tennisspielen!«

Wolf hob die Hand und sah in die Runde: »Es gab sehr intensive Gespräche, und ich kann Ihnen auch sagen, daß Vertreter der Politik involviert waren. Kurzum: Man ist bereit, eine Stellungnahme in den Blättern zu publizieren. Sie wird nüchtern und möglichst kurz darüber informieren, daß die Berichterstattung über den Fall »Köhler« nicht korrekt war. Man wird den Vorgang und die dadurch entstandenen Belastungen einzelner Personen bedauern.«

Wieder sah er in die Runde. Da sich von den Anwesenden wohl erst einmal niemand äußern wollte, fuhr er fort: »Diese Abmachung hat aber auch Konsequenzen für Sie.« Er sah Bernd an, schmunzelte, als er sagte: »Da Sie ja in der hervorragenden Situation sind, auf die Professionalität und Kompetenz eines sehr versierten Juristen zurückgreifen zu können, werden Sie die Gegenleistungen, die an Sie gestellt werden, sicherlich zu bewerten wissen.«

Bernd murmelte so etwas wie »danke für die Blumen« und sagte dann laut: »Also, verehrter Doktor Wolf, lassen Sie die Katze mal aus dem Sack!«

Der Staatsanwalt nahm ein Blatt Papier in die Hände und las vor: »Die Veröffentlichung erfolgt nicht auf der ersten Seite, keine Bilder, keine Namen, die Gegenseite verzichtet im Nachgang auf Interviews oder andere Aktivitäten. Mit der Pressemitteilung in den drei Blättern ist die Angelegenheit in der Öffentlichkeit erledigt. Rehabilitationsfragen, die Herrn Köhler betreffen, werden durch die entsprechenden Behörden bearbeitet.«

Er sah wieder in die Runde. Bernd hatte mitgeschrieben und nickte bedächtig. Dann sah er auf und sagte: »Aus meiner Sicht eine akzeptable Verhandlungsbasis, oder? Was halten Sie davon?«

Dr. Wolf stand auf und sagte lächelnd: »Ich dreh' mal eine Runde. In spätestens zehn Minuten bin ich wieder hier, reicht es Ihnen?«

Den Männern reichte die Zeit. Sie besprachen sich und sahen in diesem Vorschlag eine reale Chance, eine für beide Seiten annehmbare Einigung erzielen zu können.

Bernd referierte: »Wir haben die wesentlichen Ziele erreicht und können auch mit unseren Zugeständnissen, die wir gerade diskutiert haben, leben. Im Kompromiß liegt oft die Lösung und wir alle sind, wenn wir ehrlich sind, auch schon etwas abgekämpft. Oder wie sehen Sie es?«

Köhler: »Ich für meinen Teil sehe es genau so. Ich kann damit leben.«

Ulrich: »Ich bin zwar noch nicht müde und hätte, wenn der Vorschlag mieser ausgesehen hätte, das Kettenhemd und die Streitaxt wieder herausgeholt. So aber sind wir ja doch so etwas wie die Sieger.«

Dr. Paulsen: »Ich schließe mich an. Nur eine Bedingung noch: Die Pressemitteilung sollten wir vor der Veröffentlichung ausgehändigt bekommen. Das sollten wir uns nicht nehmen lassen.«

»Oder«, Bernd schrieb etwas auf, »man sollte schon vorab mit uns den Text abstimmen. Das wäre noch effektiver. Nicht, daß wir dann wieder anfangen, an jeder Formulierung herumzufeilen.«

Mit dem frischen Tee und Kaffee kam auch der Staatsanwalt zurück. Er war sichtlich zufrieden mit den Ausführungen von Bernd.

»Ich freue mich, daß wir dicht vor der Ziellinie stehen. Bezüglich der Verfahrensweise bei der Presseveröffentlichung kann ich jetzt nichts sagen. Ich werde aber noch heute Nachmittag dieses Detail abklären, einverstanden?«

Sie waren einverstanden.

Dann hatte er wohl eine noch bessere Idee: »Frau Schmutzler, verbinden Sie mich doch bitte mit Herrn Doktor Eichhof, wenn Sie ihn haben, komme ich rüber.« Er weihte die Anwesenden ein: »Ich versuche das sofort zu klär ...«

Es summte, man rief ihn. Behende stand er auf und verschwand in seinem Arbeitszimmer.

Bernd zündete sich die zigste Zigarette an und sagte anerkennend: »Ein guter Mann, da gibt es nichts. Wir haben offensichtlich Glück gehabt. Ich kenne da ganz andere Typen, die berüchtigten Achtundsechziger sitzen ja überall.«

Dr. Wolf kam zurück. Er rieb sich die Hände, setzte sich und sagte: »Sie erhalten die Pressemitteilung vorab und können, falls notwendig, über uns hier Ihre Einsprüche formulieren. Ist das gut so?«

Es war gut.

Ed Paulsen sagte: »Doktor Wolf, wir danken Ihnen! Sie haben mit dazu beigetragen, daß wir noch einen, wenn auch nach wie vor schwachen Silberstreif am Horizont sehen. Vielleicht ist es in unserem Land doch noch nicht zu spät. Nochmals Dank und Ihnen persönlich alles Gute.«

Wolf war sichtlich gerührt, er tastete sein Gesicht mit der linken Hand ab, als suche er nach etwas.

Dann sagte er: »Es war auch mir eine Freude! Und die lag nicht nur darin, daß Sie alle gestandene Persönlichkeiten sind, sondern vor allem«, er hob, wie so oft zur Bekräftigung seiner Worte, den rechten Arm mit dem ausgestreckten Zeigefinger, »weil Sie sich gegen den sehr, sehr zweifelhaften und konstruierten Zeitgeist und seinen Auswüchsen mutig gewehrt haben. Alle Achtung!«

Sie verabschiedeten sich. Als letzter gab ihm Paulsen die Hand. Wolf hielt sie fest, sah Ed freundlich an und sagte: »Haben Sie noch einen Augenblick?«

»Selbstverständlich, für Sie immer!«

Er verabschiedete sich von seinen Mitstreitern und verabredete sich mit Ulrich auf später.

»Gehen wir zu mir rüber? Es ist etwas gemütlicher. Gestatten Sie, ich geh mal vor.«

Das Büro des Staatsanwaltes war hell und geräumig. Überall lagen Akten und Stöße von Schriftsätzen.

Ed lächelte: »Über zu wenig Arbeit können Sie aber nicht klagen.«

Wolfs Sarkasmus war nicht zu überhören: »Dafür sorgt mehr und mehr auch die Politik. Wenn selbst das Außenministerium, Sie wissen ja sicherlich, was da in Kiew passiert ist, die illegale Einreise und somit die Ausbreitung der organisierten Kriminalität quasi legalisiert, sind unsere Leute am Tag vierundzwanzig Stunden im Einsatz!«

Wolf bot Paulsen, der wieder über die offenen Worte des Staatsanwaltes überrascht war, einen Sessel in der Ecke an, wo einige große Grünpflanzen standen. Er setzte sich, Wolf auch.

»Ich wollte gern noch ein wenig mit ihnen plauschen, solchen Menschen begegnet man ja nicht alle Tage.«

»Danke, Herr Staatsanwalt.«

»Wissen Sie, wenn ich mit einem besonderen Fall betraut werde, mache ich mir immer Vorstellungen über die betroffenen Personen, die, wie Sie, diese Sache hier angeschoben haben. Es war recht ambivalent, denn ich erkannte sehr rasch die Rechtslage und folgerte erst einmal: Da ist ein aufgeblasener Guru, der mal wieder in der Öffentlichkeit stehen will und in dem Herrn Köhler und seinem Schicksal die vortreffliche Gelegenheit sah, die Lawine vor allem auch in seinem Interesse loszutreten.«

Er sah Paulsen, der seinem Blick ruhig und freundlich und warm begegnete, an, verschränkte die Arme hinter dem Nacken und sagte: »Und dann erkannte ich die wahren Gründe, und somit konnte ich mir schon ein bisserl ein anderes Bild von Ihnen machen.«

»Und dann«, erzählte er weiter, »als ich mich mehr und mehr eingearbeitet hatte, stellte ich mit zunehmender Sympathie fest: Ja, zum Glück, es gibt wirklich noch solche!«

Nun lächelte Paulsen, mehr vor sich hin, machte aber keine Anstalten, selbst zu sprechen.

»Sie und Ihre Leute waren für mich ein«, er suchte nach einer Formulierung, »ja, so kann man es sagen, Sie alle waren für mich ein sehr positives Erlebnis. In den letzten achtzehn Jahren wurden Menschen, die sich mit den politisch korrekten Vorgaben anlehnten, immer seltener. Was man verlieren konnte, Ansehen, vor allem aber Geld und das Mit-dabei-sein-wollen-und-können, war zu groß, und dafür verkaufte man halt seine Überzeugung und sogar den Charakter. Ja, manch einer war sogar bereit, seine eigene Mutter zu verraten. Sie können es mir glauben, Doktor Paulsen.«

Ed war sichtlich beeindruck, trank einen Schluck Tee, stellte die Tasse ab und bestätigte ihm aus seiner Sicht diese Aussage: »Ich erlebe seit allerhand Jahren mehr oder minder intensiv und ausgeprägt die unterschiedlichsten individuellen Abgründe, Deformationen, Gemeinheiten und immer wieder charakterliche Ausprägungen und deren Folgen, die man kaum für möglich halten würde. Eigentlich müßte ich über den Jetztmenschen«, er zog die Schultern hoch und ließ sie ruckartig fallen, »vielleicht tue ich es ja auch, ein Buch schreiben. Ich habe allerdings, irgendwann habe ich es schon einmal zugegeben, nicht verallgemeinert, denn Gesellschaft hatte für mich etwas mit Politik zu tun, und somit war das Thema für mich bislang ohne jegliche Bedeutung.«

Wolf ermutigte Ed, ein Buch zu schreiben: »Nur müssen Sie davon ausgehen, daß es wohl kaum jemand lesen wird. Wer wird schon in den Spiegel schauen wollen?«

»Sie haben sicherlich recht«, er faltete die Hände, »na ja, vielleicht habe ich mal viel Zeit.«

Wolf wollte mehr über Eds Motivation wissen: »Es ist schon interessant. Für Sie persönlich war die Welt doch mehr als in Ordnung. Und dann riskieren Sie ein doch ziemlich dramatisches Engagement mit allerhand, Sie erlebten es ja dann auch, nachhaltigen Folgen. Hatten Sie alles bedacht?«

»Um ehrlich zu sein: nein! Anfangs war es eine rein, wie soll ich sagen, eine Reaktion meines Ichs, bestimmt auch etwas Altruismus«, Wolf sah ihn mit Unverständnis an, Ed lächelte, »ich erkläre es Ihnen etwas genauer: Seit meiner Kindheit, schuld daran ist mein Großvater, war Solidarität, Wahrhaftigkeit und Auflehnung gegen alles Verlogene eine Art Rückgrat meines Ichs. Eine Steuergröße, an der ich bis heute nicht vorbeikomme. Fast so etwas wie Zwanghaftigkeit, und somit konnte mich kaum noch einer aufhalten. Später dann, als ich mich längst in Köhler«, er lächelte über seine Wortfindung, »verbissen hatte, merkte ich mein Unvermögen, das alles in einem Kontext zu verstehen. Ich wollte es aber verstehen, denn nur so würde auch ich der Wahrheit nahekommen. Also ging ich strategisch vor, und dazu gehörte, daß ich mich plötzlich mit der Geschichte und der aktuellen Politik befassen mußte. Dann merkte ich voller Bestürzung: Man befiehlt den Menschen zu *glauben,* obwohl es eine gelebte und dokumentierbare Wahrheit gibt! Ich begann auf einmal mit anderen Augen zu sehen und vor allem in ganz anderen Zusammenhängen zu denken, weil ich die Bilder nun ganz anders bewerten konnte.«

Wolf hatte konzentriert zugehört und saß unbeweglich in seinem Sessel: »Irgendwo begegnen wir uns in unserer Arbeit. Ich wuchs quasi mit der Politik auf. Juristerei hat ja immer mit Gesetzen zu tun, die die Politik verabschiedet. Als Staatsanwalt mußte ich lernen, was diese Gesetze letztendlich wert sind. Sie können mir glauben: Ich wollte schon zigmal den ganzen Kram hinschmeißen! Aber man lebt ja nicht im luftleeren Raum, oder besser: Das Paradies gibt es noch nicht. Also machte ich weiter.«

»Sicherlich nicht ohne gelegentliche Probleme, denke ich mal?«

»Wie wahr! Ich stelle mit Entsetzen fest, daß die damaligen Achtundsechziger seit einiger Zeit das Sagen haben und auf einmal deren zweifelhaften Prämissen zu eine Art Norm transformiert wurden. Das politische Sein erfährt Ausrichtungen, die jegliche Bewandtnis vermissen lassen. Das Gerüst des Seins wird durch Entscheidungen, vor allem ideologische Entscheidungen, ausgehöhlt. Man wird plötzlich dazu angehalten zu glauben, obwohl man weiß! Die so klaren Aussagen des alten Königsbergers Kant, ich empfand sie immer als Richtschnur, begannen sich auf einmal ins Gegenteil zu verkehren. Und mir ging es tatsächlich so, wie er sagte: »Ich muß das Wissen einschränken, um für den Glauben Platz zu schaffen.« Nicht die Wahrheit erhält den Status des Absoluten, sondern genau der umgekehrte Schluß wird zur Methode. Der Verfall der Werte wird, ja man muß es wohl so sagen, zielstrebig vorangetrieben.« Paulsen beugte sich vor und fragte sich selbst und Wolf: »Und? Wohin soll das führen? Eine entwurzelte Gesellschaft? Nur noch Chaoten und Selbstdarsteller? Eine Minderheit wird also wieder einmal die schweigende Mehrheit in die Irre führen!«

Wolf lachte: »Uff, nicht übel«, er hob ziellos beide Arme, »ich weiß natürlich keine Lösung. Man kann nur die Hoffnung nicht aufgeben. Ich erlebe hin und wieder, wie aktiv gegen das Modell des politisch korrekten Kodexes vorgegangen wird. Ich habe Hoffnung. Sie können es mir glauben: die Menschen sind noch nicht die vielleicht erhoffte breiige Masse!«

Die Assistentin steckte, nachdem sie geklopft und Dr. Wolf »herein« gerufen hatte, den Kopf durch den Türspalt und sagte: »Her Doktor, ich möchte Sie daran erinnern, daß sie in fünf Minuten mit Staatsanwalt Brendl den Termin wegen der Sache 34/05 haben.«

»Oh, danke sehr, das hätte ich doch glatt vergessen«, er sah Paulsen entschuldigend an, »die Pflicht ruft, aber vielleicht noch ein Zitat von Schiller, das können wir dann aufgreifen, wenn wir uns demnächst wiedersehen.« Er sah Paulsen fragend an und fragte auch: »Das werden wir doch, oder?«

Paulsen nickte. »Also«, fuhr er fort«, ich glaube er sagte im Demetrius folgendes: Man soll die Stimmen wägen und nicht zählen; der Staat muß untergehen, früh oder spät, wo Mehrheit siegt und Unverstand entscheidet.« Er zog die Schultern hoch, lachte und sagte: »In diesem Sinne auf bald, lieber Herr Paulsen.«

Susanne sagte: »Dr. Kurt für Sie, wollen Sie ihn?«

»Mein Hase, welche Frage, her mit ihm!«

Dr. Paulsen hatte gerade eine junge Türkin entlassen, die schon Monate zu ihm kam. Sie war in die Mühlen der kulturellen Unterschiede geraten (sie hatte sich erdreistet, sich selbst zu verlieben), und diese hatten schwere psychosomatische Beschwerden hervorgerufen. Die junge Frau war eine von denen, die nichts bezahlen brauchten, weil sie es nicht konnten. Ed schlug den Akt von Peter Borsch, einem sehr erfolgreichen Kabarettisten, zu, der als nächster kommen würde, und wippte in seinem Sessel.

»Hallo Herr Paulsen, und, zufrieden?«

Ed zögerte, weil er nachdenken mußte: »Mir fällt leider nicht ein, womit sollte ich zufrieden sein? Helfen Sie mir auf die Sprünge.«

»Dann haben Sie also die Zeitung noch nicht gelesen?«

»Nein!« Er drückte auf den Knopf, und Susanne schaute wenig später ins Refugium.

»Moment bitte!«, dann zu Susanne: »Haben wir schon die Post? Äh, die Zeitungen?«

Sie nickte.

Dann zum Verleger: »Wir haben die Zeitungen.«

Ed konnte durch das Geräusch in seinem Ohr förmlich sehen, wie Dr. Kurt an seiner Zigarre zog: »Sie haben es gemacht, Bernd hatte den von uns abgesegneten Text freigegeben, und heute schon haben sie reagiert. Alle drei.«

Ed pustete erleichtert ins Gerät: »Drei Kreuze!«

Der Verleger lachte und fragte Ed, ob er am Abend frei wäre, dieser bejahte: »Gut, treffen wir uns dann zu einem kleinen Umtrunk bei mir, nichts essen, und bringen Sie Ihren Sonnenschein mit!«

»Danke, gern. Sie wird sich freuen!«

Dr. Paulsen sah auf die Uhr: »Es geht noch«, und dann beauftragte er Susanne, ihm doch die Zeitungen zu bringen. Kurz darauf klingelte Sie, und er bat sie herein.

»Mein Gott, das ist ja wie Ostern und Weihnachten an einem Tag! Sie können sich nicht vorstellen, wie ich mich freue!« Sie legte ihm die Zeitungen auf den Tisch; die Artikel waren bereits mit Signierstift von ihr hervorgehoben worden.

Ed las langsam, Wort für Wort, obwohl er den Text eigentlich hätte auswendig aufsagen können. Ein Lächeln umspielte seine Lippen. Es tat ihm gut, denn nun war das Buch endgültig geschlossen.

Obwohl der Text der gleiche war, las er ihn noch ein zweites und drittes Mal in den anderen Zeitungen. Er lehnte sich zurück, faltete die Hände hinter seinem Nacken und sah hoch zur Holzdecke: »Für uns ein wertvoller Sieg, vor allem ein Sieg gegen einen vermeintlich übermächtigen Gegner. Ich denke, es ist uns gelungen, damit auch ein Zeichen für andere zu setzen«, sprach er laut vor sich hin.

Paulsen steckte die Zeitungen in seine Tasche und schlug den Akt von Peter Borsch wieder auf.

Corinna hatte in der Mittagspause die Zeitung gelesen. Sie mußte die Freudentränen unterdrücken, als sie die offizielle entschuldigende Verlautbarung las. »Oh mein Schatz, endlich, ich umarme dich«, dachte sie und wischte sich eine voreilige Träne von der Wange. Als sie allein war, rief sie Ed an, doch sie wurde zu Susanne umgeleitet und wußte, daß er in der Sitzung war, das sagte sie auch Susanne. Susi versprach ihr, ihm liebe Grüße auszurichten, und dann tauschten beide Frauen ihre Freude aus.

»Nun wird es endlich wieder so wie vorher«, freute sich Corinna.

»Wollen wir es hoffen! Aber auf jeden Fall ist es ein großer Sieg. Der Doc hat sich nie, wirklich nie etwas anmerken lassen, obwohl er durch die Hölle gegangen ist. Nur wer ihn schon sehr lange kannte, erahnte die Spannung, in der er lebte.«

Susanne erzählte ihr noch, daß Gut und viele andere bereits angerufen oder Nachrichten übermittelt hatten. Sogar Blumen wurden bereits abgegeben.

Ed rief dann auch sofort Corinna an. Bevor er etwas sagen konnte, überraschte Corinna ihn mit einem für sie völlig ungewöhnlichen Wortschwall: »Ich liebe dich, ich gratuliere dir und den anderen zu diesem Sieg. Ich freue mich so sehr, mein Schatz!«

Er lachte: »Oha, wie lange hast du daran gearbeitet. Ich danke dir, meine Liebe.«

»Schäm dich, das war ganz spontan! Als ich deine Nummer sah, drückte ich die Taste und plapperte los, es ging gar nicht anders.«

Sie sagten sich ein paar liebe und zärtliche Worte. Doch Dr. Paulsen hatte kaum die Zeit, die er sich für Corinna gewünscht hätte.

Susanne meldete ihm neue Blumen und zwei Gäste sowie zwei wartende Anrufer.

»Bis dann mein Schatz, ach ja, beinahe hätt' ich es vergessen: Heute abend sind wir übrigens bei Dr. Kurt eingeladen.«

Am Telefon war Uri. Er rief aus Frankreich an und gratulierte Dr. Paulsen: »Also, Sie sehen, bestimmte Dinge funktionieren in dieser vertrackten Demokratie doch noch, oder? Glückwunsch. Ich bin morgen in Zürich, da ruf ich Sie am Abend an. Gut? Feiern Sie diesen Sieg, Sie haben es verdient!«

Der andere Anrufer war Phil. Er freute sich wie ein kleines Kind, und sie verabredeten, nach dem Golfspielen deshalb durch die Häuser zu ziehen.

»Grüße mir die Conni! Bis nächste Woche!«

Der kleine Happen bei Dr. Kurt entpuppte sich als ein anspruchsvolles Abendessen. Wenn man Dr. Kurt nicht kennen würde, hätte man den Verdacht nicht loswerden können, er wäre leicht betrunken; er war aber nur in allerbester Stimmung. Jetzt erbat er sich durch das leichte Anschlagen des Dessertglases Gehör. Er sah in die Runde. Neben den Hauptbeteiligten hatte er noch einige intime Freunde geladen.

Er sagte: »Liebe Anwesende, ich freue mich, Sie alle hier zu sehen. Ein guter, ein sehr guter Tag! Nicht nur für uns, sondern auch weit darüber hinaus. Uns ist mehr gelungen, als wir uns denken können. Lassen Sie uns darauf anstoßen.«

Sie standen auf und prosteten sich zu. Die Gläser klangen.

»Nur noch soviel: In dieser Stunde können wir uns getrost einmal vorstellen, was hätte passieren können.« Er stellte sein Glas ab und sah ernst in die Runde: »Wir wären zu Tätern gemacht worden, der linksextreme und linksintellektuelle Mob hätte uns vor sich hergetrieben. Ein Szenario, das ja leider nicht so unbekannt in der heutigen Zeit ist. Ich glaube, dazu nicht weiter ins Detail gehen zu müssen … Auf jeden Fall hat es unsere kleine Gruppe geschafft, den Meinungsmonopolisten ihre Grenzen aufzuzeigen. Ein wichtiges Ereignis, denke ich. Allen, vor allem aber Herrn Köhler, alles erdenklich Gute für die Zukunft!«

Spontan wurde applaudiert.

Köhler schämte sich seiner Tränen nicht; er senkte nur den Kopf.

Das Essen war vorzüglich, und die Weine paßten wie schon immer hervorragend dazu.

Nach dem Essen wechselte man in den Salon mit dem großen, antiken Marmorkamin.

Bernd erläuterte Paulsen die juristische Bedeutung der Presseveröffentlichung.

»Schauen Sie, sie gaben zu, fehlerhaft recherchiert und zu überstürzt agiert zu haben«, er grinste Sepp an, »sie sind in deine Falle getrabt wie blutige Anfänger«, sein immer sehr aufmerksamer Blick ging zurück zu Paulsen, »also, sie haben fehlerhaft recherchiert und sind voreilig in die vollen gegangen. Dadurch wurden Informationen verbreitet, deren Inhalt nicht zutreffend war, und dadurch wurden Persönlichkeitsrechte verletzt, wofür sie sich entschuldigten. Also eine runde Sache, Dr. Paulsen, somit ist die von mir vorbereitete Rücknahme unserer Klagen voll gerechtfertigt; dazu kommt ja dann noch, daß Herr Köhler und seine Einweisung in die Psychiatrie als bedauerlicher Fehler bezeichnet und seine Rehabilitation in Aussicht gestellt wurde.«

Der Abend entwickelte sich zu einem gelösten Fest; ein Fest der Sieger.

Reinhard Gut überschlug sich fast vor Begeisterung. Obwohl der Fernsehmann nicht zu den athletischsten gehörte, hatte er Paulsen gepackt und tanzte mit ihm im Raum herum.

»Weißt du, was ich heute in der Reaktionssitzung zum Lokalteil machen werde?« Er hatte den Kopf gehoben, um Ed in die Augen sehen zu können, und hielt Ed immer noch umschlungen.

»Das wirst du bleiben lassen, es ist so vereinbart!«

»Papperlapapp, du machst doch gar nichts, du gibst kein Interview oder sonst was. Wenn ich der Meinung bin, es wäre ein Beitrag, um das Funktionieren der Demokratie herauszustellen, ist das eine Initiative vom Sender, verstehst du?«

Ed befreite sich sanft aus der Umklammerung und sagte: »Komm, laß es, du holst dir bei einer Sache blaue Augen, die erledigt ist. Und denke daran, was du mir seinerzeit gesagt hast. Du bist nämlich dort Angestellter, hast du das vergessen? Warte auf eine aktuelle Chance, ich bin sicher, irgendwann wird sie sich in diesem Land leider bestimmt ergeben, oder?«

Sie diskutierten noch eine Zeitlang, und dann gab Gut zum Glück auf. Dr. Paulsen war zufrieden, denn er wollte jetzt nichts weiter als seinen Frieden.

Uri rief wie versprochen an. Seine Stimme hatte fast etwas Feierliches: »Lieber Doktor Paulsen, ich freue mich für Sie alle, aber für Sie ganz besonders! Noch vorgestern hatte ich einigen Kollegen aus Peru über Ihre Schlachten berichtet. Sie werden es nicht glauben: Ich hatte den Eindruck, sie glaubten mir nicht! So etwas in Deutschland? Unmöglich! Je mehr Details ich ihnen näherbrachte, um so länger wurden ihre Gesichter. Nun egal. Gratuliere, und dann werde ich Sie gern hier begrüßen, um gemeinsam auf den Tischen zu tanzen.«

»Ich danke Ihnen, sehr nett, und natürlich werde ich kommen, keine Frage!«

Der Schweizer Diplomat räusperte sich, und dann sagte er: »Also, Sie haben es jetzt erleben können, noch atmet die Demokratie! Man muß nur ein wenig kämpfen, oder?«

Ed nahm das Telefon in die andere Hand und sagte ihm: »Nun ja, so kann man es auch sehen. Ich sehe es zwiespältiger, denn der rein juristische Sachverhalt war wohl so eindeutig, daß die Schmierer keine andere Chance sahen und wir uns nicht einschüchtern ließen. Na ja, und dazu kam dann wohl noch so etwas wie rudimentäre Demokratie. Wenn sie gekonnt hätten, wäre Köhler der paranoide

Nazi und ich der durchgeknallte Guru als sein Propagandachef. So hätten sie es am liebsten gehabt.«

Uri lachte aus vollem Halse, beruhigte sich aber rasch und sagte: »Alles in allem, mein Lieber, hat es sich aber gelohnt. Und ich glaube, für so manch einen war es eine heilsame Lehre.«

Ed hüstelte und meinte eher skeptisch: »Wir sollten realistisch bleiben. Es ist ein einziger Fall von vielen. Wer kann sich das schon leisten, was wir uns geleistet haben? Ich hätte jahrelang prozessieren können, theoretisch und praktisch, also auch finanziell. Dazu kam noch, daß wir eine Truppe von Experten und damit nahezu unschlagbar waren!«

»Trotzdem, wer weiß das schon! Unterschätzen Sie die Wirkung nicht! Mein Büro hat mir alle drei Gazetten vorbereitet, und Sie wissen wie ich, wie viele gerade in diesen Revolverblättern lesen.«

»Aber beim Geldzählen, lieber Freund, hört das Interesse an anderen Dingen auf, leider.«

Uri gab ihm recht, wandte aber ein, daß es doch die Meinung der breiten Masse gebe, die Volksmeinung sozusagen, und daß die offizielle Politik ihre selbstgebastelte und politisch korrekte Meinung als Volksmeinung verkaufen will. Das jedoch merkt sogar der Verblödetste irgendwann einmal, und wenn das Maß voll ist, wird man möglicherweise zur Wahrhaftigkeit zurückkehren müssen«, er betonte, »müssen«.

»Ihr Wort in Gottes Ohren«, gab Paulsen seiner Hoffnung Ausdruck, »noch aber scheinen die Pharisäer schalten und walten zu können, wie sie wollen. Sehen Sie sich um. Egal, was es ist, selbst unwiderlegbare Zahlen werden zum Spielball von mehr oder minder geschickter Verbalisation von blankem Unsinn. Man versuchte sogar mit dem Außenminister an der Spitze am Grundgesetz Deutschlands vorbei die Multikultiidee durch legalisierte Masseneinschleusungen durchzusetzen und was weiß ich nicht noch alles. Um ehrlich zu sein: Eigentlich ist das Maß doch schon voll, oder?«

»Scheinbar noch nicht, sonst würde es wohl ganz anders aussehen.«

Sie einigten sich dann, das Thema zu wechseln, und Ed informierte ihn über Köhler und sein großes Glück, eine anspruchsvolle berufliche Tätigkeit gefunden zu haben. Dr. Paulsen erwähnte mit keinem Wort, daß er für dieses Glück gesorgt hatte. Dann tauschten sie sich noch über ein paar private Dinge aus.

»Und sonst«, fragte Uri, »wie steht es so bei Ihnen?«

Ed erzählte ihm von seiner Teilnahme an Symposien und der eigenartigen Absage seiner Lehrveranstaltungen im BKA: »Ansonsten hatte ich in dieser Zeit eher Sympathiebekundungen empfangen, oft zwar versteckt und unter vier Augen, aber immerhin. Ach ja, beinahe hätte ich es vergessen. Ich bin zu einem Kongreß der Neofreudianer in Bern eingeladen. Der Ami Solms, einer der engagiertesten Freudianer, hat das alles persönlich angeschoben. Ist ja auch eine Möglichkeit, daß wir uns dann schon treffen können!«

»Das wäre ja großartig! Informieren Sie mich über den Termin, sobald er fix ist!«

Uri ließ Corinna mit lieben Worten grüßen, und sie verabredeten sich, alsbald wieder, so oder so, zu telefonieren.

Köhler bezeichnete sich als den glücklichsten Menschen der Welt. Und entsprechend dieser inneren Einstellung hatte sich sein Aussehen, vor allem aber seine Körpersprache verändert. Die vorher eher hängenden Schultern füllten nun wieder den Pullover, das Hemd oder das Jackett aus. Er sprach flüssiger, und immer häufiger blitzte Humor und Schalk in seinen Worten auf. Er gestikulierte beim Sprechen, und seine Augen begleiteten mit viel mehr Ausstrahlung das Gesprochene. Ein Mensch, der sich endlich auf die Zukunft freuen konnte.

Ulrich saß mit ihm in der gemütlichen Gaststätte in der Nähe des ehemaligen botanischen Gartens. Köhler hatte Ulrich von seinem Besuch an seinem zukünftigen Arbeitsplatz erzählt: »Ich möchte mich schon vorab informieren, wissen Sie. So komme ich dann nächste Woche schon mit gewissen Vorkenntnissen dorthin«, er sah Ulrich mit großen, glänzenden Augen an, »es ist noch immer wie ein Traum! Ich freue mich wie ein kleines Kind!«

Ulrich nahm an seiner Freude teil, nicht ohne ab und zu daran zu denken, was dieser Mensch hatte durchmachen müssen.

Dann, nach dem zweiten Glas Tignanello, sagte Köhler mit einer Schüchternheit, die man bei einem Gymnasiasten erwartet hätte: »Ich habe da eine ganz reizende und bezaubernde Dame«, seine Miene drückte »Dame« auch nachhaltig aus, »kennengelernt. Sie ist Übersetzerin, und immer wenn ich im Büro war, habe ich sie zum Kaffee eingeladen. Und stellen Sie sich vor«, er ergriff Ulrichs Unterarm, »als ich vorgestern dort war, sind wir dann am Abend zum Essen gegangen.«

Ulrich spürte, wie ihn seine Emotionen den Hals zuschnürten. Er schluckte. Dann drückte er Köhler den Handrücken und sagte: »Sie scheinen nun wirklich eine Glückssträhne zu haben! Ich freue mich für Sie! Weiß das Ed Paulsen schon?«

Köhler schüttelte den Kopf: »Nein, ich will ihm das nachher erzählen.«

Ulrich fragte nicht nach, denn er wollte nicht zu neugierig erscheinen.

Doch dann erzählte Köhler. Er zeichnete mit ausgewählten Worten eine Frau, die Ulrich förmlich neben sich sitzen sah. Seine Gefühle skizzierte er zwar nur, aber trotzdem ergriffen sie Ulrichs Herz. »Was für ein Mensch«, dachte er und dann weiter, »der Ed hatte ihn schon von Anfang an so gesehen. Gott sei Dank!«

Ulrich sah auf die Uhr und sagte: »Herr Köhler, ich wünsche Ihnen, daß all das Ihnen lange, lange erhalten bleibt!«, er tippte auf das Glas der Rolex, »wir müssen langsam, denn um Zehn sollen wir ja bei Ed und Corinna sein.«

»Ja, ja, lassen Sie *mich* zahlen.« Er drehte sich nach der Bedienung um.

»Kommt überhaupt nicht in Frage! Wenn Sie Ihr erstes Gehalt bekommen haben, dann können Sie die Mädels auf dem Tisch tanzen lassen, in Ordnung?«

Ulrich zahlte also und begegnete kurz dem Blick eines mit einer Pudelmütze halb verdeckten Gesichts. Der Blick fiel ihm deshalb auf, weil der andere junge Mann schon seit längerem ab und zu unverhohlen provozierend herübersah.

Sie verließen das Restaurant, überquerten die Straße und bogen in den Park ein, um den Weg zu Ulrichs Wagen abzukürzen. Der Vollmond zauberte in Richtung Caspar David Friedrich, und der Nebel vermittelte eine Prise Erlkönig. An der Wegkreuzung blieben sie stehen und genossen die einzigartige Komposition.

Plötzlich, so als hätte sie jemand hingezaubert, standen zwei Gestalten neben ihnen. Einer hatte eine Kopfbedeckung auf. Der Kleine rief:»Der da, der Lange, ist das Nazischwein!«

Ulrich erkannte jetzt, da der Mond, wieder von Wolken befreit, hell sein Licht ausbreiten konnte, das Gesicht des Mannes, der die Pudelmütze in die Stirn gezogen hatte; es war der Mann aus der Gaststätte. Ehe er und Köhler sich der Situation bewußt wurden, sprang der mit der Wollmütze auf Köhler zu. Ulrich sah den Stahl im kalten Licht des Mondes blitzen. Köhlers Schrei ging bis ins Mark. Ulrich stürzte sich auf den Pudelmützenträger, der ihn mit dem Ellenbogen wegstieß, und dann spürte Ulrich einen stechenden Schmerz in der Hüfte, er wurde von hinten gegriffen und zu Boden geschleudert. Ulrich sah dann noch Köhler, wie er zusammengekrümmt dastand. Dann ging der mit dem Messer langsam auf ihn zu und rief:»Nieder mit Deutschland! Es lebe die Revolution! Nieder mit den Nazischweinen!« Er stach zu, und Köhler fiel ohne eine Regung rücklings in das Gesträuch.

Die zwei brachen in ein Triumphgeheul aus und rannten davon. Der Nebel verschluckte sie.

Ulrich spürte die Wärme des Blutes. Er richtete sich auf und humpelte zu Köhler. Köhler sah mit weit aufgerissenen Augen in die Unendlichkeit des Himmels. Ulrich erkannte als Kliniker sofort:»Um Himmels willen! Er ist tot.«

Trotzdem kniete er sich unter schneidenden Schmerzen neben Köhler, versuchte ihn zu reanimieren. Nach einigen Minuten stellte er hemmungslos schluchzend, mit seiner Hand, die er an die Halsschlagader Köhlers legte, das fest, was er schon befürchtet hatte. Er schlug wie von Sinnen mit der Faust auf die Wiese und schrie: »Nein, oh nein, das darf doch nicht so enden ...«

Er wankte zurück zur Gaststätte. Einige Gäste sprangen auf und stützten ihn. Der Wirt schob ihm einen Stuhl hin und rief die Polizei. Dann rief Ulrich Dr. Paulsen an und erzählte mit tonloser und immer wieder von unterdrückten Tränen begleiteter Stimme, was vorgefallen war. Ed konnte sich nur noch nach dem Ort des Geschehens erkundigen und sagte ebenfalls tonlos: »Wir kommen.«

Nach wenigen Minuten war an dem ansonsten sehr ruhigen Park die Hölle los.

Ulrich lehnte es ab, ins Krankenhaus gebracht zu werden: »Es ist zum Glück nur eine Fleischwunde, sonst wär' ich schon hin«, sagte er zu dem sympathischen, recht jungen Notarzt, »machen Sie mir bitte einen Verband und hauen Sie mir eine Anästhesie rein. Ich will unbedingt hierbleiben.«

Corinna und Ed wurden vorgelassen, nachdem Ulrich dem ermittelnden Beamten den Zusammenhang erläutert hatte. Behutsam umarmte Ed seinen Freund. Ulrich hörte das Knirschen seiner Zähne. Sie standen eine ganze Weile so und schämten sich nicht ihrer Tränen. Von der Straße her blitzten die Fotoapparate der Reporter, die wohl Zugang zum Funk der Polizei hatten.

Corinna befand sich in einem Schockzustand. Ihr Weinen war leise, aber ohne Ende. Sie sah wie abwesend oder auch ungläubig auf den inzwischen zugedeckten Körper von Köhler. Überall liefen zivile Beamte, teils mit Gummihandschuhen und allerlei anderen Geräten umher.

Ulrich setzte sich in den Polizeiwagen und schilderte in wenigen Worten die schrecklichen Ereignisse. Er war inzwischen gefaßt und konnte sich sehr präzise auch an eher nebensächliche Details erinnern. Immer mehr wurde es Ed und auch Corinna zur unwiderruflichen Gewißheit: Köhler war ermordet worden!

Der Leiter der Ermittler kam zu Paulsen und sagte: »Beileid, Dr. Paulsen, wie ich gerade hörte, waren Sie mit dem Opfer sehr eng verbunden.«

»Danke, ja das stimmt.« Seine Augen schimmerten feucht.

Ulrich, Corinna und Ed standen dann, ohne ein Wort zu sagen, neben dem Polizeiwagen und sahen dem nach wie vor emsigen Treiben der Beamten zu. Jetzt wurde Köhler in den Wagen der Gerichtsmedizin geschoben, vorher hatte man ihn in den Metallsarg gelegt.

Der Beamte beantwortete Eds Frage: »Drei Stiche, einer direkt ins Herz, die zwei anderen wären nicht tödlich gewesen.«

Sie verabschiedeten sich.

»Fährst du mit uns?«

Ulrich nickte und bestand darauf, daß Ed und Corinna noch mit zu ihm kommen sollten: »Um ehrlich zu sein, ich bin nicht in der Lage, jetzt allein dazusitzen.«

Corinna erschrak, als sie Ulrich nun in der Diele stehen sah. Sein Gesicht war fahl, sichtlich eingefallen, das zerrissene Hemd, oder besser das, was davon übriggeblieben war, und seine Hose waren blutverkrustet und verschmiert. Sie sah Uli an und sagte: »Komm, jetzt duschen wir dich, und dann such ich dir was Frisches zum Anziehen heraus.«

Vorsichtig und behutsam duschten sie ihn ab. Der Verband war professionell angelegt, und sie konnten feststellen, daß die Stichwunde nicht mehr blutete. Er zog sich Unterwäsche an und hüllte sich dann in seinen dicken Bademantel. Ed hatte den Kamin angefeuert und alle drei sahen schweigend in die Flammen.

»Er war heute abend so unendlich glück … «, Ulrich konnte nicht weitersprechen, die Stimme versagte ihm. Er stand leicht stöhnend auf und holte eine Flasche Malt und drei Gläser und schenkte beträchtlich ein. Die zwei Männer tranken den Whisky in einem Zug leer. Dann erzählte Dr. Ulrich, alle drei konnten dabei ihre Emotionen nicht mehr zurückhalten, von Köhlers Bekanntschaft. »Er freute sich darauf, euch das selbst erzählen zu können …«

Alle schwiegen. Corinna weinte leise. Nur langsam wich die Niedergeschlagenheit, und nach dem zweiten Glas erzählte Ulrich von dem Treffen in der Gaststätte und was dann passierte, als die beiden zu Corinna und Ed fahren wollten.

Draußen startete ein Auto; jemand machte sich wohl auf zur Frühschicht. Es war kurz vor fünf.

Staatsanwalt Dr. Wolf war selbstverständlich für Ed Paulsen zu sprechen. Er sah Paulsen ernst und dennoch anteilnehmend an: »Ein schreckliches Ereignis! Und dann noch nach all dem.«

Wolf streckte den Arm zum Sessel aus. Sie setzen sich. Dr. Paulsen sah übernächtigt aus. Er hatte seine Klienten nicht abbestellt, dann hatte er sich mit Sepp und Bernd getroffen. Alle waren sie entsetzt und zutiefst erschüttert. Dr. Ulrich war bei der Mordkommission und wollte später noch zu Ed in die Wohnung kommen.

Wolf ließ keinen Blick von Paulsens Gesicht, als der mit ruhiger, sanfter Stimme zu ihm sprach: »Das überaus Tragische an dieser Entwicklung ist, daß er ein neues Leben vor sich hatte und sich unbeschreiblich darauf freute. Furchtbar! Wenn ich weiter darüber nachdenke, dann zwingt sich mir immer wieder ein Gedanke auf: Hat sich da nicht ein verhängnisvoller Kreis geschlossen? Den Gazetten und ein paar anderen gelang es nicht, ihn gesellschaftlich zu ächten, sie mußten ihn rehabilitieren«, er sah den Juristen mit fragenden Augen an, »wurde also mit der damals entfachten voreiligen Stimmungsmache und Stigmatisierung nicht für ein paar ideologisierte und gewaltbereite Linksextremisten eine Art Steilvorlage gegeben? Nach dem Motto, wir werden das vollstrecken, was die anderen nicht können.«

Dr. Wolf faltete die Hände: »Man kann es so sehen. Das wissen wir«, er zog die Schultern hoch, »die Linken werden immer militanter, profitieren sie doch vom recht zweifelhaften Zeitgeist, der links sein, ja militant links sein, regierungsfähig gemacht hat.«

Beide schwiegen betreten. Dann informierte Dr. Wolf Paulsen über den ermittelnden Staatsanwalt: »Ein vortrefflicher Kollege, der mit dem eben zitierten Zeitgeist aber auch gar nichts am Hut hat! Er wird durchziehen. So oder so, denn Mord ist nun mal Mord!«

»Herr Staatsanwalt, ich habe eine Bitte: Wir wollen zur Ergreifung der Täter eine Belohnung von zehntausend Euro ausloben«, er sah Wolf hilfesuchend an, »ich weiß aber nicht so recht, wie das ablaufen müßte.« Wolf versprach, sich der Sache anzunehmen und avisierte einen zuständigen Mitarbeiter aus dem Bereich des ermittelnden Staatsanwaltes.

Sie erneuerten ihre Absicht, sich alsbald einmal privat zu einem Abendessen zu treffen.

Paulsen überquerte den Marienplatz und sah mit einem zunehmend eigenartigen Gefühl auf die Fassade des Rathauses. Und dann war sie da die Erinnerung an Köhler; er schluckte und dachte:

»Mein Gott, wie optimistisch hatte er in die Zukunft geschaut, und dazu hatte er auch allen Grund ...«

Er ließ den Kopf in den Nacken gleiten, sah hoch zur Turmspitze und sagte laut: »Und da sage mir einer, es gibt einen Gott.« Ein Passant drehte sich nach ihm um und schüttelte im Weitergehen den Kopf.

In der Passage stieß er mit Reinhard Gut zusammen. Beiden gelang kein Lächeln. Stumm gaben sie sich die Hände und gingen in den VIP-Bereich des Hotelcafés. Wenige Worte tropften hin und her.

Nach dem zweiten Wodka sagte Gut: »Jetzt wirst du mich nicht mehr überreden!«

Ed sah ihn mit Unverständnis in der Miene an und fragte entsprechend: »Ich? Wozu?«

»Nun«, er nippte noch einmal und zündete sich umständlich eine Zigarette an. Dann sah er dem Rauch nach und eröffnete Paulsen sein Vorhaben: »Ich habe den Text für die Infos am Abend geschrieben. Und falls sie mir das wegstreichen, was ich für wichtig halte, werde ich es trotzdem bringen. Das schwör ich dir!«

»Was sollte da weggelassen werden? Ich denke doch, daß gerade das Schreckliche aufgesogen wird wie nichts anderes!«

Im Gesicht von Gut spiegelte sich ein wenig Hohn wider: »Nun, wenn es um das Blut, also die Tat an sich geht, gebe ich dir recht.

Wenn es aber um die wahren Hintergründe geht, ich bin mir nach alldem nicht so sicher. Wenn man schon ausländische Namen von Verbrechern wegläßt, um nicht entsprechend schlußfolgern zu können, wird man sehr ungern von Mördern aus der linken Szene sprechen wollen, oder?«

»Ach so, das meinst du. Ich glaube«, er legte Gut seine kräftige Hand auf die schmale Schulter, »egal, was da gesagt wird, Köhler wird dadurch nicht mehr lebendig.«

Der Moderator hob das Glas und sagte: »Herr Dr. Paulsen, sehr zum Wohle. Auf unseren Freund Köhler.« Er sah zur Decke und bekreuzigte sich. Mit dem Handrücken wischte Gut sich über die Lippen: »Jahrelang habe ich Nachrichten gelesen und nie, wirklich nie darüber nachgedacht, was ich eigentlich weitergebe. Es war so wie die Semmel über den Ladentisch. Erst durch dich«, er tippte Paulsen auf das Brustbein, »begann es bei mir zu rattern. Ich war ein angepaßtes Arschloch wie alle. Oder fast alle. Ich werde dahin nie mehr zurückkehren, das weiß ich!«

Dr. Paulsen hob langsam die Augen und sagte mit fester, klarer Stimme: »Du bist einen guten Weg gegangen. Das stimmt. Aber bitte sei nicht so töricht zu glauben, nun prallt alles an dir ab, und dir gelingt alles. Wunsch und Realität«, er legte nun beide Hände auf seine Schultern und fixierte ihn, »sind sehr selten kongruent. Du bist nach wie vor nicht im luftleeren Raum, ganz im Gegenteil. Also: Kognition geht in diesem Fall ganz sicher vor Emotion.«

Reinhard Gut sagte sarkastisch: »Danke, Herr Therapeut, aber ich habe mehr gelernt!«

Sie prosteten sich nochmals zu und tranken aus.

Dann murmelte Gut wie zu sich selbst: »Ich tue es ums Verrecken für Köhler. Er hat es verdient!«

»Wie bitte?«

»Nichts, mein Lieber, gar nichts … «

Gut übernahm die Rechnung, und sie verabschiedeten sich.

Der Mord wurde in den seriösen wie auch in den Boulevard-Blättern gemeldet. Corinna kaufte vier Zeitungen und nahm sie mit zu dem Treffpunkt: das Restaurant Böttners am Platzl. Ed und Ulrich und Gut waren schon da. Dr. Paulsen und Dr. Ulrich wirkten deutlich erholter. In einer Zeitung das Bild, wo sich Ulrich und Ed umarmten. Die Namen waren nicht ausgeschrieben: Dr. P. umarmt seinen Freund und Kollegen Dr. U., der durch Stiche verletzt worden war, stand unter dem Bild.

Ulrich las die Interviews, und Ed beobachtete, wie sich seine Miene verfinsterte und seine Stirn sich mehr und mehr zerfurchte. Dann schlug er mit der flachen Hand auf den Tisch und fluchte: »Diese miesen Pfuscher! Schreiben nur, was sie wollen! Schau her«, er legte Ed und Corinna den Artikel vor, »nichts über die Täter, die ich genau beschrieben hatte, und auch kein Wort darüber, was sie geschrien haben«, seine Augen funkelten, und dann tippte er wieder auf das Gedruckte und schrie fast, »hör dir das an: … kam es offensichtlich zu einer Auseinandersetzung mit tödlichem Ausgang …«, er sah beide an und schlug diesmal mit der Faust auf den Tisch.

Am Nebentisch hatten sich einige Gäste erschrocken umgedreht.

Auch in den anderen Veröffentlichungen fanden sie weder die doch sehr detaillierte Täterbeschreibung noch die von Dr. Ulrich zitierten Aussagen der Täter und des Mörders.

»Du bist eben kein Profi: Du hättest dir die Interviews zur Autorisierung vorlegen lassen sollen. So sind sie schön raus.« Paulsen winkte ab, und es verwunderte ihn überhaupt nicht, nur belanglose Vermutungen über die Täter, die Motive und die Worte »Mord« oder Mörder« nicht vorzufinden.

Gut sah Paulsen triumphierend an und skandierte förmlich: »Genau das Verhalten kenne ich, was meint ihr was los wäre, wenn es nur eine *Vermutung* gäbe, daß ein Rechter jemanden umgehauen, oder umgebracht hätte; jede halbe Stunde wäre es an erster Stelle und in den Zeitungen auf der ersten Seite. Erinnert euch nur an das peinliche Spektakel von Potsdam!«

Alle sahen ihn betroffen an, denn inzwischen hatten ihn einige Besucher erkannt und zeigten ganz ungeniert Interesse an dem Gespräch der Männer und der einen Frau.

»Sie haben euch als Nazibrandstifter oder so was ähnliches traktiert, ohne dafür hinlängliche Beweise zu haben. Dann zogen sie zurück, aber potentielle Gewalttäter nehmen das aus ihrer Sicht erst gar nicht oder als Schwäche der Medien zur Kenntnis. Eine verhängnisvolle Verquickung, die letztendlich einen unbescholtenen Menschen das erst wiedergewonnene Leben kostete.«

Paulsen spürte, wie in ihm ein Gefühl von Ohnmacht und Wut aufstieg: »Wir hätten wohl doch das große Rad drehen und keinen Kompromiß mit den Banausen eingehen sollen. Verdammt noch mal!«

Sie begannen sich darüber auszutauschen, welche Möglichkeiten sie hätten, um die Hintergründe für diese abscheuliche Tat öffentlich zu machen. Am Ende waren sie recht hilflos. Nur Reinhard Gut wirkte erstaunlich ruhig und dabei irgendwie entschlossen. Sie verabschiedeten sich wie immer, und jeder ging den Rest des Tages seinem Programm nach.

Corinna und Ed hatten es sich gemütlich gemacht. Da gleich Reinhard Gut per Fernsehgerät bei ihnen hereinschauen würde, hatten sie das Gerät eingeschaltet. Inzwischen hatten sie sich längst daran gewöhnt, daß ihr Freund im Fernsehen auf sie fast fremd wirkte. Beide verfolgten nun den Korrespondentenbericht über »den Überfall mit Todesfolge im alten Park«.

Dann kam Reinhard Gut, er informierte: »... von verschiedenen Privatpersonen und der Polizei ist eine Belohnung von insgesamt zwölftausend Euro ausgelobt worden.« Jetzt kam er allein ins Bild und fuhr fort: »Nach Aussagen des ebenfalls durch Stichwunden verletzten Dr. U. wurde der ehemalige Gymnasiallehrer K. mit den Worten »Nieder mit Deutschland« und »Es lebe die Revolution« und »Nazischwein« von den offensichtlich linksextremen Tätern gezielt meuchlings ermordet.«

Ed stiegen Tränen in die Augen, und er machte auch keine

Anstalten, ihren Weg über seine Wange zu unterbrechen und flüsterte kaum hörbar: »Was für ein Freund! Was für ein Charakter!«

Corinna hatte Ed nicht verstehen können, sah jedoch weiter zum Fernseher, um Ed mit seinen Gefühlen noch ein wenig allein lassen zu können. Dann nahm Ed sie in den Arm und erzählte mit leiser, immer wieder bröckelnder Stimme über Guts Vorhaben, seine Sendung zu nutzen, um wenigstens einen Teil der Wahrheit auszusprechen.

»Er ist über sich hinausgewachsen. Er riskiert sehr viel, fast alles, oder?« fragte sie.

»Sicherlich, denn diese politischen Hintergründe sollten wohl nicht in dieser Klarheit in die Öffentlichkeit, mal sehen, was er uns später zu erzählen hat.«

Das Telefon surrte.

»Ja, hallo … hm, toll oder …«

Dr. Ulrich rief: »Ein Teufelskerl, hoffentlich war das kein Harakiri.«

Danach telefonierte Ed mit Bernd, der noch unterwegs gewesen war und daher den Auftritt von Reinhard Gut nicht selbst miterlebt hatte. Sepp hatte ihn im Auto sofort informiert.

Dr. Kurt rief auf dem zweiten Gerät an, und Ed mußte sich rasch verabschieden. Der Verleger war über alle Maße überrascht. Er hätte nie geglaubt, daß ein Mann oder eine Frau in dieser herausgehobenen Position in einem Sender zu solch einer Moralleistung überhaupt fähig sein konnte. Sepp Kurt informierte Ed, daß er nachher noch mit Bernd einige Dinge besprechen werde:

»… denn es ist sehr wahrscheinlich, daß wir ihm juristisch behilflich sein müssen. Warten wir mal ab, was seine Bosse sich ausdenken werden.«

Die Beerdigung sollte im kleinen Kreis erfolgten. Für Ed Paulsen und all die anderen war es aber eine große Überraschung, als sie die vielen Trauergäste sahen. Ed begrüßte Bischoff. Er war gekommen und fotografierte. Reinhard Gut ging mit ernstem, ein wenig trotzigem Gesicht in die Halle. Demonstrativ legte er einen Kranz ab. Er war gekommen, obwohl gegen ihn gleich nach der Sendung ein Disziplinarverfahren eingeleitet worden war.

Kaum jemand beachtete die schwarze Limousine, die unweit des Einganges vorgefahren war. Zwei Männer, ein grauhaariger und ein kleinerer, gedrungener, stiegen aus, zogen ihre Jacketts an. Der Kleinere ging zum Kofferraum, öffnete ihn und nahm eine professionelle Fotoausrüstung heraus, die er links schulterte. Paulsen streifte die Neuankömmlinge mit einem kurzen Blick und senkte wieder den Kopf. Doch plötzlich schienen sich die Informationen in seinem Hirn einen Weg gebahnt zu haben, denn irgend etwas veranlaßte ihn, sich noch einmal umzudrehen. Die zwei Männer kamen auf den Eingang zu, und dann verschlug es Paulsen jeglichen Gedanken. Dort kam Uri. Er flüsterte Corinna sein Wissen ins Ohr und ging auf Uri und seinen Begleiter zu. Sie umarmten sich. Nur die Augen sprachen.

Dann stellte Uri den Fotografen vor: »Unser Cheffotograf, Herr Bourchat, er arbeitet für viele Blätter und für mich.« Uri zwinkerte Paulsen an.

»Angenehm«, raunte Ed Paulsen.

»Herr Bourchat wird ein paar Zeilen machen und dazu ein paar Bilder«, wieder zwinkerte er, »ihm erschien das hier doch recht interessant. Auch für die Schweiz, oder?«

Sie legten die mitgebrachten Blumen mit einem persönlichen Abschiedsgruß von Uri auf der Schleife ab, und dann folgten sie der sehr weltlichen, emotionalen und mutigen Trauerrede des Pfarrers. Corinna weinte, ungehemmt. Dieser und jener wischte sich verstohlen die Tränen aus den Augen. Dann war der Abschied endgültig. Das Feuer nahm Köhler zu sich.

In der Gaststätte fanden die unerwartet vielen Trauergäste zum Glück alle Platz. Ed Paulsen sagte ein paar Worte des Dankes und gab seiner Freude Ausdruck, nachher die ihm unbekannten Gäste kennenlernen zu können. Bourchat machte in Absprache mit Bischoff einige Aufnahmen, und im Verlaufe des Nachmittags lernte Paulsen über zehn ehemalige Schüler und drei Kollegen von Köhler kennen.

Uri, Gut und Paulsen saßen dann beieinander. Uri zündete sich gemeinsam mit Gut eine Davidoff an. Dann sagte Uri: »Herr Gut«, er rückte etwas näher an ihn heran, so als hätte er Sorge, Reinhard Gut könnte ihn nicht hören, »ich möchte Ihnen meinen Respekt deutlich machen. Denn mir war klar: Diese Ansage hat mit Sicherheit im heutigen Deutschland kein Chefredakteur unterschrieben. Stimmt's?«

Gut lächelte, und wer ihn näher kannte, hätte meinen können, sogar ein wenig stolz, und sah auf Ed Paulsen: »Irgendwann ist man soweit und denkt nicht mehr daran zu funktionieren, sondern daran, sich zu engagieren«, er legte Paulsen seine schmale Hand auf den Unterarm und fügte an, »und vor einem Jahr, ach was, vor sieben Monaten wäre ich gar nicht in der Lage gewesen, so zu denken und erst recht nicht so zu handeln. Der da«, burschikos pikste er mit den Fingern auf Paulsens Schulter, »ist in positiver Hinsicht schuld daran, daß ich rebelliere.«

Uri sah Paulsen lange in die Augen und sagte dann beinahe bedächtig: »Sie, Doktor, davon bin ich überzeugt, sind wieder so ein Beispiel: Die wirklich Wertvollen agieren ohne viel Brimborium. Dabei fällt mir ein, irgend jemand hat mal gesagt: Proportional zur Bescheidenheit wächst der Wert einer Persönlichkeit«, er hielt noch immer Dr. Paulsens Augen mit seinen fest, »ich freue mich, Sie kennengelernt zu haben.«

Paulsen war sichtlich beeindruckt. Und schwieg.

Gut sprang ein. Er hatte Gespür für emotionsgeladene Situationen: »Lassen Sie uns noch einmal auf unseren Herrn Köhler, unserer Bekanntschaft und die Zukunft trinken!«

Er hatte diesen Toast laut ausgesprochen; dann standen alle auf und stießen mit den unterschiedlichsten Getränken in den Gläsern an.

Paulsen lächelte Uri an, und ihm wurde augenblicklich bewußt: »Dort steht ein Mann, mit dem mich eine Art Seelenverwandtschaft verbindet, eine Freundschaft wie aus dem Nichts.«

Bourchart saß schon seit längerem etwas abseits mit drei ehemaligen Schülern von Köhler. Das Gespräch holte noch einmal die Vergangenheit zurück. Bourchart machte sich immer wieder Notizen, dann fragte er, ob er die jungen Studenten ablichten dürfe und sagte ihnen, daß er beabsichtige, eine Publikation zum Fall Köhler zu veröffentlichen. Sie hatten keine Einwände. Und dann bat er Dr. Paulsen zu einem Gruppenfoto.

Gegen siebzehn Uhr löste Paulsen offiziell die Trauerfeier auf. Uri bedauerte, nicht noch zum Abend bleiben zu können, aber er müsse noch weiter nach Linz, wo er bei einer politischen Veranstaltung der Freiheitlichen Gastredner war. Er drückte Paulsen fest die Hand und zog ihn an sich. Sie umarmten sich.

Uri öffnete die hintere Tür des Wagens, den Bourchart vorgefahren hatte, sah Paulsen noch mal ernst und freundlich zugleich an, als er orakelte:»Wir werden uns recht bald wiedersehen, aber bei uns. Ich hoffe nur, Sie kommen auch.«

Ein kurzes Winken, und dann zog der schwere Wagen zügig an.

Paulsen hatte sich unlängst mit Dr. Wolf zu einem Abendessen getroffen und zwischen den beiden Männern entwickelte sich eine angenehme persönliche Beziehung.

Der Audi von Dr. Paulsen war neu lackiert worden.

So langsam entwickelte sich wieder so etwas wie ein Algorithmus des Arbeitstages. Und dennoch war vieles anders geworden.

Dr. Paulsen las neben den Fachzeitschriften einige Tages- und Wochenblätter, mit großem Interesse vor allem den »Focus« und die »Junge Freiheit« aus Berlin, und des öfteren traf er mit Sepp, Bernd, Gut und Uli zu einer Art Stammtisch zusammen. Dort hatten sie auch vor einer Woche die Reportage von Bouchart in der »Schweizer Freiheit« gemeinsam gefeiert. Es war ein großes Ereignis. Auch Dr. Wolf war sehr daran interessiert, eine Kopie zu erhalten.

Nach drei Wochen, Ed hatte gerade einen Bassisten aus dem Nationalorchester verabschiedet und war dabei, seine Nachbereitung zu erledigen, meldete sich Susanne:»Doc, da ist das Schweizer Fernsehen.«

»Wie bitte?«

»Schweizer Fernsehen, ein Herr Dr. Schubiger.«

»Hm, kenn' ich nicht, schmeiß ihn mal rüber.«

Sie legte auf.

»Dr. Schubiger, ich grüße Sie, was kann ich für Sie tun?«

Eine sehr angenehme, tiefe Stimme erwiderte den Gruß und übermittelte herzliche Grüße vom Gesandten Uri. Jetzt erinnerte sich Ed schlagartig an die Worte, die Uri zum Abschied bei der Beerdigung von Köhler so fast nebenbei gesagt hatte. Ed dankte.

Dann sagte der Baß: »Doktor Paulsen, wir wollen demnächst eine Deutschlanddokumentation machen und uns auch mit Themen befassen, die bei Ihnen«, er hüstelte, »wohl kaum offiziell in der Form bearbeitet werden.« Ed schwieg, und er sprach nach einer kurzen Pause weiter: »Sehr gern hätten wir Sie als Interviewpartner gewonnen, was meinen Sie, könnten Sie sich damit anfreunden?«

Dr. Paulsen bedankte sich und sagte dem Redaktionschef des Senders, daß er ganz allgemein keinerlei Ambitionen habe, mit Medien über das notwendige Maß hinaus zu kooperieren.

Schubiger erklärte dann das Vorhaben etwas genauer, und nun erkannte Paulsen ganz eindeutig die Federführung von Uri.

Der Mann lachte so angenehm, wie er sprach: »Wir wissen vom Gesandten Herrn Uri, daß wir uns anstrengen müssen, Sie zu gewinnen. Aber ich glaube, Sie können damit noch einmal Herrn Köhler und sicherlich vielen Deutschen einen Gefallen und einigen überhaupt *keinen* tun, oder?«

Ed spürte die aufsteigende Emotion, als er fragte: »Sie wollen doch nicht etwa ...«

Schubiger ließ ihn nicht aussprechen: »Entschuldigen Sie die Unhöflichkeit, aber genau *das* wollen wir. Wir wollen die Tragödie um Herrn Köhler mit all ihren Hintergründen aufarbeiten, so aufarbeiten, wie es in Deutschland hätte geschehen müssen. Ihr Interview soll dann den Abschluß bilden«, dann sagte er nichts mehr, und dann nur noch, »und?«.

Paulsen setzte sich auf die Ecke des antiken Eichentisches,

nachdem er während des Gespräches langsam im Raum hin und her gegangen war.

»Herr Schubiger, für mich ist es keine Frage, im Interesse von Herrn Köhler und der Wahrhaftigkeit mich einer solchen Sache zu stellen. ›Zu stellen‹ deshalb, weil ich mir bestimmte Reaktionen bestimmter Kreise schon jetzt sehr gut vorstellen kann, denn Ihr Sender kann in ganz Deutschland gesehen werden. Ich gehöre, damit Sie mich nicht falsch verstehen, nicht zu denen, die sich fürchten, und deshalb sage ich auch ja, allerdings mit der Bedingung, erst alle Details zu kennen.«

»Über Ihre Furchtlosigkeit sind wir bestens informiert. Für Ihre Zusage vielen herzlichen Dank, Doktor Paulsen. Ich werde nach Fertigstellung des Filmmaterials und der Interviewplanung unseren Redakteur, Herrn Bosel, nach München schicken, und dann werden wir Ihnen alles vorlegen und das weitere Vorgehen besprechen, oder?«

»Sehr gut, ich warte also auf Herrn Bosel. Bitte grüßen Sie Herrn Uri ganz herzlich, falls Sie mit ihm sprechen.«

»Sehr gern, er wird mich noch heute abend anrufen, denn er wollte unbedingt wissen, wie sie sich entschieden haben.«

Corinna hatte sich den Tag freigenommen. Es würden mindestens fünfundzwanzig von Ed handverlesene Gäste kommen.

Sie hatte Eds Vorschlag abgelehnt, einen Service kommen zu lassen: »Mein lieber Schatz«, sie umarmte ihn und lehnte sich zurück, um ihm ins Gesicht sehen zu können, »mir macht es riesige Freude, mit Hilfe von Danuta die Speisen selbst zu bereiten. Wirklich, mach dir keine Sorgen!«

Er kam gegen siebzehn Uhr dreißig nach Hause und war mehr als überrascht.

»Ihr habt doch nicht etwa mit einem Zauberer einen Vertrag gehabt?« Er sah sich um, und es sah aus, als hätte ein professioneller Veranstaltungsservice hier Hand angelegt.

Corinna war noch in ihrer Arbeitsbekleidung, enge Jeans, weiter Pullover mit reizendem Ausschnitt und hochgesteckte Haare.

Paulsen sah sie an und umarmte sie: »Es ist völlig egal, was du anhast: Es ist immer wie eine Aufforderung und«, er sah auf die Wanduhr, lachte dann aber, »ich denke oder besser fühle nicht zu Ende, die Zeit macht uns so oder so einen Strich durch die Rechnung, eigentlich schade, was meinst du?«

Er beugte sich zu ihrem Busen und begann die Ansätze beider Brüste liebevoll zu küssen. Sie nahm sanft seinen Kopf in die Hände und flüsterte: »Wenn du jetzt nicht aufhörst, müssen wir alle Gäste anrufen und um späteres Kommen bitten.«

»Gute Idee, hol das Telefon!« Die Klingel surrte; wohl zur rechten oder auch unrechten Zeit. Ganz wie man es sehen wollte …

»Wer kann das sein?« fragte Corinna, denn die ersten Gäste hatten sich frühestens gegen neunzehn Uhr angesagt, »sei so lieb und schau du mal, so«, sie streckte die Arme zur Seite, »will ich niemanden begrüßen.«

Ohne durch den Spion zu schauen, öffnete Ed. Vor ihm stand Uri mit seiner reizenden, Ed bisher unbekannten Begleiterin.

Bevor Ed etwas sagen konnte, erklärte ihm Uri sein voreiliges Erscheinen: »Ich hab' den Fahrer noch da. Wir wollen gern zu ihrem Antiquitätenhändler, doch ich weiß nur noch den Namen, die Adresse hab' ich verbummelt, und deshalb bin ich jetzt schnell mal vorbeigekommen.«

Ed bat sie hocherfreut herein. Seine Begleiterin stellte sich als Yvonne vor. Corinna kam nun doch in ihrer Arbeitskluft aus dem Bad und fiel Uri um den Hals und begrüßte in ihrer unkomplizierten Art Yvonne.

»Daß Sie kommen konnten! Wir freuen uns schon, seit dem wir es wissen, riesig!«

Dann ging Ed ins Arbeitszimmer und suchte nach der Visitenkarte und fand sie umgehend.

»Hier«, er gab sie Uri, »dort steht alles drauf. Er hat heute auch offen. Bitte grüßen Sie ihn von mir. Und nicht vergessen! Tüchtig handeln, falls Sie etwas entdecken. Bis dann, und kommen Sie nicht zu spät.«

Sie lachten ausgelassen, stiegen in den Wagen, und dann fuhren sie in die Innenstadt.

Ed und Corinna hatten nun noch einige Vorbereitungen zu treffen. Die Getränke wurden an unterschiedlichen Stellen aufgestellt. Dort die harten, neben dem Kamin die Rotweine, links daneben die Weißen, dann die Biere und so weiter und so fort. Als sie alles endlich abschließend inspizierten, waren sie zufrieden. Sie klatschten ihre Handflächen zusammen wie die Volleyballer nach einem gelungenen Schmetterschlag, umarmten sich und gingen gemeinsam ins Bad. Unter der Dusche alberten sie wie zwei Kinder, doch dann holte sie das Erwachsenenalter so ungestüm ein, daß sie die Zeit fast vergaßen. Und nun mußten Sie sich sehr beeilen.

Corinna war als erste fertig, und als sie vor Ed stand, sah er sie wieder einmal so an, als würde er sie das erste Mal sehen: »Das ist eine Provokation! Ich nehme dich so, wie du bist, gleich noch einmal unter die Dusche.« Sie drehte sich wie zur Flucht um und rief: »*Das* traue ich dir auch zu!«

Paulsen zog den auf zwei Knöpfe zu schließenden schwarzen, mit ganz besonderen Nadelstreifen versehenen Windsoranzug an. Dazu eine Windsorkrawatte und ein dunkelrotes Einstecktuch.

Als er sich die Haare fönte, hörte er Corinna rufen: »Die ersten kommen!«

Ed war mit seinen Haaren fertig und zufrieden, als er Stimmen hörte.

Er ging zur Tür und sagte: »Aha, schon wieder ihr?«

Uri sah ihn an und sagte zu Yvonne: »Hab' ich dir zu viel versprochen?«

Sie lachte ein überaus sympathisches Lachen und schüttelte den Kopf und sah Ed offen in die Augen: »Ja, eine imposante Figur, aber mal sehen, ob alles andere auch noch stimmt.«

Dann drehte sich Uri um und rief: »Johannes, bitte alles hierher, ja?«

Der Fahrer antwortete: »Jawohl, gern.«

Ed ging vor, und sie erzählten ihm von dem Antiquitätenhändler. Uri war stolz: »Ha, ich habe ihm einen originalen Westerncolt abgeschwatzt. Bei uns hätte ich bestimmt dreißig Prozent drauflegen müssen!« Auch Yvonne hatte ein paar Gläser und ein kleines Porträt gefunden.

»Dann hat es sich ja gelohnt! Prima.«

Der blonde, sehr athletisch wirkende Fahrer verabschiedete sich. Uri sagte ihm, daß er ihn verständigen werde. Fragend sah er Ed an und sagte: »Ich glaube, bis ein, zwei Uhr«, Ed nickte lächelnd, »können Sie sich in das Nachtleben der Stadt stürzen.«

Ed und Corinna sahen sich an, als sie die in der Diele aufgestapelten vier geschmackvoll verpackten und dekorierten Pakete sahen. Uri grinste und zog die Schultern in die Höhe, so als würde er sagen wollen: »Dafür kann ich nichts, es war der Johannes.«

Corinna und Yvonne gingen in den Garten. Überall frisches Grün. Das verspätete Frühjahr begann das Versäumte nachzuholen.

Uri nahm Ed an den Unterarm und folgte den Frauen, dabei sagte er: »Ich habe mich sehr gefreut, als mich Schubiger darüber informierte, daß Sie bei der Fernsehsache mitmachen. Eigentlich muß ich Ihnen ja danken, denn ich kenne den General des Senders persönlich recht gut«, er setzte sich mit Ed auf die kleine Gartenbank, »mir kam nämlich auch ein«, er lächelte Ed um Verständnis bittend an, »schweizerischer Gedanke. Denn diese Sache in Deutschland eignet sich neben der Dokumentation hervorragend, um unseren Leuten indirekt den Spiegel vorzuhalten und den mahnenden Zeigefinger zu heben.«

Dr. Paulsen nickte und fragte: »Meinen Sie, auch bei Ihnen könnte so etwas überhaupt passieren?«

Uri sah ihn ungläubig an: »Mein Freund, wir sind nicht die Insel der Glückseligkeit! Wir haben riesige Probleme. Wenn mich nicht alles täuscht, haben wir den höchsten Ausländeranteil in Europa! Und es gibt die Spinner, die weitab in den besten Wohnlagen leben, die meinen, es sollten möglichst noch mehr zu uns kommen. Auch bei uns brodelt es im Kessel«, er winkte ab, »aber lassen wir das. Wie steht es also mit Ihrer Schweizer Fernsehkarriere, das ist jetzt wichtiger.«

Dr. Paulsen erzählte ihm, daß zwei Redakteure und ein Kameramann schon zweimal in München waren und er letzte Woche das Interview mit dem Chefredakteur in Bern vorbereitet hatte. Paulsen lobte die Professionalität der Fernsehleute.

»Und vergessen Sie nicht den Mut des Senders, denn auch bei uns gibt es linke Spinnerte zuhauf. Natürlich die Intellektuellen, vor allem die sogenannten, die Popmusiker und die Vertreter bestimmter Religionsgemeinden. Ich bin mir sicher, einige werden wieder randalieren!«

Über dem riesigen Fenster zum Garten leuchtete die rote Lampe unübersehbar auf. Ed entschuldigte sich: »Jetzt wird es Schlag auf Schlag gehen! Die nächsten sind da.«

Es war Reinhard Gut. Er brachte eine schon auf den ersten Blick überaus sympathische junge Frau mit. Paulsen war überrascht, denn von der Existenz dieses sehr natürlichen und bescheidenen Wesens hatte er nichts gewußt. Sie umarmten sich, und Reinhard Gut stellte Marina vor. Ed küßte ihr Hand und Wangen. Corinna nahm Marina mit und ging mit ihr in den Garten.

»Wo hast du den Sonnenschein her? Ich merke schon, ich erfahre nur noch Nebensächliches.« Er legte Reinhard Gut den Arm um die Schulter und sie gingen auch in Richtung Garten.

Gut lachte: »Ich bin selbst noch wie im Traum. Seit zwei Wochen kenne ich sie. Sie ist Apothekerin. Wirklich ein Schatz.«

»Gratuliere! Ich freu' mich für dich!«

In den nächsten dreißig Minuten kamen die restlichen geladenen Gäste. Bernd und Sepp wurden mit einem lauten Hallo begrüßt.

Paulsen eröffnete das Buffet, und danach entwickelte sich der Abend, wie man es bei einer solchen Gesellschaft erwarten konnte: hervorragend.

Kurz vor Mitternacht war es ein wenig wie Silvester, und dazu trug auch das kleine Feuerwerk, überwacht vom Hausmeister, im Garten bei. Corinna gratulierte Eduard Paulsen als Erste zu seinem nun angebrochenen neuen Lebensjahr. Die gesamte Gesellschaft stimmte mehr oder minder gekonnt einen Gratulationsgesang an.

Dr. Ulrich kam wohl auf eine Idee, denn nachdem das Lied bejubelt wurde, bat er um Aufmerksamkeit.

»Pscht, Ruhe, seid mal ruhig.«

Er stand vor dem Kamin und als ihn alle ansahen, begann er: »Schaut ihn euch an«, er machte eine ausladende Armbewegung, die bei Dr. Paulsen endete, »wieder ist ein Jahr, und *was* für ein Jahr spurlos an seiner Figur, seinen Haaren und seinem Gesicht vorübergegangen. Keiner weiß, wie er es macht. Aber damit können wir gerade noch leben. Leben könnten wir auch damit, wenn er plötzlich kein Haar mehr hätte«, er strich sich unter Gelächter bedächtig über seinen fast kahlen Schädel, »ein Bäuchlein vor sich hertrüge und die Falten in seinem Gesicht im Wettbewerb ständen. All das würde uns nicht stören! *Stören* würde uns, wenn die Schale geblieben und das *Innere* sich *geändert* hätte. Lieber Freund, wir alle freuen uns besonders deswegen, weil du nicht nur uns, sondern *dir* selbst immer treu geblieben bist«, er sah in die teilweise schon recht farbigen Gesichter und schloß seine kleine Ansprache, »ich maße mir mal an, für alle zu reden: Wir freuen uns, dir nahestehen zu dürfen.«

Jubel und Applaus. Corinna wischte sich verstohlen die Rührung aus den Augen.

Dr. Paulsen ging es nicht anders. Er stand verlegen seitlich hinter Uri. Er mußte wohl etwas sagen. Er räusperte sich, hob das Glas und begann so: »Ich trinke auf euch alle! Mich macht es stolz, euch um mich zu haben. Ohne euch wäre ich die Hälfte, und ohne Corinna«, er sah zu ihr hinüber, »wäre ich wohl ein Leichtmatrose. Ich danke euch, und nun gehen wir wieder zu der recht netten Tagesordnung über.«

Wieder Applaus und Jubel und Hallo.

Die Zeit verging wie im Fluge, und Uri und die anderen dachten gar nicht daran, schon um zwei Uhr diese Feier zu verlassen. Uri rief seinen Fahrer an und richtete ihm aus, mit dem Taxi fahren zu wollen: »Feiern Sie weiter, ich brauche Sie erst wieder morgen.«

Auch Sepp, Bernd und erst recht die von Ed geladenen Gäste

aus der Kunstbranche fühlten sich sehr wohl. Erst als es bereits dämmerte, fuhren die Taxis vor. Niemand war vorher gegangen. Es wurde gelacht, einige hatten beträchtliche Schwierigkeiten, die Vertikale auszubalancieren, und dann waren beide allein.

Sie umarmten sich und blieben lange so stehen. Corinna sagte: »Ein so schönes Fest habe ich noch nie erlebt! Und ich freue mich besonders für dich!«

Er hielt sie fest und sagte nichts. Er konnte einfach nichts sagen.

Danach räumten sie, wie immer, wenn bei Paulsen gefeiert wurde, noch auf und fielen dann gegen sechs Uhr ins Bett.

Dr. Paulsen hatte mit dem Chefredakteur die groben Linien des Interviews besprochen. Der erfahrene Fernsehfilmmacher wollte, daß das Interview von Freiräumen leben sollte.

»Wissen Sie«, erklärte er Paulsen sein Vorhaben, »Sie sind in der Lage, völlig frei zu sprechen, wir brauchen nicht jeden Satz, jede Frage und jede Antwort im voraus zu planen. Ich glaube nämlich, daß so, wie wir es planen, also nicht planen, der Live-Effekt viel besser rüberkommt.«

Paulsen und er gingen dann noch zum Essen.

Gerhard Suiters erzählte fesselnd von seinen Arbeiten. Ed hätte ihm stundenlang zuhören können und wollen, aber der Redakteur war viel mehr an Dr. Paulsens Beruf und seinem Werdegang interessiert.

»Das ist ja schlichtweg der Hammer«, rief er, als Paulsen ihm genauer über seine politische Karriere, wie er scherzhaft erwähnte, erzählt hatte, »Sie sind ja wirklich ein Unikat! So was habe ich noch nie gehört. Und nun? Machen Sie weiter?«

Ed Paulsen hob, seine Unsicherheit dokumentierend, seine Hände: »Ich werde wohl die politischen Dinge um mich nun bewußt wahrnehmen. Das ist sicher. Ob ich mich einmische oder so was ähnliches tun werde, weiß ich nicht. Eher wohl nicht. Es sei denn, es gibt einen neuen Fall Köhler. Ich würde es wieder so machen, sicherlich im Detail anders, aber von meiner Einstellung her: genau so!«

Sie verabredeten sich dann für den nächsten Donnerstag um vierzehn Uhr im Studio.

Ed hatte sich bereits vorher ein paarmal das Studio angesehen, da Suiters und die Regie auch einige Probeaufnahmen machen wollten.

Die Maske hatte auch dieses Mal wenig Arbeit. Dann war es soweit. Überall leuchteten die roten und andersfarbige Lämpchen. Es war still im Studio. Dr. Paulsen und Suiters nahmen auf der für die Schweizer Zuschauer nun schon legendären Ledergarnitur Platz. Die Blumen wurden noch ein wenig zur Seite geschoben, dann machten alle drei Kameras kurze Einstellungsüberprüfungen, und als der Aufnahmeleiter laut völlig unkonventionell »Auf geht's« rief, ging es los.

»Meine lieben Damen, verehrte Herren, sehr geehrtes Publikum, Sie haben sicherlich mit Interesse den dritten Teil unserer Dokumentation über unser Nachbarland Deutschland verfolgt. Wie mir Mitarbeiter sagten, sind bereits jetzt allerhand Anrufe eingegangen, die uns vorhalten, wohl zu dick aufgetragen zu haben. Wir haben damit gerechnet«, der Aufnahmeleiter machte einige Handbewegungen, und eine Kamera fuhr nun auf Ed Paulsen zu, »und freuen uns, Ihnen einen Mann vorstellen zu können, der für die Wahrhaftigkeit dieses dramatischen Falles steht: Ich begrüße herzlich Herrn Doktor Eduard Paulsen.«

Das rote Lämpchen an der Kamera war vorher angesprungen. Ed war im Bild. Er nickte und lächelte gewinnend und sagte mit ruhiger, akzentuierter Stimme: »Guten Abend, verehrte Zuschauer.«

Jetzt rückte die mittlere Kamera auf beide vor, die zwei anderen positionierten sich jeweils bei dem Chefredakteur und bei Paulsen. Nun wurden im Verlaufe des Interviews die Bilder jeweils nach der vorliegenden Anweisung aufgezeichnet und später, so hatte Suiters es erklärt, zusammengemischt.

Der erfahrene Interviewer stellte in wenigen, aber sehr informativen Sätzen Ed Paulsen vor. Dann rückte er an Paulsen heran, sah ihn an und fragte: »Eine der ersten Fragen unserer Zuschauer wird wohl sein: Wie kommt ein Mann, der als erfolgreicher Psychotherapeut überregionale Anerkennung erfahren hat, dazu, sich quasi in einem solchen hochbrisanten Fall, der sehr schnell politische Dimensionen annahm, zu engagieren?«

Ed war besonnen, konzentriert und völlig ruhig.

Er erläuterte in präzisen Sätzen, ohne zu weit auszuholen, wie seine erste Annahme zur schrecklichen Gewißheit wurde.

»Wir stellten schon nach wenigen Gesprächen den schier unglaublichen Sachverhalt fest: Jemand, der sich aus diagnostischer Sicht bestenfalls in einer psychischen Belastungssituation befunden hatte, wurde gezielt in die stationäre Psychiatrie verbracht.«

Suiters machte gekonnt eine aus Entsetzen und Ungläubigkeit zusammengesetzte Miene, als er fragte: »Eine Erkenntnis, die Ihnen als ausgewiesenem Fachmann doch nur aus hinlänglich bekannten Diktaturen geläufig gewesen sein durfte?«

»Ich erinnere mich noch sehr genau: Ich wollte es nicht glauben, und genau deshalb war ich auch äußerst akribisch, ja beinahe mißtrauisch und penibel bei meinen Arbeiten zur Begründung eines endgültigen Urteils. Wir konnten uns auf keine Akten, also keine Befunde stützen. Es gab nur einen leeren Hefter.«

Die sehr geschickten, zielführenden Fragen und Dr. Paulsens niveauvolle und dennoch verständliche Antworten ließen jeden Zuschauenden an seinen Gesprächen mit Köhler und der komplizierten, von ihm jedoch sehr verständlich erläuterten Analysearbeit teilhaben. »… und irgendwann standen Sie ja wohl vor der Entscheidung, sich resignierend abzuwenden oder sich weiter für diesen mittellosen Mann und gegen das ihm angetane Unrecht einzusetzen, oder gab es für Sie die Frage nicht?«

Dr. Paulsens Augen lächelte: »Nein, sie stand für mich nicht! Einem Menschen wurde nachweislich und zielorientiert geschadet, und er stand diesem Unrecht völlig hilflos gegenüber. Nein, in einem solchen Fall mußte ich über mein Handeln nicht nachdenken.«

»Aber dann kamen Sie ja durch die gerade von Ihnen geschilderte nahezu dramatische Offenlegung der damaligen Situation von Herrn Köhler den wahren, ja man kann sagen, brisanten Hintergründen näher. Beschlichen Sie da nicht doch Zweifel?«

Paulsen fuhr sich gewohnheitsbedingt mit der Hand durch das kräftige Haar, schüttelte leicht den Kopf:»Da ich die spätere politische Interpretation nicht im geringsten erahnen konnte; Sie sollen wissen: Für mich existierten damals Politiker und Politik nicht! Ich konnte sehr gut ohne sie leben«, er lächelte und ergänzte,»also war ich gar nicht im Besitz der Kenntnisse, lassen Sie es mich Instrumentarium zur Bewertung dieser Zusammenhänge und deren Auslegung nennen. Ich konnte quasi vor diesen aufgepfropften politischen Hintergründen gar keine Sorge oder gar Angst haben.

Schlicht und einfach: Ich wußte nichts davon. Eine Sorge hatte ich allerdings schon: Würden wir es überhaupt schaffen, den nahezu undurchdringlichen Nebel, der über dem Fall der Einweisung von Herrn Köhler in die Psychiatrie lag, aufzulösen? Denn nur dann, da war ich mir sicher, könnten wir Herrn Köhler helfen. Das war meine *einzige* damalige Sorge.«

»Wie Sie vorhin kurz erwähnten, ich möchte, wenn Sie gestatten, nun etwas vertiefend auf diesen Aspekt eingehen, ging es Ihnen auch darum, herauszustellen, daß ein Pädagoge, der, seinem beruflichen Ethos folgend, Gymnasiasten die Suche nach und den Umgang mit der Wahrheit lehrte, nicht dafür bestraft werden kann.«

Dr. Paulsen gelang es, ohne Pathos und große Worte seine Motivation im konkreten Fall und, davon ableitend, seine Vorstellungen aus der Sicht seiner täglichen Arbeit zur Problematik von Psychohygiene und Wertorientierungen darzulegen.

In dem Studio vollzog sich inzwischen etwas, was es bisher in der Form noch nicht gegeben hatte. Immer mehr Mitarbeiter hatten sich an den Fenstern niedergelassen oder saßen und hockten direkt im hinteren Bereich des Aufnahmeraumes auf irgendwelchen Sitzgelegenheiten. Es hatte sich eine spürbare Aufmerksamkeit, ja Spannung bei ihnen aufgebaut.

»Sie hatten vorhin beiläufig darauf verwiesen, daß Sie sich ›egal, mit welchem Hintergrund‹ für einen Menschen, der sich in der Situation eines Herrn Köhler befinden würde, auch heute wieder engagieren würden. Nun interessiert uns alle«, er lächelte Dr. Paulsen liebenswürdig an und improvisierte weiter, »also uns alle würde es natürlich sehr interessieren, wenn Sie uns über ›das Thema‹ und die dann folgenden, ich verrate nichts, wenn ich sage: dramatischen Ereignissen noch ein wenig mehr erzählen könnten.«

Ed erwiderte:»Zum ersten Teil Ihrer Frage: Natürlich würde ich das! Es war und ist meine Pflicht, nicht nur als Psychiater, sondern als Mensch, so wie ich mich verstehe, gegen Unrecht aufzustehen. Um über, wie Sie es formulierten, ›das Thema‹ zu sprechen, müßte ich etwas Zeit von Ihnen bekommen, denn mit ein, zwei Sätzen ist da nicht viel gesagt.« Auch Dr. Paulsen improvisierte.

Suiters machte zu seinen Worten eine entsprechende Handbewegung:»Keine Sorge, wir haben für Sie Zeit, hoffentlich Sie auch für uns.«

»Ein wenig schon noch.« Paulsen lächelte, doch dann wurde seine Miene ernst:»Nun, ich wurde quasi über Nacht zu einem fast überzeugten politischen Menschen gemacht, obwohl, gerade sagte ich es, Politik für mich ausgeblendet war. Man machte aus mir also einen Neonazi und aus Köhler den unverbesserlichen, psychisch auffälligen, wenn nicht gar kranken Altnazi, oder so ähnlich. Die in Deutschland mehr und mehr einseitig ausgerichteten Medien stürzten sich auf uns und damit auch linksextreme Ewiggestrige. Ich war plötzlich auf einem Kampfplatz, der mir völlig unbekannt war! Ich wappnete mich, und das mit Hilfe gestandener Bekannter und Freunde und vieler Bücher und Publikationen. Ich begann immer mehr zu verstehen, welch verhängnisvolle Rituale der offiziellen Politik zum Zeitgeist stilisiert wurden! Es waren nicht die einfachen, banalen Lügen der Parteieliten, die man täglich zu hören oder zu lesen bekommt. Ich wurde plötzlich damit konfrontiert, daß Geschichte, also *erlebtes* Leben, so umgeschrieben beziehungsweise so uminterpretiert wurde, daß sie den Zielsetzungen zur gesellschaftlichen Umwandlung im Sinne linker Ideologen verwendet werden konnte. Heute wissen wir, daß es sich um eine strategische Ausrichtung handelt. Linke Gewalttaten aus der

Vergangenheit werden als ›Jugendsünden‹, weil sie ja ein Außenminister begangen hatte, bagatellisiert. Die Mitgliedschaft in einer Jugendorganisation im Dritten Reich kommt fast einem Verbrechen gleich. So wird manipuliert, so wird gefälscht, so wird Ideologie betrieben. Aber zum Glück werden Lügen und Politik für immer mehr Menschen zu einem sichtbaren Axiom. Mit Auswirkungen, die genau ins Gegenteil weisen.«

Suiters erkannte, daß Paulsen mit jedem Wort fesselte, und bat ihn, seinen Gedanken zu Ende zu führen. Paulsen nickte und fuhr fort: »Die heute jüngeren Menschen wollen zum Beispiel Geschichte, die man ihnen erläutert, nicht als ein Konstrukt aus Ideologie und Zeitgeist erleben, sondern sie wollen nichts weiter, als die Wahrheit erfahren. Sie wollen nicht einfach glauben«, ein Lächeln umspielte seine Lippen, »dafür gehen sie in den Religionsunterricht oder die Kirche, sie wollen Gelebtes so nacherleben, wie es war und warum es so war. Also noch einmal: Sie wollen wissen, wie es *wirklich* war. Und wenn sie dann feststellen, daß das, was man ihnen weismachen will, durch Wahrheit widerlegbar ist, hilft kein Aufstand der angeblich Anständigen, hilft auch kein Hinweis auf Tabus oder angewiesenes, angeblich politisch korrektes Verhalten. Es wird einfach verpuffen, denn die erkannte Wahrheit ist eine unüberwindliche Größe. Aus meiner beruflichen Tätigkeit vielleicht noch ein Satz dazu: Beharren auf widerlegbaren Verhaltens- und Handlungsmustern führt zwangläufig zu Gegenwehr und Widerstand.«

Es trat Stille ein. Alle starrten auf die zwei Männer im Scheinwerferlicht.

Der Techniker am Mischpult flüsterte seiner hübschen rothaarigen Kollegin ins Ohr: »Das ist doch mal was! Toller Typ, tolles Thema, toller Suiters, der traut sich was.«

»Und heute, Dr. Paulsen, können Sie sich vorstellen, sich parteipolitisch zu engagieren?«

»Nein, das ist für mich ausgeschlossen! Ich habe gerade in dieser Zeit erfahren müssen, daß die Politik zu einer Selbstdarstellerbühne, Ausnahmen gestattet, verkommen ist. Geld und der Kampf

um die, ich betone, *individuelle* Macht haben endgültig die Steuer-
funktion übernommen. Würde einer wie ich antreten, würde er als
auferstandener Ritter der traurigen Gestalt verlacht werden.«

»Wenn ich mir eine persönliche Meinung erlauben darf: Ich
meine, solche Persönlichkeiten wie Sie brauchte man aber ...«

»... danke, aber wohl nicht der deutsche Staat!«

Suiters griff Paulsens erneute Improvisation auf: »Aber doch
das deutsche *Volk*. Wieso diese verheerende Feststellung?«

Ed Paulsen antwortete: »Jedes Volk verdient seine Politiker!
Wir in Deutschland haben es wahrscheinlich verlernt oder verler-
nen müssen, zu hinterfragen.« Er lehnte sich zu Suiter, so daß die
andere Kamera übernahm und fuhr fort. »Wir haben real circa fünf
Millionen Arbeitslose, fünf Millionen! Und sicher wissen wir alle
noch, was die Kanzler und ihre Paladine getönt hatten. Und? Hat
er, denken wir an Schröder, seine Worte wahrgemacht und hat sich
an den Arbeitslosenzahlen messen lassen? Nie und nimmer, er
würde heute noch tönen, aber so, als hätte er nie gesagt, daß er sich
nie mehr zur Wiederwahl stellen würde, wenn sich die Arbeitslosigkeit nicht deutlich verringert. Wenn er Charakter hätte, wäre
er damals gegangen. Und der Name Fischer reicht für einen weiteren, sehr bitteren Beweis. Und lassen Sie mich abschließend anfügen: Ich las voller Interesse eine Standardbefragung in einem deutschen Magazin. Die Befragten, alles Prominente aus Wissenschaft,
Wirtschaft, Sport, Kunst, Politik und so weiter und so fort, sollten
dort zum Beispiel ihre Lieblingsschauspieler benennen. Ein Vorstand, ich glaube der der ARD, antwortete, nachdem er Schauspie-
lernamen genannt hatte, ergänzend wie folgt: »Ach ja, da fällt mir
noch einer ein, der Joschka Fischer ist auch nicht so schlecht.« ·

Jemand im Hintergrund lachte.

Dann stellte Suiters die letzte Frage: »Noch eine letzte Frage:
Was hat Sie im Zusammenhang mit dem tragischen Verlauf des
Falls Köhler aus heutiger Sicht, neben dem Mord an sich, am mei-
sten erschüttert?«

»Auf Fragen soll man nicht fragend antworten, ich mache es
aber trotzdem, weil es gleichzeitig eine Antwort ist: Wo blieben

nach dem Mord an Herrn Köhler die Lichterketten der angeblich doch so Anständigen?«

Der plötzlich einsetzende Beifall überraschte beide Männer. Sie sahen gegen das Scheinwerferlicht ins Dunkle des Studios. Beide standen auf und reichten sich die Hand.

Der Regisseur blendete den Ton aus, und murmelte: » Gigantisch! Dieses Mal werden sie uns da oben für die mordsmäßíge Überziehung dankbar sein.«

Dann wurde die Studiobeleuchtung eingeschaltet. Dr. Paulsen ging dem Schild »Ausgang« folgend durch die applaudierenden Kameraleute, Redaktionsassistenten, Techniker, Beleuchter und Hilfsarbeiter.

Suiter stand noch immer neben seinem Stuhl und versuchte, seine Emotionen zu beherrschen.

Er flüsterte: »Hochachtung Doktor, es war mir ein ganz besonderes Vergnügen.«